*Что касается меня, дорогая,
мисс Оливия Стивенс на
ее двадцать первый день
рождения:*

*Я поставил эту книгу
вместе, потому что я люблю
тебя.*

*Когда-нибудь я буду писать,
потому что я люблю тебя.*

Преступление и наказание

Роман в шести частях с эпилогом

Федор Михайлович Достоевский

Часть первая

I

В начале июля, в чрезвычайно жаркое время, под вечер, один молодой человек вышел из своей каморки, которую нанимал от жильцов в С -- м переулке, на улицу и медленно, как бы в нерешимости, отправился к К -- ну мосту.

Он благополучно избегнул встречи с своею хозяйкой на лестнице. Каморка его приходилась под самою кровлей высокого пятиэтажного дома и походила более на шкаф, чем на квартиру. Квартирная же хозяйка его, у которой он нанимал эту каморку с обедом и прислугой, помещалась одною лестницей ниже, в отдельной квартире, и каждый раз, при выходе на улицу, ему непременно надо было проходить мимо хозяйкиной кухни, почти всегда настежь отворенной на лестницу. И каждый раз молодой человек, проходя мимо, чувствовал какое-то болезненное и трусливое ощущение, которого стыдился и от которого морщился. Он был должен кругом хозяйке и боялся с нею встретиться.

Не то чтоб он был так труслив и забит, совсем даже напротив; но с некоторого времени он был в раздражительном и напряженном состоянии, похожем на ипохондрию. Он до того углубился в себя и уединился от всех, что боялся даже всякой встречи, не только встречи с хозяйкой. Он был задавлен бедностью; но даже стесненное положение перестало в последнее время тяготить его. Насущными делами своими он совсем перестал и не хотел заниматься. Никакой хозяйки, в сущности, он не боялся, что бы та ни замышляла против него. Но останавливаться на лестнице, слушать всякий вздор про всю эту обыденную дребедень, до которой ему нет никакого дела, все эти приставания о платеже, угрозы, жалобы, и при этом самому изворачиваться, извиняться, лгать, -- нет уж, лучше проскользнуть как-нибудь кошкой по лестнице и улизнуть, чтобы никто не видал.

Впрочем, на этот раз страх встречи с своею кредиторшей даже его самого поразил по выходе на улицу.

"На какое дело хочу покуситься и в то же время каких пустяков боюсь! -- подумал он с странною улыбкой. -- Гм... да... всё в руках человека, и всё-то он мимо носу проносит, единственно от одной трусости... это уж аксиома... Любопытно, чего люди больше всего боятся? Нового шага, нового собственного слова они всего больше боятся... А впрочем, я слишком много болтаю. Оттого и ничего не делаю, что болтаю. Пожалуй, впрочем, и так: оттого болтаю, что ничего не делаю. Это я в этот последний месяц выучился болтать, лежа по целым суткам в углу и думая... о царе Горохе. Ну зачем я теперь иду? Разве я способен на это? Разве это серьезно? Совсем не серьезно. Так, ради фантазии сам себя тешу; игрушки! Да, пожалуй что и игрушки!"

На улице жара стояла страшная, к тому же духота, толкотня, всюду известка, леса, кирпич, пыль и та особенная летняя вонь, столь известная каждому петербуржцу, не имеющему возможности нанять дачу, -- всё это разом неприятно потрясло и без того уже расстроенные нервы юноши. Нестерпимая же вонь из распивочных, которых в этой части города особенное множество, и пьяные, поминутно попадавшиеся, несмотря на буднее время, довершили отвратительный и грустный колорит картины. Чувство глубочайшего омерзения мелькнуло на миг в тонких чертах молодого человека. Кстати, он был замечательно хорош собою, с прекрасными темными глазами, темно-рус, ростом выше среднего, тонок и строен. Но скоро он впал как бы в глубокую задумчивость, даже, вернее сказать, как бы в какое-то забытье, и пошел, уже не замечая окружающего, да и не желая его замечать. Изредка только бормотал он что-то про себя, от своей привычки к монологам, в которой он сейчас сам себе признался. В эту же минуту он и сам сознавал, что мысли его порою мешаются и что он очень слаб: второй день как уж он почти совсем ничего не ел.

Он был до того худо одет, что иной, даже и привычный человек, посовестился бы днем выходить в таких лохмотьях на улицу. Впрочем, квартал был таков, что костюмом здесь было трудно кого-нибудь удивить. Близость Сенной, обилие известных заведений и, по преимуществу, цеховое и ремесленное население, скученное в этих серединных петербургских улицах и переулках, пестрили иногда общую панораму такими субъектами, что странно было бы и удивляться при встрече с иною фигурой. Но столько злобного презрения уже накопилось в душе молодого человека, что, несмотря на всю свою, иногда очень молодую, щекотливость, он менее всего совестился своих лохмотьев на улице. Другое дело при встрече с иными знакомыми или с прежними товарищами, с которыми вообще он не любил встречаться... А между тем, когда один пьяный, которого неизвестно почему и куда провозили в это время по улице в огромной телеге, запряженной огромною ломовою лошадью, крикнул ему вдруг, проезжая: "Эй ты, немецкий шляпник!" -- и заорал во всё горло, указывая на него рукой, -- молодой человек вдруг остановился и судорожно схватился за свою шляпу. Шляпа эта была высокая, круглая, циммермановская, но вся уже изношенная, совсем рыжая, вся в дырах и пятнах, без полей и самым безобразнейшим углом заломившаяся на сторону. Но не стыд, а совсем другое чувство, похожее даже на испуг, охватило его.

"Я так и знал! -- бормотал он в смущении, -- я так и думал! Это уж всего сквернее! Вот эдакая какая-нибудь глупость, какая-нибудь пошлейшая мелочь, весь замысел может испортить! Да, слишком приметная шляпа... Смешная, потому и приметная... К моим лохмотьям непременно нужна фуражка, хотя бы старый блин какой-нибудь, а не этот урод. Никто таких не носит, за версту заметят, запомнят... главное, потом запомнят, ан и улика. Тут нужно быть как можно неприметнее... Мелочи, мелочи главное!.. Вот эти-то мелочи и губят всегда и всё...”

Идти ему было немного; он даже знал, сколько шагов от ворот его дома: ровно семьсот тридцать. Как-то раз он их сосчитал, когда уж очень размечтался. В то время он и сам еще не верил этим мечтам своим и только раздражал себя их безобразною, но соблазнительною дерзостью. Теперь же, месяц спустя, он уже начинал смотреть иначе и, несмотря на все поддразнивающие монологи о собственном бессилии и нерешимости, “безобразную” мечту как-то даже поневоле привык считать уже предприятием, хотя всё еще сам себе не верил. Он даже шел теперь делать пробу своему предприятию, и с каждым шагом волнение его возрастало всё сильнее и сильнее.

С замиранием сердца и нервною дрожью подошел он к преогромнейшему дому, выходившему одною стеной на канаву, а другою в -- ю улицу. Этот дом стоял весь в мелких квартирах и заселен был всякими промышленниками -- портными, слесарями, кухарками, разными немцами, девицами, живущими от себя, мелким чиновничеством и проч. Входящие и выходящие так и шмыгали под обоими воротами и на обоих дворах дома. Тут служили три или четыре дворника. Молодой человек был очень доволен, не встретив ни которого из них, и неприметно проскользнул сейчас же из ворот направо на лестницу. Лестница была темная и узкая, “черная”, но он всё уже это знал и изучил, и ему вся эта обстановка нравилась: в такой темноте даже и любопытный взгляд был неопасен. “Если о сю пору я так боюсь, что же было бы, если б и действительно как-нибудь случилось до самого дела дойти?..” -- подумал он невольно, проходя в четвертый этаж. Здесь загородили ему дорогу отставные солдаты-носильщики, выносившие из одной квартиры мебель. Он уже прежде знал, что в этой квартире жил один семейный немец, чиновник: “Стало быть, этот немец теперь выезжает, и, стало быть, в четвертом этаже, по этой лестнице и на этой площадке, остается, на некоторое время, только одна старухина квартира занятая. Это хорошо... на всякий случай...” -- подумал он опять и позвонил в старухину квартиру. Звонок брякнул слабо, как будто был сделан из жести, а не из меди. В подобных мелких квартирах таких домов почти всё такие звонки. Он уже забыл звон этого колокольчика, и теперь этот особенный звон как будто вдруг ему что-то напомнил и ясно представил... Он так и вздрогнул, слишком уже ослабели нервы на этот раз. Немного спустя дверь приотворилась на крошечную щелочку: жилица оглядывала из щели пришедшего с видимым недоверием, и только виднелись ее сверкавшие из темноты глазки. Но увидав на площадке много народу, она ободрилась и отворила совсем. Молодой человек переступил через порог в темную прихожую, разгороженную перегородкой, за которою была крошечная кухня. Старуха стояла перед ним молча и вопросительно на него глядела. Это была крошечная, сухая старушонка, лет шестидесяти, с вострыми и злыми глазками, с маленьким вострым носом и простоволосая. Белобрысые, мало поседевшие волосы ее были жирно смазаны маслом. На ее тонкой и длинной шее, похожей на куриную ногу, было наверчено какое-то фланелевое тряпье, а на плечах, несмотря на жару, болталась вся истрепанная и пожелтелая меховая кацавейка. Старушонка поминутно кашляла и кряхтела. Должно быть, молодой человек взглянул на нее каким-нибудь особенным взглядом, потому что и в ее глазах мелькнула вдруг опять прежняя недоверчивость.

— Раскольников, студент, был у вас назад тому месяц, — поспешил пробормотать молодой человек с полупоклоном, вспомнив, что надо быть любезнее.

— Помню, батюшка, очень хорошо помню, что вы были, — отчетливо проговорила старушка, по-прежнему не отводя своих вопрошающих глаз от его лица.

— Так вот-с... и опять, по такому же дельцу... — продолжал Раскольников, немного смутившись и удивляясь недоверчивости старухи.

"Может, впрочем, она и всегда такая, да я в тот раз не заметил", — подумал он с неприятным чувством.

Старуха помолчала, как бы в раздумье, потом отступила в сторону и, указывая на дверь в комнату, произнесла, пропуская гостя вперед:

— Пройдите, батюшка.

Небольшая комната, в которую прошел молодой человек, с желтыми обоями, геранями и кисейными занавесками на окнах, была в эту минуту ярко освещена заходящим солнцем. "И тогда, стало быть, так же будет солнце светить!.." — как бы невзначай мелькнуло в уме Раскольникова, и быстрым взглядом окинул он всё в комнате, чтобы по возможности изучить и запомнить расположение. Но в комнате не было ничего особенного. Мебель, вся очень старая и из желтого дерева, состояла из дивана с огромною выгнутою деревянною спинкой, круглого стола овальной формы перед диваном, туалета с зеркальцем в простенке, стульев по стенам да двух-трех грошовых картинок в желтых рамках, изображавших немецких барышень с птицами в руках, — вот и вся мебель. В углу перед небольшим образом горела лампада. Всё было очень чисто: и мебель, и полы были оттерты под лоск; всё блестело. "Лизаветина работа", — подумал молодой человек. Ни пылинки нельзя было найти во всей квартире.

"Это у злых и старых вдовиц бывает такая чистота", — продолжал про себя Раскольников и с любопытством покосился на ситцевую занавеску перед дверью во вторую, крошечную комнатку, где стояли старухины постель и комод и куда он еще ни разу не заглядывал. Вся квартира состояла из этих двух комнат.

-- Что угодно? -- строго произнесла старушонка, войдя в комнату и по-прежнему становясь прямо перед ним, чтобы глядеть ему прямо в лицо.

-- Заклад принес, вот-с! -- И он вынул из кармана старые плоские серебряные часы. На оборотной дощечке их был изображен глобус. Цепочка была стальная.

-- Да ведь и прежнему закладу срок. Еще третьего дня месяц как минул.

-- Я вам проценты еще за месяц внесу; потерпите.

-- А в том моя добрая воля, батюшка, терпеть или вещь вашу теперь же продать.

-- Много ль за часы-то, Алена Ивановна?

-- А с пустяками ходишь, батюшка, ничего, почитай, не стоит. За колечко вам прошлый раз два билетика внесла, а оно и купить-то его новое у ювелира за полтора рубля можно.

-- Рубля-то четыре дайте, я выкуплю, отцовские. Я скоро деньги получу.

-- Полтора рубля-с и процент вперед, коли хотите-с.

-- Полтора рубля! -- вскрикнул молодой человек.

-- Ваша воля. -- И старуха протянула ему обратно часы. Молодой человек взял их и до того рассердился, что хотел было уже уйти; но тотчас одумался, вспомнив, что идти больше некуда и что он еще и за другим пришел.

-- Давайте! -- сказал он грубо.

Старуха полезла в карман за ключами и пошла в другую комнату за занавески. Молодой человек, оставшись один среди комнаты, любопытно прислушивался и соображал. Слышно было, как она отперла комод. "Должно быть, верхний ящик, -- соображал он. -- Ключи она, стало быть, в правом кармане носит... Все на одной связке, в стальном кольце... И там один ключ есть всех больше, втрое, с зубчатою бородкой, конечно, не от комода... Стало быть, есть еще какая-нибудь шкатулка, али укладка... Вот это любопытно. У укладок всё такие ключи... А впрочем, как это подло всё..."

Старуха воротилась.

-- Вот-с, батюшка: коли по гривне в месяц с рубля, так за полтора рубля причтется с вас пятнадцать копеек, за месяц вперед-с. Да за два прежних рубля с вас еще причитается по сему же счету вперед двадцать копеек. А всего, стало быть, тридцать пять. Приходится же вам теперь всего получить за часы ваши рубль пятнадцать копеек. Вот получите-с.

-- Как! так уж теперь рубль пятнадцать копеек!

-- Точно так-с.

Молодой человек спорить не стал и взял деньги. Он смотрел на старуху и не спешил уходить, точно ему еще хотелось что-то сказать или сделать, но как будто он и сам не знал, что именно...

-- Я вам, Алена Ивановна, может быть, на днях, еще одну вещь принесу... серебряную... хорошую... папиросочницу одну... вот как от приятеля ворочу... -- Он смутился и замолчал.

-- Ну тогда и будем говорить, батюшка.

-- Прощайте-с... А вы всё дома одни сидите, сестрицы-то нет? -- спросил он как можно развязнее, выходя в переднюю.

-- А вам какое до нее, батюшка, дело?

-- Да ничего особенного. Я так спросил. Уж вы сейчас... Прощайте, Алена Ивановна!

Раскольников вышел в решительном смущении. Смущение это всё более и более увеличивалось. Сходя по лестнице, он несколько раз даже останавливался, как будто чем-то внезапно пораженный. И наконец, уже на улице, он воскликнул:

"О боже! как это всё отвратительно! И неужели, неужели я... нет, это вздор, это нелепость! -- прибавил он решительно. -- И неужели такой ужас мог прийти мне в голову? На какую грязь способно, однако, мое сердце! Главное: грязно, пакостно, гадко, гадко!.. И я, целый месяц..."

Но он не мог выразить ни словами, ни восклицаниями своего волнения. Чувство бесконечного отвращения, начинавшее давить и мутить его сердце еще в то время, как он только шел к старухе, достигло теперь такого размера и так ярко выяснилось, что он не знал, куда деться от тоски своей. Он шел по тротуару как пьяный, не замечая прохожих и сталкиваясь с ними, и опомнился уже в следующей улице. Оглядевшись, он заметил, что стоит подле распивочной, в которую вход был с тротуара по лестнице вниз, в подвальный этаж. Из дверей, как раз в эту минуту, выходили двое пьяных и, друг друга поддерживая и ругая, взбирались на улицу. Долго не думая, Раскольников тотчас же спустился вниз. Никогда до сих пор не входил он в распивочные, но теперь голова его кружилась, и к тому же палящая жажда томила его. Ему захотелось выпить холодного пива, тем более что внезапную слабость свою он относил и к тому, что был голоден. Он уселся в темном и грязном углу, за липким столиком, спросил пива и с жадностию выпил первый стакан. Тотчас же всё отлегло, и мысли его прояснели. "Всё это вздор, -- сказал он с надеждой, -- и нечем тут было смущаться! Просто физическое расстройство! Один какой-нибудь стакан пива, кусок сухаря, -- и вот, в один миг, крепнет ум, яснеет мысль, твердеют намерения! Тьфу, какое всё это ничтожество!.." Но, несмотря на этот презрительный плевок, он глядел уже весело, как будто внезапно освободясь от какого-то ужасного бремени, и дружелюбно окинул глазами присутствующих. Но даже и в эту минуту он отдаленно предчувствовал, что вся эта восприимчивость к лучшему была тоже болезненная.

В распивочной на ту пору оставалось мало народу. Кроме тех двух пьяных, что попались на лестнице, вслед за ними же вышла еще разом целая ватага, человек в пять, с одною девкой и с гармонией. После них стало тихо и просторно. Остались: один хмельной, но немного, сидевший за пивом, с виду мещанин; товарищ его, толстый, огромный, в сибирке и с седою бородой, очень захмелевший, задремавший на лавке и изредка, вдруг, как бы спросонья, начинавший прищелкивать пальцами, расставив руки врозь, и подпрыгивать верхнею частию корпуса, не вставая с лавки, причем подпевал какую-то ерунду, силясь припомнить стихи, вроде:

Целый год жену ласкал,

Цел-лый год же-ну лас-кал...

Или вдруг, проснувшись, опять:

По Подьяческой пошел,

Свою прежнюю нашел...

Но никто не разделял его счастия; молчаливый товарищ его смотрел на все эти взрывы даже враждебно и с недоверчивостью. Был тут и еще один человек, с виду похожий как бы на отставного чиновника. Он сидел особо, перед своею посудинкой, изредка отпивая и посматривая кругом. Он был тоже как будто в некотором волнении.

II

Раскольников не привык к толпе и, как уже сказано, бежал всякого общества, особенно в последнее время. Но теперь его вдруг что-то потянуло к людям. Что-то совершалось в нем как бы новое, и вместе с тем ощутилась какая-то жажда людей. Он так устал от целого месяца этой сосредоточенной тоски своей и мрачного возбуждения, что хотя одну минуту хотелось ему вздохнуть в другом мире, хоть бы в каком бы то ни было, и, несмотря на всю грязь обстановки, он с удовольствием оставался теперь в распивочной.

Хозяин заведения был в другой комнате, но часто входил в главную, спускаясь в нее откуда-то по ступенькам, причем прежде всего выказывались его щегольские смазные сапоги с большими красными отворотами. Он был в поддевке и в страшно засаленном черном атласном жилете, без галстука, а всё лицо его было как будто смазано маслом, точно железный замок. За застойкой находился мальчишка лет четырнадцати, и был другой мальчишка моложе, который подавал, если что спрашивали. Стояли крошеные огурцы, черные сухари и резанная кусочками рыба; всё это очень дурно пахло. Было душно, так что было даже нестерпимо сидеть, и всё до того было пропитано винным запахом, что, кажется, от одного этого воздуха можно было в пять минут сделаться пьяным.

Бывают иные встречи, совершенно даже с незнакомыми нам людьми, которыми мы начинаем интересоваться с первого взгляда, как-то вдруг, внезапно, прежде чем скажем слово. Такое точно впечатление произвел на Раскольникова тот гость, который сидел поодаль и походил на отставного чиновника. Молодой человек несколько раз припоминал потом это первое впечатление и даже приписывал его предчувствию. Он беспрерывно взглядывал на чиновника, конечно, и потому еще, что и сам тот упорно смотрел на него, и видно было, что тому очень хотелось начать разговор. На остальных же, бывших в распивочной, не исключая и хозяина, чиновник смотрел как-то привычно и даже со скукой, а вместе с тем и с оттенком некоторого высокомерного пренебрежения, как бы на людей низшего положения и развития, с которыми нечего ему говорить. Это был человек лет уже за пятьдесят, среднего роста и плотного сложения, с проседью и с большою лысиной, с отекшим от постоянного пьянства желтым, даже зеленоватым лицом и с припухшими веками, из-за которых сияли крошечные, как щелочки, но одушевленные красноватые глазки. Но что-то было в нем очень странное; во взгляде его светилась как будто даже восторженность, -- пожалуй, был и смысл и ум, -- но в то же время мелькало как будто и безумие. Одет он был в старый, совершенно оборванный черный фрак, с осыпавшимися пуговицами. Одна только еще держалась кое-как, и на нее-то он и застегивался, видимо желая не удаляться приличий. Из-под нанкового жилета торчала манишка, вся скомканная, запачканная и залитая. Лицо было выбрито, по-чиновничьи, но давно уже, так что уже густо начала выступать сизая щетина. Да и в ухватках его действительно было что-то солидно-чиновничье. Но он был в беспокойстве, ерошил волосы и подпирал иногда, в тоске, обеими руками голову, положа продранные локти на залитый и липкий стол. Наконец он прямо посмотрел на Раскольникова и громко и твердо проговорил:

-- А осмелюсь ли, милостивый государь мой, обратиться к вам с разговором приличным? Ибо хотя вы и не в значительном виде, но опытность моя отличает в вас человека образованного и к напитку непривычного. Сам всегда уважал образованность, соединенную с сердечными чувствами, и, кроме того, состою титулярным советником. Мармеладов -- такая фамилия; титулярный советник. Осмелюсь узнать, служить изволили?

-- Нет, учусь... -- отвечал молодой человек, отчасти удивленный и особенным витиеватым тоном речи, и тем, что так прямо, в упор, обратились к нему. Несмотря на недавнее мгновенное желание хотя какого бы ни было сообщества с людьми, он при первом, действительно обращенном к нему слове вдруг ощутил свое обычное неприятное и раздражительное чувство отвращения ко всякому чужому лицу, касавшемуся или хотевшему только прикоснуться к его личности.

-- Студент, стало быть, или бывший студент! -- вскричал чиновник, -- так я и думал! Опыт, милостивый государь, неоднократный опыт! -- и в знак похвальбы он приложил палец ко лбу. -- Были студентом или происходили ученую часть! А позвольте... -- Он привстал, покачнулся, захватил свою посудинку, стаканчик, и подсел к молодому человеку, несколько от него наискось. Он был хмелен, но говорил речисто и бойко, изредка только местами сбиваясь немного и затягивая речь. С какою-то даже жадностию накинулся он на Раскольникова, точно целый месяц тоже ни с кем не говорил.

-- Милостивый государь, -- начал он почти с торжественностию, -- бедность не порок, это истина. Знаю я, что и пьянство не добродетель, и это тем паче. Но нищета, милостивый государь, нищета -- порок-с. В бедности вы еще сохраняете свое благородство врожденных чувств, в нищете же никогда и никто. За нищету даже и не палкой выгоняют, а метлой выметают из компании человеческой, чтобы тем оскорбительнее было; и справедливо, ибо в нищете я первый сам готов оскорблять себя. И отсюда питейное! Милостивый государь, месяц назад тому супругу мою избил господин Лебезятников, а супруга моя не то что я! Понимаете-с? Позвольте еще вас спросить, так, хотя бы в виде простого любопытства: изволили вы ночевать на Неве, на сенных барках?

-- Нет, не случалось, -- отвечал Раскольников. -- Это что такое?

-- Ну-с, а я оттуда, и уже пятую ночь-с...

Он налил стаканчик, выпил и задумался. Действительно, на его платье и даже в волосах кое-где виднелись прилипшие былинки сена. Очень вероятно было, что он пять дней не раздевался и не умывался. Особенно руки были грязны, жирные, красные, с черными ногтями.

Его разговор, казалось, возбудил общее, хотя и ленивое внимание. Мальчишки за стойкой стали хихикать. Хозяин, кажется, нарочно сошел из верхней комнаты, чтобы послушать "забавника", и сел поодаль, лениво, но важно позевывая. Очевидно, Мармеладов был здесь давно известен. Да и наклонность к витиеватой речи приобрел, вероятно, вследствие привычки к частым кабачным разговорам с различными незнакомцами. Эта привычка обращается у иных пьющих в потребность, и преимущественно у тех из них, с которыми дома обходятся строго и которыми помыкают. Оттого-то в пьющей компании они и стараются всегда как будто выхлопотать себе оправдание, а если можно, то даже и уважение.

-- Забавник! -- громко проговорил хозяин. -- А для ча не работаешь, для ча не служите, коли чиновник?

-- Для чего я не служу, милостивый государь, -- подхватил Мармеладов, исключительно обращаясь к Раскольникову, как будто это он ему задал вопрос, -- для чего не служу? А разве сердце у меня не болит о том, что я пресмыкаюсь втуне? Когда господин Лебезятников, тому месяц назад, супругу мою собственноручно избил, а я лежал пьяненькой, разве я не страдал? Позвольте, молодой человек, случалось вам... гм... ну хоть испрашивать денег взаймы безнадежно?

-- Случалось... то есть как безнадежно?

-- То есть безнадежно вполне-с, заранее зная, что из сего ничего не выйдет. Вот вы знаете, например, заранее и досконально, что сей человек, сей благонамереннейший и наиполезнейший гражданин, ни за что вам денег не даст, ибо зачем, спрошу я, он даст? Ведь он знает же, что я не отдам. Из сострадания? Но господин Лебезятников, следящий за новыми мыслями, объяснял намедни, что сострадание в наше время даже наукой воспрещено и что так уже делается в Англии, где политическая экономия. Зачем же, спрошу я, он даст? И вот, зная вперед, что не даст, вы все-таки отправляетесь в путь и...

-- Для чего же ходить? -- прибавил Раскольников.

-- А коли не к кому, коли идти больше некуда! Ведь надобно же, чтобы всякому человеку хоть куда-нибудь можно было пойти. Ибо бывает такое время, когда непременно надо хоть куда-нибудь да пойти! Когда единородная дочь моя в первый раз по желтому билету пошла, и я тоже тогда пошел... (ибо дочь моя по желтому билету живет-с...) -- прибавил он в скобках, с некоторым беспокойством смотря на молодого человека. -- Ничего, милостивый государь, ничего! -- поспешил он тотчас же, и по-видимому спокойно, заявить, когда фыркнули оба мальчишки за стойкой и улыбнулся сам хозяин. -- Ничего-с! Сим покиванием глав не смущаюсь, ибо уже всем всё известно и всё тайное становится явным; и не с презрением, а со смирением к сему отношусь. Пусть! пусть! "Се человек!" Позвольте, молодой человек: можете ли вы... Но нет, изъяснить сильнее и изобразительнее: не можете ли вы, а осмелитесь ли вы, взирая в сей час на меня, сказать утвердительно, что я не свинья?

Молодой человек не отвечал ни слова.

-- Ну-с, -- продолжал оратор, солидно и даже с усиленным на этот раз достоинством переждав опять последовавшее в комнате хихиканье. -- Ну-с, я пусть свинья, а она дама! Я звериный образ имею, а Катерина Ивановна, супруга моя, -- особа образованная и урожденная штаб-офицерская дочь. Пусть, пусть я подлец, она же и сердца высокого, и чувств, облагороженных воспитанием, исполнена. А между тем... о, если б она пожалела меня! Милостивый государь, милостивый государь, ведь надобно же, чтоб у всякого человека было хоть одно такое место, где бы и его пожалели! А Катерина Ивановна дама хотя и великодушная, но несправедливая... И хотя я и сам понимаю, что когда она и вихры мои дерет, то дерет их не иначе как от жалости сердца (ибо, повторяю без смущения, она дерет мне вихры, молодой человек, -- подтвердил он с сугубым достоинством, услышав опять хихиканье), но, боже, что если б она хотя один раз... Но нет! нет! всё сие втуне, и нечего говорить! нечего говорить!.. ибо и не один раз уже бывало желаемое, и не один уже раз жалели меня, но... такова уже черта моя, а я прирожденный скот!

-- Еще бы! -- заметил, зевая, хозяин.

Мармеладов решительно стукнул кулаком по столу.

-- Такова уж черта моя! Знаете ли, знаете ли вы, государь мой, что я даже чулки ее пропил? Не башмаки-с, ибо это хотя сколько-нибудь походило бы на порядок вещей, а чулки, чулки ее пропил-с! Косыночку ее из козьего пуха тоже пропил, дареную, прежнюю, ее собственную, не мою; а живем мы в холодном углу, и она в эту зиму простудилась и кашлять пошла, уже кровью. Детей же маленьких у нас трое, и Катерина Ивановна в работе с утра до ночи, скребет и моет и детей обмывает, ибо к чистоте с измалетства привыкла, а с грудью слабою и к чахотке наклонною, и я это чувствую. Разве я не чувствую? И чем более пью, тем более и чувствую. Для того и пью, что в питии сем сострадания и чувства ищу. Не веселья, а единой скорби ищу... Пью, ибо сугубо страдать хочу! -- И он, как бы в отчаянии, склонил на стол голову.

-- Молодой человек, -- продолжал он, восклоняясь опять, -- в лице вашем я читаю как бы некую скорбь. Как вошли, я прочел ее, а потому тотчас же и обратился к вам. Ибо, сообщая вам историю жизни моей, не на позорище себя выставлять хочу перед сими празднолюбцами, которым и без того всё известно, а чувствительного и образованного человека ищу. Знайте же, что супруга моя в благородном губернском дворянском институте воспитывалась и при выпуске с шалью танцевала при губернаторе и при прочих лицах, за что золотую медаль и похвальный лист получила. Медаль... ну медаль-то продали... уж давно... гм... похвальный лист до сих пор у ней в сундуке лежит, и еще недавно его хозяйке показывала. И хотя с хозяйкой у ней наибеспрерывнейшие раздоры, но хоть перед кем-нибудь погордиться захотелось и сообщить о счастливых минувших днях. И я не осуждаю, не осуждаю, ибо сие последнее у ней и осталось в воспоминаниях ее, а прочее всё пошло прахом! Да, да; дама горячая, гордая и непреклонная. Пол сама моет и на черном хлебе сидит, а неуважения к себе не допустит. Оттого и господину Лебезятникову грубость его не захотела спустить, и когда прибил ее за то господин Лебезятников, то не столько от побоев, сколько от чувства в постель слегла. Вдовой уже взял ее, с троими детьми, мал мала меньше. Вышла замуж за первого мужа, за офицера пехотного, по любви, и с ним бежала из дому родительского. Мужа любила чрезмерно, но в картишки пустился, под суд попал, с тем и помер. Бивал он ее под конец; а она хоть и не спускала ему, о чем мне доподлинно и по документам известно, но до сих пор вспоминает его со слезами и меня им корит, и я рад, я рад, ибо хотя в воображениях своих зрит себя когда-то счастливой... И осталась она после него с тремя малолетними детьми в уезде далеком и зверском, где и я тогда находился, и осталась в такой нищете безнадежной, что я хотя и много видал приключений различных, но даже и описать не в состоянии. Родные же все отказались. Да и горда была, чересчур горда... И тогда-то, милостивый государь, тогда я, тоже вдовец, и от первой жены четырнадцатилетнюю дочь имея, руку свою предложил, ибо не мог смотреть на такое страдание. Можете судить потому, до какой степени ее бедствия доходили, что она, образованная и воспитанная и фамилии известной, за меня согласилась пойти! Но пошла! Плача и рыдая, и руки ломая -- пошла! Ибо некуда было идти. Понимаете ли, понимаете ли вы, милостивый государь, что значит, когда уже некуда больше идти? Нет! Этого вы еще не понимаете... И целый год я обязанность свою исполнял благочестиво и свято и не касался сего (он ткнул пальцем на полуштоф), ибо чувство имею. Но и сим не мог угодить; а тут места лишился, и тоже не по вине, а по изменению в штатах, и тогда прикоснулся!.. Полтора года уже будет назад, как очутились мы наконец, после странствий и многочисленных бедствий, в сей великолепной и украшенной многочисленными памятниками столице. И здесь я место достал... Достал и опять потерял. Понимаете-с? Тут уже по собственной вине потерял, ибо черта моя наступила... Проживаем же теперь в угле, у хозяйки Амалии Федоровны Липпевехзель, а чем живем и чем платим, не ведаю. Живут же там многие и кроме нас... Содом-с, безобразнейший... гм... да... А тем временем возросла и дочка моя, от первого брака, и что только вытерпела она, дочка моя, от мачехи своей, возрастая, о том я умалчиваю. Ибо хотя Катерина Ивановна и преисполнена великодушных чувств, но дама горячая и раздраженная, и оборвет... Да-с! Ну да нечего вспоминать о том! Воспитания, как и представить можете, Соня не получила. Пробовал я с ней, года четыре тому, географию и всемирную историю проходить; но как я сам в познании сем был некрепок, да и приличных к тому руководств не имелось, ибо какие имевшиеся книжки... гм!.. ну, их уже теперь и нет, этих книжек, то тем и кончилось всё обучение. На Кире Персидском остановились. Потом, уже достигнув зрелого возраста, прочла она несколько книг содержания романического, да недавно еще, через посредство господина Лебезятникова, одну книжку -- "Физиологию" Льюиса, изволите знать-с? -- с большим интересом прочла и даже нам отрывочно вслух сообщала: вот и всё ее просвещение. Теперь же обращусь к вам, милостивый государь мой, сам от себя с вопросом приватным: много ли может, по-вашему, бедная, но честная девица честным трудом заработать?.. Пятнадцать копеек в день, сударь, не заработает, если честна и не имеет особых талантов, да и то рук не покладая работавши! Да и то статский советник Клопшток, Иван Иванович, -- изволили слышать? -- не только денег за шитье полдюжины голландских рубах до сих пор не отдал, но даже с обидой погнал ее, затопав ногами и обозвав неприлично, под видом будто бы рубашечный ворот сшит не по мерке и косяком. А тут ребятишки голодные... А тут Катерина Ивановна, руки ломая, по комнате ходит, да красные пятна у ней на щеках выступают, -- что в болезни этой и всегда бывает: "Живешь, дескать, ты, дармоедка, у нас, ешь и пьешь, и теплом пользуешься", а что тут пьешь и ешь, когда и ребятишки-то по три дня корки не видят! Лежал я тогда... ну, да уж что! лежал пьяненькой-с, и слышу, говорит моя Соня (безответная она, и голосок у ней такой кроткий... белокуренькая, личико всегда бледненькое, худенькое), говорит: "Что ж, Катерина Ивановна, неужели же мне на такое дело пойти?" А уж Дарья Францевна, женщина злонамеренная и полиции многократно известная, раза три через хозяйку наведывалась. "А что ж, -- отвечает Катерина Ивановна, в пересмешку, -- чего беречь? Эко сокровище!" Но не вините, не вините, милостивый государь, не вините! Не в здравом рассудке сие сказано было, а при взволнованных чувствах, в болезни и при плаче детей не евших, да и сказано более ради оскорбления, чем в точном смысле... Ибо Катерина Ивановна такого уж характера, и как расплачутся дети, хоть бы и с голоду, тотчас же их бить начинает. И вижу я, эдак часу в шестом, Сонечка встала, надела платочек, надела бурнусик и с квартиры отправилась, а в девятом часу и назад обратно пришла. Пришла, и прямо к Катерине Ивановне, и на стол перед ней тридцать целковых молча выложила. Ни словечка при этом не вымолвила, хоть бы взглянула, а взяла только наш большой драдедамовый зеленый платок (общий такой у нас платок есть, драдедамовый), накрыла им совсем голову и лицо и легла на кровать, лицом к стенке, только плечики да тело всё вздрагивают... А я, как и давеча, в том же виде лежал-с... И видел я тогда, молодой человек, видел я, как затем Катерина Ивановна, также ни слова не говоря, подошла к Сонечкиной постельке и весь вечер в ногах у ней на коленках простояла, ноги ей целовала, встать не хотела, а потом так обе и заснули вместе, обнявшись... обе... обе... да-с... а я... лежал пьяненькой-с.

Мармеладов замолчал, как будто голос у него пресекся. Потом вдруг поспешно налил, выпил и крякнул.

-- С тех пор, государь мой, -- продолжал он после некоторого молчания, -- с тех пор, по одному неблагоприятному случаю и по донесению неблагонамеренных лиц, -- чему особенно способствовала Дарья Францевна, за то будто бы, что ей в надлежащем почтении манкировали, -- с тех пор дочь моя, Софья Семеновна, желтый билет принуждена была получить, и уже вместе с нами по случаю сему не могла оставаться. Ибо и хозяйка, Амалия Федоровна, того допустить не хотела (а сама же прежде Дарье Францевне способствовала), да и господин Лебезятников... гм... Вот за Соню-то и вышла у него эта история с Катериною Ивановной. Сначала сам добивался от Сонечки, а тут и в амбицию вдруг вошли: "Как, дескать, я, такой просвещенный человек, в одной квартире с таковскою буду жить?" А Катерина Ивановна не спустила, вступилась... ну и произошло... И заходит к нам Сонечка теперь более в сумерки, и Катерину Ивановну облегчает, и средства посильные доставляет... Живет же на квартире у портного Капернаумова, квартиру у них снимает, а Капернаумов хром и косноязычен, и всё многочисленнейшее семейство его тоже косноязычное. И жена его тоже косноязычная... В одной комнате помещаются, а Соня свою имеет особую, с перегородкой... Гм, да... Люди беднейшие и косноязычные... да... Только встал я тогда поутру-с, одел лохмотья мои, воздел руки к небу и отправился к его превосходительству Ивану Афанасьевичу. Его превосходительство Ивана Афанасьевича изволите знать?.. Нет? Ну так божия человека не знаете! Это -- воск... воск перед лицом господним; яко тает воск!.. Даже прослезились, изволив всё выслушать. "Ну, говорит, Мармеладов, раз уже ты обманул мои ожидания... Беру тебя еще раз на личную свою ответственность, -- так и сказали, -- помни, дескать, ступай!" Облобызал я прах ног его, мысленно, ибо взаправду не дозволили бы, бывши сановником и человеком новых государственных и образованных мыслей; воротился домой, и как объявил, что на службу опять зачислен и жалование получаю, господи, что тогда было!..

Мармеладов опять остановился в сильном волнении. В это время вошла с улицы целая партия пьяниц, уже и без того пьяных, и раздались у входа звуки нанятой шарманки и детский, надтреснутый семилетний голосок, певший "Хуторок". Стало шумно. Хозяин и прислуга занялись вошедшими. Мармеладов, не обращая внимания на вошедших, стал продолжать рассказ. Он, казалось, уже сильно ослаб, но чем более хмелел, тем становился словоохотнее. Воспоминания о недавнем успехе по службе как бы оживили его и даже отразились на лице его каким-то сиянием. Раскольников слушал внимательно.

-- Было же это, государь мой, назад пять недель. Да... Только что узнали они обе, Катерина Ивановна и Сонечка, господи, точно я в царствие божие переселился. Бывало, лежи, как скот, только брань! А ныне: на цыпочках ходят, детей унимают: "Семен Захарыч на службе устал, отдыхает, тш!" Кофеем меня перед службой поят, сливки кипятят! Сливок настоящих доставать начали, слышите! И откуда они сколотились мне на обмундировку приличную, одиннадцать рублей пятьдесят копеек, не понимаю? Сапоги, манишки коленкоровые -- великолепнейшие, вицмундир, всё за одиннадцать с полтиной состряпали в превосходнейшем виде-с. Пришел я в первый день поутру со службы, смотрю: Катерина Ивановна два блюда сготовила, суп и солонину под хреном, о чем и понятия до сих пор не имелось. Платьев-то нет у ней никаких... то есть никаких-с, а тут точно в гости собралась, приоделась, и не то чтобы что-нибудь, а так, из ничего всё сделать сумеют: причешутся, воротничок там какой-нибудь чистенький, нарукавнички, ан совсем другая особа выходит, и помолодела, и похорошела. Сонечка, голубка моя, только деньгами способствовала, а самой, говорит, мне теперь, до времени, у вас часто бывать неприлично, так разве, в сумерки, чтобы никто не видал. Слышите, слышите? Пришел я после обеда заснуть, так что ж бы вы думали, ведь не вытерпела Катерина Ивановна: за неделю еще с хозяйкой, с Амалией Федоровной, последним образом перессорились, а тут на чашку кофею позвала. Два часа просидели и всё шептались: "Дескать, как теперь Семен Захарыч на службе и жалование получает, и к его превосходительству сам являлся, и его превосходительство сам вышел, всем ждать велел, а Семена Захарыча мимо всех за руку в кабинет провел". Слышите, слышите? "Я, конечно, говорит, Семен Захарыч, помня ваши заслуги, и хотя вы и придерживались этой легкомысленной слабости, но как уж вы теперь обещаетесь, и что сверх того без вас у нас худо пошло (слышите, слышите!), то и надеюсь, говорит, теперь на ваше благородное слово", то есть всё это, я вам скажу, взяла да и выдумала, и не то чтоб из легкомыслия, для одной похвальбы-с! Нет-с, сама всему верит, собственными воображениями сама себя тешит, ей-богу-с! И я не осуждаю; нет, этого я не осуждаю!.. Когда же, шесть дней назад, я первое жалованье мое -- двадцать три рубля сорок копеек -- сполна принес, малявочкой меня назвала: "Малявочка, говорит, ты эдакая!" И наедине-с, понимаете ли? Ну уж что, кажется, во мне за краса, и какой я супруг? Нет, ущипнула за щеку: "Малявочка ты эдакая!" -- говорит.

Мармеладов остановился, хотел было улыбнуться, но вдруг подбородок его запрыгал. Он, впрочем, удержался. Этот кабак, развращенный вид, пять ночей на сенных барках и штоф, а вместе с тем эта болезненная любовь к жене и семье сбивали его слушателя с толку. Раскольников слушал напряженно, но с ощущением болезненным. Он досадовал, что зашел сюда.

-- Милостивый государь, милостивый государь! -- воскликнул Мармеладов, оправившись, -- о государь мой, вам, может быть, всё это в смех, как и прочим, и только беспокою я вас глупостью всех этих мизерных подробностей домашней жизни моей, ну а мне не в смех! Ибо я всё это могу чувствовать... И в продолжение всего того райского дня моей жизни и всего того вечера я и сам в мечтаниях летучих препровождал: и то есть как я это всё устрою, и ребятишек одену, и ей спокой дам, и дочь мою единородную от бесчестья в лоно семьи возвращу... И многое, многое... Позволительно, сударь. Ну-с, государь ты мой (Мармеладов вдруг как будто вздрогнул, поднял голову и в упор посмотрел на своего слушателя), ну-с, а на другой же день, после всех сих мечтаний (то есть это будет ровно пять суток назад тому), к вечеру, я хитрым обманом, как тать в нощи, похитил у Катерины Ивановны от сундука ее ключ, вынул что осталось из принесенного жалованья, сколько всего уж не помню, и вот-с, глядите на меня, все! Пятый день из дома, и там меня ищут, и службе конец, и вицмундир в распивочной у Египетского моста лежит, взамен чего и получил сие одеяние... и всему конец!

Мармеладов стукнул себя кулаком по лбу, стиснул зубы, закрыл глаза и крепко оперся локтем на стол. Но через минуту лицо его вдруг изменилось, и с каким-то напускным лукавством и выделанным нахальством взглянул на Раскольникова, засмеялся и проговорил:

-- А сегодня у Сони был, на похмелье ходил просить! Хе-хе-хе!

-- Неужели дала? -- крикнул кто-то со стороны из вошедших, крикнул и захохотал во всю глотку.

-- Вот этот самый полуштоф-с на ее деньги и куплен, -- произнес Мармеладов, исключительно обращаясь к Раскольникову. -- Тридцать копеек вынесла, своими руками, последние, всё что было, сам видел... Ничего не сказала, только молча на меня посмотрела... Так не на земле, а там... о людях тоскуют, плачут, а не укоряют, не укоряют! А это больней-с, больней-с, когда не укоряют!.. Тридцать копеек, да-с. А ведь и ей теперь они нужны, а? Как вы думаете, сударь мой дорогой? Ведь она теперь чистоту наблюдать должна. Денег стоит сия чистота, особая-то, понимаете? Понимаете? Ну, там помадки тоже купить, ведь нельзя же-с; юбки крахмальные, ботиночку эдакую, пофиглярнее, чтобы ножку выставить, когда лужу придется переходить. Понимаете ли, понимаете ли, сударь, что значит сия чистота? Ну-с, а я вот, кровный-то отец, тридцать-то эти копеек и стащил себе на похмелье! И пью-с! И уж пропил-с!.. Ну, кто же такого, как я, пожалеет? ась? Жаль вам теперь меня, сударь, аль нет? Говорите, сударь, жаль али нет? Хе-хе-хе-хе!

Он хотел было налить, но уже нечего было. Полуштоф был пустой.

-- Да чего тебя жалеть-то? -- крикнул хозяин, очутившийся опять подле них.

Раздался смех и даже ругательства. Смеялись и ругались слушавшие и неслушавшие, так, глядя только на одну фигуру отставного чиновника.

-- Жалеть! зачем меня жалеть! -- вдруг возопил Мармеладов, вставая с протянутою вперед рукой, в решительном вдохновении, как будто только и ждал этих слов. -- Зачем жалеть, говоришь ты? Да! меня жалеть не за что! Меня распять надо, распять на кресте, а не жалеть! Но распни, судия, распни и, распяв, пожалей его! И тогда я сам к тебе пойду на пропятие, ибо не веселья жажду, а скорби и слез!.. Думаешь ли ты, продавец, что этот полуштоф твой мне в сласть пошел? Скорби, скорби искал я на дне его, скорби и слез, и вкусил, и обрел; а пожалеет нас тот, кто всех пожалел и кто всех и вся понимал, он единый, он и судия. Приидет в тот день и спросит: "А где дщерь, что мачехе злой и чахоточной, что детям чужим и малолетним себя предала? Где дщерь, что отца своего земного, пьяницу непотребного, не ужасаясь зверства его, пожалела?" И скажет: "Прииди! Я уже простил тебя раз... Простил тебя раз... Прощаются же и теперь грехи твои мнози, за то, что возлюбила много..." И простит мою Соню, простит, я уж знаю, что простит... Я это давеча, как у ней был, в моем сердце почувствовал!.. И всех рассудит и простит, и добрых и злых, и премудрых и смирных... И когда уже кончит над всеми, тогда возглаголет и нам: "Выходите, скажет, и вы! Выходите пьяненькие, выходите слабенькие, выходите соромники!" И мы выйдем все, не стыдясь, и станем. И скажет: "Свиньи вы! образа звериного и печати его; но приидите и вы!" И возглаголят премудрые, возглаголят разумные: "Господи! почто сих приемлеши?" И скажет: "Потому их приемлю, премудрые, потому приемлю, разумные, что ни единый из сих сам не считал себя достойным сего..." И прострет к нам руце свои, и мы припадем... и заплачем... и всё поймем! Тогда всё поймем!.. и все поймут... и Катерина Ивановна... и она поймет... Господи, да приидет царствие твое!

И он опустился на лавку, истощенный и обессиленный, ни на кого не смотря, как бы забыв окружающее и глубоко задумавшись. Слова его произвели некоторое впечатление; на минуту воцарилось молчание, но вскоре раздались прежний смех и ругательства:

-- Рассудил!

-- Заврался!

-- Чиновник!

И проч., и проч.

-- Пойдемте, сударь, -- сказал вдруг Мармеладов, поднимая голову и обращаясь к Раскольникову, -- доведите меня... Дом Козеля, на дворе. Пора... к Катерине Ивановне...

Раскольникову давно уже хотелось уйти; помочь же ему он и сам думал. Мармеладов оказался гораздо слабее ногами, чем в речах, и крепко оперся на молодого человека. Идти было шагов двести-триста. Смущение и страх всё более и более овладевали пьяницей по мере приближения к дому.

-- Я не Катерины Ивановны теперь боюсь, -- бормотал он в волнении, -- и не того, что она мне волосы драть начнет. Что волосы!.. вздор волосы!

Это я говорю! Оно даже и лучше, коли драть начнет, а я не того боюсь... я... глаз ее боюсь... да... глаз... Красных пятен на щеках тоже боюсь... и еще -- ее дыхания боюсь... Видал ты, как в этой болезни дышат... при взволнованных чувствах? Детского плача тоже боюсь... Потому как если Соня не накормила, то... уж не знаю что! не знаю! А побоев не боюсь... Знай, сударь, что мне таковые побои не токмо не в боль, но и в наслаждение бывают... Ибо без сего я и сам не могу обойтись. Оно лучше. Пусть побьет, душу отведет... оно лучше... А вот и дом. Козеля дом. Слесаря, немца, богатого... веди!

Они вошли со двора и прошли в четвертый этаж. Лестница чем дальше, тем становилась темнее. Было уже почти одиннадцать часов, и хотя в эту пору в Петербурге нет настоящей ночи, но на верху лестницы было очень темно.

Маленькая закоптелая дверь в конце лестницы, на самом верху, была отворена. Огарок освещал беднейшую комнату шагов в десять длиной; всю ее было видно из сеней. Всё было разбросано и в беспорядке, в особенности разное детское тряпье. Через задний угол была протянута дырявая простыня. За нею, вероятно, помещалась кровать. В самой же комнате было всего только два стула и клеенчатый очень ободранный диван, перед которым стоял старый кухонный сосновый стол, некрашеный и ничем не покрытый. На краю стола стоял догоравший сальный огарок в железном подсвечнике. Выходило, что Мармеладов помещался в особой комнате, а не в углу, но комната его была проходная. Дверь в дальнейшие помещения или клетки, на которые разбивалась квартира Амалии Липпевехзель, была приотворена. Там было шумно и крикливо. Хохотали. Кажется, играли в карты и пили чай. Вылетали иногда слова самые нецеремонные.

Раскольников тотчас признал Катерину Ивановну. Это была ужасно похудевшая женщина, тонкая, довольно высокая и стройная, еще с прекрасными темно-русыми волосами и действительно с раскрасневшимися до пятен щеками. Она ходила взад и вперед по своей небольшой комнате, сжав руки на груди, с запекшимися губами и неровно, прерывисто дышала. Глаза ее блестели как в лихорадке, но взгляд был резок и неподвижен, и болезненное впечатление производило это чахоточное и взволнованное лицо, при последнем освещении догоравшего огарка, трепетавшем на лице ее. Раскольникову она показалась лет тридцати, и действительно была не пара Мармеладову... Входящих она не слыхала и не заметила; казалось, она была в каком-то забытьи, не слушала и не видела. В комнате было душно, но окна она не отворила; с лестницы несло вонью, но дверь на лестницу была не затворена; из внутренних помещений, сквозь непритворенную дверь, неслись волны табачного дыма, она кашляла, но дверь не притворяла. Самая маленькая девочка, лет шести, спала на полу, как-то сидя, скорчившись и уткнув голову в диван. Мальчик, годом старше ее, весь дрожал в углу и плакал. Его, вероятно, только что прибили. Старшая девочка, лет девяти, высокенькая и тоненькая как спичка, в одной худенькой и разодранной всюду рубашке и в накинутом на голые плечи ветхом драдедамовом бурнусике, сшитом ей, вероятно, два года назад, потому что он не доходил теперь и до колен, стояла в углу подле маленького брата, обхватив его шею своею длинною, высохшею как спичка рукой. Она, кажется, унимала его, что-то шептала ему, всячески сдерживала, чтоб он как-нибудь опять не захныкал, и в то же время со страхом следила за матерью своими большими-большими темными глазами, которые казались еще больше на ее исхудавшем и испуганном личике. Мармеладов, не входя в комнату, стал в самых дверях на коленки, а Раскольникова протолкнул вперед. Женщина, увидев незнакомого, рассеянно остановилась перед ним, на мгновение очнувшись и как бы соображая: зачем это он вошел? Но, верно, ей тотчас же представилось, что он идет в другие комнаты, так как ихняя была проходная. Сообразив это и не обращая уже более на него внимания, она пошла к сенным дверям, чтобы притворить их, и вдруг вскрикнула, увидев на самом пороге стоящего на коленках мужа.

-- А! -- закричала она в исступлении, -- воротился! Колодник! Изверг!.. А где деньги? Что у тебя в кармане, показывай! И платье не то! где твое платье? где деньги? говори!..

И она бросилась его обыскивать. Мармеладов тотчас же послушно и покорно развел руки в обе стороны, чтобы тем облегчить карманный обыск. Денег не было ни копейки.

-- Где же деньги? -- кричала она. -- О господи, неужели же он всё пропил! Ведь двенадцать целковых в сундуке оставалось!.. -- и вдруг, в бешенстве, она схватила его за волосы и потащила в комнату. Мармеладов сам облегчал ее усилия, смиренно ползя за нею на коленках.

-- И это мне в наслаждение! И это мне не в боль, а в нас-лаж-дение, ми-ло-сти-вый го-су-дарь, -- выкрикивал он, потрясаемый за волосы и даже раз стукнувшись лбом об пол. Спавший на полу ребенок проснулся и заплакал. Мальчик в углу не выдержал, задрожал, закричал и бросился к сестре в страшном испуге, почти в припадке. Старшая девочка дрожала со сна как лист.

-- Пропил! всё, всё пропил! -- кричала в отчаянии бедная женщина, -- и платье не то! Голодные, голодные! (и, ломая руки, она указывала на детей). О, треклятая жизнь! А вам, вам не стыдно, -- вдруг набросилась она на Раскольникова, -- из кабака! Ты с ним пил? Ты тоже с ним пил! Вон!

Молодой человек поспешил уйти, не говоря ни слова. К тому же внутренняя дверь отворилась настежь, и из нее выглянуло несколько любопытных. Протягивались наглые смеющиеся головы с папиросками и трубками, в ермолках. Виднелись фигуры в халатах и совершенно нараспашку, в летних до неприличия костюмах, иные с картами в руках. Особенно потешно смеялись они, когда Мармеладов, таскаемый за волосы, кричал, что это ему в наслаждение. Стали даже входить в комнату; послышался, наконец, зловещий визг: это продиралась вперед сама Амалия Липпевехзель, чтобы произвести распорядок по-свойски и в сотый раз испугать бедную женщину ругательским приказанием завтра же очистить квартиру. Уходя, Раскольников успел просунуть руку в карман, загреб сколько пришлось медных денег, доставшихся ему с разменянного в распивочной рубля, и неприметно положил на окошко. Потом уже на лестнице он одумался и хотел было воротиться.

"Ну что это за вздор такой я сделал, -- подумал он, -- тут у них Соня есть, а мне самому надо". Но рассудив, что взять назад уже невозможно и что все-таки он и без того бы не взял, он махнул рукой и пошел на свою квартиру. "Соне помадки ведь тоже нужно, -- продолжал он, шагая по улице, и язвительно усмехнулся, -- денег стоит сия чистота... Гм! А ведь Сонечка-то, пожалуй, сегодня и сама обанкрутится, потому тот же риск, охота по красному зверю... золотопромышленность... вот они все, стало быть, и на бобах завтра без моих-то денег... Ай да Соня! Какой колодезь, однако ж, сумели выкопать! и пользуются! Вот ведь пользуются же! И привыкли. Поплакали, и привыкли. Ко всему-то подлец-человек привыкает!"

Он задумался.

-- Ну а коли я соврал, -- воскликнул он вдруг невольно, -- коли действительно не подлец человек, весь вообще, весь род то есть человеческий, то значит, что остальное всё -- предрассудки, одни только страхи напущенные, и нет никаких преград, и так тому и следует быть!..

III

Он проснулся на другой день уже поздно, после тревожного сна, но сон не подкрепил его. Проснулся он желчный, раздражительный, злой и с ненавистью посмотрел на свою каморку. Это была крошечная клетушка, шагов в шесть длиной, имевшая самый жалкий вид с своими желтенькими, пыльными и всюду отставшими от стены обоями, и до того низкая, что чуть-чуть высокому человеку становилось в ней жутко, и всё казалось, что вот-вот стукнешься головой о потолок. Мебель соответствовала помещению: было три старых стула, не совсем исправных, крашеный стол в углу, на котором лежало несколько тетрадей и книг; уже по тому одному, как они были запылены, видно было, что до них давно уже не касалась ничья рука; и, наконец, неуклюжая большая софа, занимавшая чуть не всю стену и половину ширины всей комнаты, когда-то обитая ситцем, но теперь в лохмотьях и служившая постелью Раскольникову. Часто он спал на ней так, как был, не раздеваясь, без простыни, покрываясь своим старым, ветхим, студенческим пальто и с одною маленькою подушкой в головах, под которую подкладывал всё что имел белья, чистого и заношенного, чтобы было повыше изголовье. Перед софой стоял маленький столик.

Трудно было более опуститься и обнеряшиться; но Раскольникову это было даже приятно в его теперешнем состоянии духа. Он решительно ушел от всех, как черепаха в свою скорлупу, и даже лицо служанки, обязанной ему прислуживать и заглядывавшей иногда в его комнату, возбуждало в нем желчь и конвульсии. Так бывает у иных мономанов, слишком на чем-нибудь сосредоточившихся. Квартирная хозяйка его две недели как уже перестала ему отпускать кушанье, и он не подумал еще до сих пор сходить объясниться с нею, хотя и сидел без обеда. Настасья, кухарка и единственная служанка хозяйкина, отчасти была рада такому настроению жильца и совсем перестала у него убирать и мести, так только в неделю раз, нечаянно, бралась иногда за веник. Она же и разбудила его теперь.

-- Вставай, чего спишь! -- закричала она над ним, -- десятый час. Я тебе чай принесла; хошь чайку-то? Поди отощал?

Жилец открыл глаза, вздрогнул и узнал Настасью.

-- Чай-то от хозяйки, что ль? -- спросил он, медленно и с болезненным видом приподнимаясь на софе.

-- Како от хозяйки!

Она поставила перед ним свой собственный надтреснутый чайник, с спитым уже чаем, и положила два желтых кусочка сахару.

-- Вот, Настасья, возьми, пожалуйста, -- сказал он, пошарив в кармане (он так и спал одетый) и вытащив горсточку меди, -- сходи и купи мне сайку. Да возьми в колбасной хоть колбасы немного, подешевле.

-- Сайку я тебе сею минутою принесу, а не хошь ли вместо колбасы-то щей? Хорошие щи, вчерашние. Еще вчера тебе отставила, да ты пришел поздно. Хорошие щи.

Когда щи были принесены и он принялся за них, Настасья уселась подле него на софе и стала болтать. Она была из деревенских баб и очень болтливая баба.

-- Прасковья-то Павловна в полицу на тебя хочет жалиться, -- сказала она.

Он крепко поморщился.

-- В полицию? Что ей надо?

-- Денег не платишь и с фатеры не сходишь. Известно, что надо.

-- Э, черта еще этого недоставало, -- бормотал он, скрыпя зубами, -- нет, это мне теперь... некстати... Дура она, -- прибавил он громко. -- Я сегодня к ней зайду, поговорю.

-- Дура-то она дура, такая же, как и я, а ты что, умник, лежишь как мешок, ничего от тебя не видать? Прежде, говоришь, детей учить ходил, а теперь пошто ничего не делаешь?

-- Я делаю... -- нехотя и сурово проговорил Раскольников.

-- Что делаешь?

-- Работу...

-- Каку работу?

-- Думаю, -- серьезно отвечал он помолчав.

Настасья так и покатилась со смеху. Она была из смешливых и, когда рассмешат, смеялась неслышно, колыхаясь и трясясь всем телом, до тех пор, что самой тошно уж становилось.

-- Денег-то много, что ль, надумал? -- смогла она наконец выговорить.

-- Без сапог нельзя детей учить. Да и наплевать.

-- А ты в колодезь не плюй.

-- За детей медью платят. Что на копейки сделаешь? -- продолжал он с неохотой, как бы отвечая собственным мыслям.

-- А тебе бы сразу весь капитал?

Он странно посмотрел на нее.

-- Да, весь капитал, -- твердо отвечал он помолчав.

-- Ну, ты помаленьку, а то испужаешь; страшно уж очинна. За сайкой-то ходить али нет?

-- Как хочешь.

-- Да, забыла! К тебе ведь письмо вчера без тебя пришло.

-- Письмо! ко мне! от кого?

-- От кого, не знаю. Три копейки почтальону своих отдала. Отдашь, что ли?

-- Так неси же, ради бога, неси! -- закричал весь в волнении Раскольников, -- господи!

Через минуту явилось письмо. Так и есть: от матери, из Р - й губернии. Он даже побледнел, принимая его. Давно уже не получал он писем; но теперь и еще что-то другое вдруг сжало ему сердце.

-- Настасья, уйди, ради бога; вот твои три копейки, только, ради бога, скорей уйди!

Письмо дрожало в руках его; он не хотел распечатывать при ней: ему хотелось остаться наедине с этим письмом. Когда Настасья вышла, он быстро поднес его к губам и поцеловал; потом долго еще вглядывался в почерк адреса, в знакомый и милый ему мелкий и косенький почерк его матери, учившей его когда-то читать и писать. Он медлил; он даже как будто боялся чего-то. Наконец распечатал: письмо было большое, плотное, в два лота; два большие почтовые листа были мелко-намелко исписаны.

"Милый мой Родя, -- писала мать, -- вот уже два месяца с лишком как я не беседовала с тобой письменно, от чего сама страдала и даже иную ночь не спала, думая. Но, наверно, ты не обвинишь меня в этом невольном моем молчании. Ты знаешь, как я люблю тебя; ты один у нас, у меня и у Дуни, ты наше всё, вся надежда, упование наше. Что было со мною, когда я узнала, что ты уже несколько месяцев оставил университет, за неимением чем содержать себя, и что уроки и прочие средства твои прекратились! Чем могла я с моими ста двадцатью рублями в год пенсиона помочь тебе? Пятнадцать рублей, которые я послала тебе четыре месяца назад, я занимала, как ты и сам знаешь, в счет этого же пенсиона, у здешнего нашего купца Афанасия Ивановича Вахрушина. Он добрый человек и был еще приятелем твоего отца. Но, дав ему право на получение за меня пенсиона, я должна была ждать, пока выплатится долг, а это только что теперь исполнилось, так что я ничего не могла во всё это время послать тебе. Но теперь, слава богу, я, кажется, могу тебе еще выслать, да и вообще мы можем теперь даже похвалиться фортуной, о чем и спешу сообщить тебе. И, во-первых, угадаешь ли ты, милый Родя, что сестра твоя вот уже полтора месяца как живет со мною, и мы уже больше не разлучимся и впредь. Слава тебе господи, кончились ее истязания, но расскажу тебе всё по порядку, чтобы ты узнал, как всё было, и что мы от тебя до сих пор скрывали. Когда ты писал мне, тому назад два месяца, что слышал от кого-то, будто Дуня терпит много от грубости в доме господ Свидригайловых, и спрашивал от меня точных объяснений, -- что могла я тогда написать тебе в ответ? Если б я написала тебе всю правду, то ты, пожалуй бы, всё бросил и хоть пешком, а пришел бы к нам, потому я и характер и чувства твои знаю, и ты бы не дал в обиду сестру свою. Я же сама была в отчаянии, но что было делать? Я и сама-то всей правды тогда не знала. Главное же затруднение состояло в том, что Дунечка, вступив прошлого года в их дом гувернанткой, взяла вперед целых сто рублей, под условием ежемесячного вычета из жалованья, и, стало быть, и нельзя было место оставить, не расплатившись с долгом. Сумму же эту (теперь могу тебе всё объяснить, бесценный Родя) взяла она более для того, чтобы выслать тебе шестьдесят рублей, в которых ты тогда так нуждался и которые ты и получил от нас в прошлом году. Мы тебя тогда обманули, написали, что это из скопленных Дунечкиных прежних денег, но это было не так, а теперь сообщаю тебе всю правду, потому что всё теперь переменилось внезапно, по воле божией, к лучшему, и чтобы ты знал, как любит тебя Дуня и какое у нее бесценное сердце. Действительно, господин Свидригайлов сначала обходился с ней очень грубо и делал ей разные неучтивости и насмешки за столом... Но не хочу пускаться во все эти тяжелые подробности, чтобы не волновать тебя напрасно, когда уж всё теперь кончено. Короче, несмотря на доброе и благородное обращение Марфы Петровны, супруги господина Свидригайлова, и всех домашних, Дунечке было очень тяжело, особенно когда господин Свидригайлов находился, по старой полковой привычке своей, под влиянием Бахуса. Но что же оказалось впоследствии? Представь себе, что этот сумасброд давно уже возымел к Дуне страсть, но всё скрывал это под видом грубости и презрения к ней. Может быть, он и сам стыдился и приходил в ужас, видя себя уже в летах и отцом семейства, при таких легкомысленных надеждах, а потому и злился невольно на Дуню. А может быть, и то, что он грубостию своего обращения и насмешками хотел только прикрыть от других всю истину. Но наконец не удержался и осмелился сделать Дуне явное и гнусное предложение, обещая ей разные награды и сверх того бросить всё и уехать с нею в другую деревню или, пожалуй, за границу. Можешь представить себе все ее страдания! Оставить сейчас место было нельзя, не только по причине денежного долга, но и щадя Марфу Петровну, которая могла бы вдруг возыметь подозрения, а следовательно, и пришлось бы поселить в семействе раздор. Да и для Дунечки был бы большой скандал; уж так не обошлось бы. Были тут и многие разные причины, так что раньше шести недель Дуня никак не могла рассчитывать вырваться из этого ужасного дома. Конечно, ты знаешь Дуню, знаешь, как она умна и с каким твердым характером. Дунечка многое может сносить и даже в самых крайних случаях найти в себе столько великодушия, чтобы не потерять своей твердости. Она даже мне не написала обо всем, чтобы не расстроить меня, а мы часто пересылались вестями. Развязка же наступила неожиданная. Марфа Петровна нечаянно подслушала своего мужа, умолявшего Дунечку в саду, и, поняв всё превратно, во всем ее же и обвинила, думая, что она-то всему и причиной. Произошла у них тут же в саду ужасная сцена: Марфа Петровна даже ударила Дуню, не хотела ничего слушать, а сама целый час кричала и, наконец, приказала тотчас же отвезти Дуню ко мне в город, на простой крестьянской телеге, в которую сбросили все ее вещи, белье, платья, всё как случилось, неувязанное и неуложенное. А тут поднялся проливной дождь, и Дуня, оскорбленная и опозоренная, должна была проехать с мужиком целых семнадцать верст в некрытой телеге. Подумай теперь, что могла я тебе написать в письме, в ответ на твое, полученное мною два месяца назад, и о чем писать? Сама я была в отчаянии; правду написать тебе не смела, потому что ты очень бы был несчастлив, огорчен и возмущен, да и что мог бы ты сделать? Пожалуй, еще себя погубить, да и Дунечка запрещала; а наполнять письмо пустяками и о чем-нибудь, тогда как в душе такое горе, я не могла. Целый месяц у нас по всему городу ходили сплетни об этой истории, и до того уж дошло, что нам даже в церковь нельзя было ходить с Дуней от презрительных взглядов и шептаний, и даже вслух при нас были разговоры. Все-то знакомые от нас отстранились, все перестали даже кланяться, и я наверно узнала, что купеческие приказчики и некоторые канцеляристы хотели нанести нам низкое оскорбление, вымазав дегтем ворота нашего дома, так что хозяева стали требовать, чтобы мы с квартиры съехали. Всему этому причиной была Марфа Петровна, которая успела обвинить и загрязнить Дуню во всех домах. Она у нас со всеми знакома и в этот месяц поминутно приезжала в город, и так как она немного болтлива и любит рассказывать про свои семейные дела и, особенно, жаловаться на своего мужа всем и каждому, что очень нехорошо, то и разнесла всю историю, в короткое время, не только в городе, но и по уезду. Я заболела, Дунечка же была тверже меня, и если бы ты видел, как она всё переносила и меня же утешала и ободряла! Она ангел! Но, по милосердию божию, наши муки были сокращены: господин Свидригайлов одумался и раскаялся и, вероятно пожалев Дуню, представил Марфе Петровне полные и очевидные доказательства всей Дунечкиной невинности, а именно: письмо, которое Дуня еще до тех пор, когда Марфа Петровна застала их в саду, принуждена была написать и передать ему, чтоб отклонить личные объяснения и тайные свидания, на которых он настаивал, и которое, по отъезде Дунечки, осталось в руках господина Свидригайлова. В этом письме она самым пылким образом и с полным негодованием укоряла его именно за неблагородство поведения его относительно Марфы Петровны, поставляла ему на вид, что он отец и семьянин и что, наконец, как гнусно с его стороны мучить и делать несчастною и без того уже несчастную и беззащитную девушку. Одним словом, милый Родя, письмо это так благородно и трогательно написано, что я рыдала, читая его, и до сих пор не могу его читать без слез. Кроме того, в оправдание Дуни, явились, наконец, и свидетельства слуг, которые видели и знали гораздо больше, чем предполагал сам господин Свидригайлов, как это и всегда водится. Марфа Петровна была совершенно поражена и "вновь убита", как сама она нам признавалась, но зато вполне убедилась в невинности Дунечкиной и на другой же день, в воскресенье, приехав прямо в собор, на коленях и со слезами молила владычицу дать ей силу перенесть это новое испытание и исполнить долг свой. Затем, прямо из собора, ни к кому не заезжая, приехала к нам, рассказала нам всё, горько плакала и, в полном раскаянии, обнимала и умоляла Дуню простить ее. В то же утро, нисколько не мешкая, прямо от нас, отправилась по всем домам в городе и везде, в самых лестных для Дунечки выражениях, проливая слезы, восстановила ее невинность и благородство ее чувств и поведения. Мало того, всем показывала и читала вслух собственноручное письмо Дунечкино к господину Свидригайлову и даже давала снимать с него копии (что, мне кажется, уже и лишнее). Таким образом ей пришлось несколько дней сряду объезжать всех в городе, так как иные стали обижаться, что другим оказано было предпочтение, и таким образом завелись очереди, так что в каждом доме уже ждали заранее и все знали, что в такой-то день Марфа Петровна будет там-то читать это письмо, и на каждое чтение опять-таки собирались даже и те, которые письмо уже несколько раз прослушали и у себя в домах, и у других знакомых, по очереди. Мое мнение, что многое, очень многое, тут было лишнее; но Марфа Петровна уже такого характера. По крайней мере она вполне восстановила честь Дунечки, и вся гнусность этого дела легла неизгладимым позором на ее мужа, как на главного виновника, так что мне его даже и жаль; слишком уже строго поступили с этим сумасбродом. Дуню тотчас же стали приглашать давать уроки в некоторых домах, но она отказалась. Вообще же все стали к ней вдруг относиться с особенным уважением. Всё это способствовало главным образом и тому неожиданному случаю, через который теперь меняется, можно сказать, вся судьба наша. Узнай, милый Родя, что к Дуне посватался жених и что она успела уже дать свое согласие, о чем и спешу уведомить тебя поскорее. И хотя дело это сделалось и без твоего совета, но ты, вероятно, не будешь ни на меня, ни на сестру в претензии, так как сам увидишь, из дела же, что ждать и откладывать до получения твоего ответа было бы нам невозможно. Да и сам ты не мог бы заочно обсудить всего в точности. Случилось же так. Он уже надворный советник, Петр Петрович Лужин, и дальний родственник Марфы Петровны, которая многому в этом способствовала. Начал с того, что через нее изъявил желание с нами познакомиться, был как следует принят, пил кофе, а на другой же день прислал письмо, в котором весьма вежливо изъяснил свое предложение и просил скорого и решительного ответа. Человек он деловой и занятый, и спешит теперь в Петербург, так что дорожит каждою минутой. Разумеется, мы сначала были очень поражены, так как всё это произошло слишком скоро и неожиданно. Соображали и раздумывали мы вместе весь тот день. Человек он благонадежный и обеспеченный, служит в двух местах и уже имеет свой капитал. Правда, ему уже сорок пять лет, но он довольно приятной наружности и еще может нравиться женщинам, да и вообще человек он весьма солидный и приличный, немного только угрюмый и как бы высокомерный. Но это, может быть, только так кажется с первого взгляда. Да и предупреждаю тебя, милый Родя, как увидишься с ним в Петербурге, что произойдет в очень скором времени, то не суди слишком быстро и пылко, как это и свойственно тебе, если на первый взгляд тебе что-нибудь в нем не покажется. Говорю это на случай, хотя и уверена, что он произведет на тебя впечатление приятное. Да и кроме того, чтоб обознать какого бы то ни было человека, нужно относиться к нему постепенно и осторожно, чтобы не впасть в ошибку и предубеждение, которые весьма трудно после исправить и загладить. А Петр Петрович, по крайней мере по многим признакам, человек весьма почтенный. В первый же свой визит он объявил нам, что он человек положительный, но во многом разделяет, как он сам выразился, "убеждения новейших поколений наших" и враг всех предрассудков. Многое и еще он говорил, потому что несколько как бы тщеславен и очень любит, чтоб его слушали, но ведь это почти не порок. Я, разумеется, мало поняла, но Дуня объяснила мне, что он человек хотя и небольшого образования, но умный и, кажется, добрый. Ты знаешь характер сестры твоей, Родя. Это девушка твердая, благоразумная, терпеливая и великодушная, хотя и с пылким сердцем, что я хорошо в ней изучила. Конечно, ни с ее, ни с его стороны особенной любви тут нет, но Дуня, кроме того что девушка умная, -- в то же время и существо благородное, как ангел, и за долг поставит себе составить счастье мужа, который в свою очередь стал бы заботиться о ее счастии, а в последнем мы не имеем, покамест, больших причин сомневаться, хотя и скоренько, признаться, сделалось дело. К тому же он человек очень расчетливый и, конечно, сам увидит, что его собственное супружеское счастье будет тем вернее, чем Дунечка будет за ним счастливее. А что там какие-нибудь неровности в характере, какие-нибудь старые привычки и даже некоторое несогласие в мыслях (чего и в самых счастливых супружествах обойти нельзя), то на этот счет Дунечка сама мне сказала, что она на себя надеется; что беспокоиться тут нечего и что она многое может перенести, под условием если дальнейшие отношения будут честные и справедливые. Он, например, и мне показался сначала как бы резким; но ведь это может происходить именно оттого, что он прямодушный человек, и непременно так. Например, при втором визите, уже получив согласие, в разговоре он выразился, что уж и прежде, не зная Дуни, положил взять девушку честную, но без приданого, и непременно такую, которая уже испытала бедственное положение; потому, как объяснил он, что муж ничем не должен быть обязан своей жене, а гораздо лучше, если жена считает мужа за своего благодетеля. Прибавлю, что он выразился несколько мягче и ласковее, чем я написала, потому что я забыла настоящее выражение, а помню одну только мысль, и, кроме того, сказал он это отнюдь не преднамеренно, а, очевидно, проговорившись, в пылу разговора, так что даже старался потом поправиться и смягчить; но мне все-таки показалось это немного как бы резко, и я сообщила потом Дуне. Но Дуня даже с досадой отвечала мне, что "слова еще не дело", и это, конечно, справедливо. Пред тем, как решиться, Дунечка не спала всю ночь и, полагая, что я уже сплю, встала с постели и всю ночь ходила взад и вперед по комнате; наконец стала на колени и долго и горячо молилась перед образом, а наутро объявила мне, что она решилась.

Я уже упомянула, что Петр Петрович отправляется теперь в Петербург. У него там большие дела, и он хочет открыть в Петербурге публичную адвокатскую контору. Он давно уже занимается хождением по разным искам и тяжбам и на днях только что выиграл одну значительную тяжбу. В Петербург же ему и потому необходимо, что там у него одно значительное дело в сенате. Таким образом, милый Родя, он и тебе может быть весьма полезен, даже во всем, и мы с Дуней уже положили, что ты, даже с теперешнего же дня, мог бы определенно начать свою будущую карьеру и считать участь свою уже ясно определившеюся. О если б это осуществилось! Это была бы такая выгода, что надо считать ее не иначе, как прямою к нам милостию вседержителя. Дуня только и мечтает об этом. Мы уже рискнули сказать несколько слов на этот счет Петру Петровичу. Он выразился осторожно и сказал, что, конечно, так как ему без секретаря обойтись нельзя, то, разумеется, лучше платить жалованье родственнику, чем чужому, если только тот окажется способным к должности (еще бы ты-то не оказался способен!), но тут же выразил и сомнение, что университетские занятия твои не оставят тебе времени для занятий в его конторе. На этот раз тем дело и кончилось, но Дуня ни о чем, кроме этого, теперь и не думает. Она теперь, уже несколько дней, просто в каком-то жару и составила уже целый проект о том, что впоследствии ты можешь быть товарищем и даже компаньоном Петра Петровича по его тяжебным занятиям, тем более что ты сам на юридическом факультете. Я, Родя, вполне с нею согласна и разделяю все ее планы и надежды, видя в них полную вероятность; и, несмотря на теперешнюю, весьма объясняемую уклончивость Петра Петровича (потому что он тебя еще не знает), Дуня твердо уверена, что достигнет всего своим добрым влиянием на будущего своего мужа, и в этом она уверена. Уж конечно, мы остереглись проговориться Петру Петровичу хоть о чем-нибудь из этих дальнейших мечтаний наших и, главное, о том, что ты будешь его компаньоном. Он человек положительный и, пожалуй, принял бы очень сухо, так как всё это показалось бы ему одними только мечтаниями. Равным образом ни я, ни Дуня ни полслова еще не говорили с ним о крепкой надежде нашей, что он поможет нам способствовать тебе деньгами, пока ты в университете; потому не говорили, что, во-первых, это и само собой сделается впоследствии, и он, наверно, без лишних слов, сам предложит (еще бы он в этом-то отказал Дунечке) тем скорее, что ты и сам можешь стать его правою рукой по конторе и получать эту помощь не в виде благодеяния, а в виде заслуженного тобою жалованья. Так хочет устроить Дунечка, и я с нею вполне согласна. Во-вторых же, потому не говорили, что мне особенно хотелось поставить тебя с ним, при предстоящей теперешней встрече нашей, на ровной ноге. Когда Дуня говорила ему о тебе с восторгом, он отвечал, что всякого человека нужно сначала осмотреть самому и поближе, чтоб о нем судить, и что он сам предоставляет себе, познакомясь с тобой, составить о тебе свое мнение. Знаешь что, бесценный мой Родя, мне кажется, по некоторым соображениям (впрочем, отнюдь не относящимся к Петру Петровичу, а так, по некоторым моим собственным, личным, даже, может быть, старушечьим, бабьим капризам), -- мне кажется, что я, может быть, лучше сделаю, если буду жить после их брака особо, как и теперь живу, а не вместе с ними. Я уверена вполне, что он будет так благороден и деликатен, что сам пригласит меня и предложит мне не разлучаться более с дочерью, и если еще не говорил до сих пор, то, разумеется, потому что и без слов так предполагается; но я откажусь. Я замечала в жизни не раз, что тещи не очень-то бывают мужьям по сердцу, а я не только не хочу быть хоть кому-нибудь даже в малейшую тягость, но и сама хочу быть вполне свободною, покамест у меня хоть какой-нибудь свой кусок да такие дети, как ты и Дунечка. Если возможно, то поселюсь подле вас обоих, потому что, Родя, самое-то приятное я приберегла к концу письма: узнай же, милый друг мой, что, может быть, очень скоро мы сойдемся все вместе опять и обнимемся все трое после почти трехлетней разлуки! Уже наверно решено, что я и Дуня выезжаем в Петербург, когда именно, не знаю, но, во всяком случае, очень, очень скоро, даже, может быть, через неделю. Всё зависит от распоряжений Петра Петровича, который, как только осмотрится в Петербурге, тотчас же и даст нам знать. Ему хочется, по некоторым расчетам, как можно поспешить церемонией брака и даже, если возможно будет, сыграть свадьбу в теперешний же мясоед, а если не удастся, по краткости срока, то тотчас же после госпожинок. О, с каким счастьем прижму я тебя к моему сердцу! Дуня вся в волнении от радости свидания с тобой, и сказала раз, в шутку, что уже из этого одного пошла бы за Петра Петровича. Ангел она! Она теперь ничего тебе не приписывает, а велела только мне написать, что ей так много надо говорить с тобой, так много, что теперь у ней и рука не поднимается взяться за перо, потому что в нескольких строках ничего не напишешь, а только себя расстроишь; велела же тебя обнять крепче и переслать тебе бессчетно поцелуев. Но, несмотря на то, что мы, может быть, очень скоро сами сойдемся лично, я все-таки тебе на днях вышлю денег, сколько могу больше. Теперь, как узнали все, что Дунечка выходит за Петра Петровича, и мой кредит вдруг увеличился, и я наверно знаю, что Афанасий Иванович поверит мне теперь, в счет пенсиона, даже до семидесяти пяти рублей, так что я тебе, может быть, рублей двадцать пять или даже тридцать пришлю. Прислала бы и больше, но боюсь за наши расходы дорожные; и хотя Петр Петрович был так добр, что взял на себя часть издержек по нашему проезду в столицу, а именно, сам вызвался, на свой счет, доставить нашу поклажу и большой сундук (как-то у него там через знакомых), но все-таки нам надо рассчитывать и на приезд в Петербург, в который нельзя показаться без гроша, хоть на первые дни. Мы, впрочем, уже всё рассчитали с Дунечкой до точности, и вышло, что дорога возьмет немного. До железной дороги от нас всего только девяносто верст, и мы уже, на всякий случай, сговорились с одним знакомым нам мужичком-извозчиком; а там мы с Дунечкой преблагополучно прокатимся в третьем классе. Так что, может быть, я тебе не двадцать пять, а, наверно, тридцать рублей изловчусь выслать. Но довольно; два листа кругом уписала, и места уж больше не остается; целая наша история; ну да и происшествий-то сколько накопилось! А теперь, бесценный мой Родя, обнимаю тебя до близкого свидания нашего и благословляю тебя материнским благословением моим. Люби Дуню, свою сестру, Родя; люби так, как она тебя любит, и знай, что она тебя беспредельно, больше себя самой любит.

Она ангел, а ты, Родя, ты у нас всё -- вся надежда наша и всё упование. Был бы только ты счастлив, и мы будем счастливы. Молишься ли ты богу, Родя, по-прежнему и веришь ли в благость творца и искупителя нашего? Боюсь я, в сердце своем, не посетило ли и тебя новейшее модное безверие? Если так, то я за тебя молюсь. Вспомни, милый, как еще в детстве своем, при жизни твоего отца, ты лепетал молитвы свои у меня на коленях и как мы все тогда были счастливы! Прощай, или, лучше, до свидания! Обнимаю тебя крепко-крепко и целую бессчетно.

Твоя до гроба

Пульхерия Раскольникова.

Почти всё время как читал Раскольников, с самого начала письма, лицо его было мокро от слез; но когда он кончил, оно было бледно, искривлено судорогой, и тяжелая, желчная, злая улыбка змеилась по его губам. Он прилег головой на свою тощую и затасканную подушку и думал, долго думал. Сильно билось его сердце, и сильно волновались его мысли. Наконец ему стало душно и тесно в этой желтой каморке, похожей на шкаф или на сундук. Взор и мысль просили простору. Он схватил шляпу и вышел, на этот раз уже не опасаясь с кем-нибудь встретиться на лестнице; забыл он об этом. Путь же взял он по направлению к Васильевскому острову через В -- й проспект, как будто торопясь туда за делом, но, по обыкновению своему, шел, не замечая дороги, шепча про себя и даже говоря вслух с собою, чем очень удивлял прохожих. Многие принимали его за пьяного.

IV

Письмо матери его измучило. Но относительно главнейшего, капитального пункта сомнений в нем не было ни на минуту, даже в то еще время, как он читал письмо. Главнейшая суть дела была решена в его голове и решена окончательно: "Не бывать этому браку, пока я жив, и к черту господина Лужина!"

"Потому что это дело очевидное, -- бормотал он про себя, ухмыляясь и злобно торжествуя заранее успех своего решения. -- Нет, мамаша, нет, Дуня, не обмануть меня вам!.. И еще извиняются, что моего совета не попросили и без меня дело решили! Еще бы! Думают, что теперь уж и разорвать нельзя; а посмотрим, льзя или нельзя! Отговорка-то какая капитальная: "уж такой, дескать, деловой человек Петр Петрович, такой деловой человек, что и жениться-то иначе не может, как на почтовых, чуть не на железной дороге". Нет, Дунечка, всё вижу и знаю, о чем ты со мной много-то говорить собираешься; знаю и то, о чем ты всю ночь продумала, ходя по комнате, и о чем молилась перед Казанскою божией матерью, которая у мамаши в спальне стоит. На Голгофу-то тяжело всходить. Гм... Так, значит, решено уж окончательно: за делового и рационального человека изволите выходить, Авдотья Романовна, имеющего свой капитал (уже имеющего свой капитал, это солиднее, внушительнее), служащего в двух местах и разделяющего убеждения новейших наших поколений (как пишет мамаша) и, "кажется, доброго", как замечает сама Дунечка. Это кажется всего великолепнее! И эта же Дунечка за это же кажется замуж идет!.. Великолепно! Великолепно!..

...А любопытно, однако ж, для чего мамаша о "новейших-то поколениях" мне написала? Просто ли для характеристики лица или с дальнейшею целью: задобрить меня в пользу господина Лужина? О хитрые! Любопытно бы разъяснить еще одно обстоятельство: до какой степени они обе были откровенны друг с дружкой, в тот день и в ту ночь, и во всё последующее время? Все ли слова между ними были прямо произнесены, или обе поняли, что у той и у другой одно в сердце и в мыслях, так уж нечего вслух-то всего выговаривать да напрасно проговариваться. Вероятно, оно так отчасти и было; по письму видно: мамаше он показался резок, немножко, а наивная мамаша и полезла к Дуне со своими замечаниями. А та, разумеется, рассердилась и "отвечала с досадой". Еще бы! Кого не взбесит, когда дело понятно и без наивных вопросов и когда решено, что уж нечего говорить. И что это она пишет мне: "Люби Дуню, Родя, а она тебя больше себя самой любит"; уж не угрызения ли совести ее самое втайне мучат за то, что дочерью сыну согласилась пожертвовать. "Ты наше упование, ты наше всё!" О мамаша!.." Злоба накипала в нем всё сильнее и сильнее, и если бы теперь встретился с ним господин Лужин, он, кажется, убил бы его!

"Гм, это правда, -- продолжал он, следуя за вихрем мыслей, крутившимся в его голове, -- это правда, что к человеку надо "подходить постепенно и осторожно, чтобы разузнать его"; но господин Лужин ясен. Главное, "человек деловой и, кажется, добрый": шутка ли, поклажу взял на себя, большой сундук на свой счет доставляет! Ну как же не добрый? А они-то обе, невеста и мать, мужичка подряжают, в телеге, рогожею крытой (я ведь так езжал)! Ничего! Только ведь девяносто верст, "а там преблагополучно прокатимся в третьем классе", верст тысячу. И благоразумно: по одежке протягивай ножки; да вы-то, господин Лужин, чего же? Ведь это ваша невеста... И не могли же вы не знать, что мать под свой пенсион на дорогу вперед занимает? Конечно, тут у вас общий коммерческий оборот, предприятие на обоюдных выгодах и на равных паях, значит, и расходы пополам; хлеб-соль вместе, а табачок врозь, по пословице. Да и тут деловой-то человек их поднадул немножко: поклажа-то стоит дешевле ихнего проезда, а пожалуй, что и задаром пойдет. Что ж они обе не видят, что ль, этого аль нарочно не замечают? И ведь довольны,

довольны! И как подумать, что это только цветочки, а настоящие фрукты впереди! Ведь тут что важно: тут не скупость, не скалдырничество важно, а тон всего этого. Ведь это будущий тон после брака, пророчество... Да и мамаша-то чего ж, однако, кутит? С чем она в Петербург-то явится? С тремя целковыми аль с двумя "билетиками", как говорит та... старуха... гм! Чем же жить-то в Петербурге она надеется потом-то? Ведь она уже по каким-то причинам успела догадаться, что ей с Дуней нельзя будет вместе жить после брака, даже и в первое время? Милый-то человек, наверно, как-нибудь тут проговорился, дал себя знать, хоть мамаша и отмахивается обеими руками от этого: "Сама, дескать, откажусь". Что ж она, на кого же надеется: на сто двадцать рублей пенсиона, с вычетом на долг Афанасию Ивановичу? Косыночки она там зимние вяжет, да нарукавнички вышивает, глаза свои старые портит. Да ведь косыночки всего только двадцать рублей в год прибавляют к ста двадцати-то рублям, это мне известно. Значит, все-таки на благородство чувств господина Лужина надеются: "Сам, дескать, предложит, упрашивать будет". Держи карман! И так-то вот всегда у этих шиллеровских прекрасных душ бывает: до последнего момента рядят человека в павлиные перья, до последнего момента на добро, а не на худо надеются; и хоть предчувствуют оборот медали, но ни за что себе заранее настоящего слова не выговорят; коробит их от одного помышления; обеими руками от правды отмахиваются, до тех самых пор, пока разукрашенный человек им собственноручно нос не налепит. А любопытно, есть ли у господина Лужина ордена; об заклад бьюсь, что Анна в петлице есть и что он ее на обеды у подрядчиков и у купцов надевает. Пожалуй, и на свадьбу свою наденет! А впрочем, черт с ним!..

...Ну да уж пусть мамаша, уж бог с ней, она уж такая, но Дуня-то что? Дунечка, милая, ведь я знаю вас! Ведь вам уже двадцатый год был тогда, как последний-то раз мы виделись: характер-то ваш я уже понял. Мамаша вон пишет, что "Дунечка многое может снести". Это я знал-с. Это я два с половиной года назад уже знал и с тех пор два с половиной года об этом думал, об этом именно, что "Дунечка многое может снести". Уж когда господина Свидригайлова, со всеми последствиями, может снести, значит, действительно, многое может снести. А теперь вот вообразили, вместе с мамашей, что и господина Лужина можно снести, излагающего теорию о преимуществе жен, взятых из нищеты и облагодетельствованных мужьями, да еще излагающего чуть не при первом свидании. Ну да положим, он "проговорился", хоть и рациональный человек (так что, может быть, и вовсе не проговорился, а именно в виду имел поскорее разъяснить), но Дуня-то, Дуня? Ведь ей человек-то ясен, а ведь жить-то с человеком. Ведь она хлеб черный один будет есть да водой запивать, а уж душу свою не продаст, а уж нравственную свободу свою не отдаст за комфорт; за весь Шлезвиг-Гольштейн не отдаст, не то что за господина Лужина. Нет, Дуня не та была, сколько я знал, и... ну да уж, конечно, не изменилась и теперь!..

Что говорить! Тяжелы Свидригайловы! Тяжело за двести рублей всю жизнь в гувернантках по губерниям шляться, но я все-таки знаю, что сестра моя скорее в негры пойдет к плантатору или в латыши к остзейскому немцу, чем оподлит дух свой и нравственное чувство свое связью с человеком, которого не уважает и с которым ей нечего делать, -- навеки, из одной своей личной выгоды! И будь даже господин Лужин весь из одного чистейшего золота или из цельного бриллианта, и тогда не согласится стать законною наложницей господина Лужина! Почему же теперь соглашается? В чем же штука-то? В чем же разгадка-то? Дело ясное: для себя, для комфорта своего, даже для спасения себя от смерти, себя не продаст, а для другого вот и продает! Для милого, для обожаемого человека продаст! Вот в чем вся наша штука-то и состоит: за брата, за мать продаст! Всё продаст! О, тут мы, при случае, и нравственное чувство наше придавим; свободу, спокойствие, даже совесть, всё, всё на толкучий рынок снесем. Пропадай жизнь! Только бы эти возлюбленные существа наши были счастливы. Мало того, свою собственную казуистику выдумаем, у иезуитов научимся и на время, пожалуй, и себя самих успокоим, убедим себя, что так надо, действительно надо для доброй цели. Таковы-то мы и есть, и всё ясно как день. Ясно, что тут не кто иной, как Родион Романович Раскольников в ходу и на первом плане стоит. Ну как же-с, счастье его может устроить, в университете содержать, компанионом сделать в конторе, всю судьбу его обеспечить; пожалуй, богачом впоследствии будет, почетным, уважаемым, а может быть, даже славным человеком окончит жизнь! А мать? Да ведь тут Родя, бесценный Родя, первенец! Ну как для такого первенца хотя бы и такою дочерью не пожертвовать! О милые и несправедливые сердца! Да чего: тут мы и от Сонечкина жребия, пожалуй что, не откажемся! Сонечка, Сонечка Мармеладова, вечная Сонечка, пока мир стоит! Жертву-то, жертву-то обе вы измерили ли вполне? Так ли? Под силу ли? В пользу ли? Разумно ли? Знаете ли вы, Дунечка, что Сонечкин жребий ничем не сквернее жребия с господином Лужиным? "Любви тут не может быть", -- пишет мамаша. А что, если, кроме любви-то, и уважения не может быть, а напротив, уже есть отвращение, презрение, омерзение, что же тогда? А и выходит тогда, что опять, стало быть, "чистоту наблюдать" придется. Не так, что ли? Понимаете ли, понимаете ли вы, что значит сия чистота? Понимаете ли вы, что лужинская чистота всё равно, что и Сонечкина чистота, а может быть, даже и хуже, гаже, подлее, потому что у вас, Дунечка, все-таки на излишек комфорта расчет, а там просто-запросто о голодной смерти дело идет! "Дорого, дорого стоит, Дунечка, сия чистота!" Ну, если потом не под силу станет, раскаетесь? Скорби-то сколько, грусти, проклятий, слез-то, скрываемых ото всех, сколько, потому что не Марфа же вы Петровна? А с матерью что тогда будет? Ведь она уж и теперь неспокойна, мучается; а тогда, когда всё ясно увидит? А со мной?.. Да что же вы в самом деле обо мне-то подумали? Не хочу я вашей жертвы, Дунечка, не хочу, мамаша! Не бывать тому, пока я жив, не бывать, не бывать! Не принимаю!"

Он вдруг очнулся и остановился.

"Не бывать? А что же ты сделаешь, чтоб этому не бывать? Запретишь? А право какое имеешь? Что ты им можешь обещать в свою очередь, чтобы право такое иметь? Всю судьбу свою, всю будущность им посвятить, когда кончишь курс и место достанешь? Слышали мы это, да ведь это буки, а теперь? Ведь тут надо теперь же что-нибудь сделать, понимаешь ты это? А ты что теперь делаешь? Обираешь их же. Ведь деньги-то им под сторублевый пенсион да под господ Свидригайловых под заклад достаются! От Свидригайловых-то, от Афанасия-то Ивановича Вахрушина чем ты их убережешь, миллионер будущий, Зевес, их судьбою располагающий? Через десять-то лет? Да в десять-то лет мать успеет ослепнуть от косынок, а пожалуй что и от слез; от поста исчахнет; а сестра? Ну, придумай-ка, что может быть с сестрой через десять лет али в эти десять лет? Догадался?"

Так мучил он себя и поддразнивал этими вопросами, даже с каким-то наслаждением. Впрочем, все эти вопросы были не новые, не внезапные, а старые, наболевшие, давнишние. Давно уже как они начали его терзать и истерзали ему сердце. Давным-давно как зародилась в нем вся эта теперешняя тоска, нарастала, накоплялась и в последнее время созрела и концентрировалась, приняв форму ужасного, дикого и фантастического вопроса, который замучил его сердце и ум, неотразимо требуя разрешения. Теперь же письмо матери вдруг как громом в него ударило. Ясно, что теперь надо было не тосковать, не страдать пассивно, одними рассуждениями о том, что вопросы неразрешимы, а непременно что-нибудь сделать, и сейчас же, и поскорее. Во что бы то ни стало надо решиться, хоть на что-нибудь, или...

"Или отказаться от жизни совсем! -- вскричал он вдруг в исступлении, -- послушно принять судьбу, как она есть, раз навсегда, и задушить в себе всё, отказавшись от всякого права действовать, жить и любить!"

"Понимаете ли, понимаете ли вы, милостивый государь, что значит, когда уже некуда больше идти? -- вдруг припомнился ему вчерашний вопрос Мармеладова, -- ибо надо, чтобы всякому человеку хоть куда-нибудь можно было пойти..."

Вдруг он вздрогнул: одна, тоже вчерашняя, мысль опять пронеслась в его голове. Но вздрогнул он не оттого, что пронеслась эта мысль. Он ведь знал, он предчувствовал, что она непременно "пронесется", и уже ждал ее; да и мысль эта была совсем не вчерашняя. Но разница была в том, что месяц назад, и даже вчера еще, она была только мечтой, а теперь... теперь явилась вдруг не мечтой, а в каком-то новом, грозном и совсем незнакомом ему виде, и он вдруг сам сознал это... Ему стукнуло в голову, и потемнело в глазах.

Он поспешно огляделся, он искал чего-то. Ему хотелось сесть, и он искал скамейку; проходил же он тогда по К--му бульвару. Скамейка виднелась впереди, шагах во ста. Он пошел сколько мог поскорее; но на пути случилось с ним одно маленькое приключение, которое на несколько минут привлекло к себе всё его внимание.

Выглядывая скамейку, он заметил впереди себя, шагах в двадцати, идущую женщину, но сначала не остановил на ней никакого внимания, как и на всех мелькавших до сих пор перед ним предметах. Ему уже много раз случалось проходить, например, домой и совершенно не помнить дороги, по которой он шел, и он уже привык так ходить. Но в идущей женщине было что-то такое странное и, с первого же взгляда, бросающееся в глаза, что мало-помалу внимание его начало к ней приковываться -- сначала нехотя и как бы с досадой, а потом всё крепче и крепче. Ему вдруг захотелось понять, что именно в этой женщине такого странного? Во-первых, она, должно быть, девушка очень молоденькая, шла по такому зною простоволосая, без зонтика и без перчаток, как-то смешно размахивая руками. На ней было шелковое, из легкой материи ("матерчатое") платьице, но тоже как-то очень чудно надетое, едва застегнутое и сзади у талии, в самом начале юбки, разорванное; целый клок отставал и висел болтаясь. Маленькая косыночка была накинута на обнаженную шею, но торчала как-то криво и боком. К довершению, девушка шла нетвердо, спотыкаясь и даже шатаясь во все стороны. Эта встреча возбудила, наконец, всё внимание Раскольникова. Он сошелся с девушкой у самой скамейки, но, дойдя до скамьи, она так и повалилась на нее, в угол, закинула на спинку скамейки голову и закрыла глаза, по-видимому от чрезвычайного утомления. Вглядевшись в нее, он тотчас же догадался, что она совсем была пьяна. Странно и дико было смотреть на такое явление. Он даже подумал, не ошибается ли он. Пред ним было чрезвычайно молоденькое личико, лет шестнадцати, даже, может быть, только пятнадцати, -- маленькое, белокуренькое, хорошенькое, но всё разгоревшееся и как будто припухшее. Девушка, кажется, очень мало уж понимала; одну ногу заложила за другую, причем выставила ее гораздо больше, чем следовало, и, по всем признакам, очень плохо сознавала, что она на улице.

Раскольников не сел и уйти не хотел, а стоял перед нею в недоумении. Этот бульвар и всегда стоит пустынный, теперь же, во втором часу и в такой зной, никого почти не было. И однако ж в стороне, шагах в пятнадцати, на краю бульвара, остановился один господин, которому, по всему видно было, очень бы хотелось тоже подойти к девочке с какими-то целями. Он тоже, вероятно, увидел ее издали и догонял, но ему помешал Раскольников. Он бросал на него злобные взгляды, стараясь, впрочем, чтобы тот их не заметил, и нетерпеливо ожидал своей очереди, когда досадный оборванец уйдет. Дело было понятное. Господин этот был лет тридцати, плотный, жирный, кровь с молоком, с розовыми губами и с усиками, и очень щеголевато одетый. Раскольников ужасно разозлился; ему вдруг захотелось как-нибудь оскорбить этого жирного франта. Он на минуту оставил девочку и подошел к господину.

-- Эй вы, Свидригайлов! Вам чего тут надо? -- крикнул он, сжимая кулаки и смеясь своими запенившимися от злобы губами.

-- Это что значит? -- строго спросил господин, нахмурив брови и свысока удивившись.

-- Убирайтесь, вот что!

-- Как ты смеешь, каналья!..

И он взмахнул хлыстом. Раскольников бросился на него с кулаками, не рассчитав даже и того, что плотный господин мог управиться и с двумя такими, как он. Но в эту минуту кто-то крепко схватил его сзади, между ними стал городовой.

-- Полно, господа, не извольте драться в публичных местах. Вам чего надо? Кто таков? -- строго обратился он к Раскольникову, разглядев его лохмотья.

Раскольников посмотрел на него внимательно. Это было бравое солдатское лицо с седыми усами и бакенами и с толковым взглядом.

-- Вас-то мне и надо, -- крикнул он, хватая его за руку. -- Я бывший студент, Раскольников... Это и вам можно узнать, -- обратился он к господину, -- а вы пойдемте-ка, я вам что-то покажу...

И, схватив городового за руку, он потащил его к скамейке.

-- Вот, смотрите, совсем пьяная, сейчас шла по бульвару: кто ее знает, из каких, а не похоже, чтоб по ремеслу. Вернее же всего где-нибудь напоили и обманули... в первый раз... понимаете? да так и пустили на улицу. Посмотрите, как разорвано платье, посмотрите, как оно надето: ведь ее одевали, а не сама она одевалась, да и одевали-то неумелые руки, мужские. Это видно. А вот теперь смотрите сюда: этот франт, с которым я сейчас драться хотел, мне незнаком, первый раз вижу; но он ее тоже отметил дорогой, сейчас, пьяную-то, себя-то не помнящую, и ему ужасно теперь хочется подойти и перехватить ее, -- так как она в таком состоянии, -- завезти куда-нибудь... И уж это наверно так: уж поверьте, что я не ошибаюсь. Я сам видел, как он за нею наблюдал и следил, только я ему помешал, и он теперь всё ждет, когда я уйду. Вон он теперь отошел маленько, стоит, будто папироску свертывает... Как бы нам ему не дать? Как бы нам ее домой отправить, -- подумайте-ка!

Городовой мигом всё понял и сообразил. Толстый господин был, конечно, понятен, оставалась девочка. Служивый нагнулся над нею разглядеть поближе, и искреннее сострадание изобразилось в его чертах.

-- Ах, жаль-то как! -- сказал он, качая головой, -- совсем еще как ребенок. Обманули, это как раз. Послушайте, сударыня, -- начал он звать ее, -- где изволите проживать? -- Девушка открыла усталые и посоловелые глаза, тупо посмотрела на допрашивающих и отмахнулась рукой.

-- Послушайте, -- сказал Раскольников, -- вот (он пошарил в кармане и вытащил двадцать копеек; нашлись), вот, возьмите извозчика и велите ему доставить по адресу. Только бы адрес-то нам узнать!

-- Барышня, а барышня? -- начал опять городовой, приняв деньги, -- я сейчас извозчика вам возьму и сам вас препровожу. Куда прикажете? а? Где изволите квартировать?

-- Пшла!.. пристают!.. -- пробормотала девочка и опять отмахнулась рукой.

-- Ах, ах как нехорошо! Ах, стыдно-то как, барышня, стыд-то какой! -- Он опять закачал головой, стыдя, сожалея и негодуя. -- Ведь вот задача! -- обратился он к Раскольникову и тут же, мельком, опять оглядел его с ног до головы. Странен, верно, и он ему показался: в таких лохмотьях, а сам деньги выдает!

-- Вы далеко ль отсюда их нашли? -- спросил он его.

-- Говорю вам: впереди меня шла, шатаясь, тут же на бульваре. Как до скамейки дошла, так и повалилась.

-- Ах, стыд-то какой теперь завелся на свете, господи! Этакая немудреная, и уж пьяная! Обманули, это как есть! Вон и платьице ихнее разорвано... Ах как разврат-то ноне пошел!.. А пожалуй, что из благородных будет, из бедных каких... Ноне много таких пошло. По виду-то как бы из нежных, словно ведь барышня, -- и он опять нагнулся над ней.

Может, и у него росли такие же дочки -- "словно как барышни и из нежных", с замашками благовоспитанных и со всяким перенятым уже модничаньем...

-- Главное, -- хлопотал Раскольников, -- вот этому подлецу как бы не дать! Ну что ж он еще над ней надругается! Наизусть видно, чего ему хочется; ишь подлец, не отходит!

Раскольников говорил громко и указывал на него прямо рукой. Тот услышал и хотел было опять рассердиться, но одумался и ограничился одним презрительным взглядом. Затем медленно отошел еще шагов десять и опять остановился.

-- Не дать-то им это можно-с, -- отвечал унтер-офицер в раздумье. -- Вот кабы они сказали, куда их предоставить, а то... Барышня, а барышня! -- нагнулся он снова.

Та вдруг совсем открыла глаза, посмотрела внимательно, как будто поняла что-то такое, встала со скамейки и пошла обратно в ту сторону, откуда пришла.

-- Фу, бесстыдники, пристают! -- проговорила она, еще раз отмахнувшись. Пошла она скоро, но по-прежнему сильно шатаясь. Франт пошел за нею, но по другой аллее, не спуская с нее глаз.

-- Не беспокойтесь, не дам-с, -- решительно сказал усач и отправился вслед за ними.

-- Эх, разврат-то как ноне пошел! -- повторил он вслух, вздыхая.

В эту минуту как будто что-то ужалило Раскольникова; в один миг его как будто перевернуло.

-- Послушайте, эй! -- закричал он вслед усачу.

Тот оборотился.

-- Оставьте! Чего вам? Бросьте! Пусть его позабавится (он указал на франта). Вам-то чего?

Городовой не понимал и смотрел во все глаза. Раскольников засмеялся.

-- Э-эх! -- проговорил служивый, махнув рукой, и пошел вслед за франтом и за девочкой, вероятно приняв Раскольникова иль за помешанного, или за что-нибудь еще хуже.

"Двадцать копеек мои унес, -- злобно проговорил Раскольников, оставшись один. -- Ну пусть и с того тоже возьмет да и отпустит с ним девочку, тем и кончится... И чего я ввязался тут помогать! Ну мне ль помогать? Имею ль я право помогать? Да пусть их переглотают друг друга живьем -- мне-то чего? И как я смел отдать эти двадцать копеек. Разве они мои?"

Несмотря на эти странные слова, ему стало очень тяжело. Он присел на оставленную скамью. Мысли его были рассеянны... Да и вообще тяжело ему было думать в эту минуту о чем бы то ни было. Он бы хотел совсем забыться, всё забыть, потом проснуться и начать совсем сызнова...

"Бедная девочка!.. -- сказал он, посмотрев в опустевший угол скамьи. -- Очнется, поплачет, потом мать узнает... Сначала прибьет, а потом высечет, больно и с позором, пожалуй, и сгонит... А не сгонит, так все-таки пронюхают Дарьи Францевны, и начнет шмыгать моя девочка, туда да сюда... Потом тотчас больница (и это всегда у тех, которые у матерей живут очень честных и тихонько от них пошаливают), ну а там... а там опять больница... вино... кабаки... и еще больница... года через два-три -- калека, итого житья ее девятнадцать аль восемнадцать лет от роду всего-с... Разве я таких не видал? А как они делались? Да вот всё так и делались... Тьфу! А пусть! Это, говорят, так и следует. Такой процент, говорят, должен уходить каждый год... куда-то... к черту, должно быть, чтоб остальных освежать и им не мешать. Процент! Славные, право, у них эти словечки: они такие успокоительные, научные. Сказано: процент, стало быть, и тревожиться нечего. Вот если бы другое слово, ну тогда... было бы, может быть, беспокойнее... А что, коль и Дунечка как-нибудь в процент попадет!.. Не в тот, так в другой?..

А куда ж я иду? -- подумал он вдруг. -- Странно. Ведь я зачем-то пошел. Как письмо прочел, так и пошел... На Васильевский остров, к Разумихину я пошел, вот куда, теперь... помню. Да зачем, однако же? И каким образом мысль идти к Разумихину залетела мне именно теперь в голову? Это замечательно".

Он дивился себе. Разумихин был одним из его прежних товарищей по университету. Замечательно, что Раскольников, быв в университете, почти не имел товарищей, всех чуждался, ни к кому не ходил и у себя принимал тяжело. Впрочем, и от него скоро все отвернулись. Ни в общих сходках, ни в разговорах, ни в забавах, ни в чем он как-то не принимал участия. Занимался он усиленно, не жалея себя, и за это его уважали, но никто не любил. Был он очень беден и как-то надменно горд и несообщителен; как будто что-то таил про себя. Иным товарищам его казалось, что он смотрит на них на всех, как на детей, свысока, как будто он всех их опередил и развитием, и знанием, и убеждениями, и что на их убеждения и интересы он смотрит как на что-то низшее.

С Разумихиным же он почему-то сошелся, то есть не то что сошелся, а был с ним сообщительнее, откровеннее. Впрочем, с Разумихиным невозможно было и быть в других отношениях. Это был необыкновенно веселый и сообщительный парень, добрый до простоты. Впрочем, под этою простотой таились и глубина, и достоинство. Лучшие из его товарищей понимали это, все любили его. Был он очень неглуп, хотя и действительно иногда простоват. Наружность его была выразительная -- высокий, худой, всегда худо выбритый, черноволосый. Иногда он буянил и слыл за силача. Однажды ночью, в компании, он одним ударом ссадил одного блюстителя вершков двенадцати росту. Пить он мог до бесконечности, но мог и совсем не пить; иногда проказил даже непозволительно, но мог и совсем не проказить. Разумихин был еще тем замечателен, что никакие неудачи его никогда не смущали и никакие дурные обстоятельства, казалось, не могли придавить его. Он мог квартировать хоть на крыше, терпеть адский голод и необыкновенный холод. Был он очень беден и решительно сам, один, содержал себя, добывая кой-какими работами деньги. Он знал бездну источников, где мог почерпнуть, разумеется заработком. Однажды он целую зиму совсем не топил своей комнаты и утверждал, что это даже приятнее, потому что в холоде лучше спится. В настоящее время он тоже принужден был выйти из университета, но ненадолго, и из всех сил спешил поправить обстоятельства, чтобы можно было продолжать. Раскольников не был у него уже месяца четыре, а Разумихин и не знал даже его квартиры. Раз как-то, месяца два тому назад, они было встретились на улице, но Раскольников отвернулся и даже перешел на другую сторону, чтобы тот его не заметил. А Разумихин хоть и заметил, но прошел мимо, не желая тревожить приятеля.

V

"Действительно, я у Разумихина недавно еще хотел было работы просить, чтоб он мне или уроки достал, или что-нибудь... -- додумывался Раскольников, -- но чем теперь-то он мне может помочь? Положим, уроки достанет, положим, даже последнею копейкой поделится, если есть у него копейка, так что можно даже и сапоги купить, и костюм поправить, чтобы на уроки ходить... гм... Ну, а дальше? На пятаки-то что ж я сделаю? Мне разве того теперь надобно? Право, смешно, что я пошел к Разумихину..."

Вопрос, почему он пошел теперь к Разумихину, тревожил его больше, чем даже ему самому казалось; с беспокойством отыскивал он какой-то зловещий для себя смысл в этом, казалось бы, самом обыкновенном поступке.

"Что ж, неужели я всё дело хотел поправить одним Разумихиным и всему исход нашел в Разумихине?" -- спрашивал он себя с удивлением.

Он думал и тер себе лоб, и, странное дело, как-то невзначай, вдруг и почти сама собой, после очень долгого раздумья, пришла ему в голову одна престранная мысль.

"Гм... к Разумихину, -- проговорил он вдруг совершенно спокойно, как бы в смысле окончательного решения, -- к Разумихину я пойду, это конечно... но -- не теперь... Я к нему... на другой день, после того пойду, когда уже то будет кончено и когда всё по-новому пойдет..."

И вдруг он опомнился.

"После того, -- вскрикнул он, срываясь со скамейки, -- да разве то будет? Неужели в самом деле будет?"

Он бросил скамейку и пошел, почти побежал; он хотел было поворотить назад, к дому, но домой идти ему стало вдруг ужасно противно: там-то, в углу, в этом-то ужасном шкафу и созревало всё это вот уже более месяца, и он пошел куда глаза глядят.

Нервная дрожь его перешла в какую-то лихорадочную; он чувствовал даже озноб; на такой жаре ему становилось холодно. Как бы с усилием начал он, почти бессознательно, по какой-то внутренней необходимости, всматриваться во все встречавшиеся предметы, как будто ища усиленно развлечения, но это плохо удавалось ему, и он поминутно впадал в задумчивость. Когда же опять, вздрагивая, поднимал голову и оглядывался кругом, то тотчас же забывал, о чем сейчас думал и даже где проходил. Таким образом прошел он весь Васильевский остров, вышел на Малую Неву, перешел мост и поворотил на Острова. Зелень и свежесть понравились сначала его усталым глазам, привыкшим к городской пыли, к известке и к громадным, теснящим и давящим домам. Тут не было ни духоты, ни вони, ни распивочных. Но скоро и эти новые, приятные ощущения перешли в болезненные и раздражающие. Иногда он останавливался перед какою-нибудь изукрашенною в зелени дачей, смотрел в ограду, видел вдали, на балконах и на террасах, разряженных женщин и бегающих в саду детей. Особенно занимали его цветы; он на них всего дольше смотрел. Встречались ему тоже пышные коляски, наездники и наездницы; он провожал их с любопытством глазами и забывал о них прежде, чем они скрывались из глаз. Раз он остановился и пересчитал свои деньги: оказалось около тридцати копеек. "Двадцать городовому, три Настасье за письмо, -- значит, Мармеладовым дал вчера копеек сорок семь али пятьдесят", -- подумал он, для чего-то рассчитывая, но скоро забыл даже, для чего и деньги вытащил из кармана. Он вспомнил об этом, проходя мимо одного съестного заведения, вроде харчевни, и почувствовал, что ему хочется есть. Войдя в харчевню, он выпил рюмку водки и съел с какою-то начинкой пирог. Доел он его опять на дороге. Он очень давно не пил водки, и она мигом подействовала, хотя выпита была всего одна рюмка. Ноги его вдруг отяжелели, и он начал чувствовать сильный позыв ко сну. Он пошел домой; но дойдя уже до Петровского острова, остановился в полном изнеможении, сошел с дороги, вошел в кусты, пал на траву и в ту же минуту заснул.

В болезненном состоянии сны отличаются часто необыкновенною выпуклостью, яркостью и чрезвычайным сходством с действительностью. Слагается иногда картина чудовищная, но обстановка и весь процесс всего представления бывают при этом до того вероятны и с такими тонкими, неожиданными, но художественно соответствующими всей полноте картины подробностями, что их и не выдумать наяву этому же самому сновидцу, будь он такой же художник, как Пушкин или Тургенев. Такие сны, болезненные сны, всегда долго помнятся и производят сильное впечатление на расстроенный и уже возбужденный организм человека.

Страшный сон приснился Раскольникову. Приснилось ему его детство, еще в их городке. Он лет семи и гуляет в праздничный день, под вечер, с своим отцом за городом. Время серенькое, день удушливый, местность совершенно такая же, как уцелела в его памяти: даже в памяти его она гораздо более изгладилась, чем представлялась теперь во сне. Городок стоит открыто, как на ладони, кругом ни ветлы; где-то очень далеко, на самом краю неба, чернеется лесок. В нескольких шагах от последнего городского огорода стоит кабак, большой кабак, всегда производивший на него неприятнейшее впечатление и даже страх, когда он проходил мимо его, гуляя с отцом. Там всегда была такая толпа, так орали, хохотали, ругались, так безобразно и сипло пели и так часто дрались; кругом кабака шлялись всегда такие пьяные и страшные рожи... Встречаясь с ними, он тесно прижимался к отцу и весь дрожал. Возле кабака дорога, проселок, всегда пыльная, и пыль на ней всегда такая черная. Идет она, извиваясь, далее и шагах в трехстах огибает вправо городское кладбище. Среди кладбища каменная церковь с зеленым куполом, в которую он раза два в год ходил с отцом и с матерью к обедне, когда служились панихиды по его бабушке, умершей уже давно, и которую он никогда не видал. При этом всегда они брали с собою кутью на белом блюде, в салфетке, а кутья была сахарная из рису и изюму, вдавленного в рис крестом. Он любил эту церковь и старинные в ней образа, большею частию без окладов, и старого священника с дрожащею головой. Подле бабушкиной могилы, на которой была плита, была и маленькая могилка его меньшого брата, умершего шести месяцев и которого он тоже совсем не знал и не мог помнить; но ему сказали, что у него был маленький брат, и он каждый раз, как посещал кладбище, религиозно и почтительно крестился над могилкой, кланялся ей и целовал ее. И вот снится ему: они идут с отцом по дороге к кладбищу и проходят мимо кабака; он держит отца за руку и со страхом оглядывается на кабак. Особенное обстоятельство привлекает его внимание: на этот раз тут как будто гулянье, толпа разодетых мещанок, баб, их мужей и всякого сброду. Все пьяны, все поют песни, а подле кабачного крыльца стоит телега, но странная телега. Это одна из тех больших телег, в которые впрягают больших ломовых лошадей и перевозят в них товары и винные бочки. Он всегда любил смотреть на этих огромных ломовых коней, долгогривых, с толстыми ногами, идущих спокойно, мерным шагом и везущих за собою какую-нибудь целую гору, нисколько не надсаждаясь, как будто им с возами даже легче, чем без возов. Но теперь, странное дело, в большую такую телегу впряжена была маленькая, тощая, саврасая крестьянская клячонка, одна из тех, которые -- он часто это видел -- надрываются иной раз с высоким каким-нибудь возом дров или сена, особенно коли воз застрянет в грязи или в колее, и при этом их так больно, так больно бьют всегда мужики кнутами, иной раз даже по самой морде и по глазам, а ему так жалко, так жалко на это смотреть, что он чуть не плачет, а мамаша всегда, бывало, отводит его от окошка. Но вот вдруг становится очень шумно: из кабака выходят с криками, с песнями, с балалайками пьяные-препьяные большие такие мужики в красных и синих рубашках, с армяками внакидку. "Садись, все садись! -- кричит один, еще молодой, с толстою такою шеей и с мясистым, красным, как морковь, лицом, -- всех довезу, садись!" Но тотчас же раздается смех и восклицанья:

-- Этака кляча да повезет!

-- Да ты, Миколка, в уме, что ли: этаку кобыленку в таку телегу запрег!

-- А ведь савраске-то беспременно лет двадцать уж будет, братцы!

-- Садись, всех довезу! -- опять кричит Миколка, прыгая первый в телегу, берет вожжи и становится на передке во весь рост. -- Гнедой даве с Матвеем ушел, -- кричит он с телеги, -- а кобыленка этта, братцы, только сердце мое надрывает: так бы, кажись, ее и убил, даром хлеб ест. Говорю садись! Вскачь пущу! Вскачь пойдет! -- И он берет в руки кнут, с наслаждением готовясь сечь савраску.

-- Да садись, чего! -- хохочут в толпе. -- Слышь, вскачь пойдет!

-- Она вскачь-то уж десять лет, поди, не прыгала.

-- Запрыгает!

-- Не жалей, братцы, бери всяк кнуты, зготовляй!

-- И то! Секи ее!

Все лезут в Миколкину телегу с хохотом и остротами. Налезло человек шесть, и еще можно посадить. Берут с собою одну бабу, толстую и румяную. Она в кумачах, в кичке с бисером, на ногах коты, щелкает орешки и посмеивается. Кругом в толпе тоже смеются, да и впрямь, как не смеяться: этака лядащая кобыленка да таку тягость вскачь везти будет! Два парня в телеге тотчас же берут по кнуту, чтобы помогать Миколке. Раздается: "ну!", клячонка дергает изо всей силы, но не только вскачь, а даже и шагом-то чуть-чуть может справиться, только семенит ногами, кряхтит и приседает от ударов трех кнутов, сыплющихся на нее, как горох. Смех в телеге и в толпе удвоивается, но Миколка сердится и в ярости сечет учащенными ударами кобыленку, точно и впрямь полагает, что она вскачь пойдет.

-- Пусти и меня, братцы! -- кричит один разлакомившийся парень из толпы.

-- Садись! Все садись! -- кричит Миколка, -- всех повезет. Засеку! -- И хлещет, хлещет, и уже не знает, чем и бить от остервенения.

-- Папочка, папочка, -- кричит он отцу, -- папочка, что они делают? Папочка, бедную лошадку бьют!

-- Пойдем, пойдем! -- говорит отец, -- пьяные, шалят, дураки: пойдем, не смотри! -- и хочет увести его, но он вырывается из его рук и, не помня себя, бежит к лошадке. Но уж бедной лошадке плохо. Она задыхается, останавливается, опять дергает, чуть не падает.

-- Секи до смерти! -- кричит Миколка, -- на то пошло. Засеку!

-- Да что на тебе креста, что ли, нет, леший! -- кричит один старик из толпы.

-- Видано ль, чтобы така лошаденка таку поклажу везла, -- прибавляет другой.

-- Заморишь! -- кричит третий.

-- Не трожь! Мое добро! Что хочу, то и делаю. Садись еще! Все садись! Хочу, чтобы беспременно вскачь пошла!..

Вдруг хохот раздается залпом и покрывает всё: кобыленка не вынесла учащенных ударов и в бессилии начала лягаться. Даже старик не выдержал и усмехнулся. И впрямь: этака лядащая кобыленка, а еще лягается!

Два парня из толпы достают еще по кнуту и бегут к лошаденке сечь ее с боков. Каждый бежит с своей стороны.

-- По морде ее, по глазам хлещи, по глазам! -- кричит Миколка.

-- Песню, братцы! -- кричит кто-то с телеги, и все в телеге подхватывают. Раздается разгульная песня, брякает бубен, в припевах свист. Бабенка щелкает орешки и посмеивается.

...Он бежит подле лошадки, он забегает вперед, он видит, как ее секут по глазам, по самым глазам! Он плачет. Сердце в нем поднимается, слезы текут. Один из секущих задевает его по лицу; он не чувствует, он ломает свои руки, кричит, бросается к седому старику с седою бородой, который качает головой и осуждает всё это. Одна баба берет его за руку и хочет увесть; но он вырывается и опять бежит к лошадке. Та уже при последних усилиях, но еще раз начинает лягаться.

-- А чтобы те леший! -- вскрикивает в ярости Миколка. Он бросает кнут, нагибается и вытаскивает со дна телеги длинную и толстую оглоблю, берет ее за конец в обе руки и с усилием размахивается над савраской.

-- Разразит! -- кричат кругом.

-- Убьет!

-- Мое добро! -- кричит Миколка и со всего размаху опускает оглоблю. Раздается тяжелый удар.

-- Секи ее, секи! Что стали! -- кричат голоса из толпы.

А Миколка намахивается в другой раз, и другой удар со всего размаху ложится на спину несчастной клячи. Она вся оседает всем задом, но вспрыгивает и дергает, дергает из всех последних сил в разные стороны, чтобы вывезти; но со всех сторон принимают ее в шесть кнутов, а оглобля снова вздымается и падает в третий раз, потом в четвертый, мерно, с размаха. Миколка в бешенстве, что не может с одного удара убить.

-- Живуча! -- кричат кругом.

-- Сейчас беспременно падет, братцы, тут ей и конец! -- кричит из толпы один любитель.

-- Топором ее, чего! Покончить с ней разом, -- кричит третий.

-- Эх, ешь те комары! Расступись! -- неистово вскрикивает Миколка, бросает оглоблю, снова нагибается в телегу и вытаскивает железный лом. -- Берегись! -- кричит он и что есть силы огорошивает с размаху свою бедную лошаденку. Удар рухнул; кобыленка зашаталась, осела, хотела было дернуть, но лом снова со всего размаху ложится ей на спину, и она падает на землю, точно ей подсекли все четыре ноги разом.

-- Добивай! -- кричит Миколка и вскакивает, словно себя не помня, с телеги. Несколько парней, тоже красных и пьяных, схватывают что попало -- кнуты, палки, оглоблю, и бегут к издыхающей кобыленке. Миколка становится сбоку и начинает бить ломом зря по спине. Кляча протягивает морду, тяжело вздыхает и умирает.

-- Доконал! -- кричат в толпе.

-- А зачем вскачь не шла!

-- Мое добро! -- кричит Миколка, с ломом в руках и с налитыми кровью глазами. Он стоит будто жалея, что уж некого больше бить.

-- Ну и впрямь, знать, креста на тебе нет! -- кричат из толпы уже многие голоса.

Но бедный мальчик уже не помнит себя. С криком пробивается он сквозь толпу к савраске, обхватывает ее мертвую, окровавленную морду и целует ее, целует ее в глаза, в губы... Потом вдруг вскакивает и в исступлении бросается с своими кулачонками на Миколку. В этот миг отец, уже долго гонявшийся за ним, схватывает его наконец и выносит из толпы.

-- Пойдем! пойдем! -- говорит он ему, -- домой пойдем!

-- Папочка! За что они... бедную лошадку... убили! -- всхлипывает он, но дыханье ему захватывает, и слова криками вырываются из его стесненной груди.

-- Пьяные, шалят, не наше дело, пойдем! -- говорит отец. Он обхватывает отца руками, но грудь ему теснит, теснит. Он хочет перевести дыхание, вскрикнуть, и просыпается.

Он проснулся весь в поту, с мокрыми от поту волосами, задыхаясь, и приподнялся в ужасе.

“Слава богу, это только сон! -- сказал он, садясь под деревом и глубоко переводя дыхание. -- Но что это? Уж не горячка ли во мне начинается: такой безобразный сон!”

Всё тело его было как бы разбито; смутно и темно на душе. Он положил локти на колена и подпер обеими руками голову.

“Боже! -- воскликнул он, -- да неужели ж, неужели ж я в самом деле возьму топор, стану бить по голове, размозжу ей череп... буду скользить в липкой, теплой крови, взламывать замок, красть и дрожать; прятаться, весь залитый кровью... с топором... Господи, неужели?"

Он дрожал как лист, говоря это.

"Да что же это я! -- продолжал он, восклоняясь опять и как бы в глубоком изумлении, -- ведь я знал же, что я этого не вынесу, так чего ж я до сих пор себя мучил? Ведь еще вчера, вчера, когда я пошел делать эту... пробу, ведь я вчера же понял совершенно, что не вытерплю... Чего ж я теперь-то? Чего ж я еще до сих пор сомневался? Ведь вчера же, сходя с лестницы, я сам сказал, что это подло, гадко, низко, низко... ведь меня от одной мысли наяву стошнило и в ужас бросило...

Нет, я не вытерплю, не вытерплю! Пусть, пусть даже нет никаких сомнений во всех этих расчетах, будь это всё, что решено в этот месяц, ясно как день, справедливо как арифметика. Господи! Ведь я всё же равно не решусь! Я ведь не вытерплю, не вытерплю!.. Чего же, чего же и до сих пор..."

Он встал на ноги, в удивлении осмотрелся кругом, как бы дивясь и тому, что зашел сюда, и пошел на Т -- в мост. Он был бледен, глаза его горели, изнеможение было во всех его членах, но ему вдруг стало дышать как бы легче. Он почувствовал, что уже сбросил с себя это страшное бремя, давившее его так долго, и на душе его стало вдруг легко и мирно. "Господи! -- молил он, -- покажи мне путь мой, а я отрекаюсь от этой проклятой... мечты моей!"

Проходя чрез мост, он тихо и спокойно смотрел на Неву, на яркий закат яркого, красного солнца. Несмотря на слабость свою, он даже не ощущал в себе усталости. Точно нарыв на сердце его, нарывавший весь месяц, вдруг прорвался. Свобода, свобода! Он свободен теперь от этих чар, от колдовства, обаяния, от наваждения!

Впоследствии, когда он припоминал это время и всё, что случилось с ним в эти дни, минуту за минутой, пункт за пунктом, черту за чертой, его до суеверия поражало всегда одно обстоятельство, хотя в сущности и не очень необычайное, но которое постоянно казалось ему потом как бы каким-то предопределением судьбы его.

Именно: он никак не мог понять и объяснить себе, почему он, усталый, измученный, которому было бы всего выгоднее возвратиться домой самым кратчайшим и прямым путем, воротился домой через Сенную площадь, на которую ему было совсем лишнее идти. Крюк был небольшой, но очевидный и совершенно ненужный. Конечно, десятки раз случалось ему возвращаться домой, не помня улиц, по которым он шел. Но зачем же, спрашивал он всегда, зачем же такая важная, такая решительная для него и в то же время такая в высшей степени случайная встреча на Сенной (по которой даже и идти ему незачем) подошла как раз теперь к такому часу, к такой минуте в его жизни, именно к такому настроению его духа и к таким именно обстоятельствам, при которых только и могла она, эта встреча, произвести самое решительное и самое окончательное действие на всю судьбу его? Точно тут нарочно поджидала его!

Было около девяти часов, когда он проходил по Сенной. Все торговцы на столах, на лотках, в лавках и в лавочках запирали свои заведения, или снимали и прибирали свой товар, и расходились по домам, равно как и их покупатели. Около харчевен в нижних этажах, на грязных и вонючих дворах домов Сенной площади, а наиболее у распивочных, толпилось много разного и всякого сорта промышленников и лохмотников. Раскольников преимущественно любил эти места, равно как и все близлежащие переулки, когда выходил без цели на улицу. Тут лохмотья его не обращали на себя ничьего высокомерного внимания, и можно было ходить в каком угодно виде, никого не скандализируя. У самого К--ного переулка, на углу, мещанин и баба, жена его, торговали с двух столов товаром: нитками, тесемками, платками ситцевыми и т. п. Они тоже поднимались домой, но замешкались, разговаривая с подошедшею знакомой. Знакомая эта была Лизавета Ивановна, или просто, как все звали ее, Лизавета, младшая сестра той самой старухи Алены Ивановны, коллежской регистраторши и процентщицы, у которой вчера был Раскольников, приходивший закладывать ей часы и делать свою пробу... Он давно уже знал всё про эту Лизавету, и даже та его знала немного. Это была высокая, неуклюжая, робкая и смиренная девка, чуть не идиотка, тридцати пяти лет, бывшая в полном рабстве у сестры своей, работавшая на нее день и ночь, трепетавшая перед ней и терпевшая от нее даже побои. Она стояла в раздумье с узлом перед мещанином и бабой и внимательно слушала их. Те что-то ей с особенным жаром толковали. Когда Раскольников вдруг увидел ее, какое-то странное ощущение, похожее на глубочайшее изумление, охватило его, хотя во встрече этой не было ничего изумительного.

-- Вы бы, Лизавета Ивановна, и порешили самолично, -- громко говорил мещанин. -- Приходите-тко завтра, часу в семом-с. И те прибудут.

-- Завтра? -- протяжно и задумчиво сказала Лизавета, как будто не решаясь.

-- Эк ведь вам Алена-то Ивановна страху задала! -- затараторила жена торговца, бойкая бабенка. -- Посмотрю я на вас, совсем-то вы как робенок малый. И сестра она вам не родная, а сведенная, а вот какую волю взяла.

-- Да вы на сей раз Алене Ивановне ничего не говорите-с, -- перебил муж, -- вот мой совет-с, а зайдите к нам не просясь. Оно дело выгодное-с. Потом и сестрица сами могут сообразить.

-- Аль зайти?

-- В семом часу, завтра; и от тех прибудут-с; самолично и порешите-с.

-- И самоварчик поставим, -- прибавила жена.

-- Хорошо, приду, -- проговорила Лизавета, всё еще раздумывая, и медленно стала с места трогаться.

Раскольников тут уже прошел и не слыхал больше. Он проходил тихо, незаметно, стараясь не проронить ни единого слова. Первоначальное изумление его мало-помалу сменилось ужасом, как будто мороз прошел по спине его. Он узнал, он вдруг, внезапно и совершенно неожиданно узнал, что завтра, ровно в семь часов вечера, Лизаветы, старухиной сестры и единственной ее сожительницы, дома не будет и что, стало быть, старуха, ровно в семь часов вечера, останется дома одна.

До его квартиры оставалось только несколько шагов. Он вошел к себе, как приговоренный к смерти. Ни о чем он не рассуждал и совершенно не мог рассуждать; но всем существом своим вдруг почувствовал, что нет у него более ни свободы рассудка, ни воли и что всё вдруг решено окончательно.

Конечно, если бы даже целые годы приходилось ему ждать удобного случая, то и тогда, имея замысел, нельзя было рассчитывать наверное, на более очевидный шаг к успеху этого замысла, как тот, который представлялся вдруг сейчас. Во всяком случае, трудно было бы узнать накануне и наверно, с большею точностию и с наименьшим риском, без всяких опасных расспросов и разыскиваний, что завтра, в таком-то часу, такая-то старуха, на которую готовится покушение, будет дома одна-одинехонька.

VI

Впоследствии Раскольникову случилось как-то узнать, зачем именно мещанин и баба приглашали к себе Лизавету. Дело было самое обыкновенное и не заключало в себе ничего такого особенного. Приезжее и забедневшее семейство продавало вещи, платье и проч., всё женское. Так как на рынке продавать невыгодно, то и искали торговку, а Лизавета этим занималась: брала комиссии, ходила по делам и имела большую практику, потому что была очень честна и всегда говорила крайнюю цену: какую цену скажет, так тому и быть. Говорила же вообще мало, и как уже сказано, была такая смиренная и пугливая...

Но Раскольников в последнее время стал суеверен. Следы суеверия оставались в нем еще долго спустя, почти неизгладимо. И во всём этом деле он всегда потом наклонен был видеть некоторую как бы странность, таинственность, как будто присутствие каких-то особых влияний и совпадений. Еще зимой один знакомый ему студент, Покорев, уезжая в

Харьков, сообщил ему как-то в разговоре адрес старухи Алены Ивановны, если бы на случай пришлось ему что заложить. Долго он не ходил к ней, потому что уроки были и как-нибудь да пробивался. Месяца полтора назад он вспомнил про адрес; у него были две вещи, годные к закладу: старые отцовские серебряные часы и маленькое золотое колечко с тремя какими-то красными камешками, подаренное ему при прощании сестрой, на память. Он решил отнести колечко; разыскав старуху, с первого же взгляда, еще ничего не зная о ней особенного, почувствовал к ней непреодолимое отвращение, взял у нее два "билетика" и по дороге зашел в один плохонький трактиришко. Он спросил чаю, сел и крепко задумался. Странная мысль наклевывалась в его голове, как из яйца цыпленок, и очень, очень занимала его.

Почти рядом с ним на другом столике сидел студент, которого он совсем не знал и не помнил, и молодой офицер. Они сыграли на биллиарде и стали пить чай.

Вдруг он услышал, что студент говорит офицеру про процентщицу, Алену Ивановну, коллежскую секретаршу, и сообщает ему ее адрес. Это уже одно показалось Раскольникову как-то странным: он сейчас оттуда, а тут как раз про нее же. Конечно, случайность, но он вот не может отвязаться теперь от одного весьма необыкновенного впечатления, а тут как раз ему как будто кто-то подслуживается: студент вдруг начинает сообщать товарищу об этой Алене Ивановне разные подробности.

-- Славная она, -- говорил он, -- у ней всегда можно денег достать. Богата как жид, может сразу пять тысяч выдать, а и рублевым закладом не брезгает. Наших много у ней перебывало. Только стерва ужасная...

И он стал рассказывать, какая она злая, капризная, что стоит только одним днем просрочить заклад, и пропала вещь. Дает вчетверо меньше, чем стоит вещь, а процентов по пяти и даже по семи берет в месяц и т. д. Студент разболтался и сообщил, кроме того, что у старухи есть сестра, Лизавета, которую она, такая маленькая и гаденькая, бьет поминутно и держит в совершенном порабощении, как маленького ребенка, тогда как Лизавета, по крайней мере, восьми вершков росту...

-- Вот ведь тоже феномен! -- вскричал студент и захохотал.

Они стали говорить о Лизавете. Студент рассказывал о ней с каким-то особенным удовольствием и всё смеялся, а офицер с большим интересом слушал и просил студента прислать ему эту Лизавету для починки белья. Раскольников не проронил ни одного слова и зараз всё узнал: Лизавета была младшая, сводная (от разных матерей) сестра старухи, и было ей уже тридцать пять лет. Она работала на сестру день и ночь, была в доме вместо кухарки и прачки и, кроме того, шила на продажу, даже полы мыть нанималась, и всё сестре отдавала. Никакого заказу и никакой работы не смела взять на себя без позволения старухи. Старуха же уже сделала свое завещание, что известно было самой Лизавете, которой по завещанию не доставалось ни гроша, кроме движимости, стульев и прочего; деньги же все назначались в один монастырь в Н - й губернии, на вечный помин души. Была же Лизавета мещанка, а не чиновница, девица, и собой ужасно нескладная, росту замечательно высокого, с длинными, как будто вывернутыми ножищами, всегда в стоптанных козловых башмаках, и держала себя чистоплотно. Главное же, чему удивлялся и смеялся студент, было то, что Лизавета поминутно была беременна...

-- Да ведь ты говоришь, она урод? -- заметил офицер.

-- Да, смуглая такая, точно солдат переряженный, но знаешь, совсем не урод. У нее такое доброе лицо и глаза. Очень даже. Доказательство -- многим нравится. Тихая такая, кроткая, безответная, согласная, на всё согласная. А улыбка у ней даже очень хороша.

-- Да ведь она и тебе нравится? -- засмеялся офицер.

-- Из странности. Нет, вот что я тебе скажу. Я бы эту проклятую старуху убил и ограбил, и уверяю тебя, что без всякого зазору совести, -- с жаром прибавил студент.

Офицер опять захохотал, а Раскольников вздрогнул. Как это было странно!

-- Позволь, я тебе серьезный вопрос задать хочу, -- загорячился студент. -- Я сейчас, конечно, пошутил, но смотри: с одной стороны, глупая, бессмысленная, ничтожная, злая, больная старушонка, никому не нужная и, напротив, всем вредная, которая сама не знает, для чего живет, и которая завтра же сама собой умрет. Понимаешь? Понимаешь?

-- Ну, понимаю, -- отвечал офицер, внимательно уставясь в горячившегося товарища.

-- Слушай дальше. С другой стороны, молодые, свежие силы, пропадающие даром без поддержки, и это тысячами, и это всюду! Сто, тысячу добрых дел и начинаний, которые можно устроить и поправить на старухины деньги, обреченные в монастырь! Сотни, тысячи, может быть, существований, направленных на дорогу; десятки семейств, спасенных от нищеты, от разложения, от гибели, от разврата, от венерических больниц, -- и всё это на ее деньги. Убей ее и возьми ее деньги, с тем чтобы с их помощию посвятить потом себя на служение всему человечеству и общему делу: как ты думаешь, не загладится ли одно, крошечное преступленьице тысячами добрых дел? За одну жизнь -- тысячи жизней, спасенных от гниения и разложения. Одна смерть и сто жизней взамен -- да ведь тут арифметика! Да и что значит на общих весах жизнь этой чахоточной, глупой и злой старушонки? Не более как жизнь вши, таракана, да и того не стоит, потому что старушонка вредна. Она чужую жизнь заедает: она намедни

Лизавете палец со зла укусила; чуть-чуть не отрезали!

-- Конечно, она недостойна жить, -- заметил офицер, -- но ведь тут природа.

-- Эх, брат, да ведь природу поправляют и направляют, а без этого пришлось бы потонуть в предрассудках. Без этого ни одного бы великого человека не было. Говорят: "долг, совесть", -- я ничего не хочу говорить против долга и совести, -- но ведь как мы их понимаем? Стой, я тебе еще задам один вопрос. Слушай!

-- Нет, ты стой; я тебе задам вопрос. Слушай!

-- Ну!

-- Вот ты теперь говоришь и ораторствуешь, а скажи ты мне: убьешь ты сам старуху или нет?

-- Разумеется, нет! Я для справедливости... Не во мне тут и дело...

-- А по-моему, коль ты сам не решаешься, так нет тут никакой и справедливости! Пойдем еще партию!

Раскольников был в чрезвычайном волнении. Конечно, всё это были самые обыкновенные и самые частые, не раз уже слышанные им, в других только формах и на другие темы, молодые разговоры и мысли. Но почему именно теперь пришлось ему выслушать именно такой разговор и такие мысли, когда в собственной голове его только что зародились... такие же точно мысли? И почему именно сейчас, как только он вынес зародыш своей мысли от старухи, как раз и попадает он на разговор о старухе?.. Странным всегда казалось ему это совпадение. Этот ничтожный, трактирный разговор имел чрезвычайное на него влияние при дальнейшем развитии дела: как будто действительно было тут какое-то предопределение, указание...

. . . .

Возвратясь с Сенной, он бросился на диван и целый час просидел без движения. Между тем стемнело; свечи у него не было, да и в голову не приходило ему зажигать. Он никогда не мог припомнить: думал ли он о чем-нибудь в то время? Наконец он почувствовал давешнюю лихорадку, озноб, и с наслаждением догадался, что на диване можно и лечь. Скоро крепкий, свинцовый сон налег на него, как будто придавил.

Он спал необыкновенно долго и без снов. Настасья, вошедшая к нему в десять часов, на другое утро, насилу дотолкалась его. Она принесла ему чаю и хлеба. Чай был опять спитой, и опять в ее собственном чайнике.

-- Эк ведь спит! -- вскричала она с негодованием, -- и всё-то он спит!

Он приподнялся с усилием. Голова его болела; он встал было на ноги, повернулся в своей каморке и упал опять на диван.

-- Опять спать! -- вскричала Настасья, -- да ты болен, что ль?

Он ничего не отвечал.

-- Чаю-то хошь?

-- После, -- проговорил он с усилием, смыкая опять глаза и оборачиваясь к стене. Настасья постояла над ним.

-- И впрямь, может, болен, -- сказала она, повернулась и ушла.

Она вошла опять в два часа, с супом. Он лежал как давеча. Чай стоял нетронутый. Настасья даже обиделась и с злостью стала толкать его.

-- Чего дрыхнешь! -- вскричала она, с отвращением смотря на него. Он приподнялся и сел, но ничего не сказал ей и глядел в землю.

-- Болен аль нет? -- спросила Настасья, и опять не получила ответа.

-- Ты хошь бы на улицу вышел, -- сказала она, помолчав, -- тебя хошь бы ветром обдуло. Есть-то будешь, что ль?

-- После, -- слабо проговорил он, -- ступай! -- и махнул рукой.

Она постояла еще немного, с состраданием посмотрела на него и вышла.

Через несколько минут он поднял глаза и долго смотрел на чай и на суп. Потом взял хлеб, взял ложку и стал есть.

Он съел немного, без аппетита, ложки три-четыре, как бы машинально. Голова болела меньше. Пообедав, протянулся он опять на диван, но заснуть уже не мог, а лежал без движения, ничком, уткнув лицо в подушку. Ему всё грезилось, и всё странные такие были грезы: всего чаще представлялось ему, что он где-то в Африке, в Египте, в каком-то оазисе. Караван отдыхает, смирно лежат верблюды; кругом пальмы растут целым кругом; все обедают. Он же всё пьет воду, прямо из ручья, который тут же, у бока, течет и журчит. И прохладно так, и чудесная-чудесная такая голубая вода, холодная, бежит по разноцветным камням и по такому чистому с золотыми блестками песку... Вдруг он ясно услышал, что бьют часы. Он вздрогнул, очнулся, приподнял голову, посмотрел в окно, сообразил время и вдруг вскочил, совершенно опомнившись, как будто кто его сорвал с дивана. На цыпочках подошел он к двери, приотворил ее тихонько и стал прислушиваться вниз на лестницу. Сердце его страшно билось. Но на лестнице было всё тихо, точно все спали... Дико и чудно показалось ему, что он мог проспать в таком забытьи со вчерашнего дня и ничего еще не сделал, ничего не приготовил... А меж тем, может, и шесть часов било... И необыкновенная лихорадочная и какая-то растерявшаяся суета охватила его вдруг, вместо сна и отупения. Приготовлений, впрочем, было немного. Он напрягал все усилия, чтобы всё сообразить и ничего не забыть; а сердце всё билось, стукало так, что ему дышать стало тяжело. Во-первых, надо было петлю сделать и к пальто пришить -- дело минуты. Он полез под подушку и отыскал в напиханном под нее белье одну, совершенно развалившуюся, старую, немытую свою рубашку. Из лохмотьев ее он выдрал тесьму, в вершок шириной и вершков в восемь длиной. Эту тесьму сложил он вдвое, снял с себя свое широкое, крепкое, из какой-то толстой бумажной материи летнее пальто (единственное его верхнее платье) и стал пришивать оба конца тесьмы под левую мышку изнутри. Руки его тряслись пришивая, но он одолел и так, что снаружи ничего не было видно, когда он опять надел пальто. Иголка и нитки были у него уже давно приготовлены и лежали в столике, в бумажке. Что же касается петли, то это была очень ловкая его собственная выдумка: петля назначалась для топора. Нельзя же было по улице нести топор в руках. А если под пальто спрятать, то все-таки надо было рукой придерживать, что было бы приметно. Теперь же, с петлей, стоит только вложить в нее лезвие топора, и он будет висеть спокойно, под мышкой изнутри, всю дорогу. Запустив же руку в боковой карман пальто, он мог и конец топорной ручки придерживать, чтоб она не болталась; а так как пальто было очень широкое, настоящий мешок, то и не могло быть приметно снаружи, что он что-то рукой, через карман, придерживает. Эту петлю он тоже уже две недели назад придумал.

Покончив с этим, он просунул пальцы в маленькую щель, между его "турецким" диваном и полом, пошарил около левого угла и вытащил давно уже приготовленный и спрятанный там заклад. Этот заклад был, впрочем, вовсе не заклад, а просто деревянная, гладко оструганная дощечка, величиной и толщиной не более, как могла бы быть серебряная папиросочница. Эту дощечку он случайно нашел, в одну из своих прогулок, на одном дворе, где, во флигеле, помещалась какая-то мастерская. Потом уже он прибавил к дощечке гладкую и тоненькую железную полоску, -- вероятно, от чего-нибудь отломок, -- которую тоже нашел на улице тогда же. Сложив обе дощечки, из коих железная была меньше деревянной, он связал их вместе накрепко, крест-накрест, ниткой; потом аккуратно и щеголевато увертел их в чистую белую бумагу и обвязал тоненькою тесемочкой, тоже накрест, а узелок приладил так, чтобы помудренее было развязать. Это для того, чтобы на время отвлечь внимание старухи, когда она начнет возиться с узелком, и улучить таким образом минуту. Железная же пластинка прибавлена была для весу, чтобы старуха хоть в первую минуту не догадалась, что "вещь" деревянная. Всё это хранилось у него до времени под диваном. Только что он достал заклад, как вдруг где-то на дворе раздался чей-то крик:

-- Семой час давно!

-- Давно! Боже мой!

Он бросился к двери, прислушался, схватил шляпу и стал сходить вниз свои тринадцать ступеней, осторожно, неслышно, как кошка. Предстояло самое важное дело -- украсть из кухни топор. О том, что дело надо сделать топором, решено им было уже давно. У него был еще складной садовый ножик; но на нож, и особенно на свои силы, он не надеялся, а потому и остановился на топоре окончательно. Заметим кстати одну особенность по поводу всех окончательных решений, уже принятых им в этом деле. Они имели одно странное свойство: чем окончательнее они становились, тем безобразнее, нелепее, тотчас же становились и в его глазах. Несмотря на всю мучительную внутреннюю борьбу свою, он никогда, ни на одно мгновение не мог уверовать в исполнимость своих замыслов, во всё это время.

И если бы даже случилось когда-нибудь так, что уже всё до последней точки было бы им разобрано и решено окончательно и сомнений не оставалось бы уже более никаких, -- то тут-то бы, кажется, он и отказался от всего, как от нелепости, чудовищности и невозможности. Но неразрешенных пунктов и сомнений оставалась еще целая бездна. Что же касается до того, где достать топор, то эта мелочь его нисколько не беспокоила, потому что не было ничего легче. Дело в том, что Настасьи, и особенно по вечерам, поминутно не бывало дома: или убежит к соседям, или в лавочку, а дверь всегда оставляет настежь. Хозяйка только из-за этого с ней и ссорилась. Итак, стоило только потихоньку войти, когда придет время, в кухню и взять топор, а потом, чрез час (когда всё уже кончится), войти и положить обратно. Но представлялись и сомнения: он, положим, придет через час, чтобы положить обратно, а Настасья тут как тут, воротилась. Конечно, надо пройти мимо и выждать, пока она опять выйдет. А ну как тем временем хватится топора, искать начнет, раскричится, -- вот и подозрение или, по крайней мере, случай к подозрению.

Но это еще были мелочи, о которых он и думать не начинал, да и некогда было. Он думал о главном, а мелочи отлагал до тех пор, когда сам во всем убедится. Но последнее казалось решительно неосуществимым. Так, по крайней мере, казалось ему самому. Никак он не мог, например, вообразить себе, что когда-нибудь он кончит думать, встанет и -- просто пойдет туда... Даже недавнюю пробу свою (то есть визит с намерением окончательно осмотреть место) он только пробовал было сделать, но далеко не взаправду, а так: "дай-ка, дескать, пойду и опробую, что мечтать-то!" -- и тотчас не выдержал, плюнул и убежал, в остервенении на самого себя. А между тем, казалось бы, весь анализ, в смысле нравственного разрешения вопроса, был уже им покончен: казуистика его выточилась, как бритва, и сам в себе он уже не находил сознательных возражений. Но в последнем случае он просто не верил себе и упрямо, рабски, искал возражений по сторонам и ощупью, как будто кто его принуждал и тянул к тому. Последний же день, так нечаянно наступивший и всё разом порешивший, подействовал на него почти совсем механически: как будто его кто-то взял за руку и потянул за собой, неотразимо, слепо, с неестественною силой, без возражений. Точно он попал клочком одежды в колесо машины, и его начало в нее втягивать.

Сначала -- впрочем, давно уже прежде -- его занимал один вопрос: почему так легко отыскиваются и выдаются почти все преступления и так явно обозначаются следы почти всех преступников? Он пришел мало-помалу к многообразным и любопытным заключениям, и, по его мнению, главнейшая причина заключается не столько в материальной невозможности скрыть преступление, как в самом преступнике: сам же преступник, и почти всякий, в момент преступления подвергается какому-то упадку воли и рассудка, сменяемых, напротив того, детским феноменальным легкомыслием, и именно в тот момент, когда наиболее необходимы рассудок и осторожность. По убеждению его, выходило, что это затмение рассудка и упадок воли охватывают человека подобно болезни, развиваются постепенно и доходят до высшего своего момента незадолго до совершения преступления; продолжаются в том же виде в самый момент преступления и еще несколько времени после него, судя по индивидууму; затем проходят так же, как проходит всякая болезнь. Вопрос же: болезнь ли порождает самое преступление или само преступление, как-нибудь по особенной натуре своей, всегда сопровождается чем-то вроде болезни? -- он еще не чувствовал себя в силах разрешить.

Дойдя до таких выводов, он решил, что с ним лично, в его деле, не может быть подобных болезненных переворотов, что рассудок и воля останутся при нем, неотъемлемо, во всё время исполнения задуманного, единственно по той причине, что задуманное им -- "не преступление"... Опускаем весь тот процесс, посредством которого он дошел до последнего решения; мы и без того слишком забежали вперед... Прибавим только, что фактические, чисто материальные затруднения дела вообще играли в уме его самую второстепенную роль. "Стоит только сохранить над ними всю волю и весь рассудок, и они, в свое время, все будут побеждены, когда придется познакомиться до малейшей тонкости со всеми подробностями дела..." Но дело не начиналось. Окончательным своим решениям он продолжал всего менее верить, и когда пробил час, всё вышло совсем не так, а как-то нечаянно, даже почти неожиданно.

Одно ничтожнейшее обстоятельство поставило его в тупик, еще прежде чем он сошел с лестницы. Поровнявшись с хозяйкиною кухней, как и всегда отворенною настежь, он осторожно покосился в нее глазами, чтоб оглядеть предварительно: нет ли там, в отсутствие Настасьи, самой хозяйки, а если нет, то хорошо ли заперты двери в ее комнате, чтоб она тоже как-нибудь оттуда не выглянула, когда он за топором войдет? Но каково же было его изумление, когда он вдруг увидал, что Настасья не только на этот раз дома, у себя в кухне, но еще занимается делом: вынимает из корзины белье и развешивает на веревках! Увидев его, она перестала развешивать, обернулась к нему и всё время смотрела на него, пока он проходил. Он отвел глаза и прошел, как будто ничего не замечая. Но дело было кончено: нет топора! Он был поражен ужасно.

"И с чего взял я, -- думал он, сходя под ворота, с чего взял я, что ее непременно в эту минуту не будет дома? Почему, почему, почему я так наверно это решил?" Он был раздавлен, даже как-то унижен. Ему хотелось смеяться над собою со злости... Тупая, зверская злоба закипела в нем.

Он остановился в раздумье под воротами. Идти на улицу, так, для виду, гулять, ему было противно; воротиться домой -- еще противнее. "И какой случай навсегда потерял!" -- пробормотал он, бесцельно стоя под воротами, прямо против темной каморки дворника, тоже отворенной. Вдруг он вздрогнул. Из каморки дворника, бывшей от него в двух шагах, из-под лавки направо что-то блеснуло ему в глаза... Он осмотрелся кругом -- никого. На цыпочках подошел он к дворницкой, сошел вниз по двум ступенькам и слабым голосом окликнул дворника. "Так и есть, нет дома! Где-нибудь близко, впрочем, на дворе, потому что дверь отперта настежь". Он бросился стремглав на топор (это был топор) и вытащил его из-под лавки, где он лежал между двумя поленами; тут же, не выходя, прикрепил его к петле, обе руки засунул в карманы и вышел из дворницкой; никто не заметил! "Не рассудок, так бес!" -- подумал он, странно усмехаясь. Этот случай ободрил его чрезвычайно.

Он шел дорогой тихо и степенно, не торопясь, чтобы не подать каких подозрений. Мало глядел он на прохожих, даже старался совсем не глядеть на лица и быть как можно неприметнее. Тут вспомнилась ему его шляпа. "Боже мой! И деньги были третьего дня, и не мог переменить на фуражку!" Проклятие вырвалось из души его.

Заглянув случайно, одним глазом, в лавочку, он увидел, что там, на стенных часах, уже десять минут восьмого. Надо было и торопиться, и в то же время сделать крюк: подойти к дому в обход, с другой стороны...

Прежде, когда случалось ему представлять всё это в воображении, он иногда думал, что очень будет бояться. Но он не очень теперь боялся, даже не боялся совсем. Занимали его в это мгновение даже какие-то посторонние мысли, только всё ненадолго. Проходя мимо Юсупова сада, он даже очень было занялся мыслию об устройстве высоких фонтанов и о том, как бы они хорошо освежали воздух на всех площадях. Мало-помалу он перешел к убеждению, что если бы распространить Летний сад на всё Марсово поле и даже соединить с дворцовым Михайловским садом, то была бы прекрасная и полезнейшая для города вещь. Тут заинтересовало его вдруг: почему именно, во всех больших городах, человек не то что по одной необходимости, но как-то особенно наклонен жить и селиться именно в таких частях города, где нет ни садов, ни фонтанов, где грязь и вонь, и всякая гадость. Тут ему вспомнились его собственные прогулки по Сенной, и он на минуту очнулся. "Что за вздор, -- подумал он. -- Нет, лучше совсем ничего не думать!"

"Так, верно, те, которых ведут на казнь, прилепливаются мыслями ко всем предметам, которые им встречаются на дороге", -- мелькнуло у него в голове, но только мелькнуло как молния; он сам поскорей погасил эту мысль... Но вот уже и близко, вот и дом, вот и ворота. Где-то вдруг часы пробили один удар. "Что это, неужели половина восьмого? Быть не может, верно, бегут!"

На счастье его, в воротах опять прошло благополучно. Мало того, даже, как нарочно, в это самое мгновение только что перед ним въехал в ворота огромный воз сена, совершенно заслонявший его всё время, как он проходил подворотню, и чуть только воз успел выехать из ворот во двор, он мигом проскользнул направо. Там, по ту сторону воза, слышно было, кричали и спорили несколько голосов, но его никто не заметил и навстречу никто не попался. Много окон, выходивших на этот огромный квадратный двор, было отперто в эту минуту, но он не поднял головы -- силы не было. Лестница к старухе была близко, сейчас из ворот направо. Он уже был на лестнице...

Переведя дух и прижав рукой стукавшее сердце, тут же нащупав и оправив еще раз топор, он стал осторожно и тихо подниматься на лестницу, поминутно прислушиваясь. Но и лестница на ту пору стояла совсем пустая; все двери были заперты; никого-то не встретилось. Во втором этаже одна пустая квартира была, правда, растворена настежь, и в ней работали маляры, но те и не поглядели. Он постоял, подумал и пошел дальше. "Конечно, было бы лучше, если б их здесь совсем не было, но... над ними еще два этажа".

Но вот и четвертый этаж, вот и дверь, вот и квартира напротив; та, пустая. В третьем этаже, по всем приметам, квартира, что прямо под старухиной, тоже пустая: визитный билет, прибитый к дверям гвоздочками, снят -- выехали!.. Он задыхался. На одно мгновение пронеслась в уме его мысль: "Не уйти ли?" Но он не дал себе ответа и стал прислушиваться в старухину квартиру: мертвая тишина. Потом еще раз прислушался вниз на лестницу, слушал долго, внимательно... Затем огляделся в последний раз, подобрался, оправился и еще раз попробовал в петле топор. "Не бледен ли я... очень? -- думалось ему, -- не в особенном ли я волнении? Она недоверчива... Не подождать ли еще... пока сердце перестанет?.."

Но сердце не переставало. Напротив, как нарочно, стучало сильней, сильней, сильней... Он не выдержал, медленно протянул руку к колокольчику и позвонил. Через полминуты еще раз позвонил, погромче.

Нет ответа. Звонить зря было нечего, да ему и не к фигуре. Старуха, разумеется, была дома, но она подозрительна и одна. Он отчасти знал ее привычки... и еще раз плотно приложил ухо к двери. Чувства ли его были так изощрены (что вообще трудно предположить), или действительно было очень слышно, но вдруг он различил как бы осторожный шорох рукой у замочной ручки и как бы шелест платья о самую дверь. Кто-то неприметно стоял у самого замка и точно так же, как он здесь, снаружи, прислушивался, притаясь изнутри и, кажется, тоже приложа ухо к двери...

Он нарочно пошевелился и что-то погромче пробормотал, чтоб и виду не подать, что прячется; потом позвонил в третий раз, но тихо, солидно и без всякого нетерпения. Вспоминая об этом после, ярко, ясно, -- эта минута отчеканилась в нем навеки, -- он понять не мог, откуда он взял столько хитрости, тем более что ум его как бы померкал мгновениями, а тела своего он почти и не чувствовал на себе... Мгновение спустя послышалось, что снимают запор.

VII

Дверь, как и тогда, отворилась на крошечную щелочку, и опять два востры и недоверчивые взгляда уставились на него из темноты. Тут Раскольников потерялся и сделал было важную ошибку.

Опасаясь, что старуха испугается того, что они одни, и не надеясь, что вид его ее разуверит, он взялся за дверь и потянул ее к себе, чтобы старуха как-нибудь не вздумала опять запереться. Увидя это, она не рванула дверь к себе обратно, но не выпустила и ручку замка, так что он чуть не вытащил ее, вместе с дверью, на лестницу. Видя же, что она стоит в дверях поперек и не дает ему пройти, он пошел прямо на нее. Та отскочила в испуге, хотела было что-то сказать, но как будто не смогла и смотрела на него во все глаза.

-- Здравствуйте, Алена Ивановна, -- начал он как можно развязнее, но голос не послушался его, прервался и задрожал, -- я вам... вещь принес... да вот лучше пойдемте сюда... к свету... -- И, бросив ее, он прямо, без приглашения, прошел в комнату. Старуха побежала за ним; язык ее развязался.

-- Господи! Да чего вам?.. Кто такой? Что вам угодно?

-- Помилуйте, Алена Ивановна... знакомый ваш... Раскольников... вот, заклад принес, что обещался намедни... -- И он протягивал ей заклад.

Старуха взглянула было на заклад, но тотчас же уставилась глазами прямо в глаза незваному гостю. Она смотрела внимательно, злобно и недоверчиво. Прошло с минуту; ему показалось даже в ее глазах что-то вроде насмешки, как будто она уже обо всем догадалась. Он чувствовал, что теряется, что ему почти страшно, до того страшно, что кажется, смотри она так, не говори ни слова еще с полминуты, то он бы убежал от нее.

-- Да что вы так смотрите, точно не узнали? -- проговорил он вдруг тоже со злобой. -- Хотите берите, а нет -- я к другим пойду, мне некогда.

Он и не думал это сказать, а так, само вдруг выговорилось.

Старуха опомнилась, и решительный тон гостя ее, видимо, ободрил.

-- Да чего же ты, батюшка, так вдруг... что такое? -- спросила она, смотря на заклад.

-- Серебряная папиросочница: ведь я говорил прошлый раз.

Она протянула руку.

-- Да чтой-то вы какой бледный? Вот и руки дрожат! Искупался, что ль, батюшка?

-- Лихорадка, -- отвечал он отрывисто. -- Поневоле станешь бледный... коли есть нечего, -- прибавил он, едва выговаривая слова. Силы опять покидали его. Но ответ показался правдоподобным; старуха взяла заклад.

-- Что такое? -- спросила она, еще раз пристально оглядев Раскольникова и взвешивая заклад на руке.

-- Вещь... папиросочница... серебряная... посмотрите.

-- Да чтой-то, как будто и не серебряная... Ишь навертел.

Стараясь развязать снурок и оборотясь к окну, к свету (все окна у ней были заперты, несмотря на духоту), она на несколько секунд совсем его оставила и стала к нему задом. Он расстегнул пальто и высвободил топор из петли, но еще не вынул совсем, а только придерживал правою рукой под одеждой. Руки его были ужасно слабы; самому ему слышалось, как они, с каждым мгновением, всё более немели и деревенели. Он боялся, что выпустит и уронит топор... вдруг голова его как бы закружилась.

-- Да что он тут навертел! -- с досадой вскричала старуха и пошевелилась в его сторону.

Ни одного мига нельзя было терять более. Он вынул топор совсем, взмахнул его обеими руками, едва себя чувствуя, и почти без усилия, почти машинально, опустил на голову обухом. Силы его тут как бы не было. Но как только он раз опустил топор, тут и родилась в нем сила.

Старуха, как и всегда, была простоволосая. Светлые с проседью, жиденькие волосы ее, по обыкновению жирно смазанные маслом, были заплетены в крысиную косичку и подобраны под осколок роговой гребенки, торчавшей на ее затылке. Удар пришелся в самое темя, чему способствовал ее малый рост. Она вскрикнула, но очень слабо, и вдруг вся осела к полу, хотя и успела еще поднять обе руки к голове. В одной руке еще продолжала держать "заклад". Тут он изо всей силы ударил раз и другой, всё обухом и всё по темени. Кровь хлынула, как из опрокинутого стакана, и тело повалилось навзничь. Он отступил, дал упасть и тотчас же нагнулся к ее лицу; она была уже мертвая. Глаза были вытаращены, как будто хотели выпрыгнуть, а лоб и всё лицо были сморщены и искажены судорогой.

Он положил топор на пол, подле мертвой, и тотчас же полез ей в карман, стараясь не замараться текущею кровию, -- в тот самый правый карман, из которого она в прошлый раз вынимала ключи. Он был в полном уме, затмений и головокружений уже не было, но руки всё еще дрожали. Он вспомнил потом, что был даже очень внимателен, осторожен, старался всё не запачкаться... Ключи он тотчас же вынул; все, как и тогда, были в одной связке, на одном стальном обручке. Тотчас же он побежал с ними в спальню. Это была очень небольшая комната, с огромным киотом образов. У другой стены стояла большая постель, весьма чистая, с шелковым, наборным из лоскутков, ватным одеялом. У третьей стены был комод. Странное дело: только что он начал прилаживать ключи к комоду, только что услышал их звякание, как будто судорога прошла по нем. Ему вдруг опять захотелось бросить всё и уйти. Но это было только мгновение; уходить было поздно. Он даже усмехнулся на себя, как вдруг другая тревожная мысль ударила ему в голову. Ему вдруг почудилось, что старуха, пожалуй, еще жива и еще может очнуться. Бросив ключи, и комод, он побежал назад, к телу, схватил топор и намахнулся еще раз над старухой, но не опустил. Сомнения не было, что она мертвая. Нагнувшись и рассматривая ее опять ближе, он увидел ясно, что череп был раздроблен и даже сворочен чуть-чуть на сторону. Он было хотел пощупать пальцем, но отдернул руку; да и без того было видно. Крови между тем натекла уже целая лужа. Вдруг он заметил на ее шее снурок, дернул его, но снурок был крепок и не срывался; к тому же намок в крови. Он попробовал было вытащить так, из-за пазухи, но что-то мешало, застряло. В нетерпении он взмахнул было опять топором, чтобы рубнуть по снурку тут же, по телу, сверху, но не посмел, и с трудом, испачкав руки и топор, после двухминутной возни, разрезал снурок, не касаясь топором тела, и снял; он не ошибся -- кошелек. На снурке были два креста, кипарисный и медный, и, кроме того, финифтяный образок; и тут же вместе с ними висел небольшой, замшевый, засаленный кошелек, с стальным ободком и колечком. Кошелек был очень туго набит; Раскольников сунул его в карман, не осматривая, кресты сбросил старухе на грудь и, захватив на этот раз и топор, бросился обратно в спальню.

Он спешил ужасно, схватился за ключи и опять начал возиться с ними. Но как-то всё неудачно: не вкладывались они в замки. Не то чтобы руки его так дрожали, но он всё ошибался: и видит, например, что ключ не тот, не подходит, а всё сует. Вдруг он припомнил и сообразил, что этот большой ключ, с зубчатою бородкой, который тут же болтается с другими маленькими, непременно должен быть вовсе не от комода (как и в прошлый раз ему на ум пришло), а от какой-нибудь укладки, и что в этой-то укладке, может быть, всё и припрятано. Он бросил комод и тотчас же полез под кровать, зная, что укладки обыкновенно ставятся у старух под кроватями. Так и есть: стояла значительная укладка, побольше аршина в длину, с выпуклою крышей, обитая красным сафьяном, с утыканными по нем стальными гвоздиками. Зубчатый ключ как раз пришелся и отпер. Сверху, под белою простыней, лежала заячья шубка, крытая красным гарнитуром; под нею было шелковое платье, затем шаль, и туда, вглубь, казалось всё лежало одно тряпье. Прежде всего он принялся было вытирать об красный гарнитур свои запачканные в крови руки. "Красное, ну а на красном кровь неприметнее", -- рассудилось было ему, и вдруг он опомнился: "Господи! С ума, что ли, я схожу?" -- подумал он в испуге.

Но только что он пошевелил это тряпье, как вдруг, из-под шубки, выскользнули золотые часы. Он бросился всё перевертывать. Действительно, между тряпьем были перемешаны золотые вещи -- вероятно, всё заклады, выкупленные и невыкупленные, -- браслеты, цепочки, серьги, булавки и проч. Иные были в футлярах, другие просто обернуты в газетную бумагу, но аккуратно и бережно, в двойные листы, и кругом обвязаны тесемками. Нимало не медля, он стал набивать ими карманы панталон и пальто, не разбирая и не раскрывая свертков и футляров; но он не успел много набрать...

Вдруг послышалось, что в комнате, где была старуха, ходят. Он остановился и притих, как мертвый. Но всё было тихо, стало быть, померещилось. Вдруг явственно послышался легкий крик, или как будто кто-то тихо и отрывисто простонал и замолчал. Затем опять мертвая тишина, с минуту или с две. Он сидел на корточках у сундука и ждал едва переводя дух, но вдруг вскочил, схватил топор и выбежал из спальни.

Среди комнаты стояла Лизавета, с большим узлом в руках, и смотрела в оцепенении на убитую сестру, вся белая как полотно и как бы не в силах крикнуть. Увидав его выбежавшего, она задрожала как лист, мелкою дрожью, и по всему лицу ее побежали судороги; приподняла руку, раскрыла было рот, но все-таки не вскрикнула и медленно, задом, стала отодвигаться от него в угол, пристально, в упор, смотря на него, но всё не крича, точно ей воздуху недоставало, чтобы крикнуть. Он бросился на нее с топором; губы ее перекосились так жалобно, как у очень маленьких детей, когда они начинают чего-нибудь пугаться, пристально смотрят на пугающий их предмет и собираются закричать. И до того эта несчастная Лизавета была проста, забита и напугана раз навсегда, что даже руки не подняла защитить себе лицо, хотя это был самый необходимо-естественный жест в эту минуту, потому что топор был прямо поднят над ее лицом. Она только чуть-чуть приподняла свою свободную левую руку, далеко не до лица, и медленно протянула ее к нему вперед, как бы отстраняя его. Удар пришелся прямо по черепу, острием, и сразу прорубил всю верхнюю часть лба, почти до темени. Она так и рухнулась. Раскольников совсем было потерялся, схватил ее узел, бросил его опять и побежал в прихожую.

Страх охватывал его всё больше и больше, особенно после этого второго, совсем неожиданного убийства. Ему хотелось поскорее убежать отсюда. И если бы в ту минуту он в состоянии был правильнее видеть и рассуждать; если бы только мог сообразить все трудности своего положения, всё отчаяние, всё безобразие и всю нелепость его, понять при этом, сколько затруднений, а может быть, и злодейств еще остается ему преодолеть и совершить, чтобы вырваться отсюда и добраться домой, то очень может быть, что он бросил бы всё и тотчас пошел бы сам на себя объявить, и не от страху даже за себя, а от одного только ужаса и отвращения к тому, что он сделал. Отвращение особенно поднималось и росло в нем с каждою минутою. Ни за что на свете не пошел бы он теперь к сундуку и даже в комнаты.

Но какая-то рассеянность, как будто даже задумчивость, стала понемногу овладевать им: минутами он как будто забывался или, лучше сказать, забывал о главном и прилеплялся к мелочам. Впрочем, заглянув на кухню и увидав на лавке ведро, наполовину полное воды, он догадался вымыть себе руки и топор. Руки его были в крови и липли. Топор он опустил лезвием прямо в воду, схватил лежавший на окошке, на расколотом блюдечке, кусочек мыла и стал, прямо в ведре, отмывать себе руки. Отмыв их, он вытащил и топор, вымыл железо, и долго, минуты с три, отмывал дерево, где закровянилось, пробуя кровь даже мылом. Затем всё оттер бельем, которое тут же сушилось на веревке, протянутой через кухню, и потом долго, со вниманием, осматривал топор у окна. Следов не осталось, только древко еще было сырое. Тщательно вложил он топор в петлю, под пальто. Затем, сколько позволял свет в тусклой кухне, осмотрел пальто, панталоны, сапоги. Снаружи, с первого взгляда, как будто ничего не было; только на сапогах были пятна. Он помочил тряпку и оттер сапоги. Он знал, впрочем, что нехорошо разглядывает, что, может быть, есть что-нибудь в глаза бросающееся, чего он не замечает. В раздумье стал он среди комнаты. Мучительная, темная мысль поднималась в нем, -- мысль, что он сумасшествует и что в эту минуту не в силах ни рассудить, ни себя защитить, что вовсе, может быть, не то надо делать, что он теперь делает... "Боже мой! Надо бежать, бежать!" -- пробормотал он и бросился в переднюю. Но здесь ожидал его такой ужас, какого, конечно, он еще ни разу не испытывал.

Он стоял, смотрел и не верил глазам своим: дверь, наружная дверь, из прихожей на лестницу, та самая, в которую он давеча звонил и вошел, стояла отпертая, даже на целую ладонь приотворенная: ни замка, ни запора, всё время, во всё это время! Старуха не заперла за ним, может быть, из осторожности. Но боже! Ведь видел же он потом Лизавету! И как мог, как мог он не догадаться, что ведь вошла же она откуда-нибудь! Не сквозь стену же.

Он кинулся к дверям и наложил запор.

"Но нет, опять не то! Надо идти, идти..."

Он снял запор, отворил дверь и стал слушать на лестницу.

Долго он выслушивал. Где-то далеко, внизу, вероятно под воротами, громко и визгливо кричали чьи-то два голоса, спорили и бранились. "Что они?.." Он ждал терпеливо. Наконец разом всё утихло, как отрезало; разошлись. Он уже хотел выйти, но вдруг этажом ниже с шумом растворилась дверь на лестницу, и кто-то стал сходить вниз, напевая какой-то мотив. "Как это они так все шумят!" -- мелькнуло в его голове. Он опять притворил за собою дверь и переждал. Наконец всё умолкло, ни души. Он уже ступил было шаг на лестницу, как вдруг опять послышались чьи-то новые шаги.

Эти шаги послышались очень далеко, еще в самом начале лестницы, но он очень хорошо и отчетливо помнил, что с первого же звука, тогда же стал подозревать почему-то, что это непременно сюда, в четвертый этаж, к старухе. Почему? Звуки, что ли, были такие особенные, знаменательные? Шаги были тяжелые, ровные, неспешные. Вот уж он прошел первый этаж, вот поднялся еще; всё слышней и слышней! Послышалась тяжелая одышка входившего. Вот уж и третий начался... Сюда! И вдруг показалось ему, что он точно окостенел, что это точно во сне, когда снится, что догоняют, близко, убить хотят, а сам точно прирос к месту и руками пошевелить нельзя.

И наконец, когда уже гость стал подниматься в четвертый этаж, тут только он весь вдруг встрепенулся и успел-таки быстро и ловко проскользнуть назад из сеней в квартиру и притворить за собой дверь. Затем схватил запор и тихо, неслышно, насадил его на петлю. Инстинкт помогал. Кончив всё, он притаился не дыша, прямо сейчас у двери. Незваный гость был уже тоже у дверей. Они стояли теперь друг против друга, как давеча он со старухой, когда дверь разделяла их, а он прислушивался.

Гость несколько раз тяжело отдыхнулся. "Толстый и большой, должно быть", -- подумал Раскольников, сжимая топор в руке. В самом деле, точно всё это снилось. Гость схватился за колокольчик и крепко позвонил.

Как только звякнул жестяной звук колокольчика, ему вдруг как будто почудилось, что в комнате пошевелились. Несколько секунд он даже серьезно прислушивался. Незнакомец звякнул еще раз, еще подождал и вдруг, в нетерпении, изо всей силы стал дергать ручку у дверей. В ужасе смотрел Раскольников на прыгавший в петле крюк запора и с тупым страхом ждал, что вот-вот и запор сейчас выскочит. Действительно, это казалось возможным: так сильно дергали. Он было вздумал придержать запор рукой, но тот мог догадаться. Голова его как будто опять начинала кружиться. "Вот упаду!" -- промелькнуло в нем, но незнакомец заговорил, и он тотчас же опомнился.

-- Да что они там, дрыхнут или передушил их кто? Тррреклятые! -- заревел он как из бочки. -- Эй, Алена Ивановна, старая ведьма! Лизавета Ивановна, красота неописанная! Отворяйте! У, треклятые, спят они, что ли?

И снова, остервенясь, он раз десять сразу, из всей мочи, дернул в колокольчик. Уж, конечно, это был человек властный и короткий в доме.

В самую эту минуту вдруг мелкие, поспешные шаги послышались недалеко на лестнице. Подходил еще кто-то. Раскольников и не расслышал сначала.

-- Неужели нет никого? -- звонко и весело закричал подошедший, прямо обращаясь к первому посетителю, всё еще продолжавшему дергать звонок. -- Здравствуйте, Кох!

"Судя по голосу, должно быть, очень молодой", -- подумал вдруг Раскольников.

-- Да черт их знает, замок чуть не разломал, -- отвечал Кох. -- А вы как меня изволите знать?

-- Ну вот! А третьего-то дня, в "Гамбринусе", три партии сряду взял у вас на биллиарде!

-- А-а-а...

-- Так нет их-то? Странно. Глупо, впрочем, ужасно. Куда бы старухе уйти? У меня дело.

-- Да и у меня, батюшка, дело!

-- Ну, что же делать? Значит, назад. Э-эх! А я было думал денег достать! -- вскричал молодой человек.

-- Конечно, назад, да зачем назначать? Сама мне, ведьма, час назначила. Мне ведь крюк. Да и куда к черту ей шляться, не понимаю? Круглый год сидит ведьма, киснет, ноги болят, а тут вдруг и на гулянье!

-- У дворника не спросить ли?

-- Чего?

-- Куда ушла и когда придет?

-- Гм... черт... спросить... Да ведь она ж никуда не ходит... -- и он еще раз дернул за ручку замка. -- Черт, нечего делать, идти!

-- Стойте! -- закричал вдруг молодой человек, -- смотрите: видите, как дверь отстает, если дергать?

-- Ну?

-- Значит, она не на замке, а на запоре, на крючке то есть! Слышите, как запор брякает?

-- Ну?

-- Да как же вы не понимаете? Значит, кто-нибудь из них дома. Если бы все ушли, так снаружи бы ключом заперли, а не на запор изнутри. А тут, -- слышите, как запор брякает? А чтобы затвориться на запор изнутри, надо быть дома, понимаете? Стало быть, дома сидят, да не отпирают!

-- Ба! Да и в самом деле! -- закричал удивившийся Кох. -- Так что ж они там! -- И он неистово начал дергать дверь.

-- Стойте! -- закричал опять молодой человек, -- не дергайте! Тут что-нибудь да не так... вы ведь звонили, дергали -- не отпирают; значит, или они обе в обмороке, или...

-- Что?

-- А вот что: пойдемте-ка за дворником; пусть он их сам разбудит.

-- Дело! -- Оба двинулись вниз.

-- Стойте! Останьтесь-ка вы здесь, а я сбегаю вниз за дворником.

-- Зачем оставаться?

-- А мало ли что?..

-- Пожалуй...

-- Я ведь в судебные следователи готовлюсь! Тут очевидно, оч-че-в-видно что-то не так! -- горячо вскричал молодой человек и бегом пустился вниз по лестнице.

Кох остался, пошевелил еще раз тихонько звонком, и тот звякнул один удар; потом тихо, как бы размышляя и осматривая, стал шевелить ручку двери, притягивая и опуская ее, чтоб убедиться еще раз, что она на одном запоре. Потом пыхтя нагнулся и стал смотреть в замочную скважину; но в ней изнутри торчал ключ и, стало быть, ничего не могло быть видно.

Раскольников стоял и сжимал топор. Он был точно в бреду. Он готовился даже драться с ними, когда они войдут. Когда стучались и сговаривались, ему несколько раз вдруг приходила мысль кончить всё разом и крикнуть им из-за дверей. Порой хотелось ему начать ругаться с ними, дразнить их, покамест не отперли. "Поскорей бы уж"! -- мелькнуло в его голове.

-- Однако он, черт...

Время проходило, минута, другая -- никто не шел. Кох стал шевелиться.

-- Однако черт!.. -- закричал он вдруг и в нетерпении, бросив свой караул, отправился тоже вниз, торопясь и стуча по лестнице сапогами. Шаги стихли.

-- Господи, что же делать!

Раскольников снял запор, приотворил дверь -- ничего не слышно, и вдруг, совершенно уже не думая, вышел, притворил как мог плотнее дверь за собой и пустился вниз.

Он уже сошел три лестницы, как вдруг послышался сильный шум ниже, -- куда деваться! Никуда-то нельзя было спрятаться. Он побежал было назад, опять в квартиру.

-- Эй, леший, черт! Держи!

С криком вырвался кто-то внизу из какой-то квартиры и не то что побежал, а точно упал вниз, по лестнице, крича во всю глотку:

-- Митька! Митька! Митька! Митька! Митька! Шут те дери-и-и!

Крик закончился взвизгом; последние звуки послышались уже на дворе; всё затихло. Но в то же самое мгновение несколько человек, громко и часто говоривших, стали шумно подниматься на лестницу. Их было трое или четверо. Он расслышал звонкий голос молодого. "Они!"

В полном отчаянии пошел он им прямо навстречу: будь что будет! Остановят, всё пропало, пропустят, тоже всё пропало: запомнят. Они уже сходились; между ними оставалась всего одна только лестница -- и вдруг спасение! В нескольких ступеньках от него, направо, пустая и настежь отпертая квартира, та самая квартира второго этажа, в которой красили рабочие, а теперь, как нарочно, ушли. Они-то, верно, и выбежали сейчас с таким криком. Полы только что окрашены, среди комнаты стоят кадочка и черепок с краской и с мазилкой. В одно мгновение прошмыгнул он в отворенную дверь и притаился за стеной, и было время: они уже стояли на самой площадке. Затем повернули вверх и прошли мимо, в четвертый этаж, громко разговаривая. Он выждал, вышел на цыпочках и побежал вниз.

Никого на лестнице! Под воротами тоже. Быстро прошел он подворотню и повернул налево по улице.

Он очень хорошо знал, он отлично хорошо знал, что они, в это мгновение, уже в квартире, что очень удивились, видя, что она отперта, тогда как сейчас была заперта, что они уже смотрят на тела и что пройдет не больше минуты, как они догадаются и совершенно сообразят, что тут только что был убийца и успел куда-нибудь спрятаться, проскользнуть мимо них, убежать; догадаются, пожалуй, и о том, что он в пустой квартире сидел, пока они вверх проходили. А между тем ни под каким видом не смел он очень прибавить шагу, хотя до первого поворота шагов сто оставалось. "Не скользнуть ли разве в подворотню какую-нибудь и переждать где-нибудь на незнакомой лестнице? Нет, беда! А не забросить ли куда топор? Не взять ли извозчика? Беда! беда!"

Наконец вот и переулок; он поворотил в него полумертвый; тут он был уже наполовину спасен и понимал это: меньше подозрений, к тому же тут сильно народ сновал, и он стирался в нем, как песчинка. Но все эти мучения до того его обессилили, что он едва двигался. Пот шел из него каплями; шея была вся смочена. "Ишь нарезался!" -- крикнул кто-то ему, когда он вышел на канаву.

Он плохо теперь помнил себя; чем дальше, тем хуже. Он помнил, однако, как вдруг, выйдя на канаву, испугался, что мало народу и что тут приметнее, и хотел было поворотить назад в переулок. Несмотря на то что чуть не падал, он все-таки сделал крюку и пришел домой с другой совсем стороны.

Не в полной памяти прошел он и в ворота своего дома; по крайней мере он уже прошел на лестницу и тогда только вспомнил о топоре. А между тем предстояла очень важная задача: положить его обратно и как можно незаметнее. Конечно, он уже не в силах был сообразить, что, может быть, гораздо лучше было бы ему совсем не класть топора на прежнее место, а подбросить его, хотя потом, куда-нибудь на чужой двор.

Но всё обошлось благополучно. Дверь в дворницкую была притворена, но не на замке, стало быть, вероятнее всего было, что дворник дома. Но до того уже он потерял способность сообразить что-нибудь, что прямо подошел к дворницкой и растворил ее. Если бы дворник спросил его: "что надо?" -- он, может быть, так прямо и подал бы ему топор. Но дворника опять не было, и он успел уложить топор на прежнее место под скамью; даже поленом прикрыл по-прежнему. Никого, ни единой души, не встретил он потом до самой своей комнаты; хозяйкина дверь была заперта. Войдя к себе, он бросился на диван, так, как был. Он не спал, но был в забытьи. Если бы кто вошел тогда в его комнату, он бы тотчас же вскочил и закричал. Клочки и отрывки каких-то мыслей так и кишели в его голове; но он ни одной не мог схватить, ни на одной не мог остановиться, несмотря даже на усилия...

ЧАСТЬ ВТОРАЯ

I

Так пролежал он очень долго. Случалось, что он как будто и просыпался, и в эти минуты замечал, что уже давно ночь, а встать ему не приходило в голову. Наконец он заметил, что уже светло по-дневному. Он лежал на диване навзничь, еще остолбенелый от недавнего забытья. До него резко доносились страшные, отчаянные вопли с улицы, которые, впрочем, он каждую ночь выслушивал под своим окном, в третьем часу. Они-то и разбудили его теперь. "А! вот уж и из распивочных пьяные выходят, -- подумал он, -- третий час, -- и вдруг вскочил, точно его сорвал кто с дивана. -- Как! Третий уже час!" Он сел на диване, -- и тут всё припомнил! Вдруг, в один миг всё припомнил!

В первое мгновение он думал, что с ума сойдет. Страшный холод обхватил его; но холод был и от лихорадки, которая уже давно началась с ним во сне. Теперь же вдруг ударил такой озноб, что чуть зубы не выпрыгнули и всё в нем так и заходило. Он отворил дверь и начал слушать: в доме всё совершенно спало. С изумлением оглядывал он себя и всё кругом в комнате и не понимал: как это он мог вчера, войдя, не запереть дверей на крючок и броситься на диван, не только не раздевшись, но даже в шляпе: она скатилась и тут же лежала на полу, близ подушки. "Если бы кто зашел, что бы он подумал? Что я пьян, но..." Он бросился к окошку. Свету было довольно, и он поскорей стал себя оглядывать, всего, с ног до головы, всё свое платье: нет ли следов? Но так нельзя было: дрожа от озноба, стал он снимать с себя всё и опять осматривать кругом. Он перевертел всё, до последней нитки и лоскутка, и, не доверяя себе, повторил осмотр раза три. Но не было ничего, кажется, никаких следов; только на том месте, где панталоны внизу осеклись и висели бахромой, на бахроме этой оставались густые следы запекшейся крови. Он схватил складной большой ножик и обрезал бахрому. Больше, кажется, ничего не было. Вдруг он вспомнил, что кошелек и вещи, которые он вытащил у старухи из сундука, все до сих пор у него по карманам лежат! Он и не подумал до сих пор их вынуть и спрятать! Не вспомнил о них даже теперь, как платье осматривал! Что ж это? Мигом бросился он их вынимать и выбрасывать на стол. Выбрав всё, даже выворотив карманы, чтоб удостовериться, не остается ли еще чего, он всю эту кучу перенес в угол. Там, в самом углу, внизу, в одном месте были разодраны отставшие от стены обои: тотчас же он начал всё запихивать в эту дыру, под бумагу: "вошло! Всё с глаз долой и кошелек тоже!" -- радостно думал он, привстав и тупо смотря в угол, в оттопырившуюся еще больше дыру. Вдруг он весь вздрогнул от ужаса: "Боже мой, -- шептал он в отчаянии, -- что со мною? Разве это спрятано? Разве так прячут?"

Правда, он и не рассчитывал на вещи; он думал, что будут одни только деньги, а потому и не приготовил заранее места, -- "но теперь-то, теперь чему я рад? -- думал он. -- Разве так прячут? Подлинно разум меня оставляет!" В изнеможении сел он на диван, и тотчас же нестерпимый озноб снова затряс его. Машинально потащил он лежавшее подле, на стуле, бывшее его студенческое зимнее пальто, теплое, но уже почти в лохмотьях, накрылся им, и сон, и бред опять разом охватили его. Он забылся.

Не более как минут через пять вскочил он снова и тотчас же, в исступлении, опять кинулся к своему платью. "Как это мог я опять заснуть, тогда как ничего не сделано! Так и есть, так и есть: петлю подмышкой до сих пор не снял! Забыл, об таком деле забыл! Такая улика!" Он сдернул петлю и поскорей стал разрывать ее в куски, запихивая их под подушку в белье. "Куски рваной холстины ни в каком случае не возбудят подозрения; кажется так, кажется так!" -- повторял он, стоя среди комнаты, и с напряженным до боли вниманием стал опять высматривать кругом, на полу и везде, не забыл ли еще чего-нибудь? Уверенность, что всё, даже память, даже простое соображение оставляют его, начинала нестерпимо его мучить. "Что, неужели уж начинается, неужели это уж казнь наступает? Вон, вон, так и есть!" Действительно, обрезки бахромы, которую он срезал с панталон, так и валялись на полу, среди комнаты, чтобы первый увидел! "Да что же это со мною!" -- вскричал он опять как потерянный.

Тут пришла ему в голову странная мысль: что, может быть, и всё его платье в крови, что, может быть, много пятен, но что он их только не видит, не замечает, потому что соображение его ослабело, раздроблено... ум помрачен... Вдруг он вспомнил, что и на кошельке была кровь. "Ба! Так, стало быть, и в кармане тоже должна быть кровь, потому что я еще мокрый кошелек тогда в карман сунул!" Мигом выворотил он карман, и -- так и есть -- на подкладке кармана есть следы, пятна! "Стало быть, не оставил же еще совсем разум, стало быть, есть же соображение и память, коли сам спохватился и догадался! -- подумал он с торжеством, глубоко и радостно вздохнув всею грудью, -- просто слабосилие лихорадочное, бред на минуту", -- и он вырвал всю подкладку из левого кармана панталон. В эту минуту луч солнца осветил его левый сапог: на носке, который выглядывал из сапога, как будто показались знаки. Он сбросил сапог: "действительно знаки! Весь кончик носка пропитан кровью"; должно быть, он в ту лужу неосторожно тогда ступил... "Но что же теперь с этим делать? Куда девать этот носок, бахрому, карман?"

Он сгреб всё это в руку и стоял среди комнаты. "В печку? Но в печке прежде всего начнут рыться. Сжечь? Да и чем сжечь? Спичек даже нет. Нет, лучше выйти куда-нибудь и всё выбросить. Да! Лучше выбросить! -- повторял он, опять садясь на диван, -- и сейчас, сию минуту, не медля!.." Но вместо того голова его опять склонилась на подушку; опять оледенил его нестерпимый озноб; опять он потащил на себя шинель. И долго, несколько часов, ему всё еще мерещилось порывами, что "вот бы сейчас, не откладывая, пойти куда-нибудь и всё выбросить, чтоб уж с глаз долой, поскорей, поскорей!" Он порывался с дивана несколько раз, хотел было встать, но уже не мог. Окончательно разбудил его сильный стук в двери.

-- Да отвори, жив аль нет? И все-то он дрыхнет! -- кричала Настасья, стуча кулаком в дверь, -- целые дни-то деньские, как пес, дрыхнет! Пес и есть! Отвори, что ль. Одиннадцатый час.

-- А може, и дома нет! -- проговорил мужской голос.

"Ба! это голос дворника... Что ему надо?"

Он вскочил и сел на диване. Сердце стучало так, что даже больно стало.

-- А крюком кто ж заперся? -- возразила Настасья, -- ишь, запирать стал! Самого, что ль, унесут? Отвори, голова, проснись!

"Что им надо? Зачем дворник? Всё известно. Сопротивляться или отворить? Пропадай..."

Он привстал, нагнулся вперед и снял крюк.

Вся его комната была такого размера, что можно было снять крюк, не вставая с постели.

Так и есть: стоят дворник и Настасья.

Настасья как-то странно его оглянула. Он с вызывающим и отчаянным видом взглянул на дворника. Тот молча протянул ему серую, сложенную вдвое бумажку, запечатанную бутылочным сургучом.

-- Повестка, из конторы, -- проговорил он, подавая бумагу.

-- Из какой конторы?..

-- В полицию, значит, зовут, в контору. Известно, какая контора.

-- В полицию!.. Зачем?..

-- А мне почем знать. Требуют, и иди. -- Он внимательно посмотрел на него, осмотрелся кругом и повернулся уходить.

-- Никак совсем разболелся? -- заметила Настасья, не спускавшая с него глаз. Дворник тоже на минуту обернул голову. -- Со вчерашнего дня в жару, -- прибавила она.

Он не отвечал и держал в руках бумагу, не распечатывая.

-- Да уж не вставай, -- продолжала Настасья, разжалобясь и видя, что он спускает с дивана ноги. -- Болен, так и не ходи: не сгорит. Что у те в руках-то?

Он взглянул: в правой руке у него отрезанные куски бахромы, носок и лоскутья вырванного кармана. Так и спал с ними. Потом уже, размышляя об этом, вспоминал он, что, и полупросыпаясь в жару, крепко-накрепко стискивал всё это в руке и так опять засыпал.

-- Ишь лохмотьев каких набрал и спит с ними, ровно с кладом... -- И Настасья закатилась своим болезненно-нервическим смехом. Мигом сунул он всё под шинель и пристально впился в нее глазами. Хоть и очень мало мог он в ту минуту вполне толково сообразить, но чувствовал, что с человеком не так обращаться будут, когда придут его брать. "Но... полиция?"

-- Чаю бы выпил? Хошь, что ли? Принесу; осталось...

-- Нет... я пойду: я сейчас пойду, -- бормотал он, становясь на ноги.

-- Поди, и с лестницы не сойдешь?

-- Пойду...

-- Как хошь.

Она ушла вслед за дворником. Тотчас же бросился он к свету осматривать носок и бахрому: "Пятна есть, но не совсем приметно; всё загрязнилось, затерлось и уже выцвело. Кто не знает заранее -- ничего не разглядит. Настасья, стало быть, ничего издали не могла приметить, слава богу!" Тогда с трепетом распечатал он повестку и стал читать; долго читал он и наконец-то понял. Это была обыкновенная повестка из квартала явиться на сегодняшний день, в половине десятого, в контору квартального надзирателя.

"Да когда ж это бывало? Никаких я дел сам по себе не имею с полицией! И почему как раз сегодня? -- думал он в мучительном недоумении. -- Господи, поскорей бы уж!" Он было бросился на колени молиться, но даже сам рассмеялся, -- не над молитвой, а над собой. Он поспешно стал одеваться. "Пропаду так пропаду, всё равно! Носок надеть! -- вздумалось вдруг ему, -- еще больше затрется в пыли, и следы пропадут". Но только что он надел, тотчас же и сдернул его с отвращением и ужасом. Сдернул, но, сообразив, что другого нет, взял и надел опять -- и опять рассмеялся. "Всё это условно, всё относительно, всё это одни только формы, -- подумал он мельком, одним только краешком мысли, а сам дрожа всем телом, -- ведь вот надел же! Ведь кончил же тем, что надел!" Смех, впрочем, тотчас же сменился отчаянием. "Нет, не по силам..." -- подумалось ему. Ноги его дрожали. "От страху", -- пробормотал он про себя. Голова кружилась и болела от жару. "Это хитрость! Это они хотят заманить меня хитростью и вдруг сбить на всем, -- продолжал он про себя, выходя на лестницу. -- Скверно то, что я почти в бреду... я могу соврать какую-нибудь глупость..."

На лестнице он вспомнил, что оставляет все вещи так, в обойной дыре,

-- "а тут, пожалуй, нарочно без него обыск", -- вспомнил и остановился. Но такое отчаяние и такой, если можно сказать, цинизм гибели вдруг овладели им, что он махнул рукой и пошел дальше.

"Только бы поскорей!.."

На улице опять жара стояла невыносимая; хоть бы капля дождя во все эти дни. Опять пыль, кирпич и известка, опять вонь из лавочек и распивочных, опять поминутно пьяные, чухонцы-разносчики и полуразвалившиеся извозчики. Солнце ярко блеснуло ему в глаза, так что больно стало глядеть и голова его совсем закружилась, -- обыкновенное ощущение лихорадочного, выходящего вдруг на улицу в яркий солнечный день.

Дойдя до поворота во вчерашнюю улицу, он с мучительною тревогой заглянул в нее, на тот дом... и тотчас же отвел глаза.

"Если спросят, я, может быть, и скажу", -- подумал он, подходя к конторе.

Контора была от него с четверть версты. Она только что переехала на новую квартиру, в новый дом, в четвертый этаж. На прежней квартире он был когда-то мельком, но очень давно. Войдя под ворота, он увидел направо лестницу, по которой сходил мужик с книжкой в руках: "дворник, значит; значит, тут и есть контора", и он стал подниматься наверх наугад. Спрашивать ни у кого ни об чем не хотел.

"Войду, стану на колена и всё расскажу..." -- подумал он, входя в четвертый этаж.

Лестница была узенькая, крутая и вся в помоях. Все кухни всех квартир во всех четырех этажах отворялись на эту лестницу и стояли так почти целый день. Оттого была страшная духота. Вверх и вниз всходили и сходили дворники с книжками под мышкой, хожалые и разный люд обоего пола -- посетители. Дверь в самую контору была тоже настежь отворена. Он вошел и остановился в прихожей. Тут всё стояли и ждали какие-то мужики. Здесь тоже духота была чрезвычайная и, кроме того, до тошноты било в нос свежею, еще невыстоявшеюся краской на тухлой олифе вновь покрашенных комнат. Переждав немного, он рассудил подвинуться еще вперед, в следующую комнату. Всё крошечные и низенькие были комнаты. Страшное нетерпение тянуло его всё дальше и дальше. Никто не замечал его. Во второй комнате сидели и писали какие-то писцы, одетые разве немного его получше, на вид всё странный какой-то народ. Он обратился к одному из них.

-- Чего тебе?

Он показал повестку из конторы.

-- Вы студент? -- спросил тот, взглянув на повестку.

-- Да, бывший студент.

Писец оглядел его, впрочем без всякого любопытства. Это был какой-то особенно взъерошенный человек с неподвижною идеей во взгляде.

"От этого ничего не узнаешь, потому что ему всё равно", -- подумал Раскольников.

-- Ступайте туда, к письмоводителю, -- сказал писец и ткнул вперед пальцем, показывая на самую последнюю комнату.

Он вошел в эту комнату (четвертую по порядку), тесную и битком набитую публикой -- народом, несколько почище одетым, чем в тех комнатах. Между посетителями были две дамы. Одна в трауре, бедно одетая, сидела за столом против письмоводителя и что-то писала под его диктовку. Другая же дама, очень полная и багрово-красная, с пятнами, видная женщина, и что-то уж очень пышно одетая, с брошкой на груди, величиной в чайное блюдечко, стояла в сторонке и чего-то ждала. Раскольников сунул письмоводителю свою повестку. Тот мельком взглянул на нее, сказал: "подождите" и продолжал заниматься с траурною дамой.

Он перевел дух свободнее. "Наверно, не то!" Мало-помалу он стал ободряться, он усовещивал себя всеми силами ободриться и опомниться.

"Какая-нибудь глупость, какая-нибудь самая мелкая неосторожность, и я могу всего себя выдать! Гм... жаль, что здесь воздуху нет, -- прибавил он, -- духота... Голова еще больше кружится... и ум тоже..."

Он чувствовал во всем себе страшный беспорядок. Он сам боялся не совладеть с собой. Он старался прицепиться к чему-нибудь и о чем бы нибудь думать, о совершенно постороннем, но это совсем не удавалось. Письмоводитель сильно, впрочем, интересовал его: ему всё хотелось что-нибудь угадать по его лицу, раскусить. Это был очень молодой человек, лет двадцати двух, с смуглою и подвижною физиономией, казавшеюся старее своих лет, одетый по моде и фатом, с пробором на затылке, расчесанный и распомаженный, со множеством перстней и колец на белых отчищенных щетками пальцах и золотыми цепями на жилете. С одним бывшим тут иностранцем он даже сказал слова два по-французски, и очень удовлетворительно.

-- Луиза Ивановна, вы бы сели, -- сказал он мельком разодетой багрово-красной даме, которая всё стояла, как будто не смея сама сесть, хотя стул был рядом.

-- Ich danke, 1 -- сказала та и тихо, с шелковым шумом, опустилась на стул. Светло-голубое с белою кружевною отделкой платье ее, точно воздушный шар, распространилось вокруг стула и заняло чуть не полкомнаты. Понесло духами. Но дама, очевидно, робела того, что занимает полкомнаты и что от нее так несет духами, хотя и улыбалась трусливо и нахально вместе, но с явным беспокойством.

1 Благодарю (нем.).

Траурная дама наконец кончила и стала вставать. Вдруг, с некоторым шумом, весьма молодцевато и как-то особенно повертывая с каждым шагом плечами, вошел офицер, бросил фуражку с кокардой на стол и сел в кресла. Пышная дама так и подпрыгнула с места, его завидя, и с каким-то особенным восторгом принялась приседать; но офицер не обратил на нее ни малейшего внимания, а она уже не смела больше при нем садиться. Это был поручик, помощник квартального надзирателя, с горизонтально торчавшими в обе стороны рыжеватыми усами и с чрезвычайно мелкими чертами лица, ничего, впрочем, особенного, кроме некоторого нахальства, не выражавшими. Он искоса и отчасти с негодованием посмотрел на Раскольникова: слишком уж на нем был скверен костюм, и, несмотря на всё принижение, всё еще не по костюму была осанка; Раскольников, по неосторожности, слишком прямо и долго посмотрел на него, так что тот даже обиделся.

-- Тебе чего? -- крикнул он, вероятно удивляясь, что такой оборванец и не думает стушевываться от его молниеносного взгляда.

-- Потребовали... по повестке... -- отвечал кое-как Раскольников.

-- Это по делу о взыскании с них денег, с студента, -- заторопился письмоводитель, отрываясь от бумаги. -- Вот-с! -- и он перекинул Раскольникову тетрадь, указав в ней место, -- прочтите!

"Денег? Каких денег? -- думал Раскольников, -- но... стало быть, уж наверно не то!" И он вздрогнул от радости. Ему стало вдруг ужасно, невыразимо легко. Всё с плеч слетело.

-- А в котором часу вам приходить написано, милостисдарь? -- крикнул поручик, всё более и более неизвестно чем оскорбляясь, -- вам пишут в девять, а теперь уже двенадцатый час!

-- Мне принесли всего четверть часа назад, -- громко и через плечо отвечал Раскольников, тоже внезапно и неожиданно для себя рассердившийся и даже находя в этом некоторое удовольствие. -- И того довольно, что я больной в лихорадке пришел.

-- Не извольте кричать!

-- Я и не кричу, а весьма ровно говорю, а это вы на меня кричите; а я студент и кричать на себя не позволю.

Помощник до того вспылил, что в первую минуту даже ничего не мог выговорить, и только какие-то брызги вылетали из уст его. Он вскочил с места.

-- Извольте ма-а-а-лчать! Вы в присутствии. Не гр-р-рубиянить, судырь!

-- Да и вы в присутствии, -- вскрикнул Раскольников, -- а кроме того, что кричите, папиросу курите, стало быть, всем нам манкируете. -- Проговорив это, Раскольников почувствовал невыразимое наслаждение.

Письмоводитель с улыбкой смотрел на них. Горячий поручик был видимо озадачен.

-- Это не ваше дело-с! -- прокричал он наконец как-то неестественно громко, -- а вот извольте-ка подать отзыв, который с вас требуют. Покажите ему, Александр Григорьевич. Жалобы на вас! Денег не платите! Ишь какой вылетел сокол ясный!

Но Раскольников уже не слушал и жадно схватился за бумагу, ища поскорей разгадки. Прочел раз, другой, и не понял.

-- Это что же? -- спросил он письмоводителя.

-- Это деньги с вас по заемному письму требуют, взыскание. Вы должны или уплатить со всеми издержками, пенными и прочими, или дать письменно отзыв, когда можете уплатить, а вместе с тем и обязательство не выезжать до уплаты из столицы и не продавать и не скрывать своего имущества. А заимодавец волен продать ваше имущество, а с вами поступить по законам.

-- Да я... никому не должен!

-- Это уж не наше дело. А к нам вот поступило ко взысканию просроченное и законно протестованное заемное письмо в сто пятнадцать рублей, выданное вами вдове, коллежской асессорше Зарницыной, назад тому девять месяцев, а от вдовы Зарницыной перешедшее уплатою к надворному советнику Чебарову, мы и приглашаем вас посему к отзыву.

-- Да ведь она ж моя хозяйка?

-- Ну так что ж, что хозяйка?

Письмоводитель смотрел на него с снисходительною улыбкой сожаления, а вместе с тем и некоторого торжества, как на новичка, которого только что начинают обстреливать: "Что, дескать, каково ты теперь себя чувствуешь?" Но какое, какое было ему теперь дело до заемного письма, до взыскания! Стоило ли это теперь хоть какой-нибудь тревоги, в свою очередь, хотя какого-нибудь даже внимания! Он стоял, читал, слушал, отвечал, сам даже спрашивал, но всё это машинально. Торжество самосохранения, спасение от давившей опасности -- вот что наполняло в эту минуту всё его существо, без предвидения, без анализа, без будущих загадываний и отгадываний, без сомнений и без вопросов. Это была минута полной, непосредственной, чисто животной радости. Но в эту самую минуту в конторе произошло нечто вроде грома и молнии. Поручик, еще весь потрясенный непочтительностью, весь пылая и, очевидно, желая поддержать пострадавшую амбицию, набросился всеми перунами на несчастную "пышную даму", смотревшую на него, с тех самых пор как он вошел, с преглупейшею улыбкой.

-- А ты, такая-сякая и этакая, -- крикнул он вдруг во всё горло (траурная дама уже вышла), -- у тебя там что прошедшую ночь произошло? а? Опять позор, дебош на всю улицу производишь. Опять драка и пьянство. В смирительный мечтаешь! Ведь я уж тебе говорил, ведь я уж предупреждал тебя десять раз, что в одиннадцатый не спущу! А ты опять, опять, такая-сякая ты этакая!

Даже бумага выпала из рук Раскольникова, и он дико смотрел на пышную даму, которую так бесцеремонно отделывали; но скоро, однако же, сообразил, в чем дело, и тотчас же вся эта история начала ему очень даже нравиться. Он слушал с удовольствием, так даже, что хотелось хохотать, хохотать, хохотать... Все нервы его так и прыгали.

-- Илья Петрович! -- начал было письмоводитель заботливо, но остановился выждать время, потому что вскипевшего поручика нельзя было удержать иначе, как за руки, что он знал по собственному опыту.

Что же касается пышной дамы, то вначале она так и затрепетала от грома и молнии; но странное дело: чем многочисленнее и крепче становились ругательства, тем вид ее становился любезнее, тем очаровательнее делалась ее улыбка, обращенная к грозному поручику. Она семенила на месте и беспрерывно приседала, с нетерпением выжидая, что наконец-то и ей позволят ввернуть свое слово, и дождалась.

-- Никакой шум и драки у меня не буль, господин капитэн, -- затараторила она вдруг, точно горох просыпали, с крепким немецким акцентом, хотя и бойко по-русски, -- и никакой, никакой шкандаль, а они пришоль пьян, и это я всё расскажит, господин капитэн, а я не виноват... у меня благородный дом, господин капитэн, и благородное обращение, господин капитэн, и я всегда, всегда сама не хотель никакой шкандаль. А они совсем пришоль пьян и потом опять три путилки спросил, а потом один поднял ноги и стал ногом фортепьян играль, и это совсем нехорошо в благородный дом, и он ганц фортепьян ломаль, и совсем, совсем тут нет никакой манир, и я сказаль. А он путилку взял и стал всех сзади путилкой толкаль. И тут как я стал скоро дворник позваль и Карль пришоль, он взял Карль и глаз прибиль, и Генриет тоже глаз прибиль, а мне пять раз щеку биль. И это так неделикатно в благородный дом, господин капитэн, и я кричаль. А он на канав окно отворяль и стал в окно, как маленькая свинья, визжаль; и это срам. И как можно в окно на улиц, как маленькая свинья, визжаль; и это срам. Фуй-фуй-фуй! И Карль сзади его за фрак от окна таскаль и тут, это правда, господин капитэн, ему зейн рок изорваль.

И тогда он кричаль, что ему пятнадцать целковых ман мус штраф платиль. И я сама, господин капитэн, пять целковых ему зейнрок платиль. И это неблагородный гость, господин капитэн, и всякой шкандаль делаль! Я, говориль, на вас большой сатир гедрюкт будет, потому я во всех газет могу про вас всё сочиниль.

-- Из сочинителей, значит?

-- Да, господин капитэн, и какой же это неблагородный гость, господин капитэн, когда в благородный дом...

-- Ну-ну-ну! Довольно! Я уж тебе говорил, говорил, я ведь тебе говорил...

-- Илья Петрович! -- снова значительно проговорил письмоводитель. Поручик быстро взглянул на него; письмоводитель слегка кивнул головой.

-- ...Так вот же тебе, почтеннейшая Лавиза Ивановна, мой последний сказ, и уж это в последний раз, -- продолжал поручик. -- Если у тебя еще хоть один только раз в твоем благородном доме произойдет скандал, так я тебя самое на цугундер, как в высоком слоге говорится. Слышала? Так литератор, сочинитель, пять целковых в "благородном доме" за фалду взял? Вон они, сочинители! -- и он метнул презрительный взгляд на Раскольникова. -- Третьего дня в трактире тоже история: пообедал, а платить не желает; "я, дескать, вас в сатире за то опишу". На пароходе тоже другой, на прошлой неделе, почтенное семейство статского советника, жену и дочь, подлейшими словами обозвал. Из кондитерской намедни в толчки одного выгнали. Вот они каковы, сочинители, литераторы, студенты, глашатаи... тьфу! А ты пошла! Я вот сам к тебе загляну... тогда берегись! Слышала?

Луиза Ивановна с уторопленною любезностью пустилась приседать на все стороны и, приседая, допятилась до дверей; но в дверях наскочила задом на одного видного офицера, с открытым свежим лицом и с превосходными густейшими белокурыми бакенами. Это был сам Никодим Фомич, квартальный надзиратель. Луиза Ивановна поспешила присесть чуть не до полу и частыми мелкими шагами, подпрыгивая, полетела из конторы.

-- Опять грохот, опять гром и молния, смерч, ураган! -- любезно и дружески обратился Никодим Фомич к Илье Петровичу, -- опять растревожили сердце, опять закипел! Еще с лестницы слышал.

-- Да што! -- с благородною небрежностию проговорил Илья Петрович (и даже не што, а как-то: "Да-а шта-а!"), переходя с какими-то бумагами к другому столу и картинно передергивая с каждым шагом плечами, куда шаг, туда и плечо; -- вот-с, изволите видеть: господин сочинитель, то бишь студент, бывший то есть, денег не платит, векселей надавал, квартиру не очищает, беспрерывные на них поступают жалобы, а изволили в претензию войти, что я папироску при них закурил! Сами п-п-подличают, а вот-с, извольте взглянуть на них: вот они в самом своем привлекательном теперь виде-с!

-- Бедность не порок, дружище, ну да уж что! Известно, порох, не мог обиды перенести. Вы чем-нибудь, верно, против него обиделись и сами не удержались, -- продолжал Никодим Фомич, любезно обращаясь к Раскольникову, -- но это вы напрасно: на-и-бла-га-а-ар-р-роднейший, я вам скажу, человек, но порох, порох! Вспылил, вскипел, сгорел -- и нет! И всё прошло! И в результате одно только золото сердца! Его и в полку прозвали: "поручик-порох"...

-- И какой еще п-п-полк был! -- воскликнул Илья Петрович, весьма довольный, что его так приятно пощекотали, но всё еще будируя.

Раскольникову вдруг захотелось сказать им всем что-нибудь необыкновенно приятное.

-- Да помилуйте, капитан, -- начал он весьма развязно, обращаясь вдруг к Никодиму Фомичу, -- вникните и в мое положение... Я готов даже просить у них извинения, если в чем с своей стороны манкировал. Я бедный и больной студент, удрученный (он так и сказал: "удрученный") бедностью. Я бывший студент, потому что теперь не могу содержать себя, но я получу деньги... У меня мать и сестра в -- й губернии. Мне пришлют, и я... заплачу. Хозяйка моя добрая женщина, но она до того озлилась, что я уроки потерял и не плачу четвертый месяц, что не присылает мне даже обедать... И не понимаю совершенно, какой это вексель! Теперь она с меня требует по заемному этому письму, что ж я ей заплачу, посудите сами!..

-- Но это ведь не наше дело... -- опять было заметил письмоводитель...

-- Позвольте, позвольте, я с вами совершенно согласен, но позвольте и мне разъяснить, -- подхватил опять Раскольников, обращаясь не к письмоводителю, а всё к Никодиму Фомичу, но стараясь всеми силами обращаться тоже и к Илье Петровичу, хотя тот упорно делал вид, что роется в бумагах и презрительно не обращает на него внимания, -- позвольте и мне с своей стороны разъяснить, что я живу у ней уж около трех лет, с самого приезда из провинции и прежде... прежде... впрочем, отчего ж мне и не признаться в свою очередь, с самого начала я дал обещание, что женюсь на ее дочери, обещание словесное, совершенно свободное... Это была девушка... впрочем, она мне даже нравилась... хотя я и не был влюблен... одним словом, молодость, то есть я хочу сказать, что хозяйка мне делала тогда много кредиту и я вел отчасти такую жизнь... я очень был легкомыслен...

-- С вас вовсе не требуют таких интимностей, милостисдарь, да и времени нет, -- грубо и с торжеством перебил было Илья Петрович, но Раскольников с жаром остановил его, хотя ему чрезвычайно тяжело стало вдруг говорить.

-- Но позвольте, позвольте же мне, отчасти, всё рассказать... как было дело и... в свою очередь... хотя это и лишнее, согласен с вами, рассказывать, -- но год назад эта девица умерла от тифа, я же остался жильцом, как был, и хозяйка, как переехала на теперешнюю квартиру, сказала мне... и сказала дружески... что она совершенно во мне уверена и всё... но что не захочу ли я дать ей это заемное письмо в сто пятнадцать рублей, всего что она считала за мной долгу. Позвольте-с: она именно сказала, что, как только я дам эту бумагу, она опять будет меня кредитовать сколько угодно и что никогда, никогда, в свою очередь, -- это ее собственные слова были, -- она не воспользуется этой бумагой, покамест я сам заплачу... И вот теперь, когда я и уроки потерял и мне есть нечего, она и подает ко взысканию... Что ж я теперь скажу?

-- Все эти чувствительные подробности, милостисдарь, до нас не касаются, -- нагло отрезал Илья Петрович, -- вы должны дать отзыв и обязательство, а что вы там изволили быть влюблены и все эти трагические места, до этого нам совсем дела нет.

-- Ну уж ты... жестоко... -- пробормотал Никодим Фомич, усаживаясь к столу и тоже принимаясь подписывать. Ему как-то стыдно стало.

-- Пишите же, -- сказал письмоводитель Раскольникову.

-- Что писать? -- спросил тот как-то особенно грубо.

-- А я вам продиктую.

Раскольникову показалось, что письмоводитель стал с ним небрежнее и презрительнее после его исповеди, но, странное дело, -- ему вдруг стало самому решительно всё равно до чьего бы то ни было мнения, и перемена эта произошла как-то в один миг, в одну минуту. Если б он захотел подумать немного, то, конечно, удивился бы тому, как мог он так говорить с ними, минуту назад, и даже навязываться с своими чувствами? И откуда взялись эти чувства? Напротив, теперь, если бы вдруг комната наполнилась не квартальными, а первейшими друзьями его, то и тогда, кажется, не нашлось бы для них у него ни одного человеческого слова, до того вдруг опустело его сердце. Мрачное ощущение мучительного, бесконечного уединения и отчуждения вдруг сознательно сказалось душе его. Не низость его сердечных излияний перед Ильей Петровичем, не низость и поручикова торжества над ним перевернули вдруг так ему сердце. О, какое ему дело теперь до собственной подлости, до всех этих амбиций, поручиков, немок, взысканий, контор и проч., и проч.! Если б его приговорили даже сжечь в эту минуту, то и тогда он не шевельнулся бы, даже вряд ли прослушал бы приговор внимательно. С ним совершалось что-то совершенно ему незнакомое, новое, внезапное и никогда не бывалое. Не то чтоб он понимал, но он ясно ощущал, всею силою ощущения, что не только с чувствительными экспансивностями, как давеча, но даже с чем бы то ни было ему уже нельзя более обращаться к этим людям, в квартальной конторе, и будь это всё его родные братья и сестры, а не квартальные поручики, то и тогда ему совершенно незачем было бы обращаться к ним и даже ни в каком случае жизни; он никогда еще до сей минуты не испытывал подобного странного и ужасного ощущения. И что всего мучительнее -- это было более ощущение, чем сознание, чем понятие; непосредственное ощущение, мучительнейшее ощущение из всех до сих пор жизнию пережитых им ощущений.

Письмоводитель стал диктовать ему форму обыкновенного в таком случае отзыва, то есть заплатить не могу, обещаюсь тогда-то (когда-нибудь), из города не выеду, имущество ни продавать, ни дарить не буду и проч.

-- Да вы писать не можете, у вас перо из рук валится, -- заметил письмоводитель, с любопытством вглядываясь в Раскольникова. -- Вы больны?

-- Да... голова кругом... говорите дальше!

-- Да всё! подпишитесь.

Письмоводитель отобрал бумагу и занялся с другими.

Раскольников отдал перо, но вместо того, чтоб встать и уйти, положил оба локтя на стол и стиснул руками голову. Точно гвоздь ему вбивали в темя. Странная мысль пришла ему вдруг: встать сейчас, подойти к Никодиму Фомичу и рассказать ему всё вчерашнее, всё до последней подробности, затем пойти вместе с ними на квартиру и указать им вещи, в углу, в дыре. Позыв был до того силен, что он уже встал с места, для исполнения. "Не обдумать ли хоть минуту? -- пронеслось в его голове. -- Нет, лучше и не думая, и с плеч долой!" Но вдруг он остановился как вкопанный: Никодим Фомич говорил с жаром Илье Петровичу, и до него долетели слова:

-- Быть не может, обоих освободят! Во-первых, всё противоречит; судите: зачем им дворника звать, если б это их дело? На себя доносить, что ли? Аль для хитрости? Нет, уж было бы слишком хитро! И, наконец, студента Пестрякова видели у самых ворот оба дворника и мещанка в самую ту минуту, как он входил: он шел с тремя приятелями и расстался с ними у самых ворот и о жительстве у дворников расспрашивал, еще при приятелях. Ну, станет такой о жительстве расспрашивать, если с таким намерением шел? А Кох, так тот, прежде чем к старухе заходить, внизу у серебряника полчаса сидел и ровно без четверти восемь от него к старухе наверх пошел. Теперь сообразите...

-- Но позвольте, как же у них такое противоречие вышло: сами уверяют, что стучались и что дверь была заперта, а через три минуты, когда с дворником пришли, выходит, что дверь отперта?

-- В том и штука: убийца непременно там сидел и заперся на запор; и непременно бы его там накрыли, если бы не Кох сдурил, не отправился сам за дворником. А он именно в этот-то промежуток и успел спуститься по лестнице и прошмыгнуть мимо их как-нибудь. Кох обеими руками крестится: "Если б я там, говорит, остался, он бы выскочил и меня убил топором". Русский молебен хочет служить, хе-хе!..

-- А убийцу никто и не видал?

-- Да где ж тут увидеть? Дом -- Ноев ковчег, -- заметил письмоводитель, прислушивавшийся с своего места.

-- Дело ясное, дело ясное! -- горячо повторил Никодим Фомич.

-- Нет, дело очень неясное, -- скрепил Илья Петрович.

Раскольников поднял свою шляпу и пошел к дверям, но до дверей он не дошел...

Когда он очнулся, то увидал, что сидит на стуле, что его поддерживает справа какой-то человек, что слева стоит другой человек, с желтым стаканом, наполненным желтою водою, и что Никодим Фомич стоит перед ним и пристально глядит на него; он встал со стула.

-- Что это, вы больны? -- довольно резко спросил Никодим Фомич.

-- Они и как подписывались, так едва пером водили, -- заметил письмоводитель, усаживаясь на свое место и принимаясь опять за бумаги.

-- А давно вы больны? -- крикнул Илья Петрович с своего места и тоже перебирая бумаги. Он, конечно, тоже рассматривал больного, когда тот был в обмороке, но тотчас же отошел, когда тот очнулся.

-- Со вчерашнего... -- пробормотал в ответ Раскольников.

-- А вчера со двора выходили?

-- Выходил.

-- Больной?

-- Больной.

-- В котором часу?

-- В восьмом часу вечера.

-- А куда, позвольте спросить?

-- По улице.

-- Коротко и ясно.

Раскольников отвечал резко, отрывисто, весь бледный как платок и не опуская черных воспаленных глаз своих перед взглядом Ильи Петровича.

-- Он едва на ногах стоит, а ты... -- заметил было Никодим Фомич.

-- Ни-че-го! -- как-то особенно проговорил Илья Петрович.

Никодим Фомич хотел было еще что-то присовокупить, но, взглянув на письмоводителя, который тоже очень пристально смотрел на него, замолчал. Все вдруг замолчали. Странно было.

-- Ну-с, хорошо-с, -- заключил Илья Петрович, -- мы вас не задерживаем.

Раскольников вышел. Он еще мог расслышать, как по выходе его начался оживленный разговор, в котором слышнее всех отдавался вопросительный голос Никодима Фомича... На улице он совсем очнулся.

“Обыск, обыск, сейчас обыск! -- повторял он про себя, торопясь дойти; -- разбойники! подозревают!” Давешний страх опять охватил его всего, с ног до головы.

II

“А что, если уж и был обыск? Что, если их как раз у себя и застану?”

Но вот его комната. Ничего и никого; никто не заглядывал. Даже Настасья не притрогивалась. Но, господи! Как мог он оставить давеча все эти вещи в этой дыре?

Он бросился в угол, запустил руку под обои и стал вытаскивать вещи и нагружать ими карманы. Всего оказалось восемь штук: две маленькие коробки с серьгами или с чем-то в этом роде -- он хорошенько не посмотрел; потом четыре небольшие сафьянные футляра. Одна цепочка была просто завернута в газетную бумагу. Еще что-то в газетной бумаге, кажется орден...

Он поклал всё в разные карманы, в пальто и в оставшийся правый карман панталон, стараясь, чтоб было неприметнее. Кошелек тоже взял заодно с вещами. Затем вышел из комнаты, на этот раз даже оставив ее совсем настежь.

Он шел скоро и твердо, и хоть чувствовал, что весь изломан, но сознание было при нем. Боялся он погони, боялся, что через полчаса, через четверть часа уже выйдет, пожалуй, инструкция следить за ним; стало быть, во что бы ни стало, надо было до времени схоронить концы. Надо было управиться, пока еще оставалось хоть сколько-нибудь сил и хоть какое-нибудь рассуждение... Куда же идти?

Это было уже давно решено: “Бросить всё в канаву, и концы в воду, и дело с концом”. Так порешил он еще ночью, в бреду, в те мгновения, когда, он помнил это, несколько раз порывался встать и идти: “поскорей, поскорей, и всё выбросить”. Но выбросить оказалось очень трудно.

Он бродил по набережной Екатерининского канала уже с полчаса, а может и более, и несколько раз посматривал на сходы в канаву, где их встречал. Но и подумать нельзя было исполнить намерение: или плоты стояли у самых сходов и на них прачки мыли белье, или лодки были причалены, и везде люди так и кишат, да и отовсюду с набережных, со всех сторон, можно видеть, заметить: подозрительно, что человек нарочно сошел, остановился и что-то в воду бросает. А ну как футляры не утонут, а поплывут? Да и конечно так. Всякий увидит. И без того уже все так и смотрят, встречаясь, оглядывают, как будто им и дело только до него. "Отчего бы так, или мне, может быть, кажется", -- думал он.

Наконец пришло ему в голову, что не лучше ли будет пойти куда-нибудь на Неву? Там и людей меньше, и незаметнее, и во всяком случае удобнее, а главное -- от здешних мест дальше. И удивился он вдруг: как это он целые полчаса бродил в тоске и тревоге, и в опасных местах, а этого не мог раньше выдумать! И потому только целые полчаса на безрассудное дело убил, что так уже раз во сне, в бреду решено было! Он становился чрезвычайно рассеян и забывчив и знал это. Решительно надо было спешить!

Он пошел к Неве по В -- му проспекту; но дорогою ему пришла вдруг еще мысль: "Зачем на Неву? Зачем в воду? Не лучше ли уйти куда-нибудь очень далеко, опять хоть на Острова, и там где-нибудь, в одиноком месте, в лесу, под кустом, -- зарыть всё это и дерево, пожалуй, заметить?" И хотя он чувствовал, что не в состоянии всего ясно и здраво обсудить в эту минуту, но мысль ему показалась безошибочною.

Но и на Острова ему не суждено было попасть, а случилось другое: выходя с В -- го проспекта на площадь, он вдруг увидел налево вход во двор, обставленный совершенно глухими стенами. Справа, тотчас же по входе в ворота, далеко во двор тянулась глухая небеленая стена соседнего четырехэтажного дома. Слева, параллельно глухой стене и тоже сейчас от ворот, шел деревянный забор, шагов на двадцать в глубь двора, и потом уже делал перелом влево. Это было глухое отгороженное место, где лежали какие-то материалы. Далее, в углублении двора, выглядывал из-за забора угол низкого, закопченного, каменного сарая, очевидно часть какой-нибудь мастерской. Тут, верно, было какое-то заведение, каретное или слесарное, или что-нибудь в этом роде; везде, почти от самых ворот, чернелось много угольной пыли. "Вот бы куда подбросить и уйти!" -- вздумалось ему вдруг. Не замечая никого во дворе, он прошагнул в ворота и как раз увидал, сейчас же близ ворот, прилаженный у забора желоб (как и часто устраивается в таких домах, где много фабричных, артельных, извозчиков и проч.), а над желобом, тут же на заборе, надписана была мелом всегдашняя в таких случаях острота: "Сдесь становитца воз прещено". Стало быть, уж и тем хорошо, что никакого подозрения, что зашел и остановился. "Тут всё так разом и сбросить где-нибудь в кучку и уйти!"

Оглядевшись еще раз, он уже засунул и руку в карман, как вдруг у самой наружной стены, между воротами и желобом, где всё расстояние было шириною в аршин, заметил он большой неотесанный камень, примерно, может быть, пуда в полтора весу, прилегавший прямо к каменной уличной стене. За этою стеной была улица, тротуар, слышно было, как шныряли прохожие, которых здесь всегда немало; но за воротами его никто не мог увидать, разве зашел бы кто с улицы, что, впрочем, очень могло случиться, а потому надо было спешить.

Он нагнулся к камню, схватился за верхушку его крепко, обеими руками, собрал все свои силы и перевернул камень. Под камнем образовалось небольшое углубление; тотчас же стал он бросать в него всё из кармана. Кошелек пришелся на самый верх, и все-таки в углублении оставалось еще место. Затем он снова схватился за камень, одним оборотом перевернул его на прежнюю сторону, и он как раз пришелся в свое прежнее место, разве немного, чуть-чуть казался повыше. Но он подгреб земли и придавил по краям ногою. Ничего не было заметно.

Тогда он вышел и направился к площади. Опять сильная, едва выносимая радость, как давеча в конторе, овладела им на мгновение. "Схоронены концы! И кому, кому в голову может прийти искать под этим камнем? Он тут, может быть, с построения дома лежит и еще столько же пролежит. А хоть бы и нашли: кто на меня подумает? Всё кончено! Нет улик!" -- и он засмеялся. Да, он помнил потом, что он засмеялся нервным, мелким, неслышным, долгим смехом, и всё смеялся, всё время, как проходил через площадь. Но когда он ступил на К - й бульвар, где третьего дня повстречался с тою девочкой, смех его вдруг прошел. Другие мысли полезли ему в голову. Показалось ему вдруг тоже, что ужасно ему теперь отвратительно проходить мимо той скамейки, на которой он тогда, по уходе девочки, сидел и раздумывал, и ужасно тоже будет тяжело встретить опять того усача, которому он тогда дал двугривенный: "Черт его возьми!"

Он шел, смотря кругом рассеянно и злобно. Все мысли его кружились теперь около одного какого-то главного пункта, -- и он сам чувствовал, что это действительно такой главный пункт и есть и что теперь, именно теперь, он остался один на один с этим главным пунктом, -- и что это даже в первый раз после этих двух месяцев.

"А черт возьми это всё! -- подумал он вдруг в припадке неистощимой злобы. -- Ну началось, так и началось, черт с ней и с новою жизнию! Как это, господи, глупо!.. А сколько я налгал и наподличал сегодня! Как мерзко лебезил и заигрывал давеча с сквернейшим Ильей Петровичем! А впрочем, вздор и это! Наплевать мне на них на всех, да и на то, что я лебезил и заигрывал! Совсем не то! Совсем не то!.."

Вдруг он остановился; новый, совершенно неожиданный и чрезвычайно простой вопрос разом сбил его с толку и горько его изумил:

"Если действительно всё это дело сделано было сознательно, а не по-дурацки, если у тебя действительно была определенная и твердая цель, то каким же образом ты до сих пор даже и не заглянул в кошелек и не знаешь, что тебе досталось, из-за чего все муки принял и на такое подлое, гадкое, низкое дело сознательно шел? Да ведь ты в воду его хотел сейчас бросить, кошелек-то, вместе со всеми вещами, которых ты тоже еще не видал... Это как же?"

Да, это так; это всё так. Он, впрочем, это и прежде знал, и совсем это не новый вопрос для него; и когда ночью решено было в воду кинуть, то решено было безо всякого колебания и возражения, а так, как будто так тому и следует быть, как будто иначе и быть невозможно... Да, он это всё знал и всё помнил; да чуть ли это уже вчера не было так решено, в ту самую минуту, когда он над сундуком сидел и футляры из него таскал... А ведь так!..

"Это оттого что я очень болен, -- угрюмо решил он наконец, -- я сам измучил и истерзал себя, и сам не знаю, что делаю... И вчера, и третьего дня, и всё это время терзал себя... Выздоровлю и... не буду терзать себя... А ну как совсем и не выздоровлю? Господи! Как это мне всё надоело!.."
Он шел не останавливаясь. Ему ужасно хотелось как-нибудь рассеяться, но он не знал, что сделать и что предпринять. Одно новое, непреодолимое ощущение овладевало им всё более и более почти с каждой минутой: это было какое-то бесконечное, почти физическое отвращение ко всему встречавшемуся и окружающему, упорное, злобное, ненавистное. Ему гадки были все встречные, -- гадки были их лица, походка, движения.

Просто наплевал бы на кого-нибудь, укусил бы, кажется, если бы кто-нибудь с ним заговорил...

Он остановился вдруг, когда вышел на набережную Малой Невы, на Васильевском острове, подле моста. "Вот тут он живет, в этом доме, -- подумал он. -- Что это, да никак я к Разумихину сам пришел! Опять та же история, как тогда... А очень, однако же, любопытно: сам я пришел или просто шел да сюда зашел? Всё равно; сказал я... третьего дня... что к нему после того на другой день пойду, ну что ж, и пойду! Будто уж я и не могу теперь зайти..."

Он поднялся к Разумихину в пятый этаж.

Тот был дома, в своей каморке, и в эту минуту занимался, писал, и сам ему отпер. Месяца четыре как они не видались. Разумихин сидел у себя в истрепанном до лохмотьев халате, в туфлях на босу ногу, всклокоченный, небритый и неумытый. На лице его выразилось удивление.

-- Что ты? -- закричал он, осматривая с ног до головы вошедшего товарища; затем помолчал и присвистнул.

-- Неужели уж так плохо? Да ты, брат, нашего брата перещеголял, -- прибавил он, глядя на лохмотья Раскольникова. -- Да садись же, устал небось! -- и когда тот повалился на клеенчатый турецкий диван, который был еще хуже его собственного, Разумихин разглядел вдруг, что гость его болен.

-- Да ты серьезно болен, знаешь ты это? -- Он стал щупать его пульс; Раскольников вырвал руку.

-- Не надо, -- сказал он, -- я пришел... вот что: у меня уроков никаких... я хотел было... впрочем, мне совсем не надо уроков...

-- А знаешь что? Ведь ты бредишь! -- заметил наблюдавший его пристально Разумихин.

-- Нет, не брежу... -- Раскольников встал с дивана. Подымаясь к Разумихину, он не подумал о том, что с ним, стало быть, лицом к лицу сойтись должен. Теперь же, в одно мгновение, догадался он, уже на опыте, что всего менее расположен, в эту минуту, сходиться лицом к лицу с кем бы то ни было в целом свете. Вся желчь поднялась в нем. Он чуть не захлебнулся от злобы на себя самого, только что переступил порог Разумихина.

-- Прощай! -- сказал он вдруг и пошел к двери.

-- Да ты постой, постой, чудак!

-- Не надо!.. -- повторил тот, опять вырывая руку.

-- Так на кой черт ты пришел после этого! Очумел ты, что ли? Ведь это... почти обидно. Я так не пущу.

-- Ну, слушай: я к тебе пришел, потому что, кроме тебя, никого не знаю, кто бы помог... начать... потому что ты всех их добрее, то есть умнее, и обсудить можешь... А теперь я вижу, что ничего мне не надо, слышишь, совсем ничего... ничьих услуг и участий... Я сам... один... Ну и довольно! Оставьте меня в покое!

-- Да постой на минутку, трубочист! Совсем сумасшедший! По мне ведь как хочешь. Видишь ли: уроков и у меня нет, да и наплевать, а есть на Толкучем книгопродавец Херувимов, это уж сам в своем роде урок. Я его теперь на пять купеческих уроков не променяю. Он этакие изданьица делает и естественнонаучные книжонки выпускает, -- да как расходятся-то! Одни заглавия чего стоят! Вот ты всегда утверждал, что я глуп; ей-богу, брат, есть глупее меня! Теперь в направление тоже полез; сам ни бельмеса не чувствует, ну а я, разумеется, поощряю. Вот тут два с лишком листа немецкого текста, -- по-моему, глупейшего шарлатанства: одним словом, рассматривается, человек ли женщина или не человек? Ну и, разумеется, торжественно доказывается, что человек. Херувимов это по части женского вопроса готовит; я перевожу; растянет он эти два с половиной листа листов на шесть, присочиним пышнейшее заглавие в полстраницы и пустим по полтиннику. Сойдет! За перевод мне по шести целковых с листа, значит, за все рублей пятнадцать достанется, и шесть рублей взял я вперед. Кончим это, начнем об китах переводить, потом из второй части "Confessions" какие-то скучнейшие сплетни тоже отметили, переводить будем; Херувимову кто-то сказал, что будто бы Руссо в своем роде Радищев. Я, разумеется, не противоречу, черт с ним! Ну, хочешь второй лист "Человек ли женщина?" переводить? Коли хочешь, так бери сейчас текст, перьев бери, бумаги -- всё это казенное -- и бери три рубля: так как я за весь перевод вперед взял, за первый и за второй лист, то, стало быть, три рубля прямо на твой пай и придутся. А кончишь лист -- еще три целковых получишь. Да вот что еще, пожалуйста, за услугу какую-нибудь не считай с моей стороны. Напротив, только что ты вошел, я уж и рассчитал, чем ты мне будешь полезен. Во-первых, я в орфографии плох, а во-вторых, в немецком иногда просто швах, так что всё больше от себя сочиняю и только тем и утешаюсь, что от этого еще лучше выходит. Ну а кто его знает, может быть, оно и не лучше, а хуже выходит... Берешь или нет?

Раскольников молча взял немецкие листки статьи, взял три рубля и, не сказав ни слова, вышел. Разумихин с удивлением поглядел ему вслед. Но дойдя уже до первой линии, Раскольников вдруг воротился, поднялся опять к Разумихину и, положив на стол и немецкие листы, и три рубля, опять-таки ни слова не говоря, пошел вон.

-- Да у тебя белая горячка, что ль! -- заревел взбесившийся наконец Разумихин. -- Чего ты комедии-то разыгрываешь! Даже меня сбил с толку... Зачем же ты приходил после этого, черт?

-- Не надо... переводов... -- пробормотал Раскольников, уже спускаясь с лестницы.

-- Так какого же тебе черта надо? -- закричал сверху Разумихин. Тот молча продолжал спускаться.

-- Эй, ты! Где ты живешь?

Ответа не последовало.

-- Ну так чер-р-рт с тобой!..

Но Раскольников уже выходил на улицу. На Николаевском мосту ему пришлось еще раз вполне очнуться вследствие одного весьма неприятного для него случая. Его плотно хлестнул кнутом по спине кучер одной коляски, за то что он чуть-чуть не попал под лошадей, несмотря на то что кучер раза три или четыре ему кричал. Удар кнута так разозлил его, что он, отскочив к перилам (неизвестно почему он шел по самой середине моста, где ездят, а не ходят), злобно заскрежетал и защелкал зубами. Кругом, разумеется, раздавался смех.

-- И за дело!

-- Выжига какая-нибудь.

-- Известно, пьяным представится да нарочно и лезет под колеса; а ты за него отвечай.

-- Тем промышляют, почтенный, тем промышляют...

Но в ту минуту, как он стоял у перил и всё еще бессмысленно и злобно смотрел вслед удалявшейся коляске, потирая спину, вдруг он почувствовал, что кто-то сует ему в руки деньги. Он посмотрел: пожилая купчиха, в головке и козловых башмаках, и с нею девушка, в шляпке и с зеленым зонтиком, вероятно дочь. "Прими, батюшка, ради Христа". Он взял, и они прошли мимо. Денег двугривенный. По платью и по виду они очень могли принять его за нищего, за настоящего собирателя грошей на улице, а подаче целого двугривенного он, наверно, обязан был удару кнута, который их разжалобил.

Он зажал двугривенный в руку, прошел шагов десять и оборотился лицом к Неве, по направлению дворца. Небо было без малейшего облачка, а вода почти голубая, что на Неве так редко бывает. Купол собора, который ни с какой точки не обрисовывается лучше, как смотря на него отсюда, с моста, не доходя шагов двадцать до часовни, так и сиял, и сквозь чистый воздух можно было отчетливо разглядеть даже каждое его украшение. Боль от кнута утихла, и Раскольников забыл про удар; одна беспокойная и не совсем ясная мысль занимала его теперь исключительно. Он стоял и смотрел вдаль долго и пристально; это место было ему особенно знакомо. Когда он ходил в университет, то обыкновенно, -- чаще всего, возвращаясь домой, -- случалось ему, может быть раз сто, останавливаться именно на этом же самом месте, пристально вглядываться в эту действительно великолепную панораму и каждый раз почти удивляться одному неясному и неразрешимому своему впечатлению. Необъяснимым холодом веяло на него всегда от этой великолепной панорамы; духом немым и глухим полна была для него эта пышная картина... Дивился он каждый раз своему угрюмому и загадочному впечатлению и откладывал разгадку его, не доверяя себе, в будущее. Теперь вдруг резко вспомнил он про эти прежние свои вопросы и недоумения, и показалось ему, что не нечаянно он вспомнил теперь про них. Уж одно то показалось ему дико и чудно, что он на том же самом месте остановился, как прежде, как будто и действительно вообразил, что может о том же самом мыслить теперь, как и прежде, и такими же прежними темами и картинами интересоваться, какими интересовался... еще так недавно. Даже чуть не смешно ему стало и в то же время сдавило грудь до боли. В какой-то глубине, внизу, где-то чуть видно под ногами, показалось ему теперь всё это прежнее прошлое, и прежние мысли, и прежние задачи, и прежние темы, и прежние впечатления, и вся эта панорама, и он сам, и всё, всё... Казалось, он улетал куда-то вверх и всё исчезало в глазах его... Сделав одно невольное движение рукой, он вдруг ощутил в кулаке своем зажатый двугривенный. Он разжал руку, пристально поглядел на монетку, размахнулся и бросил ее в воду; затем повернулся и пошел домой. Ему показалось, что он как будто ножницами отрезал себя сам от всех и всего в эту минуту.

Он пришел к себе уже к вечеру, стало быть, проходил всего часов шесть. Где и как шел обратно, ничего он этого не помнил. Раздевшись и весь дрожа, как загнанная лошадь, он лег на диван, натянул на себя шинель и тотчас же забылся...

Он очнулся в полные сумерки от ужасного крику. Боже, что это за крик! Таких неестественных звуков, такого воя, вопля, скрежета, слез, побой и ругательств он никогда еще не слыхивал и не видывал. Он и вообразить не мог себе такого зверства, такого исступления. В ужасе приподнялся он и сел на своей постели, каждое мгновение замирая и мучаясь. Но драки, вопли и ругательства становились всё сильнее и сильнее. И вот, к величайшему изумлению, он вдруг расслышал голос своей хозяйки. Она выла, визжала и причитала, спеша, торопясь, выпуская слова так, что и разобрать нельзя было, о чем-то умоляя, -- конечно, о том, чтоб ее перестали бить, потому что ее беспощадно били на лестнице. Голос бившего стал до того ужасен от злобы и бешенства, что уже только хрипел, но все-таки и бивший тоже что-то такое говорил, и тоже скоро, неразборчиво, торопясь и захлебываясь. Вдруг Раскольников затрепетал как лист: он узнал этот голос; это был голос Ильи Петровича. Илья Петрович здесь и бьет хозяйку! Он бьет ее ногами, колотит ее головою о ступени, -- это ясно, это слышно по звукам, по воплям, по ударам! Что это, свет перевернулся, что ли? Слышно было, как во всех этажах, по всей лестнице собиралась толпа, слышались голоса, восклицания, всходили, стучали, хлопали дверями, сбегались. "Но за что же, за что же, и как это можно!" -- повторял он, серьезно думая, что он совсем помешался. Но нет, он слишком ясно слышит!.. Но, стало быть, и к нему сейчас придут, если так, "потому что... верно, всё это из того же... из-за вчерашнего... Господи!" Он хотел было запереться на крючок, но рука не поднялась... да и бесполезно! Страх, как лед, обложил его душу, замучил его, окоченил его... Но вот наконец весь этот гам, продолжавшийся верных десять минут, стал постепенно утихать. Хозяйка стонала и охала, Илья Петрович всё еще грозил и ругался... Но вот наконец, кажется, и он затих; вот уж и не слышно его; "неужели ушел! Господи!" Да, вот уходит и хозяйка, всё еще со стоном и плачем... вот и дверь у ней захлопнулась... Вот и толпа расходится с лестниц по квартирам, -- ахают, спорят, перекликаются, то возвышая речь до крику, то понижая до шепоту. Должно быть, их много было; чуть ли не весь дом сбежался. "Но боже, разве всё это возможно! И зачем, зачем он приходил сюда!"

Раскольников в бессилии упал на диван, но уже не мог сомкнуть глаз; он пролежал с полчаса в таком страдании, в таком нестерпимом ощущении безграничного ужаса, какого никогда еще не испытывал. Вдруг яркий свет озарил его комнату: вошла Настасья со свечой и с тарелкой супа. Посмотрев на него внимательно и разглядев, что он не спит, она поставила свечку на стол и начала раскладывать принесенное: хлеб, соль, тарелку, ложку.

-- Небось со вчерашнего не ел. Целый-то день прошлялся, а самого лихоманка бьет.

-- Настасья... за что били хозяйку?

Она пристально на него посмотрела.

-- Кто бил хозяйку?

-- Сейчас... полчаса назад, Илья Петрович, надзирателя помощник, на лестнице... За что он так ее избил? и... зачем приходил?..

Настасья молча и нахмурившись его рассматривала и долго так смотрела. Ему очень неприятно стало от этого рассматривания, даже страшно.

-- Настасья, что ж ты молчишь? -- робко проговорил он наконец слабым голосом.

-- Это кровь, -- отвечала она наконец, тихо и как будто про себя говоря.

-- Кровь!.. Какая кровь?.. -- бормотал он, бледнея и отодвигаясь к стене. Настасья продолжала молча смотреть на него.

-- Никто хозяйку не бил, -- проговорила она опять строгим и решительным голосом. Он смотрел на нее, едва дыша.

-- Я сам слышал... я не спал... я сидел, -- еще робче проговорил он. -- Я долго слушал... Приходил надзирателя помощник... На лестницу все сбежались, из всех квартир...

-- Никто не приходил. А это кровь в тебе кричит. Это когда ей выходу нет и уж печенками запекаться начнет, тут и начнет мерещиться... Есть-то станешь, что ли?

Он не отвечал. Настасья всё стояла над ним, пристально глядела на него и не уходила.

-- Пить дай... Настасьюшка.

Она сошла вниз и минуты через две воротилась с водой в белой глиняной кружке; но он уже не помнил, что было дальше. Помнил только, как отхлебнул один глоток холодной воды и пролил из кружки на грудь. Затем наступило беспамятство.

III

Он, однако ж, не то чтоб уж был совсем в беспамятстве во всё время болезни: это было лихорадочное состояние, с бредом и полусознанием. Многое он потом припомнил. То казалось ему, что около него собирается много народу и хотят его взять и куда-то вынести, очень об нем спорят и ссорятся. То вдруг он один в комнате, все ушли и боятся его, и только изредка чуть-чуть отворяют дверь посмотреть на него, грозят ему, сговариваются об чем-то промеж себя, смеются и дразнят его. Настасью он часто помнил подле себя; различал и еще одного человека, очень будто бы ему знакомого, но кого именно -- никак не мог догадаться и тосковал об этом, даже и плакал. Иной раз казалось ему, что он уже с месяц лежит; в другой раз -- что всё тот же день идет. Но об том -- об том он совершенно забыл; зато ежеминутно помнил, что об чем-то забыл, чего нельзя забывать, -- терзался, мучился, припоминая, стонал, впадал в бешенство или в ужасный, невыносимый страх. Тогда он порывался с места, хотел бежать, но всегда кто-нибудь его останавливал силой, и он опять впадал в бессилие и беспамятство. Наконец он совсем пришел в себя.

Произошло это утром, в десять часов. В этот час утра, в ясные дни, солнце всегда длинною полосой проходило по его правой стене и освещало угол подле двери. У постели его стояла Настасья и еще один человек, очень любопытно его разглядывавший и совершенно ему незнакомый. Это был молодой парень в кафтане, с бородкой, и с виду походил на артельщика. Из полуотворенной двери выглядывала хозяйка. Раскольников приподнялся.

-- Это кто, Настасья? -- спросил он, указывая на парня.

-- Ишь ведь, очнулся! -- сказала она.

-- Очнулись, -- отозвался артельщик. Догадавшись, что он очнулся, хозяйка, подглядывавшая из дверей, тотчас же притворила их и спряталась. Она и всегда была застенчива и с тягостию переносила разговоры и объяснения; ей было лет сорок, и была она толста и жирна, черноброва и черноглаза, добра от толстоты и от лености; и собою даже очень смазлива. Стыдлива же сверх необходимости.

-- Вы... кто? -- продолжал он допрашивать, обращаясь к самому артельщику. Но в эту минуту опять отворилась дверь настежь, и, немного наклонившись, потому что был высок, вошел Разумихин.

-- Экая морская каюта, -- закричал он, входя, -- всегда лбом стукаюсь; тоже ведь квартирой называется! А ты, брат, очнулся? Сейчас от Пашеньки слышал.

-- Сейчас очнулся, -- сказала Настасья.

-- Сейчас очнулись, -- поддакнул опять артельщик с улыбочкой.

-- А вы кто сами-то изволите быть-с? -- спросил, вдруг обращаясь к нему, Разумихин. -- Я вот, изволите видеть, Вразумихин; не Разумихин, как меня все величают, а Вразумихин, студент, дворянский сын, а он мой приятель. Ну-с, а вы кто таковы?

-- А я в нашей конторе артельщиком, от купца Шелопаева-с, и сюда по делу-с.

-- Извольте садиться на этот стул, -- сам Разумихин сел на другой, с другой стороны столика. -- Это ты, брат, хорошо сделал, что очнулся, -- продолжал он, обращаясь к Раскольникову. -- Четвертый день едва ешь и пьешь. Право, чаю с ложечки давали. Я к тебе два раза приводил Зосимова. Помнишь Зосимова? Осмотрел тебя внимательно и сразу сказал, что всё пустяки, -- в голову, что ли, как-то ударило. Нервный вздор какой-то, паек был дурной, говорит, пива и хрену мало отпускали, оттого и болезнь, но что ничего, пройдет и перемелется. Молодец Зосимов! Знатно начал полечивать. Ну-с, так я вас не задерживаю, -- обратился он опять к артельщику, -- угодно вам разъяснить вашу надобность? Заметь себе, Родя, из ихней конторы уж второй раз приходят; только прежде не этот приходил, а другой, и мы с тем объяснялись. Это кто прежде вас-то сюда приходил?

-- А надо полагать, это третьегодни-с, точно-с. Это Алексей Семенович были; тоже при конторе у нас состоит-с.

-- А ведь он будет потолковее вас, как вы думаете?

-- Да-с; они точно что посолиднее-с.

-- Похвально; ну-с, продолжайте.

-- А вот через Афанасия Ивановича Вахрушина, об котором, почитаю, неоднократно изволили слышать-с, по просьбе вашей мамаши, через нашу контору вам перевод-с, -- начал артельщик, прямо обращаясь к Раскольникову. -- В случае если уже вы состоите в понятии-с -- тридцать пять рублей вам вручить-с, так как Семен Семенович от Афанасия Ивановича, по просьбе вашей мамаши, по прежнему манеру о том уведомление получили. Изволите знать-с?

-- Да... помню... Вахрушин... -- проговорил Раскольников задумчиво.

-- Слышите: купца Вахрушина знает! -- вскричал Разумихин. -- Как же не в понятии? А впрочем, я теперь замечаю, что и вы тоже толковый человек. Ну-с! Умные речи приятно и слушать.

-- Они самые и есть-с, Вахрушин, Афанасий Иванович, и по просьбе вашей мамаши, которая через них таким же манером вам уже пересылала однажды, они и на сей раз не отказали-с и Семена Семеновича на сих днях уведомили из своих мест, чтобы вам тридцать пять рублей передать-с, во ожидании лучшего-с.

-- Вот в "ожидании-то лучшего" у вас лучше всего и вышло; недурно тоже и про "вашу мамашу". Ну, так как же по-вашему: в полной он или не в полной памяти, а?

-- По мне что же-с. Вот только бы насчет расписочки следовало бы-с.

-- Нацарапает! Что у вас, книга, что ль?

-- Книга-с, вот-с.

-- Давайте сюда. Ну, Родя, подымайся. Я тебя попридержу; подмахни-ка ему Раскольникова, бери перо, потому, брат, деньги нам теперь пуще патоки.

-- Не надо, -- сказал Раскольников, отстраняя перо.

-- Чего это не надо?

-- Не стану подписывать.

-- Фу, черт, да как же без расписки-то?

-- Не надо... денег...

-- Это денег-то не надо! Ну, это, брат, врешь, я свидетель! Не беспокойтесь, пожалуйста, это он только так... опять вояжирует. С ним, впрочем, это и наяву бывает... Вы человек рассудительный, и мы будем его руководить, то есть попросту его руку водить, он и подпишет. Принимайтесь-ка...

-- А впрочем, я и в другой раз зайду-с.

-- Нет, нет; зачем же вам беспокоиться. Вы человек рассудительный... Ну, Родя, не задерживай гостя... видишь, ждет, -- и он серьезно приготовился водить рукой Раскольникова.

-- Оставь, я сам... -- проговорил тот, взял перо и расписался в книге. Артельщик выложил деньги и удалился.

-- Браво! А теперь, брат, хочешь есть?

-- Хочу, -- отвечал Раскольников.

-- У вас суп?

-- Вчерашний, -- отвечала Настасья, всё это время стоявшая тут же.

-- С картофелем и с рисовой крупой?

-- С картофелем и крупой.

-- Наизусть знаю. Тащи суп, да и чаю давай.

-- Принесу.

Раскольников смотрел на всё с глубоким удивлением и с тупым бессмысленным страхом. Он решился молчать и ждать: что будет дальше?

“Кажется, я не в бреду, -- думал он, -- кажется, это в самом деле...”

Через две минуты Настасья воротилась с супом и объявила, что сейчас и чай будет. К супу явились две ложки, две тарелки и весь прибор: солонка, перечница, горчица для говядины и прочее, чего прежде, в таком порядке, уже давно не бывало. Скатерть была чистая.

-- Не худо, Настасьюшка, чтобы Прасковья Павловна бутылочки две пивца откомандировала. Мы выпьем-с.

-- Ну уж ты, востроногий! -- пробормотала Настасья и пошла исполнять повеление.

Дико и с напряжением продолжал приглядываться Раскольников. Тем временем Разумихин пересел к нему на диван, неуклюже, как медведь, обхватил левою рукой его голову, несмотря на то что он и сам бы мог приподняться, а правою поднес к его рту ложку супу, несколько раз предварительно подув на нее, чтоб он не обжегся. Но суп был только что теплый. Раскольников с жадностию проглотил одну ложку, потом другую, третью. Но поднеся несколько ложек, Разумихин вдруг приостановился и объявил, что насчет дальнейшего надо посоветоваться с Зосимовым.

Вошла Настасья, неся две бутылки пива.

-- А чаю хочешь?

-- Хочу.

-- Катай скорей и чаю, Настасья, потому насчет чаю, кажется, можно и без факультета. Но вот и пивцо! -- он пересел на свой стул, придвинул к себе суп, говядину и стал есть с таким аппетитом, как будто три дня не ел.

-- Я, брат Родя, у вас тут теперь каждый день так обедаю, -- пробормотал он, насколько позволял набитый полный рот говядиной, -- и это всё Пашенька, твоя хозяюшка, хозяйничает, от всей души меня чествует. Я, разумеется, не настаиваю, ну да и не протестую. А вот и Настасья с чаем. Эка проворная! Настенька, хошь пивца?

-- И, ну те к проказнику!

-- А чайку?

-- Чайку пожалуй.

-- Наливай. Постой, я тебе сам налью; садись за стол.

Он тотчас же распорядился, налил, потом налил еще другую чашку, бросил свой завтрак и пересел опять на диван. По-прежнему обхватил он левою рукой голову больного, приподнял его и начал поить с чайной ложечки чаем, опять беспрерывно и особенно усердно подувая на ложку, как будто в этом процессе подувания и состоял самый главный и спасительный пункт выздоровления. Раскольников молчал и не сопротивлялся, несмотря на то что чувствовал в себе весьма достаточно сил приподняться и усидеть на диване безо всякой посторонней помощи, и не только владеть руками настолько, чтобы удержать ложку или чашку, но даже, может быть, и ходить. Но по какой-то странной, чуть не звериной хитрости ему вдруг пришло в голову скрыть до времени свои силы, притаиться, прикинуться, если надо, даже еще не совсем понимающим, а между тем выслушать и выведать, что такое тут происходит? Впрочем, он не совладал с своим отвращением: схлебнув ложек десять чаю, он вдруг высвободил свою голову, капризно оттолкнул ложку и повалился опять на подушку. Под головами его действительно лежали теперь настоящие подушки -- пуховые и с чистыми наволочками; он это тоже заметил и взял в соображение.

-- Надо, чтобы Пашенька сегодня же нам малинового варенья прислала, питье ему сделать, -- сказал Разумихин, усаживаясь на свое место и опять принимаясь за суп и за пиво.

-- А где она тебе малины возьмет? -- спросила Настасья, держа на растопыренных пяти пальцах блюдечко и процеживая в себя чай "через сахар".

-- Малину, друг мой, она возьмет в лавочке. Видишь, Родя, тут без тебя целая история произошла. Когда ты таким мошенническим образом удрал от меня и квартиры не сказал, меня вдруг такое зло взяло, что я положил тебя разыскать и казнить. В тот же день и приступил. Уж я ходил, ходил, расспрашивал, расспрашивал! Эту-то, теперешнюю квартиру я забыл; впрочем, я ее никогда и не помнил, потому что не знал. Ну, а прежнюю квартиру, -- помню только, что у Пяти Углов, Харламова дом. Искал, искал я этот Харламов дом, -- а ведь вышло потом, что он вовсе и не Харламов дом, а Буха, -- как иногда в звуках-то сбиваешься! Ну я и рассердился. Рассердился да и пошел, была не была, на другой день в адресный стол, и представь себе: в две минуты тебя мне там разыскали. Ты там записан.

-- Записан!

-- Еще бы; а вот генерала Кобелева никак не могли там при мне разыскать. Ну-с, долго рассказывать. Только как я нагрянул сюда, тотчас же со всеми твоими делами познакомился; со всеми, братец, со всеми, всё знаю; вот и она видела: и с Никодимом Фомичом познакомился, и Илью Петровича мне показывали, и с дворником, и с господином Заметовым, Александром Григорьевичем, письмоводителем в здешней конторе, а наконец и с Пашенькой, -- это уж был венец; вот и она знает...

-- Усахарил, -- пробормотала Настасья, плутовски усмехаясь.

-- Да вы бы внакладочку, Настасья Никифоровна.

-- Ну ты, пес! -- вдруг крикнула Настасья и прыснула со смеху. -- А ведь я Петрова, а не Никифорова, -- прибавила она вдруг, когда перестала смеяться.

-- Будем ценить-с. Ну так вот, брат, чтобы лишнего не говорить, я хотел сначала здесь электрическую струю повсеместно пустить, так чтобы все предрассудки в здешней местности разом искоренить; но Пашенька победила. Я, брат, никак и не ожидал, чтоб она была такая... авенантненькая... а? Как ты думаешь?

Раскольников молчал, хотя ни на минуту не отрывал от него своего встревоженного взгляда, и теперь упорно продолжал глядеть на него.

-- И очень даже, -- продолжал Разумихин, нисколько не смущаясь молчанием и как будто поддакивая полученному ответу, -- и очень даже в порядке, во всех статьях.

-- Ишь тварь! -- вскрикнула опять Настасья, которой разговор этот доставлял, по-видимому, неизъяснимое блаженство.

-- Скверно, брат, то, что ты с самого начала не сумел взяться за дело. С ней надо было не так. Ведь это, так сказать, самый неожиданный характер! Ну, да об характере потом... А только как, например, довести до того, чтоб она тебе обеда смела не присылать? Или, например, этот вексель? Да ты с ума сошел, что ли, векселя подписывать! Или, например, этот предполагавшийся брак, когда еще дочка, Наталья Егоровна, жива была... Я всё знаю! А впрочем, я вижу, что это деликатная струна и что я осел; ты меня извини. Но кстати о глупости: как ты думаешь, ведь Прасковья Павловна совсем, брат, не так глупа, как с первого взгляда можно предположить, а?

-- Да... -- процедил Раскольников, смотря в сторону, но понимая, что выгоднее поддержать разговор.

-- Не правда ли? -- вскричал Разумихин, видимо, обрадовавшись, что ему ответили, -- но ведь и не умна, а? Совершенно, совершенно неожиданный характер! Я, брат, отчасти теряюсь, уверяю тебя... Сорок-то ей верных будет. Она говорит -- тридцать шесть и на это полное право имеет. Впрочем, клянусь тебе, что сужу об ней больше умственно, по одной метафизике; тут, брат, у нас такая эмблема завязалась, что твоя алгебра! Ничего не понимаю! Ну, да всё это вздор, а только она, видя, что ты уже не студент, уроков и костюма лишился и что по смерти барышни ей нечего уже тебя на родственной ноге держать, вдруг испугалась; а так как ты, с своей стороны, забился в угол и ничего прежнего не поддерживал, она и вздумала тебя с квартиры согнать. И давно она это намерение питала, да векселя стало жалко. К тому же ты сам уверял, что мамаша заплатит...

-- Это я по подлости моей говорил... Мать у меня сама чуть милостыни не просит... а я лгал, чтоб меня на квартире держали и... кормили, -- проговорил громко и отчетливо Раскольников.

-- Да, это ты благоразумно. Только вся штука в том, что тут и подвернись господин Чебаров, надворный советник и деловой человек. Пашенька без него ничего бы не выдумала, уж очень стыдлива; ну а деловой человек не стыдлив и первым делом, разумеется, предложил вопрос: есть ли надежда осуществить вۡекселек? Ответ: есть, потому такая мамаша есть, что из стадвадцатипятирублевой своей пенсии, хоть сама есть не будет, а уж Роденьку выручит, да сестрица такая есть, что за братца в кабалу пойдет. На этом-то он и основался... Что шевелишься-то? Я, брат, теперь всю твою подноготную разузнал, недаром ты с Пашенькой откровенничал, когда еще на родственной ноге состоял, а теперь любя говорю... То-то вот и есть: честный и чувствительный человек откровенничает, а деловой человек слушает да ест, а потом и съест. Вот и уступила она сей векселек якобы уплатою сему Чебарову, а тот формально и потребовал, не сконфузился. Хотел было я ему, как узнал это всё, так, для очистки совести, тоже струю пустить, да на ту пору у нас с Пашенькой гармония вышла, я и повелел это дело всё прекратить, в самом то есть источнике, поручившись, что ты заплатишь. Я, брат, за тебя поручился, слышишь? Позвали Чебарова, десять целковых ему в зубы, а бумагу назад, и вот честь имею ее вам представить, -- на слово вам теперь верят, -- вот, возьмите, и надорвана мною как следует.

Разумихин выложил на стол заемное письмо; Раскольников взглянул на него и, не сказав ни слова, отворотился к стене. Даже Разумихина покоробило.

-- Вижу, брат, -- проговорил он через минуту, -- что опять из себя дурака свалял. Думал было тебя развлечь и болтовней потешить, а, кажется, только желчь нагнал.

-- Это тебя я не узнавал в бреду? -- спросил Раскольников, тоже помолчав с минуту и не оборачивая головы.

-- Меня, и даже в исступление входили по сему случаю, особенно когда я раз Заметова приводил.

-- Заметова?.. Письмоводителя?.. Зачем? -- Раскольников быстро оборотился и уперся глазами в Разумихина.

-- Да чего ты так... Что встревожился? Познакомиться с тобой пожелал; сам пожелал, потому что много мы с ним о тебе переговорили... Иначе, от кого ж бы я про тебя-то столько узнал? Славный, брат, он малый, чудеснейший... в своем роде, разумеется. Теперь приятели; чуть не ежедневно видимся. Ведь я в эту часть переехал. Ты не знаешь еще? Только что переехал. У Лавизы с ним раза два побывали. Лавизу-то помнишь, Лавизу Ивановну?

-- Бредил я что-нибудь?

-- Еще бы! Себе не принадлежали-с.

-- О чем я бредил?

-- Эвося! О чем бредил? Известно о чем бредят... Ну, брат, теперь, чтобы времени не терять, за дело.

Он встал со стула и схватился за фуражку.

-- О чем бредил?

-- Эк ведь наладит! Уж не за секрет ли какой боишься? Не беспокойся: о графине ничего не было сказано. А вот о бульдоге каком-то, да о сережках, да о цепочках каких-то, да о Крестовском острове, да о дворнике каком-то, да о Никодиме Фомиче, да об Илье Петровиче, надзирателя помощнике, много было говорено. Да кроме того, собственным вашим носком очень даже интересоваться изволили, очень! Жалобились: подайте, дескать, да и только. Заметов сам по всем углам твои носки разыскивал и собственными, вымытыми в духах, ручками, с перстнями, вам эту дрянь подавал. Тогда только и успокоились, и целые сутки в руках эту дрянь продержали; вырвать нельзя было. Должно быть, и теперь где-нибудь у тебя под одеялом лежит. А то еще бахромы на панталоны просил, да ведь как слезно! Мы уж допытывались: какая там еще бахрома? Да ничего разобрать нельзя было... Ну-с, так за дело! Вот тут тридцать пять рублей; из них десять беру, а часика через два в них отчет представлю. Тем временем дам знать и Зосимову, хоть и без того бы ему следовало давно здесь быть, ибо двенадцатый час. А вы, Настенька, почаще без меня наведывайтесь, насчет там питья али чего-нибудь прочего, что пожелают... А Пашеньке я и сам сейчас, что надо, скажу. До свидания!

-- Пашенькой зовет! Ах ты рожа хитростная! -- проговорила ему вслед Настасья; затем отворила дверь и стала подслушивать, но не вытерпела и сама побежала вниз. Очень уж ей интересно было узнать, о чем он говорит там с хозяйкой; да и вообще видно было, что она совсем очарована Разумихиным.

Едва только затворилась за ней дверь, больной сбросил с себя одеяло и как полоумный вскочил с постели. Со жгучим, судорожным нетерпением ждал он, чтоб они поскорее ушли, чтобы тотчас же без них и приняться за дело. Но за что же, за какое дело? -- он как будто бы теперь, как нарочно, и забыл. "Господи! скажи ты мне только одно: знают они обо всем или еще не знают? А ну как уж знают и только прикидываются, дразнят, покуда лежу, а там вдруг войдут и скажут, что всё давно уж известно и что они только так... Что же теперь делать? Вот и забыл, как нарочно; вдруг забыл, сейчас помнил!.."

Он стоял среди комнаты и в мучительном недоумении осматривался кругом; подошел к двери, отворил, прислушался; но это было не то. Вдруг, как бы вспомнив, бросился он к углу, где в обоях была дыра, начал всё осматривать, запустил в дыру руку, пошарил, но и это не то. Он пошел к печке, отворил ее и начал шарить в золе: кусочки бахромы от панталон и лоскутья разорванного кармана так и валялись, как он их тогда бросил, стало быть, никто не смотрел! Тут вспомнил он про носок, про который Разумихин сейчас рассказывал. Правда, вот он на диване лежит, под одеялом, но уж до того затерся и загрязнился с тех пор, что уж, конечно, Заметов ничего не мог рассмотреть.

"Ба, Заметов!.. контора!.. А зачем меня в контору зовут? Где повестка? Ба!.. я смешал: это тогда требовали! Я тогда тоже носок осматривал, а теперь... теперь я был болен. А зачем Заметов заходил? Зачем приводил его Разумихин?.. -- бормотал он в бессилии, садясь опять на диван. -- Что ж это? Бред ли это всё со мной продолжается или взаправду? Кажется, взаправду... А, вспомнил: бежать! скорее бежать, непременно, непременно бежать! Да... а куда? А где мое платье? Сапогов нет! Убрали! Спрятали! Понимаю! А, вот пальто -- проглядели! Вот и деньги на столе, слава богу! Вот и вексель... Я возьму деньги и уйду, и другую квартиру найму, они не сыщут!.. Да, а адресный стол? Найдут! Разумихин найдет. Лучше совсем бежать... далеко... в Америку, и наплевать на них! И вексель взять... он там пригодится. Чего еще-то взять? Они думают, что я болен! Они и не знают, что я ходить могу, хе-хе-хе!.. Я по глазам угадал, что они всё знают! Только бы с лестницы сойти! А ну как у них там сторожа стоят, полицейские! Что это, чай? А, вот и пиво осталось, полбутылки, холодное!"

Он схватил бутылку, в которой еще оставалось пива на целый стакан, и с наслаждением выпил залпом, как будто потушая огонь в груди. Но не прошло и минуты, как пиво стукнуло ему в голову, а по спине пошел легкий и даже приятный озноб. Он лег и натянул на себя одеяло. Мысли его, и без того больные и бессвязные, стали мешаться всё больше и больше, и вскоре сон, легкий и приятный, обхватил его. С наслаждением отыскал он головой место на подушке, плотнее закутался мягким ватным одеялом, которое было теперь на нем вместо разорванной прежней шинели, тихо вздохнул и заснул глубоким, крепким, целебным сном.

Проснулся он, услыхав, что кто-то вошел к нему, открыл глаза и увидал Разумихина, отворившего дверь настежь и стоявшего на пороге, недоумевая: входить или нет? Раскольников быстро привстал на диване и смотрел на него, как будто силясь что-то припомнить.

-- А, не спишь, ну вот и я! Настасья, тащи сюда узел! -- крикнул Разумихин вниз. -- Сейчас отчет получишь...

-- Который час? -- спросил Раскольников, тревожно озираясь.

-- Да лихо, брат, поспал: вечер на дворе, часов шесть будет. Часов шесть с лишком спал...

-- Господи! Что ж это я!..

-- А чего такого? На здоровье! Куда спешишь? На свидание, что ли? Всё время теперь наше. Я уж часа три тебя жду; раза два заходил, ты спал. К Зосимову два раза наведывался: нет дома, да и только! Да ничего, придет!.. По своим делишкам тоже отлучался. Я ведь сегодня переехал, совсем переехал, с дядей. У меня ведь теперь дядя... Ну да, к черту, за дело!.. Давай сюда узел, Настенька. Вот мы сейчас... А как, брат, себя чувствуешь?

-- Я здоров! я не болен... Разумихин, ты здесь давно?

-- Говорю, три часа дожидаюсь.

-- Нет, а прежде?

-- Что прежде?

-- С какого времени сюда ходишь?

-- Да ведь я же тебе давеча пересказывал; аль не помнишь?

Раскольников задумался. Как во сне ему мерещилось давешнее. Один он не мог припомнить и вопросительно смотрел на Разумихина.

-- Гм! -- сказал тот, -- забыл! Мне еще давеча мерещилось, что ты всё еще не в своем... Теперь со сна-то поправился... Право, совсем лучше смотришь. Молодец! Ну да, к делу! Вот сейчас припомнишь. Смотри-ка сюда, милый человек.

Он стал развязывать узел, которым, видимо, чрезвычайно интересовался.

-- Это, брат, веришь ли, у меня особенно на сердце лежало. Потому, надо же из тебя человека сделать.

Приступим: сверху начнем. Видишь ли ты эту каскетку? -- начал он, вынимая из узла довольно хорошенькую, но в то же время очень обыкновенную и дешевую фуражку. -- Позволь-ка примерить?

-- Потом, после, -- проговорил Раскольников, отмахиваясь брюзгливо.

-- Нет уж, брат Родя, не противься, потом поздно будет; да и я всю ночь не засну, потому без мерки, наугад покупал. Как раз! -- воскликнул он торжественно, примерив, -- как раз по мерке! Головной убор, это, брат, самая первейшая вещь в костюме, своего рода рекомендация. Толстяков, мой приятель, каждый раз принужден снимать свою покрышку, входя куда-нибудь в общее место, где все другие в шляпах и фуражках стоят. Все думают, что он от рабских чувств, а он просто оттого, что своего гнезда птичьего стыдится: стыдливый такой человек! Ну-с, Настенька, вот вам два головные убора: сей пальмерстон (он достал из угла исковерканную круглую шляпу Раскольникова, которую, неизвестно почему, назвал пальмерстоном) или сия ювелирская вещица? Оцени-ка, Родя, как думаешь, что заплатил? Настасьюшка? -- обратился он к ней, видя, что тот молчит.

-- Двугривенный, небось, отдал, -- отвечала Настасья.

-- Двугривенный, дура! -- крикнул он, обидевшись, -- нынче за двугривенный и тебя не купишь, -- восемь гривен! Да и то потому, что поношенный. Оно, правда, с уговором: этот износишь, на будущий год другой даром дают, ей-богу! Ну-с, приступим теперь к Соединенным Американским Штатам, как это в гимназии у нас называли. Предупреждаю -- штанами горжусь! -- и он расправил перед Раскольниковым серые, из легкой летней шерстяной материи панталоны, -- ни дырочки, ни пятнышка, а между тем весьма сносные, хотя и поношенные, таковая же и жилетка, одноцвет, как мода требует. А что поношенное, так это, по правде, и лучше: мягче, нежнее... Видишь, Родя, чтобы сделать в свете карьеру, достаточно, по-моему, всегда сезон наблюдать; если в январе спаржи не потребуешь, то несколько целковых в кошельке сохранишь; то же в отношении и к сей покупке. Нынче летний сезон, я и покупку летнюю сделал, потому к осени сезон и без того более теплой материи потребует, так придется ж бросать... тем более что всё это тогда уж успеет само разрушиться, если не от усилившейся роскоши, так от внутренних неустройств. Ну, цени! Сколько, по-твоему? Два рубля двадцать пять копеек! И помни, опять с прежним условием: эти износишь, на будущий год другие даром берешь! В лавке Федяева иначе не торгуют: раз заплатил, и на всю жизнь довольно, потому другой раз и сам не пойдешь. Ну-с, приступим теперь к сапогам -- каковы? Ведь уж видно, что поношенные, а ведь месяца на два удовлетворят, потому что заграничная работа и товар заграничный: секретарь английского посольства прошлую неделю на Толкучем спустил; всего шесть дней и носил, да деньги очень понадобились. Цена один рубль пятьдесят копеек. Удачно?

-- Да може, не впору! -- заметила Настасья.

-- Не впору! А это что? -- и он вытащил из кармана старый, закорузлый, весь облепленный засохшею грязью, дырявый сапог Раскольникова, -- я с запасом ходил, мне и восстановили по этому чудищу настоящий размер. Всё это дело сердечно велось. А насчет белья с хозяйкой столковались. Вот, во-первых, три рубашки, холстинные, но с модным верхом... Ну-с, итак: восемь гривен картуз, два рубля двадцать пять прочее одеяние, итого три рубля пять копеек; рубль пятьдесят сапоги -- потому что уж очень хорошие -- итого четыре рубля пятьдесят пять копеек, да пять рублей всё белье -- оптом сторговались, -- итого ровно девять рублей пятьдесят пять копеек. Сорок пять копеек сдачи, медными пятаками, вот-с, извольте принять, -- и таким образом, Родя, ты теперь во всем костюме восстановлен, потому что, по моему мнению, твое пальто не только еще может служить, но даже имеет в себе вид особенного благородства: что значит у Шармера-то заказывать! Насчет носков и прочего остального предоставляю тебе самому; денег остается нам двадцать пять рубликов, а о Пашеньке и об уплате за квартиру не беспокойся; я говорил: кредит безграничнейший. А теперь, брат, позволь тебе белье переменить, а то, пожалуй, болезнь в рубашке-то только теперь и сидит...

-- Оставь! Не хочу! -- отмахивался Раскольников, с отвращением слушавший напряженно-игривую реляцию Разумихина о покупке платья...

-- Это, брат, невозможно; из чего ж я сапоги топтал! -- настаивал Разумихин. -- Настасьюшка, не стыдитесь, а помогите, вот так! -- и, несмотря на сопротивление Раскольникова, он все-таки переменил ему бельё. Тот повалился на изголовье и минуты две не говорил ни слова.

"Долго же не отвяжутся!" -- думал он. -- Из каких денег это всё куплено? -- спросил он наконец, глядя в стену.

-- Денег? Вот тебе на! Да из твоих же собственных. Давеча артельщик был, от Вахрушина, мамаша прислала; аль и это забыл?

-- Теперь помню... -- проговорил Раскольников, после долгой и угрюмой задумчивости. Разумихин, нахмурясь, с беспокойством на него посматривал.

Дверь отворилась, и вошел высокий и плотный человек, как будто тоже уже несколько знакомый с виду Раскольникову.

-- Зосимов! Наконец-то! -- крикнул Разумихин, обрадовавшись.

IV

Зосимов был высокий и жирный человек, с одутловатым и бесцветно-бледным, гладковыбритым лицом, с белобрысыми прямыми волосами, в очках и с большим золотым перстнем на припухшем от жиру пальце. Было ему лет двадцать семь. Одет он был в широком щегольском легком пальто, в светлых летних брюках, и вообще всё было на нем широко, щегольское и с иголочки; белье безукоризненное, цепь к часам массивная. Манера его была медленная, как будто вялая и в то же время изученно-развязная; претензия, впрочем усиленно скрываемая, проглядывала поминутно. Все, его знавшие, находили его человеком тяжелым, но говорили, что свое дело знает.

-- Я, брат, два раза к тебе заходил... Видишь, очнулся! -- крикнул Разумихин.

-- Вижу, вижу; ну так как же мы теперь себя чувствуем, а? -- обратился Зосимов к Раскольникову, пристально в него вглядываясь и усаживаясь к нему на диван, в ногах, где тотчас же и развалился по возможности.

-- Да всё хандрит, -- продолжал Разумихин, -- белье мы ему сейчас переменили, так чуть не заплакал.

-- Понятное дело; бельё можно бы и после, коль сам не желает... Пульс славный. Голова-то всё еще немного болит, а?

-- Я здоров, я совершенно здоров! -- настойчиво и раздражительно проговорил Раскольников, приподнявшись вдруг на диване и сверкнув глазами, но тотчас же повалился опять на подушку и оборотился к стене. Зосимов пристально наблюдал его.

-- Очень хорошо... всё как следует, -- вяло произнес он. -- Ел что-нибудь?

Ему рассказали и спросили, что можно давать.

-- Да всё можно давать... Супу, чаю... Грибов да огурцов, разумеется, не давать, ну и говядины тоже не надо, и... ну, да чего тут болтать-то!.. -- Он переглянулся с Разумихиным. -- Микстуру прочь, и всё прочь; а завтра я посмотрю... Оно бы и сегодня... ну, да...

-- Завтра вечером я его гулять веду! -- решил Разумихин, -- в Юсупов сад, а потом в "Пале де Кристаль" зайдем.

-- Завтра-то я бы его и шевелить не стал, а впрочем... немножко... ну, да там увидим.

-- Эх досада, сегодня я как раз новоселье справляю, два шага; вот бы и он. Хоть бы на диване полежал между нами! Ты-то будешь? -- обратился вдруг Разумихин к Зосимову, -- не забудь смотри, обещал.

-- Пожалуй, попозже разве. Что ты там устроил?

-- Да ничего, чай, водка, селедка. Пирог подадут: свои соберутся.

-- Кто именно?

-- Да всё здешние и всё почти новые, право, -- кроме разве старого дяди, да и тот новый: вчера только в Петербург приехал, по каким-то там делишкам; в пять лет по разу и видимся.

-- Кто такой?

-- Да прозябал всю жизнь уездным почтмейстером... пенсионишко получает, шестьдесят пять лет, не стоит и говорить... Я его, впрочем, люблю. Порфирий Петрович придет: здешний пристав следственных дел... правовед. Да, ведь ты знаешь...

-- Он тоже какой-то твой родственник?

-- Самый дальний какой-то; да ты что хмуришься? Что вы поругались-то раз, так ты, пожалуй, и не придешь?

-- А наплевать мне на него...

-- И всего лучше. Ну, а там -- студенты, учитель, чиновник один, музыкант один, офицер, Заметов...

-- Скажи мне, пожалуйста, что может быть общего у тебя или вот у него, -- Зосимов кивнул на Раскольникова, -- с каким-нибудь там Заметовым?

-- Ох уж эти брюзгливые! Принципы!.. и весь-то ты на принципах, как на пружинах; повернуться по своей воле не смеет; а по-моему, хорош человек -- вот и принцип, и знать я ничего не хочу. Заметов человек чудеснейший.

-- И руки греет.

-- Ну, и руки греет, и наплевать! Так что ж что греет! -- крикнул вдруг Разумихин, как-то неестественно раздражаясь, -- я разве хвалил тебе то, что он руки греет? Я говорил, что он в своем роде только хорош! А прямо-то, во всех-то родах смотреть -- так много ль людей хороших останется? Да я уверен, что за меня тогда, совсем с требухой, всего-то одну печеную луковицу дадут, да и то если с тобой в придачу!..

-- Это мало; я за тебя две дам...

-- А я за тебя только одну! Остри еще! Заметов еще мальчишка, я еще волосенки ему надеру, потому что его надо привлекать, а не отталкивать. Тем что оттолкнешь человека -- не исправишь, тем паче мальчишку. С мальчишкой вдвое осторожнее надо. Эх вы, тупицы прогрессивные, ничего-то не понимаете! Человека не уважаете, себя обижаете... А коли хочешь знать, так у нас пожалуй, и дело одно общее завязалось.

-- Желательно знать.

-- Да всё по делу о маляре, то есть о красильщике... Уж мы его вытащим! А впрочем, теперь и беды никакой. Дело совсем, совсем теперь очевидное! Мы только пару поддадим.

-- Какой там еще красильщик?

-- Как, разве я не рассказывал? Аль нет? Да, бишь, я тебе только начало рассказывал... вот, про убийство старухи-то закладчицы, чиновницы... ну, тут и красильщик теперь замешался...

-- Да про убийство это я и прежде твоего слышал, и этим делом даже интересуюсь... отчасти... по одному случаю... и в газетах читал! А вот...

-- Лизавету-то тоже убили! -- брякнула вдруг Настасья, обращаясь к Раскольникову. Она всё время оставалась в комнате, прижавшись подле двери, и слушала.

-- Лизавету? -- пробормотал Раскольников едва слышным голосом.

-- А Лизавету, торговку-то, аль не знаешь? Она сюда вниз ходила. Еще тебе рубаху чинила.

Раскольников оборотился к стене, где на грязных желтых обоях с белыми цветочками выбрал один неуклюжий белый цветок, с какими-то коричневыми черточками, и стал рассматривать: сколько в нем листиков, какие на листиках зазубринки и сколько черточек? Он чувствовал, что у него онемели руки и ноги, точно отнялись, но и не попробовал шевельнуться и упорно глядел на цветок.

-- Ну так что ж красильщик? -- с каким-то особенным неудовольствием перебил Зосимов болтовню Настасьи. Та вздохнула и замолчала.

-- А тоже в убийцы записали! -- с жаром продолжал Разумихин.

-- Улики, что ль, какие?

-- Кой черт улики! А впрочем, именно по улике, да улика-то эта не улика, вот что требуется доказать! Это точь-в-точь как сначала они забрали и заподозрили этих, как бишь их... Коха да Пестрякова. Тьфу! Как это всё глупо делается, даже вчуже гадко становится! Пестряков-то, может, сегодня ко мне зайдет... Кстати, Родя, ты эту штуку уж знаешь, еще до болезни случилось, ровно накануне того, как ты в обморок в конторе упал, когда там про это рассказывали...

Зосимов любопытно посмотрел на Раскольникова; тот не шевелился.

-- А знаешь что, Разумихин? Посмотрю я на тебя: какой ты, однако же, хлопотун, -- заметил Зосимов.

-- Это пусть, а все-таки вытащим! -- крикнул Разумихин, стукнув кулаком по столу. -- Ведь тут что всего обиднее? Ведь не то, что они врут; вранье всегда простить можно; вранье дело милое, потому что к правде ведет. Нет, то досадно, что врут, да еще собственному вранью поклоняются. Я Порфирия уважаю, но... Ведь что их, например, перво-наперво с толку сбило? Дверь была заперта, а пришли с дворником -- отперта: ну, значит, Кох да Пестряков и убили! Вот ведь их логика.

-- Да не горячись; их просто задержали; нельзя же... Кстати: я ведь этого Коха встречал; он ведь, оказалось, у старухи вещи просроченные скупал? а?

-- Да, мошенник какой-то! Он и векселя тоже скупает. Промышленник. Да черт с ним! Я ведь на что злюсь-то, понимаешь ты это? На "рутину их дряхлую, пошлейшую, закорузлую злюсь... А тут, в одном этом деле, целый новый путь открыть можно. По одним психологическим только данным можно показать, как на истинный след попадать должно. "У нас есть, дескать, факты!" Да ведь факты не всё; по крайней мере, половина дела в том, как с фактами обращаться умеешь!

-- А ты с фактами обращаться умеешь?

-- Да ведь нельзя же молчать, когда чувствуешь, ощупом чувствуешь, что вот мог бы делу помочь, кабы... Эх!.. Ты дело-то подробно знаешь?

-- Да вот про красильщика жду.

-- Да, бишь! Ну слушай историю: ровно на третий день после, убийства, поутру, когда они там нянчились еще с Кохом да Пестряковым, -- хотя те каждый свой шаг доказали: очевидность кричит! -- объявляется вдруг самый неожиданный факт. Некто крестьянин Душкин, содержатель распивочной, напротив того самого дома, является в контору и приносит ювелирский футляр с золотыми серьгами и рассказывает целую повесть: "Прибежал-де ко мне повечеру, третьего дня, примерно в начале девятого, -- день и час! вникаешь? -- работник красильщик, который и до этого ко мне на дню забегал, Миколай, и принес мне ефту коробку с золотыми сережками и с камушками, и просил за них под заклад два рубля, а на мой спрос: где взял? -- объявил, что на панели поднял. Больше я его на том не расспрашивал, -- это Душкин-то говорит, -- а вынес ему билетик -- рубль то есть, потому-де думал, что не мне, так другому заложит, всё одно -- пропьет, а пусть лучше у меня вещь лежит: дальше-де положишь, ближе возьмешь, а объявится что аль слухи пойдут, тут я и преставлю". Ну, конечно, бабушкин сон рассказывает, врет как лошадь, потому я этого Душкина знаю, сам он закладчик и краденое прячет, и тридцатирублевую вещь не для того, чтоб "преставить", у Миколая подтибрил. Просто струсил. Ну, да к черту, слушай; продолжает Душкин: "А крестьянина ефтова, Миколая Дементьева, знаю сызмалетства, нашей губернии и уезда, Зарайского, потому-де мы сами рязанские. А Миколай хоть не пьяница, а выпивает, и известно нам было, что он в ефтом самом доме работает, красит, вместе с Митреем, а с Митреем они из однех мест. И получимши билетик, он его тотчас разменял, выпил зараз два стаканчика, сдачу взял и пошел, а Митрея я с ним в тот час не видал. А на другой день прослышали мы, что Алену Ивановну и сестрицу их Лизавету Ивановну топором убили, а мы их знавали-с, и взяло меня тут сумление насчет серег, -- потому известно нам было, что покойница под вещи деньги давала. Пошел я к ним в дом и стал осторожно про себя узнавать, тихими стопами, и перво-наперво спросил: тут ли Миколай? И сказывал Митрей, что Миколай загулял, пришел домой на рассвете, пьяный, дома пробыл примерно десять минут и опять ушел, а Митрей уж его потом не видал и работу один доканчивает. А работа у них по одной лестнице с убитыми, во втором этаже. Слышамши всё это, мы тогда никому ничего не открыли, -- это Душкин говорит, -- а про убивство всё что могли разузнали и воротились домой всё в том же нашем сумлении. А сегодня поутру, в восемь часов, -- то есть это на третий-то день, понимаешь? -- вижу, входит ко мне Миколай, не тверезый, да и не то чтоб очень пьяный, а понимать разговор может. Сел на лавку, молчит. А опричь него в распивочной на ту пору был всего один человек посторонний, да еще спал на лавке другой, по знакомству, да двое наших мальчишков-с. "Видел, спрашиваю, Митрея?" --"Нет, говорит, не видал". --"И здесь не был?" --"Не был, говорит, с третьего дни". --"А ноне где ночевал?" --"А на Песках, говорит, у коломенских". --"А где, говорю, тогда серьги взял?" --"А на панели нашел", -- и говорит он это так, как будто бы неподобно, и не глядя.

"А слышал, говорю, что вот то и то, в тот самый вечер и в том часу, по той лестнице, произошло?" --"Нет, говорит, не слыхал", -- а сам слушает, глаза вытараща, и побелел он вдруг, ровно мел. Я этта ему рассказываю, смотрю, а он за шапку и начал вставать. Тут и захотел я его задержать: "Погоди, Миколай, говорю, аль не выпьешь?" А сам мигнул мальчишке, чтобы дверь придержал, да из-за застойки-то выхожу: как он тут от меня прыснет, да на улицу, да бегом, да в проулок, -- только я и видел его. Тут я и сумления моего решился, потому его грех, как есть..."

-- Еще бы!.. -- проговорил Зосимов.

-- Стой! Конца слушай! Пустились, разумеется, со всех ног Миколая разыскивать: Душкина задержали и обыск произвели, Митрея тоже; пораспотрошили и коломенских, -- только вдруг третьего дня и приводят самого Миколая: задержали его близ -- ской заставы, на постоялом дворе. Пришел он туда, снял с себя крест, серебряный, и попросил за крест шкалик. Дали. Погодя немного минут, баба в коровник пошла и видит в щель: он рядом в сарае к балке кушак привязал, петлю сделал; стал на обрубок и хочет себе петлю на шею надеть; баба вскрикнула благим матом, сбежались: "Так вот ты каков!" -- А ведите меня, говорит, в такую-то часть, во всем повинюсь". Ну, его с надлежащими онерами и представили в такую-то часть, сюда то есть. Ну то, се, кто, как, сколько лет -- "двадцать два" -- и прочее, и прочее. Вопрос: "Как работали с Митреем, не видали ль кого по лестнице, вот в таком-то и таком-то часу?" Ответ: "Известно, проходили, может, люди какие, да нам не в примету". -- "А не слыхали ль чего, шуму какого и прочего?" -- "Ничего не слыхали такого особенного". -- "А было ль известно тебе, Миколаю, в тот самый день, что такую-то вдову в такой-то день и час с сестрой ее убили и ограбили?" -- "Знать не знаю, ведать не ведаю. Впервой от Афанасия Павлыча, на третьи сутки, в распивошной услыхал". -- "А где серьги взял?" -- "На панели нашел". -- "Почему на другой день не явился с Митреем на работу?" -- "Потому этта я загулял". -- "А где гулял?" -- "А там-то и там-то". -- "Почему бежал от Душкина?" -- "Потому уж испужались мы тогда очинна". -- "Чего испугался?" -- "А што засудят". -- "Как же ты мог испугаться того, коли ты чувствуешь себя ни в чем не виновным?.." Ну веришь иль не веришь, Зосимов, этот вопрос был предложен, и буквально в таких выражениях, я положительно знаю, мне верно передали! Каково? Каково?

-- Ну, нет, однако ж, улики-то существуют.

-- Да я не про улики теперь, я про вопрос, про то, как они сущность-то свою понимают! Ну, да черт!.. Ну, так жали его, жали, нажимали, нажимали, ну и повинился: "Не на панели, дескать, нашел, а в фатере нашел, в которой мы с Митреем мазали". -- "Каким таким манером?" -- "А таким самым манером, что мазали мы этта с Митреем весь день, до восьми часов, и уходить собирались, а Митрей взял кисть да мне по роже краской и мазнул,

мазнул этта он меня в рожу краской, да и побег, а я за ним. И бегу этта я за ним, а сам кричу благим матом; а как с лестницы в подворотню выходить, набежал я с размаху на дворника и на господ, а сколько было с ним господ, не упомню, а дворник за то меня обругал, а другой дворник тоже обругал, и дворникова баба вышла, тоже нас обругала, и господин один в подворотню входил, с дамою, и тоже нас обругал, потому мы с Митькой поперек места легли: я Митьку за волосы схватил, и повалил, и стал тузить, а Митька тоже, из-под меня, за волосы меня ухватил и стал тузить, а делали мы то не по злобе, а по всей то есь любови, играючи. А потом Митька ослободился да на улицу и побег, а я за ним, да не догнал и воротился в фатеру один, -- потому прибираться надоть бы было. Стал я собирать и жду Митрея, авось подойдет. Да у дверей в сени, за стенкой, в углу, на коробку и наступил. Смотрю, лежит, в гумаге завернута. Я гумагу-то снял, вижу крючочки такие махочкие, крючочки-то мы этта поснимали -- ан в коробке-то серьги..."

-- За дверьми? За дверями лежала? За дверями? -- вскричал вдруг Раскольников, мутным, испуганным взглядом смотря на Разумихина, и медленно приподнялся, опираясь рукой, на диване.

-- Да... а что? Что с тобой? Чего ты так? -- Разумихин тоже приподнялся с места.

-- Ничего!.. -- едва слышно отвечал Раскольников, опускаясь опять на подушку и опять отворачиваясь к стене. Все помолчали немного.

-- Задремал, должно быть, спросонья, -- проговорил наконец Разумихин, вопросительно смотря на Зосимова; тот сделал легкий отрицательный знак головой.

-- Ну, продолжай же, -- сказал Зосимов, -- что дальше?

-- Да что дальше? Только что он увидал серьги, как тотчас же, забыв и квартиру, и Митьку, схватил шапку и побежал к Душкину и, как известно, получил от него рубль, а ему соврал, что нашел на панели, и тотчас же загулял. А про убийство подтверждает прежнее: "Знать не знаю, ведать не ведаю, только на третий день услыхал". -- "А зачем же ты до сих пор не являлся?" -- "Со страху". -- "А повеситься зачем хотел?" -- "От думы". -- "От какой думы?" -- "А што засудят". Ну, вот и вся история. Теперь, как думаешь, что они отсюда извлекли?

-- Да чего думать-то, след есть, хоть какой да есть. Факт. Не на волю ж выпустить твоего красильщика?

-- Да ведь они ж его прямо в убийцы теперь записали! У них уж и сомнений нет никаких...

-- Да врешь; горячишься. Ну, а серьги? Согласись сам, что коли в тот самый день и час к Николаю из старухина сундука попадают серьги в руки, -- согласись сам, что они как-нибудь да должны же были попасть? Это немало при таком следствии.

-- Как попали! Как попали? -- вскричал Разумихин, -- и неужели ты, доктор, ты, который, прежде всего, человека изучать обязан и имеешь случай, скорей всякого другого, натуру человеческую изучить, -- неужели ты не видишь, по всем этим данным, что это за натура, этот Николай? Неужели не видишь, с первого же разу, что всё, что он показал при допросах, святейшая правда есть? Точнехонько так и попали в руки, как он показал. Наступил на коробку и поднял!

-- Святейшая правда! Однако ж сам признался, что с первого разу солгал?

-- Слушай меня, слушай внимательно: и дворник, и Кох, и Пестряков, и другой дворник, и жена первого дворника, и мещанка, что о ту пору у ней в дворницкой сидела, и надворный советник Крюков, который в эту самую минуту с извозчика встал и в подворотню входил об руку с дамою, -- все, то есть восемь или десять свидетелей, единогласно показывают, что Николай придавил Дмитрия к земле, лежал на нем и его тузил, а тот ему в волосы вцепился и тоже тузил. Лежат они поперек дороги и проход загораживают; их ругают со всех сторон, а они, "как малые ребята" (буквальное выражение свидетелей), лежат друг на друге, визжат, дерутся и хохочут, оба хохочут взапуски, с самыми смешными рожами, и один другого догонять, точно дети, на улицу выбежали. Слышал? Теперь строго заметь себе: тела наверху еще теплые, слышишь, теплые, так нашли их! Если убили они, или только один Николай, и при этом ограбили сундуки со взломом, или только участвовали чем-нибудь в грабеже, то позволь тебе задать всего только один вопрос: сходится ли подобное душевное настроение, то есть взвизги, хохот, ребяческая драка под воротами, -- с топорами, с кровью, с злодейскою хитростью, осторожностью, грабежом? Тотчас же убили, всего каких-нибудь пять или десять минут назад, -- потому так выходит, тела еще теплые, -- и вдруг, бросив и тела, и квартиру отпертую, и зная, что сейчас туда люди прошли, и добычу бросив, они, как малые ребята, валяются на дороге, хохочут, всеобщее внимание на себя привлекают, и этому десять единогласных свидетелей есть!

-- Конечно, странно! Разумеется, невозможно, но...

-- Нет, брат, не но, а если серьги, в тот же день и час очутившиеся у Николая в руках, действительно составляют важную фактическую против него контру -- однако ж прямо объясняемую его показаниями, следственно еще спорную контру, -- то надо же взять в соображение факты и оправдательные, и тем паче, что они факты неотразимые. А как ты думаешь, по характеру нашей юриспруденции, примут или способны ль они принять такой факт, -- основанный единственно только на одной психологической невозможности, на одном только душевном настроении, -- за факт неотразимый и все обвинительные и вещественные факты, каковы бы они ни были, разрушающий? Нет, не примут, не примут ни за что, потому-де коробку нашли и человек удавиться хотел, "чего не могло быть, если б не чувствовал себя виноватым!" Вот капитальный вопрос, вот из чего горячусь я! Пойми!

-- Да я и вижу, что ты горячишься. Постой, забыл спросить: чем доказано, что коробка с серьгами действительно из старухина сундука?

-- Это доказано, -- отвечал Разумихин, нахмурясь и как бы нехотя, -- Кох узнал вещь и закладчика указал, а тот положительно доказал, что вещь точно его.

-- Плохо. Теперь еще: не видал ли кто-нибудь Николая в то время, когда Кох да Пестряков наверх прошли, и нельзя ли это чем-нибудь доказать?

-- То-то и есть, что никто не видал, -- отвечал Разумихин с досадой, -- то-то и скверно; даже Кох с Пестряковым их не заметили, когда наверх проходили, хотя их свидетельство и не очень много бы теперь значило. "Видели, говорят, что квартира отпертая, что в ней, должно быть, работали, но, проходя, внимания не обратили и не помним точно, были ли там в ту минуту работники или нет".

-- Гм. Стало быть, всего только и есть оправдания, что тузили друг друга и хохотали. Положим, это сильное доказательство, но... Позволь теперь: как же ты сам-то весь факт объясняешь? Находку серег чем объясняешь, коли действительно он их так нашел, как показывает?

-- Чем объясняю? Да чего тут объяснять: дело ясное! По крайней мере дорога, по которой надо дело вести, ясна и доказана, и именно коробка доказала ее. Настоящий убийца обронил эти серьги. Убийца был наверху, когда Кох и Пестряков стучались, и сидел на запоре. Кох сдурил и пошел вниз; тут убийца выскочил и побежал тоже вниз, потому никакого другого у него не было выхода. На лестнице спрятался он от Коха, Пестрякова и дворника в пустую квартиру, именно в ту минуту, когда Дмитрий и Николай из нее выбежали, простоял за дверью, когда дворник и те проходили наверх, переждал, пока затихли шаги, и сошел себе вниз преспокойно, ровно в ту самую минуту, когда Дмитрий с Николаем на улицу выбежали, и все разошлись, и никого под воротами не осталось. Может, и видели его, да не заметили; мало ли народу проходит? А коробку он выронил из кармана, когда за дверью стоял, и не заметил, что выронил, потому не до того ему было. Коробка же ясно доказывает, что он именно там стоял. Вот и вся штука!

-- Хитро! Нет, брат, это хитро. Это хитрее всего!

-- Да почему же, почему же?

-- Да потому что слишком уж всё удачно сошлось... и сплелось... точно как на театре.

-- Э-эх! -- вскричал было Разумихин, но в эту минуту отворилась дверь, и вошло одно новое, не знакомое ни одному из присутствующих, лицо.

V

Это был господин немолодых уже лет, чопорный, осанистый, с осторожною и брюзгливою физиономией, который начал тем, что остановился в дверях, озираясь кругом с обидно-нескрываемым удивлением и как будто спрашивая взглядами: "Куда ж это я попал?" Недоверчиво и даже с аффектацией некоторого испуга, чуть ли даже не оскорбления, озирал он тесную и низкую "морскую каюту" Раскольникова. С тем же удивлением перевел и уставил потом глаза на самого Раскольникова, раздетого, всклоченного, немытого, лежавшего на мизерном грязном своем диване и тоже неподвижно его рассматривавшего. Затем, с тою же медлительностью, стал рассматривать растрепанную, небритую и нечесаную фигуру Разумихина, который в свою очередь дерзко-вопросительно глядел ему прямо в глаза, не двигаясь с места. Напряженное молчание длилось с минуту, и наконец, как и следовало ожидать, произошла маленькая перемена декорации. Сообразив, должно быть, по некоторым, весьма, впрочем, резким, данным, что преувеличенно-строгою осанкой здесь, в этой "морской каюте", ровно ничего не возьмешь, вошедший господин несколько смягчился и вежливо, хотя и не без строгости, произнес, обращаясь к Зосимову и отчеканивая каждый слог своего вопроса:

-- Родион Романыч Раскольников, господин студент или бывший студент?

Зосимов медленно шевельнулся и, может быть, и ответил бы, если бы Разумихин, к которому вовсе не относились, не предупредил его тотчас же:

-- А вот он лежит на диване! А вам что нужно?

Это фамильярное "а вам что нужно?" так и подсекло чопорного господина; он даже чуть было не поворотился к Разумихину, но успел-таки сдержать себя вовремя и поскорей повернулся опять к Зосимову.

-- Вот Раскольников! -- промямлил Зосимов, кивнув на больного, затем зевнул, причем как-то необыкновенно много раскрыл свой рот и необыкновенно долго держал его в таком положении. Потом медленно потащился в свой жилетный карман, вынул огромнейшие выпуклые глухие золотые часы, раскрыл, посмотрел и так же медленно и лениво потащился опять их укладывать.

Сам Раскольников всё время лежал молча, навзничь, и упорно, хотя и без всякой мысли, глядел на вошедшего. Лицо его, отвернувшееся теперь от любопытного цветка на обоях, было чрезвычайно бледно и выражало необыкновенное страдание, как будто он только что перенес мучительную операцию или выпустили его сейчас из-под пытки. Но вошедший господин мало-помалу стал возбуждать в нем всё больше и больше внимания, потом недоумения, потом недоверчивости и даже как будто боязни. Когда же Зосимов, указав на него, проговорил: "вот Раскольников", он вдруг, быстро приподнявшись, точно привскочив, сел на постели и почти вызывающим, но прерывистым и слабым голосом произнес:

-- Да! Я Раскольников! Что вам надо?

Гость внимательно посмотрел и внушительно произнес:

-- Петр Петрович Лужин. Я в полной надежде, что имя мое не совсем уже вам безызвестно.

Но Раскольников, ожидавший чего-то совсем другого, тупо и задумчиво посмотрел на него и ничего не ответил, как будто имя Петра Петровича слышал он решительно в первый раз.

-- Как? Неужели вы до сих пор не изволили еще получить никаких известий? -- спросил Петр Петрович, несколько коробясь.

В ответ на это Раскольников медленно опустился на подушку, закинул руки за голову и стал смотреть в потолок. Тоска проглянула в лице Лужина. Зосимов и Разумихин еще с большим любопытством принялись его оглядывать, и он видимо наконец сконфузился.

-- Я предполагал и рассчитывал, -- замямлил он, -- что письмо, пущенное уже с лишком десять дней, даже чуть ли не две недели...

-- Послушайте, что ж вам всё стоять у дверей-то? -- перебил вдруг Разумихин, -- коли имеете что объяснить, так садитесь, а обоим вам, с Настасьей, там тесно. Настасьюшка, посторонись, дай пройти! Проходите, вот вам стул, сюда! Пролезайте же!

Он отодвинул свой стул от стола, высвободил немного пространства между столом и своими коленями и ждал несколько в напряженном положении, чтобы гость "пролез" в эту щелочку. Минута была так выбрана, что никак нельзя было отказаться, и гость полез через узкое пространство, торопясь и спотыкаясь. Достигнув стула, он сел и мнительно поглядел на Разумихина.

-- Вы, впрочем, не конфузьтесь, -- брякнул тот, -- Родя пятый день уже болен и три дня бредил, а теперь очнулся и даже ел с аппетитом. Это вот его доктор сидит, только что его осмотрел, а я товарищ Родькин, тоже бывший студент, и теперь вот с ним нянчусь; так вы нас не считайте и не стесняйтесь, а продолжайте, что вам там надо.

-- Благодарю вас. Не обеспокою ли я, однако, больного своим присутствием и разговором? -- обратился Петр Петрович к Зосимову.

-- Н-нет, -- промямлил Зосимов, -- даже развлечь можете, -- и опять зевнул.

-- О, он давно уже в памяти, с утра! -- продолжал Разумихин, фамильярность которого имела вид такого неподдельного простодушия, что Петр Петрович подумал и стал ободряться, может быть, отчасти и потому, что этот оборванец и нахал успел-таки отрекомендоваться студентом.

-- Ваша мамаша... -- начал Лужин.

-- Гм! -- громко сделал Разумихин. Лужин посмотрел на него вопросительно.

-- Ничего, я так; ступайте...

Лужин пожал плечами.

-- ...Ваша мамаша, еще в бытность мою при них, начала к вам письмо. Приехав сюда, я нарочно пропустил несколько дней и не приходил к вам, чтоб уж быть вполне уверенным, что вы извещены обо всем; но теперь, к удивлению моему...

-- Знаю, знаю! -- проговорил вдруг Раскольников, с выражением самой нетерпеливой досады. -- Это вы? Жених? Ну, знаю!.. и довольно!

Петр Петрович решительно обиделся, но смолчал. Он усиленно спешил сообразить, что всё это значит? С минуту продолжалось молчание.

Между тем Раскольников, слегка было оборотившийся к нему при ответе, принялся вдруг его снова рассматривать пристально и с каким-то особенным любопытством, как будто давеча еще не успел его рассмотреть всего или как будто что-то новое в нем его поразило: даже приподнялся для этого нарочно с подушки. Действительно, в общем виде Петра Петровича поражало как бы что-то особенное, а именно, нечто как бы оправдывавшее название "жениха", так бесцеремонно ему сейчас данное. Во-первых, было видно и даже слишком заметно, что Петр Петрович усиленно поспешил воспользоваться несколькими днями в столице, чтоб успеть принарядиться и прикраситься в ожидании невесты, что, впрочем, было весьма невинно и позволительно. Даже собственное, может быть даже слишком самодовольное, собственное сознание своей приятной перемены к лучшему могло бы быть прощено для такого случая, ибо Петр Петрович состоял на линии жениха. Всё платье его было только что от портного, и всё было хорошо, кроме разве того только, что всё было слишком новое и слишком обличало известную цель. Даже щегольская, новехонькая, круглая шляпа об этой цели свидетельствовала: Петр Петрович как-то уж слишком почтительно с ней обращался и слишком осторожно держал ее в руках. Даже прелестная пара сиреневых, настоящих жувеневских, перчаток свидетельствовала то же самое, хотя бы тем одним, что их не надевали, а только носили в руках для параду. В одежде же Петра Петровича преобладали цвета светлые и юношественные. На нем был хорошенький летний пиджак светло-коричневого оттенка, светлые легкие брюки, таковая же жилетка, только что купленное тонкое белье, батистовый самый легкий галстучек с розовыми полосками, и что всего лучше: всё это было даже к лицу Петру Петровичу. Лицо его, весьма свежее и даже красивое, и без того казалось моложе своих сорока пяти лет. Темные бакенбарды приятно осеняли его с обеих сторон, в виде двух котлет, и весьма красиво сгущались возле светловыбритого блиставшего подбородка. Даже волосы, впрочем чуть-чуть лишь с проседью, расчесанные и завитые у парикмахера, не представляли этим обстоятельством ничего смешного или какого-нибудь глупого вида, что обыкновенно всегда бывает при завитых волосах, ибо придает лицу неизбежное сходство с немцем, идущим под венец. Если же и было что-нибудь в этой довольно красивой и солидной физиономии действительно неприятное и отталкивающее, то происходило уж от других причин. Рассмотрев без церемонии господина Лужина, Раскольников ядовито улыбнулся, снова опустился на подушку и стал по-прежнему глядеть в потолок.

Но господин Лужин скрепился и, кажется, решился не примечать до времени всех этих странностей.

-- Жалею весьма и весьма, что нахожу вас в таком положении, -- начал он снова, с усилием прерывая молчание. -- Если б знал о вашем нездоровье, зашел бы раньше. Но, знаете, хлопоты!.. Имею к тому же весьма важное дело по моей адвокатской части в сенате. Не упоминаю уже о тех заботах, которые и вы угадаете. Ваших, то есть мамашу и сестрицу, жду с часу на час...

Раскольников пошевелился и хотел было что-то сказать; лицо его выразило некоторое волнение. Петр Петрович приостановился, выждал, но так как ничего не последовало, то и продолжал:

-- ...С часу на час. Приискал им на первый случай квартиру...

-- Где? -- слабо выговорил Раскольников.

-- Весьма недалеко отсюда, дом Бакалеева...

-- Это на Вознесенском, -- перебил Разумихин, -- там два этажа под нумерами; купец Юшин содержит; бывал.

-- Да, нумера-с...

-- Скверность ужаснейшая: грязь, вонь, да и подозрительное место; штуки случались; да и черт знает кто не живет!.. Я и сам-то заходил по скандальному случаю. Дешево, впрочем.

-- Я, конечно, не мог собрать стольких сведений, так как и сам человек новый, -- щекотливо возразил Петр Петрович, -- но, впрочем, две весьма и весьма чистенькие комнатки, а так как это на весьма короткий срок... Я приискал уже настоящую, то есть будущую нашу квартиру, -- оборотился он к Раскольникову, -- и теперь ее отделывают; а покамест и сам теснюсь в нумерах, два шага отсюда, у госпожи Липпевехзель, в квартире одного моего молодого друга, Андрея Семеныча Лебезятникова; он-то мне и дом Бакалеева указал...

-- Лебезятникова? -- медленно проговорил Раскольников, как бы что-то припоминая.

-- Да, Андрей Семеныч Лебезятников, служащий в министерстве. Изволите знать?

-- Да... нет... -- ответил Раскольников.

-- Извините, мне так показалось по вашему вопросу. Я был когда-то опекуном его... очень милый молодой человек... и следящий... Я же рад встречать молодежь: по ней узнаешь, что нового. -- Петр Петрович с надеждой оглядел всех присутствующих.

-- Это в каком отношении? -- спросил Разумихин.

-- В самом серьезном, так сказать, в самой сущности дела, -- подхватил Петр Петрович, как бы обрадовавшись вопросу. -- Я, видите ли, уже десять лет не посещал Петербурга. Все эти наши новости, реформы, идеи -- всё это и до нас прикоснулось в провинции; но чтобы видеть яснее и видеть всё, надобно быть в Петербурге. Ну-с, а моя мысль именно такова, что всего больше заметишь и узнаешь, наблюдая молодые поколения наши. И признаюсь: порадовался...

-- Чему именно?

-- Вопрос ваш обширен. Могу ошибаться, но, кажется мне, нахожу более ясный взгляд, более, так сказать, критики; более деловитости...

-- Это правда, -- процедил Зосимов.

-- Врешь ты, деловитости нет, -- вцепился Разумихин. -- Деловитость приобретается трудно, а с неба даром не слетает. А мы чуть не двести лет как от всякого дела отучены... Идеи-то, пожалуй, и бродят, -- обратился он к Петру Петровичу, -- и желание добра есть, хоть и детское; и честность даже найдется, несмотря на то что тут видимо-невидимо привалило мошенников, а деловитости все-таки нет! Деловитость в сапогах ходит.

-- Не соглашусь с вами, -- с видимым наслаждением возразил Петр Петрович, -- конечно, есть увлечения, неправильности, но надо быть и снисходительным: увлечения свидетельствуют о горячности к делу и о той неправильной внешней обстановке, в которой находится дело.

Если же сделано мало, то ведь и времени было немного. О средствах и не говорю. По моему же личному взгляду, если хотите, даже нечто и сделано: распространены новые, полезные мысли, распространены некоторые новые, полезные сочинения, вместо прежних мечтательных и романических; литература принимает более зрелый оттенок; искоренено и осмеяно много вредных предубеждений... Одним словом, мы безвозвратно отрезали себя от прошедшего, а это, по-моему, уж дело-с...

-- Затвердил! Рекомендуется, -- произнес вдруг Раскольников.

-- Что-с? -- спросил Петр Петрович, не расслышав, но не получил ответа.

-- Это всё справедливо, -- поспешил вставить Зосимов.

-- Не правда ли-с? -- продолжал Петр Петрович, приятно взглянув на Зосимова. -- Согласитесь сами, -- продолжал он, обращаясь к Разумихину, но уже с оттенком некоторого торжества и превосходства, и чуть было не прибавил: "молодой человек", -- что есть преуспеяние, или, как говорят теперь, прогресс, хотя бы во имя науки и экономической правды...

-- Общее место!

-- Нет, не общее место-с! Если мне, например, до сих пор говорили: "возлюби", и я возлюблял, то что из того выходило? -- продолжал Петр Петрович, может быть с излишнею поспешностью, -- выходило то, что я рвал кафтан пополам, делился с ближним, и оба мы оставались наполовину голы, по русской пословице: "Пойдешь за несколькими зайцами разом, и ни одного не достигнешь". Наука же говорит: возлюби, прежде всех, одного себя, ибо всё на свете на личном интересе основано. Возлюбишь одного себя, то и дела свои обделаешь как следует, и кафтан твой останется цел. Экономическая же правда прибавляет, что чем более в обществе устроенных частных дел и, так сказать, целых кафтанов, тем более для него твердых оснований и тем более устраивается в нем и общее дело. Стало быть, приобретая единственно и исключительно себе, я именно тем самым приобретаю как бы и всем и веду к тому, чтобы ближний получил несколько более рваного кафтана и уже не от частных, единичных щедрот, а вследствие всеобщего преуспеяния. Мысль простая, но, к несчастию, слишком долго не приходившая, заслоненная восторженностью и мечтательностию, а казалось бы, немного надо остроумия, чтобы догадаться...

-- Извините, я тоже неостроумен, -- резко перебил Разумихин, -- а потому перестанемте. Я ведь и заговорил с целию, а то мне вся эта болтовня-себятешение, все эти неумолчные, беспрерывные общие места, и всё то же да всё то же, до того в три года опротивели, что, ей-богу, краснею, когда и другие-то, не то что я, при мне говорят. Вы, разумеется, спешили отрекомендоваться в своих познаниях, это очень простительно, и я не осуждаю. Я же хотел только узнать теперь, кто вы такой, потому что, видите ли, к общему-то делу в последнее время прицепилось столько разных промышленников, и до того исказили они всё, к чему ни прикоснулись, в свой интерес, что решительно всё дело испакостили. Ну-с, и довольно!

-- Милостивый государь, -- начал было господин Лужин, коробясь с чрезвычайным достоинством, -- не хотите ли вы, столь бесцеремонно, изъяснить, что и я...

-- О, помилуйте, помилуйте... Мог ли я!.. Ну-с, и довольно! -- отрезал Разумихин и круто повернулся с продолжением давешнего разговора к Зосимову.

Петр Петрович оказался настолько умен, чтобы тотчас же объяснению поверить. Он, впрочем, решил через две минуты уйти.

-- Надеюсь, что начатое теперь знакомство наше, -- обратился он к Раскольникову, -- после вашего выздоровления и ввиду известных вам обстоятельств укрепится еще более... Особенно желаю здоровья...

Раскольников даже головы не повернул. Петр Петрович начал вставать со стула.

-- Убил непременно закладчик! -- утвердительно говорил Зосимов.

-- Непременно закладчик! -- поддакнул Разумихин. -- Порфирий своих мыслей не выдает, а закладчиков все-таки допрашивает...

-- Закладчиков допрашивает? -- громко спросил Раскольников.

-- Да, а что?

-- Ничего.

-- Откуда он их берет? -- спросил Зосимов.

-- Иных Кох указал; других имена были на обертках вещей записаны, а иные и сами пришли, как прослышали...

-- Ну ловкая же и опытная, должно быть, каналья! Какая смелость! Какая решимость!

-- Вот то-то и есть, что нет! -- прервал Разумихин. -- Это-то вас всех и сбивает с пути. А я говорю -- неловкий, неопытный и, наверно, это был первый шаг! Предположи расчет и ловкую каналью, и выйдет невероятно. Предположи же неопытного, и выйдет, что один только случай его из беды и вынес, а случай чего не делает? Помилуй, да он и препятствий-то, может быть, не предвидел! А как дело ведет? -- берет десяти-двадцатирублевые вещи, набивает ими карман, роется в бабьей укладке, в тряпье, -- а в комоде, в верхнем ящике, в шкатулке, одних чистых денег на полторы тысячи нашли, кроме билетов! И ограбить-то не умел, только и сумел, что убить! Первый шаг, говорю тебе, первый шаг; потерялся! И не расчетом, а случаем вывернулся!

-- Это, кажется, о недавнем убийстве старухи чиновницы, -- вмешался, обращаясь к Зосимову, Петр Петрович, уже стоя со шляпой в руке и перчатками, но перед уходом пожелав бросить еще несколько умных слов. Он, видимо, хлопотал о выгодном впечатлении, и тщеславие переборол благоразумие.

-- Да. Вы слышали?

-- Как же-с, в соседстве...

-- В подробности знаете?

-- Не могу сказать; но меня интересует при этом другое обстоятельство, так сказать, целый вопрос. Не говорю уже о том, что преступления в низшем классе, в последние лет пять, увеличились; не говорю о повсеместных и беспрерывных грабежах и пожарах; страннее всего то для меня, что преступления и в высших классах таким же образом увеличиваются и, так сказать, параллельно. Там, слышно, бывший студент на большой дороге почту разбил; там передовые, по общественному своему положению, люди фальшивые бумажки делают; там, в Москве, ловят целую компанию подделывателей билетов последнего займа с лотереей, -- и в главных участниках один лектор всемирной истории; там убивают нашего секретаря за границей, по причине денежной и загадочной... И если теперь эта старуха процентщица убита одним из закладчиков, то и это, стало быть, был человек из общества более высшего, -- ибо мужики не закладывают золотых вещей, -- то чем же объяснить эту с одной стороны распущенность цивилизованной части нашего общества?

-- Перемен экономических много... -- отозвался Зосимов.

-- Чем объяснить? -- прицепился Разумихин. -- А вот именно закоренелою слишком неделовитостью и можно бы объяснить.

-- То есть, как это-с?

-- А что отвечал в Москве вот лектор-то ваш на вопрос, зачем он билеты подделывал: "Все богатеют разными способами, так и мне поскорей захотелось разбогатеть". Точных слов не помню, но смысл, что на даровщинку, поскорей, без труда! На всем готовом привыкли жить, на чужих помочах ходить, жеваное есть. Ну, а пробил час великий, тут всяк и объявился чем смотрит...

-- Но, однако же, нравственность? И, так сказать, правила...

-- Да об чем вы хлопочете? -- неожиданно вмешался Раскольников. -- По вашей же вышло теории!

-- Как так по моей теории?

-- А доведите до последствий, что вы давеча проповедовали, и выйдет, что людей можно резать...

-- Помилуйте! -- вскричал Лужин.

-- Нет, это не так! -- отозвался Зосимов.

Раскольников лежал бледный, с вздрагивающею верхнею губой и трудно дышал.

-- На всё есть мера, -- высокомерно продолжал Лужин, -- экономическая идея еще не есть приглашение к убийству, и если только предположить...

-- А правда ль, что вы, -- перебил вдруг опять Раскольников дрожащим от злобы голосом, в котором слышалась какая-то радость обиды, -- правда ль, что вы сказали вашей невесте... в тот самый час, как от нее согласие получили, что всего больше рады тому... что она нищая... потому что выгоднее брать жену из нищеты, чтоб потом над ней властвовать... и попрекать тем, что она вами облагодетельствована?..

-- Милостивый государь! -- злобно и раздражительно вскричал Лужин, весь вспыхнув и смешавшись, -- милостивый государь... так исказить мысль! Извините меня, но я должен вам высказать, что слухи, до вас дошедшие или, лучше сказать, до вас доведенные, не имеют и тени здравого основания, и я... подозреваю, кто... одним словом... эта стрела... одним словом, ваша мамаша... Она и без того показалась мне, при всех, впрочем, своих превосходных качествах, несколько восторженного и романического оттенка в мыслях... Но я все-таки был в тысяче верстах от предположения, что она в таком извращенном фантазией виде могла понять и представить дело... И наконец... наконец...

-- А знаете что? -- вскричал Раскольников, приподнимаясь на подушке и смотря на него в упор пронзительным, сверкающим взглядом, -- знаете что?

-- А что-с? -- Лужин остановился и ждал с обиженным и вызывающим видом. Несколько секунд длилось молчание.

-- А то, что если вы еще раз... осмелитесь упомянуть хоть одно слово... о моей матери... то я вас с лестницы кувырком спущу!

-- Что с тобой! -- крикнул Разумихин.

-- А, так вот оно что-с! -- Лужин побледнел и закусил губу. -- Слушайте, сударь, меня, -- начал он с расстановкой и сдерживая себя всеми силами, но все-таки задыхаясь, -- я еще давеча, с первого шагу, разгадал вашу неприязнь, но нарочно оставался здесь, чтоб узнать еще более. Многое я бы мог простить больному и родственнику, но теперь... вам... никогда-с...

-- Я не болен! -- вскричал Раскольников.

-- Тем паче-с...

-- Убирайтесь к черту!

Но Лужин уже выходил сам, не докончив речи, пролезая снова между столом и стулом; Разумихин на этот раз встал, чтобы пропустить его. Не глядя ни на кого и даже не кивнув головой Зосимову, который давно уже кивал ему, чтоб он оставил в покое больного, Лужин вышел, приподняв из осторожности рядом с плечом свою шляпу, когда, принагнувшись, проходил в дверь. И даже в изгибе спины его как бы выражалось при этом случае, что он уносит с собой ужасное оскорбление.

-- Можно ли, можно ли так? -- говорил озадаченный Разумихин, качая головой.

-- Оставьте, оставьте меня все! -- в исступлении вскричал Раскольников. -- Да оставите ли вы меня наконец, мучители! Я вас не боюсь! Я никого, никого теперь не боюсь! Прочь от меня! Я один хочу быть, один, один, один!

-- Пойдем! -- сказал Зосимов, кивнув Разумихину.

-- Помилуй, да разве можно его так оставлять.

-- Пойдем! -- настойчиво повторил Зосимов и вышел. Разумихин подумал и побежал догонять его.

-- Хуже могло быть, если бы мы его не послушались, -- сказал Зосимов, уже на лестнице. -- Раздражать невозможно...

-- Что с ним?

-- Если бы только толчок ему какой-нибудь благоприятный, вот бы чего! Давеча он был в силах... Знаешь, у него что-то есть на уме! Что-то неподвижное, тяготящее... Этого я очень боюсь; непременно!

-- Да вот этот господин, может быть, Петр-то Петрович! По разговору видно, что он женится на его сестре и что Родя об этом, перед самой болезнью, письмо получил...

-- Да; черт его принес теперь; может быть, расстроил всё дело. А заметил ты, что он ко всему равнодушен, на всё отмалчивается, кроме одного пункта, от которого из себя выходит: это убийство...

-- Да, да! -- подхватил Разумихин, -- очень заметил! Интересуется, пугается. Это его в самый день болезни напугали, в конторе у надзирателя; в обморок упал.

-- Ты мне это расскажи подробнее вечером, а я тебе кое-что потом скажу. Интересует он меня, очень! Через полчаса зайду наведаться... Воспаления, впрочем, не будет...

-- Спасибо тебе! А я у Пашеньки тем временем подожду и буду наблюдать через Настасью...

Раскольников, оставшись один, с нетерпением и тоской поглядел на Настасью; но та еще медлила уходить.

-- Чаю-то теперь выпьешь? -- спросила она.

-- После! Я спать хочу! Оставь меня...

Он судорожно отвернулся к стене; Настасья вышла.

VI

Но только что она вышла, он встал, заложил крючком дверь, развязал принесенный давеча Разумихиным и им же снова завязанный узел с платьем и стал одеваться. Странное дело: казалось, он вдруг стал совершенно спокоен; не было ни полоумного бреду, как давеча, ни панического страху, как во всё последнее время. Это была первая минута какого-то странного, внезапного спокойствия. Движения его были точны и ясны, в них проглядывало твердое намерение. "Сегодня же, сегодня же!.." -- бормотал он про себя. Он понимал, однако, что еще слаб, но сильнейшее душевное напряжение, дошедшее до спокойствия, до неподвижной идеи, придавало ему сил и самоуверенности; он, впрочем, надеялся, что не упадет на улице. Одевшись совсем, во всё новое, он взглянул на деньги, лежавшие на столе, подумал и положил их в карман. Денег было двадцать пять рублей. Взял тоже и все медные пятаки, сдачу с десяти рублей, истраченных Разумихиным на платье. Затем тихо снял крючок, вышел из комнаты, спустился по лестнице и заглянул в отворенную настежь кухню: Настасья стояла к нему задом и, нагнувшись, раздувала хозяйкин самовар. Она ничего не слыхала. Да и кто мог предположить, что он уйдет? Через минуту он был уже на улице.

Было часов восемь, солнце заходило. Духота стояла прежняя; но с жадностью дохнул он этого вонючего, пыльного, зараженного городом воздуха. Голова его слегка было начала кружиться; какая-то дикая энергия заблистала вдруг в его воспаленных глазах и в его исхудалом бледно-желтом лице. Он не знал, да и не думал о том, куда идти; он знал одно: "что всё это надо кончить сегодня же, за один раз, сейчас же; что домой он иначе не воротится, потому что не хочет так жить". Как кончить? Чем кончить? Об этом он не имел и понятия, да и думать не хотел. Он отгонял мысль: мысль терзала его. Он только чувствовал и знал, что надо, чтобы всё переменилось, так или этак, "хоть как бы то ни было", повторял он с отчаянною, неподвижною самоуверенностью и решимостью.

По старой привычке, обыкновенным путем своих прежних прогулок, он прямо направился на Сенную. Не доходя Сенной, на мостовой, перед мелочною лавкой, стоял молодой черноволосый шарманщик и вертел какой-то весьма чувствительный романс. Он аккомпанировал стоявшей впереди его на тротуаре девушке, лет пятнадцати, одетой как барышня, в кринолине, в мантильке, в перчатках и в соломенной шляпке с огненного цвета пером; всё это было старое и истасканное. Уличным, дребезжащим, но довольно приятным и сильным голосом она выпевала романс, в ожидании двухкопеечника из лавочки. Раскольников приостановился рядом с двумя-тремя слушателями, послушал, вынул пятак и положил в руку девушке. Та вдруг пресекла пение на самой чувствительной и высокой нотке, точно отрезала, резко крикнула шарманщику: "будет!", и оба поплелись дальше, к следующей лавочке.

-- Любите вы уличное пение? -- обратился вдруг Раскольников к одному, уже немолодому, прохожему, стоявшему рядом с ним у шарманки и имевшему вид фланера. Тот дико посмотрел и удивился. -- Я люблю, -- продолжал Раскольников, но с таким видом, как будто вовсе не об уличном пении говорил, -- я люблю, как поют под шарманку в холодный, темный и сырой осенний вечер, непременно в сырой, когда у всех прохожих бледно-зеленые и больные лица; или, еще лучше, когда снег мокрый падает, совсем прямо, без ветру, знаете? а сквозь него фонари с газом блистают...

-- Не знаю-с... Извините... -- пробормотал господин, испуганный и вопросом, и странным видом Раскольникова, и перешел на другую сторону улицы.

Раскольников пошел прямо и вышел к тому углу на Сенной, где торговали мещанин и баба, разговаривавшие тогда с Лизаветой; но их теперь не было. Узнав место, он остановился, огляделся и оборотился к молодому парню в красной рубахе, зевавшему у входа в мучной лабаз.

-- Это мещанин ведь торгует тут на углу, с бабой, с женой, а?

-- Всякие торгуют, -- отвечал парень, свысока обмеривая Раскольникова.

-- Как его зовут?

-- Как крестили, так и зовут.

-- Уж и ты не зарайский ли? Которой губернии?

Парень снова посмотрел на Раскольникова.

-- У нас, ваше сиятельство, не губерния, а уезд, а ездил-то брат, а я дома сидел, так и не знаю-с... Уж простите, ваше сиятельство, великодушно.

-- Это харчевня, наверху-то?

-- Это трахтир, и бильярд имеется; и прынцессы найдутся... Люли!

Раскольников перешел через площадь. Там, на углу, стояла густая толпа народа, всё мужиков. Он залез в самую густоту, заглядывая в лица. Его почему-то тянуло со всеми заговаривать. Но мужики не обращали внимания на него, и все что-то галдели про себя, сбиваясь кучками. Он постоял, подумал и пошел направо, тротуаром, по направлению к В -- му. Миновав площадь, он попал в переулок...

Он и прежде проходил часто этим коротеньким переулком, делающим колено и ведущим с площади в Садовую. В последнее время его даже тянуло шляться по всем этим местам, когда тошно становилось, "чтоб еще тошней было". Теперь же он вошел, ни о чем не думая. Тут есть большой дом, весь под распивочными и прочими съестно-выпивательными заведениями; из них поминутно выбегали женщины, одетые, как ходят "по соседству" -- простоволосые и в одних платьях. В двух-трех местах они толпились на тротуаре группами, преимущественно у сходов в нижний этаж, куда, по двум ступенькам, можно было спускаться в разные весьма увеселительные заведения. В одном из них, в эту минуту, шел стук и гам на всю улицу, тренькала гитара, пели песни, и было очень весело. Большая группа женщин толпилась у входа; иные сидели на ступеньках, другие на тротуаре, третьи стояли и разговаривали. Подле, на мостовой, шлялся, громко ругаясь, пьяный солдат с папироской и, казалось, куда-то хотел войти, но как будто забыл куда. Один оборванец ругался с другим оборванцем, и какой-то мертво-пьяный валялся поперек улицы. Раскольников остановился у большой группы женщин. Они разговаривали сиплыми голосами; все были в ситцевых платьях, в козловых башмаках и простоволосые. Иным было лет за сорок, но были и лет по семнадцати, почти все с глазами подбитыми.

Его почему-то занимало пенье и весь этот стук и гам, там, внизу... Оттуда слышно было, как среди хохота и взвизгов, под тоненькую фистулу разудалого напева и под гитару, кто-то отчаянно отплясывал, выбивая такт каблуками. Он пристально, мрачно и задумчиво слушал, нагнувшись у входа и любопытно заглядывая с тротуара в сени.

Ты мой бутошник прикрасной

Ты не бей меня напрасно! --

разливался тоненький голос певца. Раскольникову ужасно захотелось расслушать, что поют, точно в этом и было всё дело.

"Не зайти ли? -- подумал он. -- Хохочут! Спьяну. А что ж, не напиться ли пьяным?"

-- Не зайдете, милый барин? -- спросила одна из женщин довольно звонким и не совсем еще осипшим голосом. Она была молода и даже не отвратительна -- одна из всей группы.

-- Вишь, хорошенькая! -- отвечал он, приподнявшись и поглядев на нее.

Она улыбнулась; комплимент ей очень понравился.

-- Вы и сами прехорошенькие, -- сказала она.

-- Какие худые! -- заметила басом другая, -- из больницы, что ль, выписались?

-- Кажись, и генеральские дочки, а носы всё курносые! -- перебил вдруг подошедший мужик, навеселе, в армяке нараспашку и с хитро смеющейся харей. -- Вишь, веселье!

-- Проходи, коль пришел!

-- Пройду! Сласть!

И он кувыркнулся вниз.

Раскольников тронулся дальше.

-- Послушайте, барин! -- крикнула вслед девица.

-- Что?

Она законфузилась.

-- Я, милый барин, всегда с вами рада буду часы разделить, а теперь вот как-то совести при вас не соберу. Подарите мне, приятный кавалер, шесть копеек на выпивку!

Раскольников вынул сколько вынулось: три пятака.

-- Ах, какой добреющий барин!

-- Как тебя зовут?

-- А Дуклиду спросите.

-- Нет уж, это что же, -- вдруг заметила одна из группы, качая головой на Дуклиду. -- Это уж я и не знаю, как это так просить! Я бы, кажется, от одной только совести провалилась...

Раскольников любопытно поглядел на говорившую. Это была рябая девка, лет тридцати, вся в синяках, с припухшею верхнею губой. Говорила и осуждала она спокойно и серьезно.

"Где это, -- подумал Раскольников, идя далее, -- где это я читал, как один приговоренный к смерти, за час до смерти, говорит или думает, что если бы пришлось ему жить где-нибудь на высоте, на скале, и на такой узенькой площадке, чтобы только две ноги можно было поставить, -- а кругом будут пропасти, океан, вечный мрак, вечное уединение и вечная буря, -- и оставаться так, стоя на аршине пространства, всю жизнь, тысячу лет, вечность, -- то лучше так жить, чем сейчас умирать!

Только бы жить, жить и жить! Как бы ни жить -- только жить!.. Экая правда! Господи, какая правда! Подлец человек! И подлец тот, кто его за это подлецом называет", -- прибавил он через минуту.

Он вышел в другую улицу: "Ба! "Хрустальный дворец"! Давеча Разумихин говорил про "Хрустальный дворец". Только, чего бишь я хотел-то? Да, прочесть!.. Зосимов говорил, что в газетах читал..."

-- Газеты есть? -- спросил он, входя в весьма просторное и даже опрятное трактирное заведение о нескольких комнатах, впрочем довольно пустых. Два-три посетителя пили чай, да в одной дальней комнате сидела группа, человека в четыре, и пили шампанское. Раскольникову показалось, что между ними Заметов. Впрочем, издали нельзя было хорошо рассмотреть.

"А пусть!" -- подумал он.

-- Водки прикажете-с? -- спросил половой.

-- Чаю подай. Да принеси ты мне газет, старых, этак дней за пять сряду, а я тебе на водку дам.

-- Слушаю-с. Вот сегодняшние-с. И водки прикажете-с?

Старые газеты и чай явились. Раскольников уселся и стал отыскивать: "Излер -- Излер -- Ацтеки -- Ацтеки -- Излер -- Бартола -- Массимо -- Ацтеки -- Излер... фу, черт! А, вот отметки: провалилась с лестницы -- мещанин сгорел с вина -- пожар на Песках -- пожар на Петербургской -- еще пожар на Петербургской -- еще пожар на Петербургской -- Излер -- Излер -- Излер -- Излер -- Массимо... А, вот..."

Он отыскал наконец то, чего добивался, и стал читать; строки прыгали в его глазах, он, однако ж, дочел всё "известие" и жадно принялся отыскивать в следующих нумерах позднейшие прибавления. Руки его дрожали, перебирая листы, от судорожного нетерпения. Вдруг кто-то сел подле него, за его столом. Он заглянул -- Заметов, тот же самый Заметов и в том же виде, с перстнями, с цепочками, с пробором в черных вьющихся и напомаженных волосах, в щегольском жилете и в несколько потертом сюртуке и несвежем белье. Он был весел, по крайней мере очень весело и добродушно улыбался. Смуглое лицо его немного разгорелось от выпитого шампанского.

-- Как! Вы здесь? -- начал он с недоумением и таким тоном, как бы век был знаком, -- а мне вчера еще говорил Разумихин, что вы всё не в памяти. Вот странно! А ведь я был у вас...

Раскольников знал, что он подойдет. Он отложил газеты и поворотился к Заметову. На его губах была усмешка, и какое-то новое раздражительное нетерпение проглядывало в этой усмешке.

-- Это я знаю, что вы были, -- отвечал он, -- слышал-с. Носок отыскивали... А знаете, Разумихин от вас без ума, говорит, что вы с ним к Лавизе Ивановне ходили, вот про которую вы старались тогда, поручику-то Пороху мигали, а он всё не понимал, помните? Уж как бы, кажется, не понять -- дело ясное... а?

-- А уж какой он буян!

-- Порох-то?

-- Нет, приятель ваш, Разумихин...

-- А хорошо вам жить, господин Заметов; в приятнейшие места вход беспошлинный! Кто это вас сейчас шампанским-то наливал?

-- А это мы... выпили... Уж и наливал?!

-- Гонорарий! Всем пользуетесь! -- Раскольников засмеялся. -- Ничего, добреющий мальчик, ничего! -- прибавил он, стукнув Заметова по плечу, -- я ведь не назло, "а по всей то есь любови, играючи" говорю, вот как работник-то ваш говорил, когда он Митьку тузил, вот, по старухиному-то делу.

-- А вы почем знаете?

-- Да я, может, больше вашего знаю.

-- Чтой-то какой вы странный... Верно, еще очень больны. Напрасно вышли...

-- А я вам странным кажусь?

-- Да. Что это вы газеты читаете?

-- Газеты.

-- Много про пожары пишут...-- Нет, я не про пожары. -- Тут он загадочно посмотрел на Заметова; насмешливая улыбка опять искривила его губы. -- Нет, я не про пожары, -- продолжал он, подмигивая Заметову. -- А сознайтесь, милый юноша, что вам ужасно хочется знать, про что я читал?

-- Вовсе не хочется; я так спросил. Разве нельзя спросить? Что вы всё...

-- Послушайте, вы человек образованный, литературный, а?

-- Я из шестого класса гимназии, -- отвечал Заметов с некоторым достоинством.

-- Из шестого! Ах ты мой воробушек! С пробором, в перстнях -- богатый человек! Фу, какой миленький мальчик! -- Тут Раскольников залился нервным смехом, прямо в лицо Заметову. Тот отшатнулся, и не то чтоб обиделся, а уж очень удивился.

-- Фу, какой странный! -- повторил Заметов очень серьезно. -- Мне сдается, что вы всё еще бредите.

-- Брежу? Врешь, воробушек!.. Так я странен? Ну, а любопытен я вам, а? Любопытен?

-- Любопытен.

-- Так сказать, про что я читал, что разыскивал? Ишь ведь сколько нумеров велел натащить! Подозрительно, а?

-- Ну, скажите.

-- Ушки на макушке?

-- Какая еще там макушка?

-- После скажу, какая макушка, а теперь, мой милейший, объявляю вам... нет, лучше: "сознаюсь"... Нет, и это не то: "показание даю, а вы снимаете" -- вот как! Так даю показание, что читал, интересовался... отыскивал... разыскивал... -- Раскольников прищурил глаза и выждал, -- разыскивал -- и для того и зашел сюда -- об убийстве старухи чиновницы, -- произнес он наконец, почти шепотом, чрезвычайно приблизив свое лицо к лицу Заметова. Заметов смотрел на него прямо в упор, не шевелясь и не отодвигая своего лица от его лица. Страннее всего показалось потом Заметову, что ровно целую минуту длилось у них молчание и ровно целую минуту они так друг на друга глядели.

-- Ну что ж, что читали? -- вскричал он вдруг в недоумении и в нетерпении. -- Мне-то какое дело! Что ж в том?

-- Это вот та самая старуха, -- продолжал Раскольников, тем же шепотом и не шевельнувшись от восклицания Заметова, -- та самая, про которую, помните, когда стали в конторе рассказывать, а я в обморок-то упал. Что, теперь понимаете?

-- Да что такое? Что... "понимаете"? -- произнес Заметов почти в тревоге.

Неподвижное и серьезное лицо Раскольникова преобразилось в одно мгновение, и вдруг он залился опять тем же нервным хохотом, как давеча, как будто сам совершенно не в силах был сдержать себя. И в один миг припомнилось ему до чрезвычайной ясности ощущения одно недавнее мгновение, когда он стоял за дверью, с топором, запор прыгал, они за дверью ругались и ломились, а ему вдруг захотелось закричать им, ругаться с ними, высунуть им язык, дразнить их, смеяться, хохотать, хохотать, хохотать!

-- Вы или сумасшедший, или... -- проговорил Заметов -- и остановился, как будто вдруг пораженный мыслью, внезапно промелькнувшею в уме его.

-- Или? Что "или"? Ну, что? Ну, скажите-ка!

-- Ничего! -- в сердцах отвечал Заметов, -- всё вздор!

Оба замолчали. После внезапного, припадочного взрыва смеха Раскольников стал вдруг задумчив и грустен. Он облокотился на стол и подпер рукой голову. Казалось, он совершенно забыл про Заметова. Молчание длилось довольно долго.

-- Что вы чай-то не пьете? Остынет, -- сказал Заметов.

-- А? Что? Чай?.. Пожалуй... -- Раскольников глотнул из стакана, положил в рот кусочек хлеба и вдруг, посмотрев на Заметова, казалось, всё припомнил и как будто встряхнулся: лицо его приняло в ту же минуту первоначальное насмешливое выражение. Он продолжал пить чай.

-- Нынче много этих мошенничеств развелось, -- сказал Заметов. -- Вот недавно еще я читал в "Московских ведомостях", что в Москве целую шайку фальшивых Монетчиков изловили. Целое общество было. Подделывали билеты.

-- О, это уже давно! Я еще месяц назад читал, -- отвечал спокойно Раскольников. -- Так это-то, по-вашему, мошенники? -- прибавил он, усмехаясь.

-- Как же не мошенники?

-- Это? Это дети, бланбеки, а не мошенники! Целая полсотня людей для этакой цели собирается! Разве это возможно? Тут и трех много будет, да и то чтобы друг в друге каждый пуще себя самого был уверен! А то стоит одному спьяну проболтаться, и всё прахом пошло! Бланбеки! Нанимают ненадежных людей разменивать билеты в конторах: этакое-то дело да поверить первому встречному? Ну, положим, удалось и с бланбеками, положим, каждый себе по миллиону наменял, ну, а потом? Всю-то жизнь? Каждый один от другого зависит на всю свою жизнь! Да лучше удавиться! А они и разменять-то не умели: стал в конторе менять, получил пять тысяч, и руки дрогнули. Четыре пересчитал, а пятую принял не считая, на веру, чтобы только в карман да убежать поскорее. Ну, и возбудил подозрение. И лопнуло всё из-за одного дурака! Да разве этак возможно?-- Что руки-то дрогнули? -- подхватил Заметов, -- нет, это возможно-с. Нет, это я совершенно уверен, что это возможно. Иной раз не выдержишь.

-- Этого-то?

-- А вы, небось, выдержите? Нет, я бы не выдержал! За сто рублей награждения идти на этакий ужас! Идти с фальшивым билетом -- куда же? -- в банкирскую контору, где на этом собаку съели, -- нет, я бы сконфузился. А вы не сконфузитесь?

Раскольникову ужасно вдруг захотелось опять "язык высунуть". Озноб, минутами, проходил по спине его.

-- Я бы не так сделал, -- начал он издалека. -- Я бы вот как стал менять: пересчитал бы первую тысячу, этак раза четыре со всех концов, в каждую бумажку всматриваясь, и принялся бы за другую тысячу; начал бы ее считать, досчитал бы до средины, да и вынул бы какую-нибудь пятидесятирублевую, да на свет, да переворотил бы ее и опять на свет -- не фальшивая ли? "Я, дескать, боюсь: у меня родственница одна двадцать пять рублей таким образом намедни потеряла"; и историю бы тут рассказал. А как стал бы третью тысячу считать -- нет, позвольте: я, кажется, там, во второй тысяче, седьмую сотню неверно сосчитал, сомнение берет, да бросил бы третью, да опять за вторую, -- да этак бы все-то пять. А как кончил бы, из пятой да из второй вынул бы по кредитке, да опять на свет, да опять сомнительно, "перемените, пожалуйста", -- да до седьмого поту конторщика бы довел, так что он меня как и с рук-то сбыть уж не знал бы! Кончил бы всё наконец, пошел, двери бы отворил -- да нет, извините, опять воротился, спросить о чем-нибудь, объяснение какое-нибудь получить, -- вот я бы как сделал!

-- Фу, какие вы страшные вещи говорите! -- сказал, смеясь, Заметов. -- Только всё это один разговор, а на деле, наверно, споткнулись бы. Тут, я вам скажу, по-моему, не только нам с вами, даже натертому, отчаянному человеку за себя поручиться нельзя. Да чего ходить -- вот пример: в нашей-то части, старуху-то убили. Ведь уж, кажется, отчаянная башка, среди бела дня на все риски рискнул, одним чудом спасся, -- а руки-то все-таки дрогнули: обокрасть не сумел, не выдержал; по делу видно...

Раскольников как будто обиделся.

-- Видно! А вот поймайте-ка его, подите, теперь! -- вскрикнул он, злорадно подзадоривая Заметова.

-- Что ж, и поймают.

-- Кто? Вы? Вам поймать? Упрыгаетесь! Вот ведь что у вас главное: тратит ли человек деньги или нет? То денег не было, а тут вдруг тратить начнет, -- ну как же не он? Так вас вот этакий ребенок надует на этом, коли захочет!

-- То-то и есть что они все так делают, -- отвечал Заметов, -- убьет-то хитро, жизнь отваживает, а потом тотчас в кабаке и попался. На трате-то их и ловят. Не всё же такие, как вы, хитрецы. Вы бы в кабак не пошли, разумеется?

Раскольников нахмурил брови и пристально посмотрел на Заметова.

-- Вы, кажется, разлакомились и хотите узнать, как бы я и тут поступил? -- спросил он с неудовольствием.

-- Хотелось бы, -- твердо и серьезно ответил тот. Слишком что-то серьезно стал он говорить и смотреть.

-- Очень?

-- Очень.

-- Хорошо. Я вот бы как поступил, -- начал Раскольников, опять вдруг приближая свое лицо к лицу Заметова, опять в упор смотря на него и говоря опять шепотом, так что тот даже вздрогнул на этот раз. -- Я бы вот как сделал: я бы взял деньги и вещи и, как ушел бы оттуда, тотчас, не заходя никуда, пошел бы куда-нибудь, где место глухое и только заборы одни, и почти нет никого, -- огород какой-нибудь или в этом роде. Наглядел бы я там еще прежде, на этом дворе, какой-нибудь такой камень, этак в пуд или полтора весу, где-нибудь в углу, у забора, что с построения дома, может, лежит; приподнял бы этот камень -- под ним ямка должна быть, -- да в ямку-то эту все бы вещи и деньги и сложил. Сложил бы да и навалил бы камнем, в том виде как он прежде лежал, придавил бы ногой, да и пошел бы прочь. Да год бы, два бы не брал, три бы не брал, -- ну, и ищите! Был, да весь вышел!

-- Вы сумасшедший, -- выговорил почему-то Заметов тоже чуть не шепотом и почему-то отодвинулся вдруг от Раскольникова. У того засверкали глаза; он ужасно побледнел; верхняя губа его дрогнула и запрыгала. Он склонился к Заметову как можно ближе и стал шевелить губами, ничего не произнося; так длилось с полминуты; он знал, что делал, но не мог сдержать себя. Страшное слово, как тогдашний запор в дверях, так и прыгало на его губах: вот-вот сорвется; вот-вот только спустить его, вот-вот только выговорить!

-- А что, если это я старуху и Лизавету убил? -- проговорил он вдруг и -- опомнился.

Заметов дико поглядел на него и побледнел как скатерть. Лицо его искривилось улыбкой.

-- Да разве это возможно? -- проговорил он едва слышно.

Раскольников злобно взглянул на него.

-- Признайтесь, что вы поверили? Да? Ведь да?

-- Совсем нет! Теперь больше, чем когда-нибудь, не верю! -- торопливо сказал Заметов.

-- Попался наконец! Поймали воробушка. Стало быть, верили же прежде, когда теперь "больше, чем когда-нибудь, не верите"?

-- Да совсем же нет! -- восклицал Заметов, видимо сконфуженный. -- Это вы для того-то и пугали меня, чтоб к этому подвести?

-- Так не верите? А об чем вы без меня заговорили, когда я тогда из конторы вышел? А зачем меня поручик Порох допрашивал после обморока? Эй ты, -- крикнул он половому, вставая и взяв фуражку, -- сколько с меня?

-- Тридцать копеек всего-с, -- отвечал тот, подбегая.

-- Да вот тебе еще двадцать копеек на водку. Ишь сколько денег! -- протянул он Заметову свою дрожащую руку с кредитками, -- красненькие, синенькие, двадцать пять рублей. Откудова? А откудова платье новое явилось? Ведь знаете же, что копейки не было! Хозяйку-то, небось, уж опрашивали... Ну, довольно! Assez causé! [Довольно болтать! (франц.)] До свидания... приятнейшего!..

Он вышел, весь дрожа от какого-то дикого истерического ощущения, в котором между тем была часть нестерпимого наслаждения, -- впрочем мрачный, ужасно усталый. Лицо его было искривлено, как бы после какого-то припадка. Утомление его быстро увеличивалось. Силы его возбуждались и приходили теперь вдруг, с первым толчком, с первым раздражающим ощущением, и так же быстро ослабевали, по мере того как ослабевало ощущение.

А Заметов, оставшись один, сидел еще долго на том же месте, в раздумье. Раскольников невзначай перевернул все его мысли насчет известного пункта и окончательно установил его мнение.

“Илья Петрович -- болван!” -- решил он окончательно.

Только что Раскольников отворил дверь на улицу, как вдруг, на самом крыльце, столкнулся с входившим Разумихиным. Оба, даже за шаг еще, не видали друг друга, так что почти головами столкнулись. Несколько времени обмеривали они один другого взглядом. Разумихин был в величайшем изумлении, но вдруг гнев, настоящий гнев, грозно засверкал в его глазах.

-- Так вот ты где! -- крикнул он во всё горло. -- С постели сбежал! А я его там под диваном даже искал! На чердак ведь ходили! Настасью чуть не прибил за тебя... А он вон где! Родька! Что это значит? Говори всю правду! Признавайся! Слышишь?

-- А то значит, что вы все надоели мне смертельно, и я хочу быть один, -- спокойно отвечал Раскольников.

-- Один? Когда еще ходить не можешь, когда еще рожа как полотно бледна, и задыхаешься! Дурак!.. Что ты в “Хрустальном дворце” делал? Признавайся немедленно!

-- Пусти! -- сказал Раскольников и хотел пройти мимо. Это уж вывело Разумихина из себя: он крепко схватил его за плечо.

-- Пусти? Ты смеешь говорить: “пусти”? Да знаешь ли, что я сейчас с тобой сделаю? Возьму в охапку, завяжу узлом да и отнесу под мышкой домой, под замок!

-- Слушай, Разумихин, -- начал тихо и по-видимому совершенно спокойно Раскольников, -- неужель ты не видишь, что я не хочу твоих благодеяний? И что за охота благодетельствовать тем, которые... плюют на это? Тем, наконец, которым это серьезно тяжело выносить? Ну для чего ты отыскал меня в начале болезни? Я, может быть, очень был бы рад умереть? Ну, неужели я недостаточно выказал тебе сегодня, что ты меня мучаешь, что ты мне... надоел! Охота же в самом деле мучить людей! Уверяю же тебя, что всё это мешает моему выздоровлению серьезно, потому что беспрерывно раздражает меня.

Ведь ушел же давеча Зосимов, чтобы не раздражать меня! Отстань же, ради бога, и ты! И какое право, наконец, имеешь ты удерживать меня силой? Да неужель ты не видишь, что я совершенно в полном уме теперь говорю? Чем, чем, научи, умолить мне тебя, наконец, чтобы ты не приставал ко мне и не благодетельствовал? Пусть я неблагодарен, пусть я низок, только отстаньте вы все, ради бога, отстаньте! Отстаньте! Отстаньте!

Он начал спокойно, заранее радуясь всему яду, который готовился вылить, а кончил в исступлении и задыхаясь, как давеча с Лужиным.

Разумихин постоял, подумал и выпустил его руку.

-- Убирайся же к черту! -- сказал он тихо и почти задумчиво. -- Стой! -- заревел он внезапно, когда Раскольников тронулся было с места, -- слушай меня. Объявляю тебе, что все вы, до единого, -- болтунишки и фанфаронишки! Заведется у вас страданьице -- вы с ним как курица с яйцом носитесь! Даже и тут воруете чужих авторов. Ни признака жизни в вас самостоятельной! Из спермацетной мази вы сделаны, а вместо крови сыворотка! Никому-то из вас я не верю! Первое дело у вас, во всех обстоятельствах -- как бы на человека не походить! Сто-о-ой! -- крикнул он с удвоенным бешенством, заметив, что Раскольников опять трогается уходить, -- слушай до конца! Ты знаешь, у меня сегодня собираются на новоселье, может быть уж и пришли теперь, да я там дядю оставил, -- забегал сейчас, -- принимать приходящих. Так вот, если бы ты не был дурак, не пошлый дурак, не набитый дурак, не перевод с иностранного... видишь, Родя, я сознаюсь, ты малый умный, но ты дурак! -- так вот, если б ты не был дурак, ты бы лучше ко мне зашел сегодня, вечерок посидеть, чем даром-то сапоги топтать. Уж вышел, так уж нечего делать! Я б тебе кресла такие мягкие подкатил, у хозяев есть... Чаишко, компания... А нет, -- так и на кушетке уложу, -- все-таки между нами полежишь... И Зосимов будет. Зайдешь, что ли?

-- Нет.

-- Вр-р-решь! -- нетерпеливо вскрикнул Разумихин, -- почему ты знаешь? Ты не можешь отвечать за себя! Да и ничего ты в этом не понимаешь... Я тысячу раз точно так же с людьми расплевывался и опять назад прибегал... Станет стыдно -- и воротишься к человеку! Так помни же, дом Починкова, третий этаж...

-- Да ведь этак вы себя, пожалуй, кому-нибудь бить позволите, господин Разумихин, из удовольствия благодетельствовать.

-- Кого? Меня! За одну фантазию нос отвинчу! Дом Починкова, нумер сорок семь, в квартире чиновника Бабушкина...

-- Не приду, Разумихин! -- Раскольников повернулся и пошел прочь.

-- Об заклад, что придешь! -- крикнул ему вдогонку Разумихин. -- Иначе ты... иначе знать тебя не хочу! Постой, гей! Заметов там?

-- Там.

-- Видел?

-- Видел.

-- И говорил?

-- Говорил.

-- Об чем? Ну, да черт с тобой, пожалуй, не сказывай. Починкова, сорок семь, Бабушкина, помни!

Раскольников дошел до Садовой и повернул за угол. Разумихин смотрел ему вслед, задумавшись. Наконец, махнув рукой, вошел в дом, но остановился на средине лестницы.

"Черт возьми! -- продолжал он, почти вслух, -- говорит со смыслом, а как будто... Ведь и я дурак! Да разве помешанные не говорят со смыслом? А Зосимов-то, показалось мне, этого-то и побаивается! -- Он стукнул пальцем по лбу. -- Ну что, если... ну как его одного теперь пускать? Пожалуй, утопится... Эх, маху я дал! Нельзя!" И он побежал назад, вдогонку за Раскольниковым, но уж след простыл. Он плюнул и скорыми шагами воротился в "Хрустальный дворец" допросить поскорее Заметова.

Раскольников прошел прямо на -- ский мост, стал на средине, у перил, облокотился на них обоими локтями и принялся глядеть вдоль. Простившись с Разумихиным, он до того ослабел, что едва добрался сюда. Ему захотелось где-нибудь сесть или лечь, на улице. Склонившись над водою, машинально смотрел он на последний, розовый отблеск заката, на ряд домов, темневших в сгущавшихся сумерках, на одно отдаленное окошко, где-то в мансарде, по левой набережной, блиставшее, точно в пламени, от последнего солнечного луча, ударившего в него на мгновение, на темневшую воду канавы и, казалось, со вниманием всматривался в эту воду. Наконец в глазах его завертелись какие-то красные круги, дома заходили, прохожие, набережные, экипажи -- всё это завертелось и заплясало кругом. Вдруг он вздрогнул, может быть спасенный вновь от обморока одним диким и безобразным видением. Он почувствовал, что кто-то стал подле него, справа, рядом; он взглянул -- и увидел женщину, высокую, с платком на голове, с желтым, продолговатым, испитым лицом и с красноватыми, впавшими глазами. Она глядела на него прямо, но, очевидно, ничего не видала и никого не различала. Вдруг она облокотилась правою рукой о перила, подняла правую ногу и замахнула ее за решетку, затем левую, и бросилась в канаву. Грязная вода раздалась, поглотила на мгновение жертву, но через минуту утопленница всплыла, и ее тихо понесло вниз по течению, головой и ногами в воде, спиной поверх, со сбившеюся и вспухшею над водой, как подушка, юбкой.

-- Утопилась! Утопилась! -- кричали десятки голосов; люди сбегались, обе набережные унизывались зрителями, на мосту, кругом Раскольникова, столпился народ, напирая и придавливая его сзади.

-- Батюшки, да ведь это наша Афросиньюшка! -- послышался где-то недалеко плачевный женский крик. -- Батюшки, спасите! Отцы родные, вытащите!

-- Лодку! Лодку! -- кричали в толпе.

Но лодки было уж не надо: городовой сбежал по ступенькам схода к канаве, сбросил с себя шинель, сапоги и кинулся в воду. Работы было немного: утопленницу несло водой в двух шагах от схода, он схватил ее за одежду правою рукою, левою успел схватиться за шест, который протянул ему товарищ, и тотчас же утопленница была вытащена. Ее положили на гранитные плиты схода. Она очнулась скоро, приподнялась, села и стала чихать и фыркать, бессмысленно обтирая мокрое платье руками. Она ничего не говорила.

-- До чертиков допилась, батюшки, до чертиков, -- выл тот же женский голос, уже подле Афросиньюшки, -- анамнясь удавиться тоже хотела, с веревки сняли. Пошла я теперь в лавочку, девчоночку при ней глядеть оставила, -- ан вот и грех вышел! Мещаночка, батюшка, наша мещаночка, подле живем, второй дом с краю, вот тут...

Народ расходился, полицейские возились еще с утопленницей, кто-то крикнул про контору... Раскольников смотрел на всё с странным ощущением равнодушия и безучастия. Ему стало противно. "Нет, гадко... вода... не стоит, -- бормотал он про себя. -- Ничего не будет, -- прибавил он, -- нечего ждать. Что это, контора... А зачем Заметов не в конторе? Контора в десятом часу отперта..." Он оборотился спиной к перилам и поглядел кругом себя.

"Ну так что ж! И пожалуй!" -- проговорил он решительно; двинулся с моста и направился в ту сторону, где была контора. Сердце его было пусто и глухо. Мыслить он не хотел. Даже тоска прошла, ни следа давешней энергии, когда он из дому вышел, с тем "чтобы всё кончить!" Полная апатия заступила ее место.

"Что ж, это исход! -- думал он, тихо и вяло идя по набережной канавы. -- Все-таки кончу, потому что хочу... Исход ли, однако? А всё равно! Аршин пространства будет, -- хе! Какой, однако же, конец! Неужели конец? Скажу я им иль не скажу? Э... черт! Да и устал я: где-нибудь лечь или сесть бы поскорей! Всего стыднее, что очень уж глупо. Да наплевать и на это. Фу, какие глупости в голову приходят..."

В контору надо было идти всё прямо и при втором повороте взять влево: она была тут в двух шагах. Но, дойдя до первого поворота, он остановился, подумал, поворотил в переулок и пошел обходом, через две улицы, -- может быть, безо всякой цели, а может быть, чтобы хоть минуту еще протянуть и выиграть время. Он шел и смотрел в землю. Вдруг, как будто кто шепнул ему что-то на ухо. Он поднял голову и увидал, что стоит у того дома, у самых ворот. С того вечера он здесь не был и мимо не проходил.

Неотразимое и необъяснимое желание повлекло его. Он вошел в дом, прошел всю подворотню, потом в первый вход справа и стал подниматься по знакомой лестнице, в четвертый этаж. На узенькой и крутой лестнице было очень темно. Он останавливался на каждой площадке и осматривался с любопытством. На площадке первого этажа в окне была совсем выставлена рама: "Этого тогда не было", -- подумал он. Вот и квартира второго этажа, где работали Николашка и Митька: "Заперта; и дверь окрашена заново; отдается, значит, внаем". Вот и третий этаж... и четвертый... "Здесь!" Недоумение взяло его: дверь в эту квартиру была отворена настежь, там были люди, слышны были голоса; он этого никак не ожидал. Поколебавшись немного, он поднялся по последним ступенькам и вошел в квартиру.

Ее тоже отделывали заново; в ней были работники; это его как будто поразило. Ему представлялось почему-то, что он всё встретит точно так же, как оставил тогда, даже, может быть, трупы на тех же местах на полу. А теперь: голые стены, никакой мебели; странно как-то! Он прошел к окну и сел на подоконник.

Всего было двое работников, оба молодые парня, один постарше, а другой гораздо моложе. Они оклеивали стены новыми обоями, белыми, с лиловыми цветочками, вместо прежних желтых, истрепанных и истасканных. Раскольникову это почему-то ужасно не понравилось; он смотрел на эти новые обои враждебно, точно жаль было, что всё так изменили.

Работники, очевидно, замешкались и теперь наскоро свертывали свою бумагу и собирались домой. Появление Раскольникова почти не обратило на себя их внимания. Они о чем-то разговаривали. Раскольников скрестил руки и стал вслушиваться.

-- Приходит она, этта, ко мне поутру, -- говорил старший младшему, -- раным-ранешенько, вся разодетая. "И что ты, говорю, передо мной лимонничаешь, чего ты передо мной, говорю, апельсинничаешь?" -- "Я хочу, говорит, Тит Васильич, отныне, впредь в полной вашей воле состоять". Так вот оно как! А уж как разодета: журнал, просто журнал!

-- А что это, дядьшка, журнал? -- спросил молодой. Он, очевидно, поучался у "дядьшки".

-- А журнал, это есть, братец ты мой, такие картинки, крашеные, и идут они сюда к здешним портным каждую субботу, по почте, из-за границы, с тем то есь, как кому одеваться, как мужскому, равномерно и женскому полу. Рисунок, значит. Мужской пол всё больше в бекешах пишется, а уж по женскому отделению такие, брат, суфлеры, что отдай ты мне всё, да и мало!

-- И чего-чего в ефтом Питере нет! -- с увлечением крикнул младший,

-- окромя отца-матери, всё есть!

-- Окромя ефтова, братец ты мой, всё находится, -- наставительно порешил старший.

Раскольников встал и пошел в другую комнату, где прежде стояли укладка, постель и комод; комната показалась ему ужасно маленькою без мебели. Обои были всё те же; в углу на обоях резко обозначено было место, где стоял киот с образами. Он поглядел и воротился на свое окошко. Старший работник искоса приглядывался.

-- Вам чего-с? -- спросил он вдруг, обращаясь к нему.

Вместо ответа Раскольников встал, вошел в сени, взялся за колокольчик и дернул. Тот же колокольчик, тот же жестяной звук! Он дернул второй, третий раз; он вслушивался и припоминал. Прежнее, мучительно-страшное, безобразное ощущение начинало всё ярче и живее припоминаться ему, он вздрагивал с каждым ударом, и ему всё приятнее и приятнее становилось.

-- Да что те надо? Кто таков? -- крикнул работник, выходя к нему. Раскольников вошел опять в дверь.

-- Квартиру хочу нанять, -- сказал он, -- осматриваю.

-- Фатеру по ночам не нанимают; а к тому же вы должны с дворником прийти.

-- Пол-то вымыли; красить будут? -- продолжал Раскольников. -- Крови-то нет?

-- Какой крови?

-- А старуху-то вот убили с сестрой. Тут целая лужа была.

-- Да что ты за человек? -- крикнул в беспокойстве работник.

-- Я?

-- Да.

-- А тебе хочется знать?.. Пойдем в контору, там скажу.

Работники с недоумением посмотрели на него.

-- Нам выходить пора-с, замешкали. Идем, Алешка. Запирать надо, -- сказал старший работник.

-- Ну, пойдем! -- отвечал Раскольников равнодушно и вышел вперед, медленно спускаясь с лестницы. -- Эй, дворник! -- крикнул он, выходя под ворота.

Несколько людей стояло при самом входе в дом с улицы, глазея на прохожих: оба дворника, баба, мещанин в халате и еще кое-кто. Раскольников пошел прямо к ним.

-- Чего вам? -- отозвался один из дворников.

-- В контору ходил?

-- Сейчас был. Вам чего?

-- Там сидят?

-- Сидят.

-- И помощник там?

-- Был время. Чего вам?

Раскольников не отвечал и стал с ними рядом, задумавшись.

-- Фатеру смотреть приходил, -- сказал, подходя, старший работник.

-- Какую фатеру?

-- А где работаем. "Зачем, дескать, кровь отмыли? Тут, говорит, убивство случилось, а я пришел нанимать". И в колокольчик стал звонить, мало не оборвал. А пойдем, говорит, в контору, там всё докажу. Навязался.

Дворник с недоумением и нахмурясь разглядывал Раскольникова.

-- Да вы кто таков? -- крикнул он погрознее.

-- Я Родион Романыч Раскольников, бывший студент, а живу в доме Шиля, здесь в переулке, отсюда недалеко, в квартире нумер четырнадцать. У дворника спроси... меня знает. -- Раскольников проговорил всё это как-то лениво и задумчиво, не оборачиваясь и пристально смотря на потемневшую улицу.

-- Да вы зачем в фатеру-то приходили?

-- Смотреть.

-- Чего там смотреть?

-- А вот взять да свести в контору? -- ввязался вдруг мещанин и замолчал.

Раскольников через плечо скосил на него глаза, посмотрел внимательно и сказал так же тихо и лениво:

-- Пойдем!

-- Да и свести! -- подхватил ободрившийся мещанин. -- Зачем он об том доходил, у него что на уме, а?

-- Пьян, не пьян, а бог их знает, -- пробормотал работник.

-- Да вам чего? -- крикнул опять дворник, начинавший серьезно сердиться, -- ты чего пристал?

-- Струсил в контору-то? -- с насмешкой проговорил ему Раскольников.

-- Чего струсил? Ты чего пристал?

-- Выжига! -- крикнула баба.

-- Да чего с ним толковать, -- крикнул другой дворник, огромный мужик, в армяке нараспашку и с ключами за поясом. -- Пшол!.. И впрямь выжига... Пшол!

И, схватив за плечо Раскольникова, он бросил его на улицу. Тот кувыркнулся было, но не упал, выправился, молча посмотрел на всех зрителей и пошел далее.

-- Чудён человек, -- проговорил работник.

-- Чудён нынче стал народ, -- сказала баба.

-- А всё бы свести в контору, -- прибавил мещанин.

-- Нечего связываться, -- решил большой дворник. -- Как есть выжига! Сам на то лезет, известно, а свяжись, не развяжешься... Знаем!

“Так идти, что ли, или нет”, -- думал Раскольников, остановясь посреди мостовой на перекрестке и осматриваясь кругом, как будто ожидая от кого-то последнего слова. Но ничто не отозвалось ниоткуда; всё было глухо и мертво, как камни, по которым он ступал, для него мертво, для него одного... Вдруг, далеко, шагов за двести от него, в конце улицы, в сгущавшейся темноте, различил он толпу, говор, крики... Среди толпы стоял какой-то экипаж... Замелькал среди улицы огонек. “Что такое?” Раскольников поворотил вправо и пошел на толпу. Он точно цеплялся за всё и холодно усмехнулся, подумав это, потому что уж наверно решил про контору и твердо знал, что сейчас всё кончится.

VII

Посреди улицы стояла коляска, щегольская и барская, запряженная парой горячих серых лошадей; седоков не было, и сам кучер, слезши с козел, стоял подле; лошадей держали под уздцы. Кругом теснилось множество народу, впереди всех полицейские. У одного из них был в руках зажженный фонарик, которым он, нагибаясь, освещал что-то на мостовой, у самых колес. Все говорили, кричали, ахали; кучер казался в недоумении и изредка повторял:

-- Экой грех! Господи, грех-то какой!

Раскольников протеснился, по возможности, и увидал наконец предмет всей этой суеты и любопытства. На земле лежал только что раздавленный лошадьми человек, без чувств по-видимому, очень худо одетый, но в "благородном" платье, весь в крови. С лица, с головы текла кровь; лицо было всё избито, ободрано, исковеркано. Видно было, что раздавили не на шутку.

-- Батюшки! -- причитал кучер, -- как тут усмотреть! Коли б я гнал али б не кричал ему, а то ехал не поспешно, равномерно. Все видели: люди ложь, и я то ж. Пьяный свечки не поставит -- известно!.. Вижу его, улицу переходит, шатается, чуть не валится, -- крикнул одноважды, да в другой, да в третий, да и придержал лошадей; а он прямехонько им под ноги так и пал! Уж нарочно, что ль, он, аль уж очень был нетверез... Лошади-то молодые, пужливые, -- дернули, а он вскричал -- они пуще... вот и беда.

-- Это так как есть! -- раздался чей-то свидетельский отзыв в толпе.

-- Кричал-то он, это правда, три раза ему прокричал, -- отозвался другой голос.

-- В акурат три раза, все слышали! -- крикнул третий.

Впрочем, кучер был не очень уныл и испуган. Видно было, что экипаж принадлежал богатому и значительному владельцу, ожидавшему где-нибудь его прибытия; полицейские, уж конечно, немало заботились, как уладить это последнее обстоятельство. Раздавленного предстояло прибрать в часть и в больницу. Никто не знал его имени.

Между тем Раскольников протеснился и нагнулся еще ближе. Вдруг фонарик ярко осветил лицо несчастного; он узнал его.

-- Я его знаю, знаю! -- закричал он, протискиваясь совсем вперед, -- это чиновник, отставной, титулярный советник, Мармеладов! Он здесь живет, подле, в доме Козеля... Доктора поскорее! Я заплачу, вот! -- Он вытащил из кармана деньги и показывал полицейскому. Он был в удивительном волнении.

Полицейские были довольны, что узнали, кто раздавленный. Раскольников назвал и себя, дал свой адрес и всеми силами, как будто дело шло о родном отце, уговаривал перенести поскорее бесчувственного Мармеладова в его квартиру.

-- Вот тут, через три дома, -- хлопотал он, -- дом Козеля, немца, богатого... Он теперь, верно, пьяный, домой пробирался. Я его знаю... Он пьяница... Там у него семейство, жена, дети, дочь одна есть. Пока еще в больницу тащить, а тут, верно, в доме же доктор есть! Я заплачу, заплачу!.. Все-таки уход будет свой, помогут сейчас, а то он умрет до больницы-то...

Он даже успел сунуть неприметно в руку; дело, впрочем, было ясное и законное, и во всяком случае тут помощь ближе была. Раздавленного подняли и понесли; нашлись помощники. Дом Козеля был шагах в тридцати. Раскольников шел сзади, осторожно поддерживал голову и показывал дорогу.

-- Сюда, сюда! На лестницу надо вверх головой вносить; оборачивайте... вот так! Я заплачу, я поблагодарю, -- бормотал он.

Катерина Ивановна, как и всегда, чуть только выпадала свободная минута, тотчас же принималась ходить взад и вперед по своей маленькой комнате, от окна до печки и обратно, плотно скрестив руки на груди, говоря сама с собой и кашляя. В последнее время она стала всё чаще и больше разговаривать с своею старшею девочкой, десятилетнею Поленькой, которая хотя и многого еще не понимала, но зато очень хорошо поняла, что нужна матери, и потому всегда следила за ней своими большими умными глазками и всеми силами хитрила, чтобы представиться всё понимающею. В этот раз Поленька раздевала маленького брата, которому весь день нездоровилось, чтоб уложить его спать. В ожидании, пока ему переменят рубашку, которую предстояло ночью же вымыть, мальчик сидел на стуле молча, с серьезною миной, прямо и недвижимо, с протянутыми вперед ножками, плотно вместе сжатыми, пяточками к публике, а носками врозь. Он слушал, что говорила мамаша с сестрицей, надув губки, выпучив глазки и не шевелясь, точь-в-точь как обыкновенно должны сидеть все умные мальчики, когда их раздевают, чтоб идти спать. Еще меньше его девочка, в совершенных лохмотьях, стояла у ширм и ждала своей очереди. Дверь на лестницу была отворена, чтобы хоть сколько-нибудь защититься от волн табачного дыма, врывавшихся из других комнат и поминутно заставлявших долго и мучительно кашлять бедную чахоточную. Катерина Ивановна как будто еще больше похудела в эту неделю, и красные пятна на щеках ее горели еще ярче, чем прежде.

-- Ты не поверишь, ты и вообразить себе не можешь, Поленька, -- говорила она, ходя по комнате, -- до какой степени мы весело и пышно жили в доме у папеньки и как этот пьяница погубил меня и вас всех погубит! Папаша был статский полковник и уже почти губернатор; ему только оставался всего один какой-нибудь шаг, так что все к нему ездили и говорили: "Мы вас уж так и считаем, Иван Михайлыч, за нашего губернатора". Когда я... кхе! когда я... кхе-кхе-кхе... о, треклятая жизнь! -- вскрикнула она, отхаркивая мокроту и схватившись за грудь, -- когда я... ах, когда на последнем бале... у предводителя... меня увидала княгиня Безземельная, -- которая меня потом благословляла, когда я выходила за твоего папашу, Поля, -- то тотчас спросила: "Не та ли это милая девица, которая с шалью танцевала при выпуске?"... (Прореху-то зашить надо; вот взяла бы иглу да сейчас бы и заштопала, как я тебя учила, а то завтра... кхе! завтра... кхе-кхе-кхе!.. пуще разо-рвет! -- крикнула она надрываясь)... -- Тогда еще из Петербурга только что приехал камер-юнкер князь Щегольской... протанцевал со мной мазурку и на другой же день хотел приехать с предложением; но я сама отблагодарила в лестных выражениях и сказала, что сердце мое принадлежит давно другому. Этот другой был твой отец, Поля; папенька ужасно сердился... А вода готова? Ну, давай рубашечку; а чулочки?.. Лида, -- обратилась она к маленькой дочери, -- ты уж так, без рубашки, эту ночь поспи; как-нибудь... да чулочки выложи подле... Заодно вымыть... Что этот лохмотник нейдет, пьяница! Рубашку заносил, как обтирку какую-нибудь, изорвал всю... Всё бы уж заодно, чтобы сряду двух ночей не мучиться! Господи! Кхе-кхе-кхе-кхе! Опять! Что это? -- вскрикнула она, взглянув на толпу в сенях и на людей, протеснявшихся с какою-то ношей в ее комнату. -- Что это? Что это несут? Господи!

-- Куда ж тут положить? -- спрашивал полицейский, осматриваясь кругом, когда уже втащили в комнату окровавленного и бесчувственного Мармеладова.

-- На диван! Кладите прямо на диван, вот сюда головой, -- показывал Раскольников.

-- Раздавили на улице! Пьяного! -- крикнул кто-то из сеней.

Катерина Ивановна стояла вся бледная и трудно дышала. Дети перепугались. Маленькая Лидочка вскрикнула, бросилась к Поленьке, обхватила ее и вся затряслась.

Уложив Мармеладова, Раскольников бросился к Катерине Ивановне:

-- Ради бога, успокойтесь, не пугайтесь! -- говорил он скороговоркой, -- он переходил улицу, его раздавила коляска, не беспокойтесь, он очнется, я велел сюда нести... я у вас был, помните... Он очнется, я заплачу!

-- Добился! -- отчаянно вскрикнула Катерина Ивановна и бросилась к мужу.

Раскольников скоро заметил, что эта женщина не из тех, которые тотчас же падают в обмороки. Мигом под головою несчастного очутилась подушка, о которой никто еще не подумал; Катерина Ивановна стала раздевать его, осматривать, суетилась и не терялась, забыв о себе самой, закусив свои дрожавшие губы и подавляя крики, готовые вырваться из груди.

Раскольников уговорил меж тем кого-то сбегать за доктором. Доктор, как оказалось, жил через дом.

-- Я послал за доктором, -- твердил он Катерине Ивановне, -- не беспокойтесь, я заплачу. Нет ли воды?.. И дайте салфетку, полотенце, что-нибудь, поскорее; неизвестно еще, как он ранен... Он ранен, а не убит, будьте уверены... Что скажет доктор!

Катерина Ивановна бросилась к окну; там, на продавленном стуле, в углу, установлен был большой глиняный таз с водой, приготовленный для ночного мытья детского и мужнина белья. Это ночное мытье производилось самою Катериной Ивановной, собственноручно, по крайней мере два раза в неделю, а иногда и чаще, ибо дошли до того, что переменного белья уже совсем почти не было, и было у каждого члена семейства по одному только экземпляру, а Катерина Ивановна не могла выносить нечистоты и лучше соглашалась мучить себя по ночам и не по силам, когда все спят, чтоб успеть к утру просушить мокрое белье на протянутой веревке и подать чистое, чем видеть грязь в доме. Она схватилась было за таз, чтобы нести его по требованию Раскольникова, но чуть не упала с ношей. Но тот уже успел найти полотенце, намочил его водою и стал обмывать залитое кровью лицо Мармеладова. Катерина Ивановна стояла тут же, с болью переводя дух и держась руками за грудь. Ей самой нужна была помощь. Раскольников начал понимать, что он, может быть, плохо сделал, уговорив перенести сюда раздавленного. Городовой тоже стоял в недоумении.

-- Поля! -- крикнула Катерина Ивановна, -- беги к Соне, скорее. Если не застанешь дома, всё равно, скажи, что отца лошади раздавили и чтоб она тотчас же шла сюда... как воротится. Скорей, Поля! На, закройся платком!

-- Сто есь духу беги! -- крикнул вдруг мальчик со стула и, сказав это, погрузился опять в прежнее безмолвное прямое сиденье на стуле, выпуча глазки, пятками вперед и носками врозь.

Меж тем комната наполнилась так, что яблоку упасть было негде. Полицейские ушли, кроме одного, который оставался на время и старался выгнать публику, набравшуюся с лестницы, опять обратно на лестницу. Зато из внутренних комнат высыпали чуть не все жильцы госпожи Липпевехзель и сначала было теснились только в дверях, но потом гурьбой хлынули в самую комнату. Катерина Ивановна пришла в исступление.

-- Хоть бы умереть-то дали спокойно! -- закричала она на всю толпу, -- что за спектакль нашли! С папиросами! Кхе-кхе-кхе! В шляпах войдите еще!.. И то в шляпе один... Вон! К мертвому телу хоть уважение имейте!

Кашель задушил ее, но острастка пригодилась. Катерины Ивановны, очевидно, даже побаивались; жильцы, один за другим, протеснились обратно к двери с тем странным внутренним ощущением довольства, которое всегда замечается, даже в самых близких людях, при внезапном несчастии с их ближним, и от которого не избавлен ни один человек, без исключения, несмотря даже на самое искреннее чувство сожаления и участия.

За дверью послышались, впрочем, голоса про больницу и что здесь не след беспокоить напрасно.

-- Умирать-то не след! -- крикнула Катерина Ивановна и уже бросилась было растворить дверь, чтобы разразиться на них целым громом, но столкнулась в дверях с самою госпожой Липпевехзель, которая только что успела прослышать о несчастии и прибежала производить распорядок. Это была чрезвычайно вздорная и беспорядочная немка.

-- Ах, бог мой! -- всплеснула она руками, -- ваш муж пьян лошадь изтопталь. В больниц его! Я хозяйка!

-- Амалия Людвиговна! Прошу вас вспомнить о том, что вы говорите, -- высокомерно начала было Катерина Ивановна (с хозяйкой она всегда говорила высокомерным тоном, чтобы та "помнила свое место", и даже теперь не могла отказать себе в этом удовольствии), -- Амалия Людвиговна...

-- Я вам сказал раз-на-прежде, что вы никогда не смель говориль мне Амаль Людвиговна; я Амаль-Иван!

-- Вы не Амаль-Иван, а Амалия Людвиговна, и так как я не принадлежу к вашим подлым льстецам, как господин Лебезятников, который смеется теперь за дверью (за дверью действительно раздался смех и крик: "сцепились!"), то и буду всегда называть вас Амалией Людвиговной, хотя решительно не могу понять, почему вам это название не нравится. Вы видите сами, что случилось с Семеном Захаровичем; он умирает. Прошу вас сейчас запереть эту дверь и не впускать сюда никого. Дайте хоть умереть спокойно! Иначе, уверяю вас, завтра же поступок ваш будет известен самому генерал-губернатору. Князь знал меня еще в девицах и очень хорошо помнит Семена Захаровича, которому много раз благодетельствовал. Всем известно, что у Семена Захаровича было много друзей и покровителей, которых он сам оставил из благородной гордости, чувствуя несчастную свою слабость, но теперь (она указала на Раскольникова) нам помогает один великодушный молодой человек, имеющий средства и связи, и которого Семен Захарович знал еще в детстве, и будьте уверены, Амалия Людвиговна...

Всё это произнесено было чрезвычайною скороговоркой, чем дальше, тем быстрей, но кашель разом перервал красноречие Катерины Ивановны. В эту минуту умирающий очнулся и простонал, и она побежала к нему. Больной открыл глаза и, еще не узнавая и не понимая, стал вглядываться в стоявшего над ним Раскольникова. Он дышал тяжело, глубоко и редко; на окраинах губ выдавилась кровь; пот выступил на лбу. Не узнав Раскольникова, он беспокойно начал обводить глазами. Катерина Ивановна смотрела на него грустным, но строгим взглядом, а из глаз ее текли слезы.

-- Боже мой! У него вся грудь раздавлена! Крови-то, крови! -- проговорила она в отчаянии. -- Надо снять с него всё верхнее платье! Повернись немного, Семен Захарович, если можешь, -- крикнула она ему.

Мармеладов узнал ее.

-- Священника! -- проговорил он хриплым голосом.

Катерина Ивановна отошла к окну, прислонилась лбом к оконной раме и с отчаянием воскликнула:

-- О треклятая жизнь!

-- Священника! -- проговорил опять умирающий после минутного молчания.

-- Пошли-и-и! -- крикнула на него Катерина Ивановна; он послушался окрика и замолчал. Робким, тоскливым взглядом отыскивал он ее глазами; она опять воротилась к нему и стала у изголовья. Он несколько успокоился, но ненадолго. Скоро глаза его остановились на маленькой Лидочке (его любимице), дрожавшей в углу, как в припадке, и смотревшей на него своими удивленными, детски пристальными глазами.

-- А... а... -- указывал он на нее с беспокойством. Ему что-то хотелось сказать.

-- Чего еще? -- крикнула Катерина Ивановна.

-- Босенькая! Босенькая! -- бормотал он, полоумным взглядом указывая на босые ножки девочки.

-- Молчи-и-и! -- раздражительно крикнула Катерина Ивановна, -- сам знаешь, почему босенькая!

-- Слава богу, доктор! -- крикнул обрадованный Раскольников.

Вошел доктор, аккуратный старичок, немец, озираясь с недоверчивым видом; подошел к больному, взял пульс, внимательно ощупал голову и, с помощью Катерины Ивановны, отстегнул всю смоченную кровью рубашку и обнажил грудь больного. Вся грудь была исковеркана, измята и истерзана; несколько ребер с правой стороны изломано. С левой стороны, на самом сердце, было зловещее, большое, желтовато-черное пятно, жестокий удар копытом. Доктор нахмурился. Полицейский рассказал ему, что раздавленного захватило в колесо и тащило, вертя, шагов тридцать по мостовой.

-- Удивительно, как он еще очнулся, -- шепнул потихоньку доктор Раскольникову.

-- Что вы скажете? -- спросил тот.

-- Сейчас умрет.

-- Неужели никакой надежды?

-- Ни малейшей! При последнем издыхании... К тому же голова очень опасно ранена... Гм. Пожалуй, можно кровь отворить... но... это будет бесполезно. Через пять или десять минут умрет непременно.

-- Так уж отворите лучше кровь!

-- Пожалуй... Впрочем, я вас предупреждаю, это будет совершенно бесполезно.

В это время послышались еще шаги, толпа в сенях раздвинулась, и на пороге появился священник с запасными дарами, седой старичок. За ним ходил полицейский, еще с улицы. Доктор тотчас же уступил ему место и обменялся с ним значительным взглядом. Раскольников упросил доктора подождать хоть немножко. Тот пожал плечами и остался.

Все отступили. Исповедь длилась очень недолго. Умирающий вряд ли хорошо понимал что-нибудь; произносить же мог только отрывистые, неясные звуки. Катерина Ивановна взяла Лидочку, сняла со стула мальчика и, отойдя в угол к печке, стала на колени, а детей поставила на колени перед собой. Девочка только дрожала; мальчик же, стоя на голых коленочках, размеренно подымал ручонку, крестился полным крестом и кланялся в землю, стукаясь лбом, что, по-видимому, доставляло ему особенное удовольствие. Катерина Ивановна закусывала губы и сдерживала слезы; она тоже молилась, изредка оправляя рубашечку на ребенке и успев набросить на слишком обнаженные плечи девочки косынку, которую достала с комода, не вставая с колен и молясь. Между тем двери из внутренних комнат стали опять отворяться любопытными. В сенях же всё плотнее и плотнее стеснялись зрители, жильцы со всей лестницы, не переступая, впрочем, за порог комнаты. Один только огарок освещал всю сцену.

В эту минуту из сеней, сквозь толпу, быстро протеснилась Поленька, бегавшая за сестрой. Она вошла, едва переводя дух от скорого бега, сняла с себя платок, отыскала глазами мать, подошла к ней и сказала: "Идет! на улице встретила!" Мать пригнула ее на колени и поставила подле себя. Из толпы, неслышно и робко, протеснилась девушка, и странно было ее внезапное появление в этой комнате, среди нищеты, лохмотьев, смерти и отчаяния. Она была тоже в лохмотьях; наряд ее был грошовый, но разукрашенный по-уличному, под вкус и правила, сложившиеся в своем особом мире, с ярко и позорно выдающеюся целью. Соня остановилась в сенях у самого порога, но не переходила за порог и глядела как потерянная, не сознавая, казалось, ничего, забыв и о своем перекупленном из четвертых рук, шелковом, неприличном здесь, цветном платье с длиннейшим и смешным хвостом, и необъятном кринолине, загородившем всю дверь, и о светлых ботинках, и об омбрельке, ненужной ночью, но которую она взяла с собой, и о смешной соломенной круглой шляпке с ярким огненного цвета пером. Из-под этой надетой мальчишески набекрень шляпки выглядывало худое, бледное и испуганное личико с раскрытым ртом и с неподвижными от ужаса глазами. Соня была малого роста, лет восемнадцати, худенькая, но довольно хорошенькая блондинка, с замечательными голубыми глазами. Она пристально смотрела на постель, на священника; она тоже задыхалась от скорой ходьбы. Наконец шушуканье, некоторые слова в толпе, вероятно, до нее долетели. Она потупилась, переступила шаг через порог и стала в комнате, но опять-таки в самых дверях.

Исповедь и причащение кончились. Катерина Ивановна снова подошла к постели мужа. Священник отступил и, уходя, обратился было сказать два слова в напутствие и утешение Катерине Ивановне.

-- А куда я этих-то дену? -- резко и раздражительно перебила она, указывая на малюток.

-- Бог милостив; надейтесь на помощь всевышнего, -- начал было священник.

-- Э-эх! Милостив, да не до нас!

-- Это грех, грех, сударыня, -- заметил священник, качая головой.

-- А это не грех? -- крикнула Катерина Ивановна, показывая на умирающего.

-- Быть может, те, которые были невольною причиной, согласятся вознаградить вас, хоть бы в потере доходов...

-- Не понимаете вы меня! -- раздражительно крикнула Катерина Ивановна, махнув рукой. -- Да и за что вознаграждать-то? Ведь он сам, пьяный, под лошадей полез! Каких доходов? От него не доходы, а только мука была. Ведь он, пьяница, всё пропивал. Нас обкрадывал да в кабак носил, ихнюю да мою жизнь в кабаке извел! И слава богу, что помирает! Убытку меньше!

-- Простить бы надо в предсмертный час, а это грех, сударыня, таковые чувства большой грех!

Катерина Ивановна суетилась около больного, она подавала ему пить, обтирала пот и кровь с головы, оправляла подушки и разговаривала с священником, изредка успевая оборотиться к нему между делом. Теперь же она вдруг набросилась на него почти в исступлении.

-- Эх, батюшка! Слова да слова одни! Простить! Вот он пришел бы сегодня пьяный, как бы не раздавили-то, рубашка-то на нем одна, вся заношенная, да в лохмотьях, так он бы завалился дрыхнуть, а я бы до рассвета в воде полоскалась, обноски бы его да детские мыла, да потом высушила бы за окном, да тут же, как рассветет, и штопать бы села, -- вот моя и ночь!.. Так чего уж тут про прощение говорить! И то простила!

Глубокий, страшный кашель прервал ее слова. Она отхаркнулась в платок и сунула его напоказ священнику, с болью придерживая другою рукой грудь. Платок был весь в крови...

Священник поник головой и не сказал ничего.

Мармеладов был в последней агонии; он не отводил своих глаз от лица Катерины Ивановны, склонившейся снова над ним. Ему всё хотелось что-то ей сказать; он было и начал, с усилием шевеля языком и неясно выговаривая слова, но Катерина Ивановна, понявшая, что он хочет просить у ней прощения, тотчас же повелительно крикнула на него:

-- Молчи-и-и! Не надо!.. Знаю, что хочешь сказать!.. -- И больной умолк; но в ту же минуту блуждающий взгляд его упал на дверь, и он увидал Соню...

До сих пор он не замечал ее: она стояла в углу и в тени.

-- Кто это? Кто это? -- проговорил он вдруг хриплым задыхающимся голосом, весь в тревоге, с ужасом указывая глазами на дверь, где стояла дочь, и усиливаясь приподняться.

-- Лежи! Лежи-и-и! -- крикнула было Катерина Ивановна.

Но он с неестественным усилием успел опереться на руке. Он дико и неподвижно смотрел некоторое время на дочь, как бы не узнавая ее. Да и ни разу еще он не видал ее в таком костюме. Вдруг он узнал ее, приниженную, убитую, расфранченную и стыдящуюся, смиренно ожидающую своей очереди проститься с умирающим отцом. Бесконечное страдание изобразилось в лице его.

-- Соня! Дочь! Прости! -- крикнул он и хотел было протянуть к ней руку, но, потеряв опору, сорвался и грохнулся с дивана, прямо лицом наземь; бросились поднимать его, положили, но он уже отходил. Соня слабо вскрикнула, подбежала, обняла его и так и замерла в этом объятии. Он умер у нее в руках.

-- Добился своего! -- крикнула Катерина Ивановна, увидав труп мужа, -- ну, что теперь делать! Чем я похороню его! А чем их-то, их-то завтра чем накормлю?

Раскольников подошел к Катерине Ивановне.

-- Катерина Ивановна, -- начал он ей, -- на прошлой неделе ваш покойный муж рассказал мне всю свою жизнь и все обстоятельства... Будьте уверены, что он говорил об вас с восторженным уважением. С этого вечера, когда я узнал, как он всем вам был предан и как особенно вас, Катерина Ивановна, уважал и любил, несмотря на свою несчастную слабость, с этого вечера мы и стали друзьями... Позвольте же мне теперь... способствовать к отданию долга моему покойному другу. Вот тут... двадцать рублей, кажется, -- и если это может послужить вам в помощь, то... я... одним словом, я зайду -- я непременно зайду... я, может быть, еще завтра зайду... Прощайте!

И он быстро вышел из комнаты, поскорей протесняясь через толпу на лестницу; но в толпе вдруг столкнулся с Никодимом Фомичом, узнавшим о несчастии и пожелавшим распорядиться лично. Со времени сцены в конторе они не видались, но Никодим Фомич мигом узнал его.

-- А, это вы? -- спросил он его.

-- Умер, -- отвечал Раскольников. -- Был доктор, был священник, всё в порядке. Не беспокойте очень бедную женщину, она и без того в чахотке. Ободрите ее, если чем можете... Ведь вы добрый человек, я знаю... -- прибавил он с усмешкой, смотря ему прямо в глаза.

-- А как вы, однако ж, кровью замочились, -- заметил Никодим Фомич, разглядев при свете фонаря несколько свежих пятен на жилете Раскольникова.

-- Да, замочился... я весь в крови! -- проговорил с каким-то особенным видом Раскольников, затем улыбнулся, кивнул головой и пошел вниз по лестнице.

Он сходил тихо, не торопясь, весь в лихорадке и, не сознавая того, полный одного, нового, необъятного ощущения вдруг прихлынувшей полной и могучей жизни. Это ощущение могло походить на ощущение приговоренного к смертной казни, которому вдруг и неожиданно объявляют прощение. На половине лестницы нагнал его возвращавшийся домой священник; Раскольников молча пропустил его вперед, разменявшись с ним безмолвным поклоном. Но уже сходя последние ступени, он услышал вдруг поспешные шаги за собою. Кто-то догонял его. Это была Поленька; она бежала за ним и звала его: "Послушайте! Послушайте!"

Он обернулся к ней. Та сбежала последнюю лестницу и остановилась вплоть перед ним, ступенькой выше его. Тусклый свет проходил со двора. Раскольников разглядел худенькое, но милое личико девочки, улыбавшееся ему и весело, по-детски, на него смотревшее. Она прибежала с поручением, которое, видимо, ей самой очень нравилось.

-- Послушайте, как вас зовут?.. а еще: где вы живете? -- спросила она торопясь, задыхающимся голоском.

Он положил ей обе руки на плечи и с каким-то счастьем глядел на нее. Ему так приятно было на нее смотреть, -- он сам не знал почему.

-- А кто вас прислал?

-- А меня прислала сестрица Соня, -- отвечала девочка, еще веселее улыбаясь.

-- Я так и знал, что вас прислала сестрица Соня.

-- Меня и мамаша тоже прислала. Когда сестрица Соня стала посылать, мамаша тоже подошла и сказала: "Поскорей беги, Поленька!"

-- Любите вы сестрицу Соню?

-- Я ее больше всех люблю! -- с какою-то особенною твердостию проговорила Поленька, и улыбка ее стала вдруг серьезнее.

-- А меня любить будете?

Вместо ответа он увидел приближающееся к нему личико девочки и пухленькие губки, наивно протянувшиеся поцеловать его. Вдруг тоненькие, как спички, руки ее обхватили его крепко-крепко, голова склонилась к его плечу, и девочка тихо заплакала, прижимаясь лицом к нему всё крепче и крепче.

-- Папочку жалко! -- проговорила она через минуту, поднимая свое заплаканное личико и вытирая руками слезы, -- всё такие теперь несчастия пошли, -- прибавила она неожиданно, с тем особенно солидным видом, который усиленно принимают дети, когда захотят вдруг говорить как "большие".

-- А папаша вас любил?

-- Он Лидочку больше всех нас любил, -- продолжала она очень серьезно и не улыбаясь, уже совершенно как говорят большие, -- потому любил, что она маленькая, и оттого еще, что больная, и ей всегда гостинцу носил, а нас он читать учил, а меня грамматике и закону божию, -- прибавила она с достоинством, -- а мамочка ничего не говорила, а только мы знали, что она это любит, и папочка знал, а мамочка меня хочет по-французски учить, потому что мне уже пора получить образование.

-- А молиться вы умеете?

-- О, как же, умеем! Давно уже; я, как уж большая, то молюсь сама про себя, а Коля с Лидочкой вместе с мамашей вслух; сперва "Богородицу" прочитают, а потом еще одну молитву: "Боже, прости и благослови сестрицу Соню", а потом еще: "Боже, прости и благослови нашего другого папашу", потому что наш старший папаша уже умер, а этот ведь нам другой, а мы и об том тоже молимся.

-- Полечка, меня зовут Родион; помолитесь когда-нибудь и обо мне: "и раба Родиона" -- больше ничего.

-- Всю мою будущую жизнь буду об вас молиться, -- горячо проговорила девочка и вдруг опять засмеялась, бросилась к нему и крепко опять обняла его.

Раскольников сказал ей свое имя, дал адрес и обещался завтра же непременно зайти. Девочка ушла в совершенном от него восторге. Был час одиннадцатый, когда он вышел на улицу. Через пять минут он стоял на мосту, ровно на том самом месте, с которого давеча бросилась женщина.

"Довольно! -- произнес он решительно и торжественно, -- прочь миражи, прочь напускные страхи, прочь привидения!.. Есть жизнь! Разве я сейчас не жил? Не умерла еще моя жизнь вместе с старою старухой! Царство ей небесное и -- довольно, матушка, пора на покой! Царство рассудка и света теперь и... и воли, и силы... и посмотрим теперь! Померяемся теперь! -- прибавил он заносчиво, как бы обращаясь к какой-то темной силе и вызывая ее. -- А ведь я уже соглашался жить на аршине пространства!

...Слаб я очень в эту минуту, но... кажется, вся болезнь прошла. Я и знал, что пройдет, когда вышел давеча. Кстати: дом Починкова, это два шага. Уж непременно к Разумихину, хоть бы и не два шага... пусть выиграет заклад!.. Пусть и он потешится, -- ничего, пусть!.. Сила, сила нужна: без силы ничего не возьмешь; а силу надо добывать силой же, вот этого-то они и не знают", -- прибавил он гордо и самоуверенно и пошел, едва переводя ноги, с моста. Гордость и самоуверенность нарастали в нем каждую минуту; уже в следующую минуту это становился не тот человек, что был в предыдущую. Что же, однако, случилось такого особенного, что так перевернуло его? Да он и сам не знал; ему, как хватавшемуся за соломинку, вдруг показалось, что и ему "можно жить, что есть еще жизнь, что не умерла его жизнь вместе с старою старухой". Может быть, он слишком поспешил заключением, но он об этом не думал.

"А раба-то Родиона попросил, однако, помянуть, -- мелькнуло вдруг в его голове, -- ну да это... на всякий случай!" -- прибавил он, и сам тут же засмеялся над своею мальчишескою выходкой. Он был в превосходнейшем расположении духа.

Он легко отыскал Разумихина; в доме Починкова нового жильца уже знали, и дворник тотчас указал ему дорогу. Уже с половины лестницы можно было различить шум и оживленный говор большого собрания. Дверь на лестницу была отворена настежь; слышались крики и споры. Комната Разумихина была довольно большая, собрание же было человек в пятнадцать. Раскольников остановился в прихожей. Тут, за перегородкой, две хозяйские служанки хлопотали около двух больших самоваров, около бутылок, тарелок и блюд с пирогом и закусками, принесенных с хозяйской кухни. Раскольников послал за Разумихиным. Тот прибежал в восторге. С первого взгляда заметно было, что он необыкновенно много выпил, и хотя Разумихин почти никогда не мог напиться допьяна, но на этот раз что-то было заметно.

-- Слушай, -- поспешил Раскольников, -- я пришел только сказать, что ты заклад выиграл и что действительно никто не знает, что с ним может случиться. Войти же я не могу: я так слаб, что сейчас упаду. И потому здравствуй и прощай! А завтра ко мне приходи...

-- Знаешь что, провожу я тебя домой! Уж когда ты сам говоришь, что слаб, то...

-- А гости? Кто этот курчавый, вот что сейчас сюда заглянул?

-- Этот? А черт его знает! Дядин знакомый, должно быть, а может, и сам пришел... С ними я оставлю дядю; это драгоценнейший человек; жаль, что ты не можешь теперь познакомиться. А впрочем, черт с ними со всеми! Им теперь не до меня, да и мне надо освежиться, потому, брат, ты кстати пришел: еще две минуты, и я бы там подрался, ей-богу! Врут такую дичь... Ты представить себе не можешь, до какой степени может извраться наконец человек! Впрочем, как не представить? Мы-то сами разве не врем? Да и пусть врут: зато потом врать не будут... Посиди минутку, я приведу Зосимова.

Зосимов с какою-то даже жадностию накинулся на Раскольникова; в нем заметно было какое-то особенное любопытство; скоро лицо его прояснилось.

-- Немедленно спать, -- решил он, осмотрев, по возможности, пациента, -- а на ночь принять бы одну штучку. Примете? Я еще давеча заготовил... порошочек один.

-- Хоть два, -- отвечал Раскольников.

Порошок был тут же принят.

-- Это очень хорошо, что ты сам его поведешь, -- заметил Зосимов Разумихину; -- что завтра будет, увидим, а сегодня очень даже недурно: значительная перемена с давешнего. Век живи, век учись...

-- Знаешь, что мне сейчас Зосимов шепнул, как мы выходили, -- брякнул Разумихин, только что они вышли на улицу. -- Я, брат, тебе всё прямо скажу, потому что они дураки. Зосимов велел мне болтать с тобою дорогой и тебя заставить болтать, и потом ему рассказать, потому что у него идея... что ты... сумасшедший или близок к тому. Вообрази ты это себе! Во-первых, ты втрое его умнее, во-вторых, если ты не помешанный, так тебе наплевать на то, что у него такая дичь в голове, а в-третьих, этот кусок мяса, и по специальности своей -- хирург, помешался теперь на душевных болезнях, а насчет тебя повернул его окончательно сегодняшний разговор твой с Заметовым.

-- Заметов всё тебе рассказал?

-- Всё, и отлично сделал. Я теперь всю подноготную понял, и Заметов понял... Ну, да одним словом, Родя... дело в том... Я теперь пьян капельку... Но это ничего... дело в том, что эта мысль... понимаешь? действительно у них наклевывалась... понимаешь? То есть они никто не смели ее вслух высказать, потому дичь нелепейшая, и особенно когда этого красильщика взяли, всё это лопнуло и погасло навеки. Но зачем же они дураки? Я тогда Заметова немного поколотил, -- это между нами, брат; пожалуйста, и намека не подавай, что знаешь; я заметил, что он щекотлив; у Лавизы было, -- но сегодня, сегодня всё стало ясно. Главное, этот Илья Петрович! Он тогда воспользовался твоим обмороком в конторе, да и самому потом стыдно стало; я ведь знаю...

Раскольников жадно слушал. Разумихин спьяну пробалтывался.

-- Я в обморок оттого тогда упал, что было душно и краской масляною пахло, -- сказал Раскольников.

-- Еще объясняет! Да и не одна краска: воспаление весь месяц приготовлялось; Зосимов-то налицо! А только как этот мальчишка теперь убит, так ты себе представить не можешь! "Мизинца, говорит, этого человека не стою!" Твоего, то есть. У него, иногда, брат, добрые чувства. Но урок, урок ему сегодняшний в "Хрустальном дворце", это верх совершенства! Ведь ты его испугал сначала, до судорог довел! Ты ведь почти заставил его опять убедиться во всей этой безобразной бессмыслице и потом, вдруг, -- язык ему выставил: "На, дескать, что, взял!"

Совершенство! Раздавлен, уничтожен теперь! Мастер ты, ей-богу, так их и надо. Эх, не было меня там! Ждал он тебя теперь ужасно. Порфирий тоже желает с тобой познакомиться...

-- А... уж и этот... А в сумасшедшие-то меня почему записали?

-- То есть не в сумасшедшие. Я, брат, кажется, слишком тебе разболтался... Поразило, видишь ли, его давеча то, что тебя один только этот пункт интересует; теперь ясно, почему интересует; зная все обстоятельства... и как это тебя раздражило тогда и вместе с болезнью сплелось... Я, брат, пьян немного, только, черт его знает, у него какая-то есть своя идея... Я тебе говорю: на душевных болезнях помешался. А только ты плюнь...

С полминуты оба помолчали.

-- Слушай, Разумихин, -- заговорил Раскольников, -- я тебе хочу сказать прямо: я сейчас у мертвого был, один чиновник умер... я там все мои деньги отдал... и, кроме того, меня целовало сейчас одно существо, которое, если б я и убил кого-нибудь, тоже бы... одним словом, я там видел еще другое одно существо... с огненным пером... а впрочем, я завираюсь; я очень слаб, поддержи меня... сейчас ведь и лестница...

-- Что с тобой? Что с тобой? -- спрашивал встревоженный Разумихин.

-- Голова немного кружится, только не в том дело, а в том, что мне так грустно, так грустно! точно женщине... право! Смотри, это что? Смотри! смотри!

-- Что такое?

-- Разве не видишь? Свет в моей комнате, видишь? В щель...

Они уже стояли перед последнею лестницей, рядом с хозяйкиною дверью, и действительно заметно было снизу, что в каморке Раскольникова свет.

-- Странно! Настасья, может быть, -- заметил Разумихин.

-- Никогда ее в это время у меня не бывает, да и спит она давно, но... мне всё равно! Прощай!

-- Что ты? Да я провожу тебя, вместе войдем!

-- Знаю, что вместе войдем, но мне хочется здесь пожать тебе руку и здесь с тобой проститься. Ну, давай руку, прощай!

-- Что с тобой, Родя?

-- Ничего; пойдем; ты будешь свидетелем...

Они стали взбираться на лестницу, и у Разумихина мелькнула мысль, что Зосимов-то, может быть, прав. "Эх! Расстроил я его моей болтовней!" -- пробормотал он про себя. Вдруг, подходя к двери, они услышали в комнате голоса.

-- Да что тут такое? -- вскричал Разумихин.

Раскольников первый взялся за дверь и отворил ее настежь, отворил и стал на пороге как вкопанный.

Мать и сестра его сидели у него на диване и ждали уже полтора часа. Почему же он всего менее их ожидал и всего менее о них думал, несмотря на повторившееся даже сегодня известие, что они выезжают, едут, сейчас прибудут? Все эти полтора часа они наперебив расспрашивали Настасью, стоявшую и теперь перед ними и уже успевшую рассказать им всю подноготную. Они себя не помнили от испуга, когда услышали, что он "сегодня сбежал", больной и, как видно из рассказа, непременно в бреду! "Боже, что с ним!" Обе плакали, обе вынесли крестную муку в эти полтора часа ожидания.

Радостный, восторженный крик встретил появление Раскольникова. Обе бросились к нему. Но он стоял как мертвый; невыносимое внезапное сознание ударило в него как громом. Да и руки его не поднимались обнять их: не могли. Мать и сестра сжимали его в объятиях, целовали его, смеялись, плакали... Он ступил шаг, покачнулся и рухнулся на пол в обмороке.

Тревога, крики ужаса, стоны... Разумихин, стоявший на пороге, влетел в комнату, схватил больного в свои мощные руки, и тот мигом очутился на диване.

-- Ничего, ничего! -- кричал он матери и сестре, -- это обморок, это дрянь! Сейчас только доктор сказал, что ему гораздо лучше, что он совершенно здоров! Воды! Ну, вот уж он и приходит в себя, ну, вот и очнулся!..

И схватив за руку Дунечку так, что чуть не вывернул ей руки, он пригнул ее посмотреть на то, что "вот уж он и очнулся". И мать и сестра смотрели на Разумихина как на провидение, с умилением и благодарностью; они уже слышали от Настасьи, чем был для их Роди, во всё время болезни, этот "расторопный молодой человек", как назвала его, в тот же вечер, в интимном разговоре с Дуней, сама Пульхерия Александровна Раскольникова.

ЧАСТЬ ТРЕТЬЯ

I

Раскольников приподнялся и сел на диване.

Он слабо махнул Разумихину, чтобы прекратить целый поток его бессвязных и горячих утешений, обращенных к матери и сестре, взял их обеих за руки и минуты две молча всматривался то в ту, то в другую. Мать испугалась его взгляда. В этом взгляде просвечивалось сильное до страдания чувство, но в то же время было что-то неподвижное, даже как будто безумное. Пульхерия Александровна заплакала.

Авдотья Романовна была бледна; рука ее дрожала в руке брата.

-- Ступайте домой... с ним, -- проговорил он прерывистым голосом, указывая на Разумихина, -- до завтра; завтра всё... Давно вы приехали?

-- Вечером, Родя, -- отвечала Пульхерия Александровна, -- поезд ужасно опоздал. Но, Родя, я ни за что не уйду теперь от тебя! Я ночую здесь подле...

-- Не мучьте меня! -- проговорил он, раздражительно махнув рукой.

-- Я останусь при нем! -- вскричал Разумихин, -- ни на минуту его не покину, и к черту там всех моих, пусть на стены лезут! Там у меня дядя президентом.

-- Чем, чем я возблагодарю вас! -- начала было Пульхерия Александровна, снова сжимая руки Разумихина, но Раскольников опять прервал ее:

-- Я не могу, не могу, -- раздражительно повторял он, -- не мучьте! Довольно, уйдите... Не могу!..

-- Пойдемте, маменька, хоть из комнаты выйдем на минуту, -- шепнула испуганная Дуня, -- мы его убиваем, это видно.

-- Да неужели ж я и не погляжу на него, после трех-то лет! -- заплакала Пульхерия Александровна.

-- Постойте! -- остановил он их снова, -- вы всё перебиваете, а у меня мысли мешаются... Видели Лужина?

-- Нет, Родя, но он уже знает о нашем приезде. Мы слышали, Родя, что Петр Петрович был так добр, навестил тебя сегодня, -- с некоторою робостию прибавила Пульхерия Александровна.

-- Да... был так добр... Дуня, я давеча Лужину сказал, что его с лестницы спущу, и прогнал его к черту...

-- Родя, что ты! Ты, верно... ты не хочешь сказать, -- начала было в испуге Пульхерия Александровна, но остановилась, смотря на Дуню.

Авдотья Романовна пристально вглядывалась в брата и ждала дальше. Обе уже были предуведомлены о ссоре Настасьей, насколько та могла понять и передать, и исстрадались в недоумении и ожидании.

-- Дуня, -- с усилием продолжал Раскольников, -- я этого брака не желаю, а потому ты и должна, завтра же, при первом слове, Лужину отказать, чтоб и духу его не пахло.

-- Боже мой! -- вскричала Пульхерия Александровна.

-- Брат, подумай, что ты говоришь! -- вспыльчиво начала было Авдотья Романовна, но тотчас же удержалась. -- Ты, может быть, теперь не в состоянии, ты устал, -- кротко сказала она.

-- В бреду? Нет... Ты выходишь за Лужина для меня. А я жертвы не принимаю. И потому, к завтраму, напиши письмо... с отказом... Утром дай мне прочесть, и конец!

-- Я этого не могу сделать! -- вскричала обиженная девушка. -- По какому праву...

-- Дунечка, ты тоже вспыльчива, перестань, завтра... Разве ты не видишь... -- перепугалась мать, бросаясь к Дуне. -- Ах, уйдемте уж лучше!

-- Бредит! -- закричал хмельной Разумихин, -- а то как бы он смел! Завтра вся эта дурь выскочит... А сегодня он действительно его выгнал. Это так и было. Ну, а тот рассердился... Ораторствовал здесь, знания свои выставлял, да и ушел, хвост поджав...

-- Так это правда? -- вскричала Пульхерия Александровна.

-- До завтра, брат, -- с состраданием сказала Дуня, -- пойдемте, маменька... Прощай, Родя!

-- Слышишь, сестра, -- повторил он вслед, собрав последние усилия, -- я не в бреду; этот брак -- подлость. Пусть я подлец, а ты не должна... один кто-нибудь... а я хоть и подлец, но такую сестру сестрой считать не буду. Или я, или Лужин! Ступайте...

-- Да ты с ума сошел! Деспот! -- заревел Разумихин, но Раскольников уже не отвечал, а может быть, и не в силах был отвечать. Он лег на диван и отвернулся к стене в полном изнеможении. Авдотья Романовна любопытно поглядела на Разумихина; черные глаза ее сверкнули: Разумихин даже вздрогнул под этим взглядом. Пульхерия Александровна стояла как пораженная.

-- Я ни за что не могу уйти! -- шептала она Разумихину, чуть не в отчаянии, -- я останусь здесь, где-нибудь... проводите Дуню.

-- И всё дело испортите! -- тоже прошептал, из себя выходя, Разумихин,

-- выйдемте хоть на лестницу. Настасья, свети! Клянусь вам, -- продолжал он полушепотом, уж на лестнице, -- что давеча нас, меня и доктора, чуть не прибил! Понимаете вы это? Самого доктора! И тот уступил, чтобы не раздражать, и ушел, а я внизу остался стеречь, а он тут оделся и улизнул. И теперь улизнет, коли раздражать будете, ночью-то, да что-нибудь и сделает над собой...

-- Ах, что вы говорите!

-- Да и Авдотье Романовне невозможно в нумерах без вас одной! Подумайте, где вы стоите! Ведь этот подлец, Петр Петрович, не мог разве лучше вам квартиру... А впрочем, знаете, я немного пьян и потому... обругал; не обращайте...

-- Но я пойду к здешней хозяйке, -- настаивала Пульхерия Александровна, -- я умолю ее, чтоб она дала мне и Дуне угол на эту ночь. Я не могу оставить его так, не могу!

Говоря это, они стояли на лестнице, на площадке, перед самою хозяйкиною дверью. Настасья светила им с нижней ступеньки. Разумихин был в необыкновенном возбуждении. Еще полчаса тому, провожая домой Раскольникова, он был хоть и излишне болтлив, что и сознавал, но совершенно бодр и почти свеж, несмотря на ужасное количество выпитого в этот вечер вина. Теперь же состояние его походило на какой-то даже восторг, и в то же время как будто всё выпитое вино вновь, разом и с удвоенною силой, бросилось ему в голову. Он стоял с обеими дамами, схватив их обеих за руки, уговаривая их и представляя им резоны с изумительною откровенностью, и, вероятно для большего убеждения, почти при каждом слове своем, крепко-накрепко, как в тисках, сжимал им обеим руки до боли и, казалось, пожирал глазами Авдотью Романовну, нисколько этим не стесняясь. От боли они иногда вырывали свои руки из его огромной и костлявой ручищи, но он не только не замечал, в чем дело, но еще крепче притягивал их к себе. Если б они велели ему сейчас, для своей услуги, броситься с лестницы вниз головой, то он тотчас же бы это исполнил, не рассуждая и не сомневаясь. Пульхерия Александровна, вся встревоженная мыслию о своем Роде, хоть и чувствовала, что молодой человек очень уж эксцентричен и слишком уж больно жмет ей руку, но так как в то же время он был для нее провидением, то и не хотела замечать всех этих эксцентрических подробностей. Но, несмотря на ту же тревогу, Авдотья Романовна хоть и не пугливого была характера, но с изумлением и почти даже с испугом встречала сверкающие диким огнем взгляды друга своего брата, и только беспредельная доверенность, внушенная рассказами Настасьи об этом странном человеке, удержала ее от покушения убежать от него и утащить за собою свою мать. Она понимала тоже, что, пожалуй, им и убежать-то от него теперь уж нельзя. Впрочем, минут через десять она значительно успокоилась: Разумихин имел свойство мигом весь высказываться, в каком бы он ни был настроении, так что все очень скоро узнавали, с кем имеют дело.

-- Невозможно к хозяйке, и вздор ужаснейший! -- вскричал он, убеждая Пульхерию Александровну. -- Хоть вы и мать, а если останетесь, то доведете его до бешенства, и тогда черт знает что будет! Слушайте, вот что я сделаю: теперь у него Настасья посидит, а я вас обеих отведу к вам, потому что вам одним нельзя по улицам; у нас в Петербурге на этот счет... Ну, наплевать!.. Потом от вас тотчас же бегу сюда и через четверть часа, мое честнейшее слово, принесу вам донесение: каков он? спит или нет? и всё прочее. Потом, слушайте! Потом от вас мигом к себе, -- там у меня гости, все пьяные, -- беру Зосимова -- это доктор, который его лечит, он теперь у меня сидит, не пьян; этот не пьян, этот никогда не пьян! Тащу его к Родьке и потом тотчас к вам, значит, в час вы получите о нем два известия -- и от доктора, понимаете, от самого доктора; это уж не то что от меня! Коль худо, клянусь, я вас сам сюда приведу, а хорошо, так и ложитесь спать. А я всю ночь здесь ночую, в сенях, он и не услышит, а Зосимову велю ночевать у хозяйки, чтобы был под рукой. Ну что для него теперь лучше, вы или доктор? Ведь доктор полезнее, полезнее. Ну, так и идите домой! А к хозяйке невозможно; мне возможно, а вам невозможно: не пустит, потому... потому что она дура. Она меня приревнует к Авдотье Романовне, хотите знать, да и к вам тоже... А уж к Авдотье Романовне непременно.

Это совершенно, совершенно неожиданный характер! Впрочем, я тоже дурак... Наплевать! Пойдемте! Верите вы мне? Ну, верите вы мне или нет?

-- Пойдемте, маменька, -- сказала Авдотья Романовна, -- он верно так сделает, как обещает. Он воскресил уже брата, а если правда, что доктор согласится здесь ночевать, так чего же лучше?

-- Вот вы... вы... меня понимаете, потому что вы -- ангел! -- в восторге вскричал Разумихин. -- Идем! Настасья! Мигом наверх и сиди там при нем, с огнем; я через четверть часа приду...

Пульхерия Александровна хоть и не убедилась совершенно, но и не сопротивлялась более. Разумихин принял их обеих под руки и потащил с лестницы. Впрочем, он ее беспокоил: "хоть и расторопный, и добрый, да в состоянии ли исполнить, что обещает? В таком ведь он виде!.."

-- А, понимаю, вы думаете, что я в таком виде! -- перебил ее мысли Разумихин, угадав их и шагая своими огромнейшими шажищами по тротуару, так что обе дамы едва могли за ним следовать, чего, впрочем, он не замечал. -- Вздор! то есть... я пьян, как олух, но не в том дело; я пьян не от вина. А это, как я вас увидал, мне в голову и ударило... Да наплевать на меня! Не обращайте внимания: я вру; я вас недостоин... Я вас в высшей степени недостоин!.. А как отведу вас, мигом, здесь же в канаве, вылью себе на голову два ушата воды, и готов... Если бы вы только знали, как я вас обеих люблю!.. Не смейтесь и не сердитесь!.. На всех сердитесь, а на меня не сердитесь! Я его друг, а стало быть, и ваш друг. Я так хочу... Я это предчувствовал... прошлого года, одно мгновение такое было... Впрочем, вовсе не предчувствовал, потому что вы как с неба упали. А я, пожалуй, и всю ночь не буду спать... Этот Зосимов давеча боялся, чтоб он не сошел с ума... Вот отчего его раздражать не надо...

-- Что вы говорите! -- вскричала мать.

-- Неужели сам доктор так говорил? -- спросила Авдотья Романовна, испугавшись.

-- Говорил, но это не то, совсем не то. Он и лекарство такое дал, порошок, я видел, а вы тут приехали... Эх!.. Вам бы завтра лучше приехать! Это хорошо, что мы ушли. А через час вам обо всем сам Зосимов отрапортует. Вот тот так не пьян! И я буду не пьян... А отчего я так нахлестался? А оттого, что в спор ввели, проклятые! Заклятье ведь дал не спорить!.. Такую чушь городят!

Чуть не подрался! Я там дядю оставил, председателем... Ну, верите ли: полной безличности требуют и в этом самый смак находят! Как бы только самим собой не быть, как бы всего менее на себя походить! Это-то у них самым высочайшим прогрессом и считается. И хоть бы врали-то они по-своему, а то...

-- Послушайте, -- робко перебила Пульхерия Александровна, но это только поддало жару.

-- Да вы что думаете? -- кричал Разумихин, еще более возвышая голос, -- вы думаете, я за то, что они врут? Вздор! Я люблю, когда врут! Вранье есть единственная человеческая привилегия перед всеми организмами. Соврешь -- до правды дойдешь! Потому я и человек, что вру. Ни до одной правды не добирались, не соврав наперед раз четырнадцать, а может, и сто четырнадцать, а это почетно в своем роде; ну, а мы и соврать-то своим умом не умеем! Ты мне ври, да ври по-своему, и я тебя тогда поцелую. Соврать по-своему -- ведь это почти лучше, чем правда по одному по-чужому; в первом случае ты человек, а во втором ты только что птица! Правда не уйдет, а жизнь-то заколотить можно; примеры были. Ну, что мы теперь? Все-то мы, все без исключения, по части науки, развития, мышления, изобретений, идеалов, желаний, либерализма, рассудка, опыта и всего, всего, всего, всего, всего еще в первом предуготовительном классе гимназии сидим! Понравилось чужим умом пробавляться-- въелись! Так ли? Так ли я говорю? -- кричал Разумихин, потрясая и сжимая руки обеих дам, -- так ли?

-- О боже мой, я не знаю, -- проговорила бедная Пульхерия Александровна.

-- Так, так... хоть я и не во всем с вами согласна, -- серьезно прибавила Авдотья Романовна и тут же вскрикнула, до того больно на этот раз стиснул он ей руку.

-- Так? Вы говорите, так? Ну так после этого вы... вы... -- закричал он в восторге, -- вы источник доброты, чистоты, разума и... совершенства! Дайте вашу руку, дайте... вы тоже дайте вашу, я хочу поцеловать ваши руки здесь, сейчас, на коленах!

И он стал на колени середи тротуара, к счастью, на этот раз пустынного.

-- Перестаньте, прошу вас, что вы делаете? -- вскричала встревоженная до крайности Пульхерия Александровна.

-- Встаньте, встаньте! -- смеялась и тревожилась тоже Дуня.

-- Ни за что, прежде чем не дадите рук! Вот так, и довольно, и встал, и пойдемте! Я несчастный олух, я вас недостоин, и пьян, и стыжусь... Любить я вас недостоин, но преклоняться пред вами -- это обязанность каждого, если только он не совершенный скот! Я и преклонился... Вот и ваши нумера, и уж тем одним прав Родион, что давеча вашего Петра Петровича выгнал! Как он смел вас в такие нумера поместить? Это скандал! Знаете ли, кого сюда пускают? А ведь вы невеста! Вы невеста, да? Ну так я вам скажу, что ваш жених подлец после этого!

-- Послушайте, господин Разумихин, вы забылись... -- начала было Пульхерия Александровна.

-- Да, да, вы правы, я забылся, стыжусь! -- спохватился Разумихин, -- но... но... вы не можете на меня сердиться за то, что я так говорю! Потому я искренно говорю, а не оттого, что... гм! это было бы подло; одним словом, не оттого, что я в вас... гм!.. ну, так и быть, не надо, не скажу отчего, не смею!.. А мы все давеча поняли, как он вошел, что этот человек не нашего общества. Не потому что он вошел завитой у парикмахера, не потому что он свой ум спешил выставлять, а потому что он соглядатай и спекулянт; потому что он жид и фигляр, и это видно. Вы думаете, он умен? Нет, он дурак, дурак! Ну, пара ли он вам? О боже мой! Видите, барыни, -- остановился он вдруг, уже поднимаясь на лестницу в нумера, -- хоть они у меня там все пьяные, но зато все честные, и хоть мы и врем, потому ведь и я тоже вру, да доврёмся же наконец и до правды, потому что на благородной дороге стоим, а Петр Петрович... не на благородной дороге стоит. Я хотя их сейчас и ругал ругательски, но я ведь их всех уважаю; даже Заметова хоть не уважаю, так люблю, потому -- щенок! Даже этого скота Зосимова, потому -- честен и дело знает... Но довольно, всё сказано и прощено. Прощено? Так ли? Ну, пойдемте. Знаю я этот коридор, бывал; вот тут, в третьем нумере, был скандал... Ну, где вы здесь? Который нумер? Восьмой? Ну, так на ночь запритесь, никого не пускайте. Через четверть часа ворочусь с известием, а потом еще через полчаса с Зосимовым, увидите! Прощайте, бегу!

-- Боже мой, Дунечка, что это будет? -- сказала Пульхерия Александровна, тревожно и пугливо обращаясь к дочери.

-- Успокойтесь, маменька, -- отвечала Дуня, снимая с себя шляпку и мантильку, -- нам сам бог послал этого господина, хоть он и прямо с какой-то попойки. На него можно положиться, уверяю вас. И всё, что он уже сделал для брата...

-- Ах, Дунечка, бог его знает, придет ли! И как я могла решиться оставить Родю!.. И совсем, совсем не так воображала его найти! Как он был суров, точно он нам не рад...

Слезы показались на глазах ее.

-- Нет, это не так, маменька. Вы не вгляделись, вы всё плакали. Он очень расстроен от большой болезни -- вот всему и причина.

-- Ах, эта болезнь! Что-то будет, что-то будет! И как он говорил с тобою, Дуня! -- сказала мать, робко заглядывая в глаза дочери, чтобы прочитать всю ее мысль, и уже вполовину утешенная тем, что Дуня же и защищает Родю, а стало быть, простила его. -- Я уверена, что он завтра одумается, -- прибавила она, выпытывая до конца.

-- А я так уверена, что он и завтра будет то же говорить... об этом, -- отрезала Авдотья Романовна, и, уж конечно, это была загвоздка, потому что тут был пункт, о котором Пульхерия Александровна слишком боялась теперь заговаривать. Дуня подошла и поцеловала мать. Та крепко молча обняла ее. Затем села в тревожном ожидании возвращения Разумихина и робко стала следить за дочерью, которая, скрестив руки, и тоже в ожидании, стала ходить взад и вперед по комнате, раздумывая про себя. Такая ходьба из угла в угол, в раздумье, была обыкновенною привычкой Авдотьи Романовны, и мать всегда как-то боялась нарушать в такое время ее задумчивость.

Разумихин, разумеется, был смешон с своею внезапною, спьяну загоревшеюся страстью к Авдотье Романовне; но, посмотрев на Авдотью Романовну, особенно теперь, когда она ходила, скрестив руки, по комнате, грустная и задумчивая, может быть, многие извинили бы его, не говоря уже об эксцентрическом его состоянии. Авдотья Романовна была замечательно хороша собою -- высокая, удивительно стройная, сильная, самоуверенная, что высказывалось во всяком жесте ее и что, впрочем, нисколько не отнимало у ее движений мягкости и грациозности. Лицом она была похожа на брата, но ее даже можно было назвать красавицей. Волосы у нее были темно-русые, немного светлей, чем у брата; глаза почти черные, сверкающие, гордые и в то же время иногда, минутами, необыкновенно добрые. Она была бледна, но не болезненно бледна; лицо ее сияло свежестью и здоровьем. Рот у ней был немного мал, нижняя же губка, свежая и алая, чуть-чуть выдавалась вперед, вместе с подбородком, -- единственная неправильность в этом прекрасном лице, но придававшая ему особенную характерность и, между прочим, как будто надменность.

Выражение лица ее всегда было более серьезное, чем веселое, вдумчивое; зато как же шла улыбка к этому лицу, как же шел к ней смех, веселый, молодой, беззаветный! Понятно, что горячий, откровенный, простоватый, честный, сильный, как богатырь, и пьяный Разумихин, никогда не видавший ничего подобного, с первого взгляда потерял голову. К тому же случай, как нарочно, в первый раз показал ему Дуню в прекрасный момент любви и радости свидания с братом. Он видел потом, как дрогнула у ней в негодовании нижняя губка в ответ на дерзкие и неблагодарно-жестокие приказания брата, -- и не мог устоять.

Он, впрочем, правду сказал, когда проврался давеча спьяну на лестнице, что эксцентрическая хозяйка Раскольникова, Прасковья Павловна, приревнует его не только к Авдотье Романовне, но, пожалуй, и к самой Пульхерии Александровне. Несмотря на то что Пульхерии Александровне было уже сорок три года, лицо ее все еще сохраняло в себе остатки прежней красоты, и к тому же она казалась гораздо моложе своих лет, что бывает почти всегда с женщинами, сохранившими ясность духа, свежесть впечатлений и честный, чистый жар сердца до старости. Скажем в скобках, что сохранить всё это есть единственное средство не потерять красоты своей даже в старости. Волосы ее уже начинали седеть и редеть, маленькие лучистые морщинки уже давно появились около глаз, щеки впали и высохли от заботы и горя, и все-таки это лицо было прекрасно. Это был портрет Дунечкинова лица, только двадцать лет спустя, да кроме еще выражения нижней губки, которая у ней не выдавалась вперед. Пульхерия Александровна была чувствительна, впрочем не до приторности, робка и уступчива, но до известной черты: она многое могла уступить, на многое могла согласиться, даже из того, что противоречило ее убеждению, но всегда была такая черта честности, правил и крайних убеждений, за которую никакие обстоятельства не могли заставить ее переступить.

Ровно через двадцать минут по уходе Разумихина раздались два негромкие, но поспешные удара в дверь; он воротился.

-- Не войду, некогда! --заторопился он, когда отворили дверь, -- спит во всю ивановскую, отлично, спокойно, и дай бог, чтобы часов десять проспал. У него Настасья; велел не выходить до меня. Теперь притащу Зосимова, он вам отрапортует, а затем и вы на боковую; изморились, я вижу, донельзя.

И он пустился от них по коридору.

-- Какой расторопный и... преданный молодой человек! -- воскликнула чрезвычайно обрадованная Пульхерия Александровна.

-- Кажется, славная личность! -- с некоторым жаром ответила Авдотья Романовна, начиная опять ходить взад и вперед по комнате.

Почти через час раздались шаги в коридоре и другой стук в дверь. Обе женщины ждали, на этот раз вполне веруя обещанию Разумихина;

и действительно, он успел притащить Зосимова. Зосимов тотчас же согласился бросить пир и идти посмотреть на Раскольникова, но к дамам пошел нехотя и с большою недоверчивостью, не доверяя пьяному Разумихину. Но самолюбие его было тотчас же успокоено и даже польщено: он понял, что его действительно ждали, как оракула. Он просидел ровно десять минут и совершенно успел убедить и успокоить Пульхерию Александровну. Говорил он с необыкновенным участием, но сдержанно и как-то усиленно серьезно, совершенно как двадцатисемилетний доктор на важной консультации, и ни единым словом не уклонился от предмета и не обнаружил ни малейшего желания войти в более личные и частные отношения с обеими дамами. Заметив еще при входе, как ослепительно хороша собою Авдотья Романовна, он тотчас же постарался даже не примечать ее вовсе, во всё время визита, и обращался единственно к Пульхерии Александровне. Всё это доставляло ему чрезвычайное внутреннее удовлетворение. Собственно о больном он выразился, что находит его в настоящую минуту в весьма удовлетворительном состоянии.

По наблюдениям же его, болезнь пациента, кроме дурной материальной обстановки последних месяцев жизни, имеет еще некоторые нравственные причины, "есть, так сказать, продукт многих сложных нравственных и материальных влияний, тревог, опасений, забот, некоторых идей... и прочего". Заметив вскользь, что Авдотья Романовна стала особенно внимательно вслушиваться, Зосимов несколько более распространился на эту тему. На тревожный же и робкий вопрос Пульхерии Александровны насчет "будто бы некоторых подозрений в помешательстве" он отвечал с спокойною и откровенною усмешкой, что слова его слишком преувеличены; что, конечно, в больном заметна какая-то неподвижная мысль, что-то обличающее мономанию, -- так как он, Зосимов, особенно следит теперь за этим чрезвычайно интересным отделом медицины, -- но ведь надо же вспомнить, что почти вплоть до сегодня больной был в бреду, и... и, конечно, приезд родных его укрепит, рассеет и подействует спасительно, "если только можно будет избегнуть новых особенных потрясений", -- прибавил он значительно. Затем встал, солидно и радушно откланялся, сопровождаемый благословениями, горячею благодарностию, мольбами и даже протянувшеюся к нему для пожатия, без его искания, ручкой Авдотьи Романовны, и вышел чрезвычайно довольный своим посещением и еще более самим собою.

-- А говорить будем завтра; ложитесь, сейчас, непременно! -- скрепил Разумихин, уходя с Зосимовым. -- Завтра, как можно раньше, я у вас с рапортом.

-- Однако, какая восхитительная девочка эта Авдотья Романовна! -- заметил Зосимов, чуть не облизываясь, когда оба вышли на улицу.

-- Восхитительная? Ты сказал восхитительная! -- заревел Разумихин и вдруг бросился на Зосимова и схватил его за горло. -- Если ты когда-нибудь осмелишься... Понимаешь? Понимаешь? -- кричал он, потрясая его за воротник и прижав к стене, -- слышал?

-- Да пусти, пьяный черт! -- отбивался Зосимов и потом, когда уже тот его выпустил, посмотрел на него пристально и вдруг покатился со смеху. Разумихин стоял перед ним, опустив руки, в мрачном и серьезном раздумье.

-- Разумеется, я осел, -- проговорил он, мрачный как туча, -- но ведь... и ты тоже.

-- Ну нет, брат, совсем не тоже. Я о глупостях не мечтаю.

Они пошли молча, и, только подходя к квартире Раскольникова, Разумихин, сильно озабоченный, прервал молчание.

-- Слушай, -- сказал он Зосимову, -- ты малый славный, но ты, кроме всех твоих скверных качеств, еще и потаскун, это я знаю, да еще из грязных. Ты нервная, слабая дрянь, ты блажной, ты зажирел и ни в чем себе отказать не можешь, -- а это уж я называю грязью, потому что прямо доводит до грязи. Ты до того себя разнежил, что, признаюсь, я всего менее понимаю, как ты можешь быть при всем этом хорошим и даже самоотверженным лекарем. На перине спит (доктор-то!), а по ночам встает для больного! Года через три ты уж не будешь вставать для больного... Ну да, черт, не в том дело, а вот в чем: ты сегодня в хозяйкиной квартире ночуешь (насилу уговорил ее!), а я в кухне: вот вам случай познакомиться покороче! Не то, что ты думаешь! Тут, брат, и тени этого нет...

-- Да я вовсе и не думаю.

-- Тут, брат, стыдливость, молчаливость, застенчивость, целомудрие ожесточенное, и при всем этом -- вздохи, и тает как воск, так и тает! Избавь ты меня от нее, ради всех чертей в мире! Преавенантненькая!.. Заслужу, головой заслужу!

Зосимов захохотал пуще прежнего.

-- Ишь тебя разобрало! Да зачем мне ее?

-- Уверяю, заботы немного, только говори бурду какую хочешь, только подле сядь и говори. К тому же ты доктор, начни лечить от чего-нибудь. Клянусь, не раскаешься. У ней клавикорды стоят; я ведь, ты знаешь, бренчу маленько; у меня там одна песенка есть, русская, настоящая: "Зальюсь слезьми горючими..." Она настоящие любит, -- ну, с песенки и началось; а ведь ты на фортепианах-то виртуоз, метр, Рубинштейн... Уверяю, не раскаешься!

-- Да что ты ей обещаний каких надавал, что ли? Подписку по форме? Жениться обещал, может быть...

-- Ничего, ничего, ровно ничего этого нет! Да она и не такая совсем; к ней было Чебаров...

-- Ну, так брось ее!

-- Да нельзя так бросить!

-- Да почему же нельзя?

196

-- Ну да, как-то так нельзя, да и только! Тут, брат, втягивающее начало есть.

-- Так зачем же ты ее завлекал?

-- Да я вовсе не завлекал, я, может, даже сам завлечен, по глупости моей, а ей решительно всё равно будет, ты или я, только бы подле кто-нибудь сидел и вздыхал. Тут, брат... Не могу я это тебе выразить, тут, -- ну вот ты математику знаешь хорошо, и теперь еще занимаешься, я знаю... ну, начни проходить ей интегральное исчисление, ей-богу не шучу, серьезно говорю, ей решительно всё равно будет: она будет на тебя смотреть и вздыхать, и так целый год сряду. Я ей, между прочим, очень долго, дня два сряду, про прусскую палату господ говорил (потому что о чем же с ней говорить?), -- только вздыхала да прела! О любви только не заговаривай, -- застенчива до судорог, -- но и вид показывай, что отойти не можешь, -- ну, и довольно. Комфортно ужасно; совершенно как дома, -- читай, сиди, лежи, пиши... Поцеловать даже можно, с осторожностью...

-- Да на что мне она?

-- Эх, не могу я тебе разъяснить никак! Видишь: вы оба совершенно друг к другу подходите! Я и прежде о тебе думал... Ведь ты кончишь же этим! Так не всё ли тебе равно -- раньше иль позже? Тут, брат, этакое перинное начало лежит, -- эх! да и не одно перинное! Тут втягивает; тут конец свету, якорь, тихое пристанище, пуп земли, трехрыбное основание мира, эссенция блинов, жирных кулебяк, вечернего самовара, тихих воздыханий и теплых кацавеек, натопленных лежанок, -- ну, вот точно ты умер, а в то же время и жив, обе выгоды разом! Ну, брат, черт, заврался, пора спать! Слушай: я ночью иногда просыпаюсь, ну, и схожу к нему посмотреть. Только ничего, вздор, всё хорошо. Не тревожься и ты особенно, а если хочешь, сходи тоже разик. Но чуть что приметишь, бред например, али жар, али что, тотчас же разбуди меня. Впрочем, быть не может...

II

Озабоченный и серьезный проснулся Разумихин на другой день в восьмом часу. Много новых и непредвиденных недоумений очутилось вдруг у него в это утро. Он и не воображал прежде, что когда-нибудь так проснется.

Он помнил до последних подробностей всё вчерашнее и понимал, что с ним совершилось что-то необыденное, что он принял в себя одно, доселе совсем неизвестное ему впечатление и непохожее на все прежние. В то же время он ясно сознавал, что мечта, загоревшаяся в голове его, в высшей степени неосуществима, -- до того неосуществима, что ему даже стало стыдно ее, и он поскорей перешел к другим, более насущным заботам и недоумениям, оставшимся ему в наследство после "растреклятого вчерашнего дня".

Самым ужаснейшим воспоминанием его было то, как он оказался вчера "низок и гадок", не по тому одному, что был пьян, а потому, что ругал перед девушкой, пользуясь ее положением, из глупо-поспешной ревности, ее жениха, не зная не только их взаимных между собой отношений и обязательств, но даже и человека-то не зная порядочно. Да и какое право имел он судить о нем так поспешно и опрометчиво? И кто звал его в судьи! И разве может такое существо, как Авдотья Романовна, отдаваться недостойному человеку за деньги? Стало быть, есть же и в нем достоинства. Нумера? Да почему же он в самом деле мог узнать, что это такие нумера? Ведь готовит же он квартиру... фу, как это всё низко! И что за оправдание, что он был пьян? Глупая отговорка, еще более его унижающая! В вине -- правда, и правда-то вот вся и высказалась, "то есть вся-то грязь его завистливого, грубого сердца высказалась"! И разве позволительна хоть сколько-нибудь такая мечта ему, Разумихину? Кто он сравнительно с такою девушкой, -- он, пьяный буян и вчерашний хвастун? "Разве возможно такое циническое и смешное сопоставление?" Разумихин отчаянно покраснел при этой мысли, и вдруг, как нарочно, в это же самое мгновение, ясно припомнилось ему, как он говорил им вчера, стоя на лестнице, что хозяйка приревнует его к Авдотье Романовне... это уж было невыносимо. Со всего размаху ударил он кулаком по кухонной печке, повредил себе руку и вышиб один кирпич.

"Конечно, -- пробормотал он про себя через минуту, с каким-то чувством самоунижения, -- конечно, всех этих пакостей не закрасить и не загладить теперь никогда... а стало быть, и думать об этом нечего, а потому явиться молча, и... исполнить свои обязанности... тоже молча, и... и не просить извинения, и ничего не говорить, и... и, уж конечно, теперь всё погибло!"

И однако ж, одеваясь, он осмотрел свой костюм тщательнее обыкновенного. Другого платья у него не было, а если б и было, он, быть может, и не надел бы его, -- "так, нарочно бы не надел". Но во всяком случае циником и грязною неряхой нельзя оставаться: он не имеет права оскорблять чувства других, тем более что те, другие, сами в нем нуждаются и сами зовут к себе. Платье свое он тщательно отчистил щеткой. Белье же было на нем всегда сносное; на этот счет он был особенно чистоплотен.

Вымылся он в это утро рачительно, -- у Настасьи нашлось мыло, -- вымыл волосы, шею и особенно руки. Когда же дошло до вопроса: брить ли свою щетину иль нет (у Прасковьи Павловны имелись отличные бритвы, сохранившиеся еще после покойного господина Зарницына), то вопрос с ожесточением даже был решен отрицательно: "Пусть так и остается! Ну, как подумают, что я выбрился для... да непременно же подумают! Да ни за что же на свете!

И... и главное, он такой грубый, грязный, обращение у него трактирное; и... и, положим, он знает, что и он, ну хоть немного, да порядочный же человек... ну, так чем же тут гордиться, что порядочный человек? Всякий должен быть порядочный человек, да еще почище, и... и все-таки (он помнит это) были и за ним такие делишки... не то чтоб уж бесчестные, ну да однако ж!.. А какие помышления-то бывали! гм... и это всё поставить рядом с Авдотьей Романовной! Ну да, черт! А пусть! Ну и нарочно буду такой грязный, сальный, трактирный, и наплевать! Еще больше буду!.."

На таких монологах застал его Зосимов, ночевавший в зале у Прасковьи Павловны.

Он шел домой и, уходя, спешил заглянуть на больного. Разумихин донес ему, что тот спит, как сурок. Зосимов распорядился не будить, пока проснется. Сам же обещал зайти часу в одиннадцатом.

-- Если только он будет дома, -- прибавил он. -- Фу, черт! В своем больном не властен, лечи поди! Не знаешь, он к тем пойдет, али те сюда придут?

-- Те, я думаю, -- отвечал Разумихин, поняв цель вопроса, -- и будут, конечно, про свои семейные дела говорить. Я уйду. Ты, как доктор, разумеется, больше меня прав имеешь.

-- Не духовник же и я; приду и уйду; и без них много дела.

-- Беспокоит меня одно, -- перебил, нахмурясь, Разумихин, -- вчера я, спьяну, проболтался ему, дорогой идучи, о разных глупостях... о разных... между прочим, что ты боишься, будто он... наклонен к помешательству...

-- Ты и дамам о том же вчера проболтался.

-- Знаю, что глупо! Хошь бей! А что, вправду была у тебя какая-нибудь твердая мысль?

-- Да вздор же, говорю; какая твердая мысль! Сам ты описал его как мономана, когда меня к нему привел... Ну, а мы вчера еще жару поддали, ты то есть, этими рассказами-то... о маляре-то; хорош разговор, когда он, может, сам на этом с ума сошел! Кабы знал я в точности, что тогда в конторе произошло и что там его какая-то каналья этим подозрением... обидела! Гм... не допустил бы я вчера такого разговора. Ведь эти мономаны из капли океан сделают, небылицу в лицах наяву видят... Сколько я помню, вчера, из этого рассказа Заметова, мне половина дела выяснилась. Да что! Я один случай знаю, как один ипохондрик, сорокалетний, не в состоянии будучи переносить ежедневных насмешек, за столом, восьмилетнего мальчишки, зарезал его! А тут, весь в лохмотьях, нахал квартальный, начинавшаяся болезнь, и этакое подозрение! Исступленному-то ипохондрику! При тщеславии бешеном, исключительном! Да тут, может, вся-то точка отправления болезни и сидит! Ну да, черт!.. А кстати, этот Заметов и в самом деле милый мальчишка, только гм... напрасно он это всё вчера рассказал. Болтушка ужасная!

-- Да кому ж рассказал? Мне да тебе?

-- И Порфирию.

-- Так что ж, что Порфирию?

-- Кстати, имеешь ты какое-нибудь влияние на тех-то, на мать да сестру? Осторожнее бы с ним сегодня...

-- Сговорятся! -- неохотно ответил Разумихин.

-- И чего он так на этого Лужина? Человек с деньгами, ей, кажется, не противен... а ведь у них ни шиша? а?

-- Да чего ты-то выпытываешь? -- раздражительно крикнул Разумихин, -- почем я знаю, шиш или ни шиша? Спроси сам, может, и узнаешь...

-- Фу, как ты глуп иногда! Вчерашний хмель сидит... До свидания; поблагодари от меня Прасковью Павловну свою за ночлег. Заперлась, на мой бонжур сквозь двери не ответила, а сама в семь часов поднялась, самовар ей через коридор из кухни проносили... Я не удостоился лицезреть...

Ровно в девять часов Разумихин явился в нумера Бакалеева. Обе дамы ждали его давным-давно с истерическим нетерпением. Поднялись они часов с семи или даже раньше. Он вошел пасмурный, как ночь, откланялся неловко, за что тотчас же рассердился -- на себя, разумеется. Он рассчитал без хозяина: Пульхерия Александровна так и бросилась к нему, схватила его за обе руки и чуть не поцеловала их. Он робко глянул на Авдотью Романовну; но и в этом надменном лице было в эту минуту такое выражение признательности и дружества, такое полное и неожиданное им уважение (вместо насмешливых-то взглядов и невольного, худо скрываемого презрения!), что ему уж, право, было бы легче, если бы встретили бранью, а то уж слишком стало конфузливо. К счастью, была готовая тема для разговора, и он поскорей за нее уцепился.

Услышав, что "еще не просыпался", но "всё отлично", Пульхерия

Александровна объявила, что это и к лучшему, "потому что ей очень, очень, очень надо предварительно переговорить". Последовал вопрос о чае и приглашение пить вместе; сами они еще не пили в ожидании Разумихина. Авдотья Романовна позвонила, на зов явился грязный оборванец, и ему приказан был чай, который и был наконец сервирован, но так грязно и так неприлично, что дамам стало совестно. Разумихин энергически ругнул было нумер, но, вспомнив про Лужина, замолчал, сконфузился и ужасно обрадовался, когда вопросы Пульхерии Александровны посыпались наконец сряду без перерыву.

Отвечая на них, он проговорил три четверти часа, беспрестанно прерываемый и переспрашиваемый, и успел передать все главнейшие и необходимейшие факты, какие только знал из последнего года жизни Родиона Романовича, заключив обстоятельным рассказом о болезни его. Он многое, впрочем, пропустил, что и надо было пропустить, между прочим и о сцене в конторе со всеми последствиями. Рассказ его жадно слушали; но когда он думал, что уже кончил и удовлетворил своих слушательниц, то оказалось, что для них он как будто еще и не начинал.

-- Скажите, скажите мне, как вы думаете... ах, извините, я еще до сих пор не знаю вашего имени? -- торопилась Пульхерия Александровна.

-- Дмитрий Прокофьич.

-- Так вот, Дмитрий Прокофьич, я бы очень, очень хотела узнать... как вообще... он глядит теперь на предметы, то есть, поймите меня, как бы это вам сказать, то есть лучше сказать: что он любит и что не любит? Всегда ли он такой раздражительный? Какие у него желания и, так сказать, мечты, если можно? Что именно теперь имеет на него особенное влияние? Одним словом, я бы желала...

-- Ах, маменька, как же можно на это всё так вдруг отвечать! -- заметила Дуня.

-- Ах боже мой, ведь я совсем, совсем не таким его ожидала встретить, Дмитрий Прокофьич.

-- Это уж очень естественно-с, -- отвечал Дмитрий Прокофьич. -- Матери у меня нет, ну а дядя каждый год сюда приезжает и почти каждый раз меня не узнает, даже снаружи, а человек умный; ну а в три года вашей разлуки много воды ушло. Да и что вам сказать? Полтора года я Родиона знаю: угрюм, мрачен, надменен и горд; в последнее время (а может, гораздо прежде) мнителен и ипохондрик. Великодушен и добр. Чувств своих не любит высказывать и скорей жестокость сделает, чем словами выскажет сердце. Иногда, впрочем, вовсе не ипохондрик, а просто холоден и бесчувствен до бесчеловечия, право, точно в нем два противоположные характера поочередно сменяются. Ужасно иногда неразговорчив! Всё ему некогда, всё ему мешают, а сам лежит, ничего не делает. Не насмешлив, и не потому, чтоб остроты не хватало, а точно времени у него на такие пустяки не хватает. Не дослушивает, что говорят. Никогда не интересуется тем, чем все в данную минуту интересуются. Ужасно высоко себя ценит и, кажется, не без некоторого права на то. Ну, что еще?.. Мне кажется, ваш приезд будет иметь на него спасительнейшее влияние.

-- Ах, дай-то бог! -- вскричала Пульхерия Александровна, измученная отзывом Разумихина об ее Роде.

А Разумихин глянул наконец пободрее на Авдотью Романовну. Он часто взглядывал на нее во время разговора, но бегло, на один только миг, и тотчас же отводил глаза. Авдотья Романовна то садилась к столу и внимательно вслушивалась, то вставала опять и начинала ходить, по обыкновению своему, из угла в угол, скрестив руки, сжав губы, изредка делая свой вопрос, не прерывая ходьбы, задумываясь. Она тоже имела обыкновение не дослушивать, что говорят. Одета она была в какое-то темненькое из легкой материи платье, а на шее был повязан белый прозрачный шарфик. По многим признакам Разумихин тотчас же заметил, что обстановка обеих женщин до крайности бедная. Будь Авдотья Романовна одета как королева, то, кажется, он бы ее совсем не боялся; теперь же, может, именно потому, что она так бедно одета и что он заметил всю эту скаредную обстановку, в сердце его вселился страх, и он стал бояться за каждое слово свое, за каждый жест, что было, конечно, стеснительно для человека, и без того себе не доверявшего.

-- Вы много сказали любопытного о характере брата и... сказали беспристрастно. Это хорошо; я думала, вы перед ним благоговеете, -- заметила Авдотья Романовна с улыбкой. -- Кажется, и то верно, что возле него должна находиться женщина, -- прибавила она в раздумье.

-- Я этого не говорил, а впрочем, может быть, вы и в этом правы, только...

-- Что?

-- Ведь он никого не любит; может, и никогда не полюбит, -- отрезал Разумихин.

-- То есть не способен полюбить?

-- А знаете, Авдотья Романовна, вы сами ужасно как похожи на вашего брата, даже во всем! -- брякнул он вдруг, для себя самого неожиданно, но тотчас же, вспомнив о том, что сейчас говорил ей же про брата, покраснел как рак и ужасно сконфузился. Авдотья Романовна не могла не рассмеяться, на него глядя.

-- Насчет Роди вы оба можете ошибаться, -- подхватила несколько пикированная Пульхерия Александровна. -- Я не про теперешнее говорю, Дунечка. То, что пишет Петр Петрович в этом письме... и что мы предполагали с тобой, -- может быть, неправда, но вы вообразить не можете, Дмитрий Прокофьич, как он фантастичен и, как бы это сказать, капризен. Его характеру я никогда не могла довериться, даже когда ему было только пятнадцать лет. Я уверена, что он и теперь вдруг что-нибудь может сделать с собой такое, чего ни один человек никогда и не подумает сделать... Да недалеко ходить: известно ли вам, как он, полтора года назад, меня изумил, потряс и чуть совсем не уморил, когда вздумал было жениться на этой, как ее, -- на дочери этой Зарницыной, хозяйки его?

-- Знаете вы что-нибудь подробно об этой истории? -- спросила Авдотья Романовна.

-- Вы думаете, -- с жаром продолжала Пульхерия Александровна, -- его бы остановили тогда мои слезы, мои просьбы, моя болезнь, моя смерть, может быть, с тоски, наша нищета? Преспокойно бы перешагнул через все препятствия. А неужели он, неужели ж он нас не любит?

-- Он ничего и никогда сам об этой истории со мною не говорил, -- осторожно отвечал Разумихин, -- но я кой-что слышал от самой госпожи Зарницыной, которая тоже, в своем роде, не из рассказчиц, и что слышал, то, пожалуй, несколько даже и странно...

-- А что, что вы слышали? -- спросили разом обе женщины.

-- Впрочем, ничего такого слишком уж особенного. Узнал я только, что брак этот, совсем уж слаженный и не состоявшийся лишь за смертию невесты, был самой госпоже Зарницыной очень не по душе... Кроме того, говорят, невеста была собой даже не хороша, то есть, говорят, даже дурна... и такая хворая, и... и странная... а впрочем, кажется, с некоторыми достоинствами. Непременно должны были быть какие-нибудь достоинства; иначе понять ничего нельзя... Приданого тоже никакого, да он на приданое и не стал бы рассчитывать... Вообще в таком деле трудно судить.

-- Я уверена, что она достойная была девушка, -- коротко заметила Авдотья Романовна.

-- Бог меня простит, а я-таки порадовалась тогда ее смерти, хоть и не знаю, кто из них один другого погубил бы: он ли ее, или она его? -- заключила Пульхерия Александровна; затем осторожно, с задержками и с беспрерывными взглядываниями на Дуню, что было той, очевидно, неприятно, принялась опять расспрашивать о вчерашней сцене между Родей и Лужиным. Это происшествие, как видно, беспокоило ее более всего, до страха и трепета. Разумихин пересказал всё снова, в подробности, но на этот раз прибавил и свое заключение: он прямо обвинил Раскольникова в преднамеренном оскорблении Петра Петровича, на этот раз весьма мало извиняя его болезнию.

-- Он еще до болезни это придумал, -- прибавил он.

-- Я тоже так думаю, -- сказала Пульхерия Александровна с убитым видом. Но ее очень поразило, что о Петре Петровиче Разумихин выразился на этот раз так осторожно и даже как будто и с уважением. Поразило это и Авдотью Романовну.

-- Так вы вот какого мнения о Петре Петровиче? -- не утерпела не спросить Пульхерия Александровна.

-- О будущем муже вашей дочери я и не могу быть другого мнения, -- твердо и с жаром отвечал Разумихин, -- и не из одной пошлой вежливости это говорю, а потому... потому... ну хоть по тому одному, что Авдотья Романовна сама, добровольно, удостоила выбрать этого человека. Если же я так поносил его вчера, то это потому, что вчера я был грязно пьян и еще... безумен; да, безумен, без головы, сошел с ума, совершенно... и сегодня стыжусь того!.. -- Он покраснел и замолчал. Авдотья Романовна вспыхнула, но не прервала молчания. Она не промолвила ни одного слова с той самой минуты, как заговорили о Лужине.

А между тем Пульхерия Александровна, без ее поддержки, видимо находилась в нерешимости. Наконец, запинаясь и беспрерывно посматривая на дочь, объявила, что ее чрезвычайно заботит теперь одно обстоятельство.

-- Видите, Дмитрий Прокофьич... -- начала она. -- Я буду совершенно откровенна с Дмитрием Прокофьичем, Дунечка?

-- Уж конечно, маменька, -- внушительно заметила Авдотья Романовна.

-- Вот в чем дело, -- заторопилась та, как будто с нее гору сняли позволением сообщить свое горе. -- Сегодня, очень рано, мы получили от Петра Петровича записку в ответ на наше вчерашнее извещение о приезде. Видите, вчера он должен был встретить нас, как и обещал, в самом вокзале. Вместо того в вокзал был прислан навстречу нам какой-то лакей с адресом этих нумеров и чтобы нам показать дорогу, а Петр Петрович приказывал передать, что он прибудет к нам сюда сам сегодня поутру. Вместо того пришла сегодня поутру от него вот эта записка... Лучше всего, прочтите ее сами; тут есть пункт, который очень меня беспокоит... вы сейчас увидите сами, какой это пункт, и... скажите мне ваше откровенное мнение, Дмитрий Прокофьич! Вы лучше всех знаете характер Роди и лучше всех можете посоветовать.

Предупреждаю вас, что Дунечка уже всё разрешила, с первого шагу, но я, я еще не знаю, как поступить, и... и всё ждала вас.

Разумихин развернул записку, помеченную вчерашним числом, и прочел следующее:

"Милостивая государыня Пульхерия Александровна, имею честь вас уведомить, что по происшедшим внезапным задержкам встретить вас у дебаркадера не мог, послав с тою целью человека, весьма расторопного.

Равномерно лишу себя чести свидания с вами и завтра поутру, по неотлагательным сенатским делам и чтобы не помешать родственному свиданию вашему с вашим сыном и Авдотьи Романовны с ее братом. Буду же иметь честь посетить вас и откланяться вам в вашей квартире не иначе как завтрашний день, ровно в восемь часов пополудни, причем осмеливаюсь присовокупить убедительную и, прибавлю к тому, настоятельную просьбу мою, чтобы при общем свидании нашем Родион Романович уже не присутствовал, так как он беспримерно и неучтиво обидел меня при вчерашнем посещении его в болезни и, кроме того, имея лично к вам необходимое и обстоятельное объяснение по известному пункту, насчет коего желаю узнать ваше собственное истолкование. Имею честь при сем заранее предуведомить, что если, вопреки просьбе, встречу Родиона Романовича, то принужден буду немедленно удалиться, и тогда пеняйте уже на себя. Пишу же в том предположении, что Родион Романович, казавшийся при посещении моем столь больным, через два часа вдруг выздоровел, а стало быть, выходя со двора, может и к вам прибыть. Утвержден же в том собственными моими глазами, в квартире одного, разбитого лошадьми, пьяницы, от сего умершего, дочери которого, девице отъявленного поведения, выдал вчера до двадцати пяти рублей, под предлогом похорон, что весьма меня удивило, зная, при каких хлопотах собирали вы сию сумму. При чем, свидетельствуя мое особое почтение уважаемой Авдотье Романовне, прошу принять чувства почтительной преданности

вашего покорного слуги

П. Лужина".

-- Что мне теперь делать, Дмитрий Прокофьич? -- заговорила Пульхерия Александровна, чуть не плача. -- Ну как я предложу Роде не приходить? Он так настойчиво требовал вчера отказа Петру Петровичу, а тут и его самого велят не принимать! Да он нарочно придет, как узнает, и... что тогда будет?

-- Поступите так, как решила Авдотья Романовна, -- спокойно и тотчас же отвечал Разумихин.

-- Ах, боже мой! Она говорит... она бог знает что говорит и не объясняет мне цели! Она говорит, что лучше будет, то есть не то что лучше, а для чего-то непременно будто бы надо, чтоб и Родя тоже нарочно пришел сегодня в восемь часов и чтоб они непременно встретились... А я так и письма-то не хотела ему показывать, и как-нибудь хитростью сделать, посредством вас, чтоб он не приходил... потому он такой раздражительный... Да и ничего я не понимаю, какой там пьяница умер, и какая там дочь, и каким образом мог он отдать этой дочери все последние деньги... которые...

-- Которые так дорого вам достались, маменька, -- прибавила Авдотья Романовна.

-- Он был не в себе вчера, -- задумчиво проговорил Разумихин. -- Если бы вы знали, что он там наговорил вчера в трактире, хоть и умно... гм! О каком-то покойнике и о какой-то девице он действительно мне что-то говорил вчера, когда мы шли домой, но я не понял ни слова... А впрочем, и я сам вчера...

-- Лучше всего, маменька, пойдемте к нему сами и там, уверяю вас, сразу увидим, что делать. Да к тому же пора, -- господи! Одиннадцатый час! -- вскрикнула она, взглянув на свои великолепные золотые часы с эмалью, висевшие у ней на шее на тоненькой венецианской цепочке и ужасно не гармонировавшие с остальным нарядом. "Женихов подарок", -- подумал Разумихин.

-- Ах, пора!.. Пора, Дунечка, пора! -- тревожно засуетилась Пульхерия Александровна, -- еще подумает, что мы со вчерашнего сердимся, что так долго нейдем. Ах, боже мой!

Говоря это, она суетливо набрасывала на себя мантилью и надевала шляпку; Дунечка тоже оделась. Перчатки на ней были не только заношенные, но даже изодранные, что заметил Разумихин, а между тем эта явная бедность костюма даже придавала обеим дамам вид какого-то особенного достоинства, что всегда бывает с теми, кто умеет носить бедное платье. Разумихин с благоговением смотрел на Дунечку и гордился, что поведет ее. "Та королева, -- думал он про себя, -- которая чинила свои чулки в тюрьме, уж конечно, в ту минуту смотрела настоящею королевой и даже более, чем во время самых пышных торжеств и выходов".

-- Боже мой! -- воскликнула Пульхерия Александровна, -- думала ли я, что буду бояться свидания с сыном, с моим милым, милым Родей, как теперь боюсь!.. Я боюсь, Дмитрий Прокофьич! -- прибавила она, робко взглянув на него.

-- Не бойтесь, маменька, -- сказала Дуня, целуя ее, -- лучше верьте в него. Я верю.

-- Ах, боже мой! Я верю тоже, а всю ночь не спала! -- вскричала бедная женщина.

Они вышли на улицу.

-- Знаешь, Дунечка, как только я к утру немного заснула, мне вдруг приснилась покойница Марфа Петровна... и вся в белом... подошла ко мне, взяла за руку, а сама головой качает на меня, и так строго, строго, как будто осуждает... К добру ли это? Ах, боже мой, Дмитрий Прокофьич, вы еще не знаете: Марфа Петровна умерла!

-- Нет, не знаю; какая Марфа Петровна?

-- Скоропостижно! И представьте себе...

-- После, маменька, -- вмешалась Дуня, -- ведь они еще не знают, кто такая Марфа Петровна.

-- Ах, не знаете? А я думала, вам всё уж известно. Вы мне простите, Дмитрий Прокофьич, у меня в эти дни просто ум за разум заходит. Право, я вас считаю как бы за провидение наше, а потому так и убеждена была, что вам уже всё известно. Я вас как за родного считаю... Не осердитесь, что так говорю. Ах, боже мой, что это у вас правая рука! Ушибли?

-- Да, ушиб, -- пробормотал осчастливленный Разумихин.

-- Я иногда слишком уж от сердца говорю, так что Дуня меня поправляет... Но, боже мой, в какой он каморке живет! Проснулся ли он, однако? И эта женщина, хозяйка его, считает это за комнату? Послушайте, вы говорите, он не любит сердца выказывать, так что я, может быть, ему и надоем моими... слабостями?.. Не научите ли вы меня, Дмитрий Прокофьич? Как мне с ним? Я, знаете, совсем как потерянная хожу.

-- Не расспрашивайте его очень об чем-нибудь, если увидите, что он морщится; особенно про здоровье очень не спрашивайте: не любит.

-- Ах, Дмитрий Прокофьич, как тяжело быть матерью! Но вот и эта лестница... Какая ужасная лестница!

-- Мамаша, вы даже бледны, успокойтесь, голубчик мой, -- сказала Дуня, ласкаясь к ней, -- он еще должен быть счастлив, что вас видит, а вы так себя мучаете, -- прибавила она, сверкнув глазами.

-- Постойте, я загляну вперед, проснулся ли?

Дамы потихоньку пошли за отправившимся по лестнице вперед Разумихиным, и когда уже поровнялись в четвертом этаже с хозяйкиною дверью, то заметили, что хозяйкина дверь отворена на маленькую щелочку и что два быстрые черные глаза рассматривают их обеих из темноты. Когда же взгляды встретились, то дверь вдруг захлопнулась, и с таким стуком, что Пульхерия Александровна чуть не вскрикнула от испуга.

III

-- Здоров, здоров! -- весело крикнул навстречу входящим Зосимов. Он уже минут с десять как пришел и сидел во вчерашнем своем углу на диване. Раскольников сидел в углу напротив, совсем одетый и даже тщательно вымытый и причесанный, чего уже давно с ним не случалось. Комната разом наполнилась, но Настасья все-таки успела пройти вслед за посетителями и стала слушать.

Действительно, Раскольников был почти здоров, особенно в сравнении со вчерашним, только был очень бледен, рассеян и угрюм. Снаружи он походил как бы на раненого человека или вытерпливающего какую-нибудь сильную физическую боль: брови его были сдвинуты, губы сжаты, взгляд воспаленный. Говорил он мало и неохотно, как бы через силу или исполняя обязанность, и какое-то беспокойство изредка появлялось в его движениях.

Недоставало какой-нибудь повязки на руке или чехла из тафты на пальце для полного сходства с человеком, у которого, например, очень больно нарывает палец, или ушиблена рука, или что-нибудь в этом роде.

Впрочем, и это бледное и угрюмое лицо озарилось на мгновение как бы светом, когда вошли мать и сестра, но это прибавило только к выражению его, вместо прежней тоскливой рассеянности, как бы более сосредоточенной муки. Свет померк скоро, но мука осталась, и Зосимов, наблюдавший и изучавший своего пациента со всем молодым жаром только что начинающего полечивать доктора, с удивлением заметил в нем, с приходом родных, вместо радости, как бы тяжелую скрытую решимость перенесть час-другой пытки, которой нельзя уж избегнуть. Он видел потом, как почти каждое слово последовавшего разговора точно прикасалось к какой-нибудь ране его пациента и бередило ее; но в то же время он и подивился отчасти сегодняшнему умению владеть собой и скрывать свои чувства вчерашнего мономана, из-за малейшего слова впадавшего вчера чуть не в бешенство.

-- Да, я теперь сам вижу, что почти здоров, -- сказал Раскольников, приветливо целуя мать и сестру, отчего Пульхерия Александровна тотчас же просияла, -- и уже не по-вчерашнему это говорю, -- прибавил он, обращаясь к Разумихину и дружески пожимая ему руку.

-- А я так даже подивился на него сегодня, -- начал Зосимов, очень обрадовавшись пришедшим, потому что в десять минут уже успел потерять нитку разговора с своим больным. -- Дня через три-четыре, если так пойдет, совсем будет как прежде, то есть как было назад тому месяц, али два... али, пожалуй, и три? Ведь это издалека началось да подготовлялось... а? Сознаётесь теперь, что, может, и сами виноваты были? -- прибавил он с осторожною улыбкой, как бы всё еще боясь его чем-нибудь раздражить.

-- Очень может быть, -- холодно ответил Раскольников.

-- Я к тому говорю, -- продолжал Зосимов, разлакомившись, -- что ваше совершенное выздоровление, в главном, зависит теперь единственно от вас самих. Теперь, когда уже с вами можно разговаривать, мне хотелось бы вам внушить, что необходимо устранить первоначальные, так сказать, коренные причины, влиявшие на зарождение вашего болезненного состояния, тогда и вылечитесь, не то будет даже и хуже. Этих первоначальных причин я не знаю, но вам они должны быть известны. Вы человек умный и, уж конечно, над собой наблюдали. Мне кажется, начало вашего расстройства совпадает отчасти с выходом вашим из университета. Вам без занятий оставаться нельзя, а потому труд и твердо поставленная перед собою цель, мне кажется, очень бы могли вам помочь.

-- Да, да, вы совершенно правы... вот я поскорей поступлю в университет, и тогда всё пойдет... как по маслу...

Зосимов, начавший свои умные советы отчасти и для эффекта перед дамами, был, конечно, несколько озадачен, когда, кончив речь и взглянув на своего слушателя, заметил в лице его решительную насмешку. Впрочем, это продолжалось мгновение. Пульхерия Александровна тотчас же принялась благодарить Зосимова, в особенности за вчерашнее ночное посещение их в гостинице.

-- Как, он у вас был и ночью? -- спросил Раскольников, как будто встревожившись. -- Стало быть, и вы тоже не спали после дороги?

-- Ах, Родя, ведь это всё только до двух часов было. Мы с Дуней и дома-то раньше двух никогда не ложились.

-- Я тоже не знаю, чем его благодарить, -- продолжал Раскольников, вдруг нахмурясь и потупясь. -- Отклонив вопрос денежный, -- вы извините, что я об этом упомянул (обратился он к Зосимову), -- я уж и не знаю, чем это я заслужил от вас такое особенное внимание? Просто не понимаю... и... и оно мне даже тяжело, потому что непонятно: я вам откровенно высказываю.

-- Да вы не раздражайтесь, -- засмеялся через силу Зосимов, -- предположите, что вы мой первый пациент, ну, а наш брат, только что начинающий практиковать, своих первых пациентов, как собственных детей, любит, а иные почти в них влюбляются. А я ведь пациентами-то не богат.

-- Я уж не говорю про него, -- прибавил Раскольников, указывая на Разумихина, -- а тоже, кроме оскорблений и хлопот, ничего от меня не видал.

-- Эк ведь врет! Да ты в чувствительном настроении, что ли, сегодня? -- крикнул Разумихин.

Он увидал бы, если б был проницательнее, что чувствительного настроения тут отнюдь не было, а было даже нечто совсем напротив. Но Авдотья Романовна это заметила. Она пристально и с беспокойством следила за братом.

-- Про вас же, маменька, я и говорить не смею, -- продолжал он, будто заученный с утра урок, -- сегодня только мог я сообразить сколько-нибудь, как должны были вы здесь, вчера, измучиться в ожидании моего возвращения. -- Сказав это, он вдруг, молча и с улыбкой, протянул руку сестре. Но в улыбке этой мелькнуло на этот раз настоящее неподдельное чувство. Дуня тотчас же схватила и горячо пожала протянутую ей руку, обрадованная и благодарная. В первый раз обращался он к ней после вчерашней размолвки. Лицо матери осветилось восторгом и счастьем при виде этого окончательного и бессловного примирения брата с сестрой.

-- Вот за это-то я его и люблю! -- прошептал всё преувеличивающий Разумихин, энергически повернувшись на стуле. -- Есть у него эти движения!..

"И как это у него всё хорошо выходит, -- думала мать про себя, -- какие у него благородные порывы, и как он просто, деликатно кончил всё это вчерашнее недоумение с сестрой -- тем только, что руку протянул в такую минуту да поглядел хорошо... И какие у него глаза прекрасные, и какое всё лицо прекрасное!.. Он собой даже лучше Дунечки... Но, боже мой, какой у него костюм, как он ужасно одет! У Афанасия Ивановича в лавке Вася, рассыльный, лучше одет!.. И так бы вот, так бы, кажется, и бросилась к нему, и обняла его, и... заплакала, -- а боюсь, боюсь... какой-то он, господи!.. Вот ведь и ласково говорит, а боюсь! Ну чего я боюсь?.."

-- Ах, Родя, ты не поверишь, -- подхватила она вдруг, спеша ответить на его замечание, -- как мы с Дунечкой вчера были... несчастны! Теперь, как уже всё прошло и кончилось и все мы опять счастливы, -- можно рассказать. Вообрази, бежим сюда, чтоб обнять тебя, чуть не прямо из вагона, а эта женщина, -- а, да вот она! Здравствуй, Настасья!.. Говорит она нам вдруг, что ты лежишь в белой горячке и только что убежал тихонько от доктора, в бреду, на улицу и что тебя побежали отыскивать. Ты не поверишь, что с нами было! Мне как раз представилось, как трагически погиб поручик Потанчиков, наш знакомый, друг твоего отца, -- ты его не помнишь, Родя, -- тоже в белой горячке и таким же образом выбежал и на дворе в колодезь упал, на другой только день могли вытащить. А мы, конечно, еще более преувеличили. Хотели было броситься отыскивать Петра Петровича, чтобы хоть с его помощию... потому что ведь мы были одни, совершенно одни, -- протянула она жалобным голосом и вдруг совсем осеклась, вспомнив, что заговаривать о Петре Петровиче еще довольно опасно, несмотря на то "что все уже опять совершенно счастливы".

-- Да, да... всё это, конечно, досадно... -- проборомотал в ответ Раскольников, но с таким рассеянным и почти невнимательным видом, что Дунечка в изумлении на него посмотрела.

-- Что бишь я еще хотел, -- продолжал он, с усилием припоминая, -- да: пожалуйста, маменька, и ты, Дунечка, не подумайте, что я не хотел к вам сегодня первый прийти и ждал вас первых.

-- Да что это ты, Родя! -- вскричала Пульхерия Александровна, тоже удивляясь.

“Что он, по обязанности, что ли, нам отвечает? -- подумала Дунечка, -- и мирится, и прощения просит, точно службу служит али урок затвердил”.

-- Я только что проснулся и хотел было идти, да меня платье задержало; забыл вчера сказать ей... Настасье... замыть эту кровь... Только что теперь успел одеться.

-- Кровь! какую кровь? -- встревожилась Пульхерия Александровна.

-- Это так... не беспокойтесь. Это кровь оттого, что вчера, когда я шатался несколько в бреду, я наткнулся на одного раздавленного человека... чиновника одного...

-- В бреду? Но ведь ты всё помнишь, -- прервал Разумихин.

-- Это правда, -- как-то особенно заботливо ответил на это Раскольников, -- помню всё, до малейшей даже подробности, а вот поди: зачем я то делал, да туда ходил, да то говорил? уж и не могу хорошо объяснить.

-- Слишком известный феномен, -- ввязался Зосимов, -- исполнение дела иногда мастерское, прехитрейшее, а управление поступками, начало поступков, расстроено и зависит от разных болезненных впечатлений. Похоже на сон.

“А ведь это, пожалуй, и хорошо, что он меня почти за сумасшедшего считает”, -- подумал Раскольников.

-- Да ведь этак, пожалуй, и здоровые так же, -- заметила Дунечка, с беспокойством смотря на Зосимова.

-- Довольно верное замечание, -- ответил тот, -- в этом смысле действительно все мы, и весьма часто, почти как помешанные, с маленькою только разницей, что “больные” несколько больше нашего помешаны, потому тут необходимо различать черту. А гармонического человека, это правда, совсем почти нет; на десятки, а может, и на многие сотни тысяч по одному встречается, да и то в довольно слабых экземплярах...

При слове “помешанный”, неосторожно вырвавшемся у заболтавшегося на любимую тему Зосимова, все поморщились. Раскольников сидел, как бы не обращая внимания, в задумчивости и с странною улыбкой на бледных губах. Он что-то продолжал соображать.

-- Ну, так что ж этот раздавленный? Я тебя перебил! -- крикнул поскорей Разумихин.

-- Что? -- как бы проснулся тот, -- да... ну и запачкался в крови, когда помогал его переносить в квартиру... Кстати, маменька, я одну непростительную вещь вчера сделал; подлинно не в своем был уме. Я вчера все деньги, которые вы мне прислали, отдал... его жене... на похороны.

Теперь вдова, чахоточная, жалкая женщина... трое маленьких сирот, голодные... в доме пусто... и еще одна дочь есть... Может быть, вы бы и сами отдали, кабы видели... Я, впрочем, права не имел никакого, сознаюсь, особенно зная, как вам самим эти деньги достались. Чтобы помогать, надо сначала право такое иметь, не то: "Crevez chiens, si vous n'êtes pas contents!" 1 -- Он рассмеялся. -- Так ли, Дуня?

-- Нет, не так, -- твердо ответила Дуня.

-- Ба! да и ты... с намерениями!.. -- пробормотал он, посмотрев на нее чуть не с ненавистью и насмешливо улыбнувшись. -- Я бы должен был это сообразить... Что ж, и похвально; тебе же лучше... и дойдешь до такой черты, что не перешагнешь ее -- несчастна будешь, а перешагнешь -- может, еще несчастнее будешь... А впрочем, всё это вздор! -- прибавил он раздражительно, досадуя на свое невольное увлечение. -- Я хотел только сказать, что у вас, маменька, я прощения прошу, -- заключил он резко и отрывисто.

-- Полно, Родя, я уверена, всё, что ты делаешь, всё прекрасно! -- сказала обрадованная мать.

-- Не будьте уверены, -- ответил он, скривив рот в улыбку. Последовало молчание. Что-то было напряженное во всем этом разговоре, и в молчании, и в примирении, и в прощении, и все это чувствовали.

"А ведь точно они боятся меня", -- думал сам про себя Раскольников, исподлобья глядя на мать и сестру. Пульхерия Александровна, действительно, чем больше молчала, тем больше и робела.

"Заочно, кажется, так ведь любил их", -- промелькнуло в его голове.

-- Знаешь, Родя, Марфа Петровна умерла! -- вдруг выскочила Пульхерия Александровна.

-- Какая это Марфа Петровна?

-- Ах, боже мой, да Марфа Петровна, Свидригайлова! Я еще так много об ней писала тебе.

-- А-а-а, да, помню... Так умерла? Ах, в самом деле? -- вдруг встрепенулся он, точно проснувшись. -- Неужели умерла? Отчего же?

-- Представь себе, скоропостижно! -- заторопилась Пульхерия Александровна, ободренная его любопытством, -- и как раз в то самое время, как я тебе письмо тогда отправила, в тот самый даже день! Вообрази, этот ужасный человек, кажется, и был причиной ее смерти. Говорят, он ее ужасно избил!

-- Разве они так жили? -- спросил он, обращаясь к сестре.

-- Нет, напротив даже. С ней он всегда был очень терпелив, даже вежлив. Во многих случаях даже слишком был снисходителен к ее характеру, целые семь лет... Как-то вдруг потерял терпение.

-- Стало быть, он вовсе не так ужасен, коли семь лет крепился? Ты, Дунечка, кажется, его оправдываешь?

-- Нет, нет, это ужасный человек! Ужаснее я ничего и представить не могу, -- чуть не с содроганием ответила Дуня, нахмурила брови и задумалась.

-- Случилось это у них утром, -- продолжала, торопясь, Пульхерия Александровна. -- После того она тотчас же приказала заложить лошадей, чтоб сейчас же после обеда и ехать в город, потому что она всегда в таких случаях в город ездила; кушала за обедом, говорят, с большим аппетитом...

-- Избитая-то?

-- ...У ней, впрочем, и всегда была эта... привычка, и как только пообедала, чтобы не запоздать ехать, тотчас же отправилась в купальню... Видишь, она как-то там лечилась купаньем; у них там ключ холодный есть, и она купалась в нем регулярно каждый день, и как только вошла в воду, вдруг с ней удар!

-- Еще бы! -- сказал Зосимов.

-- И больно он ее избил?

-- Ведь это всё равно, -- отозвалась Дуня.

-- Гм! А впрочем, охота вам, маменька, о таком вздоре рассказывать, -- раздражительно и как бы нечаянно проговорил вдруг Раскольников.

-- Ах, друг мой, да я не знала, о чем уж и заговорить, -- вырвалось у Пульхерии Александровны.

-- Да что вы, боитесь, что ль, меня все? -- сказал он с искривившеюся улыбкою.

-- Это действительно правда, -- сказала Дуня, прямо и строго смотря на брата. -- Маменька, входя на лестницу, даже крестилась от страху.

Лицо его перекосилось как бы от судороги.

-- Ах, что ты, Дуня! Не сердись, пожалуйста, Родя... Зачем ты, Дуня! -- заговорила в смущении Пульхерия Александровна, -- это я, вправду, ехала сюда, всю дорогу мечтала, в вагоне: как мы увидимся, как мы обо всем сообщим друг другу... и так была счастлива, что и дороги не видала! Да что я! Я и теперь счастлива... Напрасно ты, Дуня! Я уж тем только счастлива, что тебя вижу, Родя...

-- Полноте, маменька, -- с смущением пробормотал он, не глядя на нее и сжав ее руку, -- успеем наговориться!

Сказав это, он вдруг смутился и побледнел: опять одно недавнее ужасное ощущение мертвым холодом прошло по душе его; опять ему вдруг стало совершенно ясно и понятно, что он сказал сейчас ужасную ложь, что не только никогда теперь не придется ему успеть наговориться, но уже ни об чем больше, никогда и ни с кем, нельзя ему теперь говорить. Впечатление этой мучительной мысли было так сильно, что он, на мгновение, почти совсем забылся, встал с места и, не глядя ни на кого, пошел вон из комнаты.

-- Что ты? -- крикнул Разумихин, хватая его за руку.

Он сел опять и стал молча осматриваться; все глядели на него с недоумением.

-- Да что вы все такие скучные! -- вскрикнул он вдруг, совсем неожиданно, -- скажите что-нибудь! Что в самом деле так сидеть-то! Ну, говорите же! Станем разговаривать... Собрались и молчим... Ну, что-нибудь!

-- Слава богу! А я думала, с ним что-нибудь вчерашнее начинается, -- сказала, перекрестившись, Пульхерия Александровна.

-- Чего ты, Родя? -- недоверчиво спросила Авдотья Романовна.

-- Так, ничего, одну штуку вспомнил, -- отвечал он и вдруг засмеялся.

-- Ну, коль штуку, так и хорошо! А то и я сам было подумал... -- пробормотал Зосимов, подымаясь с дивана. -- Мне, однако ж, пора; я еще зайду, может быть... если застану...

Он откланялся и вышел.

-- Какой прекрасный человек! -- заметила Пульхерия Александровна.

-- Да, прекрасный, превосходный, образованный, умный... -- заговорил вдруг Раскольников какою-то неожиданною скороговоркой и с каким-то необыкновенным до сих пор оживлением, -- уж не помню, где я его прежде до болезни встречал... Кажется, где-то встречал... Вот и этот тоже хороший человек! -- кивнул он на Разумихина, -- нравится он тебе, Дуня? -- спросил он ее и вдруг, неизвестно чему, рассмеялся.

-- Очень, -- ответила Дуня.

-- Фу, какой ты... свинтус! -- произнес страшно сконфузившийся и покрасневший Разумихин и встал со стула. Пульхерия Александровна слегка улыбнулась, а Раскольников громко расхохотался.

-- Да куда ты?

-- Я тоже... мне надо.

-- Совсем тебе не надо, оставайся! Зосимов ушел, так и тебе надо. Не ходи... А который час? Есть двенадцать? Какие у тебя миленькие часы, Дуня! Да что вы опять замолчали? Всё только я да я говорю!..

-- Это подарок Марфы Петровны, -- ответила Дуня.

-- И предорогие, -- прибавила Пульхерия Александровна.

-- А-а-а! какие большие, почти не дамские.

-- Я такие люблю, -- сказала Дуня.

"Стало быть, не женихов подарок", -- подумал Разумихин и неизвестно чему обрадовался.

-- А я думал, это Лужина подарок, -- заметил Раскольников.

-- Нет, он еще ничего не дарил Дунечке.

-- А-а-а! А помните, маменька, я влюблен-то был и жениться хотел, -- вдруг сказал он, смотря на мать, пораженную неожиданным оборотом и тоном, с которым он об этом заговорил.

-- Ах, друг мой, да! -- Пульхерия Александровна переглянулась с Дунечкой и Разумихиным.

-- Гм! Да! А что мне вам рассказать? Даже мало помню. Она больная такая девочка была, -- продолжал он, как бы опять вдруг задумываясь и потупившись, -- совсем хворая; нищим любила подавать, и о монастыре всё мечтала, и раз залилась слезами, когда мне об этом стала говорить; да, да... помню... очень помню. Дурнушка такая... собой. Право, не знаю, за что я к ней тогда привязался, кажется за то, что всегда больная... Будь она еще хромая аль горбатая, я бы, кажется, еще больше ее полюбил... (Он задумчиво улыбнулся). Так... какой-то бред весенний был...

-- Нет, тут не один бред весенний, -- с одушевлением сказала Дунечка.

Он внимательно и с напряжением посмотрел на сестру, но не расслышал или даже не понял ее слов. Потом, в глубокой задумчивости, встал, подошел к матери, поцеловал ее, воротился на место и сел.

-- Ты и теперь ее любишь! -- проговорила растроганная Пульхерия Александровна.

-- Ее-то? Теперь? Ах да... вы про нее! Нет. Это всё теперь точно на том свете... и так давно. Да и всё-то кругом точно не здесь делается...

Он со вниманием посмотрел на них.

-- Вот и вас... точно из-за тысячи верст на вас смотрю... Да и черт знает зачем мы об этом говорим! И к чему расспрашивать? -- прибавил он с досадой и замолчал, кусая себе ногти и вновь задумываясь.

-- Какая у тебя дурная квартира, Родя, точно гроб, -- сказала вдруг

Пульхерия Александровна, прерывая тягостное молчание, -- я уверена, что ты наполовину от квартиры стал такой меланхолик.

-- Квартира?.. -- отвечал он рассеянно. -- Да, квартира много способствовала... я об этом тоже думал... А если б вы знали, однако, какую вы странную мысль сейчас сказали, маменька, -- прибавил он вдруг, странно усмехнувшись.

Еще немного, и это общество, эти родные, после трехлетней разлуки, этот родственный тон разговора при полной невозможности хоть об чем-нибудь говорить, -- стали бы наконец ему решительно невыносимы. Было, однако ж, одно неотлагательное дело, которое так или этак, а надо было непременно решить сегодня, -- так решил он еще давеча, когда проснулся. Теперь он обрадовался делу, как выходу.

-- Вот что, Дуня, -- начал он серьезно и сухо, -- я, конечно, прошу у тебя за вчерашнее прощения, но я долгом считаю опять тебе напомнить, что от главного моего я не отступлюсь. Или я, или Лужин. Пусть я подлец, а ты не должна. Один кто-нибудь. Если же ты выйдешь за Лужина, я тотчас же перестаю тебя сестрой считать.

-- Родя, Родя! Да ведь это всё то же самое, что и вчера, -- горестно воскликнула Пульхерия Александровна, -- и почему ты всё подлецом себя называешь, не могу я этого выносить! И вчера то же самое...

-- Брат, -- твердо и тоже сухо отвечала Дуня, -- во всем этом есть ошибка с твоей стороны. Я за ночь обдумала и отыскала ошибку. Всё в том, что ты, кажется, предполагаешь, будто я кому-то и для кого-то приношу себя в жертву. Совсем это не так. Я просто для себя выхожу, потому что мне самой тяжело; а затем, конечно, буду рада, если удастся быть полезною родным, но в моей решимости это не самое главное побуждение...

"Лжет! -- думал он про себя, кусая ногти со злости. -- Гордячка! Сознаться не хочет, что хочется благодетельствовать! О, низкие характеры! Они и любят, точно ненавидят... О, как я... ненавижу их всех!"

-- Одним словом, я выхожу за Петра Петровича, -- продолжала Дунечка, -- потому что из двух зол выбираю меньшее. Я намерена честно исполнить всё, чего он от меня ожидает, а стало быть, его не обманываю... Зачем ты так сейчас улыбнулся?

Она тоже вспыхнула, и в глазах ее мелькнул гнев.

-- Всё исполнишь? -- спросил он, ядовито усмехаясь.

-- До известного предела. И манера, и форма сватовства Петра Петровича показали мне тотчас же, чего ему надобно. Он, конечно, себя ценит, может быть, слишком высоко, но я надеюсь, что он и меня ценит... Чего ты опять смеешься?

-- А чего ты опять краснеешь? Ты лжешь, сестра, ты нарочно лжешь, по одному только женскому упрямству, чтобы только на своем поставить передо мной... Ты не можешь уважать Лужина: я видел его и говорил с ним. Стало быть, продаешь себя за деньги, и, стало быть, во всяком случае поступаешь низко, и я рад, что ты, по крайней мере, краснеть можешь!

-- Неправда, не лгу!.. -- вскричала Дунечка, теряя всё хладнокровие, -- я не выйду за него, не быв убеждена, что он ценит меня и дорожит мной; не выйду за него, не быв твердо убеждена, что сама могу уважать его. К счастию, я могу в этом убедиться наверно, и даже сегодня же. А такой брак не есть подлость, как ты говоришь!

А если бы ты был и прав, если б я действительно решилась на подлость, -- разве не безжалостно с твоей стороны так со мной говорить? Зачем ты требуешь от меня геройства, которого и в тебе-то, может быть, нет? Это деспотизм, это насилие! Если я погублю кого, так только себя одну... Я еще никого не зарезала!.. Что ты так смотришь на меня? Что ты так побледнел? Родя, что с тобой? Родя, милый!..

-- Господи! До обморока довела! -- вскричала Пульхерия Александровна.

-- Нет, нет... вздор... ничего!.. Немного голова закружилась. Совсем не обморок... Дались вам эти обмороки!.. Гм! да... что бишь я хотел? Да: каким образом ты сегодня же убедишься, что можешь уважать его и что он... ценит, что ли, как ты сказала? Ты, кажется, сказала, что сегодня? Или я ослышался?

-- Маменька, покажите брату письмо Петра Петровича, -- сказала Дунечка.

Пульхерия Александровна дрожащими руками передала письмо. Он с большим любопытством взял его. Но прежде чем развернуть, он вдруг как-то с удивлением посмотрел на Дунечку.

-- Странно, -- проговорил он медленно, как бы вдруг пораженный новою мыслию, -- да из чего я так хлопочу? Из чего весь крик? Да выходи за кого хочешь!

Он говорил как бы для себя, но выговорил вслух и несколько времени смотрел на сестру, как бы озадаченный.

Он развернул наконец письмо, всё еще сохраняя вид какого-то странного удивления; потом медленно и внимательно начал читать и прочел два раза. Пульхерия Александровна была в особенном беспокойстве; да и все ждали чего-то особенного.

-- Это мне удивительно, -- начал он после некоторого раздумья и передавая письмо матери, но не обращаясь ни к кому в частности, -- ведь он по делам ходит, адвокат, и разговор даже у него такой... с замашкой, -- а ведь как безграмотно пишет.

Все пошевелились; совсем не того ожидали.

-- Да ведь они и все так пишут, -- отрывисто заметил Разумихин.

-- Ты разве читал?

-- Да.

-- Мы показывали, Родя, мы... советовались давеча, -- начала сконфузившаяся Пульхерия Александровна.

-- Это, собственно, судейский слог, -- перебил Разумихин, -- судейские бумаги до сих пор так пишутся.

-- Судейский? Да, именно судейский, деловой... Не то чтоб уж очень безграмотно, да и не то чтоб уж очень литературно; деловой!

-- Петр Петрович и не скрывает, что учился на медные деньги, и даже хвалится тем, что сам себе дорогу проложил, -- заметила Авдотья Романовна, несколько обиженная новым тоном брата.

-- Что ж, если хвалится, так и есть чем, -- я не противоречу. Ты, сестра, кажется, обиделась, что я из всего письма такое фривольное замечание извлек, и думаешь, что я нарочно о таких пустяках заговорил, чтобы поломаться над тобой с досады. Напротив, мне, по поводу слога, пришло в голову одно совсем не лишнее, в настоящем случае, замечание. Там есть одно выражение: "пеняйте на себя", поставленное очень знаменательно и ясно, и, кроме того, есть угроза, что он тотчас уйдет, если я приду. Эта угроза уйти -- всё равно что угроза вас обеих бросить, если будете непослушны, и бросить теперь, когда уже в Петербург вызвал. Ну, как ты думаешь: можно ли таким выражением от Лужина так же точно обидеться, как если бы вот он написал (он указал на Разумихина), али Зосимов, али из нас кто-нибудь?

-- Н-нет, -- отвечала Дунечка, оживляясь, -- я очень поняла, что это слишком наивно выражено и что он, может быть, только не мастер писать... Это ты хорошо рассудил, брат. Я даже не ожидала...

-- Это по-судейски выражено, а по-судейски иначе написать нельзя, и вышло грубее, чем, может быть, он хотел. Впрочем, я должен тебя несколько разочаровать: в этом письме есть еще одно выражение, одна клевета на мой счет, и довольно подленькая. Я деньги отдал вчера вдове, чахоточной и убитой, и не "под предлогом похорон", а прямо на похороны, и не в руки дочери -- девицы, как он пишет, "отъявленного поведения" (и которую я вчера в первый раз в жизни видел), а именно вдове. Во всем этом я вижу слишком поспешное желание меня размарать и с вами поссорить. Выражено же опять по-судейски, то есть с слишком явным обнаружением цели и с поспешностью весьма наивною. Человек он умный, но чтоб умно поступать -- одного ума мало. Всё это рисует человека и... не думаю, чтоб он тебя много ценил. Сообщаю же тебе единственно для назидания, потому что искренно желаю тебе добра...

Дунечка не отвечала; решение ее было еще давеча сделано, она ждала только вечера.

-- Так как же ты решаешься, Родя? -- спросила Пульхерия Александровна, еще более давешнего обеспокоенная его внезапным, новым, деловым тоном речи.

-- Что это: "решаешься"?

-- Да вот Петр Петрович-то пишет, чтобы тебя не было у нас вечером и что он уйдет... коли ты придешь. Так как же ты... будешь?

-- Это уж, конечно, не мне решать, а, во-первых, вам, если такое требование Петра Петровича вас не обижает, а во-вторых, Дуне, если она тоже не обижается. А я сделаю, как вам лучше, -- прибавил он сухо.

-- Дунечка уже решилась, и я вполне с ней согласна, -- поспешила вставить Пульхерия Александровна.

-- Я решила просить тебя, Родя, настоятельно просить непременно быть у нас на этом свидании, -- сказала Дуня, -- придешь?

-- Приду.

-- Я и вас тоже прошу быть у нас в восемь часов, -- обратилась она к Разумихину. -- Маменька, я их тоже приглашаю.

-- И прекрасно, Дунечка. Ну, уж как вы там решили, -- прибавила Пульхерия Александровна, -- так уж пусть и будет. А мне и самой легче; не люблю притворяться и лгать; лучше будем всю правду говорить... Сердись, не сердись теперь Петр Петрович!

IV

В эту минуту дверь тихо отворилась, и в комнату, робко озираясь, вошла одна девушка. Все обратились к ней с удивлением и любопытством. Раскольников не узнал ее с первого взгляда. Это была Софья Семеновна Мармеладова. Вчера видел он ее в первый раз, но в такую минуту, при такой обстановке и в таком костюме, что в памяти его отразился образ совсем другого лица. Теперь это была скромно и даже бедно одетая девушка, очень еще молоденькая, почти похожая на девочку, с скромною и приличною манерой, с ясным, но как будто несколько запуганным лицом. На ней было очень простенькое домашнее платьице, на голове старая, прежнего фасона шляпка; только в руках был, по-вчерашнему, зонтик. Увидав неожиданно полную комнату людей, она не то что сконфузилась, но совсем потерялась, оробела, как маленький ребенок, и даже сделала было движение уйти назад.

-- Ах.. это вы?.. -- сказал Раскольников в чрезвычайном удивлении и вдруг сам смутился.

Ему тотчас же представилось, что мать и сестра знают уже вскользь, по письму Лужина, о некоторой девице "отъявленного" поведения. Сейчас только он протестовал против клеветы Лужина и упомянул, что видел эту девицу в первый раз, и вдруг она входит сама. Вспомнил тоже, что нисколько не протестовал против выражения: "отъявленного поведения". Всё это неясно и мигом скользнуло в его голове. Но, взглянув пристальнее, он вдруг увидал, что это приниженное существо до того уже принижено, что ему вдруг стало жалко. Когда же она сделала было движение убежать от страху, -- в нем что-то как бы перевернулось.

-- Я вас совсем не ожидал, -- заторопился он, останавливая ее взглядом. -- Сделайте одолжение, садитесь. Вы, верно, от Катерины Ивановны. Позвольте, не сюда, вот тут сядьте...

При входе Сони Разумихин, сидевший на одном из трех стульев Раскольникова, сейчас подле двери, привстал, чтобы дать ей войти. Сначала Раскольников указал было ей место в углу дивана, где сидел Зосимов, но, вспомнив, что этот диван был слишком фамильярное место и служит ему постелью, поспешил указать ей на стул Разумихина.

-- А ты садись здесь, -- сказал он Разумихину, сажая его в угол, где сидел Зосимов.

Соня села, чуть не дрожа от страху, и робко взглянула на обеих дам. Видно было, что она и сама не понимала, как могла она сесть с ними рядом. Сообразив это, она до того испугалась, что вдруг опять встала и в совершенном смущении обратилась к Раскольникову.

-- Я... я... зашла на одну минуту, простите, что вас обеспокоила, -- заговорила она, запинаясь. -- Я от Катерины Ивановны, а ей послать было некого... А Катерина Ивановна приказала вас очень просить быть завтра на отпевании, утром... за обедней... на Митрофаниевском, а потом у нас... у ней... откушать... Честь ей сделать... Она велела просить.

Соня запнулась и замолчала.

-- Постараюсь непременно... непременно, -- отвечал Раскольников, привстав тоже и тоже запинаясь и не договаривая... -- Сделайте одолжение, садитесь, -- сказал он вдруг, -- мне надо с вами поговорить. Пожалуйста, -- вы, может быть, торопитесь, -- сделайте одолжение, подарите мне две минуты...

И он подвинул ей стул. Соня опять села и опять робко, потерянно, поскорей взглянула на обеих дам и вдруг потупилась.

Бледное лицо Раскольникова вспыхнуло; его как будто всего передернуло; глаза загорелись.

-- Маменька, -- сказал он твердо и настойчиво, -- это Софья Семеновна Мармеладова, дочь того самого несчастного господина Мармеладова, которого вчера в моих глазах раздавили лошади и о котором я уже вам говорил...

Пульхерия Александровна взглянула на Соню и слегка прищурилась. Несмотря на всё свое замешательство перед настойчивым и вызывающим взглядом Роди, она никак не могла отказать себе в этом удовольствии. Дунечка серьезно, пристально уставилась прямо в лицо бедной девушки и с недоумением ее рассматривала. Соня, услышав рекомендацию, подняла было глаза опять, но смутилась еще более прежнего.

-- Я хотел вас спросить, -- обратился к ней поскорей Раскольников, -- как это у вас сегодня устроилось? Не обеспокоили ли вас?.. например, от полиции.

-- Нет-с, всё прошло... Ведь уж слишком видно, отчего смерть была; не беспокоили; только вот жильцы сердятся.

-- Отчего?

-- Что тело долго стоит... ведь теперь жарко, дух... так что сегодня, к вечерне, на кладбище перенесут, до завтра, в часовню. Катерина Ивановна сперва не хотела, а теперь и сама видит, что нельзя...

-- Так сегодня?

-- Она просит вас сделать нам честь на отпевании в церкви быть завтра, а потом уж к ней прибыть, на поминки.

-- Она поминки устраивает?

-- Да-с, закуску; она вас очень велела благодарить, что вы вчера помогли нам... без вас совсем бы нечем похоронить. -- И губы и подбородок ее вдруг запрыгали, но она скрепилась и удержалась, поскорей опять опустив глаза в землю.

Между разговором Раскольников пристально ее разглядывал. Это было худенькое, совсем худенькое и бледное личико, довольно неправильное, какое-то востренькое, с востреньким маленьким носом и подбородком. Ее даже нельзя было назвать и хорошенькою, но зато голубые глаза ее были такие ясные, и, когда оживлялись они, выражение лица ее становилось такое доброе и простодушное, что невольно привлекало к ней. В лице ее, да и во всей ее фигуре, была сверх того одна особенная характерная черта: несмотря на свои восемнадцать лет, она казалась почти еще девочкой, гораздо моложе своих лет, совсем почти ребенком, и это иногда даже смешно проявлялось в некоторых ее движениях.

-- Но неужели Катерина Ивановна могла обойтись такими малыми средствами, даже еще закуску намерена?.. -- спросил Раскольников, настойчиво продолжая разговор.

-- Гроб ведь простой будет-с... и всё будет просто, так что недорого... мы давеча с Катериной Ивановной всё рассчитали, так что и останется, чтобы помянуть... а Катерине Ивановне очень хочется, чтобы так было. Ведь нельзя же-с... ей утешение... она такая, ведь вы знаете...

-- Понимаю, понимаю... конечно... Что это вы мою комнату разглядываете? Вот маменька говорит тоже, что на гроб похожа.

-- Вы нам всё вчера отдали! -- проговорила вдруг в ответ Сонечка, каким-то сильным и скорым шепотом, вдруг опять сильно потупившись. Губы и подбородок ее опять запрыгали. Она давно уже поражена была бедною обстановкой Раскольникова, и теперь слова эти вдруг вырвались сами собой. Последовало молчание. Глаза Дунечки как-то прояснели, а Пульхерия Александровна даже приветливо посмотрела на Соню.

-- Родя, -- сказала она, вставая, -- мы, разумеется, вместе обедаем. Дунечка, пойдем... А ты бы, Родя, пошел, погулял немного, а потом отдохнул, полежал, а там и приходи скорее... А то мы тебя утомили, боюсь я...

-- Да, да, приду, -- отвечал он, вставая и заторопившись... -- У меня, впрочем, дело...

-- Да неужели ж вы будете и обедать розно? -- закричал Разумихин, с удивлением смотря на Раскольникова, -- что ты это?

-- Да, да, приду, конечно, конечно... А ты останься на минуту. Ведь он вам сейчас не нужен, маменька? Или я, может, отнимаю его?

-- Ох, нет, нет! А вы, Дмитрий Прокофьич, придете обедать, будете так добры?

-- Пожалуйста, придите, -- попросила Дуня.

Разумихин откланялся и весь засиял. На одно мгновение все как-то странно вдруг законфузились.

-- Прощай, Родя, то есть до свиданья; не люблю говорить "прощай". Прощай, Настасья... ах, опять "прощай" сказала!..

Пульхерия Александровна хотела было и Сонечке поклониться, но как-то не удалось, и, заторопившись, вышла из комнаты.

Но Авдотья Романовна как будто ждала очереди и, проходя вслед за матерью мимо Сони, откланялась ей внимательным, вежливым и полным поклоном. Сонечка смутилась, поклонилась как-то уторопленно и испуганно, какое-то даже болезненное ощущение отразилось в лице ее, как будто вежливость и внимание Авдотьи Романовны были ей тягостны и мучительны.

-- Дуня, прощай же! -- крикнул Раскольников уже в сени, -- дай же руку-то!

-- Да ведь я же подавала, забыл? -- отвечала Дуня, ласково и неловко оборачиваясь к нему.

-- Ну что ж, еще дай!

И он крепко стиснул ее пальчики. Дунечка улыбнулась ему, закраснелась, поскорее вырвала свою руку и ушла за матерью, тоже почему-то вся счастливая.

-- Ну вот и славно! -- сказал он Соне, возвращаясь к себе и ясно посмотрев на нее, -- упокой господь мертвых, а живым еще жить! Так ли? Так ли? Ведь так?

Соня даже с удивлением смотрела на внезапно просветлевшее лицо его; он несколько мгновений молча и пристально в нее вглядывался: весь рассказ о ней покойника отца ее пронесся в эту минуту вдруг в его памяти...

-- Господи, Дунечка! -- заговорила тотчас же Пульхерия Александровна, как вышли на улицу, -- вот ведь теперь сама точно рада, что мы ушли: легче как-то. Ну, думала ли я вчера, в вагоне, что даже этому буду радоваться!

-- Опять говорю вам, маменька, он еще очень болен. Неужели вы не видите? Может быть, страдая по нас, и расстроил себя. Надо быть снисходительным и многое, многое можно простить.

-- А вот ты и не была снисходительна! -- горячо и ревниво перебила тотчас же Пульхерия Александровна. -- Знаешь, Дуня, смотрела я на вас обоих, совершенный ты его портрет и не столько лицом, сколько душою: оба вы меланхолики, оба угрюмые и вспыльчивые, оба высокомерные и оба великодушные... Ведь не может быть, чтоб он эгоист был, Дунечка? а?.. А как подумаю, что у нас вечером будет сегодня, так всё сердце и отнимется!

-- Не беспокойтесь, маменька, будет то, что должно быть.

-- Дунечка! Да подумай только, в каком мы теперь положении! Ну что, если Петр Петрович откажется? -- неосторожно высказала вдруг бедная Пульхерия Александровна.

-- Так чего ж он будет стоить после того! -- резко и презрительно ответила Дунечка.

-- Это мы хорошо сделали, что теперь ушли, -- заторопилась, перебивая, Пульхерия Александровна, -- он куда-то по делу спешил; пусть пройдется, воздухом хоть подышит... ужас у него душно... а где тут воздухом-то дышать? Здесь и на улицах, как в комнатах без форточек. Господи, что за город!.. Постой, посторонись, задавят, несут что-то! Ведь это фортепиано пронесли, право... как толкаются... Этой девицы я тоже очень боюсь...

-- Какой девицы, маменька?

-- Да вот этой, Софьи-то Семеновны, что сейчас была...

-- Чего же?

-- Предчувствие у меня такое, Дуня. Ну, веришь иль нет, как вошла она, я в ту же минуту и подумала, что тут-то вот главное-то и сидит...

-- Совсем ничего не сидит! -- с досадой вскрикнула Дуня. -- И какие вы с вашими предчувствиями, мамаша! Он только со вчерашнего дня с ней знаком, а теперь, как вошла, не узнал.

-- Ну, вот и увидишь!.. Смущает она меня, вот увидишь, увидишь! И так я испугалась: глядит она на меня, глядит, глаза такие, я едва на стуле усидела, помнишь, как рекомендовать начал? И странно мне: Петр Петрович так об ней пишет, а он ее нам рекомендует, да еще тебе! Стало быть, ему дорога!

-- Мало ли что пишет! Об нас тоже говорили, да и писали, забыли, что ль? А я уверена, что она... прекрасная и что всё это -- вздор!

-- Дай ей бог!

-- А Петр Петрович негодный сплетник, -- вдруг отрезала Дунечка.

Пульхерия Александровна так и приникла. Разговор прервался.

-- Вот что, вот какое у меня до тебя дело... -- сказал Раскольников, отводя Разумихина к окошку...

-- Так я скажу Катерине Ивановне, что вы придете... -- заторопилась Соня, откланиваясь, чтоб уйти.

-- Сейчас, Софья Семеновна, у нас нет секретов, вы не мешаете... Я бы хотел вам еще два слова сказать... Вот что, -- обратился он вдруг, не докончив, точно сорвал, к Разумихину. -- Ты ведь знаешь этого... Как его!.. Порфирия Петровича?

-- Еще бы! Родственник. А что такое? -- прибавил тот с каким-то взрывом любопытства.

-- Ведь он теперь это дело... ну, вот, по этому убийству... вот вчера-то вы говорили... ведет?

-- Да... ну? -- Разумихин вдруг выпучил глаза.

-- Он закладчиков спрашивал, а там у меня тоже заклады есть, так, дрянцо, однако ж сестрино колечко, которое она мне на память подарила, когда я сюда уезжал, да отцовские серебряные часы. Всё стоит рублей пять-шесть, но мне дорого, память. Так что мне теперь делать? Не хочу я, чтоб вещи пропали, особенно часы. Я трепетал давеча, что мать спросит взглянуть на них, когда про Дунечкины часы заговорили. Единственная вещь, что после отца уцелела. Она больна сделается, если они пропадут! Женщины! Так вот как быть, научи! Знаю, что надо бы в часть заявить. А не лучше ли самому Порфирию, а? Как ты думаешь? Дело-то поскорее бы обделать. Увидишь, что еще до обеда маменька спросит!

-- Отнюдь не в часть и непременно к Порфирию! -- крикнул в каком-то необыкновенном волнении Разумихин. -- Ну, как я рад! Да чего тут, идем сейчас, два шага, наверно застанем!

-- Пожалуй... идем...

-- А он очень, очень, очень, очень будет рад с тобой познакомиться! Я много говорил ему о тебе, в разное время... И вчера говорил. Идем!.. Так ты знал старуху? То-то!.. Ве-ли-ко-лепно это всё обернулось!.. Ах да... Софья Ивановна...

-- Софья Семеновна, -- поправил Раскольников. -- Софья Семеновна, это приятель мой, Разумихин, и человек он хороший...

-- Если вам теперь надо идти... -- начала было Соня, совсем и не посмотрев на Разумихина, а от этого еще более сконфузившись.

-- И пойдемте! -- решил Раскольников, -- я к вам зайду сегодня же, Софья Семеновна, скажите мне только, где вы живете?

Он не то что сбивался, а так, как будто торопился и избегал ее взглядов. Соня дала свой адрес и при этом покраснела. Все вместе вышли.

-- Не запираешь разве? -- спросил Разумихин, сходя по лестнице вслед за ними.

-- Никогда!.. Впрочем, вот уж два года хочу всё замок купить, -- прибавил он небрежно. -- Счастливые ведь люди, которым запирать нечего? -- обратился он, смеясь, к Соне.

На улице стали в воротах.

-- Вам направо, Софья Семеновна? Кстати: как вы меня отыскали? -- спросил он, как будто желая сказать ей что-то совсем другое. Ему всё хотелось смотреть в ее тихие, ясные глаза, и как-то это всё не так удавалось...

-- Да ведь вы Полечке вчера адрес сказали.

-- Поля? Ах да... Полечка! Это.. маленькая... это ваша сестра? Так я ей адрес дал?

-- Да разве вы забыли?

-- Нет... помню...

-- А я об вас еще от покойника тогда же слышала... Только не знала тогда еще вашей фамилии, да и он сам не знал... А теперь пришла... и как узнала вчера вашу фамилию... то и спросила сегодня: тут господин Раскольников где живет?.. И не знала, что вы тоже от жильцов живете... Прощайте-с... Я Катерине Ивановне...

Она ужасно рада была, что наконец ушла; пошла потупясь, торопясь, чтобы поскорей как-нибудь уйти у них из виду, чтобы пройти как-нибудь поскорей эти двадцать шагов до поворота направо в улицу и остаться наконец одной, и там, идя, спеша, ни на кого не глядя, ничего не замечая, думать, вспоминать, соображать каждое сказанное слово, каждое обстоятельство. Никогда, никогда она не ощущала ничего подобного. Целый новый мир неведомо и смутно сошел в ее душу. Она припомнила вдруг, что Раскольников сам хотел к ней сегодня зайти, может, еще утром, может, сейчас!

-- Только уж не сегодня, пожалуйста, не сегодня! -- бормотала она с замиранием сердца, точно кого-то упрашивая, как ребенок в испуге. -- Господи! Ко мне... в эту комнату... он увидит... о господи!

И, уж конечно, она не могла заметить в эту минуту одного незнакомого ей господина, прилежно следившего за ней и провожавшего ее по пятам. Он провожал ее с самого выхода из ворот. В ту минуту, когда все трое, Разумихин, Раскольников и она, остановились на два слова на тротуаре, этот прохожий, обходя их, вдруг как бы вздрогнул, нечаянно на лету поймав слова Сони: "и спросила: господин Раскольников где живет?" Он быстро, но внимательно оглядел всех троих, в особенности же Раскольникова, к которому обращалась Соня; потом посмотрел на дом и заметил его. Всё это сделано было в мгновение, на ходу, и прохожий, стараясь не показать даже виду, пошел далее, убавив шагу и как бы в ожидании. Он поджидал Соню; он видел, что они прощались и что Соня пойдет сейчас куда-то к себе.

"Так куда же к себе? Видел где-то это лицо, -- думал он, припоминая лицо Сони... -- надо узнать".

Дойдя до поворота, он перешел на противоположную сторону улицы, обернулся и увидел, что Соня уже идет вслед за ним, по той же дороге, и ничего не замечая. Дойдя до поворота, как раз и она повернула в эту же улицу. Он пошел вслед, не спуская с нее глаз с противоположного тротуара; пройдя шагов пятьдесят, перешел опять на ту сторону, по которой шла Соня, догнал ее и пошел за ней, оставаясь в пяти шагах расстояния.

Это был человек лет пятидесяти, росту повыше среднего, дородный, с широкими и крутыми плечами, что придавало ему несколько сутуловатый вид. Был он щегольски и комфортно одет и смотрел осанистым барином. В руках его была красивая трость, которою он постукивал, с каждым шагом, по тротуару, а руки были в свежих перчатках. Широкое, скулистое лицо его было довольно приятно, и цвет лица был свежий, не петербургский. Волосы его, очень еще густые, были совсем белокурые и чуть-чуть разве с проседью, а широкая, густая борода, спускавшаяся лопатой, была еще светлее головных волос. Глаза его были голубые и смотрели холодно, пристально и вдумчиво; губы алые. Вообще это был отлично сохранившийся человек и казавшийся гораздо моложе своих лет.

Когда Соня вышла на канаву, они очутились вдвоем на тротуаре. Наблюдая ее, он успел заметить ее задумчивость и рассеянность. Дойдя до своего дома, Соня повернула в ворота, он за ней и как бы несколько удивившись. Войдя во двор, она взяла вправо, в угол, где была лестница в ее квартиру. "Ба!" -- пробормотал незнакомый барин и начал взбираться вслед за ней по ступеням. Тут только Соня заметила его. Она прошла в третий этаж, повернула в галерею и позвонила в девятый нумер, на дверях которого было написано мелом: "Капернаумов портной". "Ба!" -- повторил опять незнакомец, удивленный странным совпадением, и позвонил рядом в восьмой нумер. Обе двери были шагах в шести одна от другой.

-- Вы у Капернаумова стоите! -- сказал он, смотря на Соню и смеясь. -- Он мне жилет вчера перешивал. А я здесь, рядом с вами, у мадам Ресслих, Гертруды Карловны. Как пришлось-то!

Соня посмотрела на него внимательно.

-- Соседи, -- продолжал он как-то особенно весело. -- Я ведь всего третий день в городе. Ну-с, пока до свидания.

Соня не ответила; дверь отворили, и она проскользнула к себе. Ей стало отчего-то стыдно, и как будто она оробела...

Разумихин дорогою к Порфирию был в особенно возбужденном состоянии.

-- Это, брат, славно, -- повторял он несколько раз, -- и я рад! Я рад!

"Да чему ты рад?" -- думал про себя Раскольников.

-- Я ведь и не знал, что ты тоже у старухи закладывал. И... и... давно это было? То есть давно ты был у ней?

"Экой ведь наивный дурак!"

-- Когда?.. -- приостановился Раскольников, припоминая, -- да дня за три до ее смерти я был у ней, кажется. Впрочем, я ведь не выкупить теперь вещи иду, -- подхватил он с какою-то торопливою и особенною заботой о вещах, -- ведь у меня опять всего только рубль серебром... из-за этого вчерашнего проклятого бреду!..

О бреде он произнес особенно внушительно.

-- Ну да, да, да, -- торопливо и неизвестно чему поддакивал Разумихин, -- так вот почему тебя тогда... поразило отчасти... а знаешь, ты и в бреду об каких-то колечках и цепочках всё поминал!.. Ну да, да... Это ясно, всё теперь ясно.

"Вона! Эк ведь расползлась у них эта мысль! Ведь вот этот человек за меня на распятие пойдет, а ведь очень рад, что разъяснилось, почему я о колечках в бреду поминал! Эк ведь утвердилось у них у всех!.."

-- А застанем мы его? -- спросил он вслух.

-- Застанем, застанем, -- торопился Разумихин. -- Это, брат, славный парень, увидишь! Неуклюж немного, то есть он человек и светский, но я в другом отношении говорю неуклюж. Малый умный, умный, очень даже неглупый, только какой-то склад мыслей особенный... Недоверчив, скептик, циник... надувать любит, то есть не надувать, а дурачить... Ну и материальный старый метод... А дело знает, знает... Он одно дело, прошлого года, такое об убийстве разыскал, в котором почти все следы были потеряны! Очень, очень, очень желает с тобой познакомиться!

-- Да с какой же стати очень-то?

-- То есть не то чтобы... видишь, в последнее время, вот как ты заболел, мне часто и много приходилось об тебе поминать... Ну, он слушал... и как узнал, что ты по юридическому и кончить курса не можешь, по обстоятельствам, то сказал: "Как жаль!" Я и заключил... то есть всё это вместе, не одно ведь это; вчера Заметов... Видишь, Родя, я тебе что-то вчера болтал в пьяном виде, как домой-то шли... так я, брат, боюсь, чтоб ты не преувеличил, видишь...

-- Что это? Что меня сумасшедшим-то считают? Да, может, и правда.

Он напряженно усмехнулся.

-- Да... да... то есть тьфу, нет!.. Ну, да всё, что я говорил (и про другое тут же), это всё было вздор и с похмелья.

-- Да чего ты извиняешься! Как это мне всё надоело! -- крикнул Раскольников с преувеличенною раздражительностью. Он, впрочем, отчасти притворился.

-- Знаю, знаю, понимаю. Будь уверен, что понимаю. Стыдно и говорить даже...

-- А коль стыдно, так и не говори!

Оба замолчали. Разумихин был более чем в восторге, и Раскольников с отвращением это чувствовал. Тревожило его и то, что Разумихин сейчас говорил о Порфирии.

"Этому тоже надо Лазаря петь, -- думал он, бледнея и с постукивающим сердцем, -- и натуральнее петь. Натуральнее всего ничего бы не петь. Усиленно ничего не петь! Нет, усиленно было бы опять ненатурально... Ну, да там как обернется... посмотрим... сейчас... хорошо иль не хорошо, что я иду? Бабочка сама на свечку летит. Сердце стучит, вот что нехорошо!.."

-- В этом сером доме, -- сказал Разумихин.

"Важнее всего, знает Порфирий иль не знает, что я вчера у этой ведьмы в квартире был... и про кровь спрашивал? В один миг надо это узнать, с первого шагу, как войду, по лицу узнать; и-на-че... хоть пропаду, да узнаю!"

-- А знаешь что? -- вдруг обратился он к Разумихину с плутоватою улыбкой, -- я, брат, сегодня заметил, что ты с утра в каком-то необыкновенном волнении состоишь? Правда?

-- В каком волнении? Вовсе ни в каком не в волнении, -- передернуло Разумихина.

-- Нет, брат, право, заметно. На стуле ты давеча сидел так, как никогда не сидишь, как-то на кончике, и всё тебя судорога дергала. Вскакивал ни с того, ни с сего. То сердитый, а то вдруг рожа, как сладчайший леденец, отчего-то сделается. Краснел даже; особенно, когда тебя пригласили обедать, ты ужасно покраснел.

-- Да ничего я; врешь!.. Ты про что это?

-- Да что ты, точно школьник, юлишь! Фу, черт, да он опять покраснел!

-- Какая ты свинья, однако ж!

-- Да ты чего конфузишься? Ромео! Постой, я это кое-где перескажу сегодня, ха-ха-ха! Вот маменьку-то посмешу... да и еще кой-кого...

-- Послушай, послушай, послушай, ведь это серьезно, ведь это... Что ж это после этого, черт! -- сбился окончательно Разумихин, холодея от ужаса. -- Что ты им расскажешь? Я, брат... Фу, какая же ты свинья!

-- Просто роза весенняя! И как это к тебе идет, если б ты знал; Ромео десяти вершков росту! Да как ты вымылся сегодня, ногти ведь отчистил, а? Когда это бывало? Да ей-богу же ты напомадился! Нагнись-ка!

-- Свинья!!!

Раскольников до того смеялся, что, казалось, уж и сдержать себя не мог, так со смехом и вступили в квартиру Порфирия Петровича. Того и надо было Раскольникову: из комнат можно было услышать, что они вошли смеясь и всё еще хохочут в прихожей.

-- Ни слова тут, или я тебя... размозжу! -- прошептал в бешенстве Разумихин, хватая за плечо Раскольникова.

V

Тот уже входил в комнаты. Он вошел с таким видом, как будто изо всей силы сдерживался, чтобы не прыснуть как-нибудь со смеху. За ним, с совершенно опрокинутою и свирепою физиономией, красный как пион, долговязо и неловко, вошел стыдящийся Разумихин. Лицо его и вся фигура действительно были в эту минуту смешны и оправдывали смех Раскольникова. Раскольников, еще не представленный, поклонился стоявшему посреди комнаты и вопросительно глядевшему на них хозяину, протянул и пожал ему руку всё еще с видимым чрезвычайным усилием подавить свою веселость и по крайней мере хоть два-три слова выговорить, чтоб отрекомендовать себя. Но едва только он успел принять серьезный вид и что-то пробормотать -- вдруг, как бы невольно, взглянул опять на Разумихина и тут уже не мог выдержать: подавленный смех прорвался тем неудержимее, чем сильнее до сих пор сдерживался. Необыкновенная свирепость, с которою принимал этот "задушевный" смех Разумихин, придавала всей этой сцене вид самой искренней веселости и, главное, натуральности. Разумихин, как нарочно, еще помог делу.

-- Фу, черт! -- заревел он, махнув рукой, и как раз ударил ее об маленький круглый столик, на котором стоял допитый стакан чаю. Всё полетело и зазвенело.

-- Да зачем же стулья-то ломать, господа, казне ведь убыток! -- весело закричал Порфирий Петрович.

Сцена представлялась таким образом: Раскольников досмеивался, забыв свою руку в руке хозяина, но, зная меру, выжидал мгновения поскорее и натуральнее кончить. Разумихин, сконфуженный окончательно падением столика и разбившимся стаканом, мрачно поглядел на осколки, плюнул и круто повернул к окну, где и стал спиной к публике, с страшно нахмуренным лицом, смотря в окно и ничего не видя. Порфирий Петрович смеялся и желал смеяться, но очевидно было, что ему надо объяснений. В углу на стуле сидел Заметов, привставший при входе гостей и стоявший в ожидании, раздвинув в улыбку рот, но с недоумением и даже как будто с недоверчивостью смотря на всю сцену, а на Раскольникова даже с каким-то замешательством. Неожиданное присутствие Заметова неприятно поразило Раскольникова.

"Это еще надо сообразить!" -- подумал он.

-- Извините, пожалуйста, -- начал он, усиленно законфузившись, -- Раскольников...

-- Помилуйте, очень приятно-с, да и приятно вы так вошли... Что ж, он и здороваться уж не хочет? -- кивнул Порфирий Петрович на Разумихина.

-- Ей-богу, не знаю, чего он на меня взбесился. Я сказал ему только дорогой, что он на Ромео похож, и.. и доказал, и больше ничего, кажется, не было.

-- Свинья! -- отозвался, не оборачиваясь, Разумихин.

-- Значит, очень серьезные причины имел, чтобы за одно словечко так рассердиться, -- рассмеялся Порфирий.

-- Ну, ты! следователь!.. Ну, да черт с вами со всеми! -- отрезал Разумихин и вдруг, рассмеявшись сам, с повеселевшим лицом, как ни в чем не бывало, подошел к Порфирию Петровичу.

-- Шабаш! Все дураки; к делу: вот приятель, Родион Романыч Раскольников, во-первых, наслышан и познакомиться пожелал, а во-вторых, дельце малое до тебя имеет. Ба! Заметов! Ты здесь каким образом? Да разве вы знакомы? Давно ль сошлись?

"Это что еще!" -- тревожно подумал Раскольников.

Заметов как будто законфузился, но не очень.

-- Вчера у тебя же познакомились, -- сказал он развязно.

-- Значит, от убытка бог избавил: на прошлой неделе ужасно просил меня, чтобы как-нибудь тебе, Порфирий, отрекомендоваться, а вы и без меня снюхались... Где у тебя табак?

Порфирий Петрович был по-домашнему, в халате, в весьма чистом белье и в стоптанных туфлях. Это был человек лет тридцати пяти, росту пониже среднего, полный и даже с брюшком, выбритый, без усов и без бакенбард, с плотно выстриженными волосами на большой круглой голове, как-то особенно выпукло закругленной на затылке. Пухлое, круглое и немного курносое лицо его было цвета больного, темно-желтого, но довольно бодрое и даже насмешливое. Оно было бы даже и добродушное, если бы не мешало выражение глаз, с каким-то жидким водянистым блеском, прикрытых почти белыми, моргающими, точно подмигивая кому, ресницами. Взгляд этих глаз как-то странно не гармонировал со всею фигурой, имевшею в себе даже что-то бабье, и придавал ей нечто гораздо более серьезное, чем с первого взгляда можно было от нее ожидать.

Порфирий Петрович, как только услышал, что гость имеет до него "дельце", тотчас же попросил его сесть на диван, сам уселся на другом конце и уставился в гостя, в немедленном ожидании изложения дела, с тем усиленным и уж слишком серьезным вниманием, которое даже тяготит и смущает с первого раза, особенно по незнакомству, и особенно если то, что вы излагаете, по собственному вашему мнению, далеко не в пропорции с таким необыкновенно важным, оказываемым вам вниманием. Но Раскольников в коротких и связных словах, ясно и точно изъяснил свое дело и собой остался доволен так, что даже успел довольно хорошо осмотреть Порфирия. Порфирий Петрович тоже ни разу не свел с него глаз во всё время. Разумихин, поместившись напротив, за тем же столом, горячо и нетерпеливо следил за изложением дела, поминутно переводя глаза с того на другого и обратно, что уже выходило немного из мерки.

"Дурак!" -- ругнул про себя Раскольников.

-- Вам следует подать объявление в полицию, -- с самым деловым видом отвечал Порфирий, -- о том-с, что, известившись о таком-то происшествии, то есть об этом убийстве, вы просите, в свою очередь, уведомить следователя, которому поручено дело, что такие-то вещи принадлежат вам и что вы желаете их выкупить... или там... да вам, впрочем, напишут.

-- То-то и дело, что я, в настоящую минуту, -- как можно больше постарался законфузиться Раскольников, -- не совсем при деньгах... и даже такой мелочи не могу... я, вот видите ли, желал бы теперь только заявить, что эти вещи мои, но что когда будут деньги...

-- Это всё равно-с, -- ответил Порфирий Петрович, холодно принимая разъяснение о финансах, -- а впрочем, можно вам и прямо, если захотите, написать ко мне, в том же смысле, что вот, известясь о том-то и объявляя о таких-то моих вещах, прошу...

-- Это ведь на простой бумаге? -- поспешил перебить Раскольников, опять интересуясь финансовой частью дела.

-- О, на самой простейшей-с! -- и вдруг Порфирий Петрович как-то явно насмешливо посмотрел на него, прищурившись и как бы ему подмигнув. Впрочем, это, может быть, только так показалось Раскольникову, потому что продолжалось одно мгновение. По крайней мере, что-то такое было. Раскольников побожился бы, что он ему подмигнул, черт знает для чего.

"Знает!" -- промелькнуло в нем как молния.

-- Извините, что такими пустяками беспокоил, -- продолжал он, несколько сбившись, -- вещи мои стоят всего пять рублей, но они мне особенно дороги, как память тех, от кого достались, и, признаюсь, я, как узнал, очень испугался...

-- То-то ты так вспорхнулся вчера, когда я Зосимову сболтнул, что Порфирий закладчиков опрашивает! -- ввернул Разумихин, с видимым намерением.

Это уже было невыносимо. Раскольников не вытерпел и злобно сверкнул на него загоревшимися гневом черными своими глазами. Тотчас же и опомнился.

-- Ты, брат, кажется, надо мной подсмеиваешься? -- обратился он к нему, с ловко выделанным раздражением. -- Я согласен, что, может быть, уже слишком забочусь об этакой дряни, на твои глаза; но нельзя же считать меня за это ни эгоистом, ни жадным, и, на мои глаза, эти две ничтожные вещицы могут быть вовсе не дрянь. Я тебе уже говорил сейчас, что эти серебряные часы, которым грош цена, единственная вещь, что после отца осталась. Надо мной смейся, но ко мне мать приехала, -- повернулся он вдруг к Порфирию, -- и если б она узнала, -- отвернулся он опять поскорей к Разумихину, стараясь особенно, чтобы задрожал голос, -- что эти часы пропали, то, клянусь, она была бы в отчаянии! Женщины!

-- Да вовсе же нет! Я вовсе не в том смысле! Я совершенно напротив! -- кричал огорченный Разумихин.

"Хорошо ли? Натурально ли? Не преувеличил ли? -- трепетал про себя Раскольников. -- Зачем сказал: "женщины"?"

-- А к вам матушка приехала? -- осведомился для чего-то Порфирий Петрович.

-- Да.

-- Когда же это-с?

-- Вчера вечером.

Порфирий помолчал, как бы соображая.

-- Вещи ваши ни в каком случае и не могли пропасть, -- спокойно и холодно продолжал он. -- Ведь я уже давно вас здесь поджидаю.

И как ни в чем не бывало, он заботливо стал подставлять пепельницу Разумихину, беспощадно сорившему на ковер папироской. Раскольников вздрогнул, но Порфирий как будто и не глядел, всё еще озабоченный папироской Разумихина.

-- Что-о? Поджидал! Да ты разве знал, что и он там закладывал? -- крикнул Разумихин.

Порфирий Петрович прямо обратился к Раскольникову:

-- Ваши обе вещи, кольцо и часы, были у ней под одну бумажку завернуты, и на бумажке ваше имя карандашом четко обозначено, равно как и число месяца, когда она их от вас получила...

-- Как это вы так заметливы?.. -- неловко усмехнулся было Раскольников, особенно стараясь смотреть ему прямо в глаза; но не смог утерпеть и вдруг прибавил:-- Я потому так заметил сейчас, что, вероятно, очень много было закладчиков... так что вам трудно было бы их всех помнить... А вы, напротив, так отчетливо всех их помните, и... и...

"Глупо! Слабо! Зачем я это прибавил!"

-- А почти все закладчики теперь уж известны, так что вы только одни и не изволили пожаловать, -- ответил Порфирий с чуть приметным оттенком насмешливости.

-- Я не совсем был здоров.

-- И об этом слышал-с. Слышал даже, что уж очень были чем-то расстроены. Вы и теперь как будто бледны?

-- Совсем не бледен... напротив, совсем здоров! -- грубо и злобно отрезал Раскольников, вдруг переменяя тон. Злоба в нем накипала, и он не мог подавить ее. "А в злобе-то и проговорюсь! -- промелькнуло в нем опять. -- А зачем они меня мучают!.."

-- Не совсем здоров! -- подхватил Разумихин. -- Эвона сморозил! До вчерашнего дня чуть не без памяти бредил... Ну, веришь, Порфирий, сам едва на ногах, а чуть только мы, я да Зосимов, вчера отвернулись -- оделся и удрал потихоньку и куролесил где-то чуть не до полночи, и это в совершеннейшем, я тебе скажу, бреду, можешь ты это представить! Замечательнейший случай!

-- И неужели в совершеннейшем бреду? Скажите пожалуйста! -- с каким-то бабьим жестом покачал головою Порфирий.

-- Э, вздор! Не верьте! А впрочем, ведь вы и без того не верите! -- слишком уж со зла сорвалось у Раскольникова. Но Порфирий Петрович как будто не расслышал этих странных слов.

-- Да как же мог ты выйти, коли не в бреду? -- разгорячился вдруг Разумихин. -- Зачем вышел? Для чего?.. И почему именно тайком? Ну был ли в тебе тогда здравый смысл? Теперь, когда вся опасность прошла, я уж прямо тебе говорю!

-- Надоели они мне очень вчера, -- обратился вдруг Раскольников к Порфирию с нахально-вызывающею усмешкой, -- я и убежал от них квартиру нанять, чтоб они меня не сыскали, и денег кучу с собой захватил. Вон господин Заметов видел деньги-то. А что, господин Заметов, умен я был вчера али в бреду, разрешите-ка спор?

Он бы, кажется, так и задушил в эту минуту Заметова. Слишком уж взгляд его и молчание ему не нравились.

-- По-моему, вы говорили весьма разумно-с и даже хитро-с, только раздражительны были уж слишком, -- сухо заявил Заметов.

-- А сегодня сказывал мне Никодим Фомич, -- ввернул Порфирий Петрович, -- что встретил вас вчера, уж очень поздно, в квартире одного, раздавленного лошадьми, чиновника...

-- Ну вот хоть бы этот чиновник! -- подхватил Разумихин, -- ну, не сумасшедший ли был ты у чиновника? Последние деньги на похороны вдове отдал! Ну, захотел помочь -- дай пятнадцать, дай двадцать, ну да хоть три целковых себе оставь, а то все двадцать пять так и отвалил!

-- А может, я где-нибудь клад нашел, а ты не знаешь? Вот я вчера и расщедрился... Вон господин Заметов знает, что я клад нашел!.. Вы извините, пожалуйста, -- обратился он со вздрагивающими губами к

Порфирию, -- что мы вас пустяшным таким перебором полчаса беспокоим. Надоели ведь, а?

-- Помилуйте-с, напротив, на-а-против! Если бы вы знали, как вы меня интересуете! Любопытно и смотреть, и слушать... и я, признаюсь, так рад, что вы изволили, наконец, пожаловать...

-- Да дай хоть чаю-то! Горло пересохло! -- вскричал Разумихин.

-- Прекрасная идея! Может, и все компанию сделают. А не хочешь ли... посущественнее, перед чаем-то?

-- Убирайся!

Порфирий Петрович вышел приказать чаю.

Мысли крутились как вихрь в голове Раскольникова. Он был ужасно раздражен.

"Главное, даже и не скрываются, и церемониться не хотят! А по какому случаю, коль меня совсем не знаешь, говорил ты обо мне с Никодимом Фомичом? Стало быть, уж и скрывать не хотят, что следят за мной, как стая собак! Так откровенно в рожу и плюют! -- дрожал он от бешенства. -- Ну, бейте прямо, а не играйте, как кошка с мышью. Это ведь невежливо, Порфирий Петрович, ведь я еще, может быть, не позволю-с!.. Встану, да и брякну всем в рожу всю правду; и увидите, как я вас презираю!.. -- Он с трудом перевел дыхание. -- А что, если мне так только кажется? Что, если это мираж, и я во всем ошибаюсь, по неопытности злюсь, подлой роли моей не выдерживаю? Может быть, это всё без намерения? Все слова их обыкновенные, но что-то в них есть... Всё это всегда можно сказать, но что-то есть. Почему он сказал прямо "у ней"? Почему Заметов прибавил, что я хитро говорил? Почему они говорят таким тоном? Да... тон... Разумихин тут же сидел, почему ж ему ничего не кажется? Этому невинному болвану никогда ничего не кажется! Опять лихорадка!.. Подмигнул мне давеча Порфирий аль нет? Верно, вздор; для чего бы подмигивать? Нервы, что ль, хотят мои раздражить али дразнят меня? Или всё мираж, или знают!.. Даже Заметов дерзок... Дерзок ли Заметов? Заметов передумал за ночь. Я и предчувствовал, что передумает! Он здесь как свой, а сам в первый раз. Порфирий его за гостя не считает, к нему задом сидит. Снюхались! Непременно из-за меня снюхались! Непременно до нас обо мне говорили!.. Знают ли про квартиру-то? Поскорей бы уж!.. Когда я сказал, что квартиру нанять вчера убежал, он пропустил, не поднял...

А это я ловко про квартиру ввернул: потом пригодится!.. В бреду, дескать!.. Ха-ха-ха! Он про весь вечер вчерашний знает! Про приезд матери не знал!.. А ведьма и число прописала карандашом!.. Врете, не дамся! Ведь это еще не факты, это только мираж! Нет, вы давайте-ка фактов! И квартира не факт, а бред; я знаю, что им говорить... Знают ли про квартиру-то? Не уйду, не узнав! Зачем я пришел? А вот что я злюсь теперь, так это, пожалуй, и факт! Фу, как я раздражителен! А может, и хорошо; болезненная роль... Он меня ощупывает. Сбивать будет. Зачем я пришел?"

Всё это, как молния, пронеслось в его голове.

Порфирий Петрович мигом воротился. Он вдруг как-то повеселел.

-- У меня, брат, со вчерашнего твоего голова... Да и весь я как-то развинтился, -- начал он совсем другим тоном, смеясь, к Разумихину.

-- А что, интересно было? Я ведь вас вчера на самом интересном пункте бросил? Кто победил?

-- Да никто, разумеется. На вековечные вопросы съехали, на воздусех парили.

-- Вообрази, Родя, на что вчера съехали: есть или нет преступление? Говорил, что до чертиков доврались!

-- Что ж удивительного? Обыкновенный социальный вопрос, -- рассеянно ответил Раскольников.

-- Вопрос был не так формулирован, -- заметил Порфирий.

-- Не совсем так, это правда, -- тотчас же согласился Разумихин, торопясь и разгорячаясь по обыкновению. -- Видишь, Родион: слушай и скажи свое мнение. Я хочу. Я из кожи лез вчера с ними и тебя поджидал; я и им про тебя говорил, что придешь... Началось с воззрения социалистов. Известно воззрение: преступление есть протест против ненормальности социального устройства -- и только, и ничего больше, и никаких причин больше не допускается, -- и ничего!..

-- Вот и соврал! -- крикнул Порфирий Петрович. Он видимо оживлялся и поминутно смеялся, смотря на Разумихина, чем еще более поджигал его.

-- Н-ничего не допускается! -- с жаром перебил Разумихин, -- не вру!.. Я тебе книжки ихние покажу: всё у них потому, что "среда заела", -- и ничего больше! Любимая фраза! Отсюда прямо, что если общество устроить нормально, то разом и все преступления исчезнут, так как не для чего будет протестовать, и все в один миг станут праведными. Натура не берется в расчет, натура изгоняется, натуры не полагается! У них не человечество, развившись историческим, живым путем до конца, само собою обратится наконец в нормальное общество, а, напротив, социальная система, выйдя из какой-нибудь математической головы, тотчас же и устроит всё человечество и в один миг сделает его праведным и безгрешным, раньше всякого живого процесса, без всякого исторического и живого пути! Оттого-то они так инстинктивно и не любят историю: "безобразия одни в ней да глупости" -- и всё одною только глупостью объясняется! Оттого так и не любят живого процесса жизни: не надо живой души! Живая душа жизни потребует, живая душа не послушается механики, живая душа подозрительна, живая душа ретроградна! А тут хоть и мертвечинкой припахивает, из каучука сделать можно, -- зато не живая, зато без воли, зато рабская, не взбунтуется! И выходит в результате, что всё на одну только кладку кирпичиков да на расположение коридоров и комнат в фаланстере свели! Фаланстера-то и готова, да натура-то у вас для фаланстеры еще не готова, жизни хочет, жизненного процесса еще не завершила, рано на кладбище! С одной логикой нельзя через натуру перескочить! Логика предугадает три случая, а их миллион! Отрезать весь миллион и всё на один вопрос о комфорте свести! Самое легкое разрешение задачи! Соблазнительно ясно, и думать не надо! Главное -- думать не надо! Вся жизненная тайна на двух печатных листках умещается!

-- Ведь вот прорвался, барабанит! За руки держать надо, -- смеялся Порфирий. -- Вообразите, -- обернулся он к Раскольникову, -- вот так же вчера вечером, в одной комнате, в шесть голосов, да еще пуншем напоил предварительно, -- можете себе представить? Нет, брат, ты врешь: "среда" многое в преступлении значит; это я тебе подтвержу.

-- И сам знаю, что много, да ты вот что скажи: сорокалетний бесчестит десятилетнюю девочку, -- среда, что ль, его на это понудила?

-- А что ж, оно в строгом смысле, пожалуй, что и среда, -- с удивительною важностью заметил Порфирий, -- преступление над девочкой очень и очень даже можно "средой" объяснить.

Разумихин чуть в бешенство не пришел.

-- Ну, да хочешь я тебе сейчас выведу, -- заревел он, -- что у тебя белые ресницы единственно оттого только, что в Иване Великом тридцать пять сажен высоты, и выведу ясно, точно, прогрессивно и даже с либеральным оттенком? Берусь! Ну, хочешь пари!

-- Принимаю! Послушаем, пожалуйста, как он выведет!

-- Да ведь всё притворяется, черт! -- вскричал Разумихин, вскочил и махнул рукой. -- Ну стоит ли с тобой говорить! Ведь он это всё нарочно, ты еще не знаешь его, Родион! И вчера их сторону принял, только чтобы всех одурачить. И что ж он говорил вчера, господи! А они-то ему обрадовались!.. Ведь он по две недели таким образом выдерживает. Прошлого года уверил нас для чего-то, что в монахи идет: два месяца стоял на своем! Недавно вздумал уверять, что женится, что всё уж готово к венцу. Платье даже новое сшил. Мы уж стали его поздравлять. Ни невесты, ничего не бывало: всё мираж!

-- А вот соврал! Я платье сшил прежде. Мне по поводу нового платья и пришло в голову вас всех поднадуть.

-- В самом деле вы такой притворщик? -- спросил небрежно Раскольников.

-- А вы думали, нет? Подождите, я и вас проведу -- ха-ха-ха! Нет, видите ли-с, я вам всю правду скажу. По поводу всех этих вопросов, преступлений, среды, девочек мне вспомнилась теперь, -- а впрочем, и всегда интересовала меня, -- одна ваша статейка: "О преступлении".. или как там у вас, забыл название, не помню. Два месяца назад имел удовольствие в "Периодической речи" прочесть.

-- Моя статья? В "Периодической речи"? -- с удивлением спросил Раскольников, -- я действительно написал, полгода назад, когда из университета вышел, по поводу одной книги, одну статью, но я снес ее тогда в газету "Еженедельная речь", а не в "Периодическую".

-- А попала в "Периодическую".

-- Да ведь "Еженедельная речь" перестала существовать, потому тогда и не напечатали...

-- Это правда-с; но, переставая существовать, "Еженедельная речь" соединилась с "Периодическою речью", а потому и статейка ваша, два месяца назад, явилась в "Периодической речи". А вы не знали?

Раскольников действительно ничего не знал.

-- Помилуйте, да вы деньги можете с них спросить за статью! Какой, однако ж, у вас характер! Живете так уединенно, что таких вещей, до вас прямо касающихся, не ведаете. Это ведь факт-с.

-- Браво, Родька! И я тоже не знал! -- вскричал Разумихин. -- Сегодня же в читальню забегу и нумер спрошу! Два месяца назад? Которого числа? Всё равно разыщу! Вот штука-то! И не скажет!

-- А вы почему узнали, что статья моя? Она буквой подписана.

-- А случайно, и то на днях. Через редактора; я знаком... Весьма заинтересовался.

-- Я рассматривал, помнится, психологическое состояние преступника в продолжение всего хода преступления.

-- Да-с, и настаиваете, что акт исполнения преступления сопровождается всегда болезнию. Очень, очень оригинально, но... меня, собственно, не эта часть вашей статейки заинтересовала, а некоторая мысль, пропущенная в конце статьи, но которую вы, к сожалению, проводите только намеком, неясно... Одним словом, если припомните, проводится некоторый намек на то, что существуют на свете будто бы некоторые такие лица, которые могут... то есть не то что могут, а полное право имеют совершать всякие бесчинства и преступления, и что для них будто бы и закон не писан.

Раскольников усмехнулся усиленному и умышленному искажению своей идеи.

-- Как? Что такое? Право на преступление? Но ведь не потому, что "заела среда"? -- с каким-то даже испугом осведомился Разумихин.

-- Нет, нет, не совсем потому, -- ответил Порфирий. -- Всё дело в том, что в ихней статье все люди как-то разделяются на "обыкновенных" и "необыкновенных". Обыкновенные должны жить в послушании и не имеют права переступать закона, потому что они, видите ли, обыкновенные. А необыкновенные имеют право делать всякие преступления и всячески преступать закон, собственно потому, что они необыкновенные. Так у вас, кажется, если только не ошибаюсь?

-- Да как же это? Быть не может, чтобы так! -- в недоумении бормотал Разумихин.

Раскольников усмехнулся опять. Он разом понял, в чем дело и на что его хотят натолкнуть; он помнил свою статью. Он решился принять вызов.

-- Это не совсем так у меня, -- начал он просто и скромно. -- Впрочем, признаюсь, вы почти верно ее изложили, даже, если хотите, и совершенно верно... (Ему точно приятно было согласиться, что совершенно верно). Разница единственно в том, что я вовсе не настаиваю, чтобы необыкновенные люди непременно должны и обязаны были творить всегда всякие бесчинства, как вы говорите. Мне кажется даже, что такую статью и в печать бы не пропустили. Я просто-запросто намекнул, что "необыкновенный" человек имеет право... то есть не официальное право, а сам имеет право разрешить своей совести перешагнуть... через иные препятствия, и единственно в том только случае, если исполнение его идеи (иногда спасительной, может быть, для всего человечества) того потребует. Вы изволите говорить, что статья моя неясна; я готов ее вам разъяснить, по возможности. Я, может быть, не ошибусь, предполагая, что вам, кажется, того и хочется; извольте-с. По-моему, если бы Кеплеровы и Ньютоновы открытия вследствие каких-нибудь комбинаций никоим образом не могли бы стать известными людям иначе как с пожертвованием жизни одного, десяти, ста и так далее человек, мешавших бы этому открытию или ставших бы на пути как препятствие, то Ньютон имел бы право, и даже был бы обязан... устранить этих десять или сто человек, чтобы сделать известными свои открытия всему человечеству. Из этого, впрочем, вовсе не следует, чтобы Ньютон имел право убивать кого вздумается, встречных и поперечных, или воровать каждый день на базаре. Далее, помнится мне, я развиваю в моей статье, что все... ну, например, хоть законодатели и установители человечества, начиная с древнейших, продолжая Ликургами, Солонами, Магометами, Наполеонами и так далее, все до единого были преступники, уже тем одним, что, давая новый закон, тем самым нарушали древний, свято чтимый обществом и от отцов перешедший, и, уж конечно, не останавливались и перед кровью, если только кровь (иногда совсем невинная и доблестно пролитая за древний закон) могла им помочь.

Замечательно даже, что большая часть этих благодетелей и установителей человечества были особенно страшные кровопроливцы. Одним словом, я вывожу, что и все, не то что великие, но и чуть-чуть из колеи выходящие люди, то есть чуть-чуть даже способные сказать что-нибудь новенькое, должны, по природе своей, быть непременно преступниками, -- более или менее, разумеется. Иначе трудно им выйти из колеи, а оставаться в колее они, конечно, не могут согласиться, опять-таки по природе своей, а по-моему, так даже и обязаны не соглашаться. Одним словом, вы видите, что до сих пор тут нет ничего особенно нового. Это тысячу раз было напечатано и прочитано. Что же касается до моего деления людей на обыкновенных и необыкновенных, то я согласен, что оно несколько произвольно, но ведь я же на точных цифрах и не настаиваю. Я только в главную мысль мою верю. Она именно состоит в том, что люди, по закону природы, разделяются вообще на два разряда: на низший (обыкновенных), то есть, так сказать, на материал, служащий единственно для зарождения себе подобных, и собственно на людей, то есть имеющих дар или талант сказать в среде своей новое слово. Подразделения тут, разумеется, бесконечные, но отличительные черты обоих разрядов довольно резкие: первый разряд, то есть материал, говоря вообще, люди по натуре своей консервативные, чинные, живут в послушании и любят быть послушными. По-моему, они и обязаны быть послушными, потому что это их назначение, и тут решительно нет ничего для них унизительного. Второй разряд, все преступают закон, разрушители или склонны к тому, судя по способностям. Преступления этих людей, разумеется, относительны и многоразличны; большею частию они требуют, в весьма разнообразных заявлениях, разрушения настоящего во имя лучшего. Но если ему надо, для своей идеи, перешагнуть хотя бы и через труп, через кровь, то он внутри себя, по совести, может, по-моему, дать себе разрешение перешагнуть через кровь, -- смотря, впрочем, по идее и по размерам ее, -- это заметьте. В этом только смысле я и говорю в моей статье об их праве на преступление. (Вы припомните, у нас ведь с юридического вопроса началось). Впрочем, тревожиться много нечего: масса никогда почти не признает за ними этого права, казнит их и вешает (более или менее) и тем, совершенно справедливо, исполняет консервативное свое назначение, с тем, однако ж, что в следующих поколениях эта же масса ставит казненных на пьедестал и им поклоняется (более или менее). Первый разряд всегда -- господин настоящего, второй разряд -- господин будущего. Первые сохраняют мир и приумножают его численно; вторые двигают мир и ведут его к цели. И те, и другие имеют совершенно одинаковое право существовать. Одним словом, у меня все равносильное право имеют, и -- vive la guerre éternelle, 1 --до Нового Иерусалима, разумеется!

1 Да здравствует вековечная война (франц.)

-- Так вы все-таки верите же в Новый Иерусалим?

-- Верую, -- твердо отвечал Раскольников; говоря это и в продолжение всей длинной тирады своей, он смотрел в землю, выбрав себе точку на ковре.

-- И-и-и в бога веруете? Извините, что так любопытствую.

-- Верую, -- повторил Раскольников, поднимая глаза на Порфирия.

-- И-и в воскресение Лазаря веруете?

-- Ве-верую. Зачем вам всё это?

-- Буквально веруете?

-- Буквально.

-- Вот как-с... так полюбопытствовал. Извините-с. Но позвольте, -- обращаюсь к давешнему, -- ведь их не всегда же казнят; иные напротив...

-- Торжествуют при жизни? О да, иные достигают и при жизни, и тогда...

-- Сами начинают казнить?

-- Если надо и, знаете, даже большею частию. Вообще замечание ваше остроумно.

-- Благодарю-с. Но вот что скажите: чем же бы отличить этих необыкновенных-то от обыкновенных? При рождении, что ль, знаки такие есть? Я в том смысле, что тут надо бы поболее точности, так сказать, более наружной определенности: извините во мне естественное беспокойство практического и благонамеренного человека, но нельзя ли тут одежду, например, особую завести, носить что-нибудь, клеймы там, что ли, какие?.. Потому, согласитесь, если произойдет путаница и один из одного разряда вообразит, что он принадлежит к другому разряду, и начнет "устранять все препятствия", как вы весьма счастливо выразились, так ведь тут...

-- О, это весьма часто бывает! Это замечание ваше еще даже остроумнее давешнего..

-- Благодарю-с..

-- Не стоит-с; но примите в соображение, что ошибка возможна ведь только со стороны первого разряда, то есть "обыкновенных" людей (как я, может быть очень неудачно, их назвал). Несмотря на врожденную склонность их к послушанию, по некоторой игривости природы, в которой не отказано даже и корове, весьма многие из них любят воображать себя передовыми людьми, "разрушителями" и лезть в "новое слово", и это совершенно искренно-с. Действительно же новых они в то же время весьма часто не замечают и даже презирают, как отсталых и унизительно думающих людей. Но, по-моему, тут не может быть значительной опасности, и вам, право, нечего беспокоиться, потому что они никогда далеко не шагают. За увлечение, конечно, их можно иногда бы посечь, чтобы напомнить им свое место, но не более; тут и исполнителя даже не надо: они сами себя посекут, потому что очень благонравны; иные друг дружке эту услугу оказывают, а другие сами себя собственноручно... Покаяния разные публичные при сем на себя налагают, -- выходит красиво и назидательно, одним словом, вам беспокоиться нечего... Такой закон есть.

-- Ну, по крайней мере с этой стороны, вы меня хоть несколько успокоили; но вот ведь опять беда-с: скажите, пожалуйста, много ли таких людей, которые других-то резать право имеют, "необыкновенных-то" этих? Я, конечно, готов преклониться, но ведь согласитесь, жутко-с, если уж очень-то много их будет, а?

-- О, не беспокойтесь и в этом, -- тем же тоном продолжал Раскольников. -- Вообще людей с новою мыслию, даже чуть-чуть только способных сказать хоть что-нибудь новое, необыкновенно мало рождается, даже до странности мало. Ясно только одно, что порядок зарождения людей, всех этих разрядов и подразделений, должно быть, весьма верно и точно определен каким-нибудь законом природы. Закон этот, разумеется, теперь неизвестен, но я верю, что он существует и впоследствии может стать и известным. Огромная масса людей, материал, для того только и существует на свете, чтобы наконец, чрез какое-то усилие, каким-то таинственным до сих пор процессом, посредством какого-нибудь перекрещивания родов и пород, понатужиться и породить наконец на свет, ну хоть из тысячи одного, хотя сколько-нибудь самостоятельного человека. Еще с более широкою самостоятельностию рождается, может быть, из десяти тысяч один (я говорю примерно, наглядно). Еще с более широкою -- из ста тысяч один. Гениальные люди -- из миллионов, а великие гении, завершители человечества, -- может быть, по истечении многих тысячей миллионов людей на земле. Одним словом, в реторту, в которой всё это происходит, я не заглядывал. Но определенный закон непременно есть и должен быть; тут не может быть случая.

-- Да что вы оба, шутите, что ль? -- вскричал наконец Разумихин. -- Морочите вы друг друга иль нет? Сидят и один над другим подшучивают! Ты серьезно, Родя?

Раскольников молча поднял на него свое бледное и почти грустное лицо и ничего не ответил. И странною показалась Разумихину, рядом с этим тихим и грустным лицом, нескрываемая, навязчивая, раздражительная и невежливая язвительность Порфирия.

-- Ну, брат, если действительно это серьезно, то... Ты, конечно, прав, говоря, что это не ново и похоже на всё, что мы тысячу раз читали и слышали; но что действительно оригинально во всем этом, -- и действительно принадлежит одному тебе, к моему ужасу, -- это то, что все-таки кровь по совести разрешаешь, и, извини меня, с таким фанатизмом даже... В этом, стало быть, и главная мысль твоей статьи заключается. Ведь это разрешение крови по совести, это... это, по-моему, страшнее, чем бы официальное разрешение кровь проливать, законное...

-- Совершенно справедливо, -- страшнее-с, -- отозвался Порфирий.

-- Нет, ты как-нибудь да увлекся! Тут ошибка. Я прочту... Ты увлекся! Ты не можешь так думать... Прочту.

-- В статье всего этого нет, там только намеки, -- проговорил Раскольников.

-- Так-с, так-с, -- не сиделось Порфирию, -- мне почти стало ясно теперь, как вы на преступление изволите смотреть-с, но... уж извините меня за мою назойливость (беспокою уж очень вас, самому совестно!) -- видите ли-с: успокоили вы меня давеча очень-с насчет ошибочных-то случаев смешения обоих разрядов, но... меня всё тут практические разные случаи опять беспокоят! Ну как иной какой-нибудь муж, али юноша, вообразит, что он Ликург али Магомет... -- будущий, разумеется, -- да и давай устранять к тому все препятствия... Предстоит, дескать, далекий поход, а в поход деньги нужны... ну и начнет добывать себе для похода... знаете?

Заметов вдруг фыркнул из своего угла. Раскольников даже глаз на него не поднял.

-- Я должен согласиться, -- спокойно отвечал он, -- что такие случаи действительно должны быть. Глупенькие и тщеславные особенно на эту удочку попадаются; молодежь в особенности.

-- Вот видите-с. Ну так как же-с?

-- Да и так же, -- усмехнулся Раскольников, -- не я в этом виноват. Так есть и будет всегда. Вот он (он кивнул на Разумихина) говорил сейчас, что я кровь разрешаю. Так что же? Общество ведь слишком обеспечено ссылками, тюрьмами, судебными следователями, каторгами, -- чего же беспокоиться? И ищите вора!..

-- Ну, а коль сыщем?

-- Туда ему и дорога.

-- Вы-таки логичны. Ну-с, а насчет его совести-то?

-- Да какое вам до нее дело?

-- Да так уж, по гуманности-с.

-- У кого есть она, тот страдай, коль сознает ошибку. Это и наказание ему, -- опричь каторги.

-- Ну а действительно-то гениальные, -- нахмурясь, спросил Разумихин, -- вот те-то, которым резать-то право дано, те так уж и должны не страдать совсем, даже за кровь пролитую?

-- Зачем тут слово: должны? Тут нет ни позволения, ни запрещения. Пусть страдает, если жаль жертву... Страдание и боль всегда обязательны для широкого сознания и глубокого сердца. Истинно великие люди, мне кажется, должны ощущать на свете великую грусть, -- прибавил он вдруг задумчиво, даже не в тон разговора.

Он поднял глаза, вдумчиво посмотрел на всех, улыбнулся и взял фуражку. Он был слишком спокоен сравнительно с тем, как вошел давеча, и чувствовал это. Все встали.

-- Ну-с, браните меня или нет, сердитесь иль нет, а я не могу утерпеть, -- заключил опять Порфирий Петрович, -- позвольте еще вопросик один (очень уж я вас беспокою-с!), одну только маленькую идейку хотел пропустить, единственно только чтобы не забыть-с...

-- Хорошо, скажите вашу идейку, -- серьезный и бледный стоял перед ним в ожидании Раскольников.

-- Ведь вот-с... право, не знаю, как бы удачнее выразиться... идейка-то уж слишком игривенькая... психологическая-с... Ведь вот-с, когда вы вашу статейку-то сочиняли, -- ведь уж быть того не может, хе-хе! чтобы вы сами себя не считали, ну хоть на капельку, -- тоже человеком "необыкновенным" и говорящим новое слово, -- в вашем то есть смысле-с... Ведь так-с?

-- Очень может быть, -- презрительно ответил Раскольников.

Разумихин сделал движение.

-- А коль так-с, то неужели вы бы сами решились -- ну там ввиду житейских каких-нибудь неудач и стеснений или для споспешествования как-нибудь всему человечеству-- перешагнуть через препятствие-то?.. Ну, например, убить и ограбить?..

И он как-то вдруг опять подмигнул ему левым глазом и рассмеялся неслышно, -- точь-в-точь как давеча.

-- Если б я и перешагнул, то уж, конечно, бы вам не сказал, -- с вызывающим, надменным презрением ответил Раскольников.

-- Нет-с, это ведь я так только интересуюсь, собственно, для уразумения вашей статьи, в литературном только одном отношении-с...

"Фу, как это явно и нагло!" -- с отвращением подумал Раскольников.

-- Позвольте вам заметить, -- отвечал он сухо, -- что Магометом иль Наполеоном я себя не считаю... ни кем бы то ни было из подобных лиц, следственно, и не могу, не быв ими, дать вам удовлетворительного объяснения о том, как бы я поступил.

-- Ну, полноте, кто ж у нас на Руси себя Наполеоном теперь не считает? -- с страшною фамильярностию произнес вдруг Порфирий. Даже в интонации его голоса было на этот раз нечто уж особенно ясное.

-- Уж не Наполеон ли какой будущий и нашу Алену Ивановну на прошлой неделе топором укокошил? -- брякнул вдруг из угла Заметов.

Раскольников молчал и пристально, твердо смотрел на Порфирия. Разумихин мрачно нахмурился. Ему уж и прежде стало как будто что-то казаться. Он гневно посмотрел кругом. Прошла минута мрачного молчания. Раскольников повернулся уходить.

-- Вы уж уходите! -- ласково проговорил Порфирий, чрезвычайно любезно протягивая руку. -- Очень, очень рад знакомству. А насчет вашей просьбы не имейте и сомнения. Так-таки и напишите, как я вам говорил. Да лучше всего зайдите ко мне туда сами... как-нибудь на днях... да хоть завтра. Я буду там часов этак в одиннадцать, наверно. Всё и устроим... поговорим... Вы же, как один из последних, там бывших, может, что-нибудь и сказать бы нам могли... -- прибавил он с добродушнейшим видом.

-- Вы хотите меня официально допрашивать, со всею обстановкой? -- резко спросил Раскольников.

-- Зачем же-с? Покамест это вовсе не требуется. Вы не так поняли. Я, видите ли, не упускаю случая и... и со всеми закладчиками уже разговаривал... от иных отбирал показания... а вы, как последний... Да вот, кстати же! -- вскрикнул он, чему-то внезапно обрадовавшись, -- кстати вспомнил, что ж это я!.. -- повернулся он к Разумихину, -- вот ведь ты об этом Николашке мне тогда уши промозолил... ну, ведь и сам знаю, сам знаю, -- повернулся он к Раскольникову, -- что парень чист, да ведь что ж делать, и Митьку вот пришлось обеспокоить.. вот в чем дело-с, вся-то суть-с: проходя тогда по лестнице... позвольте: ведь вы в восьмом часу были-с?

-- В восьмом, -- отвечал Раскольников, неприятно почувствовав в ту же секунду, что мог бы этого и не говорить.

-- Так проходя-то в восьмом часу-с, по лестнице-то, не видали ль хоть вы, во втором-то этаже, в квартире-то отворенной -- помните? -- двух работников или хоть одного из них? Они красили там, не заметили ли? Это очень, очень важно для них!..

-- Красильщиков? Нет, не видал... -- медленно и как бы роясь в воспоминаниях отвечал Раскольников, в тот же миг напрягаясь всем существом своим и замирая от муки поскорей бы отгадать, в чем именно ловушка, и не просмотреть бы чего? -- Нет, не видал, да и квартиры такой, отпертой, что-то не заметил... а вот в четвертом этаже (он уже вполне овладел ловушкой и торжествовал) -- так помню, что чиновник один переезжал из квартиры... напротив Алены Ивановны... помню... это я ясно помню... солдаты диван какой-то выносили и меня к стене прижали... а красильщиков -- нет, не помню, чтобы красильщики были... да и квартиры отпертой нигде, кажется, не было. Да; не было...

-- Да ты что же! -- крикнул вдруг Разумихин, как бы опомнившись и сообразив, -- да ведь красильщики мазали в самый день убийства, а ведь он за три дня там был? Ты что спрашиваешь-то?

-- Фу! перемешал! -- хлопнул себя по лбу Порфирий. -- Черт возьми, у меня с этим делом ум за разум заходит! -- обратился он, как бы даже извиняясь, к Раскольникову, -- нам ведь так бы важно узнать, не видал ли кто их, в восьмом-то часу, в квартире-то, что мне и вообразись сейчас, что вы тоже могли бы сказать... совсем перемешал!

-- Так надо быть внимательнее, -- угрюмо заметил Разумихин.

Последние слова были сказаны уже в передней. Порфирий Петрович проводил их до самой двери чрезвычайно любезно. Оба вышли мрачные и хмурые на улицу и несколько шагов не говорили ни слова. Раскольников глубоко перевел дыхание...

VI

-- ...Не верю! Не могу верить! -- повторял озадаченный Разумихин, стараясь всеми силами опровергнуть доводы Раскольникова. Они подходили уже к нумерам Бакалеева, где Пульхерия Александровна и Дуня давно поджидали их. Разумихин поминутно останавливался дорогою в жару разговора, смущенный и взволнованный уже тем одним, что они в первый раз заговорили об этом ясно.

-- Не верь! -- отвечал Раскольников с холодною и небрежною усмешкой, -- ты, по своему обычаю, не замечал ничего, а я взвешивал каждое слово.

-- Ты мнителен, потому и взвешивал... Гм... действительно, я согласен, тон Порфирия был довольно странный, и особенно этот подлец Заметов!.. Ты прав, в нем что-то было, -- но почему? Почему?

-- За ночь передумал.

-- Но напротив же, напротив! Если б у них была эта безмозглая мысль, так они бы всеми силами постарались ее припрятать и скрыть свои карты, чтобы потом поймать... А теперь -- это нагло и неосторожно!

-- Если б у них были факты, то есть настоящие факты, или хоть сколько-нибудь основательные подозрения, тогда бы они действительно постарались скрыть игру: в надежде еще более выиграть (а впрочем, давно бы уж обыск сделали!). Но у них нет факта, ни одного, -- всё мираж, всё о двух концах, одна идея летучая -- вот они и стараются наглостью сбить. А может, и сам озлился, что фактов нет, с досады прорвался. А может, и намерение какое имеет... Он человек, кажется, умный... Может, напугать меня хотел тем, что знает... Тут, брат, своя психология... А впрочем, гадко это всё объяснять. Оставь!

-- И оскорбительно, оскорбительно! Я понимаю тебя! Но... так как мы уже теперь заговорили ясно (а это отлично, что заговорили наконец ясно, я рад!) -- то уж я тебе прямо теперь признаюсь, что давно это в них замечал, эту мысль, во всё это время, разумеется, в чуть-чуточном только виде, в ползучем, но зачем же хоть и в ползучем! Как они смеют? Где, где у них эти корни таятся? Если б ты знал, как я бесился! Как: из-за того, что бедный студент, изуродованный нищетой и ипохондрией, накануне жестокой болезни с бредом, уже, может быть, начинавшейся в нем (заметь себе!), мнительный, самолюбивый, знающий себе цену, и шесть месяцев у себя в углу никого не видавший, в рубище и в сапогах без подметок, -- стоит перед какими-то кварташками и терпит их надругательство; а тут неожиданный долг перед носом, просроченный вексель с надворным советником Чебаровым, тухлая краска, тридцать градусов Реомюра, спертый воздух, куча людей, рассказ об убийстве лица, у которого был накануне, и всё это -- на голодное брюхо! Да как тут не случиться обмороку! И на этом-то, на этом всё основать! Черт возьми! Я понимаю, что это досадно, но на твоем месте, Родька, я бы захохотал всем в глаза, или лучше: на-пле-вал бы всем в рожу, да погуще, да раскидал бы на все стороны десятка два плюх, умненько, как и всегда их надо давать, да тем бы и покончил. Плюнь! Ободрись! Стыдно!

“Он, однако ж, это хорошо изложил”, -- подумал Раскольников.

-- Плюнь? А завтра опять допрос! -- проговорил он с горечью, -- неужели ж мне с ними в объяснение войти? Мне и то досадно, что вчера я унизился в трактире до Заметова...

-- Черт возьми! Пойду сам к Порфирию! И уж прижму ж я его, по-родственному; пусть выложит мне всё до корней! А уж Заметова...

“Наконец-то догадался!” -- подумал Раскольников.

-- Стой! -- закричал Разумихин, хватая вдруг его за плечо, -- стой! Ты наврал! Я надумался: ты наврал! Ну какой это подвох? Ты говоришь, что вопрос о работниках был подвох? Раскуси: ну если б это ты сделал, мог ли б ты проговориться, что видел, как мазали квартиру... и работников? Напротив: ничего не видал, если бы даже и видел! Кто ж сознается против себя?

-- Если б я то дело сделал, то уж непременно бы сказал, что видел и работников и квартиру, -- с неохотою и с видимым отвращением продолжал отвечать Раскольников.

-- Да зачем же против себя говорить?

-- А потому, что только одни мужики, иль уж самые неопытные новички, на допросах прямо и сряду во всем запираются. Чуть-чуть же человек развитой и бывалый, непременно и по возможности старается сознаться во всех внешних и неустранимых фактах; только причины им другие подыскивает, черту такую свою, особенную и неожиданную ввернет, которая совершенно им другое значение придаст и в другом свете их выставит. Порфирий мог именно рассчитывать, что я непременно буду так отвечать и непременно скажу, что видел, для правдоподобия, и при этом вверну что-нибудь в объяснение...

-- Да ведь он бы тебе тотчас и сказал, что за два дня работников там и быть не могло и что, стало быть, ты именно был в день убийства, в восьмом часу. На пустом бы и сбил!

-- Да на это-то он и рассчитывал, что я не успею сообразить, и именно поспешу отвечать правдоподобнее да и забуду, что за два дня работников быть не могло.

-- Да как же это забыть?

-- Всего легче! На таких-то пустейших вещах всего легче и сбиваются хитрые-то люди. Чем хитрей человек, тем он меньше подозревает, что его на простом собьют. Хитрейшего человека именно на простейшем надо сбивать. Порфирий совсем не так глуп, как ты думаешь...

-- Подлец же он после этого!

Раскольников не мог не засмеяться. Но в ту же минуту странными показались ему его собственное одушевление и охота, с которыми он проговорил последнее объяснение, тогда как весь предыдущий разговор он поддерживал с угрюмым отвращением, видимо из целей, по необходимости.

"Во вкус вхожу в иных пунктах!" -- подумал он про себя.

Но почти в ту же минуту он как-то вдруг стал беспокоен, как будто неожиданная и тревожная мысль поразила его. Беспокойство его увеличивалось. Они дошли уже до входа в нумера Бакалеева.

-- Ступай один, -- сказал вдруг Раскольников, -- я сейчас ворочусь.

-- Куда ты? Да мы уж пришли!

-- Мне надо, надо; дело... приду через полчаса... Скажи там.

-- Воля твоя, я пойду за тобой!

-- Что ж, и ты меня хочешь замучить! -- вскричал он с таким горьким раздражением, с таким отчаянием во взгляде, что у Разумихина руки опустились. Несколько времени он стоял на крыльце и угрюмо смотрел, как тот быстро шагал по направлению к своему переулку. Наконец, стиснув зубы и сжав кулаки, тут же поклявшись, что сегодня же выжмет всего Порфирия, как лимон, поднялся наверх успокоивать уже встревоженную долгим их отсутствием Пульхерию Александровну.

Когда Раскольников пришел к своему дому, виски его были смочены потом и дышал он тяжело. Поспешно поднялся он по лестнице, вошел в незапертую квартиру свою и тотчас же заперся на крюк. Затем, испуганно и безумно, бросился к углу, к той самой дыре в обоях, в которой тогда лежали вещи, засунул в нее руку и несколько минут тщательно обшаривал дыру, перебирая все закоулки и все складки обой. Не найдя ничего, он встал и глубоко перевел дыхание. Подходя давеча уже к крыльцу Бакалеева, ему вдруг вообразилось, что какая-нибудь вещь, какая-нибудь цепочка, запонка или даже бумажка, в которую они были завернуты, с отметкою старухиною рукой, могла как-нибудь тогда проскользнуть и затеряться в какой-нибудь щелочке, а потом вдруг выступить перед ним неожиданною и неотразимою уликой.

Он стоял как бы в задумчивости, и странная, приниженная, полубессмысленная улыбка бродила на губах его. Он взял наконец фуражку и тихо вышел из комнаты. Мысли его путались. Задумчиво сошел он под ворота.

-- Да вот они сами! -- крикнул громкий голос; он поднял голову.

Дворник стоял у дверей своей каморки и указывал прямо на него какому-то невысокому человеку, с виду похожему на мещанина, одетому в чем-то вроде халата, в жилетке и очень походившему издали на бабу. Голова его, в засаленной фуражке, свешивалась вниз, да и весь он был точно сгорбленный. Дряблое, морщинистое лицо его показывало за пятьдесят; маленькие, заплывшие глазки глядели угрюмо, строго и с неудовольствием.

-- Что такое? -- спросил Раскольников, подходя к дворнику.

Мещанин скосил на него глаза исподлобья и оглядел его пристально и внимательно, не спеша; потом медленно повернулся и, ни слова не сказав, вышел из ворот дома на улицу.

-- Да что такое! -- вскричал Раскольников.

-- Да вот какой-то спрашивал, здесь ли студент живет, вас называл, у кого проживаете. Вы тут сошли, я показал, а он и пошел. Вишь ведь.

Дворник тоже был в некотором недоумении, а впрочем не очень, и капельку подумав еще, повернулся и полез обратно в свою каморку.

Раскольников бросился вслед за мещанином и тотчас же увидел его, идущего по другой стороне улицы, прежним ровным и неспешным шагом, уткнув глаза в землю и как бы что-то обдумывая. Он скоро догнал его, но некоторое время шел сзади; наконец поровнялся с ним и заглянул ему сбоку в лицо. Тот тотчас же заметил его, быстро оглядел, но опять опустил глаза, и так шли они с минуту, один подле другого и не говоря ни слова.

-- Вы меня спрашивали... у дворника? -- проговорил наконец Раскольников, но как-то очень негромко.

Мещанин не дал никакого ответа и даже не поглядел. Опять помолчали.

-- Да что вы... приходите спрашивать... и молчите... да что же это такое? -- Голос Раскольникова прерывался, и слова как-то не хотели ясно выговариваться.

Мещанин на этот раз поднял глаза и зловещим, мрачным взглядом посмотрел на Раскольникова.

-- Убивец! -- проговорил он вдруг тихим, но ясным и отчетливым голосом...

Раскольников шел подле него. Ноги его ужасно вдруг ослабели, на спине похолодело, и сердце на мгновение как будто замерло; потом вдруг застукало, точно с крючка сорвалось. Так прошли они шагов сотню, рядом и опять совсем молча.

Мещанин не глядел на него.

-- Да что вы... что... кто убийца? -- пробормотал Раскольников едва слышно.

-- Ты убивец, -- произнес тот, еще раздельнее и внушительнее и как бы с улыбкой какого-то ненавистного торжества, и опять прямо глянул в бледное лицо Раскольникова и в его помертвевшие глаза. Оба подошли тогда к перекрестку. Мещанин поворотил в улицу налево и пошел не оглядываясь. Раскольников остался на месте и долго глядел ему вслед. Он видел, как тот, пройдя уже шагов с пятьдесят, обернулся и посмотрел на него, всё еще стоявшего неподвижно на том же месте. Разглядеть нельзя было, но Раскольникову показалось, что тот и в этот раз улыбнулся своею холодно-ненавистною и торжествующею улыбкой.

Тихим, ослабевшим шагом, с дрожащими коленами и как бы ужасно озябший воротился Раскольников назад и поднялся в свою каморку. Он снял и положил фуражку на стол и минут десять стоял подле, неподвижно. Затем в бессилии лег на диван и болезненно, с слабым стоном, протянулся на нем; глаза его были закрыты. Так пролежал он с полчаса.

Он ни о чем не думал. Так, были какие-то мысли или обрывки мыслей, какие-то представления, без порядка и связи, -- лица людей, виденных им еще в детстве или встреченных где-нибудь один только раз и об которых он никогда бы и не вспомнил; колокольня В - й церкви; биллиард в одном трактире и какой-то офицер у биллиарда, запах сигар в какой-то подвальной табачной лавочке, распивочная, черная лестница, совсем темная, вся залитая помоями и засыпанная яичными скорлупами, а откуда-то доносится воскресный звон колоколов... Предметы сменялись и крутились, как вихрь. Иные ему даже нравились, и он цеплялся за них, но они погасали, и вообще что-то давило его внутри, но не очень. Иногда даже было хорошо... Легкий озноб не проходил, и это тоже было почти хорошо ощущать.

Он услышал поспешные шаги Разумихина и голос его, закрыл глаза и притворился спящим. Разумихин отворил дверь и некоторое время стоял на пороге, как бы раздумывая. Потом тихо шагнул в комнату и осторожно подошел к дивану. Послышался шепот Настасьи:

-- Не замай; пущай выспится; опосля поест.

-- И впрямь, -- отвечал Разумихин.

Оба осторожно вышли и притворили дверь. Прошло еще с полчаса. Раскольников открыл глаза и вскинулся опять навзничь, заломив руки за голову...

“Кто он? Кто этот вышедший из-под земли человек? Где был он и что видел? Он видел всё, это несомненно.

Где ж он тогда стоял и откуда смотрел? Почему он только теперь выходит из-под полу? И как мог он видеть -- разве это возможно?.. Гм... -- продолжал Раскольников, холодея и вздрагивая, -- а футляр, который нашел Николай за дверью: разве это тоже возможно? Улики? Стотысячную черточку просмотришь -- вот и улика в пирамиду египетскую! Муха летала, она видела! Разве этак возможно?”

И он с омерзением почувствовал вдруг, как он ослабел, физически ослабел.

“Я это должен был знать, -- думал он с горькою усмешкой, -- и как смел я, зная себя, предчувствуя себя, брать топор и кровавиться! Я обязан был заранее знать... Э! да ведь я же заранее и знал!..” -- прошептал он в отчаянии.

Порою он останавливался неподвижно перед какою-нибудь мыслию:

“Нет, те люди не так сделаны; настоящий властелин, кому всё разрешается, громит Тулон, делает резню в Париже, забывает армию в Египте, тратит полмиллиона людей в московском походе и отделывается каламбуром в Вильне; и ему же, по смерти, ставят кумиры, -- а стало быть, и всё разрешается. Нет, на этаких людях, видно, не тело, а бронза!”

Одна внезапная посторонняя мысль вдруг почти рассмешила его:

“Наполеон, пирамиды, Ватерлоо -- и тощая гаденькая регистраторша, старушонка, процентщица, с красною укладкою под кроватью, -- ну каково это переварить хоть бы Порфирию Петровичу!.. Где ж им переварить!.. Эстетика помешает: полезет ли, дескать, Наполеон под кровать к “старушонке”! Эх, дрянь!..”

Минутами он чувствовал, что как бы бредит: он впадал в лихорадочно-восторженное настроение.

"Старушонка вздор! -- думал он горячо и порывисто, -- старуха, пожалуй что, и ошибка, не в ней и дело! Старуха была только болезнь... я переступить поскорее хотел... я не человека убил, я принцип убил! Принцип-то я и убил, а переступить-то не переступил, на этой стороне остался... Только и сумел, что убить. Да и того не сумел, оказывается... Принцип? За что давеча дурачок Разумихин социалистов бранил? Трудолюбивый народ и торговый; "общим счастием" занимаются... Нет, мне жизнь однажды дается, и никогда ее больше не будет: я не хочу дожидаться "всеобщего счастья". Я и сам хочу жить, а то лучше уж и не жить. Что ж? Я только не захотел проходить мимо голодной матери, зажимая в кармане свой рубль, в ожидании "всеобщего счастия". "Несу, дескать, кирпичик на всеобщее счастие и оттого ощущаю спокойствие сердца". Ха-ха! Зачем же вы меня-то пропустили? Я ведь всего однажды живу, я ведь тоже хочу... Эх, эстетическая я вошь, и больше ничего, -- прибавил он вдруг рассмеявшись, как помешанный. -- Да, я действительно вошь, -- продолжал он, с злорадством прицепившись к мысли, роясь в ней, играя и потешаясь ею, -- и уж по тому одному, что, во-первых, теперь рассуждаю про то, что я вошь; потому, во-вторых, что целый месяц всеблагое провидение беспокоил, призывая в свидетели, что не для своей, дескать, плоти и похоти предпринимаю, а имею в виду великолепную и приятную цель, -- ха-ха! Потому, в-третьих, что возможную справедливость положил наблюдать в исполнении, вес и меру, и арифметику: из всех вшей выбрал самую наибесполезнейшую и, убив ее, положил взять у ней ровно столько, сколько мне надо для первого шага, и ни больше ни меньше (а остальное, стало быть, так и пошло бы на монастырь, по духовному завещанию -- ха-ха!)... Потому, потому я окончательно вошь, -- прибавил он, скрежеща зубами, -- потому что сам-то я, может быть, еще сквернее и гаже, чем убитая вошь, и заранее предчувствовал, что скажу себе это уже после того, как убью! Да разве с этаким ужасом что-нибудь может сравниться! О, пошлость! О, подлость!.. О, как я понимаю "пророка", с саблей, на коне. Велит Аллах, и повинуйся "дрожащая" тварь! Прав, прав "пророк", когда ставит где-нибудь поперек улицы хор-р-рошую батарею и дует в правого и виноватого, не удостоивая даже и объясниться! Повинуйся, дрожащая тварь, и -- не желай, потому -- не твое это дело!.. О, ни за что, ни за что не прощу старушонке!"

Волосы его были смочены потом, вздрагивавшие губы запеклись, неподвижный взгляд был устремлен в потолок.

"Мать, сестра, как любил я их! Отчего теперь я их ненавижу? Да, я их ненавижу, физически ненавижу, подле себя не могу выносить... Давеча я подошел и поцеловал мать, я помню... Обнимать и думать, что если б она узнала, то... разве сказать ей тогда? От меня это станется... Гм! она должна быть такая же, как и я, -- прибавил он, думая с усилием, как будто борясь с охватывавшим его бредом. -- О, как я ненавижу теперь старушонку! Кажется, бы другой раз убил, если б очнулась! Бедная Лизавета! Зачем она тут подвернулась!.. Странно, однако ж, почему я об ней почти и не думаю, точно и не убивал?.. Лизавета! Соня! Бедные, кроткие, с глазами кроткими... Милые!.. Зачем они не плачут? Зачем они не стонут?.. Они всё отдают... глядят кротко и тихо... Соня, Соня! Тихая Соня!.."

Он забылся; странным показалось ему, что он не помнит, как мог он очутиться на улице. Был уже поздний вечер. Сумерки сгущались, полная луна светлела всё ярче и ярче; но как-то особенно душно было в воздухе. Люди толпой шли по улицам; ремесленники и занятые люди расходились по домам, другие гуляли; пахло известью, пылью, стоячею водой. Раскольников шел грустный и озабоченный: он очень хорошо помнил, что вышел из дому с каким-то намерением, что надо было что-то сделать и поспешить, но что именно -- он позабыл. Вдруг он остановился и увидел, что на другой стороне улицы, на тротуаре, стоит человек и машет ему рукой. Он пошел к нему через улицу, но вдруг этот человек повернулся и пошел как ни в чем не бывало, опустив голову, не оборачиваясь и не подавая вида, что звал его. "Да полно, звал ли он?" -- подумал Раскольников, однако ж стал догонять. Не доходя шагов десяти, он вдруг узнал его и -- испугался; это был давешний мещанин, в таком же халате и так же сгорбленный. Раскольников шел издали; сердце его стукало; повернули в переулок -- тот всё не оборачивался. "Знает ли он, что я за ним иду?" -- думал Раскольников. Мещанин вошел в ворота одного большого дома. Раскольников поскорей подошел к воротам и стал глядеть: не оглянется ли он и не позовет ли его? В самом деле, пройдя всю подворотню и уже выходя во двор, тот вдруг обернулся и опять точно как будто махнул ему. Раскольников тотчас же прошел подворотню, но во дворе мещанина уж не было. Стало быть, он вошел тут сейчас на первую лестницу. Раскольников бросился за ним. В самом деле, двумя лестницами выше слышались еще чьи-то мерные, неспешные шаги. Странно, лестница была как будто знакомая! Вон окно в первом этаже; грустно и таинственно проходил сквозь стекла лунный свет; вот и второй этаж. Ба! Это та самая квартира, в которой работники мазали... Как же он не узнал тотчас? Шаги впереди идущего человека затихли: "стало быть, он остановился или где-нибудь спрятался". Вот и третий этаж; идти ли дальше? И какая там тишина, даже страшно... Но он пошел. Шум его собственных шагов его пугал и тревожил. Боже, как темно! Мещанин, верно, тут где-нибудь притаился в углу. А! квартира отворена настежь на лестницу; он подумал и вошел. В передней было очень темно и пусто, ни души, как будто всё вынесли; тихонько, на цыпочках прошел он в гостиную: вся комната была ярко облита лунным светом; всё тут по-прежнему: стулья, зеркало, желтый диван и картинки в рамках. Огромный, круглый, медно-красный месяц глядел прямо в окна.

"Это от месяца такая тишина, -- подумал Раскольников, -- он, верно, теперь загадку загадывает". Он стоял и ждал, долго ждал, и чем тише был месяц, тем сильнее стукало его сердце, даже больно становилось. И всё тишина. Вдруг послышался мгновенный сухой треск, как будто сломали лучинку, и всё опять замерло. Проснувшаяся муха вдруг с налета ударилась об стекло и жалобно зажужжала. В самую эту минуту, в углу, между маленьким шкапом и окном, он разглядел как будто висящий на стене салоп. "Зачем тут салоп? -- подумал он, -- ведь его прежде не было..." Он подошел потихоньку и догадался, что за салопом как будто кто-то прячется. Осторожно отвел он рукою салоп и увидал, что тут стоит стул, а на стуле в уголку сидит старушонка, вся скрючившись и наклонив голову, так что он никак не мог разглядеть лица, но это была она. Он постоял над ней: "боится!" -- подумал он, тихонько высвободил из петли топор и ударил старуху по темени, раз и другой. Но странно: она даже и не шевельнулась от ударов, точно деревянная. Он испугался, нагнулся ближе и стал ее разглядывать; но и она еще ниже нагнула голову. Он пригнулся тогда совсем к полу и заглянул ей снизу в лицо, заглянул и помертвел: старушонка сидела и смеялась, -- так и заливалась тихим, неслышным смехом, из всех сил крепясь, чтоб он ее не услышал. Вдруг ему показалось, что дверь из спальни чуть-чуть приотворилась и что там тоже как будто засмеялись и шепчутся. Бешенство одолело его: изо всей силы начал он бить старуху по голове, но с каждым ударом топора смех и шепот из спальни раздавались всё сильнее и слышнее, а старушонка так вся и колыхалась от хохота. Он бросился бежать, но вся прихожая уже полна людей, двери на лестнице отворены настежь, и на площадке, на лестнице и туда вниз -- всё люди, голова с головой, все смотрят, -- но все притаились и ждут, молчат... Сердце его стеснилось, ноги не движутся, приросли... Он хотел вскрикнуть и -- проснулся.

Он тяжело перевел дыхание, -- но странно, сон как будто всё еще продолжался: дверь его была отворена настежь, и на пороге стоял совсем незнакомый ему человек и пристально его разглядывал.

Раскольников не успел еще совсем раскрыть глаза и мигом закрыл их опять. Он лежал навзничь и не шевельнулся. "Сон это продолжается или нет", -- думал он и чуть-чуть, неприметно опять приподнял ресницы поглядеть: незнакомый стоял на том же месте и продолжал в него вглядываться. Вдруг он переступил осторожно через порог, бережно притворил за собой дверь, подошел к столу, подождал с минуту, -- всё это время не спуская с него глаз, -- и тихо, без шуму, сел на стул подле дивана; шляпу поставил сбоку, на полу, а обеими руками оперся на трость, опустив на руки подбородок. Видно было, что он приготовился долго ждать. Сколько можно было разглядеть сквозь мигавшие ресницы, человек этот был уже немолодой, плотный и с густою, светлою, почти белою бородой...

Прошло минут с десять. Было еще светло, но уже вечерело. В комнате была совершенная тишина. Даже с лестницы не приносилось ни одного звука. Только жужжала и билась какая-то большая муха, ударяясь с налета об стекло. Наконец это стало невыносимо: Раскольников вдруг приподнялся и сел на диване.

-- Ну, говорите, чего вам надо?

-- А ведь я так и знал, что вы не спите, а только вид показываете, -- странно ответил незнакомый, спокойно рассмеявшись. -- Аркадий Иванович Свидригайлов, позвольте отрекомендоваться...

ЧАСТЬ ЧЕТВЕРТАЯ

I

"Неужели это продолжение сна?" -- подумалось еще раз Раскольникову. Осторожно и недоверчиво всматривался он в неожиданного гостя.

-- Свидригайлов? Какой вздор! Быть не может! -- проговорил он наконец вслух, в недоумении.

Казалось, гость совсем не удивился этому восклицанию.

-- Вследствие двух причин к вам зашел: во-первых, лично познакомиться пожелал, так как давно уж наслышан с весьма любопытной и выгодной для вас точки; а во-вторых, мечтаю, что не уклонитесь, может быть, мне помочь в одном предприятии, прямо касающемся интереса сестрицы вашей, Авдотьи Романовны. Одного-то меня, без рекомендации, она, может, и на двор к себе теперь не пустит, вследствие предубеждения, ну, а с вашей помощью я, напротив, рассчитываю...

-- Плохо рассчитываете, -- перебил Раскольников.

-- Они ведь только вчера прибыли, позвольте спросить?

Раскольников не ответил.

-- Вчера, я знаю. Я ведь сам прибыл всего только третьего дня. Ну-с, вот что я скажу вам на этот счет, Родион Романович; оправдывать себя считаю излишним, но позвольте же и мне заявить: что ж тут, во всем этом, в самом деле, такого особенно преступного с моей стороны, то есть без предрассудков-то, а здраво судя?

Раскольников продолжал молча его рассматривать.

-- То, что в своем доме преследовал беззащитную девицу и "оскорблял ее своими гнусными предложениями", -- так ли-с? (Сам вперед забегаю!) Да ведь предположите только, что и я человек есмь, et nihil humanum... 1 одним словом, что и я способен прельститься и полюбить (что уж, конечно, не по нашему велению творится), тогда всё самым естественным образом объясняется. Тут весь вопрос: изверг ли я или сам жертва? Ну а как жертва? Ведь предлагая моему предмету бежать со мною в Америку или в Швейцарию, я, может, самые почтительнейшие чувства при сем питал, да еще думал обоюдное счастие устроить!.. Разум-то ведь страсти служит; я, пожалуй, себя еще больше губил, помилуйте!..

1 и ничто человеческое (лат.).

-- Да совсем не в том дело, -- с отвращением перебил Раскольников, -- просто-запросто вы противны, правы ль вы или не правы, ну вот с вами и не хотят знаться, и гонят вас, и ступайте!..

Свидригайлов вдруг расхохотался.

-- Однако ж вы... однако ж вас не собьешь! -- проговорил он, смеясь откровеннейшим образом, -- я было думал схитрить, да нет, вы как раз на самую настоящую точку стали!

-- Да вы и в эту минуту хитрить продолжаете.

-- Так что ж? Так что ж? -- повторял Свидригайлов, смеясь нараспашку, -- ведь это bonne guerre, 1 что называется, и самая позволительная хитрость!.. Но все-таки вы меня перебили; так или этак, подтверждаю опять: никаких неприятностей не было бы, если бы не случай в саду. Марфа Петровна...

1 честная война (франц.).

-- Марфу-то Петровну вы тоже, говорят, уходили? -- грубо перебил Раскольников.

-- А вы и об этом слышали? Как, впрочем, не слыхать... Ну, насчет этого вашего вопроса, право, не знаю, как вам сказать, хотя моя собственная совесть в высшей степени спокойна на этот счет. То есть не подумайте, чтоб я опасался чего-нибудь там этакого: всё это произведено было в совершенном порядке и в полной точности: медицинское следствие обнаружило апоплексию, происшедшую от купания сейчас после плотного обеда, с выпитою чуть не бутылкой вина, да и ничего другого и обнаружить оно не могло... Нет-с, я вот что про себя думал некоторое время, вот особенно в дороге, в вагоне сидя: не способствовал ли я всему этому... несчастью, как-нибудь там раздражением нравственно или чем-нибудь в этом роде? Но заключил, что и этого положительно быть не могло.

Раскольников засмеялся.

-- Охота же так беспокоиться!

-- Да вы чему смеетесь? Вы сообразите: я ударил всего только два раза хлыстиком, даже знаков не оказалось... Не считайте меня, пожалуйста, циником; я ведь в точности знаю, как это гнусно с моей стороны, ну и так далее; но ведь я тоже наверно знаю, что Марфа Петровна, пожалуй что, и рада была этому моему, так сказать, увлечению. История по поводу вашей сестрицы истощилась до ижицы. Марфа Петровна уже третий день принуждена была дома сидеть; не с чем в городишко показаться, да и надоела она там всем с своим этим письмом (про чтение письма-то слышали?). И вдруг эти два хлыста как с неба падают! Первым делом карету велела закладывать!.. Я уж о том и не говорю, что у женщин случаи такие есть, когда очень и очень приятно быть оскорбленною, несмотря на всё видимое негодование. Они у всех есть, эти случаи-то; человек вообще очень и очень даже любит быть оскорбленным, замечали вы это? Но у женщин это в особенности. Даже можно сказать, что тем только и пробавляются.

Одно время Раскольников думал было встать и уйти и тем покончить свидание. Но некоторое любопытство и даже как бы расчет удержали его на мгновение.

-- Вы любите драться? -- спросил он рассеянно.

-- Нет, не весьма, -- спокойно отвечал Свидригайлов. -- А с Марфой Петровной почти никогда не дрались. Мы весьма согласно жили, и она мной всегда довольна оставалась. Хлыст я употребил, во все наши семь лет, всего только два раза (если не считать еще одного третьего случая, весьма, впрочем, двусмысленного): в первый раз -- два месяца спустя после нашего брака, тотчас же по приезде в деревню, и вот теперешний последний случай. А вы уж думали, я такой изверг, ретроград, крепостник? хе-хе... А кстати: не припомните ли вы, Родион Романович, как несколько лет тому назад, еще во времена благодетельной гласности, осрамили у нас всенародно и вселитературно одного дворянина -- забыл фамилию! -- вот еще немку-то отхлестал в вагоне, помните? Тогда еще, в тот же самый год, кажется, и "Безобразный поступок Века" случился (ну, "Египетские-то ночи", чтение-то публичное, помните? Черные-то глаза! О, где ты золотое время нашей юности!). Ну-с, так вот мое мнение: господину, отхлеставшему немку, глубоко не сочувствую, потому что и в самом деле оно... что же сочувствовать! Но при сем не могу не заявить, что случаются иногда такие подстрекательные "немки", что, мне кажется, нет ни единого прогрессиста, который бы совершенно мог за себя поручиться. С этой точки никто не посмотрел тогда на предмет, а между тем эта точка-то и есть настоящая гуманная, право-с так!

Проговорив это, Свидригайлов вдруг опять рассмеялся. Раскольникову явно было, что это на что-то твердо решившийся человек и себе на уме.

-- Вы, должно быть, несколько дней сряду ни с кем не говорили? -- спросил он.

-- Почти так. А что: верно, дивитесь, что я такой складной человек?

-- Нет, я тому дивлюсь, что уж слишком вы складной человек.

-- Оттого что грубостию ваших вопросов не обижался? Так, что ли? Да... чего ж обижаться? Как спрашивали, так и отвечал, -- прибавил он с удивительным выражением простодушия. -- Ведь я особенно-то ничем почти не интересуюсь, ей-богу, -- продолжал он как-то вдумчиво. -- Особенно теперь, ничем-таки не занят... Впрочем, вам позволительно думать, что я из видов заискиваю, тем более что имею дело до вашей сестрицы, сам объявил. Но я вам откровенно скажу: очень скучно! Особенно эти три дня, так что я вам даже обрадовался... Не рассердитесь, Родион Романович, но вы мне сами почему-то кажетесь ужасно как странным. Как хотите, а что-то в вас есть; и именно теперь, то есть не собственно в эту минуту, а вообще теперь... Ну, ну, не буду, не буду, не хмурьтесь! Я ведь не такой медведь, как вы думаете.

Раскольников мрачно посмотрел на него.

-- Вы даже, может быть, и совсем не медведь, -- сказал он. -- Мне даже кажется, что вы очень хорошего общества или, по крайней мере, умеете при случае быть и порядочным человеком.

-- Да ведь я ничьим мнением особенно не интересуюсь, -- сухо и как бы даже с оттенком высокомерия ответил Свидригайлов, -- а потому отчего же и не побывать пошляком, когда это платье в нашем климате так удобно носить и... и особенно если к тому и натуральную склонность имеешь, -- прибавил он, опять засмеявшись.

-- Я слышал, однако, что у вас здесь много знакомых. Вы ведь то, что называется "не без связей". Зачем же вам я-то в таком случае, как не для целей?

-- Это вы правду сказали, что у меня есть знакомые, -- подхватил Свидригайлов, не отвечая на главный пункт, -- я уж встречал; третий ведь день слоняюсь; и сам узнаю, и меня, кажется, узнают. Оно конечно, одет прилично и числюсь человеком не бедным; нас ведь и крестьянская реформа обошла: леса да луга заливные, доход-то и не теряется; но... не пойду я туда; и прежде надоело: хожу третий день и не признаюсь никому... А тут еще город! То есть как это он сочинился у нас, скажите пожалуйста! Город канцеляристов и всевозможных семинаристов! Право, я многого здесь прежде не примечал, лет восемь-то назад, когда тут валандался... На одну только анатомию теперь и надеюсь, ей-богу!

-- На какую анатомию?

-- А насчет этих клубов, Дюссотов, пуантов этих ваших или, пожалуй, вот еще прогрессу -- ну, это пусть будет без нас, -- продолжал он, не заметив опять вопроса. -- Да и охота шулером-то быть?

-- А вы были и шулером?

-- Как же без этого? Целая компания нас была, наиприличнейшая, лет восемь назад; проводили время; и всё, знаете, люди с манерами, поэты были, капиталисты были. Да и вообще у нас, в русском обществе, самые лучшие манеры у тех, которые биты бывали, -- заметили вы это? Это ведь я в деревне теперь опустился. А все-таки посадили было меня тогда в тюрьму за долги, гречонка один нежинский. Тут и подвернулась Марфа Петровна, поторговалась и выкупила меня за тридцать тысяч сребреников. (Всего-то я семьдесят тысяч был должен). Сочетались мы с ней законным браком, и увезла она меня тотчас же к себе в деревню, как какое сокровище. Она ведь старше меня пятью годами. Очень любила. Семь лет из деревни не выезжал. И заметьте, всю-то жизнь документ против меня, на чужое имя, в этих тридцати тысячах держала, так что задумай я в чем-нибудь взбунтоваться, -- тотчас же в капкан! И сделала бы! У женщин ведь это всё вместе уживается.

-- А если бы не документ, дали бы тягу?

-- Не знаю, как вам сказать. Меня этот документ почти не стеснял. Никуда мне не хотелось, а за границу Марфа Петровна и сама меня раза два приглашала, видя, что я скучал. Да что! За границу я прежде ездил, и всегда мне тошно бывало. Не то чтоб, а вот заря занимается, залив Неаполитанский, море, смотришь, и как-то грустно. Всего противнее, что ведь действительно о чем-то грустишь! Нет, на родине лучше: тут, по крайней мере, во всем других винишь, а себя оправдываешь. Я бы, может, теперь в экспедицию на Северный полюс поехал, потому j'ai le vin mauvais, 1 и пить мне противно, а кроме вина ничего больше не остается. Пробовал. А что, говорят, Берг в воскресенье в Юсуповом саду на огромном шаре полетит, попутчиков за известную плату приглашает, правда?

1 я в пьяном виде нехорош (франц.).

-- Что ж, вы полетели бы?

-- Я? Нет... так... -- пробормотал Свидригайлов, действительно как бы задумавшись.

“Да что он, в самом деле, что ли?” -- подумал Раскольников.

-- Нет, документ меня не стеснял, -- продолжал Свидригайлов раздумчиво, -- это я сам из деревни не выезжал. Да и уж с год будет, как Марфа Петровна в именины мои мне и документ этот возвратила, да еще вдобавок примечательную сумму подарила. У ней ведь был капитал. “Видите, как я вам доверяю, Аркадий Иванович”, -- право, так и выразилась. Вы не верите, что так выразилась? А знаете: ведь я хозяином порядочным в деревне стал; меня в околотке знают. Книги тоже выписывал. Марфа Петровна сперва одобряла, а потом всё боялась, что я заучусь.

-- Вы по Марфе Петровне, кажется, очень скучаете?

-- Я? Может быть. Право, может быть. А кстати, верите вы в привидения?

-- В какие привидения?

-- В обыкновенные привидения, в какие!

-- А вы верите?

-- Да, пожалуй, и нет, pour vous plaire... 1 То есть не то что нет...

1 чтоб угодить вам (франц.).

-- Являются, что ли?

Свидригайлов как-то странно посмотрел на него.

-- Марфа Петровна посещать изволит, -- проговорил он, скривя рот в какую-то странную улыбку.

-- Как это посещать изволит?

-- Да уж три раза приходила. Впервой я ее увидел в самый день похорон, час спустя после кладбища. Это было накануне моего отъезда сюда. Второй раз третьего дня, в дороге, на рассвете, на станции Малой Вишере; а в третий раз, два часа тому назад, на квартире, где я стою, в комнате; я был один.

-- Наяву?

-- Совершенно. Все три раза наяву. Придет, поговорит с минуту и уйдет в дверь; всегда в дверь. Даже как будто слышно.

-- Отчего я так и думал, что с вами непременно что-нибудь в этом роде случается! -- проговорил вдруг Раскольников и в ту же минуту удивился, что это сказал. Он был в сильном волнении.

-- Во-от? Вы это подумали? -- с удивлением спросил Свидригайлов, -- да неужели? Ну, не сказал ли я, что между нами есть какая-то точка общая, а?

-- Никогда вы этого не говорили! -- резко и с азартом ответил Раскольников.

-- Не говорил?

-- Нет!

-- Мне показалось, что говорил. Давеча, как я вошел и увидел, что вы с закрытыми глазами лежите, а сами делаете вид, -- тут же и сказал себе: "Это тот самый и есть!"

-- Что это такое: тот самый? Про что вы это? -- вскричал Раскольников.

-- Про что? А право, не знаю про что... -- чистосердечно, и как-то сам запутавшись, пробормотал Свидригайлов.

С минуту помолчали. Оба глядели друг на друга во все глаза.

-- Всё это вздор! -- с досадой вскрикнул Раскольников. -- Что ж она вам говорит, когда приходит?

-- Она-то? Вообразите себе, о самых ничтожных пустяках, и подивитесь человеку: меня ведь это-то и сердит. В первый раз вошла (я, знаете, устал: похоронная служба, со святыми упокой, потом лития, закуска, -- наконец-то в кабинете один остался, закурил сигару, задумался), вошла в дверь: "А вы, говорит, Аркадий Иванович, сегодня за хлопотами и забыли в столовой часы завести". А часы эти я, действительно, все семь лет, каждую неделю сам заводил, а забуду -- так всегда, бывало, напомнит. На другой день я уж еду сюда. Вошел, на рассвете, на станцию, -- за ночь вздремнул, изломан, глаза заспаны, -- взял кофею; смотрю -- Марфа Петровна вдруг садится подле меня, в руках колода карт: "Не загадать ли вам, Аркадий Иванович, на дорогу-то?" А она мастерица гадать была. Ну, и не прощу же себе, что не загадал! Убежал, испугавшись, а тут, правда, и колокольчик. Сижу сегодня после дряннейшего обеда из кухмистерской, с тяжелым желудком, -- сижу, курю -- вдруг опять Марфа Петровна, входит вся разодетая, в новом шелковом зеленом платье, с длиннейшим хвостом: "Здравствуйте, Аркадий Иванович! Как на ваш вкус мое платье? Аниська так не сошьет". (Аниська -- это мастерица у нас в деревне, из прежних крепостных, в ученье в Москве была-- хорошенькая девчонка). Стоит, вертится передо мной. Я осмотрел платье, потом внимательно ей в лицо посмотрел: "Охота вам, говорю, Марфа Петровна, из таких пустяков ко мне ходить, беспокоиться". -- "Ах бог мой, батюшка, уж и потревожить тебя нельзя!" Я ей говорю, чтобы подразнить ее: "Я, Марфа Петровна, жениться хочу". -- "От вас это станется, Аркадий Иванович; не много чести вам, что вы, не успев жену схоронить, тотчас и жениться поехали. И хоть бы выбрали-то хорошо, а то ведь я знаю, -- ни ей, ни себе, только добрых людей насмешите". Взяла да и вышла, и хвостом точно как будто шумит. Экой ведь вздор, а?

-- Да вы, впрочем, может быть, всё лжете? -- отозвался Раскольников.

-- Я редко лгу, -- отвечал Свидригайлов, задумчиво и как бы совсем не заметив грубости вопроса.

-- А прежде, до этого, вы никогда привидений не видывали?

-- Н... нет, видел, один только раз в жизни, шесть лет тому. Филька, человек дворовый, у меня был; только что его похоронили, я крикнул, забывшись: "Филька, трубку!" -- вошел, и прямо к горке, где стоят у меня трубки. Я сижу, думаю: "Это он мне отомстить", потому что перед самою смертью мы крепко поссорились. "Как ты смеешь, говорю, с продранным локтем ко мне входить, -- вон, негодяй!" Повернулся, вышел и больше не приходил. Я Марфе Петровне тогда не сказал. Хотел было панихиду по нем отслужить, да посовестился.

-- Сходите к доктору.

-- Это-то я и без вас понимаю, что нездоров, хотя, право, не знаю чем; по-моему, я, наверно, здоровее вас впятеро. Я вас не про то спросил, -- верите вы или нет, что привидения являются? Я вас спросил: верите ли вы, что есть привидения?

-- Нет, ни за что не поверю! -- с какою-то даже злобой вскричал Раскольников.

-- Ведь обыкновенно как говорят? -- бормотал Свидригайлов, как бы про себя, смотря в сторону и наклонив несколько голову. -- Они говорят: "Ты болен, стало быть, то, что тебе представляется, есть один только несуществующий бред". А ведь тут нет строгой логики. Я согласен, что привидения являются только больным; но ведь это только доказывает, что привидения могут являться не иначе как больным, а не то, что их нет, самих по себе.

-- Конечно, нет! -- раздражительно настаивал Раскольников.

-- Нет? Вы так думаете? -- продолжал Свидригайлов, медленно посмотрев на него. -- Ну а что, если так рассудить (вот помогите-ка): "Привидения -- это, так сказать, клочки и отрывки других миров, их начало. Здоровому человеку, разумеется, их незачем видеть, потому что здоровый человек есть наиболее земной человек, а стало быть, должен жить одною здешнею жизнью, для полноты и для порядка. Ну а чуть заболел, чуть нарушился нормальный земной порядок в организме, тотчас и начинает сказываться возможность другого мира, и чем больше болен, тем и соприкосновений с другим миром больше, так что когда умрет совсем человек, то прямо и перейдет в другой мир". Я об этом давно рассуждал. Если в будущую жизнь верите, то и этому рассуждению можно поверить.

-- Я не верю в будущую жизнь, -- сказал Раскольников.

Свидригайлов сидел в задумчивости.

-- А что, если там одни пауки или что-нибудь в этом роде, -- сказал он вдруг.

"Это помешанный", -- подумал Раскольников.

-- Нам вот всё представляется вечность как идея, которую понять нельзя, что-то огромное, огромное! Да почему же непременно огромное? И вдруг, вместо всего этого, представьте себе, будет там одна комнатка, эдак вроде деревенской бани, закоптелая, а по всем углам пауки, и вот и вся вечность. Мне, знаете, в этом роде иногда мерещится.

-- И неужели, неужели вам ничего не представляется утешительнее и справедливее этого! -- с болезненным чувством вскрикнул Раскольников.

-- Справедливее? А почем знать, может быть, это и есть справедливое, и знаете, я бы так непременно нарочно сделал! -- ответил Свидригайлов, неопределенно улыбаясь.

Каким-то холодом охватило вдруг Раскольникова, при этом безобразном ответе. Свидригайлов поднял голову, пристально посмотрел на него и вдруг расхохотался.

-- Нет, вы вот что сообразите, -- закричал он, -- назад тому полчаса мы друг друга еще и не видывали, считаемся врагами, между нами нерешенное дело есть; мы дело-то бросили и эвона в какую литературу заехали! Ну, не правду я сказал, что мы одного поля ягоды?

-- Сделайте же одолжение, -- раздражительно продолжал Раскольников, -- позвольте вас просить поскорее объясниться и сообщить мне, почему вы удостоили меня чести вашего посещения... и... и... я тороплюсь, мне некогда, я хочу со двора идти...

-- Извольте, извольте. Ваша сестрица, Авдотья Романовна, за господина Лужина выходит, Петра Петровича?

-- Нельзя ли как-нибудь обойти всякий вопрос о моей сестре и не упоминать ее имени? Я даже не понимаю, как вы смеете при мне выговаривать ее имя, если только вы действительно Свидригайлов?

-- Да ведь я же об ней и пришел говорить, как же не упоминать-то?

-- Хорошо; говорите, но скорее!

-- Я уверен, что вы об этом господине Лужине, моем по жене родственнике, уже составили ваше мнение, если его хоть полчаса видели или хоть что-нибудь об нем верно и точно слышали. Авдотье Романовне он не пара. По-моему, Авдотья Романовна в этом деле жертвует собою весьма великодушно и нерасчетливо для... для своего семейства. Мне показалось, вследствие всего, что я об вас слышал, что вы, с своей стороны, очень бы довольны были, если б этот брак мог расстроиться без нарушения интересов. Теперь же, узнав вас лично, я даже в этом уверен.

-- С вашей стороны всё это очень наивно; извините меня, я хотел сказать: нахально, -- сказал Раскольников.

-- То есть вы этим выражаете, что я хлопочу в свой карман. Не беспокойтесь, Родион Романович, если б я хлопотал в свою выгоду, то не стал бы так прямо высказываться, не дурак же ведь я совсем. На этот счет открою вам одну психологическую странность. Давеча я, оправдывая свою любовь к Авдотье Романовне, говорил, что был сам жертвой. Ну, так знайте же, что никакой я теперь любви не ощущаю, н-никакой, так что мне самому даже странно это, потому что я ведь действительно нечто ощущал...

-- От праздности и разврата, -- перебил Раскольников.

-- Действительно, я человек развратный и праздный. А впрочем, ваша сестрица имеет столько преимуществ, что не мог же и я не поддаться некоторому впечатлению. Но всё это вздор, как теперь и сам вижу.

-- Давно ли увидели?

-- Замечать стал еще прежде, окончательно же убедился третьего дня, почти в самую минуту приезда в Петербург. Впрочем, еще в Москве воображал, что еду добиваться руки Авдотьи Романовны и соперничать с господином Лужиным.

-- Извините, что вас перерву, сделайте одолжение: нельзя ли сократить и перейти прямо к цели вашего посещения. Я тороплюсь, мне надо идти со двора...

-- С величайшим удовольствием. Прибыв сюда и решившись теперь предпринять некоторый... вояж, я пожелал сделать необходимые предварительные распоряжения. Дети мои остались у тетки; они богаты, а я им лично не надобен. Да и какой я отец! Себе я взял только то, что подарила мне год назад Марфа Петровна. С меня достаточно. Извините, сейчас перехожу к самому делу. Перед вояжем, который, может быть, и сбудется, я хочу и с господином Лужиным покончить. Не то чтоб уж я его очень терпеть не мог, но через него, однако, и вышла эта ссора моя с Марфой Петровной, когда я узнал, что она эту свадьбу состряпала. Я желаю теперь повидаться с Авдотьей Романовной, через ваше посредство, и, пожалуй, в вашем же присутствии объяснить ей, во-первых, что от господина Лужина не только не будет ей ни малейшей выгоды, но даже наверно будет явный ущерб. Затем, испросив у ней извинения в недавних этих всех неприятностях, я попросил бы позволения предложить ей десять тысяч рублей и таким образом облегчить разрыв с господином Лужиным, разрыв, от которого, я уверен, она и сама была бы не прочь, явилась бы только возможность.

-- Но вы действительно, действительно сумасшедший! -- вскричал Раскольников, не столько даже рассерженный, сколько удивленный. -- Как смеете вы так говорить!

-- Я так и знал, что вы закричите; но, во-первых, я хоть и небогат, но эти десять тысяч рублей у меня свободны, то есть совершенно, совершенно мне не надобны. Не примет Авдотья Романовна, так я, пожалуй, еще глупее их употреблю. Это раз. Второе: совесть моя совершенно покойна; я без всяких расчетов предлагаю. Верьте не верьте, а впоследствии узнаете и вы, и Авдотья Романовна. Всё в том, что я действительно принес несколько хлопот и неприятностей многоуважаемой вашей сестрице; стало быть, чувствуя искреннее раскаяние, сердечно желаю, -- не откупиться, не заплатить за неприятности, а просто-запросто сделать для нее что-нибудь выгодное, на том основании, что не привилегию же в самом деле взял я делать одно только злое. Если бы в моем предложении была хотя миллионная доля расчета, то не стал бы я предлагать так прямо; да и не стал бы я предлагать всего только десять тысяч, тогда как всего пять недель назад предлагал ей больше. Кроме того, я, может быть, весьма и весьма скоро женюсь на одной девице, а следственно, все подозрения в каких-нибудь покушениях против Авдотьи Романовны тем самым должны уничтожиться. В заключение скажу, что, выходя за господина Лужина, Авдотья Романовна те же самые деньги берет, только с другой стороны... Да вы не сердитесь, Родион Романович, рассудите спокойно и хладнокровно.

Говоря это, Свидригайлов был сам чрезвычайно хладнокровен и спокоен.

-- Прошу вас кончить, -- сказал Раскольников. -- Во всяком случае, это непростительно дерзко.

-- Нимало. После этого человек человеку на сем свете может делать одно только зло и, напротив, не имеет права сделать ни крошки добра, из-за пустых принятых формальностей. Это нелепо. Ведь если б я, например, помер и оставил бы эту сумму сестрице вашей по духовному завещанию, неужели б она и тогда принять отказалась?

-- Весьма может быть.

-- Ну уж это нет-с. А впрочем, нет, так и нет, так пусть и будет. А только десять тысяч -- прекрасная штука, при случае. Во всяком случае, попрошу передать сказанное Авдотье Романовне.

-- Нет, не передам.

-- В таком случае, Родион Романович, я сам принужден буду добиваться свидания личного, а стало быть, беспокоить.

-- А если я передам, вы не будете добиваться свидания личного?

-- Не знаю, право, как вам сказать. Видеться один раз я бы очень желал.

-- Не надейтесь.

-- Жаль. Впрочем, вы меня не знаете. Вот, может, сойдемся поближе.

-- Вы думаете, что мы сойдемся поближе?

-- А почему ж бы и нет? -- улыбнувшись сказал Свидригайлов, встал и взял шляпу, -- я ведь не то чтобы так уж очень желал вас беспокоить и, идя сюда, даже не очень рассчитывал, хотя, впрочем, физиономия ваша еще давеча утром меня поразила...

-- Где вы меня давеча утром видели? -- с беспокойством спросил Раскольников.

-- Случайно-с... Мне всё кажется, что в вас есть что-то к моему подходящее... Да не беспокойтесь, я не надоедлив; и с шулерами уживался, и князю Свирбею, моему дальнему родственнику и вельможе, не надоел, и об Рафаэлевой Мадонне госпоже Прилуковой в альбом сумел написать, и с

Марфой Петровной семь лет безвыездно проживал, и в доме Вяземского на Сенной в старину ночевывал, и на шаре с Бергом, может быть, полечу.

-- Ну, хорошо-с. Позвольте спросить, вы скоро в путешествие отправитесь?

-- В какое путешествие?

-- Ну да в "вояж"-то этот... Вы ведь сами сказали.

-- В вояж? Ах, да!.. в самом деле, я вам говорил про вояж... Ну, это вопрос обширный... А если б знали вы, однако ж, об чем спрашиваете! -- прибавил он и вдруг громко и коротко рассмеялся. -- Я, может быть, вместо вояжа-то женюсь; мне невесту сватают.

-- Здесь?

-- Да.

-- Когда это вы успели?

-- Но с Авдотьей Романовной однажды повидаться весьма желаю. Серьезно прошу. Ну, до свидания... ах, да! Ведь вот что забыл! Передайте, Родион Романович, вашей сестрице, что в завещании Марфы Петровны она упомянута в трех тысячах. Это положительно верно. Марфа Петровна распорядилась за неделю до смерти, и при мне дело было. Недели через две-три Авдотья Романовна может и деньги получить.

-- Вы правду говорите?

-- Правду. Передайте. Ну-с, ваш слуга. Я ведь от вас очень недалеко стою.

Выходя, Свидригайлов столкнулся в дверях с Разумихиным.

II

Было уж почти восемь часов; оба спешили к Бакалееву, чтобы прийти раньше Лужина.

-- Ну, кто ж это был? -- спросил Разумихин, только что вышли на улицу.

-- Это был Свидригайлов, тот самый помещик, в доме которого была обижена сестра, когда служила у них гувернанткой. Через его любовные преследования она от них вышла, выгнанная его женой, Марфой Петровной. Эта Марфа Петровна просила потом у Дуни прощения, а теперь вдруг умерла. Это про нее давеча говорили. Не знаю почему, я этого человека очень боюсь. Он приехал тотчас после похорон жены. Он очень странный и на что-то решился... Он как будто что-то знает... От него надо

Дуню оберегать... вот это я и хотел сказать тебе, слышишь?

-- Оберегать! Что ж он может против Авдотьи Романовны? Ну, спасибо тебе, Родя, что мне так говоришь... Будем, будем оберегать!.. Где живет?

-- Не знаю.

-- Зачем не спросил? Эх, жаль! Впрочем, узнаю!

-- Ты его видел? -- спросил Раскольников после некоторого молчания.

-- Ну да, заметил; твердо заметил.

-- Ты его точно видел? Ясно видел? -- настаивал Раскольников.

-- Ну да, ясно помню; из тысячи узнаю, я памятлив на лица.

Опять помолчали.

-- Гм... то-то... -- пробормотал Раскольников. -- А то знаешь... мне подумалось... мне всё кажется... что это может быть и фантазия.

-- Да про что ты? Я тебя не совсем хорошо понимаю.

-- Вот вы все говорите, -- продолжал Раскольников, скривив рот в улыбку, -- что я помешанный; мне и показалось теперь, что, может быть, я в самом деле помешанный и только призрак видел!

-- Да что ты это?

-- А ведь кто знает! Может, я и впрямь помешанный, и всё, что во все эти дни было, всё, может быть, так только, в воображении...

-- Эх, Родя! Расстроили тебя опять!.. Да что он говорил, с чем приходил?

Раскольников не отвечал, Разумихин подумал с минуту.

-- Ну, слушай же мой ответ, -- начал он. -- Я к тебе заходил, ты спал. Потом обедали, а потом я пошел к Порфирию. Заметов всё у него. Я было хотел начать, и ничего не вышло. Всё не мог заговорить настоящим образом. Они точно не понимают и понять не могут, но вовсе не конфузятся. Отвел я Порфирия к окну и стал говорить, но опять отчего-то не так вышло: он смотрит в сторону, и я смотрю в сторону. Я, наконец, поднес к его роже кулак и сказал, что размозжу его, по-родственному. Он только посмотрел на меня. Я плюнул и ушел, вот и всё. Очень глупо. С Заметовым я ни слова. Только видишь: я думал, что подгадил, а мне, сходя с лестницы, мысль одна пришла, так и осенила меня: из чего мы с тобой хлопочем? Ведь если б тебе опасность была, или там что-нибудь, ну конечно. А ведь тебе что! Ты тут ни при чем, так наплевать на них; мы же над ними насмеемся потом, а я бы на твоем месте их еще мистифировать стал. Ведь как им стыдно-то потом будет! Плюнь; потом и поколотить можно будет, а теперь посмеемся!

-- Разумеется, так! -- ответил Раскольников. "А что-то ты завтра скажешь?" -- подумал он про себя. Странное дело, до сих пор еще ни разу не приходило ему в голову: "что подумает Разумихин, когда узнает?" Подумав это, Раскольников пристально поглядел на него. Теперешним же отчетом Разумихина о посещении Порфирия он очень немного был заинтересован: так много убыло с тех пор и прибавилось!..

В коридоре они столкнулись с Лужиным: он явился ровно в восемь часов и отыскивал нумер, так что все трое вошли вместе, но не глядя друг на друга и не кланяясь. Молодые люди прошли вперед, а Петр Петрович, для приличия, замешкался несколько в прихожей, снимая пальто. Пульхерия Александровна тотчас же вышла встретить его на пороге. Дуня здоровалась с братом.

Петр Петрович вошел и довольно любезно, хотя и с удвоенною солидностью, раскланялся с дамами. Впрочем, смотрел так, как будто немного сбился и еще не нашелся. Пульхерия Александровна, тоже как будто сконфузившаяся, тотчас же поспешила рассадить всех за круглым столом, на котором кипел самовар. Дуня и Лужин поместились напротив друг друга по обоим концам стола. Разумихин и Раскольников пришлись напротив Пульхерии Александровны -- Разумихин ближе к Лужину, а Раскольников подле сестры.

Наступило мгновенное молчание. Петр Петрович не спеша вынул батистовый платок, от которого понесло духами, и высморкался с видом хотя и добродетельного, но всё же несколько оскорбленного в своем достоинстве человека, и притом твердо решившегося потребовать объяснений. Ему еще в передней пришла было мысль: не снимать пальто и уехать и тем строго и внушительно наказать обеих дам, так чтобы разом дать всё почувствовать. Но он не решился. Притом этот человек не любил неизвестности, а тут надо было разъяснить: если так явно нарушено его приказание, значит, что-нибудь да есть, а стало быть, лучше наперед узнать; наказать же всегда будет время, да и в его руках.

-- Надеюсь, путешествие прошло благополучно? -- официально обратился он к Пульхерии Александровне.

-- Слава богу, Петр Петрович.

-- Весьма приятно-с. И Авдотья Романовна тоже не устали?

-- Я-то молода и сильна, не устану, а мамаше так очень тяжело было, -- ответила Дунечка.

-- Что делать-с; наши национальные дороги весьма длинны. Велика так называемая "матушка Россия"... Я же, при всем желании, никак не мог вчера поспешить к встрече. Надеюсь, однако, что всё произошло без особых хлопот?

-- Ах, нет, Петр Петрович, мы были очень обескуражены, -- с особой интонацией поспешила заявить Пульхерия Александровна, -- и если б сам бог, кажется, не послал нам вчера Дмитрия Прокофьича, то мы просто бы так и пропали. Вот они, Дмитрий Прокофьич Разумихин, -- прибавила она, рекомендуя его Лужину.

-- Как же, имел удовольствие... вчера, -- пробормотал Лужин, неприязненно покосившись на Разумихина, затем нахмурился и примолк. Да и вообще Петр Петрович принадлежал к разряду людей, по-видимому чрезвычайно любезных в обществе и особенно претендующих на любезность, но которые, чуть что не по них, тотчас же и теряют все свои средства и становятся похожими скорее на мешки с мукой, чем на развязных и оживляющих общество кавалеров. Все опять примолкли: Раскольников упорно молчал, Авдотья Романовна до времени не хотела прерывать молчания, Разумихину нечего было говорить, так что Пульхерия Александровна опять затревожилась.

-- Марфа Петровна умерла, вы слышали? -- начала она, прибегая к своему капитальному средству.

-- Как же, слышал-с. По первому слуху был уведомлен и даже приехал вам теперь сообщить, что Аркадий Иванович Свидригайлов, немедленно после похорон супруги, отправился поспешно в Петербург. Так, по крайней мере, по точнейшим известиям, которые я получил.

-- В Петербург? Сюда? -- тревожно спросила Дунечка и переглянулась с матерью.

-- Точно так-с, и уж, разумеется, не без целей, приняв во внимание поспешность выезда и, вообще, предшествовавшие обстоятельства.

-- Господи! Да неужели он и тут не оставит Дунечку в покое? -- вскрикнула Пульхерия Александровна.

-- Мне кажется, особенно тревожиться нечего, ни вам, ни Авдотье Романовне, конечно если сами не пожелаете входить в какие бы то ни было с ним отношения. Что до меня касается, я слежу, и теперь разыскиваю, где он остановился...

-- Ах, Петр Петрович, вы не поверите, до какой степени вы меня теперь испугали! -- продолжала Пульхерия Александровна. -- Я его всего только два раза видела, и он мне показался ужасен, ужасен! Я уверена, что он был причиною смерти покойницы Марфы Петровны.

-- Насчет этого нельзя заключить. Я имею известия точные. Не спорю, может быть, он способствовал ускоренному ходу вещей, так сказать, нравственным влиянием обиды; но что касается поведения и, вообще нравственной характеристики лица, то я с вами согласен. Не знаю, богат ли он теперь и что именно оставила ему Марфа Петровна; об этом мне будет известно в самый непродолжительный срок; но уж, конечно, здесь, в Петербурге, имея хотя бы некоторые денежные средства, он примется тотчас за старое. Это самый развращенный и погибший в пороках человек, из всех подобного рода людей! Я имею значительное основание предполагать, что Марфа Петровна, имевшая несчастие столь полюбить его и выкупить из долгов, восемь лет назад, послужила ему еще и в другом отношении: единственно ее старанием и жертвами затушено было, в самом начале, уголовное дело, с примесью зверского и, так сказать, фантастического душегубства, за которое он весьма и весьма мог бы прогуляться в Сибирь. Вот каков этот человек, если хотите знать.

-- Ах, господи! -- вскричала Пульхерия Александровна. Раскольников внимательно слушал.

-- Вы правду говорите, что имеете об этом точные сведения? -- спросила Дуня, строго и внушительно.

-- Я говорю только то, что слышал сам, по секрету, от покойницы Марфы Петровны. Надо заметить, что с юридической точки зрения дело это весьма темное. Здесь жила, да и теперь, кажется, проживает некоторая Ресслих, иностранка и сверх того мелкая процентщица, занимающаяся и другими делами. С этою-то Ресслих господин Свидригайлов находился издавна в некоторых весьма близких и таинственных отношениях. У ней жила дальняя родственница, племянница кажется, глухонемая, девочка лет пятнадцати и даже четырнадцати, которую эта Ресслих беспредельно ненавидела и каждым куском попрекала; даже бесчеловечно била. Раз она найдена была на чердаке удавившеюся. Присуждено, что от самоубийства. После обыкновенных процедур тем дело и кончилось, но впоследствии явился, однако, донос, что ребенок был... жестоко оскорблен Свидригайловым. Правда, всё это было темно, донос был от другой же немки, отъявленной женщины и не имевшей доверия; наконец, в сущности, и доноса не было, благодаря стараниям и деньгам Марфы Петровны; всё ограничилось слухом. Но, однако, этот слух был многознаменателен. Вы, конечно, Авдотья Романовна, слышали тоже у них об истории с человеком Филиппом, умершим от истязаний, лет шесть назад, еще во время крепостного права.

-- Я слышала, напротив, что этот Филипп сам удавился.

-- Точно так-с, но принудила или, лучше сказать, склонила его к насильственной смерти беспрерывная система гонений и взысканий господина Свидригайлова.

-- Я не знаю этого, -- сухо ответила Дуня, -- я слышала только какую-то очень странную историю, что этот Филипп был какой-то ипохондрик, какой-то домашний философ, люди говорили "зачитался", и что удавился он более от насмешек, а не от побой господина Свидригайлова. А он при мне хорошо обходился с людьми, и люди его даже любили, хотя и действительно тоже винили его в смерти Филиппа.

-- Я вижу, что вы, Авдотья Романовна, как-то стали вдруг наклонны к его оправданию, -- заметил Лужин, скривя рот в двусмысленную улыбку. -- Действительно, он человек хитрый и обольстительный насчет дам, чему плачевным примером служит Марфа Петровна, так странно умершая. Я только хотел послужить вам и вашей мамаше своим советом, ввиду его новых и несомненно предстоящих попыток. Что же до меня касается, то я твердо уверен, что этот человек несомненно исчезнет опять в долговом отделении. Марфа Петровна отнюдь никогда не имела намерения что-нибудь за ним закрепить, имея в виду детей, и если и оставила ему нечто, то разве нечто самое необходимое, малостоящее, эфемерное, чего и на год не хватит человеку с его привычками.

-- Петр Петрович, прошу вас, -- сказала Дуня, -- перестанемте о господине Свидригайлове. На меня это наводит тоску.

-- Он сейчас приходил ко мне, -- сказал вдруг Раскольников, в первый раз прерывая молчание.

Со всех сторон раздались восклицания, все обратились к нему. Даже Петр Петрович взволновался.

-- Часа полтора назад, когда я спал, он вошел, разбудил меня и отрекомендовался, -- продолжал Раскольников. -- Он был довольно развязен и весел и совершенно надеется, что я с ним сойдусь. Между прочим, он очень просит и ищет свидания с тобою, Дуня, а меня просил быть посредником при этом свидании. У него есть к тебе одно предложение; в чем оно, он мне сообщил. Кроме того, он положительно уведомил меня, что Марфа Петровна за неделю до смерти, успела оставить тебе, Дуня, по завещанию три тысячи рублей, и деньги эти ты можешь теперь получить в самом скором времени.

-- Слава богу! -- вскричала Пульхерия Александровна и перекрестилась. -- Молись за нее, Дуня, молись!

-- Это действительная правда, -- сорвалось у Лужина.

-- Ну-ну, что же дальше? -- торопила Дунечка.

-- Потом он сказал, что он сам не богат и всё имение достается его детям, которые теперь у тетки. Потом, что остановился где-то недалеко от меня, а где? -- не знаю, не спросил...

-- Но что же, что же он хочет предложить Дунечке? -- спросила перепуганная Пульхерия Александровна. -- Сказал он тебе?

-- Да, сказал.

-- Что же?

-- Потом скажу. -- Раскольников замолчал и обратился к своему чаю.

Петр Петрович вынул часы и посмотрел.

-- Необходимо отправиться по делу, и таким образом не помешаю, -- прибавил он с несколько пикированным видом и стал вставать со стула.

-- Останьтесь, Петр Петрович, -- сказала Дуня, -- ведь вы намерены были просидеть вечер. К тому же вы сами писали, что желаете об чем-то объясниться с маменькой.

-- Точно так-с, Авдотья Романовна, -- внушительно проговорил Петр Петрович, присев опять на стул, но всё еще сохраняя шляпу в руках, -- я действительно желал объясниться и с вами, и с многоуважаемою вашею мамашей, и даже о весьма важных пунктах. Но, как и брат ваш не может при мне объясниться насчет некоторых предложений господина Свидригайлова, так и я не желаю и не могу объясниться... при других... насчет некоторых, весьма и весьма важных пунктов. К тому же капитальная и убедительнейшая просьба моя не была исполнена...

Лужин сделал горький вид и осанисто примолк.

-- Просьба ваша, чтобы брата не было при нашем свидании, не исполнена единственно по моему настоянию, -- сказала Дуня. -- Вы писали, что были братом оскорблены; я думаю, что это надо немедленно разъяснить, и вы должны помириться. И если Родя вас действительно оскорбил, то он должен и будет просить у вас извинения.

Петр Петрович тотчас же закуражился.

-- Есть некоторые оскорбления, Авдотья Романовна, которые, при всей доброй воле, забыть нельзя-с. Во всем есть черта, за которую перейти опасно; ибо, раз переступив, воротиться назад невозможно.

-- Я вам не про то, собственно, говорила, Петр Петрович, -- немного с нетерпением перебила Дуня, -- поймите хорошенько, что всё наше будущее зависит теперь от того, разъяснится ли и уладится ли всё это как можно скорей или нет? Я прямо, с первого слова говорю, что иначе не могу смотреть, и если вы хоть сколько-нибудь мною дорожите, то, хоть и трудно, а вся эта история должна сегодня же кончиться. Повторяю вам, если брат виноват, он будет просить прощения.

-- Удивляюсь, что вы ставите так вопрос, Авдотья Романовна, -- раздражался всё более и более Лужин. -- Ценя и, так сказать, обожая вас, я в то же время весьма и весьма могу не любить кого-нибудь из ваших домашних. Претендуя на счастье вашей руки, не могу в то же время принять на себя обязательств несогласимых...

-- Ах, оставьте всю эту обидчивость, Петр Петрович, -- с чувством перебила Дуня, -- и будьте тем умным и благородным человеком, каким я вас всегда считала и считать хочу. Я вам дала великое обещание, я ваша невеста; доверьтесь же мне в этом деле, и поверьте, я в силах буду рассудить беспристрастно. То, что я беру на себя роль судьи, это такой же сюрприз моему брату, как и вам. Когда я пригласила его сегодня, после письма вашего, непременно прийти на наше свидание, я ничего ему не сообщила из моих намерений. Поймите, что если вы не помиритесь, то я должна же выбирать между вами: или вы, или он. Так стал вопрос и с его, и с вашей стороны. Я не хочу и не должна ошибиться в выборе. Для вас я должна разорвать с братом; для брата я должна разорвать с вами. Я хочу и могу узнать теперь наверно: брат ли он мне? А про вас: дорога ли я вам, цените ли вы меня: муж ли вы мне?

-- Авдотья Романовна, -- закоробившись произнес Лужин, -- ваши слова слишком многозначительны для меня, скажу более, даже обидны, ввиду того положения, которое я имею честь занимать в отношении к вам. Не говоря уже ни слова об обидном и странном сопоставлении, на одну доску, между мной и... заносчивым юношей, словами вашими вы допускаете возможность нарушения данного мне обещания. Вы говорите: "или вы, или он"?, стало быть, тем самым показываете мне, как немного я для вас значу... я не могу допустить этого при отношениях и... обязательствах, существующих между нами.

-- Как! -- вспыхнула Дуня, -- я ставлю ваш интерес рядом со всем, что до сих пор было мне драгоценно в жизни, что до сих пор составляло всю мою жизнь, и вдруг вы обижаетесь за то, что я даю вам мало цены!

Раскольников молча и язвительно улыбнулся, Разумихина всего передернуло; но Петр Петрович не принял возражения; напротив, с каждым словом становился он всё привязчивее и раздражительнее, точно во вкус входил.

-- Любовь к будущему спутнику жизни, к мужу, должна превышать любовь к брату, -- произнес он сентенциозно, -- а во всяком случае, я не могу стоять на одной доске... Хоть я и настаивал давеча, что в присутствии вашего брата не желаю и не могу изъяснить всего, с чем пришел, тем не менее я теперь же намерен обратиться к многоуважаемой вашей мамаше для необходимого объяснения по одному весьма капитальному и для меня обидному пункту. Сын ваш, -- обратился он к Пульхерии Александровне, -- вчера, в присутствии господина Рассудкина (или... кажется так? извините, запамятовал вашу фамилию, -- любезно поклонился он Разумихину), обидел меня искажением мысли моей, которую я сообщил вам тогда в разговоре частном, за кофеем, именно, что женитьба на бедной девице, уже испытавшей жизненное горе, по-моему, выгоднее в супружеском отношении, чем на испытавшей довольство, ибо полезнее для нравственности. Ваш сын умышленно преувеличил значение слов до нелепого, обвинив меня в злостных намерениях и, по моему взгляду, основываясь на вашей собственной корреспонденции. Почту себя счастливым, если вам, Пульхерия Александровна, возможно будет разубедить меня в противном отношении и тем значительно успокоить. Сообщите же мне, в каких именно терминах передали вы слова мои в вашем письме к Родиону Романовичу?

-- Я не помню, -- сбилась Пульхерия Александровна, -- а передала, как сама поняла. Не знаю, как передал вам Родя... Может, он что-нибудь и преувеличил.

-- Без вашего внушения он преувеличить не мог.

-- Петр Петрович, -- с достоинством произнесла Пульхерия Александровна, -- доказательство тому, что мы с Дуней не приняли ваших слов в очень дурную сторону, это то, что мы здесь.

-- Хорошо, маменька! -- одобрительно сказала Дуня.

-- Стало быть, я и тут виноват! -- обиделся Лужин.

-- Вот, Петр Петрович, вы всё Родиона вините, а вы и сами об нем давеча неправду написали в письме, -- прибавила, ободрившись, Пульхерия Александровна.

-- Я не помню, чтобы написал какую-нибудь неправду-с.

-- Вы написали, -- резко проговорил Раскольников, не оборачиваясь к Лужину, -- что я вчера отдал деньги не вдове раздавленного, как это действительно было, а его дочери (которой до вчерашнего дня никогда не видал). Вы написали это, чтобы поссорить меня с родными, и для того прибавили, в гнусных выражениях, о поведении девушки, которой вы не знаете. Всё это сплетня и низость.

-- Извините, сударь, -- дрожа со злости, ответил Лужин, -- в письме моем я распространился о ваших качествах и поступках единственно в исполнение тем самым просьбы вашей сестрицы и мамаши описать им: как я вас нашел и какое вы на меня произвели впечатление? Что же касается до означенного в письме моем, то найдите хоть строчку несправедливую, то есть что вы не истратили денег и что в семействе том, хотя бы и несчастном, не находилось недостойных лиц?

-- А по-моему, так вы, со всеми вашими достоинствами, не стоите мизинца этой несчастной девушки, в которую вы камень бросаете.

-- Стало быть, вы решились бы и ввести ее в общество вашей матери и сестры?

-- Я это уж и сделал, если вам хочется знать. Я посадил ее сегодня рядом с маменькой и с Дуней.

-- Родя! -- вскричала Пульхерия Александровна.

Дунечка покраснела; Разумихин сдвинул брови. Лужин язвительно и высокомерно улыбнулся.

-- Сами изволите видеть, Авдотья Романовна, -- сказал он, -- возможно ли тут соглашение? Надеюсь теперь, что дело это кончено и разъяснено, раз навсегда. Я же удалюсь, чтобы не мешать дальнейшей приятности родственного свидания и сообщению секретов (он встал со стула и взял шляпу). Но, уходя, осмелюсь заметить, что впредь надеюсь быть избавлен от подобных встреч и, так сказать, компромиссов. Вас же особенно буду просить, многоуважаемая Пульхерия Александровна, на эту же тему, тем паче что и письмо мое было адресовано вам, а не кому иначе.

Пульхерия Александровна немного обиделась.

-- Что-то вы уж совсем нас во власть свою берете, Петр Петрович. Дуня вам рассказала причину, почему не исполнено ваше желание: она хорошие намерения имела. Да и пишете вы мне, точно приказываете. Неужели ж нам каждое желание ваше за приказание считать? А я так вам напротив скажу, что вам следует теперь к нам быть особенно деликатным и снисходительным, потому что мы всё бросили и, вам доверясь, сюда приехали, а стало быть, и без того уж почти в вашей власти состоим.

-- Это не совсем справедливо, Пульхерия Александровна, и особенно в настоящий момент, когда возвещено о завещанных Марфой Петровной трех тысячах, что, кажется, очень кстати, судя по новому тону, которым заговорили со мной, -- прибавил он язвительно.

-- Судя по этому замечанию, можно действительно предположить, что вы рассчитывали на нашу беспомощность, -- раздражительно заметила Дуня.

-- Но теперь, по крайней мере, не могу так рассчитывать и особенно не желаю помешать сообщению секретных предложений Аркадия Ивановича Свидригайлова, которыми он уполномочил вашего братца и которые, как я вижу, имеют для вас капитальное, а может быть, и весьма приятное значение.

-- Ах боже мой! -- вскрикнула Пульхерия Александровна.

Разумихину не сиделось на стуле.

-- И тебе не стыдно теперь, сестра? -- спросил Раскольников.

-- Стыдно, Родя, -- сказала Дуня, -- Петр Петрович, подите вон! -- обратилась она к нему, побледнев от гнева.

Петр Петрович, кажется, совсем не ожидал такого конца. Он слишком надеялся на себя, на власть свою и на беспомощность своих жертв. Не поверил и теперь. Он побледнел, и губы его затряслись.

-- Авдотья Романовна, если я выйду теперь в эту дверь, при таком напутствии, то -- рассчитайте это -- я уж не ворочусь никогда. Обдумайте хорошенько! Мое слово твердо.

-- Что за наглость! -- вскричала Дуня, быстро подымаясь с места, -- да я и не хочу, чтобы вы возвращались назад!

-- Как? Так вот ка-а-к-с! -- вскричал Лужин, совершенно не веровавший, до последнего мгновения, такой развязке, а потому совсем потерявший теперь нитку, -- так так-то-с! Но знаете ли, Авдотья Романовна, что я мог бы и протестовать-с.

-- Какое право вы имеете так говорить с ней! -- горячо вступилась Пульхерия Александровна, -- чем вы можете протестовать? И какие это ваши права? Ну, отдам я вам, такому, мою Дуню? Подите, оставьте нас совсем!

Мы сами виноваты, что на несправедливое дело пошли, а всех больше я...

-- Однако ж, Пульхерия Александровна, -- горячился в бешенстве Лужин, -- вы связали меня данным словом, от которого теперь отрекаетесь... и наконец... наконец, я вовлечен был, так сказать, через то в издержки...

Эта последняя претензия до того была в характере Петра Петровича, что Раскольников, бледневший от гнева и от усилий сдержать его, вдруг не выдержал и -- расхохотался. Но Пульхерия Александровна вышла из себя:

-- В издержки? В какие же это издержки? Уж не про сундук ли наш вы говорите? Да ведь вам его кондуктор задаром перевез. Господи, мы же вас и связали! Да вы опомнитесь, Петр Петрович, это вы нас по рукам и по ногам связали, а не мы вас!

-- Довольно, маменька, пожалуйста, довольно! -- упрашивала Авдотья Романовна. -- Петр Петрович, сделайте милость, уйдите!

-- Уйду-с, но одно только последнее слово! -- проговорил он, уже почти совсем не владея собою, -- ваша мамаша, кажется, совершенно забыла, что я решился вас взять, так сказать, после городской молвы, разнесшейся по всему околотку насчет репутации вашей. Пренебрегая для вас общественным мнением и восстановляя репутацию вашу, уж, конечно, мог бы я, весьма и весьма, понадеяться на возмездие и даже потребовать благодарности вашей... И только теперь открылись глаза мои! Вижу сам, что, может быть, весьма и весьма поступил опрометчиво, пренебрегая общественным голосом...

-- Да он о двух головах, что ли! -- крикнул Разумихин, вскакивая со стула и уже готовясь расправиться.

-- Низкий вы и злой человек! -- сказала Дуня.

-- Ни слова! Ни жеста! -- вскрикнул Раскольников, удерживая Разумихина; затем, подойдя чуть не в упор к Лужину:

-- Извольте выйти вон! -- сказал он тихо и раздельно, -- и ни слова более, иначе...

Петр Петрович несколько секунд смотрел на него с бледным и искривленным от злости лицом, затем повернулся, вышел, и уж, конечно, редко кто-нибудь уносил на кого в своем сердце столько злобной ненависти, как этот человек на Раскольникова. Его, и его одного, он обвинял во всем. Замечательно, что, уже спускаясь с лестницы, он всё еще воображал, что дело еще, может быть, совсем не потеряно и, что касается одних дам, даже "весьма и весьма" поправимое.

III

Главное дело было в том, что он, до самой последней минуты, никак не ожидал подобной развязки. Он куражился до последней черты, не предполагая даже возможности, что две нищие и беззащитные женщины могут выйти из-под его власти. Убеждению этому много помогли тщеславие и та степень самоуверенности, которую лучше всего назвать самовлюбленностию. Петр Петрович, пробившись из ничтожества, болезненно привык любоваться собою, высоко ценил свой ум и способности и даже иногда, наедине, любовался своим лицом в зеркале. Но более всего на свете любил и ценил он, добытые трудом и всякими средствами, свои деньги: они равняли его со всем, что было выше его.

Напоминая теперь с горечью Дуне о том, что он решился взять ее, несмотря на худую о ней молву, Петр Петрович говорил вполне искренно и даже чувствовал глубокое негодование против такой "черной неблагодарности". А между тем, сватаясь тогда за Дуню, он совершенно уже был убежден в нелепости всех этих сплетен, опровергнутых всенародно самой Марфой Петровной и давно уже оставленных всем городишком, горячо оправдывавшим Дуню. Да он и сам не отрекся бы теперь от того, что всё это уже знал и тогда. И тем не менее он все-таки высоко ценил свою решимость возвысить Дуню до себя и считал это подвигом. Выговаривая об этом сейчас Дуне, он выговаривал свою тайную, возлелеянную им мысль, на которую он уже не раз любовался, и понять не мог, как другие могли не любоваться на его подвиг. Явившись тогда с визитом к Раскольникову, он вошел с чувством благодетеля, готовящегося пожать плоды и выслушать весьма сладкие комплименты. И уж, конечно, теперь, сходя с лестницы, он считал себя в высочайшей степени обиженным и непризнанным.

Дуня же была ему просто необходима; отказаться от нее для него было немыслимо. Давно уже, уже несколько лет, со сластию мечтал он о женитьбе, но всё прикапливал денег и ждал. Он с упоением помышлял, в глубочайшем секрете, о девице благонравной и бедной (непременно бедной), очень молоденькой, очень хорошенькой, благородной и образованной, очень запуганной, чрезвычайно много испытавшей несчастий и вполне перед ним приникшей, такой, которая бы всю жизнь считала его спасением своим, благоговела перед ним, подчинялась, удивлялась ему, и только ему одному. Сколько сцен, сколько сладостных эпизодов создал он в воображении на эту соблазнительную и игривую тему, отдыхая в тиши от дел! И вот мечта стольких лет почти уже осуществлялась: красота и образование Авдотьи Романовны поразили его; беспомощное положение ее раззадорило его до крайности. Тут являлось даже несколько более того, о чем он мечтал: явилась девушка гордая, характерная, добродетельная, воспитанием и развитием выше его (он чувствовал это), и такое-то существо будет рабски благодарно ему всю жизнь за его подвиг и благоговейно уничтожится перед ним, а он-то будет безгранично и всецело владычествовать!.. Как нарочно, незадолго перед тем, после долгих соображений и ожиданий, он решил наконец окончательно переменить карьеру и вступить в более обширный круг деятельности, а с тем вместе, мало-помалу, перейти и в более высшее общество, о котором он давно уже с сладострастием подумывал... Одним словом, он решился попробовать Петербурга. Он знал, что женщинами можно "весьма и весьма" много выиграть. Обаяние прелестной, добродетельной и образованной женщины могло удивительно скрасить его дорогу, привлечь к нему, создать ореол... и вот всё рушилось! Этот теперешний внезапный, безобразный разрыв подействовал на него как удар грома. Это была какая-то безобразная шутка, нелепость! Он только капельку покуражился; он даже не успел и высказаться, он просто пошутил, увлекся, а кончилось так серьезно! Наконец, ведь он уже даже любил по-своему Дуню, он уже владычествовал над нею в мечтах своих -- и вдруг!.. Нет! Завтра же, завтра же всё это надо восстановить, залечить, исправить, а главное -- уничтожить этого заносчивого молокососа, мальчишку, который был всему причиной. С болезненным ощущением припоминался ему, тоже как-то невольно, Разумихин... но, впрочем, он скоро с этой стороны успокоился: "Еще бы и этого-то поставить с ним рядом!" Но кого он в самом деле серьезно боялся, -- так это Свидригайлова... Одним словом, предстояло много хлопот.

. . . .

-- Нет, я, я более всех виновата! -- говорила Дунечка, обнимая и целуя мать, -- я польстилась на его деньги, но, клянусь, брат, -- я и не воображала, чтоб это был такой недостойный человек. Если б я разглядела его раньше, я бы ни на что не польстилась! Не вини меня, брат!

-- Бог избавил! бог избавил! -- бормотала Пульхерия Александровна, но как-то бессознательно, как будто еще не совсем взяв в толк всё, что случилось.

Все радовались, через пять минут даже смеялись. Иногда только

Дунечка бледнела и сдвигала брови, припоминая случившееся. Пульхерия Александровна и воображать не могла, что она тоже будет рада; разрыв с Лужиным представлялся ей еще утром страшною бедой. Но Разумихин был в восторге. Он не смел еще вполне его выразить, но весь дрожал как в лихорадке, как будто пятипудовая гиря свалилась с его сердца. Теперь он имеет право отдать им всю свою жизнь, служить им... Да мало ли что теперь! А впрочем, он еще пугливее гнал дальнейшие мысли и боялся своего воображения. Один только Раскольников сидел всё на том же месте, почти угрюмый и даже рассеянный. Он, всего больше настаивавший на удалении Лужина, как будто всех меньше интересовался теперь случившимся. Дуня невольно подумала, что он всё еще очень на нее сердится, а Пульхерия Александровна приглядывалась к нему боязливо.

-- Что же сказал тебе Свидригайлов? -- подошла к нему Дуня.

-- Ах да, да! -- вскричала Пульхерия Александровна.

Раскольников поднял голову:

-- Он хочет непременно подарить тебе десять тысяч рублей и при этом заявляет желание тебя однажды видеть в моем присутствии.

-- Видеть! Ни за что на свете! -- вскричала Пульхерия Александровна, -- и как он смеет ей деньги предлагать!

Затем Раскольников передал (довольно сухо) разговор свой с Свидригайловым, пропустив о призраках Марфы Петровны, чтобы не вдаваться в излишнюю материю и чувствуя отвращение заводить какой бы то ни было разговор, кроме самого необходимого.

-- Что же ты ему отвечал? -- спросила Дуня.

-- Сперва сказал, что не передам тебе ничего. Тогда он объявил, что будет сам, всеми средствами, доискиваться свидания. Он уверял, что страсть его к тебе была блажью и что он теперь ничего к тебе не чувствует... Он не хочет, чтобы ты вышла за Лужина... Вообще же говорил сбивчиво.

-- Как ты сам его объясняешь себе, Родя? Как он тебе показался?

-- Признаюсь, ничего хорошо не понимаю. Предлагает десять тысяч, а сам говорил, что не богат. Объявляет, что хочет куда-то уехать, и через десять минут забывает, что об этом говорил. Вдруг тоже говорит, что хочет жениться и что ему уж невесту сватают... Конечно, у него есть цели, и всего вероятнее -- дурные. Но опять как-то странно предположить, чтоб он так глупо приступил к делу, если б имел на тебя дурные намерения... Я, разумеется, отказал ему, за тебя, в этих деньгах, раз навсегда. Вообще он мне очень странным показался, и... даже... с признаками как будто помешательства. Но я мог и ошибиться; тут просто, может быть, надувание своего рода. Смерть Марфы Петровны, кажется, производит на него впечатление...

-- Упокой, господи, ее душу! -- воскликнула Пульхерия Александровна, -- вечно, вечно за нее бога буду молить! Ну что бы с нами было теперь, Дуня, без этих трех тысяч! Господи, точно с неба упали! Ах, Родя, ведь у нас утром всего три целковых за душой оставалось, и мы с Дунечкой только и рассчитывали, как бы часы где-нибудь поскорей заложить, чтобы не брать только у этого, пока сам не догадается.

Дуню как-то уж слишком поразило предложение Свидригайлова. Она всё стояла задумавшись.

-- Он что-нибудь ужасное задумал! -- проговорила она почти шепотом про себя, чуть не содрогаясь.

Раскольников приметил этот чрезмерный страх.

-- Кажется, придется мне не раз еще его увидать, -- сказал он Дуне.

-- Будем следить! Я его выслежу! -- энергически крикнул Разумихин. -- Глаз не спущу! Мне Родя позволил. Он мне сам сказал давеча: "Береги сестру". А вы позволите, Авдотья Романовна?

Дуня улыбнулась и протянула ему руку, но забота не сходила с ее лица. Пульхерия Александровна робко на нее поглядывала; впрочем, три тысячи ее видимо успокоивали.

Через четверть часа все были в самом оживленном разговоре. Даже Раскольников, хоть и не разговаривал, но некоторое время внимательно слушал. Ораторствовал Разумихин.

-- И зачем, зачем вам уезжать! -- с упоением разливался он восторженною речью, -- и что вы будете делать в городишке? А главное, вы здесь все вместе и один другому нужны, уж как нужны, -- поймите меня! Ну, хоть некоторое время... Меня же возьмите в друзья, в компаньоны, и уж уверяю, что затеем отличное предприятие. Слушайте, я вам в подробности это всё растолкую -- весь проект! У меня еще утром, когда ничего еще не случилось, в голове уж мелькало... Вот в чем дело: есть у меня дядя (я вас познакомлю; прескладной и препочтенный старичонка!), а у этого дяди есть тысяча рублей капиталу, а сам живет пенсионом и не нуждается. Второй год как он пристает ко мне, чтоб я взял у него эту тысячу, а ему бы по шести процентов платил. Я штуку вижу: ему просто хочется мне помочь; но прошлого года мне было не надо, а нынешний год я только приезда его поджидал и решился взять. Затем вы дадите другую тысячу, из ваших трех, и вот и довольно на первый случай, вот мы и соединимся. Что ж мы будем делать?

Тут Разумихин принялся развивать свой проект и много толковал о том, как почти все наши книгопродавцы и издатели мало знают толку в своем товаре, а потому обыкновенно и плохие издатели, между тем как порядочные издания вообще окупаются и дают процент, иногда значительный. Об издательской-то деятельности и мечтал Разумихин, уже два года работавший на других и недурно знавший три европейские языка, несмотря на то, что дней шесть назад сказал было Раскольникову, что в немецком "швах", с целью уговорить его взять на себя половину переводной работы и три рубля задатку: и он тогда соврал, и Раскольников знал, что он врет.

-- Зачем, зачем же нам свое упускать, когда у нас одно из главнейших средств очутилось -- собственные деньги?-- горячился Разумихин. -- Конечно, нужно много труда, но мы будем трудиться, вы, Авдотья Романовна, я, Родион... иные издания дают теперь славный процент! А главная основа предприятия в том, что будем знать, что именно надо переводить. Будем и переводить, и издавать, и учиться, всё вместе. Теперь я могу быть полезен, потому что опыт имею. Вот уже два года скоро по издателям шныряю и всю их подноготную знаю: не святые горшки лепят, поверьте! И зачем, зачем мимо рта кусок проносить! Да я сам знаю, и в тайне храню, сочинения два-три таких, что за одну только мысль перевесть и издать их можно рублей по сту взять за каждую книгу, а за одну из них я и пятисот рублей за мысль не возьму. И что вы думаете, сообщи я кому, пожалуй, еще усумнится, такое дубье! А уж насчет собственно хлопот по делам, типографий, бумаги, продажи, это вы мне поручите! Все закоулки знаю! Помаленьку начнем, до большого дойдем, по крайней мере прокормиться чем будет, и уж во всяком случае свое вернем.

У Дуни глаза блестели.

-- То, что вы говорите, мне очень нравится, Дмитрий Прокофьич, -- сказала она.

-- Я тут, конечно, ничего не знаю, -- отозвалась Пульхерия Александровна, -- может, оно и хорошо, да опять ведь и бог знает. Ново как-то, неизвестно. Конечно, нам остаться здесь необходимо, хоть на некоторое время...

Она посмотрела на Родю.

-- Как ты думаешь, брат? -- сказала Дуня.

-- Я думаю, что у него очень хорошая мысль, -- ответил он. -- О фирме, разумеется, мечтать заранее не надо, но пять-шесть книг действительно можно издать с несомненным успехом. Я и сам знаю одно сочинение, которое непременно пойдет. А что касается до того, что он сумеет повести дело, так в этом нет и сомнения: дело смыслит... Впрочем, будет еще время вам сговориться...

-- Ура! -- закричал Разумихин, -- теперь стойте, здесь есть одна квартира, в этом же доме, от тех же хозяев. Она особая, отдельная, с этими нумерами не сообщается, и меблированная, цена умеренная, три горенки. Вот на первый раз и займите. Часы я вам завтра заложу и принесу деньги, а там всё уладится. А главное, можете все трое вместе жить, и Родя с вами... Да куда ж ты, Родя?

-- Как, Родя, ты уж уходишь? -- даже с испугом спросила Пульхерия Александровна.

-- В такую-то минуту! -- крикнул Разумихин.

Дуня смотрела на брата с недоверчивым удивлением. В руках его была фуражка; он готовился выйти.

-- Чтой-то вы точно погребаете меня али навеки прощаетесь, -- как-то странно проговорил он.

Он как будто улыбнулся, но как будто это была и не улыбка.

-- А ведь кто знает, может, и последний раз видимся, -- прибавил он нечаянно.

Он было подумал это про себя, но как-то само проговорилось вслух.

-- Да что с тобой! -- вскрикнула мать.

-- Куда идешь ты, Родя? -- как-то странно спросила Дуня.

-- Так, мне очень надо, -- ответил он смутно, как бы колеблясь в том, что хотел сказать. Но в бледном лице его была какая-то резкая решимость.

-- Я хотел сказать... идя сюда... я хотел сказать вам, маменька... и тебе, Дуня, что нам лучше бы на некоторое время разойтись. Я себя нехорошо чувствую, я не спокоен... я после приду, сам приду, когда... можно будет. Я вас помню и люблю... Оставьте меня! Оставьте меня одного! Я так решил, еще прежде... Я это наверно решил... Что бы со мною ни было, погибну я или нет, я хочу быть один. Забудьте меня совсем... Это лучше... Не справляйтесь обо мне. Когда надо, я сам приду или... вас позову. Может быть, всё воскреснет!.. А теперь, когда любите меня, откажитесь... Иначе, я вас возненавижу, я чувствую... Прощайте!

-- Господи! -- вскрикнула Пульхерия Александровна.

И мать, и сестра были в страшном испуге; Разумихин тоже.

-- Родя, Родя! Помирись с нами, будем по-прежнему! -- воскликнула бедная мать.

Он медленно повернулся к дверям и медленно пошел из комнаты. Дуня догнала его.

-- Брат! Что ты с матерью делаешь! -- прошептала она со взглядом, горевшим от негодования.

Он тяжело посмотрел на нее.

-- Ничего, я приду, я буду ходить! -- пробормотал он вполголоса, точно не вполне сознавая, о чем хочет сказать, и вышел из комнаты.

-- Бесчувственный, злобный эгоист! -- вскрикнула Дуня.

-- Он су-ма-сшедший, а не бесчувственный! Он помешанный! Неужели вы этого не видите? Вы бесчувственная после этого!.. -- горячо прошептал Разумихин над самым ее ухом, крепко стиснув ей руку.

-- Я сейчас приду! -- крикнул он, обращаясь к помертвевшей Пульхерии Александровне, и выбежал из комнаты.

Раскольников поджидал его в конце коридора.

-- Я так и знал, что ты выбежишь, -- сказал он. -- Воротись к ним и будь с ними... Будь и завтра у них.. и всегда. Я... может, приду... если можно. Прощай!

И, не протягивая руки, он пошел от него.

-- Да куда ты? Что ты? Да что с тобой? Да разве можно так!.. -- бормотал совсем потерявшийся Разумихин.

Раскольников остановился еще раз.

-- Раз навсегда: никогда ни о чем меня не спрашивай. Нечего мне тебе отвечать... Не приходи ко мне. Может, я и приду сюда... Оставь меня, а их... не оставь. Понимаешь меня?

В коридоре было темно; они стояли возле лампы. С минуту они смотрели друг на друга молча. Разумихин всю жизнь помнил эту минуту. Горевший и пристальный взгляд Раскольникова как будто усиливался с каждым мгновением, проницал в его душу, в сознание. Вдруг Разумихин вздрогнул. Что-то странное как будто прошло между ними... Какая-то идея проскользнула, как будто намек; что-то ужасное, безобразное и вдруг понятое с обеих сторон... Разумихин побледнел как мертвец.

-- Понимаешь теперь?.. -- сказал вдруг Раскольников с болезненно искривившимся лицом. -- Воротись, ступай к ним, -- прибавил он вдруг и, быстро повернувшись, пошел из дому...

Не стану теперь описывать, что было в тот вечер у Пульхерии Александровны, как воротился к ним Разумихин, как их успокоивал, как клялся, что надо дать отдохнуть Роде в болезни, клялся, что Родя придет непременно, будет ходить каждый день, что он очень, очень расстроен, что не надо раздражать его; как он, Разумихин, будет следить за ним, достанет ему доктора хорошего, лучшего, целый консилиум... Одним словом, с этого вечера Разумихин стал у них сыном и братом.

IV

А Раскольников пошел прямо к дому на канаве, где жила Соня. Дом был трехэтажный, старый и зеленого цвета. Он доискался дворника и получил от него неопределенные указания, где живет Капернаумов портной. Отыскав в углу на дворе вход на узкую и темную лестницу, он поднялся наконец во второй этаж и вышел на галерею, обходившую его со стороны двора. Покамест он бродил в темноте и в недоумении, где бы мог быть вход к Капернаумову, вдруг, в трех шагах от него, отворилась какая-то дверь; он схватился за нее машинально.

-- Кто тут? -- тревожно спросил женский голос.

-- Это я... к вам, -- ответил Раскольников и вошел в крошечную переднюю. Тут, на продавленном стуле, в искривленном медном подсвечнике, стояла свеча.

-- Это вы! Господи! -- слабо вскрикнула Соня и стала как вкопанная.

-- Куда к вам? Сюда?

И Раскольников, стараясь не глядеть на нее, поскорей прошел в комнату.

Через минуту вошла со свечой и Соня, поставила свечу и стала сама перед ним, совсем растерявшаяся, вся в невыразимом волнении и, видимо, испуганная его неожиданным посещением. Вдруг краска бросилась в ее бледное лицо, и даже слезы выступили на глазах... Ей было и тошно, и стыдно, и сладко... Раскольников быстро отвернулся и сел на стул к столу. Мельком успел он охватить взглядом комнату.

Это была большая комната, но чрезвычайно низкая, единственная отдававшаяся от Капернаумовых, запертая дверь к которым находилась в стене слева. На противоположной стороне, в стене справа, была еще другая дверь, всегда запертая наглухо. Там уже была другая, соседняя квартира, под другим нумером. Сонина комната походила как будто на сарай, имела вид весьма неправильного четырехугольника, и это придавало ей что-то уродливое. Стена с тремя окнами, выходившая на канаву, перерезывала комнату как-то вкось, отчего один угол, ужасно острый, убегал куда-то вглубь, так что его, при слабом освещении, даже и разглядеть нельзя было хорошенько; другой же угол был уже слишком безобразно тупой. Во всей этой большой комнате почти совсем не было мебели. В углу, направо, находилась кровать; подле нее, ближе к двери, стул. По той же стене, где была кровать, у самых дверей в чужую квартиру, стоял простой тесовый стол, покрытый синенькой скатертью; около стола два плетеных стула. Затем, у противоположной стены, поблизости от острого угла, стоял небольшой, простого дерева комод, как бы затерявшийся в пустоте. Вот всё, что было в комнате. Желтоватые, обшмыганные и истасканные обои почернели по всем углам; должно быть, здесь бывало сыро и угарно зимой. Бедность была видимая; даже у кровати не было занавесок.

Соня молча смотрела на своего гостя, так внимательно и бесцеремонно осматривавшего ее комнату, и даже начала, наконец, дрожать в страхе, точно стояла перед судьей и решителем своей участи.

-- Я поздно... Одиннадцать часов есть? -- спросил он, всё еще не подымая на нее глаз.

-- Есть, -- пробормотала Соня. -- Ах да, есть! -- заторопилась она вдруг, как будто в этом был для нее весь исход, -- сейчас у хозяев часы пробили... и я сама слышала... Есть.

-- Я к вам в последний раз пришел, -- угрюмо продолжал Раскольников, хотя и теперь был только в первый, -- я, может быть, вас не увижу больше...

-- Вы... едете?

-- Не знаю... всё завтра...

-- Так вы не будете завтра у Катерины Ивановны? -- дрогнул голос у Сони.

-- Не знаю. Всё завтра утром... Не в том дело: я пришел одно слово сказать...

Он поднял на нее свой задумчивый взгляд и вдруг заметил, что он сидит, а она всё еще стоит перед ним.

-- Что ж вы стоите? Сядьте, -- проговорил он вдруг переменившимся, тихим и ласковым голосом.

Она села. Он приветливо и почти с состраданием посмотрел на нее с минуту.

-- Какая вы худенькая! Вон какая у вас рука! Совсем прозрачная. Пальцы как у мертвой.

Он взял ее руку. Соня слабо улыбнулась.

-- Я и всегда такая была, -- сказала она.

-- Когда и дома жили?

-- Да.

-- Ну, да уж конечно! -- произнес он отрывисто, и выражение лица его, и звук голоса опять вдруг переменились. Он еще раз огляделся кругом.

298

-- Это вы от Капернаумова нанимаете?

-- Да-с...

-- Они там, за дверью?

-- Да... У них тоже такая же комната.

-- Все в одной?

-- В одной-с.

-- Я бы в вашей комнате по ночам боялся, -- угрюмо заметил он.

-- Хозяева очень хорошие, очень ласковые, -- отвечала Соня, всё еще как бы не опомнившись и не сообразившись, -- и вся мебель, и всё... всё хозяйское. И они очень добрые, и дети тоже ко мне часто ходят...

-- Это косноязычные-то?

-- Да-с... Он заикается и хром тоже. И жена тоже... Не то что заикается, а как будто не всё выговаривает. Она добрая, очень. А он бывший дворовый человек. А детей семь человек... и только старший один заикается, а другие просто больные... а не заикаются... А вы откуда про них знаете? -- прибавила она с некоторым удивлением.

-- Мне ваш отец всё тогда рассказал. Он мне всё про вас рассказал... И про то, как вы в шесть часов пошли, а в девятом назад пришли, и про то, как Катерина Ивановна у вашей постели на коленях стояла.

Соня смутилась.

-- Я его точно сегодня видела, -- прошептала она нерешительно.

-- Кого?

-- Отца. Я по улице шла, там подле, на углу, в десятом часу, а он будто впереди идет. И точно как будто он. Я хотела уж зайти к Катерине Ивановне...

-- Вы гуляли?

-- Да, -- отрывисто прошептала Соня опять смутившись и потупившись.

-- Катерина Ивановна ведь вас чуть не била, у отца-то?

-- Ах нет, что вы, что вы это, нет! -- с каким-то даже испугом посмотрела на него Соня.

-- Так вы ее любите?

-- Ее? Да ка-а-ак же! -- протянула Соня жалобно и с страданием сложив вдруг руки. -- Ах! вы ее... Если б вы только знали. Ведь она совсем как ребенок... Ведь у ней ум совсем как помешан... от горя. А какая она умная была... какая великодушная... какая добрая! Вы ничего, ничего не знаете... ах!

Соня проговорила это точно в отчаянии, волнуясь и страдая, и ломая руки. Бледные щеки ее опять вспыхнули, в глазах выразилась мука. Видно было, что в ней ужасно много затронули, что ей ужасно хотелось что-то выразить, сказать, заступиться. Какое-то ненасытимое сострадание, если можно так выразиться, изобразилось вдруг во всех чертах лица ее.

-- Била! Да что вы это! Господи, била! А хоть бы и била, так что ж! Ну так что ж? Вы ничего, ничего не знаете... Это такая несчастная, ах, какая несчастная! И больная... Она справедливости ищет... Она чистая. Она так верит, что во всем справедливость должна быть, и требует... И хоть мучайте ее, а она несправедливого не сделает. Она сама не замечает, как это всё нельзя, чтобы справедливо было в людях, и раздражается... Как ребенок, как ребенок! Она справедливая, справедливая!

-- А с вами что будет?

Соня посмотрела вопросительно.

-- Они ведь на вас остались. Оно, правда, и прежде всё было на вас, и покойник на похмелье к вам же ходил просить. Ну, а теперь вот что будет?

-- Не знаю, -- грустно произнесла Соня.

-- Они там останутся?

-- Не знаю, они на той квартире должны; только хозяйка, слышно, говорила сегодня, что отказать хочет, а Катерина Ивановна говорит, что и сама ни минуты не останется.

-- С чего ж это она так храбрится? На вас надеется?

-- Ах нет, не говорите так!.. Мы одно, заодно живем, -- вдруг опять взволновалась и даже раздражилась Соня, точь-в-точь как если бы рассердилась канарейка или какая другая маленькая птичка. -- Да и как же ей быть? Ну как же, как же быть? -- спрашивала она, горячась и волнуясь. -- А сколько, сколько она сегодня плакала! У ней ум мешается, вы этого не заметили? Мешается; то тревожится, как маленькая, о том, чтобы завтра всё прилично было, закуски были и всё... то руки ломает, кровью харкает, плачет, вдруг стучать начнет головой об стену, как в отчаянии. А потом опять утешится, на вас она всё надеется: говорит, что вы теперь ей помощник и что она где-нибудь немного денег займет и поедет в свой город, со мною, и пансион для благородных девиц заведет, а меня возьмет надзирательницей, и начнется у нас совсем новая, прекрасная жизнь, и целует меня, обнимает, утешает, и ведь так верит! так верит фантазиям-то! Ну разве можно ей противоречить? А сама-то весь-то день сегодня моет, чистит, чинит, корыто сама, с своею слабенькою-то силой, в комнату втащила, запыхалась, так и упала на постель; а то мы в ряды еще с ней утром ходили, башмачки Полечке и Лене купить, потому у них все развалились, только у нас денег-то и недостало по расчету, очень много недостало, а она такие миленькие ботиночки выбрала, потому у ней вкус есть, вы не знаете... Тут же в лавке так и заплакала, при купцах-то, что недостало... Ах, как было жалко смотреть.

-- Ну и понятно после того, что вы... так живете, -- сказал с горькою усмешкой Раскольников.

-- А вам разве не жалко? Не жалко? -- вскинулась опять Соня, -- ведь вы, я знаю, вы последнее сами отдали, еще ничего не видя. А если бы вы всё-то видели, о господи! А сколько, сколько раз я ее в слезы вводила! Да на прошлой еще неделе! Ох, я! Всего за неделю до его смерти. Я жестоко поступила! И сколько, сколько раз я это делала. Ах как теперь целый день вспоминать было больно!

Соня даже руки ломала говоря, от боли воспоминания.

-- Это вы-то жестокая?

-- Да я, я! Я пришла тогда, -- продолжала она плача, -- а покойник и говорит: "прочти мне, говорит, Соня, у меня голова что-то болит, прочти мне... вот книжка", -- какая-то книжка у него, у Андрея Семеныча достал, у Лебезятникова, тут живет, он такие смешные книжки всё доставал. А я говорю: "мне идти пора", так и не хотела прочесть, а зашла я к ним, главное чтоб воротнички показать Катерине Ивановне; мне Лизавета, торговка, воротнички и нарукавнички дешево принесла, хорошенькие, новенькие и с узором. А Катерине Ивановне очень понравились, она надела и в зеркало посмотрела на себя, и очень, очень ей понравились: "подари мне, говорит, их, Соня, пожалуйста". Пожалуйста попросила, и уж так ей хотелось. А куда ей надевать! Так: прежнее, счастливое время только вспомнилось! Смотрится на себя в зеркало, любуется, и никаких-то, никаких-то у ней платьев нет, никаких-то вещей, вот уж сколько лет! И ничего-то она никогда ни у кого не попросит; гордая, сама скорей отдаст последнее, а тут вот попросила, -- так уж ей понравились! А я и отдать пожалела, "на что вам, говорю, Катерина Ивановна?" Так и сказала, "на что". Уж этого-то не надо было бы ей говорить! Она так на меня посмотрела, и так ей тяжело-тяжело стало, что я отказала, и так это было жалко смотреть... И не за воротнички тяжело, а за то, что я отказала, я видела. Ах, так бы, кажется, теперь всё воротила, всё переделала, все эти прежние слова... Ох, я... да что!.. вам ведь всё равно!

-- Эту Лизавету торговку вы знали?

-- Да... А вы разве знали? -- с некоторым удивлением переспросила Соня.

-- Катерина Ивановна в чахотке, в злой; она скоро умрет, -- сказал Раскольников, помолчав и не ответив на вопрос.

-- Ох, нет, нет, нет! -- И Соня бессознательным жестом схватила его за обе руки, как бы упрашивая, чтобы нет.

-- Да ведь это ж лучше, коль умрет.

-- Нет, не лучше, не лучше, совсем не лучше! -- испуганно и безотчетно повторяла она.

-- А дети-то? Куда ж вы тогда возьмете их, коль не к вам?

-- Ох, уж не знаю! -- вскрикнула Соня почти в отчаянии и схватилась за голову. Видно было, что эта мысль уж много-много раз в ней самой мелькала, и он только вспугнул опять эту мысль.

-- Ну а коль вы, еще при Катерине Ивановне, теперь, заболеете и вас в больницу свезут, ну что тогда будет? -- безжалостно настаивал он.

-- Ах, что вы, что вы! Этого-то уж не может быть! -- и лицо Сони искривилось страшным испугом.

-- Как не может быть? -- продолжал Раскольников с жесткой усмешкой, -- не застрахованы же вы? Тогда что с ними станется? На улицу всею гурьбой пойдут, она будет кашлять и просить, и об стену где-нибудь головой стучать, как сегодня, а дети плакать... А там упадет, в часть свезут, в больницу, умрет, а дети...

-- Ох, нет!.. Бог этого не попустит! -- вырвалось наконец из стесненной груди у Сони. Она слушала, с мольбой смотря на него и складывая в немой просьбе руки, точно от него всё и зависело.

Раскольников встал и начал ходить по комнате. Прошло с минуту. Соня стояла, опустив руки и голову, в страшной тоске.

-- А копить нельзя? На черный день откладывать? -- спросил он, вдруг останавливаясь перед ней.

-- Нет, -- прошептала Соня.

-- Разумеется, нет! А пробовали? -- прибавил он чуть не с насмешкой.

-- Пробовала.

-- И сорвалось! Ну, да разумеется! Что и спрашивать!

И опять он пошел по комнате. Еще прошло с минуту.

-- Не каждый день получаете-то?

Соня больше прежнего смутилась, и краска ударила ей опять в лицо.

-- Нет, -- прошептала она с мучительным усилием.

-- С Полечкой, наверно, то же самое будет, -- сказал он вдруг.

-- Нет! нет! Не может быть, нет! -- как отчаянная, громко вскрикнула Соня, как будто ее вдруг ножом ранили. -- Бог, бог такого ужаса не допустит!..

-- Других допускает же.

-- Нет, нет! Ее бог защитит, бог!.. -- повторяла она, не помня себя.

-- Да, может, и бога-то совсем нет, -- с каким-то даже злорадством ответил Раскольников, засмеялся и посмотрел на нее.

Лицо Сони вдруг страшно изменилось: по нем пробежали судороги. С невыразимым укором взглянула она на него, хотела было что-то сказать, но ничего не могла выговорить и только вдруг горько-горько зарыдала, закрыв руками лицо.

-- Вы говорите, у Катерины Ивановны ум мешается; у вас самой ум мешается, -- проговорил он после некоторого молчания.

Прошло минут пять. Он всё ходил взад и вперед, молча и не взглядывая на нее. Наконец подошел к ней; глаза его сверкали. Он взял ее обеими руками за плечи и прямо посмотрел в ее плачущее лицо. Взгляд его был сухой, воспаленный, острый, губы его сильно вздрагивали... Вдруг он весь быстро наклонился и, припав к полу, поцеловал ее ногу. Соня в ужасе от него отшатнулась, как от сумасшедшего. И действительно, он смотрел как совсем сумасшедший.

-- Что вы, что вы это? Передо мной! -- пробормотала она, побледнев, и больно-больно сжало вдруг ей сердце.

Он тотчас же встал.

-- Я не тебе поклонился, я всему страданию человеческому поклонился, -- как-то дико произнес он и отошел к окну. -- Слушай, -- прибавил он, воротившись к ней через минуту, -- я давеча сказал одному обидчику, что он не стоит одного твоего мизинца... и что я моей сестре сделал сегодня честь, посадив ее рядом с тобою.

-- Ах, что вы это им сказали! И при ней? -- испуганно вскрикнула Соня, -- сидеть со мной! Честь! Да ведь я... бесчестная... я великая, великая грешница! Ах, что вы это сказали!

-- Не за бесчестие и грех я сказал это про тебя, а за великое страдание твое. А что ты великая грешница, то это так, -- прибавил он почти восторженно, -- а пуще всего, тем ты грешница, что понапрасну умертвила и предала себя. Еще бы это не ужас! Еще бы не ужас, что ты живешь в этой грязи, которую так ненавидишь, и в то же время знаешь сама (только стоит глаза раскрыть), что никому ты этим не помогаешь и никого ни от чего не спасаешь! Да скажи же мне наконец, -- проговорил он, почти в исступлении, -- как этакой позор и такая низость в тебе рядом с другими противоположными и святыми чувствами совмещаются? Ведь справедливее, тысячу раз справедливее и разумнее было бы прямо головой в воду и разом покончить!

-- А с ними-то что будет? -- слабо спросила Соня, страдальчески взглянув на него, но вместе с тем как бы вовсе и не удивившись его предложению. Раскольников странно посмотрел на нее.

Он всё прочел в одном ее взгляде. Стало быть, действительно у ней самой была уже эта мысль. Может быть, много раз и серьезно обдумывала она в отчаянии, как бы разом покончить, и до того серьезно, что теперь почти и не удивилась предложению его. Даже жестокости слов его не заметила (смысла укоров его и особенного взгляда его на ее позор она, конечно, тоже не заметила, и это было видимо для него). Но он понял вполне, до какой чудовищной боли истерзала ее, и уже давно, мысль о бесчестном и позорном ее положении. Что же, что же бы могло, думал он, по сих пор останавливать решимость ее покончить разом? И тут только понял он вполне, что значили для нее эти бедные, маленькие дети-сироты и эта жалкая, полусумасшедшая Катерина Ивановна, с своею чахоткой и со стуканием об стену головою.

Но тем не менее ему опять-таки было ясно, что Соня с своим характером и с тем все-таки развитием, которое она получила, ни в каком случае не могла так оставаться. Все-таки для него составляло вопрос: почему она так слишком уже долго могла оставаться в таком положении и не сошла с ума, если уж не в силах была броситься в воду? Конечно, он понимал, что положение Сони есть явление случайное в обществе, хотя, к несчастию, далеко не одиночное и не исключительное. Но эта-то самая случайность, эта некоторая развитость и вся предыдущая жизнь ее могли бы, кажется, сразу убить ее при первом шаге на отвратительной дороге этой. Что же поддерживало ее? Не разврат же? Ведь этот позор, очевидно, коснулся ее только механически; настоящий разврат еще не проник ни одною каплей в ее сердце: он это видел; она стояла перед ним наяву...

"Ей три дороги, -- думал он: -- броситься в канаву, попасть в сумасшедший дом, или... или, наконец, броситься в разврат, одурманивающий ум и окаменяющий сердце". Последняя мысль была ему всего отвратительнее; но он был уже скептик, он был молод, отвлеченен и, стало быть, жесток, а потому и не мог не верить, что последний выход, то есть разврат, был всего вероятнее.

"Но неужели ж это правда, -- воскликнул он про себя, -- неужели ж и это создание, еще сохранившее чистоту духа, сознательно втянется наконец в эту мерзкую, смрадную яму? Неужели это втягивание уже началось, и неужели потому только она и могла вытерпеть до сих пор, что порок уже не кажется ей так отвратительным? Нет, нет, быть того не может! -- восклицал он, как давеча Соня, -- нет, от канавы удерживала ее до сих пор мысль о грехе, и они, те... Если же она до сих пор еще не сошла с ума... Но кто же сказал, что она не сошла уже с ума? Разве она в здравом рассудке? Разве так можно говорить, как она? Разве в здравом рассудке так можно рассуждать, как она? Разве так можно сидеть над погибелью, прямо над смрадною ямой, в которую уже ее втягивает, и махать руками, и уши затыкать, когда ей говорят об опасности? Что она, уж не чуда ли ждет? И наверно так. Разве всё это не признаки помешательства?"

Он с упорством остановился на этой мысли. Этот исход ему даже более нравился, чем всякий другой. Он начал пристальнее всматриваться в нее.

-- Так ты очень молишься богу-то, Соня? -- спросил он ее.

Соня молчала, он стоял подле нее и ждал ответа.

-- Что ж бы я без бога-то была? -- быстро, энергически прошептала она, мельком вскинув на него вдруг засверкавшими глазами, и крепко стиснула рукой его руку.

"Ну, так и есть!" -- подумал он.

-- А тебе бог что за это делает? -- спросил он, выпытывая дальше.

Соня долго молчала, как бы не могла отвечать. Слабенькая грудь ее вся колыхалась от волнения.

-- Молчите! Не спрашивайте! Вы не стоите!.. -- вскрикнула она вдруг, строго и гневно смотря на него.

"Так и есть! так и есть!" -- повторял он настойчиво про себя.

-- Всё делает! -- быстро прошептала она, опять потупившись.

"Вот и исход! Вот и объяснение исхода!" -- решил он про себя, с жадным любопытством рассматривая ее.

С новым, странным, почти болезненным, чувством всматривался он в это бледное, худое и неправильное угловатое личико, в эти кроткие голубые глаза, могущие сверкать таким огнем, таким суровым энергическим чувством, в это маленькое тело, еще дрожавшее от негодования и гнева, и всё это казалось ему более и более странным, почти невозможным. "Юродивая! юродивая!" -- твердил он про себя.

На комоде лежала какая-то книга. Он каждый раз, проходя взад и вперед, замечал ее; теперь же взял и посмотрел. Это был Новый завет в русском переводе. Книга была старая, подержанная, в кожаном переплете.

-- Это откуда? -- крикнул он ей через комнату. Она стояла всё на том же месте, в трех шагах от стола.

-- Мне принесли, -- ответила она, будто нехотя и не взглядывая на него.

-- Кто принес?

-- Лизавета принесла, я просила.

"Лизавета! Странно!" -- подумал он. Всё у Сони становилось для него как-то страннее и чудеснее, с каждою минутой. Он перенес книгу к свече и стал перелистывать.

-- Где тут про Лазаря? -- спросил он вдруг.

Соня упорно глядела в землю и не отвечала. Она стояла немного боком к столу.

-- Про воскресение Лазаря где? Отыщи мне, Соня.

Она искоса глянула на него.

-- Не там смотрите... в четвертом евангелии... -- сурово прошептала она, не подвигаясь к нему.

-- Найди и прочти мне, -- сказал он, сел, облокотился на стол, подпер рукой голову и угрюмо уставился в сторону, приготовившись слушать.

"Недели через три на седьмую версту, милости просим! Я, кажется, сам там буду, если еще хуже не будет", -- бормотал он про себя.

Соня нерешительно ступила к столу, недоверчиво выслушав странное желание Раскольникова. Впрочем, взяла книгу.

-- Разве вы не читали? -- спросила она, глянув на него через стол, исподлобья. Голос ее становился всё суровее и суровее.

-- Давно... Когда учился. Читай!

-- А в церкви не слыхали?

-- Я... не ходил. А ты часто ходишь?

-- Н-нет, -- прошептала Соня.

Раскольников усмехнулся.

-- Понимаю... И отца, стало быть, завтра не пойдешь хоронить?

-- Пойду. Я и на прошлой неделе была... панихиду служила.

-- По ком?

-- По Лизавете. Ее топором убили.

Нервы его раздражались всё более и более. Голова начала кружиться.

-- Ты с Лизаветой дружна была?

-- Да... Она была справедливая... она приходила... редко... нельзя было. Мы с ней читали и... говорили. Она бога узрит.

Странно звучали для него эти книжные слова, и опять новость: какие-то таинственные сходки с Лизаветой, и обе -- юродивые.

"Тут и сам станешь юродивым! Заразительно!" -- подумал он. -- Читай! -- воскликнул он вдруг настойчиво и раздражительно.

Соня всё колебалась. Сердце ее стучало. Не смела как-то она ему читать. Почти с мучением смотрел он на "несчастную помешанную".

-- Зачем вам? Ведь вы не веруете?.. -- прошептала она тихо и как-то задыхаясь.

-- Читай! Я так хочу! -- настаивал он, -- читала же Лизавете!

Соня развернула книгу и отыскала место. Руки ее дрожали, голосу не хватало. Два раза начинала она, и всё не выговаривалось первого слога.

"Был же болен некто Лазарь, из Вифании..." -- произнесла она наконец, с усилием, но вдруг, с третьего слова, голос зазвенел и порвался, как слишком натянутая струна. Дух пересекло, и в груди стеснилось.

Раскольников понимал отчасти, почему Соня не решалась ему читать, и чем более понимал это, тем как бы грубее и раздражительнее настаивал на чтении. Он слишком хорошо понимал, как тяжело было ей теперь выдавать и обличать всё свое. Он понял, что чувства эти действительно как бы составляли настоящую и уже давнишнюю, может быть, тайну ее, может быть еще с самого отрочества, еще в семье, подле несчастного отца и сумасшедшей от горя мачехи, среди голодных детей, безобразных криков и попреков. Но в то же время он узнал теперь, и узнал наверно, что хоть и тосковала она и боялась чего-то ужасно, принимаясь теперь читать, но что вместе с тем ей мучительно самой хотелось прочесть, несмотря на всю тоску и на все опасения, и именно ему, чтоб он слышал, и непременно теперь -- "что бы там ни вышло потом!"... Он прочел это в ее глазах, понял из ее восторженного волнения... Она пересилила себя, подавила горловую спазму, пресекшую в начале стиха ее голос, и продолжала чтение одиннадцатой главы Евангелия Иоаннова. Так дочла она до 19-го стиха:

"И многие из иудеев пришли к Марфе и Марии утешать их в печали о брате их. Марфа, услыша, что идет Иисус, пошла навстречу ему; Мария же сидела дома. Тогда Марфа сказала Иисусу: господи! если бы ты был здесь, не умер бы брат мой. Но и теперь знаю, что чего ты попросишь у бога, даст тебе бог".

Тут она остановилась опять, стыдливо предчувствуя, что дрогнет и порвется опять ее голос...

"Иисус говорит ей: воскреснет брат твой. Марфа сказала ему: знаю, что воскреснет в воскресение, в последний день. Иисус сказал ей: Я есмь воскресение и жизнь; верующий в меня, если и умрет, оживет. И всякий живущий и верующий в меня не умрет вовек. Веришь ли сему? Она говорит ему

(и как бы с болью переведя дух, Соня раздельно и с силою прочла, точно сама во всеуслышание исповедовала):

Так, господи! Я верую, что ты Христос, сын божий, грядущий в мир".

Она было остановилась, быстро подняла было на него глаза, но поскорей пересилила себя и стала читать далее. Раскольников сидел и слушал неподвижно, не оборачиваясь, облокотясь на стол и смотря в сторону. Дочли до 32-го стиха.

"Мария же, пришедши туда, где был Иисус, и увидев его, пала к ногам его; и сказала ему: господи! если бы ты был здесь, не умер бы брат мой. Иисус, когда увидел ее плачущую и пришедших с нею иудеев плачущих, сам восскорбел духом и возмутился. И сказал: где вы положили его?

Говорят ему: господи! поди и посмотри. Иисус прослезился. Тогда иудеи говорили: смотри, как он любил его. А некоторые из них сказали: не мог ли сей, отверзший очи слепому, сделать, чтоб и этот не умер?"

Раскольников обернулся к ней и с волнением смотрел на нее: да, так и есть! Она уже вся дрожала в действительной, настоящей лихорадке. Он ожидал этого. Она приближалась к слову о величайшем и неслыханном чуде, и чувство великого торжества охватило ее. Голос ее стал звонок, как металл; торжество и радость звучали в нем и крепили его. Строчки мешались перед ней, потому что в глазах темнело, но она знала наизусть, что читала. При последнем стихе: "не мог ли сей, отверзший очи слепому..." -- она, понизив голос, горячо и страстно передала сомнение, укор и хулу неверующих, слепых иудеев, которые сейчас, через минуту, как громом пораженные, падут, зарыдают и уверуют... "И он, он -- тоже ослепленный и неверующий, -- он тоже сейчас услышит, он тоже уверует, да, да! сейчас же, теперь же", -- мечталось ей, и она дрожала от радостного ожидания.

"Иисус же, опять скорбя внутренно, проходит ко гробу. То была пещера, и камень лежал на ней. Иисус говорит: отнимите камень. Сестра умершего Марфа говорит ему: господи! уже смердит; ибо четыре дни, как он во гробе".

Она энергично ударила на слово: четыре.

"Иисус говорит ей: не сказал ли я тебе, что если будешь веровать, увидишь славу божию? Итак, отняли камень от пещеры, где лежал умерший. Иисус же возвел очи к небу и сказал: отче, благодарю тебя, что ты услышал меня. Я и знал, что ты всегда услышишь меня; но сказал сие для народа, здесь стоящего, чтобы поверили, что ты послал меня. Сказав сие, воззвал громким голосом: Лазарь! иди вон. И вышел умерший,

(громко и восторженно прочла она, дрожа и холодея, как бы в очию сама видела):

обвитый по рукам и ногам погребальными пеленами; и лицо его обвязано было платком. Иисус говорит им: развяжите его; пусть идет.

Тогда многие из иудеев, пришедших к Марии и видевших, что сотворил Иисус, уверовали в него".

Далее она не читала и не могла читать, закрыла книгу и быстро встала со стула.

-- Всё об воскресении Лазаря, -- отрывисто и сурово прошептала она и стала неподвижно, отвернувшись в сторону, не смея и как бы стыдясь поднять на него глаза. Лихорадочная дрожь ее еще продолжалась. Огарок уже давно погасал в кривом подсвечнике, тускло освещая в этой нищенской комнате убийцу и блудницу, странно сошедшихся за чтением вечной книги. Прошло минут пять или более.

-- Я о деле пришел говорить, -- громко и нахмурившись проговорил вдруг Раскольников, встал и подошел к Соне. Та молча подняла на него глаза. Взгляд его был особенно суров, и какая-то дикая решимость выражалась в нем.

-- Я сегодня родных бросил, -- сказал он, -- мать и сестру. Я не пойду к ним теперь. Я там всё разорвал.

-- Зачем? -- как ошеломленная спросила Соня. Давешняя встреча с его матерью и сестрой оставила в ней необыкновенное впечатление, хотя и самой ей неясное. Известие о разрыве выслушала она почти с ужасом.

-- У меня теперь одна ты, -- прибавил он. -- Пойдем вместе... Я пришел к тебе. Мы вместе прокляты, вместе и пойдем!

Глаза его сверкали. "Как полоумный!" -- подумала в свою очередь Соня.

-- Куда идти? -- в страхе спросила она и невольно отступила назад.

-- Почему ж я знаю? Знаю только, что по одной дороге, наверно знаю, -- и только. Одна цель!

Она смотрела на него, и ничего не понимала. Она понимала только, что он ужасно, бесконечно несчастен.

-- Никто ничего не поймет из них, если ты будешь говорить им, -- продолжал он, -- а я понял. Ты мне нужна, потому я к тебе и пришел.

-- Не понимаю... -- прошептала Соня.

-- Потом поймешь. Разве ты не то же сделала? Ты тоже переступила... смогла переступить. Ты на себя руки наложила, ты загубила жизнь... свою (это всё равно!). Ты могла бы жить духом и разумом, а кончишь на Сенной... Но ты выдержать не можешь, и если останешься одна, сойдешь с ума, как и я. Ты уж и теперь как помешанная; стало быть, нам вместе идти, по одной дороге! Пойдем!

-- Зачем? Зачем вы это! -- проговорила Соня, странно и мятежно взволнованная его словами.

-- Зачем? Потому что так нельзя оставаться -- вот зачем! Надо же, наконец, рассудить серьезно и прямо, а не по-детски плакать и кричать, что бог не допустит! Ну что будет, если в самом деле тебя завтра в больницу свезут? Та не в уме и чахоточная, умрет скоро, а дети? Разве Полечка не погибнет? Неужели не видала ты здесь детей, по углам, которых матери милостыню высылают просить? Я узнавал, где живут эти матери и в какой обстановке. Там детям нельзя оставаться детьми. Там семилетний развратен и вор. А ведь дети -- образ Христов: "Сих есть царствие божие". Он велел их чтить и любить, они будущее человечество...

-- Что же, что же делать? -- истерически плача и ломая руки повторяла Соня.

-- Что делать? Сломать, что надо, раз навсегда, да и только: и страдание взять на себя! Что? Не понимаешь? После поймешь... Свободу и власть, а главное власть! Над всею дрожащею тварью и над всем муравейником!.. Вот цель! Помни это! Это мое тебе напутствие! Может, я с тобой в последний раз говорю. Если не приду завтра, услышишь про всё сама, и тогда припомни эти теперешние слова. И когда-нибудь, потом, через годы, с жизнию, может, и поймешь, что они значили. Если же приду завтра, то скажу тебе, кто убил Лизавету. Прощай!

Соня вся вздрогнула от испуга.

-- Да разве вы знаете, кто убил? -- спросила она, леденея от ужаса и дико смотря на него.

-- Знаю и скажу... Тебе, одной тебе! Я тебя выбрал. Я не прощения приду просить к тебе, я просто скажу. Я тебя давно выбрал, чтоб это сказать тебе, еще тогда, когда отец про тебя говорил и когда Лизавета была жива, я это подумал. Прощай. Руки не давай. Завтра!

Он вышел. Соня смотрела на него как на помешанного; но она и сама была как безумная и чувствовала это. Голова у ней кружилась. "Господи! как он знает, кто убил Лизавету? Что значили эти слова? Страшно это!" Но в то же время мысль не приходила ей в голову. Никак! Никак!.. "О, он должен быть ужасно несчастен!.. Он бросил мать и сестру. Зачем? Что было? И что у него в намерениях? Что это он ей говорил? Он ей поцеловал ногу и говорил... говорил (да, он ясно это сказал), что без нее уже жить не может... О господи!"

В лихорадке и в бреду провела всю ночь Соня. Она вскакивала иногда, плакала, руки ломала, то забывалась опять лихорадочным сном, и ей снились Полечка, Катерина Ивановна, Лизавета, чтение Евангелия и он... он, с его бледным лицом, с горящими глазами... Он целует ей ноги, плачет... О господи!

За дверью справа, за тою самою дверью, которая отделяла квартиру Сони от квартиры Гертруды Карловны Ресслих, была комната промежуточная, давно уже пустая, принадлежавшая к квартире госпожи Ресслих и отдававшаяся от нее внаем, о чем и выставлены были ярлычки на воротах и наклеены бумажечки на стеклах окон, выходивших на канаву. Соня издавна привыкла считать эту комнату необитаемою. А между тем, всё это время, у двери в пустой комнате простоял господин Свидригайлов и, притаившись, подслушивал. Когда Раскольников вышел, он постоял, подумал, сходил на цыпочках в свою комнату, смежную с пустою комнатой, достал стул и неслышно принес его к самым дверям, ведущим в комнату Сони. Разговор показался ему занимательным и знаменательным, и очень, очень понравился, -- до того понравился, что он и стул перенес, чтобы на будущее время, хоть завтра например, не подвергаться опять неприятности простоять целый час на ногах, а устроиться покомфортнее, чтоб уж во всех отношениях получить полное удовольствие.

V

Когда на другое утро, ровно в одиннадцать часов, Раскольников вошел в дом -- й части, в отделение пристава следственных дел, и попросил доложить о себе Порфирию Петровичу, то он даже удивился тому, как долго не принимали его: прошло, по крайней мере, десять минут, пока его позвали. А по его расчету, должны бы были, кажется, так сразу на него и наброситься. Между тем он стоял в приемной, а мимо него ходили и проходили люди, которым, по-видимому, никакого до него не было дела. В следующей комнате, похожей на канцелярию, сидело и писало несколько писцов, и очевидно было, что никто из них даже понятия не имел: кто и что такое Раскольников? Беспокойным и подозрительным взглядом следил он кругом себя, высматривая: нет ли около него хоть какого-нибудь конвойного, какого-нибудь таинственного взгляда, назначенного его стеречь, чтоб он куда не ушел? Но ничего подобного не было: он видел только одни канцелярские, мелко-озабоченные лица, потом еще каких-то людей, и никому-то не было до него никакой надобности: хоть иди он сейчас же на все четыре стороны. Всё тверже и тверже укреплялась в нем мысль, что если бы действительно этот загадочный вчерашний человек, этот призрак, явившийся из-под земли, всё знал и всё видел, -- так разве дали бы ему, Раскольникову, так стоять теперь и спокойно ждать? И разве ждали бы его здесь до одиннадцати часов, пока ему самому заблагорассудилось пожаловать? Выходило, что или тот человек еще ничего не донес, или... или просто он ничего тоже не знает и сам, своими глазами ничего не видал (да и как он мог видеть?), а стало быть, всё это, вчерашнее, случившееся с ним, Раскольниковым, опять-таки было призрак, преувеличенный раздраженным и больным воображением его. Эта догадка, еще даже вчера, во время самых сильных тревог и отчаяния, начала укрепляться в нем. Передумав всё это теперь и готовясь к новому бою, он почувствовал вдруг, что дрожит, -- и даже негодование закипело в нем при мысли, что он дрожит от страха перед ненавистным Порфирием Петровичем. Всего ужаснее было для него встретиться с этим человеком опять: он ненавидел его без меры, бесконечно, и даже боялся своею ненавистью как-нибудь обнаружить себя. И так сильно было его негодование, что тотчас же прекратило дрожь; он приготовился войти с холодным и дерзким видом и дал себе слово как можно больше молчать, вглядываться и вслушиваться и, хоть на этот раз по крайней мере, во что бы то ни стало, победить болезненно раздраженную натуру свою. В это самое время его позвали к Порфирию Петровичу.

Оказалось, что в эту минуту Порфирий Петрович был у себя в кабинете один. Кабинет его была комната ни большая, ни маленькая; стояли в ней: большой письменный стол перед диваном, обитым клеенкой, бюро, шкаф в углу и несколько стульев -- всё казенной мебели, из желтого отполированного дерева. В углу, в задней стене или, лучше сказать, в перегородке была запертая дверь: там далее, за перегородкой, должны были, стало быть, находиться еще какие-то комнаты. При входе Раскольникова Порфирий Петрович тотчас же притворил дверь, в которую тот вошел, и они остались наедине. Он встретил своего гостя, по-видимому, с самым веселым и приветливым видом, и только уже несколько минут спустя Раскольников, по некоторым признакам, заметил в нем как бы замешательство, -- точно его вдруг сбили с толку или застали на чем-нибудь очень уединенном и скрытном.

-- А, почтеннейший! Вот и вы... в наших краях... -- начал Порфирий, протянув ему обе руки. -- Ну, садитесь-ка, батюшка! Али вы, может, не любите, чтобы вас называли почтеннейшим и... батюшкой, -- этак tout court? 1 За фамильярность, пожалуйста, не сочтите... Вот сюда-с, на диванчик.

1 накоротке (франц.).

Раскольников сел, не сводя с него глаз.

"В наших краях", извинения в фамильярности, французское словцо "tout court" и проч., и проч., -- всё это были признаки характерные. "Он, однако ж, мне обе руки-то протянул, а ни одной ведь не дал, отнял вовремя", -- мелькнуло в нем подозрительно. Оба следили друг за другом, но только что взгляды их встречались, оба, с быстротою молнии, отводили их один от другого.

-- Я вам принес эту бумажку... об часах-то... вот-с. Так ли написано или опять переписывать?

-- Что? Бумажка? Так, так... не беспокойтесь, так точно-с, -- проговорил, как бы спеша куда-то, Порфирий Петрович и, уже проговорив это, взял бумагу и просмотрел ее. -- Да, точно так-с. Больше ничего и не надо, -- подтвердил он тою же скороговоркой и положил бумагу на стол. Потом, через минуту, уже говоря о другом, взял ее опять со стола и переложил к себе на бюро.

-- Вы, кажется, говорили вчера, что желали бы спросить меня... форменно... о моем знакомстве с этой... убитой? -- начал было опять Раскольников, -- "ну зачем я вставил кажется?-- промелькнуло в нем как молния. -- Ну зачем я так беспокоюсь о том, что вставил это кажется?" -- мелькнула в нем тотчас же другая мысль, как молния.

И он вдруг ощутил, что мнительность его, от одного соприкосновения с Порфирием, от двух только слов, от двух только взглядов, уже разрослась в одно мгновение в чудовищные размеры... и что это страшно опасно: нервы раздражаются, волнение увеличивается. "Беда! Беда!.. Опять проговорюсь".

-- Да-да-да! Не беспокойтесь! Время терпит, время терпит-с, -- бормотал Порфирий Петрович, похаживая взад и вперед около стола, но как-то без всякой цели, как бы кидаясь то к окну, то к бюро, то опять к столу, то избегая подозрительного взгляда Раскольникова, то вдруг сам останавливаясь на месте и глядя на него прямо в упор. Чрезвычайно странною казалась при этом его маленькая, толстенькая и круглая фигурка, как будто мячик, катавшийся в разные стороны и тотчас отскакивавший от всех стен и углов.

-- Успеем-с, успеем-с!.. А вы курите? Есть у вас? Вот-с, папиросочка-с... -- продолжал он, подавая гостю папироску. -- Знаете, я принимаю вас здесь, а ведь квартира-то моя вот тут же, за перегородкой... казенная-с, а я теперь на вольной на время. Поправочки надо было здесь кой-какие устроить. Теперь почти готово... казенная квартира, знаете, это славная вещь, -- а? Как вы думаете?

-- Да, славная вещь, -- ответил Раскольников, почти с насмешкой смотря на него.

-- Славная вещь, славная вещь... -- повторял Порфирий Петрович, как будто задумавшись вдруг о чем-то совсем другом, -- да! славная вещь! -- чуть не вскрикнул он под конец, вдруг вскинув глаза на Раскольникова и останавливаясь в двух шагах от него. Это многократное глупенькое повторение, что казенная квартира славная вещь, слишком, по пошлости своей, противоречило с серьезным, мыслящим и загадочным взглядом, который он устремил теперь на своего гостя.

Но это еще более подкипятило злобу Раскольникова, и он уже никак не мог удержаться от насмешливого и довольно неосторожного вызова.

-- А знаете что, -- спросил он вдруг, почти дерзко смотря на него и как бы ощущая от своей дерзости наслаждение, -- ведь это существует, кажется, такое юридическое правило, такой прием юридический -- для всех возможных следователей -- сперва начать издалека, с пустячков, или даже с серьезного, но только совсем постороннего, чтобы, так сказать, ободрить или, лучше сказать, развлечь допрашиваемого, усыпить его осторожность и потом вдруг, неожиданнейшим образом огорошить его в самое темя каким-нибудь самым роковым и опасным вопросом; так ли? Об этом, кажется, во всех правилах и наставлениях до сих пор свято упоминается?

-- Так, так... что ж, вы думаете, это я вас казенной-то квартирой того... а? -- И, сказав это, Порфирий Петрович прищурился, подмигнул; что-то веселое и хитрое пробежало по лицу его, морщинки на его лбу разгладились, глазки сузились, черты лица растянулись, и он вдруг залился нервным, продолжительным смехом, волнуясь и колыхаясь всем телом и прямо смотря в глаза Раскольникову. Тот засмеялся было сам, несколько принудив себя; но когда Порфирий, увидя, что и он тоже смеется, закатился уже таким смехом, что почти побагровел, то отвращение Раскольникова вдруг перешло всю осторожность: он перестал смеяться, нахмурился и долго и ненавистно смотрел на Порфирия, не спуская с него глаз, во всё время его длинного и как бы с намерением непрекращавшегося смеха. Неосторожность была, впрочем, явная с обеих сторон: выходило, что Порфирий Петрович как будто смеется в глаза над своим гостем, принимающим этот смех с ненавистью, и очень мало конфузится от этого обстоятельства. Последнее было очень знаменательно для Раскольникова: он понял, что, верно, Порфирий Петрович и давеча совсем не конфузился, а, напротив, сам он, Раскольников, попался, пожалуй, в капкан; что тут явно существует что-то, чего он не знает, какая-то цель; что, может, всё уже подготовлено и сейчас, сию минуту обнаружится и обрушится...

Он тотчас же пошел прямо к делу, встал с места и взял фуражку.

-- Порфирий Петрович, -- начал он решительно, но с довольно сильною раздражительностью, -- вы вчера изъявили желание, чтоб я пришел для каких-то допросов. (Он особенно упер на слово: допросов). Я пришел, и если вам надо что, так спрашивайте, не то, позвольте уж мне удалиться. Мне некогда, у меня дело... Мне надо быть на похоронах того самого раздавленного лошадьми чиновника, про которого вы... тоже знаете... -- прибавил он, тотчас же рассердившись за это прибавление, а потому тотчас же еще более раздражившись, -- мне это всё надоело-с, слышите ли, и давно уже... я отчасти от этого и болен был... одним словом, -- почти вскрикнул он, почувствовав, что фраза о болезни еще более некстати, -- одним словом: извольте или спрашивать меня, или отпустить, сейчас же... а если спрашивать, то не иначе как по форме-с! Иначе не дозволю; а потому, покамест прощайте, так как нам вдвоем теперь нечего делать.

-- Господи! Да что вы это! Да об чем вас спрашивать, -- закудахтал вдруг Порфирий Петрович, тотчас же изменяя и тон, и вид и мигом перестав смеяться, -- да не беспокойтесь, пожалуйста, -- хлопотал он, то опять бросаясь во все стороны, то вдруг принимаясь усаживать Раскольникова, -- время терпит, время терпит-с, и всё это одни пустяки-с! Я, напротив, так рад, что вы наконец-то к нам прибыли... Я как гостя вас принимаю. А за этот смех проклятый вы, батюшка Родион Романович, меня извините. Родион Романович? Ведь так, кажется, вас по батюшке-то?.. Нервный человек-с, рассмешили вы меня очень остротою вашего замечания; иной раз, право, затрясусь, как гуммиластик, да этак на полчаса... Смешлив-с. По комплекции моей даже паралича боюсь. Да садитесь же, что вы?.. Пожалуйста, батюшка, а то подумаю, что вы рассердились...

Раскольников молчал, слушал и наблюдал, всё еще гневно нахмурившись. Он, впрочем, сел, но не выпуская из рук фуражки.

-- Я вам одну вещь, батюшка Родион Романович, скажу про себя, так сказать в объяснение характеристики, -- продолжал, суетясь по комнате, Порфирий Петрович и по-прежнему как бы избегая встретиться глазами с своим гостем. -- Я, знаете, человек холостой, этак несветский и неизвестный, и к тому же законченный человек, закоченелый человек-с, в семя пошел и... и... и заметили ль вы, Родион Романович, что у нас, то есть у нас в России-с, и всего более в наших петербургских кружках, если два умные человека, не слишком еще между собою знакомые, но, так сказать, взаимно друг друга уважающие, вот как мы теперь с вами-с, сойдутся вместе, то целых полчаса никак не могут найти темы для разговора, -- коченеют друг перед другом, сидят и взаимно конфузятся. У всех есть тема для разговора, у дам, например... у светских, например, людей высшего тона, всегда есть разговорная тема, c'est de rigueur, 1 а среднего рода люди, как мы, -- все конфузливы и неразговорчивы... мыслящие то есть. Отчего это, батюшка, происходит-с? Интересов общественных, что ли, нет-с али честны уж мы очень и друг друга обманывать не желаем, не знаю-с. А? Как вы думаете? Да фуражечку-то отложите-с, точно уйти сейчас собираетесь, право, неловко смотреть... Я, напротив, так рад-с...

1 так уж заведено (франц.).

Раскольников положил фуражку, продолжая молчать и серьезно, нахмуренно вслушиваться в пустую и сбивчивую болтовню Порфирия. "Да что он в самом деле, что ли, хочет внимание мое развлечь глупою своею болтовней?"

-- Кофеем вас не прошу-с, не место; но минуток пять времени почему не посидеть с приятелем, для развлечения, -- не умолкая сыпал Порфирий, -- и знаете-с, все эти служебные обязанности... да вы, батюшка, не обижайтесь, что я вот всё хожу-с, взад да вперед; извините, батюшка, обидеть вас уж очень боюсь, а моцион так мне просто необходим-с. Всё сижу и уж так рад походить минут пять... геморрой-с... всё гимнастикой собираюсь лечиться; там, говорят, статские, действительные статские и даже тайные советники охотно через веревочку прыгают-с; вон оно как, наука-то, в нашем веке-с... так-с... А насчет этих здешних обязанностей, допросов и всей этой формалистики... вот вы, батюшка, сейчас упомянуть изволили сами о допросах-с... так, знаете, действительно, батюшка Родион Романович, эти допросы иной раз самого допросчика больше, чем допрашиваемого, с толку сбивают... Об этом вы, батюшка, с совершенною справедливостию и остроумием сейчас заметить изволили. (Раскольников не замечал ничего подобного). Запутаешься-с! Право, запутаешься! И всё-то одно и то же, всё-то одно и то же, как барабан! Вон реформа идет, и мы хоть в названии-то будем переименованы, хе-хе-хе! А уж про приемы-то наши юридические -- как остроумно изволили выразиться -- так уж совершенно вполне с вами согласен-с. Ну кто же, скажите, из всех подсудимых, даже из самого посконного мужичья, не знает, что его, например, сначала начнут посторонними вопросами усыплять (по счастливому выражению вашему), а потом вдруг и огорошат в самое темя, обухом-то-с, хе-хе-хе! в самое-то темя, по счастливому уподоблению вашему, хе-хе! так вы это в самом деле подумали, что я квартирой-то вас хотел... хе-хе! Иронический же вы человек. Ну, не буду! Ах да, кстати, одно словцо другое зовет, одна мысль другую вызывает, -- вот вы о форме тоже давеча изволили упомянуть, насчет, знаете, допросика-то-с... Да что ж по форме! Форма, знаете, во многих случаях, вздор-с. Иной раз только по-дружески поговоришь, ан и выгоднее. Форма никогда не уйдет, в этом позвольте мне вас успокоить-с; да и что такое в сущности форма, я вас спрошу? Формой нельзя на всяком шагу стеснять следователя. Дело следователя ведь это, так сказать, свободное художество, в своем роде-с или вроде того... хе-хе-хе!..

Порфирий Петрович перевел на минутку дух. Он так и сыпал, не уставая, то бессмысленно пустые фразы, то вдруг пропускал какие-то загадочные словечки и тотчас же опять сбивался на бессмыслицу. По комнате он уже почти бегал, всё быстрей и быстрей передвигая свои жирные ножки, всё смотря в землю, засунув правую руку за спину, а левою беспрерывно помахивая и выделывая разные жесты, каждый раз удивительно не подходившие к его словам. Раскольников вдруг заметил, что, бегая по комнате, он раза два точно как будто останавливался подле дверей, на одно мгновение, и как будто прислушивался... "Ждет он, что ли, чего-нибудь?"

-- А это вы, действительно, совершенно правы-с, -- опять подхватил Порфирий, весело, с необыкновенным простодушием смотря на Раскольникова (отчего тот так и вздрогнул и мигом приготовился), -- действительно, правы-с, что над формами-то юридическими с таким остроумием изволили посмеяться, хе-хе! Уж эти (некоторые, конечно) глубокомысленно-психологические приемы-то наши крайне смешны-с, да, пожалуй, и бесполезны-с, в случае если формой-то очень стеснены-с. Да-с... опять-таки я про форму: ну, признавай или, лучше сказать, подозревай я кого-нибудь того, другого, третьего, так сказать, за преступника-с, по какому-нибудь дельцу, мне порученному... Вы ведь в юристы готовитесь, Родион Романович?

-- Да, готовился...

-- Ну, так вот вам, так сказать, и примерчик на будущее, -- то есть не подумайте, чтоб я вас учить осмелился: эвона ведь вы какие статьи о преступлениях печатаете! Нет-с, а так, в виде факта, примерчик осмелюсь представить, -- так вот считай я, например, того, другого, третьего за преступника, ну зачем, спрошу, буду я его раньше срока беспокоить, хотя бы я и улики против него имел-с? Иного я и обязан, например, заарестовать поскорее, а другой ведь не такого характера, право-с; так отчего ж бы и не дать ему погулять по городу, хе-хе-с! Нет, вы, я вижу, не совсем понимаете, так я вам пояснее изображу-с: посади я его, например, слишком рано, так ведь этим я ему, пожалуй, нравственную, так сказать, опору придам, хе-хе! Вы смеетесь? (Раскольников и не думал смеяться: он сидел стиснув губы, не спуская своего воспаленного взгляда с глаз Порфирия Петровича). А между тем ведь это так-с, с иным субъектом особенно, потому люди многоразличны-с, и над всем одна практика-с. Вы вот изволите теперича говорить: улики; да ведь оно, положим, улики-с, да ведь улики-то, батюшка, о двух концах, большею-то частию-с, а ведь я следователь, стало быть, слабый человек, каюсь: хотелось бы следствие, так сказать, математически ясно представить, хотелось бы такую уличку достать, чтоб на дважды два -- четыре походило! На прямое и бесспорное доказательство походило бы! А ведь засади его не вовремя, -- хотя бы я был и уверен, что это он, -- так ведь я, пожалуй, сам у себя средства отниму к дальнейшему его обличению, а почему? А потому что я ему, так сказать, определенное положение дам, так сказать, психологически его определю и успокою, вот он и уйдет от меня в свою скорлупу: поймет наконец, что он арестант. Говорят вон, в Севастополе, сейчас после Альмы, умные-то люди ух как боялись, что вот-вот атакует неприятель открытою силой и сразу возьмет Севастополь; а как увидели, что неприятель правильную осаду предпочел и первую параллель открывает, так куды, говорят, обрадовались и успокоились умные-то люди-с: по крайности на два месяца, значит, дело затянулось, потому когда-то правильной-то осадой возьмут! Опять смеетесь, опять не верите? Оно, конечно, правы и вы. Правы-с, правы-с! Это всё частные случаи, согласен с вами; представленный случай, действительно, частный-с! Но ведь вот что при этом, добрейший Родион Романович, наблюдать следует: ведь общего-то случая-с, того самого, на который все юридические формы и правила примерены и с которого они рассчитаны и в книжки записаны, вовсе не существует-с по тому самому, что всякое дело, всякое, хоть, например, преступление, как только оно случится в действительности, тотчас же и обращается в совершенно частный случай-с; да иногда ведь в какой: так-таки ни на что прежнее не похожий-с. Прекомические иногда случаи случаются в этом роде-с. Да оставь я иного-то господина совсем одного: не бери я его и не беспокой, но чтоб знал он каждый час и каждую минуту, или по крайней мере подозревал, что я всё знаю, всю подноготную, и денно и нощно слежу за ним, неусыпно его сторожу, и будь он у меня сознательно под вечным подозрением и страхом, так ведь, ей-богу, закружится, право-с, сам придет да, пожалуй, еще и наделает чего-нибудь, что уже на дважды два походить будет, так сказать, математический вид будет иметь, -- оно и приятно-с. Это и с мужиком сиволапым может произойти, а уж с нашим братом, современно умным человеком, да еще в известную сторону развитым, и подавно! Потому, голубчик, что весьма важная штука понять, в которую сторону развит человек. А нервы-то-с, нервы-то-с, вы их-то так и забыли-с! Ведь всё это ныне больное, да худое, да раздраженное!.. А желчи-то, желчи в них во всех сколько! Да ведь это, я вам скажу, при случае своего рода рудник-с! И какое мне в том беспокойство, что он несвязанный ходит по городу! Да пусть, пусть его погуляет пока, пусть; я ведь и без того знаю, что он моя жертвочка и никуда не убежит от меня! Да и куда ему убежать, хе-хе! За границу, что ли? За границу поляк убежит, а не он, тем паче, что я слежу, да и меры принял. В глубину отечества убежит, что ли? Да ведь там мужики живут, настоящие, посконные, русские; этак ведь современно-то развитый человек скорее острог предпочтет, чем с такими иностранцами, как мужички наши, жить, хе-хе! Но это всё вздор и наружное. Что такое: убежит! Это форменное; а главное-то не то; не по этому одному он не убежит от меня, что некуда убежать: он у меня психологически не убежит, хе-хе! Каково выраженьице-то! Он по закону природы у меня не убежит, хотя бы даже и было куда убежать. Видали бабочку перед свечкой? Ну, так вот он всё будет, всё будет около меня, как около свечки, кружиться; свобода не мила станет, станет задумываться, запутываться, сам себя кругом запутает, как в сетях, затревожит себя насмерть!.. Мало того: сам мне какую-нибудь математическую штучку, вроде дважды двух, приготовит, -- лишь дай я ему только антракт подлиннее... И всё будет, всё будет около меня же круги давать, всё суживая да суживая радиус, -- и -- хлоп! Прямо мне в рот и влетит, я его и проглочу-с, а это уж очень приятно-с, хе-хе-хе! Вы не верите?

Раскольников не отвечал, он сидел бледный и неподвижный, всё с тем же напряжением всматриваясь в лицо Порфирия.

“Урок хорош! -- думал он, холодея. -- Это даже уж и не кошка с мышью, как вчера было. И не силу же он свою мне бесполезно выказывает и... подсказывает: он гораздо умнее для этого! Тут цель другая, какая же? Эй, вздор, брат, пугаешь ты меня и хитришь! Нет у тебя доказательств, и не существует вчерашний человек! А ты просто с толку сбить хочешь, раздражить меня хочешь преждевременно, да в этом состоянии и прихлопнуть, только врешь, оборвешься, оборвешься! Но зачем же, зачем же до такой степени мне подсказывать?.. На больные, что ли, нервы мои рассчитываем?.. Нет, брат, врешь, оборвешься, хотя ты что-то и приготовил... Ну, вот и посмотрим, что такое ты там приготовил”.

И он скрепился изо всех сил, приготовляясь к страшной и неведомой катастрофе. По временам ему хотелось кинуться и тут же на месте задушить Порфирия. Он, еще входя сюда, этой злобы боялся. Он чувствовал, что пересохли его губы, сердце колотится, пена запеклась на губах. Но он все-таки решился молчать и не промолвить слова до времени. Он понял, что это самая лучшая тактика в его положении, потому что не только он не проговорится, но, напротив, раздражит молчанием самого врага, и, пожалуй, еще тот ему же проговорится. По крайней мере, он на это надеялся.

-- Нет, вы, я вижу, не верите-с, думаете всё, что я вам шуточки невинные подвожу, -- подхватил Порфирий, всё более и более веселея и беспрерывно хихикая от удовольствия и опять начиная кружить по комнате, -- оно, конечно, вы правы-с; у меня и фигура уж так самим богом устроена, что только комические мысли в других возбуждает; буффон-с; но я вам вот что скажу, и опять повторю-с, что вы, батюшка, Родион Романович, уж извините меня, старика, человек еще молодой-с, так сказать, первой молодости, а потому выше всего ум человеческий цените, по примеру всей молодежи. Игривая острота ума и отвлеченные доводы рассудка вас соблазняют-с. И это точь-в-точь, как прежний австрийский гофкригсрат, например, насколько то есть я могу судить о военных событиях: на бумаге-то они и Наполеона разбили и в полон взяли, и уж как там, у себя в кабинете, всё остроумнейшим образом рассчитали и подвели, а смотришь, генерал-то Мак и сдается со всей своей армией, хе-хе-хе! Вижу, вижу, батюшка, Родион Романович, смеетесь вы надо мною, что я, такой статский человек, всё из военной истории примерчики подбираю. Да что делать, слабость, люблю военное дело, и уж так люблю я читать все эти военные реляции... решительно я моей карьерой манкировал. Мне бы в военной служить-с, право-с. Наполеоном-то, может быть, и не сделался бы, ну а майором бы был-с, хе-хе-хе! Ну-с, так я вам теперь, родимый мой, всю подробную правду скажу насчет того то есть частного случая-то: действительность и натура, сударь вы мой, есть важная вещь, и ух как иногда самый прозорливейший расчет подсекают! Эй, послушайте старика, серьезно говорю, Родион Романович (говоря это, едва ли тридцатипятилетний Порфирий Петрович действительно как будто вдруг весь состарился: даже голос его изменился, и как-то весь он скрючился), -- к тому же я человек откровенный-с... Откровенный я человек или нет? Как по-вашему? Уж кажется, что вполне: этакие-то вещи вам задаром сообщаю, да еще награждения за это не требую, хе-хе! Ну, так вот-с, продолжаю-с: остроумие, по-моему, великолепная вещь-с; это, так сказать, краса природы и утешение жизни, и уж какие, кажется, фокусы может оно задавать, так что где уж, кажется, иной раз угадать какому-нибудь бедненькому следователю, который притом и сам своей фантазией увлечен, как и всегда бывает, потому тоже ведь человек-с! Да натура-то бедненького следователя выручает-с, вот беда! А об этом и не подумает увлекающаяся остроумием молодежь, "шагающая через все препятствия" (как вы остроумнейшим и хитрейшим образом изволили выразиться). Он-то, положим, и солжет, то есть человек-то-с, частный-то случай-с, incognito-то-с, и солжет отлично, наихитрейшим манером; тут бы, кажется, и триумф, и наслаждайся плодами своего остроумия, а он -- хлоп! да в самом-то интересном, в самом скандалезнейшем месте и упадет в обморок. Оно, положим, болезнь, духота тоже иной раз в комнатах бывает, да все-таки-с! Все-таки мысль подал! Солгал-то он бесподобно, а на натуру-то и не сумел рассчитать. Вон оно, коварство-то где-с! Другой раз, увлекаясь игривостию своего остроумия, начнет дурачить подозревающего его человека, побледнеет как бы нарочно, как бы в игре, да слишком уж натурально побледнеет-то, слишком уж на правду похоже, ан и опять подал мысль! Хоть и надует с первого раза, да за ночь-то тот и надумается, коли сам малый не промах. Да ведь на каждом шагу этак-то-с! Да чего: сам вперед начнет забегать, соваться начнет, куда и не спрашивают, заговаривать начнет беспрерывно о том, о чем бы надо, напротив, молчать, различные аллегории начнет подпускать, хе-хе! Сам придет и спрашивать начнет: зачем-де меня долго не берут? хе-хе-хе! И это ведь с самым остроумнейшим человеком может случиться, с психологом и литератором-с! Зеркало натура, зеркало-с, самое прозрачное-с! Смотри в него и любуйся, вот что-с! Да что это вы так побледнели, Родион Романович, не душно ли вам, не растворить ли окошечко?

-- О, не беспокойтесь, пожалуйста, -- вскричал Раскольников и вдруг захохотал, -- пожалуйста, не беспокойтесь!

Порфирий остановился против него, подождал и вдруг сам захохотал, вслед за ним. Раскольников встал с дивана, вдруг резко прекратив свой, совершенно припадочный, смех.

-- Порфирий Петрович! -- проговорил он громко и отчетливо, хотя едва стоял на дрожавших ногах, -- я, наконец, вижу ясно, что вы положительно подозреваете меня в убийстве этой старухи и ее сестры Лизаветы. С своей стороны объявляю вам, что всё это мне давно уже надоело. Если находите, что имеете право меня законно преследовать, то преследуйте; арестовать, то арестуйте. Но смеяться себе в глаза и мучить себя я не позволю.

Вдруг губы его задрожали, глаза загорелись бешенством, и сдержанный до сих пор голос зазвучал.

-- Не позволю-с! -- крикнул он вдруг, изо всей силы стукнув кулаком по столу, -- слышите вы это, Порфирий Петрович? Не позволю!

-- Ах, господи, да что это опять! -- вскрикнул, по-видимому в совершенном испуге, Порфирий Петрович, -- батюшка! Родион Романович! Родименький! Отец! Да что с вами?

-- Не позволю! -- крикнул было другой раз Раскольников.

-- Батюшка, потише! Ведь услышат, придут! Ну что тогда мы им скажем, подумайте! -- прошептал в ужасе Порфирий Петрович, приближая свое лицо к самому лицу Раскольникова.

-- Не позволю, не позволю! -- машинально повторил Раскольников, но тоже вдруг совершенным шепотом.

Порфирий быстро отвернулся и побежал отворить окно.

-- Воздуху пропустить, свежего! Да водицы бы вам, голубчик, испить, ведь это припадок-с! -- И он бросился было к дверям приказать воды, но тут же в углу, кстати, нашелся графин с водой.

-- Батюшка, испейте, -- шептал он, бросаясь к нему с графином, -- авось поможет... -- Испуг и самое участие Порфирия Петровича были до того натуральны, что Раскольников умолк и с диким любопытством стал его рассматривать. Воды, впрочем, он не принял.

-- Родион Романович! миленький! да вы этак себя с ума сведете, уверяю вас, э-эх! А-ах! Выпейте-ка! Да выпейте хоть немножечко!

Он-таки заставил его взять стакан с водой в руки. Тот машинально поднес было его к губам, но, опомнившись, с отвращением поставил на стол.

-- Да-с, припадочек у нас был-с! Этак вы опять, голубчик, прежнюю болезнь себе возвратите, -- закудахтал с дружественным участием Порфирий Петрович, впрочем, всё еще с каким-то растерявшимся видом. -- Господи! Да как же этак себя не беречь? Вот и Дмитрий Прокофьич ко мне вчера приходил, -- согласен, согласен-с, у меня характер язвительный, скверный, а они вот что из этого вывели!.. Господи! Пришел вчера, после вас, мы обедали, говорил-говорил, я только руки расставил; ну, думаю... ах ты, господи! От вас, что ли, он приходил? Да садитесь же, батюшка, присядьте ради Христа!

-- Нет, не от меня! Но я знал, что он к вам пошел и зачем пошел, -- резко ответил Раскольников.

-- Знали?

-- Знал. Ну что же из этого?

-- Да то же, батюшка, Родион Романович, что я не такие еще ваши подвиги знаю; обо всем известен-с! Ведь я знаю, как вы квартиру-то нанимать ходили, под самую ночь, когда смерклось, да в колокольчик стали звонить, да про кровь спрашивали, да работников и дворников с толку сбили. Ведь я понимаю настроение-то ваше душевное, тогдашнее-то... да ведь все-таки этак вы себя просто с ума сведете, ей-богу-с! Закружитесь! Негодование-то в вас уж очень сильно кипит-с, благородное-с, от полученных обид, сперва от судьбы, а потом от квартальных, вот вы и мечетесь туда и сюда, чтобы, так сказать, поскорее заговорить всех заставить и тем всё разом покончить, потому что надоели вам эти глупости, и все подозрения эти. Ведь так? Угадал-с настроение-то?.. Только вы этак не только себя, да и Разумихина у меня закружите; ведь слишком уж он добрый человек для этого, сами знаете. У вас-то болезнь, а у него добродетель, болезнь-то и выходит к нему прилипчивая... Я вам, батюшка, вот когда успокоитесь, расскажу... да садитесь же, батюшка, ради Христа! Пожалуйста, отдохните, лица на вас нет; да присядьте же.

Раскольников сел; дрожь его проходила, и жар выступал во всем теле. В глубоком изумлении, напряженно слушал он испуганного и дружески ухаживавшего за ним Порфирия Петровича. Но он не верил ни единому его слову, хотя ощущал какую-то странную наклонность поверить. Неожиданные слова Порфирия о квартире совершенно его поразили. "Как же это, он, стало быть, знает про квартиру-то? -- подумалось ему вдруг, -- и сам же мне и рассказывает!"

-- Да-с, был такой почти точно случай, психологический, в судебной практике нашей-с, болезненный такой случай-с, -- продолжал скороговоркой Порфирий. -- Тоже наклепал один на себя убийство-с, да еще как наклепал-то: целую галлюсинацию подвел, факты представил, обстоятельства рассказал, спутал, сбил всех и каждого, а чего? Сам он, совершенно неумышленно, отчасти, причиной убийства был, но только отчасти, и как узнал про то, что он убийцам дал повод, затосковал, задурманился, стало ему представляться, повихнулся совсем, да и уверил сам себя, что он-то и есть убийца! Да правительствующий сенат, наконец, дело-то разобрал, и несчастный был оправдан и под призрение отдан. Спасибо правительствующему сенату! Эх-ма, ай-ай-ай! Да этак что же, батюшка? Этак можно и горячку нажить, когда уж этакие поползновения нервы свои раздражать являются, по ночам в колокольчики ходить звонить да про кровь расспрашивать! Эту ведь я психологию-то изучал всю на практике-с. Этак ведь иногда человека из окна али с колокольни соскочить тянет, и ощущение-то такое соблазнительное. Тоже и колокольчики-с... Болезнь, Родион Романович, болезнь! Болезнию своей пренебрегать слишком начали-с. Посоветовались бы вы с опытным медиком, а то что у вас этот толстый-то!.. Бред у вас! Это всё у вас просто в бреду одном делается!..

На мгновение всё так и завертелось кругом Раскольникова.

"Неужели, неужели, -- мелькало в нем, -- он лжет и теперь? Невозможно, невозможно!" -- отталкивал он от себя эту мысль, чувствуя заранее, до какой степени бешенства и ярости может она довести его, чувствуя, что от бешенства с ума сойти может.

-- Это было не в бреду, это было наяву! -- вскричал он, напрягая все силы своего рассудка проникнуть в игру Порфирия. -- Наяву, наяву! Слышите ли?

-- Да, понимаю и слышу-с! Вы и вчера говорили, что не в бреду, особенно даже напирали, что не в бреду! Всё, что вы можете сказать, понимаю-с! Э-эх!.. Да послушайте же, Родион Романович, благодетель вы мой, ну вот хоть бы это-то обстоятельство. Ведь вот будь вы действительно, на самом-то деле преступны али там как-нибудь замешаны в это проклятое дело, ну стали бы вы, помилуйте, сами напирать, что не в бреду вы всё это делали, а, напротив, в полной памяти? Да еще особенно напирать, с упорством таким, особенным, напирать, -- ну могло ли быть, ну могло ли быть это, помилуйте? Да ведь совершенно же напротив, по-моему. Ведь если б вы за собой что-либо чувствовали, так вам именно следовало бы напирать: что непременно, дескать, в бреду! Так ли? Ведь так?

Что-то лукавое послышалось в этом вопросе. Раскольников отшатнулся к самой спинке дивана от наклонившегося к нему Порфирия и молча, в упор, в недоумении его рассматривал.

-- Али вот насчет господина Разумихина, насчет того то есть, от себя ли он вчера приходил говорить или с вашего наущения? Да вам именно должно бы говорить, что от себя приходил, и скрыть, что с вашего наущения! А ведь вот вы не скрываете же! Вы именно упираете на то, что с вашего наущения!

Раскольников никогда не упирал на это. Холод прошел по спине его.

-- Вы всё лжете, -- проговорил он медленно и слабо, и искривившимися в болезненную улыбку губами, -- вы мне опять хотите показать, что всю игру мою знаете, все ответы мои заранее знаете, -- говорил он, сам почти чувствуя, что уже не взвешивает как должно слов, -- запугать меня хотите... или просто смеетесь надо мной...

Он продолжал в упор смотреть на него, говоря это, и вдруг опять беспредельная злоба блеснула в глазах его.

-- Лжете вы всё! -- вскричал он. -- вы сами отлично знаете, что самая лучшая увертка преступнику по возможности не скрывать, чего можно не скрыть. Не верю я вам!

-- Экой же вы вертун! -- захихикал Порфирий, -- да с вами, батюшка, и не сладишь; мономания какая-то в вас засела. Так не верите мне? А я вам скажу, что уж верите, уж на четверть аршина поверили, а я сделаю, что поверите и на весь аршин, потому истинно вас люблю и искренно добра вам желаю.

Губы Раскольникова задрожали.

-- Да-с, желаю-с, окончательно вам скажу-с, -- продолжал он, слегка, дружески, взявши за руку Раскольникова, немного повыше локтя, -- окончательно скажу-с; наблюдайте вашу болезнь. К тому же вот к вам и фамилия теперь приехала; об ней-то попомните. Покоить вам и нежить их следует, а вы их только пугаете...

-- Какое вам дело? Почем это вы знаете? К чему так интересуетесь? Вы следите, стало быть, за мной и хотите мне это показать?

-- Батюшка! Да ведь от вас же, от вас же самих всё узнал! Вы и не замечаете, что, в волнении своем, всё вперед сами высказываете и мне, и другим. От господина Разумихина, Дмитрия Прокофьича, тоже вчера много интересных подробностей узнал. Нет-с, вот вы меня прервали, а я скажу, что через мнительность вашу, при всем остроумии вашем, вы даже здравый взгляд на вещи изволили потерять. Ну вот, например, хоть на ту же опять тему, насчет колокольчиков-то: да этакую-то драгоценность, этакой факт (целый ведь факт-с!) я вам так, с руками и с ногами, и выдал, я-то, следователь! И вы ничего в этом не видите? Да подозревай я вас хоть немножко, так ли следовало мне поступить? Мне, напротив, следовало бы сначала усыпить подозрения ваши, и виду не подать, что я об этом факте уже известен; отвлечь, этак, вас в противоположную сторону, да вдруг, как обухом по темени (по вашему же выражению), и огорошить: "А что, дескать, сударь, изволили вы в квартире убитой делать в десять часов вечера, да чуть ли еще и не в одиннадцать? А зачем в колокольчик звонили? А зачем про кровь расспрашивали? А зачем дворников сбивали и в часть, к квартальному поручику, подзывали?" Вот как бы следовало мне поступить, если б я хоть капельку на вас подозрения имел. Следовало бы по всей форме от вас показание-то отобрать, обыск сделать, да, пожалуй, еще вас и заарестовать... Стало быть, я на вас не питаю подозрений, коли иначе поступил! А вы здравый взгляд потеряли, да и не видите ничего, повторяю-с!

Раскольников вздрогнул всем телом, так что Порфирий Петрович слишком ясно заметил это.

-- Лжете вы всё! -- вскричал он, -- я не знаю ваших целей, но вы всё лжете... Давеча вы не в этом смысле говорили, и ошибиться нельзя мне... Вы лжете!

-- Я лгу? -- подхватил Порфирий, по-видимому горячась, но сохраняя самый веселый и насмешливый вид и, кажется, нимало не тревожась тем, какое мнение имеет о нем господин Раскольников. -- Я лгу?.. Ну а как я с вами давеча поступил (я-то, следователь), сам вам подсказывая и выдавая все средства к защите, сам же вам всю эту психологию подводя: "Болезнь, дескать, бред, разобижен был; меланхолия да квартальные", и всё это прочее? А? хе-хе-хе! Хотя оно, впрочем, -- кстати скажу, -- все эти психологические средства к защите, отговорки да увертки, крайне несостоятельны, да и о двух концах: "Болезнь, дескать, бред, грезы, мерещилось, не помню", всё это так-с, да зачем же, батюшка, в болезни-то да в бреду всё такие именно грезы мерещутся, а не прочие? Могли ведь быть и прочие-с? Так ли? Хе-хе-хе-хе!

Раскольников гордо и с презрением посмотрел на него.

-- Одним словом, -- настойчиво и громко сказал он, вставая и немного оттолкнув при этом Порфирия, -- одним словом, я хочу знать: признаете ли вы меня окончательно свободным от подозрений или нет? Говорите, Порфирий Петрович, говорите положительно и окончательно, и скорее, сейчас!

-- Эк ведь комиссия! Ну, уж комиссия же с вами, -- вскричал Порфирий с совершенно веселым, лукавым и нисколько не встревоженным видом. -- Да и к чему вам знать, к чему вам так много знать, коли вас еще и не начинали беспокоить нисколько! Ведь вы как ребенок: дай да подай огонь в руки! И зачем вы так беспокоитесь? Зачем сами-то вы так к нам напрашиваетесь, из каких причин? А? хе-хе-хе!

-- Повторяю вам, -- вскричал в ярости Раскольников, -- что не могу дольше переносить...

-- Чего-с? Неизвестности-то? -- перебил Порфирий.

-- Не язвите меня! Я не хочу!.. Говорю вам, что не хочу!.. Не могу и не хочу!.. Слышите! Слышите! -- крикнул он, стукнув опять кулаком по столу.

-- Да тише же, тише! Ведь услышат! Серьезно предупреждаю: поберегите себя. Я не шучу-с! -- проговорил шепотом Порфирий, но на этот раз в лице его уже не было давешнего бабьи-добродушного и испуганного выражения; напротив, теперь он прямо приказывал, строго, нахмурив брови и как будто разом нарушая все тайны и двусмысленности. Но это было только на мгновение. Озадаченный было Раскольников вдруг впал в настоящее исступление; но странно: он опять послушался приказания говорить тише, хотя и был в самом сильном пароксизме бешенства.

-- Я не дам себя мучить! -- зашептал он вдруг по-давешнему, с болью и с ненавистию мгновенно сознавая в себе, что не может не подчиниться приказанию, и приходя от этой мысли еще в большее бешенство, -- арестуйте меня, обыскивайте меня, но извольте действовать по форме, а не играть со мной-с! Не смейте...

-- Да не беспокойтесь же о форме, -- перебил Порфирий, с прежнею лукавою усмешкой и как бы даже с наслаждением любуясь Раскольниковым, -- я вас, батюшка, пригласил теперь по-домашнему, совершенно этак по-дружески!

-- Не хочу я вашей дружбы и плюю на нее! Слышите ли? И вот же: беру фуражку и иду. Ну-тка, что теперь скажешь, коли намерен арестовать?

Он схватил фуражку и пошел к дверям.

-- А сюрпризик-то не хотите разве посмотреть? -- захихикал Порфирий, опять схватывая его немного повыше локтя и останавливая у дверей. Он, видимо, становился все веселее и игривее, что окончательно выводило из себя Раскольникова.

-- Какой сюрпризик? что такое? -- спросил он, вдруг останавливаясь и с испугом смотря на Порфирия.

-- Сюрпризик-с, вот тут, за дверью у меня сидит, хе-хе-хе! (Он указал пальцем на запертую дверь в перегородке, которая вела в казенную квартиру его). -- Я и на замок припер, чтобы не убежал.

-- Что такое? где? что?.. -- Раскольников подошел было к двери и хотел отворить, но она была заперта.

-- Заперта-с, вот и ключ!

И в самом деле, он показал ему ключ, вынув из кармана.

-- Лжешь ты всё! -- завопил Раскольников, уже не удерживаясь, -- лжешь, полишинель проклятый! -- и бросился на ретировавшегося к дверям, но нисколько не струсившего Порфирия.

-- Я всё, всё понимаю! -- подскочил он к нему. -- Ты лжешь и дразнишь меня, чтоб я себя выдал...

-- Да уж больше и нельзя себя выдать, батюшка, Родион Романыч. Ведь вы в исступление пришли. Не кричите, ведь я людей позову-с!

-- Лжешь, ничего не будет! Зови людей! Ты знал, что я болен, и раздражить меня хотел, до бешенства, чтоб я себя выдал, вот твоя цель! Нет, ты фактов подавай! Я всё понял! У тебя фактов нет, у тебя одни только дрянные, ничтожные догадки, заметовские!.. Ты знал мой характер, до исступления меня довести хотел, а потом и огорошить вдруг попами да депутатами... Ты их ждешь? а? Чего ждешь? Где? Подавай!

-- Ну какие тут депутаты-с, батюшка! Вообразится же человеку! Да этак по форме и действовать-то нельзя, как вы говорите, дела вы, родимый, не знаете... А форма не уйдет-с, сами увидите!.. -- бормотал Порфирий, прислушиваясь к дверям.

Действительно, в это время у самых дверей в другой комнате послышался как бы шум.

-- А, идут! -- вскричал Раскольников, -- ты за ними послал!.. Ты их ждал! Ты рассчитал... Ну, подавай сюда всех: депутатов, свидетелей, чего хочешь... давай! Я готов! готов!..

Но тут случилось странное происшествие, нечто до того неожиданное, при обыкновенном ходе вещей, что уже, конечно, ни Раскольников, ни Порфирий Петрович на такую развязку и не могли рассчитывать.

VI

Потом, при воспоминании об этой минуте, Раскольникову представлялось всё в таком виде.

Послышавшийся за дверью шум вдруг быстро увеличился, и дверь немного приотворилась.

-- Что такое? -- крикнул с досадой Порфирий Петрович. -- Ведь я предупредил...

На мгновение ответа не было, но видно было, что за дверью находилось несколько человек и как будто кого-то отталкивали.

-- Да что там такое? -- встревоженно повторил Порфирий Петрович.

-- Арестанта привели, Николая, -- послышался чей-то голос.

-- Не надо! Прочь! Подождать!.. Зачем он сюда залез! Что за беспорядок! -- закричал Порфирий, бросаясь к дверям.

-- Да он... -- начал было опять тот же голос и вдруг осекся.

Секунды две не более происходила настоящая борьба; потом вдруг как бы кто-то кого-то с силою оттолкнул, и вслед за тем какой-то очень бледный человек шагнул прямо в кабинет Порфирия Петровича.

Вид этого человека с первого взгляда был очень странный. Он глядел прямо перед собою, но как бы никого не видя. В глазах его сверкала решимость, но в то же время смертная бледность покрывала лицо его, точно его привели на казнь. Совсем побелевшие губы его слегка вздрагивали.

Он был еще очень молод, одет как простолюдин, роста среднего, худощавый, с волосами, обстриженными в кружок, с тонкими, как бы сухими чертами лица. Неожиданно оттолкнутый им человек первый бросился было за ним в комнату и успел схватить его за плечо: это был конвойный; но Николай дернул руку и вырвался от него еще раз.

В дверях затолпилось несколько любопытных. Иные из них порывались войти. Всё описанное произошло почти в одно мгновение.

-- Прочь, рано еще! Подожди, пока позовут!.. Зачем его раньше привели? -- бормотал в крайней досаде, как бы сбитый с толку Порфирий Петрович. Но Николай вдруг стал на колени.

-- Чего ты? -- крикнул Порфирий в изумлении.

-- Виноват! Мой грех! Я убивец! -- вдруг произнес Николай, как будто несколько задыхаясь, но довольно громким голосом.

Секунд десять продолжалось молчание, точно столбняк нашел на всех; даже конвойный отшатнулся и уже не подходил к Николаю, а отретировался машинально к дверям и стал неподвижно.

-- Что такое? -- вскричал Порфирий Петрович, выходя из мгновенного оцепенения.

-- Я... убивец... -- повторил Николай, помолчав капельку.

-- Как... ты... Как... Кого ты убил?

Порфирий Петрович, видимо, потерялся.

Николай опять помолчал капельку.

-- Алену Ивановну и сестрицу ихнюю, Лизавету Ивановну, я... убил... топором. Омрачение нашло... -- прибавил он вдруг и опять замолчал. Он всё стоял на коленях.

Порфирий Петрович несколько мгновений стоял, как бы вдумываясь, но вдруг опять вспорхнулся и замахал руками на непрошеных свидетелей. Те мигом скрылись, и дверь притворилась. Затем он поглядел на стоявшего в углу Раскольникова, дико смотревшего на Николая, и направился было к нему, но вдруг остановился, посмотрел на него, перевел тотчас же свой взгляд на Николая, потом опять на Раскольникова, потом опять на Николая и вдруг, как бы увлеченный, опять набросился на Николая.

-- Ты мне что с своим омрачением-то вперед забегаешь? -- крикнул он на него почти со злобой. -- Я тебя еще не спрашивал: находило или нет на тебя омрачение.. говори: ты убил?

-- Я убивец... показание сдаю... -- произнес Николай.

-- Э-эх! Чем ты убил?

-- Топором. Припас.

-- Эх, спешит! Один?

Николай не понял вопроса.

-- Один убил?

-- Один. А Митька неповинен и всему тому непричастен.

-- Да не спеши с Митькой-то! Э-эх!

-- Как же ты, ну, как же ты с лестницы-то тогда сбежал? Ведь дворники вас обоих встретили?

-- Это я для отводу... тогда... бежал с Митькой, -- как бы заторопясь и заранее приготовившись, ответил Николай.

-- Ну, так и есть! -- злобно вскрикнул Порфирий, -- не свои слова говорит! -- пробормотал он как бы про себя и вдруг опять увидал Раскольникова.

Он, видимо, до того увлекся с Николаем, что на одно мгновение даже забыл о Раскольникове. Теперь он вдруг опомнился, даже смутился...

-- Родион Романович, батюшка! Извините-с, -- кинулся он к нему,

-- этак нельзя-с; пожалуйте-с... вам тут нечего... я и сам... видите, какие сюрпризы!.. пожалуйте-с!..

И, взяв его за руку, он показал ему на дверь.

-- Вы, кажется, этого не ожидали? -- проговорил Раскольников, конечно, ничего еще не понимавший ясно, но уже успевший сильно ободриться.

-- Да и вы, батюшка, не ожидали. Ишь ручка-то как дрожит! хе-хе!

-- Да и вы дрожите, Порфирий Петрович.

-- И я дрожу-с; не ожидал-с!..

Они уже стояли в дверях. Порфирий нетерпеливо ждал, чтобы прошел Раскольников.

-- А сюрпризик-то так и не покажете? -- проговорил вдруг Раскольников.

-- Говорит, а у самого еще зубки во рту один о другой колотятся, хе-хе! Иронический вы человек! Ну-с, до свидания-с.

-- По-моему, так прощайте!

-- Как бог приведет-с, как бог приведет-с! -- пробормотал Порфирий с искривившеюся как-то улыбкой.

Проходя канцелярию, Раскольников заметил, что многие на него пристально посмотрели. В прихожей, в толпе, он успел разглядеть обоих дворников из того дома, которых он подзывал тогда ночью к квартальному. Они стояли и чего-то ждали. Но только что он вышел на лестницу, вдруг услышал за собой опять голос Порфирия Петровича. Обернувшись, он увидел, что тот догонял его, весь запыхавшись.

-- Одно словцо-с, Родион Романович; там насчет всего этого прочего, как бог приведет, а все-таки по форме кой о чем придется спросить-с... так мы еще увидимся, так-с.

И Порфирий остановился перед ним с улыбкой.

-- Так-с, -- прибавил он еще раз.

Можно было предположить, что ему еще что-то хотелось сказать, но как-то не выговаривалось.

-- А вы меня, Порфирий Петрович, извините насчет давешнего... я погорячился, -- начал было совершенно уже ободрившийся, до неотразимого желания пофорсить, Раскольников.

-- Ничего-с, ничего-с... -- почти радостно подхватил Порфирий. -- Я и сам-то-с... Ядовитый характер у меня, каюсь, каюсь! Да вот мы увидимся-с. Если бог приведет, так и очень, и очень увидимся-с!..

-- И окончательно познаем друг друга? -- подхватил Раскольников.

-- И окончательно познаем друг друга, -- поддакнул Порфирий Петрович и, прищурившись, весьма серьезно посмотрел на него. -- Теперь на именины-с?

-- На похороны-с.

-- Да, бишь, на похороны! Здоровье-то свое берегите, здоровье-то-с...

-- А уж я и не знаю, чего вам пожелать с своей стороны! -- подхватил Раскольников, уже начинавший спускаться с лестницы, но вдруг опять оборачиваясь к Порфирию, -- пожелал бы больших успехов, да ведь видите, какая ваша должность комическая!

-- Почему же комическая-с? -- тотчас навострил уши Порфирий Петрович, тоже повернувшийся было уйти.

-- Да как же, вот этого бедного Миколку вы ведь как, должно быть, терзали и мучили, психологически-то, на свой манер, покамест он не сознался; день и ночь, должно быть, доказывали ему: "Ты убийца, ты убийца..." -- ну а теперь, как он уж сознался, вы его опять по косточкам разминать начнете: "Врешь, дескать, не ты убийца! Не мог ты им быть! Не свои ты слова говоришь!" Ну, так как же после этого должность не комическая?

-- Хе-хе-хе! А-таки заметили, что я сказал сейчас Николаю, что он "не свои слова говорит"?

-- Как не заметить?

-- Хе-хе! Остроумны, остроумны-с. Всё-то замечаете! Настоящий игривый ум-с! И самую-то комическую струну и зацепите... хе-хе! Это ведь у Гоголя, из писателей, говорят, эта черта была в высшей-то степени?

-- Да, у Гоголя.

-- Да-с, у Гоголя-с... до приятнейшего свидания-с.

-- До приятнейшего свидания...

Раскольников прошел прямо домой. Он до того был сбит и спутан, что, уже придя домой и бросившись на диван, с четверть часа сидел, только отдыхая и стараясь хоть сколько-нибудь собраться с мыслями. Про Николая он и рассуждать не брался: он чувствовал, что поражен; что в признании Николая есть что-то необъяснимое, удивительное, чего теперь ему не понять ни за что. Но признание Николая был факт действительный. Последствия этого факта ему тотчас же стали ясны: ложь не могла не обнаружиться, и тогда примутся опять за него. Но, по крайней мере, до того времени он свободен и должен непременно что-нибудь для себя сделать, потому что опасность неминуемая.

Но, однако ж, в какой степени? Положение начало выясняться. Припоминая, вчерне, в общей связи, всю свою давешнюю сцену с

Порфирием, он не мог еще раз не содрогнуться от ужаса. Конечно, он не знал еще всех целей Порфирия, не мог постигнуть всех давешних расчетов его. Но часть игры была обнаружена, и уж, конечно, никто лучше его не мог понять, как страшен был для него этот "ход" в игре Порфирия. Еще немного, и он мог выдать себя совершенно, уже фактически. Зная болезненность его характера и с первого взгляда верно схватив и проникнув его, Порфирий действовал хотя слишком решительно, но почти наверное. Спору нет, Раскольников успел уже себя и давеча слишком скомпрометировать, но до фактов все-таки еще не дошло; всё еще это только относительно. Но так ли, однако же, так ли он это всё теперь понимает? Не ошибается ли он? К какому именно результату клонил сегодня Порфирий? Действительно ли было у него что-нибудь приготовлено сегодня? Да и что именно? Действительно ли он ждал чего или нет? Как именно расстались бы они сегодня, если бы не подошла неожиданная катастрофа через Николая?

Порфирий почти всю игру свою показал; конечно, рискнул, но показал, и (всё казалось Раскольникову) если бы действительно у Порфирия было что-нибудь более, то он показал бы и то. Что такое этот "сюрприз"? Насмешка, что ли? Значило это что-нибудь или нет? Могло ли под этим скрываться хоть что-нибудь похожее на факт, на положительное обвинение? Вчерашний человек? Куда же он провалился? Где он был сегодня? Ведь если только есть что-нибудь у Порфирия положительного, то уж, конечно, оно в связи со вчерашним человеком...

Он сидел на диване, свесив вниз голову, облокотясь на колени и закрыв руками лицо. Нервная дрожь продолжалась еще во всем его теле. Наконец он встал, взял фуражку, подумал и направился к дверям.

Ему как-то предчувствовалось, что, по крайней мере на сегодняшний день, он почти наверное может считать себя безопасным. Вдруг в сердце своем он ощутил почти радость: ему захотелось поскорее к Катерине Ивановне. На похороны он, разумеется, опоздал, но на поминки поспеет, и там, сейчас, он увидит Соню.

Он остановился, подумал, и болезненная улыбка выдавилась на губах его.

-- Сегодня! Сегодня! -- повторил он про себя, -- да, сегодня же! Так должно...

Только что он хотел отворить дверь, как вдруг она стала отворяться сама. Он задрожал и отскочил назад. Дверь отворялась медленно и тихо, и вдруг показалась фигура -- вчерашнего человека из-под земли.

Человек остановился на пороге, посмотрел молча на Раскольникова и ступил шаг в комнату. Он был точь-в-точь как и вчера, такая же фигура, так же одет, но в лице и во взгляде его произошло сильное изменение:

он смотрел теперь как-то пригорюнившись и, постояв немного, глубоко вздохнул. Недоставало только, чтоб он приложил при этом ладонь к щеке, а голову скривил на сторону, чтоб уж совершенно походить на бабу.

-- Что вам? -- спросил помертвевший Раскольников.

Человек помолчал и вдруг глубоко, чуть не до земли, поклонился ему. По крайней мере тронул землю перстом правой руки.

-- Что вы? -- вскричал Раскольников.

-- Виноват, -- тихо произнес человек.

-- В чем?

-- В злобных мыслях.

Оба смотрели друг на друга.

-- Обидно стало. Как вы изволили тогда приходить, может во хмелю, и дворников в квартал звали и про кровь спрашивали, обидно мне стало, что втуне оставили и за пьяного вас почли. И так обидно, что сна решился. А запомнивши адрес, мы вчера сюда приходили и спрашивали...

-- Кто приходил? -- перебил Раскольников, мгновенно начиная припоминать.

-- Я то есть, вас обидел.

-- Так вы из того дома?

-- Да я там же, тогда же в воротах с ними стоял, али запамятовали? Мы и рукомесло свое там имеем, искони. Скорняки мы, мещане, на дом работу берем... а паче всего обидно стало...

И вдруг Раскольникову ясно припомнилась вся сцена третьего дня под воротами; он сообразил, что кроме дворников там стояло тогда еще несколько человек, стояли и женщины. Он припомнил один голос, предлагавший вести его прямо в квартал. Лицо говорившего не мог он вспомнить и даже теперь не признавал, но ему памятно было, что он даже что-то ответил ему тогда, обернулся к нему...

Так вот, стало быть, чем разрешился весь этот вчерашний ужас. Всего ужаснее было подумать, что он действительно чуть не погиб, чуть не погубил себя из-за такого ничтожного обстоятельства. Стало быть, кроме найма квартиры и разговоров о крови, этот человек ничего не может рассказать. Стало быть, и у Порфирия тоже нет ничего, ничего, кроме этого бреда, никаких фактов, кроме психологии, которая о двух концах, ничего положительного. Стало быть, если не явится никаких больше фактов (а они не должны уже более являться, не должны, не должны!), то... то что же могут с ним сделать? Чем же могут его обличить окончательно, хоть и арестуют? И, стало быть, Порфирий только теперь, только сейчас узнал о квартире, а до сих пор и не знал.

-- Это вы сказали сегодня Порфирию... о том, что я приходил? -- вскричал он, пораженный внезапною идеей.

-- Какому Порфирию?

-- Приставу следственных дел.

-- Я сказал. Дворники не пошли тогда, я и пошел.

-- Сегодня?

-- Перед вами за минуточку был. И всё слышал, всё, как он вас истязал.

-- Где? Что? Когда?

-- Да тут же, у него за перегородкой, всё время просидел.

-- Как? Так это вы-то были сюрприз? Да как же это могло случиться? Помилуйте!

-- Видемши я, -- начал мещанин, -- что дворники с моих слов идти не хотят, потому, говорят, уже поздно, а пожалуй, еще осерчает, что тем часом не пришли, стало мне обидно, и сна решился, и стал узнавать. А разузнамши вчера, сегодня пошел. Впервой пришел -- его не было. Часом помедля пришел -- не приняли, в третий пришел -- допустили. Стал я ему докладывать всё, как было, и стал он по комнате сигать и себя в грудь кулаком бил: "Что вы, говорит, со мной, разбойники, делаете? Знал бы я этакое дело, я б его с конвоем потребовал!" Потом выбежал, какого-то позвал и стал с ним в углу говорить, а потом опять ко мне -- и стал спрашивать и ругать. И много попрекал; а донес я ему обо всем и говорил, что с моих вчерашних слов ничего вы не посмели мне отвечать и что вы меня не признали. И стал он тут опять бегать, и всё бил себя в грудь, и серчал, и бегал, а как об вас доложили, -- ну, говорит, полезай за перегородку, сиди пока, не шевелись, что бы ты ни услышал, и стул мне туда сам принес и меня запер; может, говорит, я тебя и спрошу. А как привели Николая, тут он меня, после вас, и вывел: я тебя еще, говорит, потребую и еще спрашивать буду...

-- А Николая при тебе спрашивал?

-- Как вас вывел, и меня тотчас вывел, а Николая допрашивать начал.

Мещанин остановился и вдруг опять положил поклон, коснувшись перстом пола.

-- За оговор и за злобу мою простите.

-- Бог простит, -- ответил Раскольников, и как только произнес это, мещанин поклонился ему, но уже не земно, а в пояс, медленно повернулся и вышел из комнаты. "Всё о двух концах, теперь всё о двух концах", -- твердил Раскольников и более чем когда-нибудь бодро вышел из комнаты.

"Теперь мы еще поборемся", -- с злобною усмешкой проговорил он, сходя с лестницы. Злоба же относилась к нему самому: он с презрением и стыдом вспоминал о своем "малодушии".

ЧАСТЬ ПЯТАЯ

I

Утро, последовавшее за роковым для Петра Петровича объяснением с Дунечкой и с Пульхерией Александровной, принесло свое отрезвляющее действие и на Петра Петровича. Он, к величайшей своей неприятности, принужден был мало-помалу принять за факт, совершившийся и невозвратимый, то, что вчера еще казалось ему происшествием почти фантастическим и хотя и сбывшимся, но все-таки как будто еще невозможным. Черный змей ужаленного самолюбия всю ночь сосал его сердце. Встав с постели, Петр Петрович тотчас же посмотрелся в зеркало. Он опасался, не разлилась ли в нем за ночь желчь? Однако с этой стороны всё было покамест благополучно, и, посмотрев на свой благородный, белый и немного ожиревший в последнее время облик, Петр Петрович даже на мгновение утешился, в полнейшем убеждении сыскать себе невесту где-нибудь в другом месте, да, пожалуй, еще и почище; но тотчас же опомнился и энергически плюнул в сторону, чем вызвал молчаливую, но саркастическую улыбку в молодом своем друге и сожителе Андрее Семеновиче Лебезятникове. Улыбку эту Петр Петрович заметил и про себя тотчас же поставил ее молодому своему другу на счет. Он уже много успел поставить ему в последнее время на счет. Злоба его удвоилась, когда он вдруг сообразил, что не следовало бы сообщать вчера о вчерашних результатах Андрею Семеновичу. Это была вторая вчерашняя ошибка, сделанная им сгоряча, от излишней экспансивности, в раздражении... Затем, во всё это утро, как нарочно, следовала неприятность за неприятностью. Даже в сенате ждала его какая-то неудача по делу, о котором он там хлопотал. Особенно же раздражил его хозяин квартиры, нанятой им в видах скорой женитьбы и отделываемой на собственный счет: этот хозяин, какой-то разбогатевший немецкий ремесленник, ни за что не соглашался нарушить только что совершенный контракт и требовал полной прописанной в контракте неустойки, несмотря на то что Петр Петрович возвращал ему квартиру почти заново отделанную. Точно так же и в мебельном магазине ни за что не хотели возвратить ни одного рубля из задатка за купленную, но еще не перевезенную в квартиру мебель. "Не нарочно же мне жениться для мебели!" -- скрежетал про себя Петр Петрович, и в то же время еще раз мелькнула в нем отчаянная надежда: "Да неужели же в самом деле всё это так безвозвратно пропало и кончилось? Неужели нельзя еще раз попытаться?" Мысль о Дунечке еще раз соблазнительно занозила его сердце. С мучением перенес он эту минуту, и уж, конечно, если бы можно было сейчас, одним только желанием, умертвить Раскольникова, то Петр Петрович немедленно произнес бы это желание.

"Ошибка была еще, кроме того, и в том, что я им денег совсем не давал, -- думал он, грустно возвращаясь в каморку Лебезятникова, -- и с чего, черт возьми, я так ожидовел? Тут даже и расчета никакого не было! Я думал их в черном теле попридержать и довести их, чтоб они на меня как на провидение смотрели, а они вон!.. Тьфу!.. Нет, если б я выдал им за всё это время, например, тысячи полторы на приданое, да на подарки, на коробочки там разные, несессеры, сердолики, материи и на всю эту дрянь от Кнопа да из английского магазина, так было бы дело почище и... покрепче! Не так бы легко мне теперь отказали! Это народ такого склада, что непременно почли бы за обязанность возвратить в случае отказа и подарки, и деньги; а возвращать-то было бы тяжеленько и жалко! Да и совесть бы щекотала: как, дескать, так вдруг прогнать человека, который до сих пор был так щедр и довольно деликатен?.. Гм! Дал маху!" И, заскрежетав еще раз, Петр Петрович тут же назвал себя дураком -- про себя, разумеется.

Придя к этому заключению, он вернулся домой вдвое злее и раздражительнее, чем вышел. Приготовления к поминкам в комнате Катерины Ивановны завлекли отчасти его любопытство. Он кой-что и вчера еще слышал об этих поминках; даже помнилось, как будто и его приглашали; но за собственными хлопотами он всё это остальное пропустил без внимания. Поспешив осведомиться у госпожи Липпевехзель, хлопотавшей в отсутствие Катерины Ивановны (находившейся на кладбище) около накрывавшегося стола, он узнал, что поминки будут торжественные, что приглашены почти все жильцы, из них даже и незнакомые покойному, что приглашен даже Андрей Семенович Лебезятников, несмотря на бывшую его ссору с Катериной Ивановной, и, наконец, он сам, Петр Петрович, не только приглашен, но даже с большим нетерпением ожидается, так как он почти самый важный гость из всех жильцов. Сама Амалия Ивановна приглашена была тоже с большим почетом, несмотря на все бывшие неприятности, а потому хозяйничала и хлопотала теперь, почти чувствуя от этого наслаждение, а сверх того была вся разодета хоть и в траур, но во всё новое, в шелковое, в пух и прах, и гордилась этим. Все эти факты и сведения подали Петру Петровичу некоторую мысль, и он прошел в свою комнату, то есть в комнату Андрея Семеновича Лебезятникова, в некоторой задумчивости. Дело в том, что он узнал тоже, что в числе приглашенных находится и Раскольников.

Андрей Семенович сидел почему-то всё это утро дома. С этим господином у Петра Петровича установились какие-то странные, впрочем, отчасти и естественные отношения: Петр Петрович презирал и ненавидел его даже сверх меры, почти с того самого дня, как у него поселился, но в то же время как будто несколько опасался его. Он остановился у него по приезде в Петербург не из одной только скаредной экономии, хотя это и было почти главною причиной, но была тут и другая причина. Еще в провинции слышал он об Андрее Семеновиче, своем бывшем питомце, как об одном из самых передовых молодых прогрессистов и даже как об играющем значительную роль в иных любопытных и баснословных кружках. Это поразило Петра Петровича. Вот эти-то мощные, всезнающие, всех презирающие и всех обличающие кружки уже давно пугали Петра Петровича каким-то особенным страхом, совершенно, впрочем, неопределенным. Уж конечно, сам он, да еще в провинции, не мог ни о чем в этом роде составить себе, хотя приблизительно, точное понятие. Слышал он, как и все, что существуют, особенно в Петербурге, какие-то прогрессисты, нигилисты, обличители и проч., и проч., но, подобно многим, преувеличивал и искажал смысл и значение этих названий до нелепого. Пуще всего боялся он, вот уже несколько лет, обличения, и это было главнейшим основанием его постоянного, преувеличенного беспокойства, особенно при мечтах о перенесении деятельности своей в Петербург. В этом отношении он был, как говорится, испуган, как бывают иногда испуганы маленькие дети. Несколько лет тому назад в провинции, еще начиная только устраивать свою карьеру, он встретил два случая жестоко обличенных губернских довольно значительных лиц, за которых он дотоле цеплялся и которые ему покровительствовали. Один случай кончился для обличенного лица как-то особенно скандально, а другой чуть-чуть было не кончился даже и весьма хлопотливо. Вот почему Петр Петрович положил, по приезде в Петербург, немедленно разузнать, в чем дело, и если надо, то на всякий случай забежать вперед и заискать у "молодых поколений наших". В этом случае " надеялся он на Андрея Семеновича и при посещении, например, Раскольникова уже научился кое-как округлять известные фразы с чужого голоса...

Конечно, он быстро успел разглядеть в Андрее Семеновиче чрезвычайно пошленького и простоватого человека. Но это нисколько не разуверило и не ободрило Петра Петровича. Если бы даже он уверился, что и все прогрессисты такие же дурачки, то и тогда бы не утихло его беспокойство. Собственно до всех этих учений, мыслей, систем (с которыми Андрей Семенович так на него и накинулся) ему никакого не было дела. У него была своя собственная цель. Ему надо было только поскорей и немедленно разузнать: что и как тут случилось? В силе эти люди или не в силе? Есть ли чего бояться собственно ему, или нет? Обличат его, если он вот то-то предпримет, или не обличат? А если обличат, то за что именно, и за что собственно теперь обличают? Мало того: нельзя ли как-нибудь к ним подделаться и тут же их поднадуть, если они и в самом деле сильны? Надо или не надо это? Нельзя ли, например, что-нибудь подустроить в своей карьере именно через их же посредство? Одним словом, предстояли сотни вопросов.

Этот Андрей Семенович был худосочный и золотушный человечек, малого роста, где-то служивший и до странности белокурый, с бакенбардами, в виде котлет, которыми он очень гордился. Сверх того, у него почти постоянно болели глаза. Сердце у него было довольно мягкое, но речь весьма самоуверенная, а иной раз чрезвычайно даже заносчивая, -- что, в сравнении с фигуркой его, почти всегда выходило смешно. У Амалии Ивановны он считался, впрочем, в числе довольно почетных жильцов, то есть не пьянствовал и за квартиру платил исправно. Несмотря на все эти качества, Андрей Семенович действительно был глуповат. Прикомандировался же он к прогрессу и к "молодым поколениям нашим" -- по страсти. Это был один из того бесчисленного и разноличного легиона пошляков, дохленьких недоносков и всему недоучившихся самодуров, которые мигом пристают непременно к самой модной ходячей идее, чтобы тотчас же опошлить ее, чтобы мигом окарикатурить всё, чему они же иногда самым искренним образом служат.

Впрочем, Лебезятников, несмотря даже на то, что был очень добренький, тоже начинал отчасти не терпеть своего сожителя и бывшего опекуна Петра Петровича. Сделалось это с обеих сторон как-то невзначай и взаимно. Как ни был простоват Андрей Семенович, но все-таки начал понемногу разглядывать, что Петр Петрович его надувает и втайне презирает и что "не такой совсем этот человек". Он было попробовал ему излагать систему Фурье и теорию Дарвина, но Петр Петрович, особенно в последнее время, начал слушать как-то уж слишком саркастически, а в самое последнее время -- так даже стал браниться. Дело в том, что он, по инстинкту, начинал проникать, что Лебезятников не только пошленький и глуповатый человечек, но, может быть, и лгунишка, и что никаких вовсе не имеет он связей позначительнее даже в своем кружке, а только слышал что-нибудь с третьего голоса; мало того: и дела-то своего, пропагандного, может, не знает порядочно, потому что-то уж слишком сбивается, и что уж куда ему быть обличителем! Кстати заметим мимоходом, что Петр Петрович, в эти полторы недели, охотно принимал (особенно вначале) от Андрея Семеновича даже весьма странные похвалы, то есть не возражал, например, и промалчивал, если Андрей Семенович приписывал ему готовность способствовать будущему и скорому устройству новой "коммуны" где-нибудь в Мещанской улице; или, например, не мешать Дунечке, если той, с первым же месяцем брака, вздумается завести любовника; или не крестить своих будущих детей и проч., и проч. -- всё в этом роде. Петр Петрович, по обыкновению своему, не возражал на такие приписываемые ему качества и допускал хвалить себя даже этак -- до того приятна была ему всякая похвала.

Петр Петрович, разменявший для каких-то причин в это утро несколько пятипроцентных билетов, сидел за столом и пересчитывал пачки кредиток и серий. Андрей Семенович, у которого никогда почти не бывало денег, ходил по комнате и делал сам себе вид, что смотрит на все эти пачки равнодушно и даже с пренебрежением. Петр Петрович ни за что бы, например, не поверил, что и действительно Андрей Семенович может смотреть на такие деньги равнодушно; Андрей же Семенович, в свою очередь, с горечью подумывал, что ведь и в самом деле Петр Петрович может быть способен про него так думать, да еще и рад, пожалуй, случаю пощекотать и подразнить своего молодого друга разложенными пачками кредиток, напомнив ему его ничтожество и всю существующую будто бы между ними обоими разницу.

Он находил его в этот раз до небывалого раздражительным и невнимательным, несмотря на то, что он, Андрей Семенович, пустился было развивать перед ним свою любимую тему о заведении новой, особой "коммуны". Краткие возражения и замечания, вырывавшиеся у Петра Петровича в промежутках между чиканием костяшек на счетах, дышали самою явною и с намерением невежливою насмешкой. Но "гуманный" Андрей Семенович приписывал расположение духа Петра Петровича впечатлению вчерашнего разрыва с Дунечкой и горел желанием поскорее заговорить на эту тему: у него было кой-что сказать на этот счет прогрессивного и пропагандного, что могло бы утешить его почтенного друга и "несомненно" принести пользу его дальнейшему развитию.

-- Какие это там поминки устраиваются у этой... у вдовы-то? -- спросил вдруг Петр Петрович, перерывая Андрея Семеновича на самом интереснейшем месте.

-- Будто не знаете; я ведь вчера же говорил с вами на эту же тему и развивал мысль обо всех этих обрядах... Да она ведь и вас тоже пригласила, я слышал. Вы сами с ней вчера говорили...

-- Я никак не ждал, что эта нищая дура усадит на поминки все деньги, которые получила от этого другого дурака... Раскольникова. Даже подивился сейчас, проходя: такие там приготовления, вина!.. Позвано несколько человек -- черт знает что такое! -- продолжал Петр Петрович, расспрашивая и наводя на этот разговор как бы с какою-то целию. -- Что? Вы говорите, что и меня приглашали?-- вдруг прибавил он, поднимая голову. -- Когда же это? Не помню-с. Впрочем, я не пойду. Что я там? Я вчера говорил только с нею, мимоходом, о возможности ей получить, как нищей вдове чиновника, годовой оклад, в виде единовременного пособия. Так уж не за это ли она меня приглашает? Хе-хе!

-- Я тоже не намерен идти, -- сказал Лебезятников.

-- Еще бы! Собственноручно отколотили. Понятно, что совестно, хе-хе-хе!

-- Кто отколотил? Кого? -- вдруг всполошился и даже покраснел Лебезятников.

-- Да вы-то, Катерину-то Ивановну, с месяц назад, что ли! Я ведь слышал-с, вчера-с... То-то вот они убеждения-то!.. Да и женский вопрос подгулял. Хе-хе-хе!

И Петр Петрович, как бы утешенный, принялся опять щелкать на счетах.

-- Это всё вздор и клевета! -- вспыхнул Лебезятников, который постоянно трусил напоминания об этой истории, -- и совсем это не так было! Это было другое... Вы не так слышали; сплетня! Я просто тогда защищался. Она сама первая бросилась на меня с когтями... Она мне весь бакенбард выщипала... Всякому человеку позволительно, надеюсь, защищать свою личность. К тому же я никому не позволю с собой насилия... По принципу. Потому это уж почти деспотизм. Что ж мне было: так и стоять перед ней? Я ее только отпихнул.

-- Хе-хе-хе! -- продолжал злобно подсмеиваться Лужин.

-- Это вы потому задираете, что сами рассержены и злитесь... А это вздор и совсем, совсем не касается женского вопроса! Вы не так понимаете; я даже думал, что если уж принято, что женщина равна мужчине во всем, даже в силе (что уже утверждают), то, стало быть, и тут должно быть равенство. Конечно, я рассудил потом, что такого вопроса, в сущности, быть не должно, потому что драки и быть не должно, и что случаи драки в будущем обществе немыслимы... и что странно, конечно, искать равенства в драке. Я не так глуп... хотя драка, впрочем, и есть... то есть после не будет, а теперь-то вот еще есть... тьфу! черт! С вами собьешься! Я не потому не пойду на поминки, что была эта неприятность. Я просто по принципу не пойду, чтобы не участвовать в гнусном предрассудке поминок, вот что! Впрочем, оно и можно бы было пойти, так только, чтобы посмеяться... Но жаль, что попов не будет. А то бы непременно пошел.

-- То есть сесть за чужую хлеб-соль и тут же наплевать на нее, равномерно и на тех, которые вас пригласили. Так, что ли?

-- Совсем не наплевать, а протестовать. Я с полезною целью. Я могу косвенно способствовать развитию и пропаганде. Всякий человек обязан развивать и пропагандировать и, может быть, чем резче, тем лучше. Я могу закинуть идею, зерно... Из этого зерна вырастет факт. Чем я их обижаю? Сперва обидятся, а потом сами увидят, что я им пользу принес. Вон у нас обвиняли было Теребьеву (вот что теперь в коммуне), что когда она вышла из семьи и... отдалась, то написала матери и отцу, что не хочет жить среди предрассудков и вступает в гражданский брак, и что будто бы это было слишком грубо, с отцами-то, что можно было бы их пощадить, написать мягче. По-моему, всё это вздор, и совсем не нужно мягче, напротив, напротив, тут-то и протестовать. Вон Варенц семь лет с мужем прожила, двух детей бросила, разом отрезала мужу в письме: "Я сознала, что с вами не могу быть счастлива. Никогда не прощу вам, что вы меня обманывали, скрыв от меня, что существует другое устройство общества, посредством коммун. Я недавно всё это узнала от одного великодушного человека, которому и отдалась, и вместе с ним завожу коммуну. Говорю прямо, потому что считаю бесчестным вас обманывать. Оставайтесь как вам угодно. Не надейтесь вернуть меня, вы слишком опоздали. Желаю быть счастливым". Вот как пишутся подобного рода письма!

-- А эта Теребьева, ведь это та самая, про которую вы тогда говорили, что в третьем гражданском браке состоит?

-- Всего только во втором, если судить по-настоящему! Да хоть бы и в четвертом, хоть бы в пятнадцатом, всё это вздор! И если я когда сожалел, что у меня отец и мать умерли, то уж, конечно, теперь. Я несколько раз мечтал даже о том, что если б они еще были живы, как бы я их огрел протестом! Нарочно подвел бы так... Это что, какой-нибудь там "отрезанный ломоть", тьфу! Я бы им показал! Я бы их удивил! Право, жаль, что нет никого!

-- Чтоб удивить-то? Хе-хе! Ну, это пускай будет как вам угодно, -- перебил Петр Петрович, -- а вот что скажите-ка: ведь вы знаете эту дочь покойника-то, щупленькая такая! Ведь это правда совершенная, что про нее говорят, а?

-- Что ж такое? По-моему, то есть по моему личному убеждению, это самое нормальное состояние женщины и есть. Почему же нет? То есть distinguons. 1 В нынешнем обществе оно, конечно, не совсем нормально, потому что вынужденное, а в будущем совершенно нормально, потому что свободное. Да и теперь она имела право: она страдала, а это был ее фонд, так сказать капитал, которым она имела полное право располагать. Разумеется, в будущем обществе фондов не надо будет; но ее роль будет обозначена в другом значении, обусловлена стройно и рационально. Что же касается до Софьи Семеновны лично, то в настоящее время я смотрю на ее действия как на энергический и олицетворенный протест против устройства общества и глубоко уважаю ее за это; даже радуюсь на нее глядя!

1 будем различать (франц.).

-- А мне же рассказывали, что вы-то и выжили ее отсюда из нумеров! Лебезятников даже рассвирепел.

-- Это другая сплетня! -- завопил он. -- Совсем, совсем не так дело было! Вот уж это-то не так! Это всё Катерина Ивановна тогда наврала, потому что ничего не поняла! И совсем я не подбивался к Софье Семеновне! Я просто-запросто развивал ее, совершенно бескорыстно, стараясь возбудить в ней протест... Мне только протест и был нужен, да и сама по себе Софья Семеновна уже не могла оставаться здесь в нумерах!

-- В коммуну, что ль, звали?

-- Вы всё смеетесь и очень неудачно, позвольте вам это заметить. Вы ничего не понимаете! В коммуне таких ролей нет. Коммуна и устраивается для того, чтобы таких ролей не было. В коммуне эта роль изменит всю теперешнюю свою сущность, и что здесь глупо, то там станет умно, что здесь, при теперешних обстоятельствах, неестественно, то там станет совершенно естественно. Всё зависит, в какой обстановке и в какой среде человек. Всё от среды, а сам человек есть ничто. А с Софьей Семеновной я в ладах и теперь, что может вам послужить доказательством, что никогда она не считала меня своим врагом и обидчиком. Да! Я соблазняю ее теперь в коммуну, но только совсем, совсем на других основаниях! Чего вам смешно? Мы хотим завести свою коммуну, особенную, но только на более широких основаниях, чем прежние. Мы пошли дальше в своих убеждениях. Мы больше отрицаем! Если бы встал из гроба Добролюбов, я бы с ним поспорил. А уж Белинского закатал бы! А покамест я продолжаю развивать Софью Семеновну. Это прекрасная, прекрасная натура!

-- Ну, а прекрасною-то натурой и пользуетесь, а? Хе-хе!

-- Нет, нет! О нет! Напротив!

-- Ну, уж и напротив! Хе-хе-хе! Эк сказал!

-- Да поверьте же! Да из-за каких причин я бы стал скрывать перед вами, скажите пожалуйста? Напротив, мне даже самому это странно: со мной она как-то усиленно, как-то боязливо целомудренна и стыдлива!

-- И вы, разумеется, развиваете... хе-хе! доказываете ей, что все эти стыдливости вздор?..

-- Совсем нет! Совсем нет! О, как вы грубо, как даже глупо -- простите меня -- понимаете слово: развитие! Н-ничего-то вы не понимаете! О боже, как вы еще... не готовы! Мы ищем свободы женщины, а у вас одно на уме... Обходя совершенно вопрос о целомудрии и о женской стыдливости, как о вещах самих по себе бесполезных и даже предрассудочных, я вполне, вполне допускаю ее целомудренность со мною, потому что в этом -- вся ее воля, всё ее право. Разумеется, если б она мне сама сказала: "Я хочу тебя иметь", то я бы почел себя в большой удаче, потому что девушка мне очень нравится; но теперь, теперь по крайней мере, уж конечно, никто и никогда не обращался с ней более вежливо и учтиво, чем я, более с уважением к ее достоинству... я жду и надеюсь -- и только!

-- А вы подарите-ка ей лучше что-нибудь. Бьюсь об заклад, что об этом-то вот вы и не подумали.

-- Н-ничего-то вы не понимаете, я вам сказал! Оно конечно, таково ее положение, но тут другой вопрос! совсем другой! Вы просто ее презираете.

Видя факт, который по ошибке считаете достойным презрения, вы уже отказываете человеческому существу в гуманном на него взгляде. Вы еще не знаете, какая это натура! Мне только очень досадно, что она в последнее время как-то совсем перестала читать и уже не берет у меня больше книг. А прежде брала. Жаль тоже, что при всей своей энергии и решимости протестовать, -- которую она уже раз доказала, -- у ней всё еще как будто мало самостоятельности, так сказать, независимости, мало отрицания, чтобы совершенно оторваться от иных предрассудков и... глупостей. Несмотря на то, она отлично понимает иные вопросы. Она великолепно, например, поняла вопрос о целовании рук, то есть что мужчина оскорбляет женщину неравенством, если целует у ней руку. Этот вопрос был у нас дебатирован, и я тотчас же ей передал. Об ассоциациях рабочих во Франции она тоже слушала внимательно. Теперь я толкую ей вопрос свободного входа в комнаты в будущем обществе.

-- Это еще что такое?

-- Дебатирован был в последнее время вопрос: имеет ли право член коммуны входить к другому члену в комнату, к мужчине или женщине, во всякое время... ну и решено, что имеет...

-- Ну а как тот или та заняты в ту минуту необходимыми потребностями, хе-хе!

Андрей Семенович даже рассердился.

-- А вы всё об этом, об этих проклятых "потребностях"! -- вскричал он с ненавистью, -- тьфу, как я злюсь и досадую, что, излагая систему, упомянул вам тогда преждевременно об этих проклятых потребностях! Черт возьми! Это камень преткновения для всех вам подобных, а пуще всего -- поднимают на зубок, прежде чем узнают, в чем дело! И точно ведь правы! Точно ведь гордятся чем-то! Тьфу! Я несколько раз утверждал, что весь этот вопрос возможно излагать новичкам не иначе как в самом конце, когда уж он убежден в системе, когда уже развит и направлен человек. Да и что, скажите пожалуйста, что вы находите такого постыдного и презренного хоть бы в помойных ямах? Я первый, я, готов вычистить какие хотите помойные ямы! Тут даже нет никакого самопожертвования! Тут просто работа, благородная, полезная обществу деятельность, которая стоит всякой другой, и уже гораздо выше, например, деятельности какого-нибудь Рафаэля или Пушкина, потому что полезнее!

-- И благороднее, благороднее, -- хе-хе-хе!

-- Что такое "благороднее"? Я не понимаю таких выражений в смысле определения человеческой деятельности. "Благороднее", "великодушнее" -- всё это вздор, нелепости, старые предрассудочные слова, которые я отрицаю! Всё, что полезно человечеству, то и благородно!

Я понимаю только одно слово: полезное! Хихикайте как вам угодно, а это так!

Петр Петрович очень смеялся. Он уже кончил считать и припрятал деньги. Впрочем, часть их зачем-то всё еще оставалась на столе. Этот "вопрос о помойных ямах" служил уже несколько раз, несмотря на всю свою пошлость, поводом к разрыву и несогласию между Петром Петровичем и молодым его другом. Вся глупость состояла в том, что Андрей Семенович действительно сердился. Лужин же отводил на этом душу, а в настоящую минуту ему особенно хотелось позлить Лебезятникова.

-- Это вы от вчерашней вашей неудачи так злы и привязываетесь, -- прорвался наконец Лебезятников, который, вообще говоря, несмотря на всю свою "независимость" и на все "протесты", как-то не смел оппонировать Петру Петровичу и вообще всё еще наблюдал перед ним какую-то привычную, с прежних лет, почтительность.

-- А вы лучше вот что скажите-ка, -- высокомерно и с досадой прервал Петр Петрович, -- вы можете ли-с... или лучше сказать: действительно ли и на столько ли вы коротки с вышеупомянутою молодою особой, чтобы попросить ее теперь же, на минуту, сюда, в эту комнату? Кажется, они все уж там воротились, с кладбища-то... Я слышу, поднялась ходьба... Мне бы надо ее повидать-с, особу-то-с.

-- Да вам зачем? -- с удивлением спросил Лебезятников.

-- А так-с, надо-с. Сегодня-завтра я отсюда съеду, а потому желал бы ей сообщить... Впрочем, будьте, пожалуй, и здесь, во время объяснения. Тем даже лучше. А то вы, пожалуй, и бог знает что подумаете.

-- Я ровно ничего не подумаю... Я только так спросил, и если у вас есть дело, то нет ничего легче, как ее вызвать. Сейчас схожу. А сам, будьте уверены, вам мешать не стану.

Действительно, минут через пять Лебезятников возвратился с Сонечкой. Та вошла в чрезвычайном удивлении и, по обыкновению своему, робея. Она всегда робела в подобных случаях и очень боялась новых лиц и новых знакомств, боялась и прежде, еще с детства, а теперь тем более... Петр Петрович встретил ее "ласково и вежливо", впрочем, с некоторым оттенком какой-то веселой фамильярности, приличной, впрочем, по мнению Петра Петровича, такому почтенному и солидному человеку, как он, в отношении такого юного и в некотором смысле интересного существа. Он поспешил ее "ободрить" и посадил за стол напротив себя. Соня села, посмотрела кругом -- на Лебезятникова, на деньги, лежавшие на столе, и потом вдруг опять на Петра Петровича, и уже не отрывала более от него глаз, точно приковалась к нему. Лебезятников направился было к двери. Петр Петрович встал, знаком пригласил Соню сидеть и остановил Лебезятникова в дверях.

-- Этот Раскольников там? Пришел он? -- спросил он его шепотом.

-- Раскольников? Там. А что? Да, там... Сейчас только вошел, я видел... А что?

-- Ну, так я вас особенно попрошу остаться здесь, с нами, и не оставлять меня наедине с этой... девицей. Дело пустяшное, а выведут бог знает что. Я не хочу, чтобы Раскольников там передал... Понимаете, про что я говорю?

-- А, понимаю, понимаю! -- вдруг догадался Лебезятников. -- Да, вы имеете право... Оно, конечно, по моему личному убеждению, вы далеко хватаете в ваших опасениях, но... вы все-таки имеете право. Извольте, я остаюсь. Я стану здесь у окна и не буду вам мешать... По-моему, вы имеете право...

Петр Петрович воротился на диван, уселся напротив Сони, внимательно посмотрел на нее и вдруг принял чрезвычайно солидный, даже несколько строгий вид: "Дескать, ты-то сама чего не подумай, сударыня". Соня смутилась окончательно.

-- Во-первых, вы, пожалуйста, извините меня, Софья Семеновна, перед многоуважаемой вашей мамашей... Так ведь, кажется? Заместо матери приходится вам Катерина-то Ивановна? -- начал Петр Петрович весьма солидно, но, впрочем, довольно ласково. Видно было, что он имеет самые дружественные намерения.

-- Так точно-с, так-с; заместо матери-с, -- торопливо и пугливо ответила Соня.

-- Ну-с, так вот и извините меня перед нею, что я, по обстоятельствам независящим, принужден манкировать и не буду у вас на блинах... то есть на поминках, несмотря на милый зов вашей мамаши.

-- Так-с; скажу-с; сейчас-с, -- и Сонечка торопливо вскочила со стула.

-- Еще не всё-с, -- остановил ее Петр Петрович, улыбнувшись на ее простоватость и незнание приличий, -- и мало вы меня знаете, любезнейшая Софья Семеновна, если подумали, что из-за этой маловажной, касающейся одного меня причины я бы стал беспокоить лично и призывать к себе такую особу, как вы. Цель у меня другая-с.

Соня торопливо села. Серые и радужные кредитки, не убранные со стола, опять замелькали в ее глазах, но она быстро отвела от них лицо и подняла его на Петра Петровича: ей вдруг показалось ужасно неприличным, особенно ей, глядеть на чужие деньги. Она уставилась было взглядом на золотой лорнет Петра Петровича, который он придерживал в левой руке, а вместе с тем и на большой, массивный, чрезвычайно красивый перстень с желтым камнем, который был на среднем пальце этой руки, -- но вдруг и от него отвела глаза и, не зная уж куда деваться, кончила тем, что уставилась опять прямо в глаза Петру Петровичу. Помолчав еще солиднее, чем прежде, тот продолжал:

-- Случилось мне вчера, мимоходом, перекинуть слова два с несчастною Катериной Ивановной. Двух слов достаточно было узнать, что она находится в состоянии -- противоестественном, если только можно так выразиться...

-- Да-с... в противоестественном-с, -- торопясь поддакивала Соня.

-- Или проще и понятнее сказать -- в больном.

-- Да-с, проще и понят... да-с, больна-с.

-- Так-с. Так вот, по чувству гуманности и-и-и, так сказать, сострадания, я бы желал быть, с своей стороны, чем-нибудь полезным, предвидя неизбежно несчастную участь ее. Кажется, и всё беднейшее семейство это от вас одной теперь только и зависит.

-- Позвольте спросить, -- вдруг встала Соня, -- вы ей что изволили говорить вчера о возможности пенсиона? Потому она еще вчера говорила мне, что вы взялись ей пенсион выхлопотать. Правда это-с?

-- Отнюдь нет-с, и даже в некотором смысле нелепость. Я только намекнул о временном вспоможении вдове умершего на службе чиновника, -- если только будет протекция, -- но, кажется, ваш покойный родитель не только не выслужил срока, но даже и не служил совсем в последнее время. Одним словом, надежда хоть и могла бы быть, но весьма эфемерная, потому никаких, в сущности, прав на вспоможение, в сем случае, не существует, а даже напротив... А она уже и о пенсионе задумала, хе-хе-хе! Бойкая барыня!

-- Да-с, о пенсионе... Потому она легковерная и добрая, и от доброты всему верит, и... и... и... у ней такой ум... Да-с... извините-с, -- сказала Соня и опять встала уходить.

-- Позвольте, вы еще не дослушали-с.

-- Да-с, не дослушала-с, -- пробормотала Соня.

-- Так сядьте же-с.

Соня законфузилась ужасно и села опять, в третий раз.

-- Видя такое ее положение, с несчастными малолетными, желал бы, -- как я и сказал уже, -- чем-нибудь, по мере сил, быть полезным, то есть что называется по мере сил-с, не более. Можно бы, например, устроить в ее пользу подписку, или, так сказать, лотерею... или что-нибудь в этом роде -- как это и всегда в подобных случаях устраивается близкими или хотя бы и посторонними, но вообще желающими помочь людьми. Вот об этом-то я имел намерение вам сообщить. Оно бы можно-с.

-- Да-с, хорошо-с... Бог вам за это-с... -- лепетала Соня, пристально смотря на Петра Петровича.

-- Можно-с, но... это мы потом-с... то есть можно бы начать и сегодня.

Вечером увидимся, сговоримся и положим, так сказать, основание. Зайдите ко мне сюда часов этак в семь. Андрей Семенович, надеюсь, тоже будет участвовать с нами... Но... тут есть одно обстоятельство, о котором следует предварительно и тщательно упомянуть. Для сего-то я и обеспокоил вас, Софья Семеновна, моим зовом сюда. Именно-с, мое мнение, -- что деньги нельзя, да и опасно давать в руки самой Катерине Ивановне; доказательство же сему -- эти самые сегодняшние поминки. Не имея, так сказать, одной корки насущной пищи на завтрашний день и... ну, и обуви, и всего, покупается сегодня ямайский ром и даже, кажется, мадера и-и-и кофе. Я видел проходя. Завтра же опять всё на вас обрушится, до последнего куска хлеба; это уже нелепо-с. А потому и подписка, по моему личному взгляду, должна произойти так, чтобы несчастная вдова, так сказать, и не знала о деньгах, а знали бы, например, только вы. Так ли я говорю?

-- Я не знаю-с. Это только она сегодня-с так... это раз в жизни... ей уж очень хотелось помянуть, честь оказать, память... а она очень умная-с. А впрочем, как вам угодно-с, и я очень, очень, очень буду... они все будут вам... и вас бог-с... и сироты-с...

Соня не договорила и заплакала.

-- Так-с. Ну-с, так имейте в виду-с; а теперь благоволите принять, для интересов вашей родственницы, на первый случай, посильную сумму от меня лично. Весьма и весьма желаю, чтоб имя мое при сем не было упомянуто. Вот-с... имея, так сказать, сам заботы, более не в состоянии...

И Петр Петрович протянул Соне десятирублевый кредитный билет, тщательно развернув. Соня взяла, вспыхнула, вскочила, что-то пробормотала и поскорей стала откланиваться. Петр Петрович торжественно проводил ее до дверей. Она выскочила наконец из комнаты, вся взволнованная и измученная, и воротилась к Катерине Ивановне в чрезвычайном смущении.

Во всё время этой сцены Андрей Семенович то стоял у окна, то ходил по комнате, не желая прерывать разговора; когда же Соня ушла, он вдруг подошел к Петру Петровичу и торжественно протянул ему руку:

-- Я всё слышал и всё видел, -- сказал он, особенно упирая на последнее слово. -- Это благородно, то есть я хотел сказать, гуманно! Вы желали избегнуть благодарности, я видел! И хотя, признаюсь вам, я не могу сочувствовать, по принципу, частной благотворительности, потому что она не только не искореняет зла радикально, но даже питает его еще более, тем не менее не могу не признаться, что смотрел на ваш поступок с удовольствием, -- да, да, мне это нравится.

-- Э, всё это вздор! -- бормотал Петр Петрович, несколько в волнении и как-то приглядываясь к Лебезятникову.

-- Нет, не вздор! Человек, оскорбленный и раздосадованный, как вы, вчерашним случаем и в то же время способный думать о несчастии других, -- такой человек-с... хотя поступками своими он делает социальную ошибку, -- тем не менее... достоин уважения! Я даже не ожидал от вас, Петр Петрович, тем более что по вашим понятиям, о! как еще мешают вам ваши понятия! Как волнует, например, вас эта вчерашняя неудача, -- восклицал добренький Андрей Семенович, опять почувствовав усиленное расположение к Петру Петровичу, -- и к чему, к чему вам непременно этот брак, этот законный брак, благороднейший, любезнейший Петр Петрович? К чему вам непременно эта законность в браке? Ну, если хотите, так бейте меня, а я рад, рад, что он не удался, что вы свободны, что вы не совсем еще погибли для человечества, рад... Видите ли: я высказался!

-- К тому-с, что в вашем гражданском браке я не хочу рогов носить и чужих детей разводить, вот к чему-с мне законный брак надобен, -- чтобы что-нибудь ответить, сказал Лужин. Он был чем-то особенно занят и задумчив.

-- Детей? Вы коснулись детей? -- вздрогнул Андрей Семенович, как боевой конь, заслышавший военную трубу, -- дети -- вопрос социальный и вопрос первой важности, я согласен; но вопрос о детях разрешится иначе. Некоторые даже совершенно отрицают детей, как всякий намек на семью. Мы поговорим о детях после, а теперь займемся рогами! Признаюсь вам, это мой слабый пункт. Это скверное, гусарское, пушкинское выражение даже немыслимо в будущем лексиконе. Да и что такое рога? О, какое заблуждение! Какие рога? Зачем рога? Какой вздор! Напротив, в гражданском-то браке их и не будет! Рога -- это только естественное следствие всякого законного брака, так сказать, поправка его, протест, так что в этом смысле они даже нисколько не унизительны... И если я когда-нибудь, -- предположив нелепость, -- буду в законном браке, то я даже рад буду вашим растреклятым рогам; я тогда скажу жене моей: "Друг мой, до сих пор я только любил тебя, теперь же я тебя уважаю, потому что ты сумела протестовать!" Вы смеетесь? Это потому, что вы не в силах оторваться от предрассудков! Черт возьми, я ведь понимаю, в чем именно неприятность, когда надуют в законном; но ведь это только подлое следствие подлого факта, где унижены и тот и другой. Когда же рога ставятся открыто, как в гражданском браке, тогда уже их не существует, они немыслимы и теряют даже название рогов. Напротив, жена ваша докажет вам только, как она же уважает вас, считая вас неспособным воспротивиться ее счастию и настолько развитым, чтобы не мстить ей за нового мужа. Черт возьми, я иногда мечтаю, что если бы меня выдали замуж, тьфу! если б я женился (по гражданскому ли, по законному ли, всё равно), я бы, кажется, сам привел к жене любовника, если б она долго его не заводила. "Друг мой, -- сказал бы я ей, -- я тебя люблю, но еще сверх того желаю, чтобы ты меня уважала, -- вот!" Так ли, так ли я говорю?..

Петр Петрович хихикал слушая, но без особого увлечения. Он даже мало и слушал. Он действительно что-то обдумывал другое, и даже Лебезятников наконец это заметил. Петр Петрович был даже в волнении, потирал руки, задумывался. Всё это Андрей Семенович после сообразил и припомнил...

II

Трудно было бы в точности обозначить причины, вследствие которых в расстроенной голове Катерины Ивановны зародилась идея этих бестолковых поминок. Действительно, на них ухлопаны были чуть ли не десять рублей из двадцати с лишком, полученных от Раскольникова собственно на похороны Мармеладова. Может быть, Катерина Ивановна считала себя обязанною перед покойником почтить его память "как следует", чтобы знали все жильцы и Амалия Ивановна в особенности, что он был "не только их совсем не хуже, а, может быть, еще и гораздо получше-с" и что никто из них не имеет права перед ним "свой нос задирать". Может быть, тут всего более имела влияния та особенная гордость бедных, вследствие которой, при некоторых общественных обрядах, обязательных в нашем быту для всех и каждого, многие бедняки таращатся из последних сил и тратят последние сбереженные копейки, чтобы только быть "не хуже других" и чтобы "не осудили" их как-нибудь те другие. Весьма вероятно и то, что Катерине Ивановне захотелось, именно при этом случае, именно в ту минуту, когда она, казалось бы, всеми на свете оставлена, показать всем этим "ничтожным и скверным жильцам", что она не только "умеет жить и умеет принять", но что совсем даже не для такой доли и была воспитана, а воспитана была в "благородном, можно даже сказать, в аристократическом полковничьем доме", и уж вовсе не для того готовилась, чтобы самой мести пол и мыть по ночам детские тряпки. Эти пароксизмы гордости и тщеславия посещают иногда самых бедных и забитых людей и, по временам, обращаются у них в раздражительную, неудержимую потребность. А Катерина Ивановна была сверх того и не из забитых: ее можно было совсем убить обстоятельствами, но забить ее нравственно, то ость запугать и подчинить себе ее волю, нельзя было. Сверх того Сонечка весьма основательно про нее говорила, что у ней ум мешается. Положительно и окончательно этого еще, правда, нельзя было сказать, но действительно в последнее время, во весь последний год, ее бедная голова слишком измучилась, чтобы хоть отчасти не повредиться. Сильное развитие чахотки, как говорят медики, тоже способствует помешательству умственных способностей.

Вин во множественном числе и многоразличных сортов не было, мадеры тоже: это было преувеличено, но вино было. Были водка, ром и лиссабонское, всё сквернейшего качества, но всего в достаточном количестве. Из яств, кроме кутьи, было три-четыре блюда (между прочим, и блины), всё с кухни Амалии Ивановны, да сверх того ставились разом два самовара для предполагавшихся после обеда чаю и пуншу. Закупками распорядилась сама Катерина Ивановна, с помощию одного жильца, какого-то жалкого полячка, бог знает для чего проживавшего у госпожи Липпевехзель, который тотчас же прикомандировался на посылки к Катерине Ивановне и бегал весь вчерашний день и всё это утро сломя голову и высунув язык, кажется особенно стараясь, чтобы заметно было это последнее обстоятельство. За каждыми пустяками он поминутно прибегал к самой Катерине Ивановне, бегал даже отыскивать ее в Гостиный двор, называл ее беспрестанно: "пани хорунжина", и надоел ей наконец как редька, хотя сначала она и говорила, что без этого "услужливого и великодушного" человека она бы совсем пропала. В свойстве характера Катерины Ивановны было поскорее нарядить первого встречного и поперечного в самые лучшие и яркие краски, захвалить его так, что иному становилось даже совестно, придумать в его хвалу разные обстоятельства, которые совсем и не существовали, совершенно искренно и чистосердечно поверить самой в их действительность и потом вдруг, разом, разочароваться, оборвать, оплевать и выгнать в толчки человека, которому она, только еще несколько часов назад, буквально поклонялась. От природы была она характера смешливого, веселого и миролюбивого, но от беспрерывных несчастий и неудач она до того яростно стала желать и требовать, чтобы все жили в мире и радости и не смели жить иначе, что самый легкий диссонанс в жизни, самая малейшая неудача стали приводить ее тотчас же чуть не в исступление, и она в один миг, после самых ярких надежд и фантазий, начинала клясть судьбу, рвать и метать всё, что ни попадало под руку, и колотиться головой об стену. Амалия Ивановна тоже вдруг приобрела почему-то необыкновенное значение и необыкновенное уважение от Катерины Ивановны, единственно потому, может быть, что затеялись эти поминки и что Амалия Ивановна всем сердцем решилась участвовать во всех хлопотах: она взялась накрыть стол, доставить белье, посуду и проч. и приготовить на своей кухне кушанье. Ее уполномочила во всем и оставила по себе Катерина Ивановна, сама отправляясь на кладбище. Действительно, всё было приготовлено на славу: стол был накрыт даже довольно чисто, посуда, вилки, ножи, рюмки, стаканы, чашки -- всё это, конечно, было сборное, разнофасонное и разнокалиберное, от разных жильцов, но всё было к известному часу на своем месте, и Амалия Ивановна, чувствуя, что отлично исполнила дело, встретила возвратившихся даже с некоторою гордостию, вся разодетая, в чепце с новыми траурными лентами и в черном платье. Эта гордость, хотя и заслуженная, не понравилась почему-то Катерине Ивановне: "в самом деле, точно без Амалии Ивановны и стола бы не сумели накрыть!" Не понравился ей тоже и чепец с новыми лентами: "уж не гордится ли, чего доброго, эта глупая немка тем, что она хозяйка и из милости согласилась помочь бедным жильцам? Из милости! Прошу покорно! У папеньки Катерины Ивановны, который был полковник и чуть-чуть не губернатор, стол накрывался иной раз на сорок персон, так что какую-нибудь Амалию Ивановну, или лучше сказать Людвиговну, туда и на кухню бы не пустили..." Впрочем, Катерина Ивановна положила до времени не высказывать своих чувств, хотя и решила в своем сердце, что Амалию Ивановну непременно надо будет сегодня же осадить и напомнить ей ее настоящее место, а то она бог знает что об себе замечтает, покамест же обошлась с ней только холодно. Другая неприятность тоже отчасти способствовала раздражению Катерины Ивановны: на похоронах из жильцов, званых на похороны, кроме полячка, который успел-таки забежать и на кладбище, никто почти не был; к поминкам же, то есть к закуске, явились из них всё самые незначительные и бедные, многие из них не в своем даже виде, так, дрянь какая-то. Которые же из них постарше и посолиднее, те все, как нарочно, будто сговорившись, манкировали. Петр Петрович Лужин, например, самый, можно сказать, солиднейший из всех жильцов, не явился, а между тем еще вчера же вечером Катерина Ивановна уже успела наговорить всем на свете, то есть Амалии Ивановне, Полечке, Соне и полячку, что это благороднейший, великодушнейший человек, с огромнейшими связями и с состоянием, бывший друг ее первого мужа, принятый в доме ее отца и который обещал употребить все средства, чтобы выхлопотать ей значительный пенсион. Заметим здесь, что если Катерина Ивановна и хвалилась чьими-нибудь связями и состоянием, то это без всякого интереса, безо всякого личного расчета, совершенно бескорыстно, так сказать, от полноты сердца, из одного только удовольствия восхвалить и придать еще более цены хвалимому. За Лужиным, и, вероятно, "беря с него пример", не явился и "этот скверный мерзавец Лебезятников". "Уж этот-то что об себе думает? Его только из милости пригласили, и то потому, что он с Петром Петровичем в одной комнате стоит и знакомый его, так неловко было не пригласить". Не явилась тоже и одна тонная дама с своею "перезрелою девой", дочерью, которые хотя и проживали всего только недели с две в нумерах у Амалии Ивановны, но несколько уже раз жаловались на шум и крик, подымавшийся из комнаты Мармеладовых, особенно когда покойник возвращался пьяный домой, о чем, конечно, стало уже известно Катерине Ивановне через Амалию же Ивановну, когда та, бранясь с Катериной Ивановной и грозясь прогнать всю семью, кричала во всё горло, что они беспокоят "благородных жильцов, которых ноги не стоят". Катерина Ивановна нарочно положила теперь пригласить эту даму и ее дочь, которых "ноги она будто бы не стоила", тем более что до сих пор, при случайных встречах, та высокомерно отвертывалась, -- так вот чтобы знала же она, что здесь "благороднее мыслят и чувствуют, и приглашают, не помня зла", и чтобы видели они, что Катерина Ивановна и не в такой доле привыкла жить. Об этом непременно предполагалось им объяснить за столом, равно как и о губернаторстве покойного папеньки, а вместе с тем косвенно заметить, что нечего было при встречах отворачиваться и что это было чрезвычайно глупо. Не пришел тоже и толстый подполковник (в сущности, отставной штабс-капитан), но оказалось, что он "без задних ног" еще со вчерашнего утра. Одним словом, явились только: полячок, потом один плюгавенький канцелярист без речей, в засаленном фраке, в угрях и с противным запахом; потом еще один глухой и почти совсем слепой старичок, когда-то служивший в каком-то почтамте и которого кто-то, с незапамятных времен и неизвестно для чего, содержал у Амалии Ивановны. Явился тоже один пьяный отставной поручик, в сущности провиантский чиновник, с самым неприличным и громким хохотом и, "представьте себе", без жилета! Один какой-то сел прямо за стол, даже не поклонившись Катерине Ивановне, и, наконец, одна личность, за неимением платья, явилась было в халате, но уж это было до такой степени неприлично, что стараниями Амалии Ивановны и полячка успели-таки его вывести. Полячок, впрочем, привел с собою еще каких-то двух других полячков, которые вовсе никогда и не жили у Амалии Ивановны и которых никто до сих пор в нумерах не видал. Всё это чрезвычайно неприятно раздражило Катерину Ивановну. "Для кого же после этого делались все приготовления?" Даже детей, чтобы выгадать место, посадили не за стол, и без того занявший всю комнату, а накрыли им в заднем углу на сундуке, причем обеих маленьких усадили на скамейку, а Полечка, как большая, должна была за ними присматривать, кормить их и утирать им, "как благородным детям", носики. Одним словом, Катерина Ивановна поневоле должна была встретить всех с удвоенною важностью и даже с высокомерием. Особенно строго оглядела она некоторых и свысока пригласила сесть за стол. Считая почему-то, что за всех неявившихся должна быть в ответе Амалия Ивановна, она вдруг стала обращаться с ней до крайности небрежно, что та немедленно заметила и до крайности была этим пикирована. Такое начало не предвещало хорошего конца. Наконец уселись.

Раскольников вошел почти в ту самую минуту, как воротились с кладбища. Катерина Ивановна ужасно обрадовалась ему, во-первых, потому, что он был единственный "образованный гость" из всех гостей и, "как известно, через два года готовился занять в здешнем университете профессорскую кафедру", а во-вторых, потому, что он немедленно и почтительно извинился перед нею, что, несмотря на всё желание, не мог быть на похоронах. Она так на него и накинулась, посадила его за столом подле себя по левую руку (по правую села Амалия Ивановна) и, несмотря на беспрерывную суету и хлопоты о том, чтобы правильно разносилось кушанье и всем доставалось, несмотря на мучительный кашель, который поминутно прерывал и душил ее и, кажется, особенно укоренился в эти последние два дня, беспрерывно обращалась к Раскольникову и полушепотом спешила излить перед ним все накопившиеся в ней чувства и всё справедливое негодование свое на неудавшиеся поминки; причем негодование сменялось часто самым веселым, самым неудержимым смехом над собравшимися гостями, но преимущественно над самою хозяйкой.

-- Во всем эта кукушка виновата. Вы понимаете, о ком я говорю: об ней, об ней! -- и Катерина Ивановна закивала ему на хозяйку. -- Смотрите на нее: вытаращила глаза, чувствует, что мы о ней говорим, да не может понять, и глаза вылупила. Фу, сова! ха-ха-ха!.. Кхи-кхи-кхи! И что это она хочет показать своим чепчиком! кхи-кхи-кхи! Заметили вы, ей всё хочется, чтобы все считали, что она покровительствует и мне честь делает, что присутствует. Я просила ее, как порядочную, пригласить народ получше и именно знакомых покойного, а смотрите, кого она привела: шуты какие-то! чумички! Посмотрите на этого с нечистым лицом: это какая-то сопля на двух ногах! А эти полячишки... ха-ха-ха! Кхи-кхи-кхи! Никто, никто их никогда здесь не видывал, и я никогда не видала; ну зачем они пришли, я вас спрошу? Сидят чинно рядышком. Пане, гей! -- закричала она вдруг одному из них, -- взяли вы блинов? Возьмите еще! Пива выпейте, пива! Водки не хотите ли? Смотрите: вскочил, раскланивается, смотрите, смотрите: должно быть, совсем голодные, бедные! Ничего, пусть поедят. Не шумят, по крайней мере, только... только, право, я боюсь за хозяйские серебряные ложки!.. Амалия Ивановна! -- обратилась она вдруг к ней, почти вслух, -- если на случай покрадут ваши ложки, то я вам за них не отвечаю, предупреждаю заранее! Ха-ха-ха! -- залилась она, обращаясь опять к Раскольникову, опять кивая ему на хозяйку и радуясь своей выходке. -- Не поняла, опять не поняла! Сидит разиня рот, смотрите: сова, настоящая, сычиха в новых лентах, ха-ха-ха!

Тут смех опять превратился в нестерпимый кашель, продолжавшийся пять минут. На платке осталось несколько крови, на лбу выступили капли пота. Она молча показала кровь Раскольникову и, едва отдыхнувшись, тотчас же зашептала ему опять с чрезвычайным одушевлением и с красными пятнами на щеках:

-- Посмотрите, я дала ей самое тонкое, можно сказать, поручение пригласить эту даму и ее дочь, понимаете, о ком я говорю? Тут надобно вести себя самым деликатнейшим манером, действовать самым искусным образом, а она сделала так, что эта приезжая дура, эта заносчивая тварь, эта ничтожная провинциалка, потому только, что она какая-то там вдова майора и приехала хлопотать о пенсии и обивать подол по присутственным местам, что она в пятьдесят пять лет сурмится, белится и румянится (это известно)... и такая-то тварь не только не заблагорассудила явиться, но даже не прислала извиниться, коли не могла прийти, как в таких случаях самая обыкновенная вежливость требует! Понять не могу, почему не пришел тоже Петр Петрович? Но где же Соня? Куда ушла? А, вот и она наконец! Что,

Соня, где была? Странно, что ты даже на похоронах отца так неаккуратна. Родион Романович, пустите ее подле себя. Вот твое место, Сонечка... чего хочешь бери. Заливного возьми, это лучше. Сейчас блины принесут. А детям дали? Полечка, всё ли у вас там есть? Кхи-кхи-кхи! Ну, хорошо. Будь умница, Леня, а ты, Коля, не болтай ножками; сиди, как благородный ребенок должен сидеть. Что ты говоришь, Сонечка?

Соня поспешила тотчас же передать ей извинение Петра Петровича, стараясь говорить вслух, чтобы все могли слышать, и употребляя самые отборно почтительные выражения, нарочно даже подсочиненные от лица Петра Петровича и разукрашенные ею. Она прибавила, что Петр Петрович велел особенно передать, что он, как только ему будет возможно, немедленно прибудет, чтобы поговорить о делах наедине и условиться о том, что можно сделать и предпринять в дальнейшем, и проч., и проч.

Соня знала, что это умирит и успокоит Катерину Ивановну, польстит ей, а главное -- гордость ее будет удовлетворена. Она села подле Раскольникова, которому наскоро поклонилась, и мельком, любопытно на него поглядела. Впрочем, во всё остальное время как-то избегала и смотреть на него, и говорить с ним. Она была как будто даже рассеянна, хотя так и смотрела в лицо Катерине Ивановне, чтоб угодить ей. Ни она, ни Катерина Ивановна не были в трауре, за неимением платьев; на Соне было какое-то коричневое, потемнее, а на Катерине Ивановне единственное ее платье, ситцевое, темненькое с полосками. Известие о Петре Петровиче прошло как по маслу. Выслушав важно Соню, Катерина Ивановна с той же важностию осведомилась: как здоровье Петра Петровича? Затем, немедленно и чуть не вслух, прошептала Раскольникову, что действительно странно было бы уважаемому и солидному человеку, как Петр Петрович, попасть в такую "необыкновенную компанию", несмотря даже на всю его преданность ее семейству и на старую дружбу его с ее папенькой.

-- Вот почему я особенно вам благодарна, Родион Романыч, что вы не погнушались моим хлебом-солью, даже и при такой обстановке, -- прибавила она почти вслух, -- впрочем, уверена, что только особенная дружба ваша к моему бедному покойнику побудила вас сдержать ваше слово.

Затем она еще раз гордо и с достоинством осмотрела своих гостей и вдруг с особенною заботливостью осведомилась громко и через стол у глухого старичка: "Не хочет ли он еще жаркого и давали ли ему лиссабонского?" Старичок не ответил и долго не мог понять, о чем его спрашивают, хотя соседи для смеху даже стали его расталкивать. Он только озирался кругом разиня рот, чем еще больше поджег общую веселость.

-- Вот какой олух! Смотрите, смотрите! И на что его привели? Что же касается до Петра Петровича, то я всегда была в нем уверена, -- продолжала Катерина Ивановна Раскольникову, -- и уж, конечно, он не похож... -- резко и громко и с чрезвычайно строгим видом обратилась она к Амалии Ивановне, отчего та даже оробела, -- не похож на тех ваших расфуфыренных шлепохвостниц, которых у папеньки в кухарки на кухню не взяли бы, а покойник муж, уж конечно, им бы честь сделал, принимая их, и то разве только по неистощимой своей доброте.

-- Да-с, любил-с выпить; это любили-с, пивали-с! -- крикнул вдруг отставной провиантский, осушая двенадцатую рюмку водки.

-- Покойник муж, действительно, имел эту слабость, и это всем известно, -- так и вцепилась вдруг в него Катерина Ивановна, -- но это был человек добрый и благородный, любивший и уважавший семью свою; одно худо, что по доброте своей слишком доверялся всяким развратным людям и уж бог знает с кем он не пил, с теми, которые даже подошвы его не стоили! Вообразите, Родион Романович, в кармане у него пряничного петушка нашли: мертво-пьяный идет, а про детей помнит.

-- Пе-туш-ка? Вы изволили сказать: пе-туш-ка? -- крикнул провиантский господин.

Катерина Ивановна не удостоила его ответом. Она о чем-то задумалась и вздохнула.

-- Вот вы, наверно, думаете, как и все, что я с ним слишком строга была, -- продолжала она, обращаясь к Раскольникову. -- А ведь это не так! Он меня уважал, он меня очень, очень уважал! Доброй души был человек! И так его жалко становилось иной раз! Сидит, бывало, смотрит на меня из угла, так жалко станет его, хотелось бы приласкать, а потом и думаешь про себя: "приласкаешь, а он опять напьется", только строгостию сколько-нибудь и удержать можно было.

-- Да-с, бывало-с дранье вихров-с, бывало-с неоднократно-с, -- проревел опять провиантский и влил в себя еще рюмку водки.

-- Не только драньем вихров, но даже и помелом было бы полезно обойтись с иными дураками. Я не о покойнике теперь говорю! -- отрезала Катерина Ивановна провиантскому.

Красные пятна на щеках ее рдели всё сильнее и сильнее, грудь ее колыхалась. Еще минута, и она уже готова была начать историю. Многие хихикали, многим, видимо, было это приятно. Провиантского стали подталкивать и что-то шептать ему. Их, очевидно, хотели стравить.

-- А па-а-азвольте спросить, это вы насчет чего-с, -- начал провиантский, -- то есть на чей... благородный счет... вы изволили сейчас... А впрочем, не надо! Вздор! Вдова! Вдовица! Прощаю... Пас! -- и он стукнул опять водки.

Раскольников сидел и слушал молча и с отвращением. Ел же он, только разве из учтивости прикасаясь к кускам, которые поминутно накладывала на его тарелку Катерина Ивановна, и то только, чтоб ее не обидеть. Он пристально приглядывался к Соне. Но Соня становилась всё тревожнее и озабоченнее; она тоже предчувствовала, что поминки мирно не кончатся, и со страхом следила за возраставшим раздражением Катерины Ивановны. Ей, между прочим, было известно, что главною причиной, по которой обе приезжие дамы так презрительно обошлись с приглашением Катерины Ивановны, была она, Соня. Она слышала от самой Амалии Ивановны, что мать даже обиделась приглашением и предложила вопрос: "Каким образом она могла бы посадить рядом с этой девицей свою дочь?" Соня предчувствовала, что Катерине Ивановне как-нибудь уже это известно, а обида ей, Соне, значила для Катерины Ивановны более, чем обида ей лично, ее детям, ее папеньке, одним словом, была обидой смертельною, и Соня знала, что уж Катерина Ивановна теперь не успокоится, "пока не докажет этим шлепохвосткам, что они обе", и т. д., и т. д. Как нарочно, кто-то переслал с другого конца стола Соне тарелку, с вылепленными на ней, из черного хлеба, двумя сердцами, пронзенными стрелой. Катерина Ивановна вспыхнула и тотчас же громко заметила, через стол, что переславший, конечно, "пьяный осел". Амалия Ивановна, тоже предчувствовавшая что-то недоброе, а вместе с тем оскорбленная до глубины души высокомерием Катерины Ивановны, чтобы отвлечь неприятное настроение общества в другую сторону и, кстати, уж чтоб поднять себя в общем мнении, начала вдруг, ни с того ни с сего, рассказывать, что какой-то знакомый ее, "Карль из аптеки", ездил ночью на извозчике и что "извозчик хотель его убиваль и что Карль его ошень, ошень просиль, чтоб он его не убиваль, и плакаль, и руки сложиль, и испугаль, и от страх ему сердце пронзиль". Катерина Ивановна хоть и улыбнулась, но тотчас же заметила, что Амалии Ивановне не следует по-русски анекдоты рассказывать. Та еще больше обиделась и возразила, что ее "фатер аус Берлин буль ошень, ошень важны шеловек и всё руки по карман ходиль". Смешливая Катерина Ивановна не вытерпела и ужасно расхохоталась, так что Амалия Ивановна стала уже терять последнее терпение и едва крепилась.

-- Вот сычиха-то! -- зашептала тотчас же опять Катерина Ивановна Раскольникову, почти развеселившись, -- хотела сказать: носил руки в карманах, а вышло, что он по карманам лазил, кхи-кхи! И заметили ль вы, Родион Романович, раз навсегда, что все эти петербургские иностранцы, то есть, главное, немцы, которые к нам откудова-то приезжают, все глупее нас! Ну согласитесь, ну можно ли рассказывать о том, что "Карль из аптеки страхом сердце пронзиль" и что он (сопляк!), вместо того чтобы связать извозчика, "руки сложиль, и плакаль, и ошень просиль". Ах, дурында! И ведь думает, что это очень трогательно, и не подозревает, как она глупа! По-моему, этот пьяный провиантский гораздо ее умнее; по крайней мере уж видно, что забулдыга, последний ум пропил, а ведь эти все такие чинные, серьезные... Ишь сидит, глаза вылупила. Сердится! Сердится! Ха-ха-ха!

Кхи-кхи-кхи!

Развеселившись, Катерина Ивановна тотчас же увлеклась в разные подробности и вдруг заговорила о том, как при помощи выхлопотанной пенсии она непременно заведет в своем родном городе Т... пансион для благородных девиц. Об этом еще не было сообщено Раскольникову самою Катериной Ивановной, и она тотчас же увлеклась в самые соблазнительные подробности. Неизвестно каким образом вдруг очутился в ее руках тот самый "похвальный лист", о котором уведомлял Раскольникова еще покойник Мармеладов, объясняя ему в распивочной, что Катерина Ивановна, супруга его, при выпуске из института, танцевала с шалью "при губернаторе и при прочих лицах". Похвальный лист этот, очевидно, должен был теперь послужить свидетельством о праве Катерины Ивановны самой завести пансион; но главное, был припасен с тою целью, чтоб окончательно срезать "обеих расфуфыренных шлепохвостниц", на случай если б они пришли на поминки, и ясно доказать им, что Катерина Ивановна из самого благородного, "можно даже сказать, аристократического дома, полковничья дочь и уж наверно получше иных искательниц приключений, которых так много расплодилось в последнее время". Похвальный лист тотчас же пошел по рукам пьяных гостей, чему Катерина Ивановна не препятствовала, потому что в нем действительно было обозначено, en toutes lettres, [черным по белому - фр.] что она дочь надворного советника и кавалера, а следовательно, и в самом деле почти полковничья дочь. Воспламенившись, Катерина Ивановна немедленно распространилась о всех подробностях будущего прекрасного и спокойного житья-бытья в Т...; об учителях гимназии, которых она пригласит для уроков в свой пансион; об одном почтенном старичке, французе Манго, который учил по-французски еще самое Катерину Ивановну в институте и который еще и теперь доживает свой век в Т... и, наверно, пойдет к ней за самую сходную плату. Дошло, наконец, дело и до Сони, "которая отправится в Т... вместе с Катериной Ивановной и будет ей там во всем помогать". Но тут вдруг кто-то фыркнул в конце стола. Катерина Ивановна хоть и постаралась тотчас же сделать вид, что с пренебрежением не замечает возникшего в конце стола смеха, но тотчас же, нарочно возвысив голос, стала с одушевлением говорить о несомненных способностях Софьи Семеновны служить ей помощницей, "о ее кротости, терпении, самоотвержении, благородстве и образовании", причем потрепала Соню по щечке и, привстав, горячо два раза ее поцеловала. Соня вспыхнула, а Катерина Ивановна вдруг расплакалась, тут же заметив про самое себя, что "она слабонервная дура и что уж слишком расстроена, что пора кончать, и так как закуска уж кончена, то разносить бы чай". В эту самую минуту Амалия Ивановна, уже окончательно обиженная тем, что во всем разговоре она не принимала ни малейшего участия и что ее даже совсем не слушают, вдруг рискнула на последнюю попытку и, с потаенною тоскою, осмелилась сообщить Катерине

Ивановне одно чрезвычайно дельное и глубокомысленное замечание о том, что в будущем пансионе надо обращать особенное внимание на чистое белье девиц (ди веше) и что "непремен должен буль одна такая хороши дам (ди даме), чтоб карашо про белье смотрель", и второе, "чтоб все молоды девиц тихонько по ночам никакой роман не читаль". Катерина Ивановна, которая действительно была расстроена и очень устала и которой уже совсем надоели поминки, тотчас же "отрезала" Амалии Ивановне, что та "мелет вздор" и ничего не понимает; что заботы об ди веше дело кастелянши, а не директрисы благородного пансиона; а что касается до чтения романов, так уж это просто даже неприличности, и что она просит ее замолчать. Амалия Ивановна вспыхнула и, озлобившись, заметила, что она только "добра желаль" и что она "много ошень добра желаль", а что ей "за квартир давно уж гельд не платиль". Катерина Ивановна тотчас же "осадила" ее, сказав, что она лжет, говоря, что "добра желаль", потому что еще вчера, когда покойник еще на столе лежал, она ее за квартиру мучила. На это Амалия Ивановна весьма последовательно заметила, что она "тех дам приглашаль, но что те дам не пришоль, потому что те дам благородный дам и не могут пришоль к неблагородный дам". Катерина Ивановна тотчас же "подчеркнула" ей, что так как она чумичка, то и не может судить о том, что такое истинное благородство. Амалия Ивановна не снесла и тотчас же заявила, что ее "фатер аус Берлин буль ошень, ошень важны шеловек и обе рук по карман ходиль и всё делаль этак: пуф! пуф!", и, чтобы действительнее представить своего фатера, Амалия Ивановна привскочила со стула, засунула свои обе руки в карманы, надула щеки и стала издавать какие-то неопределенные звуки ртом, похожие на пуф-пуф, при громком хохоте всех жильцов, которые нарочно поощряли Амалию Ивановну своим одобрением, предчувствуя схватку. Но этого уже не могла вытерпеть Катерина Ивановна и немедленно, во всеуслышание, "отчеканила", что у Амалии Ивановны, может, никогда и фатера-то не было, а что просто Амалия Ивановна -- петербургская пьяная чухонка и, наверно, где-нибудь прежде в кухарках жила, а пожалуй, и того хуже. Амалия Ивановна покраснела как рак и завизжала, что это, может быть, у Катерины Ивановны "совсем фатер не буль; а что у ней буль фатер аус Берлин, и таки длинны сюртук носиль, и всё делаль: пуф, пуф, пуф!" Катерина Ивановна с презрением заметила, что ее происхождение всем известно и что в этом самом похвальном листе обозначено печатными буквами, что отец ее полковник; а что отец Амалии Ивановны (если только у ней был какой-нибудь отец), наверно, какой-нибудь петербургский чухонец, молоко продавал; а вернее всего, что и совсем отца не было, потому что еще до сих пор неизвестно, как зовут Амалию Ивановну по батюшке: Ивановна или Людвиговна? Тут Амалия Ивановна, рассвирепев окончательно и ударяя кулаком по столу, принялась визжать, что она Амаль-Иван, а не Людвиговна, что ее фатер "зваль Иоган и что он буль бурмейстер", а что фатер Катерины Ивановны "совсем никогда буль бурмейстер". Катерина

Ивановна встала со стула и строго, по-видимому спокойным голосом (хотя вся бледная и с глубоко подымавшеюся грудью), заметила ей, что если она хоть только один еще раз осмелится "сопоставить на одну доску своего дрянного фатеришку с ее папенькой, то она, Катерина Ивановна, сорвет с нее чепчик и растопчет его ногами". Услышав это, Амалия Ивановна забегала по комнате, крича изо всех сил, что она хозяйка и чтоб Катерина Ивановна "в сию минуту съезжаль с квартир"; затем бросилась для чего-то обирать со стола серебряные ложки. Поднялся гам и грохот; дети заплакали. Соня бросилась было удерживать Катерину Ивановну; но когда Амалия Ивановна вдруг закричала что-то про желтый билет, Катерина Ивановна отпихнула Соню и пустилась к Амалии Ивановне, чтобы немедленно привести свою угрозу, насчет чепчика, в исполнение. В эту минуту отворилась дверь, и на пороге комнаты вдруг показался Петр Петрович Лужин. Он стоял и строгим, внимательным взглядом оглядывал всю компанию. Катерина Ивановна бросилась к нему.

III

-- Петр Петрович! -- закричала она, -- защитите хоть вы! Внушите этой глупой твари, что не смеет она так обращаться с благородной дамой в несчастии, что на это есть суд... я к самому генерал-губернатору... Она ответит... Помня хлеб-соль моего отца, защитите сирот.

-- Позвольте, сударыня... Позвольте, позвольте, сударыня, -- отмахивался Петр Петрович, -- папеньки вашего, как и известно вам, я совсем не имел чести знать... позвольте, сударыня! (кто-то громко захохотал), а в ваших беспрерывных распрях с Амалией Ивановной я участвовать не намерен-с... Я по своей надобности... и желаю объясниться, немедленно, с падчерицей вашей, Софьей... Ивановной... Кажется, так-с? Позвольте пройти-с...

И Петр Петрович, обойдя бочком Катерину Ивановну, направился в противоположный угол, где находилась Соня.

Катерина Ивановна как стояла на месте, так и осталась, точно громом пораженная. Она понять не могла, как мог Петр Петрович отречься от хлеба-соли ее папеньки. Выдумав раз эту хлеб-соль, она уже ей свято сама верила. Поразил ее и деловой, сухой, полный даже какой-то презрительной угрозы тон Петра Петровича. Да и все как-то притихли мало-помалу при его появлении. Кроме того, что этот "деловой и серьезный" человек слишком уж резко не гармонировал со всею компанией, кроме того, видно было, что он за чем-то важным пришел, что, вероятно, какая-нибудь необыкновенная причина могла привлечь его в такую компанию и что, стало быть, сейчас что-то случится, что-то будет. Раскольников, стоявший подле Сони, посторонился пропустить его; Петр Петрович, казалось, совсем его не заметил. Через минуту на пороге показался и Лебезятников; в комнату он не вошел, но остановился тоже с каким-то особенным любопытством, почти с удивлением; прислушивался, но, казалось, долго чего-то понять не мог.

-- Извините, что я, может быть, прерываю, но дело довольно важное-с, -- заметил Петр Петрович как-то вообще и не обращаясь ни к кому в особенности, -- я даже и рад при публике. Амалия Ивановна, прошу вас покорнейше, в качестве хозяйки квартиры, обратить внимание на мой последующий разговор с Софьей Ивановной. Софья Ивановна, -- продолжал он, обращаясь прямо к чрезвычайно удивленной и уже заранее испуганной Соне, -- со стола моего, в комнате друга моего, Андрея Семеновича Лебезятникова, тотчас же вслед за посещением вашим, исчез принадлежавший мне государственный кредитный билет сторублевого достоинства. Если каким бы то ни было образом вы знаете и укажете нам, где он теперь находится, то, уверяю вас честным словом, и беру всех в свидетели, что дело тем только и кончится. В противном же случае принужден буду обратиться к мерам весьма серьезным, тогда... пеняйте уже на себя-с!

Совершенное молчание воцарилось в комнате. Даже плакавшие дети затихли. Соня стояла мертво-бледная, смотрела на Лужина и ничего не могла отвечать. Она как будто еще и не понимала. Прошло несколько секунд.

-- Ну-с, так как же-с? -- спросил Лужин, пристально смотря на нее.

-- Я не знаю... Я ничего не знаю... -- слабым голосом проговорила наконец Соня.

-- Нет? Не знаете? -- переспросил Лужин и еще несколько секунд помолчал. -- Подумайте, мадемуазель, -- начал он строго, но всё еще как будто увещевая, -- обсудите, я согласен вам дать еще время на размышление. Извольте видеть-с: если б я не был так уверен, то уж, разумеется, при моей опытности, не рискнул бы так прямо вас обвинить; ибо за подобное, прямое и гласное, но ложное или даже только ошибочное обвинение я, в некотором смысле, сам отвечаю. Я это знаю-с. Утром сегодня я разменял, для своих надобностей, несколько пятипроцентных билетов на сумму, номинально, в три тысячи рублей. Расчет у меня записан в бумажнике. Придя домой, я -- свидетель тому Андрей Семенович -- стал считать деньги и, сосчитав две тысячи триста рублей, спрятал их в бумажник, а бумажник в боковой карман сюртука. На столе оставалось около пятисот рублей, кредитными билетами, и между ними три билета, во сто рублей каждый. В эту минуту прибыли вы (по моему зову) -- и всё время у меня пребывали потом в чрезвычайном смущении, так что даже три раза, среди разговора, вставали и спешили почему-то уйти, хотя разговор наш еще не был окончен. Андрей Семенович может всё это засвидетельствовать. Вероятно, вы сами, мадемуазель, не откажетесь подтвердить и заявить, что призывал я вас, через Андрея Семеновича, единственно для того только, чтобы переговорить с вами о сиротском и беспомощном положении вашей родственницы, Катерины Ивановны (к которой я не мог прийти на поминки), и о том, как бы полезно было устроить в ее пользу что-нибудь вроде подписки, лотереи или подобного. Вы меня благодарили и даже прослезились (я рассказываю всё так, как было, чтобы, во-первых, напомнить вам, а во-вторых, показать вам, что из памяти моей не изгладилась ни малейшая черта). Затем я взял со стола десятирублевый кредитный билет и подал вам, от своего имени, для интересов вашей родственницы и в видах первого вспоможения. Всё это видел Андрей Семенович. Затем я вас проводил до дверей, -- всё в том же, с вашей стороны, смущении, -- после чего, оставшись наедине с Андреем Семеновичем и переговорив с ним минут около десяти, Андрей Семенович вышел, я же снова обратился к столу, с лежавшими на нем деньгами, с целью, сосчитав их, отложить, как и предполагал я прежде, особо. К удивлению моему, одного сторублевого билета, в числе прочих, не оказалось. Извольте же рассудить: заподозрить Андрея Семеновича я уж никак не могу-с; даже предположения стыжусь. Ошибиться в счете я тоже не мог, потому что, за минуту перед вашим приходом, окончив все счеты, я нашел итог верным. Согласитесь сами, что припоминая ваше смущение, торопливость уйти и то, что вы держали руки, некоторое время, на столе; взяв, наконец, в соображение общественное положение ваше и сопряженные с ним привычки, я, так сказать, с ужасом, и даже против воли моей, принужден был остановиться на подозрении, -- конечно, жестоком, но -- справедливом-с! Прибавлю еще и повторю, что, несмотря на всю мою очевидную уверенность, понимаю, что все-таки, в теперешнем обвинении моем, присутствует некоторый для меня риск. Но, как видите, я не оставил втуне; я восстал и скажу вам отчего: единственно, сударыня, единственно по причине чернейшей неблагодарности вашей! Как? Я же вас приглашаю в интересах беднейшей родственницы вашей, я же предоставляю вам посильное подаяние мое в десять рублей, и вы же, тут же, сейчас же платите мне за всё это подобным поступком! Нет-с, это уж нехорошо-с! Необходим урок-с. Рассудите же; мало того, как истинный друг ваш, прошу вас (ибо лучше друга не может быть у вас в эту минуту), опомнитесь! Иначе, буду неумолим! Ну-с, итак?

-- Я ничего не брала у вас, -- прошептала в ужасе Соня, -- вы дали мне десять рублей, вот возьмите их. -- Соня вынула из кармана платок, отыскала узелок, развязала его, вынула десятирублевую бумажку и протянула руку Лужину.

-- А в остальных ста рублях вы так и не признаетесь? -- укоризненно и настойчиво произнес он, не принимая билета.

Соня осмотрелась кругом. Все глядели на нее с такими ужасными, строгими, насмешливыми, ненавистными лицами. Она взглянула на Раскольникова... тот стоял у стены, сложив накрест руки, и огненным взглядом смотрел на нее.

-- О господи! -- вырвалось у Сони.

-- Амалия Ивановна, надо будет дать знать в полицию, а потому покорнейше прошу вас, пошлите покамест за дворником, -- тихо и даже ласково проговорил Лужин.

-- Гот дер бармгерциге! Я так и зналь, что она вороваль! -- всплеснула руками Амалия Ивановна.

-- Вы так и знали? -- подхватил Лужин, -- стало быть, уже и прежде имели хотя бы некоторые основания так заключать. Прошу вас, почтеннейшая Амалия Ивановна, запомнить слова ваши, произнесенные, впрочем, при свидетелях.

Со всех сторон поднялся вдруг громкий говор. Все зашевелились.

-- Ка-а-к! -- вскрикнула вдруг, опомнившись, Катерина Ивановна и -- точно сорвалась -- бросилась к Лужину, -- как! Вы ее в покраже обвиняете? Это Соню-то? Ах, подлецы, подлецы! -- И бросившись к Соне, она, как в тисках, обняла ее иссохшими руками.

-- Соня! Как ты смела брать от него десять рублей! О, глупая! Подай сюда! Подай сейчас эти десять рублей -- вот!

И, выхватив у Сони бумажку, Катерина Ивановна скомкала ее в руках и бросила наотмашь прямо в лицо Лужина. Катышек попал в глаз и отскочил на пол. Амалия Ивановна бросилась поднимать деньги. Петр Петрович рассердился.

-- Удержите эту сумасшедшую! -- закричал он.

В дверях, в эту минуту, рядом с Лебезятниковым показалось и еще несколько лиц, между которыми выглядывали и обе приезжие дамы.

-- Как! Сумасшедшую? Это я-то сумасшедшая? Дур-рак! -- взвизгнула Катерина Ивановна. -- Сам ты дурак, крючок судейский, низкий человек! Соня, Соня возьмет у него деньги! Это Соня-то воровка! Да она еще тебе даст, дурак! -- И Катерина Ивановна истерически захохотала. -- Видали ль вы дурака? -- бросалась она во все стороны, показывая всем на Лужина. -- Как! И ты тоже? -- увидала она хозяйку, -- и ты туда же, колбасница, подтверждаешь, что она "вороваль", подлая ты прусская куриная нога в кринолине! Ах вы! Ах вы! Да она и из комнаты-то не выходила и, как пришла от тебя, подлеца, тут же рядом подле Родиона Романовича и села!.. Обыщите ее! Коль она никуда не выходила, стало быть, деньги должны быть при ней! Ищи же, ищи, ищи! Только если ты не найдешь, то уж извини, голубчик, ответишь! К государю, к государю, к самому царю побегу, милосердому, в ноги брошусь, сейчас же, сегодня же! я -- сирота! Меня пустят! Ты думаешь, не пустят? Врешь, дойду! Дойду-у! Это ты на то, что она кроткая, рассчитывал? Ты на это-то понадеялся? Да я, брат, зато бойкая! Оборвешься! Ищи же! Ищи, ищи, ну, ищи!!

И Катерина Ивановна, в исступлении, теребила Лужина, таща его к Соне.

-- Я готов-с и отвечаю... но уймитесь, сударыня, уймитесь! Я слишком вижу, что вы бойкая!.. Это... это... это как же-с? -- бормотал Лужин, -- это следует при полиции-с... хотя, впрочем, и теперь свидетелей слишком достаточно... Я готов-с... Но во всяком случае затруднительно мужчине... по причине пола... Если бы с помощью Амалии Ивановны... хотя, впрочем, так дело не делается... Это как же-с?

-- Кого хотите? Пусть, кто хочет, тот и обыскивает! -- кричала Катерина Ивановна, -- Соня, вывороти им карманы! Вот, вот! Смотри, изверг, вот пустой, здесь платок лежал, карман пустой, видишь! Вот другой карман, вот, вот! Видишь! Видишь!

И Катерина Ивановна не то что вывернула, а так и выхватила оба кармана, один за другим, наружу. Но из второго, правого, кармана вдруг выскочила бумажка и, описав в воздухе параболу, упала к ногам Лужина. Это все видели; многие вскрикнули. Петр Петрович нагнулся, взял бумажку двумя пальцами с пола, поднял всем на вид и развернул. Это был сторублевый кредитный билет, сложенный в восьмую долю. Петр Петрович обвел кругом свою руку, показывая всем билет.

-- Воровка! Вон с квартир! Полис, полис! -- завопила Амалия Ивановна, -- их надо Сибирь прогналь! Вон!

Со всех сторон полетели восклицания. Раскольников молчал, не спуская глаз с Сони, изредка, но быстро переводя их на Лужина. Соня стояла на том же месте, как без памяти: она почти даже не была и удивлена. Вдруг краска залила ей всё лицо; она вскрикнула и закрылась руками.

-- Нет, это не я! Я не брала! Я не знаю! -- закричала она, разрывающим сердце воплем, и бросилась к Катерине Ивановне. Та схватила ее и крепко прижала к себе, как будто грудью желая защитить ее ото всех.

-- Соня! Соня! Я не верю! Видишь, я не верю! -- кричала (несмотря на всю очевидность) Катерина Ивановна, сотрясая ее в руках своих, как ребенка, целуя ее бессчетно, ловя ее руки и, так и впиваясь, целуя их. -- Чтоб ты взяла! Да что это за глупые люди! О господи! Глупые вы, глупые, -- кричала она, обращаясь ко всем, -- да вы еще не знаете, не знаете, какое это сердце, какая эта девушка! Она возьмет, она! Да она свое последнее платье скинет, продаст, босая пойдет, а вам отдаст, коль вам надо будет, вот она какая! Она и желтый-то билет получила, потому что мои же дети с голоду пропадали, себя за нас продала!.. Ах, покойник, покойник! Ах, покойник, покойник! Видишь? Видишь? Вот тебе поминки! Господи! Да защитите же ее, что ж вы стоите все! Родион Романович! Вы-то чего ж не заступитесь? Вы тоже, что ль, верите? Мизинца вы ее не стоите, все, все, все, все! Господи! Да защити ж, наконец!

Плач, бедной, чахоточной, сиротливой Катерины Ивановны произвел, казалось, сильный эффект на публику. Тут было столько жалкого, столько страдающего в этом искривленном болью, высохшем чахоточном лице, в этих иссохших, запекшихся кровью губах, в этом хрипло кричащем голосе, в этом плаче навзрыд, подобном детскому плачу, в этой доверчивой, детской и вместе с тем отчаянной мольбе защитить, что, казалось, все пожалели несчастную. По крайней мере, Петр Петрович тотчас же пожалел.

-- Сударыня! Сударыня! -- восклицал он внушительным голосом, -- до вас этот факт не касается! Никто не решится вас обвинить в умысле или в соглашении, тем

паче что вы же и обнаружили, выворотив карман: стало быть, ничего не предполагали. Весьма и весьма готов сожалеть, если, так сказать, нищета подвигла и Софью Семеновну, но для чего же, мадемуазель, вы не хотели сознаться? Позора убоялись? Первый шаг? Потерялись, может быть? Дело понятное-с; очень понятное-с... Но, однако, для чего же было пускаться в такие качества! Господа! -- обратился он ко всем присутствующим, -- господа! Сожалея и, так сказать, соболезнуя, я, пожалуй, готов простить, даже теперь, несмотря на полученные личные оскорбления. Да послужит же, мадемуазель, теперешний стыд вам уроком на будущее, -- обратился он к Соне, -- а я дальнейшее оставлю втуне и, так и быть, прекращаю. Довольно!

Петр Петрович искоса посмотрел на Раскольникова. Взгляды их встретились. Горящий взгляд Раскольникова готов был испепелить его. Между тем Катерина Ивановна, казалось, ничего больше и не слыхала: она обнимала и целовала Соню, как безумная. Дети тоже обхватили со всех сторон Соню своими ручонками, а Полечка, -- не совсем понимавшая, впрочем, в чем дело, -- казалось, вся так и утопла в слезах, надрываясь от рыданий и спрятав свое распухшее от плача хорошенькое личико на плече Сони.

-- Как это низко! -- раздался вдруг громкий голос в дверях.

Петр Петрович быстро оглянулся.

-- Какая низость! -- повторил Лебезятников, пристально смотря ему в глаза.

Петр Петрович даже как будто вздрогнул. Это заметили все. (Потом об этом вспоминали). Лебезятников шагнул в комнату.

-- И вы осмелились меня в свидетели поставить? -- сказал он, подходя к

Петру Петровичу.

-- Что это значит, Андрей Семенович? Про что такое вы говорите? -- пробормотал Лужин.

-- То значит, что вы... клеветник, вот что значат мои слова! -- горячо проговорил Лебезятников, строго смотря на него своими подслеповатыми глазками. Он был ужасно рассержен. Раскольников так и впился в него глазами, как бы подхватывая и взвешивая каждое слово. Опять воцарилось молчание. Петр Петрович почти даже потерялся, особенно в первое мгновение.

-- Если это вы мне... -- начал он, заикаясь, -- да что с вами? В уме ли вы?

-- Я-то в уме-с, а вот вы так... мошенник! Ах, как это низко! Я всё слушал, я нарочно всё ждал, чтобы всё понять, потому что, признаюсь, даже до сих пор оно не совсем логично... Но для чего вы всё это сделали -- не понимаю.

-- Да что я сделал такое! Перестанете ли вы говорить вашими вздорными загадками! Или вы, может, выпивши?

-- Это вы, низкий человек, может быть, пьете, а не я! Я и водки совсем никогда не пью, потому что это не в моих убеждениях! Вообразите, он, он сам, своими собственными руками отдал этот сторублевый билет Софье Семеновне, -- я видел, я свидетель, я присягу приму! Он, он! -- повторял Лебезятников, обращаясь ко всем и каждому.

-- Да вы рехнулись иль нет, молокосос? -- взвизгнул Лужин, -- она здесь сама перед вами, налицо, -- она сама здесь, сейчас, при всех подтвердила, что, кроме десяти рублей, ничего от меня не получала. Каким же образом мог я ей передать, после этого?

-- Я видел, видел! -- кричал и подтверждал Лебезятников, -- и хоть это против моих убеждений, но я готов сей же час принять в суде какую угодно присягу, потому что я видел, как вы ей тихонько подсунули! Только я-то, дурак, подумал, что вы из благодеяния подсунули! В дверях, прощаясь с нею, когда она повернулась и когда вы ей жали одной рукой руку, другою, левой, вы и положили ей тихонько в карман бумажку. Я видел! Видел!

Лужин побледнел.

-- Что вы врете! -- дерзко вскричал он, -- да и как вы могли, стоя у окна, разглядеть бумажку? Вам померещилось... на подслепые глаза. Вы бредите!

-- Нет, не померещилось! И хоть я и далеко стоял, но я всё, всё видел, и хоть от окна действительно трудно разглядеть бумажку, -- это вы правду говорите, -- но я, по особому случаю, знал наверно, что это именно сторублевый билет, потому что, когда вы стали давать Софье Семеновне десятирублевую бумажку, -- я видел сам, -- вы тогда же взяли со стола сторублевый билет (это я видел, потому что я тогда близко стоял, и так как у меня тотчас явилась одна мысль, то потому я и не забыл, что у вас в руках билет). Вы его сложили и держали, зажав в руке, всё время. Потом я было опять забыл, но когда вы стали вставать, то из правой переложили в левую и чуть не уронили; я тут опять вспомнил, потому что мне тут опять пришла та же мысль, именно, что вы хотите, тихонько от меня, благодеяние ей сделать. Можете представить, как я стал следить, -- ну и увидел, как удалось вам всунуть ей в карман. Я видел, видел, я присягу приму!

Лебезятников чуть не задыхался. Со всех сторон стали раздаваться разнообразные восклицания, всего больше означавшие удивление; но послышались восклицания, принимавшие и грозный тон. Все затеснились к Петру Петровичу. Катерина Ивановна кинулась к Лебезятникову.

-- Андрей Семенович! Я в вас ошиблась! Защитите ее! Один вы за нее! Она сирота, вас бог послал! Андрей Семенович, голубчик, батюшка!

И Катерина Ивановна, почти не помня, что делает, бросилась перед ним на колени.

-- Дичь! -- завопил взбешенный до ярости Лужин, -- дичь вы всё мелете, сударь. "Забыл, вспомнил, забыл" -- что такое! Стало быть, я нарочно ей подложил? Для чего? С какою целью? Что общего у меня с этой...

-- Для чего? Вот этого-то я и сам не понимаю, а что я рассказываю истинный факт, то это верно! Я до того не ошибаюсь, мерзкий, преступный вы человек, что именно помню, как по этому поводу мне тотчас же тогда в голову вопрос пришел, именно в то время, как я вас благодарил и руку вам жал. Для чего же именно вы положили ей украдкой в карман? То есть почему именно украдкой? Неужели потому только, что хотели от меня скрыть, зная, что я противных убеждений и отрицаю частную благотворительность, ничего не исцеляющую радикально? Ну и решил, что вам действительно передо мной совестно такие куши давать, и, кроме того, может быть, подумал я, он хочет ей сюрприз сделать, удивить ее, когда она найдет у себя в кармане целых сто рублей. (Потому что иные благотворители очень любят этак размазывать свои благодеяния; я знаю). Потом мне тоже подумалось, что вы хотите ее испытать, то есть придет ли она, найдя, благодарить? Потом, что хотите избежать благодарности и чтоб, ну, как это там говорится: чтоб правая рука, что ль, не знала... одним словом как-то этак... Ну, да мало ль мне мыслей тогда пришло в голову, так что я положил всё это обдумать потом, но все-таки почел неделикатным обнаружить перед вами, что знаю секрет. Но, однако, мне тотчас же пришел в голову опять еще вопрос: что Софья Семеновна, прежде чем заметит, пожалуй, чего доброго, потеряет деньги; вот почему я решился пойти сюда, вызвать ее и уведомить, что ей положили в карман сто рублей. Да мимоходом зашел прежде в нумер к госпожам Кобылятниковым, чтоб занести им "Общий вывод положительного метода" и особенно рекомендовать статью Пидерита (а впрочем, тоже и Вагнера); потом прихожу сюда, а тут вон какая история! Ну мог ли, мог ли я иметь все эти мысли и рассуждения, если б я действительно не видал, что вы вложили ей в карман сто рублей?

Когда Андрей Семенович кончил свои многословные рассуждения, с таким логическим выводом в заключении речи, то ужасно устал, и даже пот катился с его лица. Увы, он и по-русски-то не умел объясняться порядочно (не зная, впрочем, никакого другого языка), так что он весь, как-то разом, истощился, даже как будто похудел после своего адвокатского подвига. Тем не менее речь его произвела чрезвычайный эффект. Он говорил с таким азартом, с таким убеждением, что ему, видимо, все поверили. Петр Петрович почувствовал, что дело плохо.

-- Какое мне дело, что вам в голову пришли там какие-то глупые вопросы, -- вскричал он. -- Это не доказательство-с! Вы могли всё это сбредить во сне, вот и всё-с! А я вам говорю, что вы лжете, сударь! Лжете и клевещете из какого-либо зла на меня, и именно по насердке за то, что я не соглашался на ваши вольнодумные и безбожные социальные предложения, вот что-с!

Но этот выверт не принес пользы Петру Петровичу. Напротив, послышался со всех сторон ропот.

-- А, ты вот куда заехал! -- крикнул Лебезятников. -- Врешь! Зови полицию, а я присягу приму! Одного только понять не могу: для чего он рискнул на такой низкий поступок! О жалкий, подлый человек!

-- Я могу объяснить, для чего он рискнул на такой поступок, и, если надо, сам присягу приму! -- твердым голосом произнес, наконец, Раскольников и выступил вперед.

Он был по-видимому тверд и спокоен. Всем как-то ясно стало, при одном только взгляде на него, что он действительно знает, в чем дело, и что дошло до развязки.

-- Теперь я совершенно всё себе уяснил, -- продолжал Раскольников, обращаясь прямо к Лебезятникову. -- С самого начала истории я уже стал подозревать, что тут какой-то мерзкий подвох; я стал подозревать вследствие некоторых особых обстоятельств, только мне одному известных, которые я сейчас и объясню всем: в них всё дело! Вы же, Андрей Семенович, вашим драгоценным показанием окончательно уяснили мне всё. Прошу всех, всех прислушать: этот господин (он указал на Лужина) сватался недавно к одной девице, и именно к моей сестре, Авдотье Романовне Раскольниковой. Но, приехав в Петербург, он, третьего дня, при первом нашем свидании, со мной поссорился, и я выгнал его от себя, чему есть два свидетеля. Этот человек очень зол... Третьего дня я еще и не знал, что он здесь стоит в нумерах, у вас, Андрей Семенович, и что, стало быть, в тот же самый день, как мы поссорились, то есть третьего же дня, он был свидетелем того, как я передал, в качестве приятеля покойного господина Мармеладова, супруге его Катерине Ивановне несколько денег на похороны. Он тотчас же написал моей матери записку и уведомил ее, что я отдал все деньги не Катерине Ивановне, а Софье Семеновне, и при этом в самых подлых выражениях упомянул о... о характере Софьи Семеновны, то есть намекнул на характер отношений моих к Софье Семеновне. Всё это, как вы понимаете, с целью поссорить меня с матерью и сестрой, внушив им, что я расточаю, с неблагородными целями, их последние деньги, которыми они мне помогают. Вчера вечером, при матери и сестре, и в его присутствии, я восстановил истину, доказав, что передал деньги Катерине Ивановне на похороны, а не Софье Семеновне, и что с Софьей Семеновной третьего дня я еще и знаком даже не был и даже в лицо еще ее не видал. При этом я прибавил, что он, Петр Петрович Лужин, со всеми своими достоинствами, не стоит одного мизинца Софьи Семеновны, о которой он так дурно отзывается. На его же вопрос: посадил ли бы я Софью Семеновну рядом с моей сестрой? -- я ответил, что я уже это и сделал, того же дня. Разозлившись на то, что мать и сестра не хотят, по его наветам, со мною рассориться, он, слово за слово, начал говорить им непростительные дерзости. Произошел окончательный разрыв, и его выгнали из дому. Всё это происходило вчера вечером. Теперь прошу особенного внимания: представьте себе, что если б ему удалось теперь доказать, что Софья Семеновна -- воровка, то, во-первых, он доказал бы моей сестре и матери, что был почти прав в своих подозрениях; что он справедливо рассердился за то, что я поставил на одну доску мою сестру и Софью Семеновну; что, нападая на меня, он защищал, стало быть, и предохранял честь моей сестры, а своей невесты. Одним словом, через всё это он даже мог вновь поссорить меня с родными и, уж конечно, надеялся опять войти у них в милость. Не говорю уж о том, что он мстил лично мне, потому что имеет основание предполагать, что честь и счастие Софьи Семеновны очень для меня дороги. Вот весь его расчет! Вот как я понимаю это дело! Вот вся причина, и другой быть не может!

Так или почти так окончил Раскольников свою речь, часто прерывавшуюся восклицаниями публики, слушавшей, впрочем, очень внимательно. Но, несмотря на все перерывы, он проговорил резко, спокойно, точно, ясно, твердо. Его резкий голос, его убежденный тон и строгое лицо произвели на всех чрезвычайный эффект.

-- Так, так, это так! -- в восторге подтверждал Лебезятников. -- Это должно быть так, потому что он именно спрашивал меня, как только вошла к нам в комнату Софья Семеновна, "тут ли вы? Не видал ли я вас в числе гостей Катерины Ивановны?" Он отозвал меня для этого к окну и там потихоньку спросил. Стало быть, ему непременно надо было, чтобы тут были вы! Это так, это всё так!

Лужин молчал и презрительно улыбался. Впрочем, он был очень бледен. Казалось, что он обдумывал, как бы ему вывернуться. Может быть, он бы с удовольствием бросил всё и ушел, но в настоящую минуту это было почти невозможно; это значило прямо сознаться в справедливости взводимых на него обвинений и в том, что он действительно оклеветал Софью Семеновну. К тому же и публика, и без того уже подпившая, слишком волновалась. Провиантский, хотя, впрочем, и не все понимавший, кричал больше всех и предлагал некоторые весьма неприятные для Лужина меры. Но были и не пьяные; сошлись и собрались изо всех комнат. Все три полячка ужасно горячились и кричали ему беспрестанно: "пане лайдак!", причем бормотали еще какие-то угрозы по-польски. Соня слушала с напряжением, но как будто тоже не всё понимала, точно просыпалась от обморока. Она только не спускала своих глаз с Раскольникова, чувствуя, что в нем вся ее защита. Катерина Ивановна трудно и хрипло дышала и была, казалось, в страшном изнеможении. Всех глупее стояла Амалия Ивановна, разинув рот и ровно ничего не смысля. Она только видела, что Петр Петрович как-то попался. Раскольников попросил было опять говорить, но ему уже не дали докончить: все кричали и теснились около Лужина с ругательствами и угрозами. Но Петр Петрович не струсил. Видя, что уже дело по обвинению Сони вполне проиграно, он прямо прибегнул к наглости.

-- Позвольте, господа, позвольте; не теснитесь, дайте пройти! -- говорил он, пробираясь сквозь толпу, -- и сделайте одолжение, не угрожайте; уверяю вас, что ничего не будет, ничего не сделаете, не робкого десятка-с, а напротив, вы же, господа, ответите, что насилием прикрыли уголовное дело. Воровка более нежели изобличена, и я буду преследовать-с. В суде не так слепы и... не пьяны-с, и не поверят двум отъявленным безбожникам, возмутителям и вольнодумцам, обвиняющим меня, из личной мести, в чем сами они, по глупости своей, сознаются... Да-с, позвольте-с!

-- Чтобы тотчас же духу вашего не было в моей комнате; извольте съезжать, и всё между нами кончено! И как подумаю, что я же из кожи выбивался, ему излагал... целые две недели!..

-- Да ведь я вам и сам, Андрей Семенович, давеча сказал, что съезжаю, когда вы еще меня удерживали; теперь же прибавлю только, что вы дурак-с. Желаю вам вылечить ваш ум и ваши подслепые глаза. Позвольте же, господа-с!

Он протеснился; но провиантскому не хотелось так легко его выпустить, с одними только ругательствами: он схватил со стола стакан, размахнулся и пустил его в Петра Петровича; но стакан полетел прямо в Амалию Ивановну. Она взвизгнула, а провиантский, потеряв от размаху равновесие, тяжело повалился под стол. Петр Петрович прошел в свою комнату, и через полчаса его уже не было в доме. Соня, робкая от природы, и прежде знала, что ее легче погубить, чем кого бы то ни было, а уж обидеть ее всякий мог почти безнаказанно. Но все-таки, до самой этой минуты, ей казалось, что можно как-нибудь избегнуть беды -- осторожностию, кротостию, покорностию перед всем и каждым. Разочарование ее было слишком тяжело. Она, конечно, с терпением и почти безропотно могла всё перенести -- даже это. Но в первую минуту уж слишком тяжело стало. Несмотря на свое торжество и на свое оправдание, -- когда прошел первый испуг и первый столбняк, когда она поняла и сообразила всё ясно, -- чувство беспомощности и обиды мучительно стеснило ей сердце. С ней началась истерика. Наконец, не выдержав, она бросилась вон из комнаты и побежала домой. Это было почти сейчас по уходе Лужина. Амалия Ивановна, когда в нее, при громком смехе присутствовавших, попал стакан, тоже не выдержала в чужом пиру похмелья. С визгом, как бешеная, кинулась она к Катерине Ивановне, считая ее во всем виноватою:

-- Долой с квартир! Сейчас! Марш! -- И с этими словами начала хватать всё, что ни попадалось ей под руку из вещей Катерины Ивановны, и скидывать на пол. Почти и без того убитая, чуть не в обмороке, задыхавшаяся, бледная, Катерина Ивановна вскочила с постели (на которую упала было в изнеможении) и бросилась на Амалию Ивановну. Но борьба была слишком неравна; та отпихнула ее, как перышко.

-- Как! Мало того, что безбожно оклеветали, -- эта тварь на меня же! Как! В день похорон мужа гонят с квартиры, после моего хлеба-соли, на улицу, с сиротами! Да куда я пойду! -- вопила рыдая и задыхаясь, бедная женщина. -- Господи! -- закричала вдруг она, засверкав глазами, -- неужели ж нет справедливости! Кого ж тебе защищать, коль не нас, сирот? А вот, увидим! Есть на свете суд и правда, есть, я сыщу! Сейчас, подожди, безбожная тварь! Полечка, оставайся с детьми, я ворочусь. Ждите меня, хоть на улице! Увидим, есть ли на свете правда?

И, накинув на голову тот самый зеленый драдедамовый платок, о котором упоминал в своем рассказе покойный Мармеладов, Катерина Ивановна протеснилась сквозь беспорядочную пьяную толпу жильцов, всё еще толпившихся в комнате, и с воплем и со слезами выбежала на улицу -- с неопределенною целью где-то сейчас, немедленно и во что бы то ни стало найти справедливость. Полечка в страхе забилась с детьми в угол на сундук, где, обняв обоих маленьких, вся дрожа, стала ожидать прихода матери. Амалия Ивановна металась по комнате, визжала, причитала, швыряла всё, что ни попадалось ей, на пол и буянила. Жильцы горланили кто в лес, кто по дрова -- иные договаривали, что умели, о случившемся событии; другие ссорились и ругались; иные затянули песни...

"А теперь пора и мне! -- подумал Раскольников. -- Ну-тка, Софья Семеновна, посмотрим, что вы станете теперь говорить!"

И он отправился на квартиру Сони.

IV

Раскольников был деятельным и бодрым адвокатом Сони против Лужина, несмотря на то что сам носил столько собственного ужаса и страдания в душе. Но, выстрадав столько утром, он точно рад был случаю переменить свои впечатления, становившиеся невыносимыми, не говоря уже о том, насколько личного и сердечного заключалось в стремлении его заступиться за Соню. Кроме того, у него было в виду и страшно тревожило его, особенно минутами, предстоящее свидание с Соней: он должен был объявить ей, кто убил Лизавету, и предчувствовал себе страшное мучение, и точно отмахивался от него руками. И потому, когда он воскликнул, выходя от Катерины Ивановны: "Ну, что вы скажете теперь, Софья Семеновна?", то, очевидно, находился еще в каком-то внешне возбужденном состоянии бодрости, вызова и недавней победы над Лужиным. Но странно случилось с ним. Когда он дошел до квартиры Капернаумова, то почувствовал в себе внезапное обессиление и страх. В раздумье остановился он перед дверью с странным вопросом: "Надо ли сказывать, кто убил Лизавету?" Вопрос был странный, потому что он вдруг, в то же время, почувствовал, что не только нельзя не сказать, но даже и отдалить эту минуту, хотя на время, невозможно. Он еще не знал, почему невозможно; он только почувствовал это, и это мучительное сознание своего бессилия перед необходимостию почти придавило его. Чтоб уже не рассуждать и не мучиться, он быстро отворил дверь и с порога посмотрел на Соню. Она сидела, облокотясь на столик и закрыв лицо руками, но, увидев Раскольникова, поскорей встала и пошла к нему навстречу, точно ждала его.

-- Что бы со мной без вас-то было! -- быстро проговорила она, сойдясь с ним среди комнаты. Очевидно, ей только это и хотелось поскорей сказать ему. Затем и ждала.

Раскольников прошел к столу и сел на стул, с которого она только что встала. Она стала перед ним в двух шагах, точь-в-точь как вчера.

-- Что, Соня? -- сказал он и вдруг почувствовал, что голос его дрожит, -- ведь всё дело-то упиралось на "общественное положение и сопричастные тому привычки". Поняли вы давеча это?

Страдание выразилось в лице ее.

-- Только не говорите со мной как вчера! -- прервала она его. -- Пожалуйста, уж не начинайте. И так мучений довольно...

Она поскорей улыбнулась, испугавшись, что, может быть, ему не понравится упрек.

-- Я сглупа-то оттудова ушла. Что там теперь? Сейчас было хотела идти, да всё думала, что вот... вы зайдете.

Он рассказал ей, что Амалия Ивановна гонит их с квартиры и что Катерина Ивановна побежала куда-то "правды искать".

-- Ах, боже мой! -- вскинулась Соня, -- пойдемте поскорее...

И она схватила свою мантильку.

-- Вечно одно и то же! -- вскричал раздражительно Раскольников. -- У вас только и в мыслях, что они! Побудьте со мной.

-- А... Катерина Ивановна?

-- А Катерина Ивановна, уж конечно, вас не минует, зайдет к вам сама, коли уж выбежала из дому, -- брюзгливо прибавил он. -- Коли вас не застанет, ведь вы же останетесь виноваты...

Соня в мучительной нерешимости присела на стул. Раскольников молчал, глядя в землю и что-то обдумывая.

-- Положим, Лужин теперь не захотел, -- начал он, не взглядывая на Соню. -- Ну а если б он захотел или как-нибудь в расчеты входило, ведь он бы упрятал вас в острог-то, не случись тут меня да Лебезятникова! А?

-- Да, -- сказала она слабым голосом, -- да! -- повторила она, рассеянно и в тревоге.

-- А ведь я и действительно мог не случиться! А Лебезятников, тот уже совсем случайно подвернулся.

Соня молчала.

-- Ну а если б в острог, что тогда? Помните, что я вчера говорил?

Она опять не ответила. Тот переждал.

-- А я думал, вы опять закричите: "Ах, не говорите, перестаньте!" -- засмеялся Раскольников, но как-то с натугой. -- Что ж, опять молчание? -- спросил он через минуту. -- Ведь надо же о чем-нибудь разговаривать? Вот мне именно интересно было бы узнать, как бы вы разрешили теперь один "вопрос", как говорит Лебезятников. (Он как будто начинал путаться). Нет, в самом деле, я серьезно. Представьте себе, Соня, что вы знали бы все намерения Лужина заранее, знали бы (то есть наверно), что через них погибла бы совсем Катерина Ивановна, да и дети; вы тоже, в придачу (так как вы себя ни за что считаете, так в придачу). Полечка также... потому ей та же дорога. Ну-с; так вот: если бы вдруг все это теперь на ваше решение отдали: тому или тем жить на свете, то есть Лужину ли жить и делать мерзости, или умирать Катерине Ивановне? То как бы вы решили: кому из них умереть? Я вас спрашиваю.

Соня с беспокойством на него посмотрела: ей что-то особенное послышалось в этой нетвердой и к чему-то издалека подходящей речи.

-- Я уже предчувствовала, что вы что-нибудь такое спросите, -- сказала она, пытливо смотря на него.

-- Хорошо, пусть; но, однако, как же бы решить-то?

-- Зачем вы спрашиваете, чему быть невозможно? -- с отвращением сказала Соня.

-- Стало быть, лучше Лужину жить и делать мерзости! Вы и этого решить не осмелились?

-- Да ведь я божьего промысла знать не могу... И к чему вы спрашиваете, чего нельзя спрашивать? К чему такие пустые вопросы? Как может случиться, чтоб это от моего решения зависело? И кто меня тут судьей поставил: кому жить, кому не жить?

-- Уж как божий промысл замешается, так уж тут ничего не поделаешь, -- угрюмо проворчал Раскольников.

-- Говорите лучше прямо, чего вам надобно! -- вскричала с страданием Соня, -- вы опять на что-то наводите... Неужели вы только затем, чтобы мучить, пришли!

Она не выдержала и вдруг горько заплакала. В мрачной тоске смотрел он на нее. Прошло минут пять.

-- А ведь ты права, Соня, -- тихо проговорил он наконец. Он вдруг переменился; выделанно-нахальный и бессильно-вызывающий тон его исчез. Даже голос вдруг ослабел. -- Сам же я тебе сказал вчера, что не прощения приду просить, а почти тем вот и начал, что прощения прошу... Это я про Лужина и промысл для себя говорил... Я это прощения просил, Соня...

Он хотел было улыбнуться, но что-то бессильное и недоконченное сказалось в его бледной улыбке. Он склонил голову и закрыл руками лицо.

И вдруг странное, неожиданное ощущение какой-то едкой ненависти к Соне прошло по его сердцу. Как бы удивясь и испугавшись сам этого ощущения, он вдруг поднял голову и пристально поглядел на нее; но он встретил на себе беспокойный и до муки заботливый взгляд ее; тут была любовь; ненависть его исчезла, как призрак. Это было не то; он принял одно чувство за другое. Это только значило, что та минута пришла.

Опять он закрыл руками лицо и склонил вниз голову. Вдруг он побледнел, встал со стула, посмотрел на Соню и, ничего не выговорив, пересел машинально на ее постель.

Эта минута была ужасно похожа, в его ощущении, на ту, когда он стоял за старухой, уже высвободив из петли топор, и почувствовал, что уже "ни мгновения нельзя было терять более".

-- Что с вами? -- спросила Соня, ужасно оробевшая.

Он ничего не мог выговорить. Он совсем, совсем не так предполагал объявить и сам не понимал того, что теперь с ним делалось. Она тихо подошла к нему, села на постель подле и ждала, не сводя с него глаз. Сердце ее стучало и замирало. Стало невыносимо: он обернул к ней мертво-бледное лицо свое; губы его бессильно кривились, усиливаясь что-то выговорить. Ужас прошел по сердцу Сони.

-- Что с вами? -- повторила она, слегка от него отстраняясь.

-- Ничего, Соня. Не пугайся... Вздор! Право, если рассудить, -- вздор, -- бормотал он с видом себя не помнящего человека в бреду. -- Зачем только тебя-то я пришел мучить? -- прибавил он вдруг, смотря на нее. -- Право. Зачем? Я всё задаю себе этот вопрос, Соня...

Он, может быть, и задавал себе этот вопрос четверть часа назад, но теперь проговорил в полном бессилии, едва себя сознавая и ощущая беспрерывную дрожь во всем своем теле.

-- Ох, как вы мучаетесь! -- с страданием произнесла она, вглядываясь в него.

-- Всё вздор!.. Вот что, Соня (он вдруг отчего-то улыбнулся, как-то бледно и бессильно, секунды на две), -- помнишь ты, что я вчера хотел тебе сказать?

Соня беспокойно ждала.

-- Я сказал, уходя, что, может быть, прощаюсь с тобой навсегда, но что если приду сегодня, то скажу тебе... кто убил Лизавету.

Она вдруг задрожала всем телом.

-- Ну так вот, я и пришел сказать.

-- Так вы это в самом деле вчера... -- с трудом прошептала она, -- почему ж вы знаете? -- быстро спросила она, как будто вдруг опомнившись.

Соня начала дышать с трудом. Лицо становилось всё бледнее и бледнее.

-- Знаю.

Она помолчала с минуту.

-- Нашли, что ли, его? -- робко спросила она.

-- Нет, не нашли.

-- Так как же вы про это знаете? -- опять чуть слышно спросила она, и опять почти после минутного молчания.

Он обернулся к ней и пристально-пристально посмотрел на нее.

-- Угадай, -- проговорил он с прежнею искривленною и бессильною улыбкой.

Точно конвульсии пробежали по всему ее телу.

-- Да вы... меня... что же вы меня так... пугаете? -- проговорила она, улыбаясь как ребенок.

-- Стало быть, я с ним приятель большой... коли знаю, -- продолжал Раскольников, неотступно продолжая смотреть в ее лицо, точно уже был не в силах отвести глаз, -- он Лизавету эту... убить не хотел... Он ее... убил нечаянно... Он старуху убить хотел... когда она была одна... и пришел... А тут вошла Лизавета... Он тут... и ее убил.

Прошла еще ужасная минута. Оба всё глядели друг на друга.

-- Так не можешь угадать-то? -- спросил он вдруг, с тем ощущением, как бы бросался вниз с колокольни.

-- Н-нет, -- чуть слышно прошептала Соня.

-- Погляди-ка хорошенько.

И как только он сказал это, опять одно прежнее, знакомое ощущение оледенило вдруг его душу: он смотрел на нее и вдруг, в ее лице, как бы увидел лицо Лизаветы. Он ярко запомнил выражение лица Лизаветы, когда он приближался к ней тогда с топором, а она отходила от него к стене, выставив вперед руку, с совершенно детским испугом в лице, точь-в-точь как маленькие дети, когда они вдруг начинают чего-нибудь пугаться, смотрят неподвижно и беспокойно на пугающий их предмет, отстраняются назад и, протягивая вперед ручонку, готовятся заплакать. Почти то же самое случилось теперь и с Соней: так же бессильно, с тем же испугом, смотрела она на него несколько времени и вдруг, выставив вперед левую руку, слегка, чуть-чуть, уперлась ему пальцами в грудь и медленно стала подниматься с кровати, всё более и более от него отстраняясь, и всё неподвижнее становился ее взгляд на него. Ужас ее вдруг сообщился и ему: точно такой же испуг показался и в его лице, точно так же и он стал смотреть на нее, и почти даже с тою же детскою улыбкой.

-- Угадала? -- прошептал он наконец.

-- Господи! -- вырвался ужасный вопль из груди ее. Бессильно упала она на постель, лицом в подушки. Но через мгновение быстро приподнялась, быстро придвинулась к нему, схватила его за обе руки и, крепко сжимая их, как в тисках, тонкими своими пальцами, стала опять неподвижно, точно приклеившись, смотреть в его лицо. Этим последним, отчаянным взглядом она хотела высмотреть и уловить хоть какую-нибудь последнюю себе надежду. Но надежды не было; сомнения не оставалось никакого; всё было так! Даже потом, впоследствии, когда она припоминала эту минуту, ей становилось и странно, и чудно: почему именно она так сразу увидела тогда, что нет уже никаких сомнений? Ведь не могла же она сказать, например, что она что-нибудь в этом роде предчувствовала? А между тем, теперь, только что он сказал ей это, ей вдруг и показалось, что и действительно она как будто это самое и предчувствовала.

-- Полно, Соня, довольно! Не мучь меня! -- страдальчески попросил он.

Он совсем, совсем не так думал открыть ей, но вышло так.

Как бы себя не помня, она вскочила и, ломая руки, дошла до средины комнаты; но быстро воротилась и села опять подле него, почти прикасаясь к нему плечом к плечу. Вдруг, точно пронзенная, она вздрогнула, вскрикнула и бросилась, сама не зная для чего, перед ним на колени.

-- Что вы, что вы это над собой сделали! -- отчаянно проговорила она и, вскочив с колен, бросилась ему на шею, обняла его и крепко-крепко сжала его руками.

Раскольников отшатнулся и с грустною улыбкой посмотрел на нее:

-- Странная какая ты, Соня, -- обнимаешь и целуешь, когда я тебе сказал про это. Себя ты не помнишь.

-- Нет, нет тебя несчастнее никого теперь в целом свете! -- воскликнула она, как в исступлении, не слыхав его замечания, и вдруг заплакала навзрыд, как в истерике.

Давно уже незнакомое ему чувство волной хлынуло в его душу и разом размягчило ее. Он не сопротивлялся ему: две слезы выкатились из его глаз и повисли на ресницах.

-- Так не оставишь меня, Соня? -- говорил он, чуть не с надеждой смотря на нее.

-- Нет, нет; никогда и нигде! -- вскрикнула Соня, -- за тобой пойду, всюду пойду! О господи!.. Ох, я несчастная!.. И зачем, зачем я тебя прежде не знала! Зачем ты прежде не приходил? О господи!

-- Вот и пришел.

-- Теперь-то! О, что теперь делать!.. Вместе, вместе! -- повторяла она как бы в забытьи и вновь обнимала его, -- в каторгу с тобой вместе пойду! -- Его как бы вдруг передернуло, прежняя, ненавистная и почти надменная улыбка выдавилась на губах его.

-- Я, Соня, еще в каторгу-то, может, и не хочу идти, -- сказал он.

Соня быстро на него посмотрела.

После первого, страстного и мучительного сочувствия к несчастному опять страшная идея убийства поразила ее. В переменившемся тоне его слов ей вдруг послышался убийца. Она с изумлением глядела на него. Ей ничего еще не было известно, ни зачем, ни как, ни для чего это было. Теперь все эти вопросы разом вспыхнули в ее сознании. И опять она не поверила: "Он, он убийца! Да разве это возможно?"

-- Да что это! Да где это я стою! -- проговорила она в глубоком недоумении, как будто еще не придя в себя, -- да как вы, вы, такой... могли на это решиться?.. Да что это!

-- Ну да, чтоб ограбить. Перестань, Соня! -- как-то устало и даже как бы с досадой ответил он.

Соня стояла как бы ошеломленная, но вдруг вскричала:

-- Ты был голоден! ты... чтобы матери помочь? Да?

-- Нет, Соня, нет, -- бормотал он, отвернувшись и свесив голову, -- не был я так голоден... я действительно хотел помочь матери, но... и это не совсем верно... не мучь меня, Соня!

Соня всплеснула руками.

-- Да неужель, неужель это всё взаправду! Господи, да какая же это правда! Кто же этому может поверить?.. И как же, как же вы сами последнее отдаете, а убили, чтоб ограбить! А!.. -- вскрикнула она вдруг, -- те деньги, что Катерине Ивановне отдали... те деньги... Господи, да неужели ж и те деньги...

-- Нет, Соня, -- торопливо прервал он, -- эти деньги были не те, успокойся! Эти деньги мне мать прислала, через одного купца, и получил я их больной, в тот же день, как и отдал... Разумихин видел... он же и получал за меня... эти деньги мои, мои собственные, настоящие мои.

Соня слушала его в недоумении и из всех сил старалась что-то сообразить.

-- А те деньги... я, впрочем, даже и не знаю, были ли там и деньги-то, -- прибавил он тихо и как бы в раздумье, -- я снял у ней тогда кошелек с шеи, замшевый... полный, тугой такой кошелек... да я не посмотрел в него; не успел, должно быть... Ну а вещи, какие-то всё запонки да цепочки, -- я все эти вещи и кошелек на чужом одном дворе, на В -- м проспекте под камень схоронил, на другое же утро. Всё там и теперь лежит.

Соня из всех сил слушала.

-- Ну, так зачем же... как же вы сказали: чтоб ограбить, а сами ничего не взяли? -- быстро спросила она, хватаясь за соломинку.

-- Не знаю... я еще не решил -- возьму или не возьму эти деньги, -- промолвил он, опять как бы в раздумье, и вдруг, опомнившись, быстро и коротко усмехнулся. -- Эх, какую я глупость сейчас сморозил, а?

У Сони промелькнула было мысль: "Не сумасшедший ли?" Но тотчас же она ее оставила: нет, тут другое. Ничего, ничего она тут не понимала!

-- Знаешь, Соня, -- сказал он вдруг с каким-то вдохновением, -- знаешь, что я тебе скажу: если б только я зарезал из того, что голоден был, -- продолжал он, упирая в каждое слово и загадочно, но искренно смотря на нее, -- то я бы теперь... счастлив был! Знай ты это!

-- И что тебе, что тебе в том, -- вскричал он через мгновение с каким-то даже отчаянием, -- ну что тебе в том, если б я и сознался сейчас, что дурно сделал? Ну что тебе в этом глупом торжестве надо мной? Ах, Соня, для того ли я пришел к тебе теперь!

Соня опять хотела было что-то сказать, но промолчала.

-- Потому я и звал с собою тебя вчера, что одна ты у меня и осталась.

-- Куда звал? -- робко спросила Соня.

-- Не воровать и не убивать, не беспокойся, не за этим, -- усмехнулся он едко, -- мы люди розные... И знаешь, Соня, я ведь только теперь, только сейчас понял: куда тебя звал вчера? А вчера, когда звал, я и сам не понимал куда. За одним и звал, за одним приходил: не оставить меня. Не оставишь, Соня?

Она стиснула ему руку.

-- И зачем, зачем я ей сказал, зачем я ей открыл! -- в отчаянии воскликнул он через минуту, с бесконечным мучением смотря на нее, -- вот ты ждешь от меня объяснений, Соня, сидишь и ждешь, я это вижу; а что я скажу тебе? Ничего ведь ты не поймешь в этом, а только исстрадаешься вся... из-за меня! Ну вот, ты плачешь и опять меня обнимаешь, -- ну за что ты меня обнимаешь? За то, что я сам не вынес и на другого пришел свалить: "страдай и ты, мне легче будет!" И можешь ты любить такого подлеца?

-- Да разве ты тоже не мучаешься? -- вскричала Соня.

Опять то же чувство волной хлынуло в его душу и опять на миг размягчило ее.

-- Соня, у меня сердце злое, ты это заметь: этим можно многое объяснить. Я потому и пришел, что зол. Есть такие, которые не пришли бы. А я трус и... подлец! Но... пусть! всё это не то... Говорить теперь надо, а я начать не умею...

Он остановился и задумался.

-- Э-эх, люди мы розные! -- вскричал он опять, -- не пара. И зачем, зачем я пришел! Никогда не прощу себе этого!

-- Нет, нет, это хорошо, что пришел! -- восклицала Соня, -- это лучше, чтоб я знала! Гораздо лучше! Он с болью посмотрел на нее.

-- А что и в самом деле! -- сказал он, как бы надумавшись, -- ведь это ж так и было! Вот что: я хотел Наполеоном сделаться, оттого и убил... Ну, понятно теперь?

-- Н-нет, -- наивно и робко прошептала Соня, -- только... говори, говори! Я пойму, я про себя всё пойму! -- упрашивала она его.

-- Поймешь? Ну, хорошо, посмотрим!

Он замолчал и долго обдумывал.

-- Штука в том: я задал себе один раз такой вопрос: что если бы, например, на моем месте случился Наполеон и не было бы у него, чтобы карьеру начать, ни Тулона, ни Египта, ни перехода через Монблан, а была бы вместо всех этих красивых и монументальных вещей просто-запросто одна какая-нибудь смешная старушонка, легистраторша, которую еще вдобавок надо убить, чтоб из сундука у ней деньги стащить (для карьеры-то, понимаешь?), ну, так решился ли бы он на это, если бы другого выхода не было? Не покоробился ли бы оттого, что это уж слишком не монументально и... и грешно? Ну, так я тебе говорю, что на этом "вопросе" я промучился ужасно долго, так что ужасно стыдно мне стало, когда я наконец догадался (вдруг как-то), что не только его не покоробило бы, но даже и в голову бы ему не пришло, что это не монументально... и даже не понял бы он совсем: чего тут коробиться? И уж если бы только не было ему другой дороги, то задушил бы так, что и пикнуть бы не дал, без всякой задумчивости!.. Ну и я... вышел из задумчивости... задушил... по примеру авторитета... И это точь-в-точь так и было! Тебе смешно? Да, Соня, тут всего смешнее то, что, может, именно оно так и было...

Соне вовсе не было смешно.

-- Вы лучше говорите мне прямо... без примеров, -- еще робче и чуть слышно попросила она.

Он поворотился к ней, грустно посмотрел на нее и взял ее за руки.

-- Ты опять права, Соня. Это всё ведь вздор, почти одна болтовня! Видишь: ты ведь знаешь, что у матери моей почти ничего нет. Сестра получила воспитание, случайно, и осуждена таскаться в гувернантках. Все их надежды были на одного меня. Я учился, но содержать себя в университете не мог и на время принужден был выйти. Если бы даже и так тянулось, то лет через десять, через двенадцать (если б обернулись хорошо обстоятельства) я все-таки мог надеяться стать каким-нибудь учителем или чиновником, с тысячью рублями жалованья... (Он говорил как будто заученное). А к тому времени мать высохла бы от забот и от горя, и мне все-таки не удалось бы успокоить ее, а сестра... ну, с сестрой могло бы еще и хуже случиться!.. Да и что за охота всю жизнь мимо всего проходить и от всего отвертываться, про мать забыть, а сестрину обиду, например, почтительно перенесть? Для чего? Для того ль, чтоб, их схоронив, новых нажить -- жену да детей, и тоже потом без гроша и без куска оставить? Ну... ну, вот я и решил, завладев старухиными деньгами, употребить их на мои первые годы, не мучая мать, на обеспечение себя в университете, на первые шаги после университета, -- и сделать всё это широко, радикально, так чтоб уж совершенно всю новую карьеру устроить и на новую, независимую дорогу стать... Ну... ну, вот и всё... Ну, разумеется, что я убил старуху, -- это я худо сделал... ну, и довольно!

В каком-то бессилии дотащился он до конца рассказа и поник головой.

-- Ох, это не то, не то, -- в тоске восклицала Соня, -- и разве можно так... нет, это не так, не так!

-- Сама видишь, что не так!.. А я ведь искренно рассказал, правду!

-- Да какая ж это правда! О господи!

-- Я ведь только вошь убил, Соня, бесполезную, гадкую, зловредную.

-- Это человек-то вошь!

-- Да ведь и я знаю, что не вошь, -- ответил он, странно смотря на нее. -- А впрочем, я вру, Соня, -- прибавил он, -- давно уже вру... Это всё не то; ты справедливо говоришь. Совсем, совсем, совсем тут другие причины!.. Я давно ни с кем не говорил, Соня... Голова у меня теперь очень болит.

Глаза его горели лихорадочным огнем. Он почти начинал бредить; беспокойная улыбка бродила на его губах. Сквозь возбужденное состояние духа уже проглядывало страшное бессилие. Соня поняла, как он мучается. У ней тоже голова начинала кружиться. И странно он так говорил: как будто и понятно что-то, но... "но как же! Как же! О господи!" И она ломала руки в отчаянии.

-- Нет, Соня, это не то! -- начал он опять, вдруг поднимая голову, как будто внезапный поворот мыслей поразил и вновь возбудил его, -- это не то! А лучше.. предположи (да! этак действительно лучше!), предположи, что я самолюбив, завистлив, зол, мерзок, мстителен, ну... и, пожалуй, еще наклонен к сумасшествию. (Уж пусть всё зараз! Про сумасшествие-то говорили прежде, я заметил!) Я вот тебе сказал давеча, что в университете себя содержать не мог. А знаешь ли ты, что я, может, и мог? Мать прислала бы, чтобы внести, что надо, а на сапоги, платье и на хлеб я бы и сам заработал; наверно! Уроки выходили; по полтиннику предлагали. Работает же Разумихин! Да я озлился и не захотел. Именно озлился (это слово хорошее!). Я тогда, как паук, к себе в угол забился. Ты ведь была в моей конуре, видела... А знаешь ли, Соня, что низкие потолки и тесные комнаты душу и ум теснят! О, как ненавидел я эту конуру! А все-таки выходить из нее не хотел. Нарочно не хотел! По суткам не выходил, и работать не хотел, и даже есть не хотел, всё лежал. Принесет Настасья -- поем, не принесет -- так и день пройдет; нарочно со зла не спрашивал! Ночью огня нет, лежу в темноте, а на свечи не хочу заработать. Надо было учиться, я книги распродал; а на столе у меня, на записках да на тетрадях, на палец и теперь пыли лежит. Я лучше любил лежать и думать. И всё думал... И всё такие у меня были сны, странные, разные сны, нечего говорить какие! Но только тогда начало мне тоже мерещиться, что... Нет, это не так! Я опять не так рассказываю! Видишь, я тогда всё себя спрашивал: зачем я так глуп, что если другие глупы и коли я знаю уж наверно, что они глупы, то сам не хочу быть умнее? Потом я узнал, Соня, что если ждать, пока все станут умными, то слишком уж долго будет... Потом я еще узнал, что никогда этого и не будет, что не переменятся люди, и не переделать их никому, и труда не стоит тратить! Да, это так! Это их закон... Закон, Соня! Это так!.. И я теперь знаю, Соня, что кто крепок и силен умом и духом, тот над ними и властелин! Кто много посмеет, тот у них и прав. Кто на большее может плюнуть, тот у них и законодатель, а кто больше всех может посметь, тот и всех правее! Так доселе велось и так всегда будет! Только слепой не разглядит!

Раскольников, говоря это, хоть и смотрел на Соню, но уж не заботился более: поймет она или нет. Лихорадка вполне охватила его. Он был в каком-то мрачном восторге. (Действительно, он слишком долго ни с кем не говорил!) Соня поняла, что этот мрачный катехизис стал его верой и законом.

-- Я догадался тогда, Соня, -- продолжал он восторженно, -- что власть дается только тому, кто посмеет наклониться и взять ее. Тут одно только, одно: стоит только посметь! У меня тогда одна мысль выдумалась, в первый раз в жизни, которую никто и никогда еще до меня не выдумывал! Никто! Мне вдруг ясно, как солнце, представилось, что как же это ни единый до сих пор не посмел и не смеет, проходя мимо всей этой нелепости, взять просто-запросто всё за хвост и стряхнуть к черту! Я... я захотел осмелиться и убил... я только осмелиться захотел, Соня, вот вся причина!

-- О, молчите, молчите! -- вскрикнула Соня, всплеснув руками. -- От бога вы отошли, и вас бог поразил, дьяволу предал!..

-- Кстати, Соня, это когда я в темноте-то лежал и мне всё представлялось, это ведь дьявол смущал меня? а?

-- Молчите! Не смейтесь, богохульник, ничего, ничего-то вы не понимаете! О господи! Ничего-то, ничего-то он не поймет!

-- Молчи, Соня, я совсем не смеюсь, я ведь и сам знаю, что меня черт тащил. Молчи, Соня, молчи! -- повторил он мрачно и настойчиво. -- Я всё знаю. Всё это я уже передумал и перешептал себе, когда лежал тогда в темноте... Всё это я сам с собой переспорил, до последней малейшей черты, и всё знаю, всё! И так надоела, так надоела мне тогда вся эта болтовня! Я всё хотел забыть и вновь начать, Соня, и перестать болтать! И неужели ты думаешь, что я как дурак пошел, очертя голову? Я пошел как умник, и это-то меня и сгубило! И неужель ты думаешь, что я не знал, например, хоть того, что если уж начал я себя спрашивать и допрашивать: имею ль я право власть иметь? -- то, стало быть, не имею права власть иметь. Или что если задаю вопрос: вошь ли человек? -- то, стало быть, уж не вошь человек для меня, а вошь для того, кому этого и в голову не заходит и кто прямо без вопросов идет... Уж если я столько дней промучился: пошел ли бы Наполеон или нет? -- так ведь уж ясно чувствовал, что я не Наполеон... Всю, всю муку всей этой болтовни я выдержал, Соня, и всю ее с плеч стряхнуть пожелал: я захотел, Соня, убить без казуистики, убить для себя, для себя одного! Я лгать не хотел в этом даже себе! Не для того, чтобы матери помочь, я убил -- вздор! Не для того я убил, чтобы, получив средства и власть, сделаться благодетелем человечества. Вздор! Я просто убил; для себя убил, для себя одного: а там стал ли бы я чьим-нибудь благодетелем или всю жизнь, как паук, ловил бы всех в паутину и из всех живые соки высасывал, мне, в ту минуту, всё равно должно было быть!.. И не деньги, главное, нужны мне были, Соня, когда я убил; не столько деньги нужны были, как другое... Я это всё теперь знаю... Пойми меня: может быть, тою же дорогой идя, я уже никогда более не повторил бы убийства. Мне другое надо было узнать, другое толкало меня под руки: мне надо было узнать тогда, и поскорей узнать, вошь ли я, как все, или человек? Смогу ли я переступить или не смогу! Осмелюсь ли нагнуться и взять или нет? Тварь ли я дрожащая или право имею...

-- Убивать? Убивать-то право имеете? -- всплеснула руками Соня.

-- Э-эх, Соня! -- вскрикнул он раздражительно, хотел было что-то ей возразить, но презрительно замолчал. -- Не прерывай меня, Соня! Я хотел тебе только одно доказать: что черт-то меня тогда потащил, а уж после того мне объяснил, что не имел я права туда ходить, потому что я такая же точно вошь, как и все! Насмеялся он надо мной, вот я к тебе и пришел теперь! Принимай гостя! Если б я не вошь был, то пришел ли бы я к тебе? Слушай: когда я тогда к старухе ходил, я только попробовать сходил... Так и знай!

-- И убили! Убили!

-- Да ведь как убил-то? Разве так убивают? Разве так идут убивать, как я тогда шел! Я тебе когда-нибудь расскажу, как я шел... Разве я старушонку убил? Я себя убил, а не старушонку! Тут так-таки разом и ухлопал себя, навеки!.. А старушонку эту черт убил, а не я... Довольно, довольно, Соня, довольно! Оставь меня, -- вскричал он вдруг в судорожной тоске, -- оставь меня!

Он облокотился на колена и, как в клещах, стиснул себе ладонями голову.

-- Экое страдание! -- вырвался мучительный вопль у Сони.

-- Ну, что теперь делать, говори! -- спросил он, вдруг подняв голову и с безобразно искаженным от отчаяния лицом смотря на нее.

-- Что делать! -- воскликнула она, вдруг вскочив с места, и глаза ее, доселе полные слез, вдруг засверкали. -- Встань! (Она схватила его за плечо;

он приподнялся, смотря на нее почти в изумлении). Поди сейчас, сию же минуту, стань на перекрестке, поклонись, поцелуй сначала землю, которую ты осквернил, а потом поклонись всему свету, на все четыре стороны, и скажи всем, вслух: "Я убил!" Тогда бог опять тебе жизни пошлет. Пойдешь? Пойдешь? -- спрашивала она его, вся дрожа, точно в припадке, схватив его за обе руки, крепко стиснув их в своих руках и смотря на него огневым взглядом.

Он изумился и был даже поражен ее внезапным восторгом.

-- Это ты про каторгу, что ли, Соня? Донести, что ль, на себя надо? -- спросил он мрачно.

-- Страдание принять и искупить себя им, вот что надо.

-- Нет! Не пойду я к ним, Соня.

-- А жить-то, жить-то как будешь? Жить-то с чем будешь? -- восклицала Соня. -- Разве это теперь возможно? Ну как ты с матерью будешь говорить? (О, с ними-то, с ними-то что теперь будет!) Да что я! Ведь ты уж бросил мать и сестру. Вот ведь уж бросил же, бросил. О господи! -- вскрикнула она, -- ведь он уже это всё знает сам! Ну как же, как же без человека-то прожить! Что с тобой теперь будет!

-- Не будь ребенком, Соня, -- тихо проговорил он. -- В чем я виноват перед ними? Зачем пойду? Что им скажу? Всё это один только призрак... Они сами миллионами людей изводят, да еще за добродетель почитают. Плуты и подлецы они, Соня!.. Не пойду. И что я скажу: что убил, а денег взять не посмел, под камень спрятал? -- прибавил он с едкою усмешкой. -- Так ведь они же надо мной сами смеяться будут, скажут: дурак, что не взял. Трус и дурак! Ничего, ничего не поймут они, Соня, и недостойны понять. Зачем я пойду? Не пойду. Не будь ребенком, Соня...

-- Замучаешься, замучаешься, -- повторяла она, в отчаянной мольбе простирая к нему руки.

-- Я, может, на себя еще наклепал, -- мрачно заметил он, как бы в задумчивости, -- может, я еще человек, а не вошь и поторопился себя осудить... Я еще поборюсь.

Надменная усмешка выдавливалась на губах его.

-- Этакую-то муку нести! Да ведь целую жизнь, целую жизнь!..

-- Привыкну... -- проговорил он угрюмо и вдумчиво. -- Слушай, -- начал он через минуту, -- полно плакать, пора о деле: я пришел тебе сказать, что меня теперь ищут, ловят...

-- Ах! -- вскрикнула Соня испуганно.

-- Ну, что же ты вскрикнула! Сама желаешь, чтоб я в каторгу пошел, а теперь испугалась? Только вот что: я им не дамся. Я еще с ними поборюсь, и ничего не сделают. Нет у них настоящих улик. Вчера я был в большой опасности и думал, что уж погиб; сегодня же дело поправилось. Все улики их о двух концах, то есть их обвинения я в свою же пользу могу обратить, понимаешь? и обращу; потому я теперь научился... Но в острог меня посадят наверно. Если бы не один случай, то, может, и сегодня бы посадили, наверно, даже, может, еще и посадят сегодня... Только это ничего, Соня: посижу, да и выпустят... потому нет у них ни одного настоящего доказательства и не будет, слово даю. А с тем, что у них есть, нельзя упечь человека. Ну, довольно... Я только, чтобы ты знала... С сестрой и с матерью я постараюсь как-нибудь так сделать, чтоб их разуверить и не испугать... Сестра теперь, впрочем, кажется, обеспечена... стало быть, и мать... Ну, вот и всё. Будь, впрочем, осторожна. Будешь ко мне в острог ходить, когда я буду сидеть?

-- О, буду! Буду!

Оба сидели рядом, грустные и убитые, как бы после бури выброшенные на пустой берег одни. Он смотрел на Соню и чувствовал, как много на нем было ее любви, и странно, ему стало вдруг тяжело и больно, что его так любят. Да, это было странное и ужасное ощущение! Идя к Соне, он чувствовал, что в ней вся его надежда и весь исход; он думал сложить хоть часть своих мук, и вдруг, теперь, когда всё сердце ее обратилось к нему, он вдруг почувствовал и сознал, что он стал беспримерно несчастнее, чем был прежде.

-- Соня, -- сказал он, -- уж лучше не ходи ко мне, когда я буду в остроге сидеть.

Соня не ответила, она плакала. Прошло несколько минут.

-- Есть на тебе крест? -- вдруг неожиданно спросила она, точно вдруг вспомнила.

Он сначала не понял вопроса.

-- Нет, ведь нет? На, возьми вот этот, кипарисный. У меня другой остался, медный, Лизаветин. Мы с Лизаветой крестами поменялись, она мне свой крест, а я ей свой образок дала. Я теперь Лизаветин стану носить, а этот тебе. Возьми... ведь мой! Ведь мой! -- упрашивала она. -- Вместе ведь страдать пойдем, вместе и крест понесем!..

-- Дай! -- сказал Раскольников. Ему не хотелось ее огорчить. Но он тотчас же отдернул протянутую за крестом руку.

-- Не теперь, Соня. Лучше потом, -- прибавил он, чтоб ее успокоить.

-- Да, да, лучше, лучше, -- подхватила она с увлечением, -- как пойдешь на страдание, тогда и наденешь. Придешь ко мне, я надену на тебя, помолимся и пойдем.

В это мгновение кто-то три раза стукнул в дверь.

-- Софья Семеновна, можно к вам? -- послышался чей-то очень знакомый вежливый голос.

Соня бросилась к дверям в испуге. Белокурая физиономия господина Лебезятникова заглянула в комнату.

V

Лебезятников имел вид встревоженный.

-- Я к вам, Софья Семеновна. Извините... Я так и думал, что вас застану, -- обратился он вдруг к Раскольникову, -- то есть я ничего не думал... в этом роде... но я именно думал... Там у нас Катерина Ивановна с ума сошла, -- отрезал он вдруг Соне, бросив Раскольникова.

Соня вскрикнула.

-- То есть оно, по крайней мере, так кажется. Впрочем... Мы там не знаем, что и делать, вот что-с! Воротилась она -- ее откуда-то, кажется, выгнали, может, и прибили... по крайней мере, так кажется... Она бегала к начальнику Семена Захарыча, дома не застала; он обедал у какого-то тоже генерала... Вообразите, она махнула туда, где обедали... к этому другому генералу, и, вообразите, -- таки настояла, вызвала начальника Семена Захарыча, да, кажется, еще из-за стола. Можете представить, что там вышло. Ее, разумеется, выгнали; а она рассказывает, что она сама его обругала и чем-то в него пустила. Это можно даже предположить... как ее не взяли? -- не понимаю! Теперь она всем рассказывает, и Амалии Ивановне, только трудно понять, кричит и бьется... Ах да: она говорит и кричит, что так как ее все теперь бросили, то она возьмет детей и пойдет на улицу, шарманку носить, а дети будут петь и плясать, и она тоже, и деньги собирать, и каждый день под окно к генералу ходить... "Пусть, говорит, видят, как благородные дети чиновного отца по улицам нищими ходят!" Детей всех бьет, те плачут. Леню учит петь "Хуторок", мальчика плясать, Полину Михайловну тоже, рвет все платья; делает им какие-то шапочки, как актерам; сама хочет таз нести, чтобы колотить, вместо музыки... Ничего не слушает... Вообразите, как же это? Это уж просто нельзя!

Лебезятников продолжал бы и еще, но Соня, слушавшая его едва переводя дыхание, вдруг схватила мантильку, шляпку и выбежала из комнаты, одеваясь на бегу. Раскольников вышел вслед за нею, Лебезятников за ним.

-- Непременно помешалась! -- говорил он Раскольникову, выходя с ним на улицу, -- я только не хотел пугать Софью Семеновну и сказал: "кажется", но и сомнения нет. Это, говорят, такие бугорки, в чахотке, на мозгу вскакивают; жаль, что я медицины не знаю. Я, впрочем, пробовал ее убедить, но она ничего не слушает.

-- Вы ей о бугорках говорили?

-- То есть не совсем о бугорках. Притом она ничего бы и не поняла. Но я про то говорю: если убедить человека логически, что, в сущности, ему не о чем плакать, то он и перестанет плакать. Это ясно. А ваше убеждение, что не перестанет?

-- Слишком легко тогда было бы жить, -- ответил Раскольников.

-- Позвольте, позвольте; конечно, Катерине Ивановне довольно трудно понять; но известно ли вам, что в Париже уже происходили серьезные опыты относительно возможности излечивать сумасшедших, действуя одним только логическим убеждением? Один там профессор, недавно умерший, ученый серьезный, вообразил, что так можно лечить. Основная идея его, что особенного расстройства в организме у сумасшедших нет, а что сумасшествие есть, так сказать, логическая ошибка, ошибка в суждении, неправильный взгляд на вещи. Он постепенно опровергал больного и, представьте себе, достигал, говорят, результатов! Но так как при этом он употреблял и души, то результаты этого лечения подвергаются, конечно, сомнению... По крайней мере, так кажется...

Раскольников давно уже не слушал. Поровнявшись с своим домом, он кивнул головой Лебезятникову и повернул в подворотню. Лебезятников очнулся, огляделся и побежал далее.

Раскольников вошел в свою каморку и стал посреди ее. "Для чего он воротился сюда?" Он оглядел эти желтоватые, обшарканные обои, эту пыль, свою кушетку... Со двора доносился какой-то резкий, беспрерывный стук; что-то где-то как будто вколачивали, гвоздь какой-нибудь... Он подошел к окну, поднялся на цыпочки и долго, с видом чрезвычайного внимания, высматривал во дворе. Но двор был пуст, и не было видно стучавших. Налево, во флигеле, виднелись кой-где отворенные окна; на подоконниках стояли горшочки с жиденькою геранью. За окнами было вывешено белье... Всё это он знал наизусть. Он отвернулся и сел на диван.

Никогда, никогда еще не чувствовал он себя так ужасно одиноким!

Да, он почувствовал еще раз, что, может быть, действительно возненавидит Соню, и именно теперь, когда сделал ее несчастнее. "Зачем ходил он к ней просить ее слез? Зачем ему так необходимо заедать ее жизнь? О, подлость!"

-- Я останусь один! -- проговорил он вдруг решительно, -- и не будет она ходить в острог!

Минут через пять он поднял голову и странно улыбнулся. Это была странная мысль: "Может, в каторге-то действительно лучше", -- подумалось ему вдруг.

Он не помнил, сколько он просидел у себя, с толпившимися в голове его неопределенными мыслями. Вдруг дверь отворилась, и вошла Авдотья Романовна. Она сперва остановилась и посмотрела на него с порога, как давеча он на Соню; потом уже прошла и села против него на стул, на вчерашнем своем месте. Он молча и как-то без мысли посмотрел на нее.

-- Не сердись, брат, я только на одну минуту, -- сказала Дуня. Выражение лица ее было задумчивое, но не суровое. Взгляд был ясный и тихий. Он видел, что и эта с любовью пришла к нему.

-- Брат, я теперь знаю всё, всё. Мне Дмитрий Прокофьич всё объяснил и рассказал. Тебя преследуют и мучают по глупому и гнусному подозрению... Дмитрий Прокофьич сказал мне, что никакой нет опасности и что напрасно ты с таким ужасом это принимаешь. Я не так думаю и вполне понимаю, как возмущено в тебе всё и что это негодование может оставить следы навеки. Этого я боюсь. За то, что ты нас бросил, я тебя не сужу и не смею судить, и прости меня, что я попрекнула тебя прежде. Я сама на себе чувствую, что если б у меня было такое великое горе, то я бы тоже ушла от всех. Матери я про это ничего не расскажу, но буду говорить о тебе беспрерывно и скажу от твоего имени, что ты придешь очень скоро. Не мучайся о ней; я ее успокою; но и ты ее не замучай, -- приди хоть раз; вспомни, что она мать! А теперь я пришла только сказать (Дуня стала подыматься с места), что если, на случай, я тебе в чем понадоблюсь или понадобится тебе... вся моя жизнь, или что... то кликни меня, я приду. Прощай!

Она круто повернула и пошла к двери.

-- Дуня! -- остановил ее Раскольников, встал и подошел к ней, -- этот Разумихин, Дмитрий Прокофьич, очень хороший человек.

Дуня чуть-чуть покраснела.

-- Ну! -- спросила она, подождав с минуту.

-- Он человек деловой, трудолюбивый, честный и способный сильно любить... Прощай, Дуня.

Дуня вся вспыхнула, потом вдруг встревожилась:

-- Да что это, брат, разве мы в самом деле навеки расстаемся, что ты мне... такие завещания делаешь?

-- Всё равно... прощай.

Он отворотился и пошел от нее к окну. Она постояла, посмотрела на него беспокойно и вышла в тревоге.

Нет, он не был холоден к ней. Было одно мгновение (самое последнее), когда ему ужасно захотелось крепко обнять ее и проститься с ней, и даже сказать, но он даже и руки ей не решился подать:

"Потом еще, пожалуй, содрогнется, когда вспомнит, что я теперь ее обнимал, скажет, что я украл ее поцелуй!"

"А выдержит эта или не выдержит? -- прибавил он через несколько минут про себя. -- Нет, не выдержит; этаким не выдержать! Этакие никогда не выдерживают..."

И он подумал о Соне.

Из окна повеяло свежестью. На дворе уже не так ярко светил свет. Он вдруг взял фуражку и вышел.

Он, конечно, не мог, да и не хотел заботиться о своем болезненном состоянии. Но вся эта беспрерывная тревога и весь этот ужас душевный не могли пройти без последствий. И если он не лежал еще в настоящей горячке, то, может быть, именно потому, что эта внутренняя, беспрерывная тревога еще поддерживала его на ногах и в сознании, но как-то искусственно, до времени.

Он бродил без цели. Солнце заходило. Какая-то особенная тоска начала сказываться ему в последнее время. В ней не было чего-нибудь особенно едкого, жгучего; но от нее веяло чем-то постоянным, вечным, предчувствовались безысходные годы этой холодной, мертвящей тоски, предчувствовалась какая-то вечность на "аршине пространства". В вечерний час это ощущение обыкновенно еще сильней начинало его мучить.

-- Вот с этакими-то глупейшими, чисто физическими немощами, зависящими от какого-нибудь заката солнца, и удержись сделать глупость! Не то что к Соне, а к Дуне пойдешь! -- пробормотал он ненавистно.

Его окликнули. Он оглянулся; к нему бросился Лебезятников.

-- Вообразите, я был у вас, ищу вас. Вообразите, она исполнила свое намерение и детей увела! Мы с Софьей Семеновной насилу их отыскали. Сама бьет в сковороду, детей заставляет петь и плясать. Дети плачут. Останавливаются на перекрестках и у лавочек. За ними глупый народ бежит. Пойдемте.

-- А Соня?.. -- тревожно спросил Раскольников, поспешая за Лебезятниковым.

-- Просто в исступлении. То есть не Софья Семеновна в исступлении, а Катерина Ивановна; а впрочем, и Софья Семеновна в исступлении. А Катерина Ивановна совсем в исступлении. Говорю вам, окончательно помешалась. Их в полицию возьмут. Можете представить, как это подействует... Они теперь на канаве у -- ского моста, очень недалеко от

Софьи Семеновны. Близко.

На канаве, не очень далеко от моста и не доходя двух домов от дома, где жила Соня, столпилась кучка народу. Особенно сбегались мальчишки и девчонки. Хриплый, надорванный голос Катерины Ивановны слышался еще от моста. И действительно, это было странное зрелище, способное заинтересовать уличную публику. Катерина Ивановна в своем стареньком платье, в драдедамовой шали и в изломанной соломенной шляпке, сбившейся безобразным комком на сторону, была действительно в настоящем исступлении. Она устала и задыхалась. Измучившееся чахоточное лицо ее смотрело страдальнее, чем когда-нибудь (к тому же на улице, на солнце, чахоточный всегда кажется больнее и обезображеннее, чем дома); но возбужденное состояние ее не прекращалось, и она с каждою минутой становилась еще раздраженнее. Она бросалась к детям, кричала на них, уговаривала, учила их тут же при народе, как плясать и что петь, начинала им растолковывать, для чего это нужно, приходила в отчаяние от их непонятливости, била их... Потом, не докончив, бросалась к публике; если замечала чуть-чуть хорошо одетого человека, остановившегося поглядеть, то тотчас пускалась объяснять ему, что вот, дескать, до чего доведены дети "из благородного, можно даже сказать, аристократического дома". Если слышала в толпе смех или какое-нибудь задирательное словцо, то тотчас же набрасывалась на дерзких и начинала с ними браниться. Иные, действительно, смеялись, другие качали головами; всем вообще было любопытно поглядеть на помешанную с перепуганными детьми. Сковороды, про которую говорил Лебезятников, не было; по крайней мере, Раскольников не видал; но вместо стука в сковороду Катерина Ивановна начинала хлопать в такт своими сухими ладонями, когда заставляла Полечку петь, а Леню и Колю плясать; причем даже и сама пускалась подпевать, но каждый раз обрывалась на второй ноте от мучительного кашля, отчего снова приходила в отчаяние, проклинала свой кашель, и даже плакала. Пуще всего выводили ее из себя плач и страх Коли и Лени. Действительно, была попытка нарядить детей в костюм, как наряжаются уличные певцы и певицы. На мальчике была надета из чего-то красного с белым чалма, чтобы он изображал собою турку. На Леню костюмов недостало; была только надета на голову красная, вязанная из гаруса шапочка (или, лучше сказать, колпак) покойного Семена Захарыча, а в шапку воткнут обломок белого страусового пера, принадлежавшего еще бабушке Катерины Ивановны и сохранявшегося доселе в сундуке, в виде фамильной редкости. Полечка была в своем обыкновенном платьице. Она смотрела на мать робко и потерявшись, не отходила от нее, скрадывала свои слезы, догадывалась о помешательстве матери и беспокойно осматривалась кругом. Улица и толпа ужасно напугали ее. Соня неотступно ходила за Катериной Ивановной, плача и умоляя ее поминутно воротиться домой. Но Катерина Ивановна была неумолима.

-- Перестань, Соня, перестань! -- кричала она скороговоркой, спеша, задыхаясь и кашляя. -- Сама не знаешь, чего просишь, точно дитя! Я уже сказала тебе, что не ворочусь назад к этой пьяной немке. Пусть видят все, весь Петербург, как милостыни просят дети благородного отца, который всю жизнь служил верою и правдой и, можно сказать, умер на службе. (Катерина Ивановна уже успела создать себе эту фантазию и поверить ей слепо). Пускай, пускай этот негодный генералишка видит. Да и глупа ты, Соня: что теперь есть-то, скажи? Довольно мы тебя истерзали, не хочу больше! Ах, Родион Романыч, это вы! -- вскрикнула она, увидав Раскольникова и бросаясь к нему, -- растолкуйте вы, пожалуйста, этой дурочке, что ничего умней нельзя сделать! Даже шарманщики добывают, а нас тотчас все отличат, узнают, что мы бедное благородное семейство сирот, доведенных до нищеты, а уж этот генералишка место потеряет, увидите! Мы каждый день под окна к нему будем ходить, а проедет государь, я стану на колени, этих всех выставлю вперед и покажу на них: "Защити, отец!" Он отец сирот, он милосерд, защитит, увидите, а генералишку этого... Леня! tenez-vous droite! 1 Ты, Коля, сейчас будешь опять танцевать. Чего ты хнычешь? Опять хнычет! Ну чего, чего ты боишься, дурачок! Господи! что мне с ними делать, Родион Романыч! Если б вы знали, какие они бестолковые! Ну что с этакими сделаешь!..

1 держись прямо! (франц.).

И она, сама чуть не плача (что не мешало ее непрерывной и неумолчной скороговорке), показывала ему на хнычущих детей. Раскольников попробовал было убедить ее воротиться и даже сказал, думая подействовать на самолюбие, что ей неприлично ходить по улицам, как шарманщики ходят, потому что она готовит себя в директрисы благородного пансиона девиц...

-- Пансиона, ха-ха-ха! Славны бубны за горами! -- вскричала Катерина Ивановна, тотчас после смеху закатившись кашлем, -- нет, Родион Романыч, прошла мечта! Все нас бросили!.. А этот генералишка... Знаете, Родион Романыч, я в него чернильницей пустила, -- тут, в лакейской, кстати на столе стояла, подле листа, на котором расписывались, и я расписалась, пустила, да и убежала. О, подлые, подлые. Да наплевать; теперь я этих сама кормить буду, никому не поклонюсь! Довольно мы ее мучили! (Она указала на Соню). Полечка, сколько собрали, покажи? Как? Всего только две копейки? О, гнусные! Ничего не дают, только бегают за нами, высунув язык! Ну чего этот болван смеется? (указала она на одного из толпы). Это всё потому, что этот Колька такой непонятливый, с ним возня! Чего тебе, Полечка? Говори со мной по-французски, parlez-moi franГais. 1 Ведь я же тебя учила, ведь ты знаешь несколько фраз!.. Иначе как же отличить, что вы благородного семейства, воспитанные дети и вовсе не так, как все шарманщики; не "Петрушку" же мы какого-нибудь представляем на улицах, а споем благородный романс... Ах да! что же нам петь-то? Перебиваете вы всё меня, а мы... видите ли, мы здесь остановились, Родион Романыч, чтобы выбрать, что петь, -- такое, чтоб и Коле можно было протанцевать... потому всё это у нас, можете представить, без приготовления; надо сговориться, так чтобы всё совершенно прорепетировать, а потом мы отправимся на Невский, где гораздо больше людей высшего общества и нас тотчас заметят: Леня знает "Хуторок"... Только всё "Хуторок" да "Хуторок", и все-то его поют! Мы должны спеть что-нибудь гораздо более благородное... Ну, что ты придумала, Поля, хоть бы ты матери помогла! Памяти, памяти у меня нет, я бы вспомнила! Не "Гусара же на саблю опираясь" петь, в самом деле! Ах, споемте по-французски "Cinq sous"! 2 Я ведь вас учила же, учила же. И главное, так как это по-французски, то увидят тотчас, что вы дворянские дети, и это будет гораздо трогательнее... Можно бы даже: "Malborough s'en va-t-en guerre", так как это совершенно детская песенка и употребляется во всех аристократических домах, когда убаюкивают детей.

1 говори со мною по-французски (франц.).

2 Пять грошей" (франц.).

Malborough s'en va-t-en guerre,

Ne sait quand reviendra... 1 --

начала было она петь... -- Но нет, лучше уж "Cinq sous"! Ну, Коля, ручки в боки, поскорей, а ты, Леня, тоже вертись в противоположную сторону, а мы с Полечкой будем подпевать и подхлопывать!

Cinq sous, cinq sous,

Pour monter notre ménage... 2

1 Мальбруг в поход собрался,

Бог весть, когда вернется... (франц.).

2 Пять грошей, пять грошей,

На наше обзаведенье... (франц.).

Кхи-кхи-кхи! (И она закатилась от кашля). Поправь платьице, Полечка, плечики спустились, -- заметила она сквозь кашель, отдыхиваясь. -- Теперь вам особенно нужно держать себя прилично и на тонкой ноге, чтобы все видели, что вы дворянские дети. Я говорила тогда, что лифчик надо длиннее кроить и притом в два полотнища. Это ты тогда, Соня, с своими советами: "Короче да короче", вот и вышло, что совсем ребенка обезобразили... Ну, опять все вы плачете! Да чего вы, глупые! Ну, Коля, начинай поскорей, поскорей, поскорей, -- ох, какой это несносный ребенок!..

Cinq sous, cinq sous...

Опять солдат! Ну чего тебе надобно?

Действительно, сквозь толпу протеснялся городовой. Но в то же время один господин в вицмундире и в шинели, солидный чиновник лет пятидесяти, с орденом на шее (последнее было очень приятно Катерине Ивановне и повлияло на городового), приблизился и молча подал Катерине Ивановне трехрублевую зелененькую кредитку. В лице его выражалось искреннее сострадание. Катерина Ивановна приняла и вежливо, даже церемонно, ему поклонилась.

-- Благодарю вас, милостивый государь, -- начала она свысока, -- причины, побудившие нас... возьми деньги, Полечка. Видишь, есть же благородные и великодушные люди, тотчас готовые помочь бедной дворянке в несчастии. Вы видите, милостивый государь, благородных сирот, можно даже сказать, с самыми аристократическими связями... А этот генералишка сидел и рябчиков ел... ногами затопал, что я его обеспокоила... "Ваше превосходительство, говорю, защитите сирот, очень зная, говорю, покойного Семена Захарыча, и так как его родную дочь подлейший из подлецов в день его смерти оклеветал..." Опять этот солдат! Защитите! -- закричала она чиновнику, -- чего этот солдат ко мне лезет? Мы уж убежали от одного сюда из Мещанской... ну тебе-то какое дело, дурак!

-- Потому по улицам запрещено-с. Не извольте безобразничать.

-- Сам ты безобразник! Я всё равно как с шарманкой хожу, тебе какое дело?

-- Насчет шарманки надо дозволение иметь, а вы сами собой-с и таким манером народ сбиваете. Где изволите квартировать?

-- Как, дозволение! -- завопила Катерина Ивановна. -- Я сегодня мужа схоронила, какое тут дозволение!

-- Сударыня, сударыня, успокойтесь, -- начал было чиновник, -- пойдемте, я вас доведу... Здесь в толпе неприлично... вы нездоровы...

-- Милостивый государь, милостивый государь, вы ничего не знаете!

-- кричала Катерина Ивановна, -- мы на Невский пойдем, -- Соня, Соня! Да где ж она? Тоже плачет! Да что с вами со всеми!.. Коля, Леня, куда вы? -- вскрикнула она вдруг в испуге, -- о глупые дети! Коля, Леня, да куда ж они!..

Случилось так, что Коля и Леня, напуганные до последней степени уличною толпой и выходками помешанной матери, увидев, наконец, солдата, который хотел их взять и куда-то вести, вдруг, как бы сговорившись, схватили друг друга за ручки и бросились бежать. С воплем и плачем кинулась бедная Катерина Ивановна догонять их. Безобразно и жалко было смотреть на нее, бегущую, плачущую, задыхающуюся. Соня и Полечка бросились вслед за нею.

-- Вороти, вороти их, Соня! О глупые, неблагодарные дети!.. Поля! лови их... Для вас же я...

Она споткнулась на всем бегу и упала.

-- Разбилась в кровь! О господи! -- вскрикнула Соня, наклоняясь над ней.

Все сбежались, все затеснились кругом. Раскольников и Лебезятников подбежали из первых; чиновник тоже поспешил, а за ним и городовой, проворчав: "Эх-ма!" и махнув рукой, предчувствуя, что дело обернется хлопотливо.

-- Пошел! пошел! -- разгонял он теснившихся кругом людей.

-- Помирает! -- закричал кто-то.

-- С ума сошла! -- проговорил другой.

-- Господи, сохрани! -- проговорила одна женщина, крестясь. -- Девчоночку-то с парнишкой зловили ли? Вона-ка, ведут, старшенькая перехватила... Вишь, сбалмошные!

Но когда разглядели хорошенько Катерину Ивановну, то увидали, что она вовсе не разбилась о камень, как подумала Соня, а что кровь, обагрившая мостовую, хлынула из ее груди горлом.

-- Это я знаю, видал, -- бормотал чиновник Раскольникову и Лебезятникову, -- это чахотка-с; хлынет этак кровь и задавит. С одною моею родственницей, еще недавно свидетелем был, и этак стакана полтора... вдруг-с... Что же, однако ж, делать, сейчас помрет?

-- Сюда, сюда, ко мне! -- умоляла Соня, -- вот здесь я живу!.. Вот этот дом, второй отсюда... Ко мне, поскорее, поскорее!.. -- металась она ко всем. -- За доктором пошлите... О господи!

Стараниями чиновника дело это уладилось, даже городовой помогал переносить Катерину Ивановну. Внесли ее к Соне почти замертво и положили на постель. Кровотечение еще продолжалось, но она как бы начинала приходить в себя. В комнату вошли разом, кроме Сони, Раскольников и Лебезятников, чиновник и городовой, разогнавший предварительно толпу, из которой некоторые провожали до самых дверей. Полечка ввела, держа за руки, Колю и Леню, дрожавших и плакавших. Сошлись и от Капернаумовых: сам он, хромой и кривой, странного вида человек с щетинистыми, торчком стоящими волосами и бакенбардами; жена его, имевшая какой-то раз навсегда испуганный вид, и несколько их детей, с одеревенелыми от постоянного удивления лицами и с раскрытыми ртами. Между всею этою публикой появился вдруг и Свидригайлов. Раскольников с удивлением посмотрел на него, не понимая, откуда он явился, и не помня его в толпе.

Говорили про доктора и про священника. Чиновник хотя и шепнул Раскольникову, что, кажется, доктор теперь уже лишнее, но распорядился послать. Побежал сам Капернаумов.

Между тем Катерина Ивановна отдышалась, на время кровь отошла. Она смотрела болезненным, но пристальным и проницающим взглядом на бледную и трепещущую Соню, отиравшую ей платком капли пота со лба; наконец, попросила приподнять себя. Ее посадили на постели, придерживая с обеих сторон.

-- Дети где? -- спросила она слабым голосом. -- Ты привела их, Поля? О глупые!.. Ну чего вы побежали... Ох!

Кровь еще покрывала ее иссохшие губы. Она повела кругом глазами, осматриваясь:

-- Так вот ты как живешь, Соня! Ни разу-то я у тебя не была... привелось...

Она с страданием посмотрела на нее:

-- Иссосали мы тебя, Соня... Поля, Леня, Коля, подите сюда... Ну, вот они, Соня, все, бери их... с рук на руки... а с меня довольно!.. Кончен бал! Г'а!.. Опустите меня, дайте хоть помереть спокойно...

Ее опустили опять на подушку.

-- Что? Священника?.. Не надо... Где у вас лишний целковый?.. На мне нет грехов!.. Бог и без того должен простить... Сам знает, как я страдала!.. А не простит, так и не надо!..

Беспокойный бред охватывал ее более и более. Порой она вздрагивала, обводила кругом глазами, узнавала всех на минуту; но тотчас же сознание снова сменялось бредом. Она хрипло и трудно дышала, что-то как будто клокотало в горле.

-- Я говорю ему: "Ваше превосходительство!.." -- выкрикивала она, отдыхиваясь после каждого слова, -- эта Амалия Людвиговна... ах! Леня,

Коля! ручки в боки, скорей, скорей, глиссе-глиссе, па-де-баск! Стучи ножками... Будь грациозный ребенок.

Du hast Diamanten und Perlen... 1

1 У тебя алмазы и жемчуг (нем.).

Как дальше-то? Вот бы спеть...

Du hast die schönsten Augen,
Mädchen, was willst du mehr? 1

1 У тебя прекраснейшие очи,
Девушка, чего же тебе еще? (нем.)

Ну да, как не так! was willst du mehr, -- выдумает же, болван!.. Ах да, вот еще:

В полдневный жар, в долине Дагестана...

Ах, как я любила... Я до обожания любила этот романс, Полечка!.. знаешь, твой отец... еще женихом певал... О, дни!.. Вот бы, вот бы нам спеть! Ну как же, как же... вот я и забыла... да напомните же, как же? -- Она была в чрезвычайном волнении и усиливалась приподняться. Наконец, страшным, хриплым, надрывающимся голосом она начала, вскрикивая и задыхаясь на каждом слове, с видом какого-то возраставшего испуга:

В полдневный жар!.. в долине!.. Дагестана!..
С свинцом в груди!..

Ваше превосходительство! -- вдруг завопила она раздирающим воплем и залившись слезами, -- защитите сирот! Зная хлеб-соль покойного Семена Захарыча!.. Можно даже сказать аристократического!..Г'а! -- вздрогнула она вдруг, опамятовавшись и с каким-то ужасом всех осматривая, но тотчас узнала Соню. -- Соня, Соня! -- проговорила она кротко и ласково, как бы удивившись, что видит ее перед собой, -- Соня, милая, и ты здесь?

Ее опять приподняли.

-- Довольно!.. Пора!.. Прощай, горемыка!.. Уездили клячу!.. Надорвала-а-сь! -- крикнула она отчаянно и ненавистно и грохнулась головой на подушку.

Она вновь забылась, но это последнее забытье продолжалось недолго. Бледно-желтое, иссохшее лицо ее закинулось навзничь назад, рот раскрылся, ноги судорожно протянулись. Она глубоко-глубоко вздохнула и умерла.

Соня упала на ее труп, обхватила ее руками и так и замерла, прильнув головой к иссохшей груди покойницы. Полечка припала к ногам матери и целовала их, плача навзрыд. Коля и Леня, еще не поняв, что случилось, но предчувствуя что-то очень страшное, схватили один другого обеими руками за плечики и, уставившись один в другого глазами, вдруг вместе, разом, раскрыли рты и начали кричать. Оба еще были в костюмах: один в чалме, другая в ермолке с страусовым пером.

И каким образом этот "похвальный лист" очутился вдруг на постели, подле Катерины Ивановны? Он лежал тут же, у подушки; Раскольников видел его.

Он отошел к окну. К нему подскочил Лебезятников.

-- Умерла! -- сказал Лебезятников.

-- Родион Романович, имею вам два нужных словечка передать, -- подошел Свидригайлов. Лебезятников тотчас же уступил место и деликатно стушевался. Свидригайлов увел удивленного Раскольникова еще подальше в угол.

-- Всю эту возню, то есть похороны и прочее, я беру на себя. Знаете, были бы деньги, а ведь я вам сказал, что у меня лишние. Этих двух птенцов и эту Полечку я помещу в какие-нибудь сиротские заведения получше и положу на каждого, до совершеннолетия, по тысяче пятисот рублей капиталу, чтоб уж совсем Софья Семеновна была покойна. Да и ее из омута вытащу, потому хорошая девушка, так ли? Ну-с, так вы и передайте Авдотье Романовне, что ее десять тысяч я вот так и употребил.

-- С какими же целями вы так разблаготворились? -- спросил Раскольников.

-- Э-эх! Человек недоверчивый! -- засмеялся Свидригайлов. -- Ведь я сказал, что эти деньги у меня лишние. Ну, а просто, по человечеству, не допускаете, что ль? Ведь не "вошь" же была она (он ткнул пальцем в тот угол, где была усопшая), как какая-нибудь старушонка процентщица. Ну, согласитесь, ну "Лужину ли, в самом деле, жить и делать мерзости, или ей умирать?" И не помоги я, так ведь "Полечка, например, туда же, по той же дороге пойдет..."

Он проговорил это с видом какого-то подмигивающего, веселого плутовства, не спуская глаз с Раскольникова. Раскольников побледнел и похолодел, слыша свои собственные выражения, сказанные Соне. Он быстро отшатнулся и дико посмотрел на Свидригайлова.

-- По-почему... вы знаете? -- прошептал он, едва переводя дыхание.

-- Да ведь я здесь, через стенку, у мадам Ресслих стою. Здесь Капернаумов, а там мадам Ресслих, старинная и преданнейшая приятельница. Сосед-с.

-- Вы?

-- Я, -- продолжал Свидригайлов, колыхаясь от смеха, -- и могу вас честью уверить, милейший Родион Романович, что удивительно вы меня заинтересовали. Ведь я сказал, что мы сойдемся, предсказал вам это, -- ну вот и сошлись. И увидите, какой я складной человек. Увидите, что со мной еще можно жить...

ЧАСТЬ ШЕСТАЯ

I

Для Раскольникова наступило странное время: точно туман упал вдруг перед ним и заключил его в безвыходное и тяжелое уединение. Припоминая это время потом, уже долго спустя, он догадывался, что сознание его иногда как бы тускнело и что так продолжалось, с некоторыми промежутками, вплоть до окончательной катастрофы. Он был убежден положительно, что во многом тогда ошибался, например в сроках и времени некоторых происшествий. По крайней мере, припоминая впоследствии и силясь уяснить себе припоминаемое, он многое узнал о себе самом, уже руководясь сведениями, полученными от посторонних. Одно событие он смешивал, например, с другим; другое считал последствием происшествия, существовавшего только в его воображении. Порой овладевала им болезненно-мучительная тревога, перерождавшаяся даже в панический страх. Но он помнил тоже, что бывали минуты, часы и даже, может быть, дни, полные апатии, овладевавшей им, как бы в противоположность прежнему страху, -- апатии, похожей на болезненно-равнодушное состояние иных умирающих. Вообще же в эти последние дни он и сам как бы старался убежать от ясного и полного понимания своего положения; иные насущные факты, требовавшие немедленного разъяснения, особенно тяготили его; но как рад бы он был освободиться и убежать от иных забот, забвение которых грозило, впрочем, полною и неминуемою гибелью в его положении.

Особенно тревожил его Свидригайлов: можно даже было сказать, что он как будто остановился на Свидригайлове. Со времени слишком грозных для него и слишком ясно высказанных слов Свидригайлова, в квартире у Сони, в минуту смерти Катерины Ивановны, как бы нарушилось обыкновенное течение его мыслей. Но, несмотря на то что этот новый факт чрезвычайно его беспокоил, Раскольников как-то не спешил разъяснением дела. Порой, вдруг находя себя где-нибудь в отдаленной и уединенной части города, в каком-нибудь жалком трактире одного, за столом, в размышлении, и едва помня, как он попал сюда, он вспоминал вдруг о Свидригайлове: ему вдруг слишком ясно и тревожно сознавалось, что надо бы, как можно скорее, сговориться с этим человеком и, что возможно, порешить окончательно. Один раз, зайдя куда-то за заставу, он даже вообразил себе, что ждет здесь Свидригайлова и что здесь назначено у них свидание. В другой раз он проснулся пред рассветом где-то на земле, в кустах, и почти не понимал, как забрел сюда. Впрочем, в эти два-три дня после смерти Катерины Ивановны он уже раза два встречался с Свидригайловым, всегда почти в квартире у Сони, куда он заходил как-то без цели, но всегда почти на минуту. Они перекидывались всегда короткими словами и ни разу не заговорили о капитальном пункте, как будто между ними так само собою и условилось, чтобы молчать об этом до времени. Тело Катерины Ивановны еще лежало в гробу. Свидригайлов распоряжался похоронами и хлопотал. Соня тоже была очень занята. В последнюю встречу Свидригайлов объяснил Раскольникову, что с детьми Катерины Ивановны он как-то покончил, и покончил удачно; что у него, благодаря кой-каким связям, отыскались такие лица, с помощью которых можно было поместить всех троих сирот, немедленно, в весьма приличные для них заведения; что отложенные для них деньги тоже многому помогли, так как сирот с капиталом поместить гораздо легче, чем сирот нищих. Сказал он что-то и про Соню, обещал как-нибудь зайти на днях сам к Раскольникову и упомянул, что "желал бы посоветоваться; что очень надо бы поговорить, что есть такие дела..." Разговор этот происходил в сенях, у лестницы. Свидригайлов пристально смотрел в глаза Раскольникову и вдруг, помолчав и понизив голос, спросил:

-- Да что вы, Родион Романыч, такой сам не свой? Право! Слушаете и глядите, а как будто и не понимаете. Вы ободритесь. Вот дайте поговорим: жаль только, что дела много и чужого, и своего... Эх, Родион Романыч, -- прибавил он вдруг, -- всем человекам надобно воздуху, воздуху, воздуху-с... Прежде всего!

Он вдруг посторонился, чтобы пропустить входившего на лестницу священника и дьячка. Они шли служить панихиду. По распоряжению Свидригайлова, панихиды служились два раза в день, аккуратно. Свидригайлов пошел своей дорогой. Раскольников постоял, подумал и вошел вслед за священником в квартиру Сони.

Он стал в дверях. Начиналась служба, тихо, чинно, грустно. В сознании о смерти и в ощущении присутствия смерти всегда для него было что-то тяжелое и мистически ужасное, с самого детства; да и давно уже он не слыхал панихиды. Да и было еще тут что-то другое, слишком ужасное и беспокойное. Он смотрел на детей: все они стояли у гроба, на коленях, Полечка плакала. Сзади них, тихо и как бы робко плача, молилась Соня. "А ведь она в эти дни ни разу на меня не взглянула и слова мне не сказала", -- подумалось вдруг Раскольникову. Солнце ярко освещало комнату; кадильный дым восходил клубами; священник читал "Упокой, господи". Раскольников отстоял всю службу. Благословляя и прощаясь, священник как-то странно осматривался. После службы Раскольников подошел к Соне. Та вдруг взяла его за обе руки и преклонила к его плечу голову. Этот короткий жест даже поразил Раскольникова недоумением; даже странно было: как? ни малейшего отвращения, ни малейшего омерзения к нему, ни малейшего содрогания в ее руке! Это уж была какая-то бесконечность собственного уничижения. Так, по крайней мере, он это понял. Соня ничего не говорила. Раскольников пожал ей руку и вышел. Ему стало ужасно тяжело. Если б возможно было уйти куда-нибудь в эту минуту и остаться совсем одному, хотя бы на всю жизнь, то он почел бы себя счастливым. Но дело в том, что он в последнее время, хоть и всегда почти был один, никак не мог почувствовать, что он один. Случалось ему уходить за город, выходить на большую дорогу, даже раз он вышел в какую-то рощу; но чем уединеннее было место, тем сильнее он сознавал как будто чье-то близкое и тревожное присутствие, не то чтобы страшное, а как-то уж очень досаждающее, так что поскорее возвращался в город, смешивался с толпой, входил в трактиры, в распивочные, шел на Толкучий, на Сенную. Здесь было уж как будто бы легче и даже уединеннее. В одной харчевне, перед вечером, пели песни: он просидел целый час, слушая, и помнил, что ему даже было очень приятно. Но под конец он вдруг стал опять беспокоен; точно угрызение совести вдруг начало его мучить: "Вот, сижу, песни слушаю, а разве то мне надобно делать!" -- как будто подумал он. Впрочем, он тут же догадался, что и не это одно его тревожит; было что-то, требующее немедленного разрешения, но чего ни осмыслить, ни словами нельзя было передать. Всё в какой-то клубок сматывалось. "Нет, уж лучше бы какая борьба! Лучше бы опять Порфирий... или Свидригайлов... Поскорей бы опять какой-нибудь вызов, чье-нибудь нападение... Да! да!" -- думал он. Он вышел из харчевни и бросился чуть не бежать. Мысль о Дуне и матери навела на него вдруг почему-то как бы панический страх. В эту-то ночь, перед утром, он и проснулся в кустах, на Крестовском острове, весь издрогнувший, в лихорадке; он пошел домой и пришел уже ранним утром. После нескольких часов сна лихорадка прошла, но проснулся он уже поздно: было два часа пополудни.

Он вспомнил, что в этот день назначены похороны Катерины Ивановны, и обрадовался, что не присутствовал на них. Настасья принесла ему есть; он ел и пил с большим аппетитом, чуть не с жадностью. Голова его была свежее, и он сам спокойнее, чем в эти последние три дня. Он даже подивился, мельком, прежним приливам своего панического страха. Дверь отворилась, и вошел Разумихин.

-- А! ест, стало быть, не болен! -- сказал Разумихин, взял стул и сел за стол против Раскольникова. Он был встревожен и не старался этого скрыть. Говорил он с видимою досадой, но не торопясь и не возвышая особенно голоса. Можно бы подумать, что в нем засело какое-то особое и даже исключительное намерение. -- Слушай, -- начал он решительно, -- мне там черт с вами со всеми, но по тому, что я вижу теперь, вижу ясно, что ничего не могу понять; пожалуйста, не считай, что я пришел допрашивать. Наплевать! Сам не хочу! Сам теперь всё открывай, все ваши секреты, так я еще и слушать-то, может быть, не стану, плюну и уйду. Я пришел только узнать лично и окончательно: правда ли, во-первых, что ты сумасшедший? Про тебя, видишь ли, существует убеждение (ну, там, где-нибудь), что ты, может быть, сумасшедший или очень к тому наклонен. Признаюсь тебе, я и сам сильно был наклонен поддерживать это мнение, во-первых, судя по твоим глупым и отчасти гнусным поступкам (ничем не объяснимым), а во-вторых, по твоему недавнему поведению с матерью и сестрой. Только изверг и подлец, если не сумасшедший, мог бы так поступить с ними, как ты поступил; а следственно, ты сумасшедший...

-- Ты давно их видел?

-- Сейчас. А ты с тех пор не видал? Где ты шляешься, скажи мне, пожалуйста, я уж к тебе три раза заходил. Мать больна со вчерашнего дня серьезно. Собралась к тебе; Авдотья Романовна стала удерживать; слушать ничего не хочет: "Если он, говорит, болен, если у него ум мешается, кто же ему поможет, как не мать?" Пришли мы сюда все, потому не бросать же нам ее одну. До самых твоих дверей упрашивали успокоиться. Вошли, тебя нет; вот здесь она и сидела. Просидела десять минут, мы над нею стояли, молча. Встала и говорит: "Если он со двора выходит, а стало быть, здоров и мать забыл, значит, неприлично и стыдно матери у порога стоять и ласки, как подачки, выпрашивать". Домой воротилась и слегла; теперь в жару: "Вижу, говорит, для своей у него есть время". Она полагает, что своя-то -- это Софья Семеновна, твоя невеста, или любовница, уж не знаю. Я пошел было тотчас к Софье Семеновне, потому, брат, я хотел всё разузнать, -- прихожу, смотрю: гроб стоит, дети плачут. Софья Семеновна траурные платьица им примеряет. Тебя нет. Посмотрел, извинился и вышел, так и Авдотье Романовне донес. Всё, стало быть, это вздор, и нет тут никакой своей, вернее всего, стало быть, сумасшествие. Но вот ты сидишь и вареную говядину жрешь, точно три дня не ел. Оно, положим, и сумасшедшие тоже едят, но хоть ты и слова со мной не сказал, но ты... не сумасшедший! В этом я поклянусь. Прежде всего, не сумасшедший. Итак, черт с вами со всеми, потому что тут какая-то тайна, какой-то секрет; а я над вашими секретами ломать головы не намерен. Так только зашел обругаться, -- заключил он, вставая, -- душу отвести, а я знаю, что мне теперь делать!

-- Что же ты теперь хочешь делать?

-- А тебе какое дело, что я теперь хочу делать?

-- Смотри, ты запьешь!

-- Почему... почему ты это узнал?

-- Ну вот еще!

Разумихин помолчал с минуту.

-- Ты всегда был очень рассудительный человек и никогда, никогда ты не был сумасшедшим, -- заметил он вдруг с жаром. -- Это так: я запью! Прощай! -- И он двинулся идти.

-- Я о тебе, третьего дня кажется, с сестрой говорил, Разумихин.

-- Обо мне! Да... ты где же ее мог видеть третьего дня? -- вдруг остановился Разумихин, даже побледнел немного. Можно было угадать, что сердце его медленно и с напряжением застучало в груди.

-- Она сюда приходила, одна, здесь сидела, говорила со мной.

-- Она!

-- Да, она.

-- Что же ты говорил... я хочу сказать, обо мне-то?

-- Я сказал ей, что ты очень хороший, честный и трудолюбивый человек. Что ты ее любишь, я ей не говорил, потому она это сама знает.

-- Сама знает?

-- Ну вот еще! Куда бы я ни отправился, что бы со мной ни случилось, -- ты бы остался у них провидением. Я, так сказать, передаю их тебе, Разумихин. Говорю это, потому что совершенно знаю, как ты ее любишь, и убежден в чистоте твоего сердца. Знаю тоже, что и она тебя может любить, и даже, может быть, уж и любит. Теперь сам решай, как знаешь лучше, -- надо иль не надо тебе запивать.

-- Родька... Видишь... Ну... Ах, черт! А ты-то куда хочешь отправиться? Видишь: если всё это секрет, то пусть! Но я... я узнаю секрет... И уверен, что непременно какой-нибудь вздор и страшные пустяки и что ты один всё и затеял. А впрочем, ты отличнейший человек! Отличнейший человек!..

-- А я именно хотел тебе прибавить, да ты перебил, что ты это очень хорошо давеча рассудил, чтобы тайны и секреты эти не узнавать. Оставь до времени, не беспокойся. Всё в свое время узнаешь, именно тогда, когда надо будет. Вчера мне один человек сказал, что надо воздуху человеку, воздуху, воздуху! Я хочу к нему сходить сейчас и узнать, что он под этим разумеет.

Разумихин стоял в задумчивости и в волнении и что-то соображал.

“Это политический заговорщик! Наверно! И он накануне какого-нибудь решительного шага -- это наверно!

Иначе быть не может и... и Дуня знает...” -- подумал он вдруг про себя.

-- Так к тебе ходит Авдотья Романовна, -- проговорил он, скандируя слова, -- а ты сам хочешь видеться с человеком, который говорит, что воздуху надо больше, воздуху и... и, стало быть, и это письмо... это тоже что-нибудь из того же, -- заключил он как бы про себя.

-- Какое письмо?

-- Она письмо одно получила, сегодня, ее очень встревожило. Очень. Слишком уж даже. Я заговорил о тебе -- просила замолчать. Потом... потом сказала, что может, мы очень скоро расстанемся, потом стала меня за что-то горячо благодарить; потом ушла к себе и заперлась.

-- Она письмо получила? -- задумчиво переспросил Раскольников.

-- Да, письмо; а ты не знал? Гм.

Они оба помолчали.

-- Прощай, Родион. Я, брат... было одно время... а впрочем, прощай, видишь, было одно время... Ну, прощай! Мне тоже пора. Пить не буду. Теперь не надо... врешь!

Он торопился; но, уже выходя и уж почти затворив за собою дверь, вдруг отворил ее снова и сказал, глядя куда-то в сторону:

-- Кстати! Помнишь это убийство, ну, вот Порфирий-то: старуху-то? Ну, так знай, что убийца этот отыскался, сознался сам и доказательства все представил. Это один из тех самых работников, красильщики-то, представь себе, помнишь, я их тут еще защищал? Веришь ли, что всю эту сцену драки и смеху на лестнице, с своим товарищем, когда те-то взбирались, дворник и два свидетеля, он нарочно устроил, именно для отводу. Какова хитрость, каково присутствие духа в этаком щенке! Поверить трудно; да сам разъяснил, сам во всем признался! И как я-то влопался! Что ж, по-моему, это только гений притворства и находчивости, гений юридического отвода, -- а стало быть, нечему особенно удивляться! Разве такие не могут быть? А что он не выдержал характера и сознался, так я ему за это еще больше верю. Правдоподобнее... Но как я-то, я-то тогда влопался! За них на стену лез!

-- Скажи, пожалуйста, откуда ты это узнал и почему тебя это так интересует? -- с видимым волнением спросил Раскольников.

-- Ну вот еще! Почему меня интересует! Спросил!.. А узнал я от Порфирия, в числе других. Впрочем, от него почти всё и узнал.

-- От Порфирия?

-- От Порфирия.

-- Что же... что же он? -- испуганно спросил Раскольников.

-- Он это отлично мне разъяснил. Психологически разъяснил, по-своему.

-- Он разъяснил? Сам же тебе и разъяснял?

-- Сам, сам; прощай! Потом еще кой-что расскажу, а теперь дело есть. Там... было одно время, что я подумал... Ну да что; потом!.. Зачем мне теперь напиваться. Ты меня и без вина напоил. Пьян ведь я, Родька! Без вина пьян теперь, ну да прощай; зайду; очень скоро.

Он вышел.

“Это, это политический заговорщик, это наверно, наверно! -- окончательно решил про себя Разумихин, медленно спускаясь с лестницы. -- И сестру втянул; это очень, очень может быть с характером Авдотьи

Романовны. Свидания у них пошли... А ведь она тоже мне намекала. По многим ее словам... и словечкам... и намекам, всё это выходит именно так! Да и как иначе объяснить всю эту путаницу? Гм! А я было думал... О господи, что это я было вздумал. Да-с, это было затмение, и я пред ним виноват! Это он тогда у лампы, в коридоре, затмение на меня навел. Тьфу! Какая скверная, грубая, подлая мысль с моей стороны! Молодец Миколка, что признался... Да и прежнее теперь как всё объясняется! Эта болезнь его тогда, его странные все такие поступки, даже и прежде, прежде, еще в университете, какой он был всегда мрачный, угрюмый... Но что же значит теперь это письмо? Тут, пожалуй, что-нибудь тоже есть. От кого это письмо? Я подозреваю... Гм. Нет, это я всё разузнаю".

Он вспомнил и сообразил всё о Дунечке, и сердце его замерло. Он сорвался с места и побежал.

Раскольников, как только вышел Разумихин, встал, повернулся к окну, толкнулся в угол, в другой, как бы забыв о тесноте своей конуры, и... сел опять на диван. Он весь как бы обновился; опять борьба -- значит, нашелся исход!

"Да, значит, нашелся исход! А то уж слишком всё сперлось и закупорилось, мучительно стало давить, дурман нападал какой-то. С самой сцены с Миколкой у Порфирия начал он задыхаться без выхода, в тесноте. После Миколки, в тот же день, была сцена у Сони; вел и кончил он ее совсем, совсем не так, как бы мог воображать себе прежде... ослабел, значит, мгновенно и радикально! Разом! И ведь согласился же он тогда с Соней, сам согласился, сердцем согласился, что так ему одному с этаким делом на душе не прожить! А Свидригайлов? Свидригайлов загадка... Свидригайлов беспокоит его, правда, но как-то не с той стороны. С Свидригайловым, может быть, еще тоже предстоит борьба. Свидригайлов, может быть, тоже целый исход; но Порфирий дело другое.

Итак, Порфирий сам еще и разъяснял Разумихину, психологически ему разъяснял! Опять свою проклятую психологию подводить начал! Порфирий-то? Да чтобы Порфирий поверил хоть на одну минуту, что Миколка виновен, после того, что между ними было тогда, после той сцены, глаз на глаз, до Миколки, на которую нельзя найти правильного толкования, кроме одного? (Раскольникову несколько раз в эти дни мелькалась и вспоминалась клочками вся эта сцена с Порфирием; в целом он бы не мог вынести воспоминания). Были в то время произнесены между ними такие слова, произошли такие движения и жесты, обменялись они такими взглядами, сказано было кой-что таким голосом, доходило до таких пределов, что уж после этого не Миколке (которого Порфирий наизусть с первого слова и жеста угадал), не Миколке было поколебать самую основу его убеждений.

А каково! Даже Разумихин начал было подозревать! Сцена в коридоре, у лампы, прошла тогда не даром. Вот он бросился к Порфирию... Но с какой же стати этот-то стал его так надувать? Что у него за цель отводить глаза у Разумихина на Миколку? Ведь он непременно что-то задумал; тут есть намерения, но какие? Правда, с того утра прошло много времени, -- слишком, слишком много, а о Порфирии не было ни слуху, ни духу. Что ж, это, конечно, хуже..." Раскольников взял фуражку и, задумавшись, пошел из комнаты. Первый день, во всё это время, он чувствовал себя, по крайней мере, в здравом сознании. "Надо кончить с Свидригайловым, -- думал он, -- и во что бы то ни стало, как можно скорей: этот тоже, кажется, ждет, чтоб я сам к нему пришел". И в это мгновение такая ненависть поднялась вдруг из его усталого сердца, что, может быть, он бы мог убить кого-нибудь из этих двух: Свидригайлова или Порфирия. По крайней мере, он почувствовал, что если не теперь, то впоследствии он в состоянии это сделать. "Посмотрим, посмотрим", -- повторял он про себя.

Но только что он отворил дверь в сени, как вдруг столкнулся с самим Порфирием. Тот входил к нему. Раскольников остолбенел на одну минуту. Странно, он не очень удивился Порфирию и почти его не испугался. Он только вздрогнул, но быстро, мгновенно приготовился. "Может быть, развязка! Но как же это он подошел тихонько, как кошка, и я ничего не слыхал? Неужели подслушивал?"

-- Не ждали гостя, Родион Романыч, -- вскричал, смеясь, Порфирий Петрович. -- Давно завернуть собирался, прохожу, думаю -- почему не зайти минут на пять проведать. Куда-то собрались? Не задержу. Только вот одну папиросочку, если позволите.

-- Да садитесь, Порфирий Петрович, садитесь, -- усаживал гостя Раскольников, с таким, по-видимому, довольным и дружеским видом, что, право, сам на себя подивился, если бы мог на себя поглядеть. Последки, подонки выскребывались! Иногда этак человек вытерпит полчаса смертного страху с разбойником, а как приложат ему нож к горлу окончательно, так тут даже и страх пройдет. Он прямо уселся пред Порфирием и, не смигнув, смотрел на него. Порфирий прищурился и начал закуривать папироску.

"Ну, говори же, говори же, -- как будто так и хотело выпрыгнуть из сердца Раскольникова. -- Ну что же, что же, что же ты не говоришь?"

II

-- Ведь вот эти папироски! -- заговорил наконец Порфирий Петрович, кончив закуривать и отдыхнувшись, -- вред, чистый вред, а отстать не могу! Кашляю-с, першить начало, и одышка. Я, знаете, труслив-с, поехал намедни к Б--ну, -- каждого больного minimum по получасу осматривает; так даже рассмеялся, на меня глядя: и стукал, и слушал, -- вам, говорит, между прочим, табак не годится; легкие расширены. Ну, а как я его брошу? Чем заменю? Не пью-с, вот вся и беда, хе-хе-хе, что не пью-то, беда! Всё ведь относительно, Родион Романыч, всё относительно!

"Что же это он, за свою прежнюю казенщину принимается, что ли!" -- с отвращением подумалось Раскольникову. Вся недавняя сцена последнего их свидания внезапно ему припомнилась, и тогдашнее чувство волною прихлынуло к его сердцу.

-- А ведь я к вам уже заходил третьего дня вечером; вы и не знаете? -- продолжал Порфирий Петрович, осматривая комнату, -- в комнату, в эту самую, входил. Тоже, как и сегодня, прохожу мимо -- дай, думаю, визитик-то ему отдам. Зашел, а комната настежь; осмотрелся, подождал, да и служанке вашей не доложился -- вышел. Не запираете?

Лицо Раскольникова омрачалось более и более. Порфирий точно угадал его мысли.

-- Объясниться пришел, голубчик Родион Романыч, объясниться-с! Должен и обязан пред вам объяснением-с, -- продолжал он с улыбочкой и даже слегка стукнул ладонью по коленке Раскольникова, но почти в то же мгновение лицо его вдруг приняло серьезную и озабоченную мину; даже как будто грустью подернулось, к удивлению Раскольникова. Он никогда еще не видал и не подозревал у него такого лица. -- Странная сцена произошла в последний раз между нами, Родион Романыч. Оно, пожалуй, и в первое наше свидание между нами происходила тоже странная сцена; но тогда... Ну теперь уж всё одно к одному! Вот что-с: я, может быть, и очень виноват перед вами выхожу; я это чувствую-с. Ведь мы как расстались-то, помните ли: у вас нервы поют и подколенки дрожат, и у меня нервы поют и подколенки дрожат. И знаете, как-то оно даже и непорядочно между нами тогда вышло, не по-джентльменски. А ведь мы все-таки джентльмены; то есть, во всяком случае, прежде всего джентльмены; это надо понимать-с. Ведь помните, до чего доходило... совсем уже даже и неприлично-с.

"Что ж это он, за кого меня принимает?" -- с изумлением спрашивал себя Раскольников, приподняв голову и во все глаза смотря на Порфирия.

-- Я рассудил, что нам по откровенности теперь действовать лучше, -- продолжал Порфирий Петрович, немного откинув голову и опустив глаза, как бы не желая более смущать своим взглядом свою прежнюю жертву и как бы пренебрегая своими прежними приемами и уловками, -- да-с, такие подозрения и такие сцены продолжаться долго не могут. Разрешил нас тогда Миколка, а то я и не знаю, до чего бы между нами дошло. Этот проклятый мещанинишка просидел у меня тогда за перегородкой, -- можете себе это представить? Вы, конечно, уж это знаете; да и самому мне известно, что он к вам потом заходил; но то, что вы тогда предположили, того не было: ни за кем я не посылал и ни в чем еще я тогда не распорядился. Спросите, почему не распорядился? А как вам сказать: самого меня это всё тогда как бы пристукнуло. Я и за дворниками-то едва распорядился послать. (Дворников-то, небось, заметили, проходя). Мысль тогда у меня пронеслась, так, одна, быстро, как молния; крепко уж, видите ли, убежден я был тогда, Родион Романыч. Дай же, я думаю, хоть и упущу на время одно, зато другое схвачу за хвост, -- своего-то, своего-то, по крайности, не упущу. Раздражительны вы уж очень, Родион Романыч, от природы-с; даже уж слишком-с, при всех-то других основных свойствах вашего характера и сердца, которые, я льщу себя надеждой, что отчасти постиг-с. Ну уж, конечно, и я мог, даже и тогда, рассудить, что не всегда этак случается, чтобы вот встал человек да и брякнул вам всю подноготную. Это хоть и случается, в особенности когда человека из последнего терпения выведешь, но, во всяком случае, редко. Это и я мог рассудить. Нет, думаю, мне бы хоть черточку! хоть бы самую махочкую черточку, только одну, но только такую, чтоб уж этак руками можно взять было, чтоб уж вещь была, а не то что одну эту психологию. Потому, думал я, если человек виновен, то уж, конечно, можно, во всяком случае, чего-нибудь существенного от него дождаться; позволительно даже и на самый неожиданный результат рассчитывать. На характер ваш я тогда рассчитывал, Родион Романыч, больше всего на характер-с! Надеялся уж очень тогда на вас.

-- Да вы... да что же вы, теперь-то всё так говорите, -- пробормотал наконец Раскольников, даже не осмыслив хорошенько вопроса. "Об чем говорит, -- терялся он про себя, -- неужели же в самом деле за невинного меня принимает?"

-- Что так говорю? А объясниться пришел-с, так сказать, долгом святым почитаю. Хочу вам всё дотла изложить, как всё было, всю эту историю всего этого тогдашнего, так сказать, омрачения. Много я заставил вас перестрадать, Родион Романыч. Я не изверг-с. Ведь понимаю же и я, каково это всё перетащить на себе человеку, удрученному, но гордому, властному и нетерпеливому, в особенности нетерпеливому! Я вас, во всяком случае, за человека наиблагороднейшего почитаю-с, и даже с зачатками великодушия-с, хоть и не согласен с вами во всех убеждениях ваших, о чем долгом считаю заявить наперед, прямо и с совершенною искренностью, ибо прежде всего не желаю обманывать. Познав вас, почувствовал к вам привязанность. Вы, может быть, на такие мои слова рассмеетесь? Право имеете-с. Знаю, что вы меня и с первого взгляда не полюбили, потому, в сущности, и не за что полюбить-с. Но считайте как хотите, а теперь желаю, с моей стороны, всеми средствами загладить произведенное впечатление и доказать, что и я человек с сердцем и совестью. Искренно говорю-с.

Порфирий Петрович приостановился с достоинством. Раскольников почувствовал прилив какого-то нового испуга. Мысль о том, что Порфирий считает его за невинного, начала вдруг пугать его.

-- Рассказывать всё по порядку, как это вдруг тогда началось, вряд ли нужно, -- продолжал Порфирий Петрович; -- я думаю, даже и лишнее. Да и вряд ли я смогу-с. Потому, как это объяснить обстоятельно? Первоначально слухи пошли. О том, какие это были слухи и от кого и когда... и по какому поводу, собственно, до вас дело дошло, -- тоже, я думаю, лишнее. Лично же у меня началось со случайности, с одной совершенно случайной случайности, которая в высшей степени могла быть и могла не быть, -- какой? Гм, я думаю, тоже нечего говорить. Всё это, и слухи и случайности, совпало у меня тогда в одну мысль. Признаюсь откровенно, потому если уж признаваться, так во всем, -- это я первый на вас тогда и напал. Эти там, положим, старухины отметки на вещах и прочее, и прочее -- всё это вздор-с. Таких штук сотню можно начесть. Имел я тоже случай тогда до подробности разузнать о сцене в конторе квартала, тоже случайно-с, и не то чтобы так мимоходом, а от рассказчика особенного, капитального, который, и сам того не ведая, удивительно эту сцену осилил. Всё ведь это одно к одному-с, одно к одному-с, Родион Романыч, голубчик! Ну как тут было не повернуться в известную сторону? Изо ста кроликов никогда не составится лошадь, изо ста подозрений никогда не составится доказательства, ведь вот как одна английская пословица говорит, да ведь это только благоразумие-с, а со страстями-то, со страстями попробуйте справиться, потому и следователь человек-с. Вспомнил тут я и вашу статейку, в журнальце-то, помните, еще в первое-то ваше посещение в подробности о ней-то говорили. Я тогда поглумился, но это для того, чтобы вас на дальнейшее вызвать. Повторяю, нетерпеливы и больны вы очень, Родион Романыч. Что вы смелы, заносчивы, серьезны и... чувствовали, много уж чувствовали, всё это я давно уже знал-с. Мне все эти ощущения знакомы, и статейку вашу я прочел как знакомую. В бессонные ночи и в исступлении она замышлялась, с подыманием и стуканьем сердца, с энтузиазмом подавленным. А опасен этот подавленный, гордый энтузиазм в молодежи! Я тогда поглумился, а теперь вам скажу, что ужасно люблю вообще, то есть как любитель, эту первую, юную, горячую пробу пера. Дым, туман, струна звенит в тумане. Статья ваша нелепа и фантастична, но в ней мелькает такая искренность, в ней гордость юная и неподкупная, в ней смелость отчаяния; она мрачная статья-с, да это хорошо-с. Статейку вашу я прочел, да и отложил, и... как отложил ее тогда, да и подумал: "Ну, с этим человеком так не пройдет!" Ну, так как же, скажите теперь, после такого предыдущего не увлечься было последующим! Ах господи! Да разве я говорю что-нибудь? Разве я что-нибудь теперь утверждаю? Я тогда только заметил. Чего тут, думаю? Тут ничего, то есть ровно ничего, и, может быть, в высшей степени ничего. Да и увлекаться этак мне, следователю, совсем даже неприлично: у меня вон Миколка на руках, и уже с фактами, -- там как хотите, а факты! И тоже свою психологию подводит; им надо позаняться; потому тут дело жизни и смерти. Для чего я вам теперь всё это объясняю? А чтобы вы знали и с вашим умом и сердцем не обвинили меня за мое злобное тогдашнее поведение. Не злобное-с, искренно говорю-с, хе-хе! Вы что думаете: я у вас тогда не был с обыском? Был-с, был-с, хе-хе, был-с, когда вы вот здесь больной в постельке лежали. Не официально и не своим лицом, а был-с. До последнего волоска у вас, в квартире, было осмотрено, по первым даже следам; но -- umsonst! [напрасно! (нем.).] Думаю: теперь этот человек придет, сам придет, и очень скоро; коль виноват, так уж непременно придет. Другой не придет, а этот придет. А помните, как господин Разумихин начал вам проговариваться? Это мы устроили с тем, чтобы вас взволновать, потому мы нарочно и пустили слух, чтоб он вам проговаривался, а господин Разумихин такой человек, что негодования не выдержит. Господину Заметову прежде всего ваш гнев и ваша открытая смелость в глаза бросилась: ну как это в трактире вдруг брякнуть: "Я убил!" Слишком смело-с, слишком дерзко-с, и если, думаю, он виновен, то это страшный боец! Так тогда и подумал-с. Жду-с! Жду вас изо всех сил, а Заметова вы тогда просто придавили и... ведь в том-то и штука, что вся эта проклятая психология о двух концах! Ну, так жду я вас, смотрю, а вас бог и дает -- идете! Так у меня и стукнуло сердце. Эх! Ну зачем вам было тогда приходить? Смех-то, смех-то ваш, как вошли тогда, помните, ведь вот точно сквозь стекло я всё тогда угадал, а не жди я вас таким особенным образом, и в смехе вашем ничего бы не заметил. Вот оно что значит в настроении-то быть. И господин-то Разумихин тогда, -- ах! камень-то, камень-то, помните, камень-то, вот еще под которым вещи-то спрятаны? Ну вот точно вижу его где-нибудь там, в огороде, -- в огороде ведь говорили вы, Заметову-то, а потом у меня-то, во второй раз? А как начали мы тогда эту вашу статью перебирать, как стали вы излагать -- так вот каждое-то слово ваше вдвойне принимаешь, точно другое под ним сидит! Ну вот, Родион Романыч, таким-то вот образом я и дошел до последних столбов, да как стукнулся лбом, и опомнился. Нет, говорю, что это я! Ведь если захотеть, то всё это, говорю, до последней черты можно в другую сторону объяснить, даже еще натуральнее выйдет. Мука-с! "Нет, думаю, мне бы уж лучше черточку!.." Да как услышал тогда про эти колокольчики, так весь даже так и замер, даже дрожь прохватила. "Ну, думаю, вот она черточка и есть! Оно!" Да уж и не рассуждал я тогда, просто не хотел. Тысячу бы рублей в ту минуту я дал, своих собственных, чтобы только на вас в свои глаза посмотреть: как вы тогда сто шагов с мещанинишкой рядом шли, после того как он вам "убийцу" в глаза сказал, и ничего у него, целых сто шагов, спросить не посмели!.. Ну, а холод-то этот в спинном мозгу? Колокольчики-то эти, в болезни-то, в полубреде-то? Итак, Родион Романыч, что ж вам после того и удивляться, что я с вами тогда такие шутки шутил? И зачем вы сами в ту самую минуту пришли? Ведь и вас кто-то будто подталкивал, ей-богу, а если бы не развел нас Миколка, то... а Миколку-то тогда помните? Хорошо запомнили? Ведь это был гром-с! Ведь это гром грянул из тучи, громовая стрела! Ну, а как я его встретил? Стреле-то вот ни на столечко не поверил, сами изволили видеть! Да куда! Уж потом, после вас, когда он стал весьма и весьма складно на иные пункты отвечать, так что я сам удивился, и потом ему ни на грош не поверил! Вот что значит укрепился, как адамант. Нет, думаю, морген фри! Какой уж тут Миколка!

-- Мне Разумихин сейчас говорил, что вы и теперь обвиняете Николая и сами Разумихина в том уверяли...

Дух у него захватило, и он не докончил. Он слушал в невыразимом волнении, как человек, насквозь его раскусивший, от самого себя отрекался. Он боялся поверить и не верил. В двусмысленных еще словах он жадно искал и ловил чего-нибудь более точного и окончательного.

-- Господин-то Разумихин! -- вскричал Порфирий Петрович, точно обрадовавшись вопросу всё молчавшего Раскольникова, -- хе-хе-хе! Да господина Разумихина так и надо было прочь отвести: двоим любо, третий не суйся. Господин Разумихин не то-с, да и человек посторонний, прибежал ко мне весь такой бледный... Ну да бог с ним, что его сюда мешать! А насчет Миколки угодно ли вам знать, что это за сюжет, в том виде, как то есть я его понимаю? Перво-наперво это еще дитя несовершеннолетнее, и не то чтобы трус, а так, вроде как бы художника какого-нибудь. Право-с, вы не смейтесь, что я так его изъясняю. Невинен и ко всему восприимчив. Сердце имеет; фантаст. Он и петь, он и плясать, он и сказки, говорят, так рассказывает, что из других мест сходятся слушать. И в школу ходить, и хохотать до упаду оттого, что пальчик покажут, и пьянствовать до бесчувствия, не то чтоб от разврата, а так, полосами, когда напоят, по-детски еще. Он тогда вот и украл, а сам этого не знает; потому "коли на земле поднял, что за украл?" А известно ли вам, что он из раскольников, да и не то чтоб из раскольников, а просто сектант; у него в роде бегуны бывали, и сам он еще недавно, целых два года, в деревне, у некоего старца под духовным началом был. Всё это я от Миколки и от зарайских его узнал. Да куды! просто в пустыню бежать хотел! Рвение имел, по ночам богу молился, книги старые, "истинные" читал и зачитывался. Петербург на него сильно подействовал, особенно женский пол, ну и вино. Восприимчив-с, и старца, и всё забыл. Известно мне, его художник один здесь полюбил, к нему ходить стал, да вот этот случай и подошел! Ну, обробел -- вешаться! Бежать! Что ж делать с понятием, которое прошло в народе о нашей юридистике! Иному ведь страшно слово "засудят". Кто виноват! Вот что-то новые суды скажут. Ох, дал бы бог! Ну-с, в остроге-то и вспомнился, видно, теперь честный старец; Библия тоже явилась опять. Знаете ли, Родион Романыч, что значит у иных из них "пострадать?" Это не то чтобы за кого-нибудь, а так просто "пострадать надо"; страдание, значит, принять, а от властей -- так тем паче. Сидел в мое время один смиреннейший арестант целый год в остроге, на печи по ночам всё Библию читал, ну и зачитался, да зачитался, знаете, совсем, да так, что ни с того ни с сего сгреб кирпич и кинул в начальника, безо всякой обиды с его стороны. Да и как кинул-то: нарочно на аршин мимо взял, чтобы какого вреда не произвести! Ну, известно, какой конец арестанту, который с оружием кидается на начальство: и "принял, значит, страдание". Так вот, я и подозреваю теперь, что Миколка хочет "страдание принять" или вроде того. Это я наверно, даже по фактам, знаю-с. Он только сам не знает, что я знаю. Что, не допускаете, что ли, чтоб из такого народа выходили люди фантастические? Да сплошь! Старец теперь опять начал действовать, особенно после петли-то припомнился. А впрочем, сам мне всё расскажет, придет. Вы думаете, выдержит? Подождите, еще отопрется! С часу на час жду, что придет от показания отказываться. Я этого Миколку полюбил и его досконально исследую. И как бы вы думали! Хе-хе! На иные-то пункты весьма складно мне отвечал, очевидно, нужные сведения получил, ловко приготовился; ну а по другим пунктам просто, как в лужу, ничегошечко не знает, не ведает, да и сам не подозревает, что не ведает! Нет, батюшка Родион Романыч, тут не Миколка! Тут дело фантастическое, мрачное, дело современное, нашего времени случай-с, когда помутилось сердце человеческое; когда цитуется фраза, что кровь "освежает"; когда вся жизнь проповедуется в комфорте. Тут книжные мечты-с, тут теоретически раздраженное сердце; тут видна решимость на первый шаг, но решимость особого рода, -- решился, да как с горы упал или с колокольни слетел, да и на преступление-то словно не своими ногами пришел. Дверь за собой забыл притворить, а убил, двух убил, по теории. Убил, да и денег взять не сумел, а что успел захватить, то под камень снес.

Мало было ему, что муку вынес, когда за дверью сидел, а в дверь ломились и колокольчик звонил, -- нет, он потом уж на пустую квартиру, в полубреде, припомнить этот колокольчик идет, холоду спинного опять испытать потребовалось... Ну да это, положим, в болезни, а то вот еще: убил, да за честного человека себя почитает, людей презирает, бледным ангелом ходит, -- нет, уж какой тут Миколка, голубчик Родион Романыч, тут не Миколка!

Эти последние слова, после всего прежде сказанного и так похожего на отречение, были слишком уж неожиданны. Раскольников весь задрожал, как будто пронзенный.

-- Так... кто же... убил?.. -- спросил он, не выдержав, задыхающимся голосом. Порфирий Петрович даже отшатнулся на спинку стула, точно уж так неожиданно и он был изумлен вопросом.

-- Как кто убил?.. -- переговорил он, точно не веря ушам своим, -- да вы убили, Родион Романыч! Вы и убили-с... -- прибавил он почти шепотом, совершенно убежденным голосом.

Раскольников вскочил с дивана, постоял было несколько секунд и сел опять, не говоря ни слова. Мелкие конвульсии вдруг прошли по всему его лицу.

-- Губка-то опять, как и тогда, вздрагивает, -- пробормотал как бы даже с участием Порфирий Петрович. -- Вы меня, Родион Романыч, кажется, не так поняли-с, -- прибавил он, несколько помолчав, -- оттого так и изумились. Я именно пришел с тем, чтоб уже всё сказать и дело повести на открытую.

-- Это не я убил, -- прошептал было Раскольников, точно испуганные маленькие дети, когда их захватывают на месте преступления.

-- Нет, это вы-с, Родион Романыч, вы-с, и некому больше-с, -- строго и убежденно прошептал Порфирий.

Они оба замолчали, и молчание длилось даже до странности долго, минут с десять. Раскольников облокотился на стол и молча ерошил пальцами свои волосы. Порфирий Петрович сидел смирно и ждал. Вдруг Раскольников презрительно посмотрел на Порфирия.

-- Опять вы за старое, Порфирий Петрович! Всё за те же ваши приемы: как это вам не надоест, в самом деле?

-- Э, полноте, что мне теперь приемы! Другое бы дело, если бы тут находились свидетели; а то ведь мы один на один шепчем. Сами видите, я не с тем к вам пришел, чтобы гнать и ловить вас, как зайца. Признаетесь аль нет -- в эту минуту мне всё равно. Про себя-то я и без вас убежден.

-- А коли так, зачем вы пришли? -- раздражительно спросил Раскольников. -- Я вам прежний вопрос задаю: если вы меня виновным считаете, зачем не берете вы меня в острог?

-- Ну, вот это вопрос! По пунктам вам и отвечу: во-первых, взять вас так прямо под арест мне невыгодно.

-- Как невыгодно! Коли вы убеждены, так вы должны...

-- Эй, что ж, что я убежден? Ведь всё это покамест мои мечты-с. Да и что я вас на покой-то туда посажу? Сами знаете, коли сами проситесь. Приведу я, например, уличать вас мещанинишку, а вы ему скажете: "Ты пьян аль нет? Кто меня с тобой видел? Я тебя просто за пьяного и принимал, да ты и был пьян", -- ну что я вам тогда на это скажу, тем паче, что ваше-то еще правдоподобнее, чем его, потому что в его показании одна психология, -- что его рылу даже и неприлично, -- а вы-то в самую точку попадаете, потому что пьет, мерзавец, горькую и слишком даже известен. Да и сам я вам откровенно признавался, уже несколько раз, что психология эта о двух концах и что второй-то конец больше будет, да и гораздо правдоподобнее, а что, кроме этого, против вас у меня пока и нет ничего. И хоть я вас все-таки посажу и даже сам вот я пришел (совсем не по-людски) вам обо всем вперед объявить, а все-таки прямо вам говорю (тоже не по-людски), что мне это будет невыгодно. Ну-с, во-вторых, я потому к вам пришел...

-- Ну да, во-вторых? (Раскольников всё еще задыхался).

-- Потому что, как я уж и объявил давеча, считаю себя обязанным вам объяснением. Не хочу, чтобы вы меня за изверга почитали, тем паче, что искренно к вам расположен, верьте не верьте. Вследствие чего, в-третьих, и пришел к вам с открытым и прямым предложением -- учинить явку с повинною. Это вам будет бесчисленно выгоднее, да и мне тоже выгоднее, -- потому с плеч долой. Ну что, откровенно или нет с моей стороны?

Раскольников подумал с минуту.

-- Послушайте, Порфирий Петрович, вы ведь сами говорите: одна психология, а между тем въехали в математику. Ну что, если и сами вы теперь ошибаетесь?

-- Нет, Родион Романыч, не ошибаюсь. Черточку такую имею. Черточку-то эту я и тогда ведь нашел-с; послал господь!

-- Какую черточку?

-- Не скажу какую, Родион Романыч. Да и, во всяком случае, теперь и права не имею больше отсрочивать; посажу-с. Так вы рассудите: мне теперь уж всё равно, а следственно, я единственно только для вас. Ей-богу, лучше будет, Родион Романыч!

Раскольников злобно усмехнулся.

-- Ведь это не только смешно, это даже уж бесстыдно. Ну будь я даже виновен (чего я вовсе не говорю), ну с какой стати мне к вам являться с повинною, когда сами вы уж говорите, что я сяду к вам туда на покой?

-- Эх, Родион Романыч, не совсем словам верьте; может, и не совсем будет на покой! Ведь это только теория, да еще моя-с, а я вам что за авторитет? Я, может быть, и сам от вас кой-что даже и теперь скрываю-с. Не всё же мне вам так взять да и выложить, хе-хе! Второе дело: как какая выгода? Да известно ли вам, какая вам за это воспоследует сбавка? Ведь вы когда явитесь-то, в какую минуту? Вы это только рассудите! Когда другой уже на себя преступление принял и всё дело спутал? А я вам, вот самим богом клянусь, так "там" подделаю и устрою, что ваша явка выйдет как будто совсем неожиданная. Всю эту психологию мы совсем уничтожим, все подозрения на вас в ничто обращу, так что ваше преступление вроде помрачения какого-то представится, потому, по совести, оно помрачение и есть. Я честный человек, Родион Романыч, и свое слово сдержу.

Раскольников грустно замолчал и поник головой; он долго думал и наконец опять усмехнулся, но улыбка его была уже кроткая и грустная:

-- Эх, не надо! -- проговорил он, как бы уже совсем не скрываясь с Порфирием. -- Не стоит! Не надо мне совсем вашей сбавки!

-- Ну вот этого-то я и боялся! -- горячо и как бы невольно воскликнул Порфирий, -- вот этого-то я и боялся, что не надо вам нашей сбавки.

Раскольников грустно и внушительно поглядел на него.

-- Эй, жизнью не брезгайте! -- продолжал Порфирий, -- много ее впереди еще будет. Как не надо сбавки, как не надо! Нетерпеливый вы человек!

-- Чего впереди много будет?

-- Жизни! Вы что за пророк, много ль вы знаете? Ищите и обрящете. Вас, может, бог на этом и ждал. Да и не навек она, цепь-то...

-- Сбавка будет... -- засмеялся Раскольников.

-- А что, стыда буржуазного что ли, испугались? Это может быть, что и испугались, да сами того не знаете, -- потому молодо! А все-таки не вам бы бояться али там стыдиться явки с повинною.

-- Э-эх, наплевать! -- презрительно и с отвращением прошептал Раскольников, как бы и говорить не желая. Он было опять привстал, точно хотел куда-нибудь выйти, но опять сел в видимом отчаянии.

-- То-то наплевать! Изверились да и думаете, что я вам грубо льщу; да много ль вы еще и жили-то? Много ль понимаете-то? Теорию выдумал, да и стыдно стало, что сорвалось, что уж очень не оригинально вышло! Вышло-то подло, это правда, да вы-то все-таки не безнадежный подлец. Совсем не такой подлец! По крайней мере, долго себя не морочил, разом до последних столбов дошел. Я ведь вас за кого почитаю? Я вас почитаю за одного из таких, которым хоть кишки вырезай, а он будет стоять да с улыбкой смотреть на мучителей, -- если только веру иль бога найдет. Ну, и найдите, и будете жить. Вам, во-первых, давно уже воздух переменить надо. Что ж, страданье тоже дело хорошее. Пострадайте. Миколка-то, может, и прав, что страданья хочет. Знаю, что не веруется, -- а вы лукаво не мудрствуйте; отдайтесь жизни прямо, не рассуждая; не беспокойтесь, -- прямо на берег вынесет и на ноги поставит. На какой берег? А я почем знаю? Я только верую, что вам еще много жить. Знаю, что вы слова мои как рацею теперь принимаете заученную; да, может, после вспомните, пригодится когда-нибудь; для того и говорю. Еще хорошо, что вы старушонку только убили. А выдумай вы другую теорию, так, пожалуй, еще и в сто миллионов раз безобразнее дело бы сделали! Еще бога, может, надо благодарить; почем вы знаете: может, вас бог для чего и бережет. А вы великое сердце имейте да поменьше бойтесь. Великого предстоящего исполнения-то струсили? Нет, тут уж стыдно трусить. Коли сделали такой шаг, так уж крепитесь. Тут уж справедливость. Вот исполните-ка, что требует справедливость. Знаю, что не веруете, а ей-богу, жизнь вынесет. Самому после слюбится. Вам теперь только воздуху надо, воздуху, воздуху!

Раскольников даже вздрогнул.

-- Да вы-то кто такой, -- вскричал он, -- вы-то что за пророк? С высоты какого это спокойствия величавого вы мне премудрствующие пророчества изрекаете?

-- Кто я? Я поконченный человек, больше ничего. Человек, пожалуй, чувствующий и сочувствующий, пожалуй, кой-что и знающий, но уж совершенно поконченный. А вы -- другая статья: вам бог жизнь приготовил (а кто знает, может, и у вас так только дымом пройдет, ничего не будет). Ну что ж, что вы в другой разряд людей перейдете? Не комфорта же жалеть, вам-то, с вашим-то сердцем? Что ж, что вас, может быть, слишком долго никто не увидит? Не во времени дело, а в вас самом. Станьте солнцем, вас все и увидят. Солнцу прежде всего надо быть солнцем. Вы чего опять улыбаетесь: что я такой Шиллер? И бьюсь об заклад, предполагаете, что я к вам теперь подольщаюсь! А что ж, может быть, и в самом деле подольщаюсь, хе-хе-хе! Вы мне, Родион Романыч, на слово-то, пожалуй, и не верьте, пожалуй, даже и никогда не верьте вполне, -- это уж такой мой норов, согласен; только вот что прибавлю: насколько я низкий человек и насколько я честный, сами, кажется, можете рассудить!

-- Вы когда меня думаете арестовать?

-- Да денька полтора али два могу еще дать вам погулять. Подумайте-ка, голубчик, помолитесь-ка богу. Да и выгоднее, ей-богу, выгоднее.

-- А ну как я убегу? -- как-то странно усмехаясь, спросил Раскольников.

-- Нет, не убежите. Мужик убежит, модный сектант убежит -- лакей чужой мысли, -- потому ему только кончик пальчика показать, как мичману Дырке, так он на всю жизнь во что хотите поверит. А вы ведь вашей теории уж больше не верите, -- с чем же вы убежите? Да и чего вам в бегах? В бегах гадко и трудно, а вам прежде всего надо жизни и положения определенного, воздуху соответственного; ну, а ваш ли там воздух? Убежите и сами воротитесь. Без нас вам нельзя обойтись. А засади я вас в тюремный-то замок -- ну месяц, ну два, ну три посидите, а там вдруг и, помяните мое слово, сами и явитесь, да еще как, пожалуй, себе самому неожиданно. Сами еще за час знать не будете, что придете с повинною. Я даже вот уверен, что вы "страданье надумаетесь принять"; мне-то на слово теперь не верите, а сами на том остановитесь. Потому страданье, Родион Романыч, великая вещь; вы не глядите на то, что я отолстел, нужды нет, зато знаю; не смейтесь над этим, в страдании есть идея. Миколка-то прав. Нет, не убежите, Родион Романыч.

Раскольников встал с места и взял фуражку. Порфирий Петрович тоже встал.

-- Прогуляться собираетесь? Вечерок-то будет хорош, только грозы бы вот не было. А впрочем, и лучше, кабы освежило...

Он тоже взялся за фуражку.

-- Вы, Порфирий Петрович, пожалуйста, не заберите себе в голову, -- с суровою настойчивостью произнес Раскольников, -- что я вам сегодня сознался. Вы человек странный, и слушал я вас из одного любопытства. А я вам ни в чем не сознался... Запомните это.

-- Ну да уж знаю, запомню, -- ишь ведь, даже дрожит. Не беспокойтесь, голубчик; ваша воля да будет. Погуляйте немножко; только слишком-то уж много нельзя гулять. На всякий случай есть у меня и еще к вам просьбица, -- прибавил он, понизив голос, -- щекотливенькая она, а важная: если, то есть на всякий случай (чему я, впрочем, не верую и считаю вас вполне неспособным), если бы на случай, -- ну так, на всякий случай, -- пришла бы вам охота в эти сорок-пятьдесят часов как-нибудь дело покончить иначе, фантастическим каким образом -- ручки этак на себя поднять (предположение нелепое, ну да уж вы мне его простите), то оставьте краткую, но обстоятельную записочку. Так, две строчки, две только строчечки, и об камне упомяните: благороднее будет-с. Ну-с, до свидания... Добрых мыслей, благих начинаний!

Порфирий вышел, как-то согнувшись и как бы избегая глядеть на Раскольникова. Раскольников подошел к окну и с раздражительным нетерпением выжидал время, когда, по расчету, тот выйдет на улицу и отойдет подальше. Затем поспешно вышел и сам из комнаты.

III

Он спешил к Свидригайлову. Чего он мог надеяться от этого человека -- он и сам не знал. Но в этом человеке таилась какая-то власть над ним. Сознав это раз, он уже не мог успокоиться, а теперь к тому же и пришло время.

Дорогой один вопрос особенно мучил его: был ли Свидригайлов у Порфирия?

Сколько он мог судить и в чем бы он присягнул -- нет, не был! Он подумал еще и еще, припомнил всё посещение Порфирия, сообразил: нет, не был, конечно, не был!

Но если не был еще, то пойдет или не пойдет он к Порфирию?

Теперь покамест ему казалось, что не пойдет. Почему? Он не мог бы объяснить и этого, но если б и мог объяснить, то теперь он бы не стал над этим особенно ломать голову. Всё это его мучило, и в то же время ему было как-то не до того. Странное дело, никто бы, может быть, не поверил этому, но о своей теперешней, немедленной судьбе он как-то слабо, рассеянно заботился. Его мучило что-то другое, гораздо более важное, чрезвычайное, -- о нем же самом и не о ком другом, но что-то другое, что-то главное. К тому же он чувствовал беспредельную нравственную усталость, хотя рассудок его в это утро работал лучше, чем во все эти последние дни.

Да и стоило ль теперь, после всего, что было, стараться побеждать все эти новые мизерные затруднения? Стоило ль, например, стараться интриговать, чтобы Свидригайлов не ходил к Порфирию; изучать, разузнавать, терять время на какого-нибудь Свидригайлова!

О, как ему всё это надоело!

А между тем он все-таки спешил к Свидригайлову; уж не ожидал ли он чего-нибудь от него нового, указаний, выхода? И за соломинку ведь хватаются! Не судьба ль, не инстинкт ли какой сводит их вместе? Может быть, это была только усталость, отчаяние; может быть, надо было не Свидригайлова, а кого-то другого, а Свидригайлов только так тут подвернулся. Соня? Да и зачем бы он пошел теперь к Соне? Опять просить у ней ее слез? Да и страшна была ему Соня. Соня представляла собою неумолимый приговор, решение без перемены. Тут -- или ее дорога, или его. Особенно в эту минуту он не в состоянии был ее видеть. Нет, не лучше ли испытать Свидригайлова: что это такое? И он не мог не сознаться внутри, что и действительно тот на что-то ему давно уже как бы нужен.

Ну, однако ж, что может быть между ними общего? Даже и злодейство не могло бы быть у них одинаково. Этот человек очень к тому же был неприятен, очевидно чрезвычайно развратен, непременно хитер и обманчив, может быть, очень зол. Про него ходят такие рассказы. Правда, он хлопотал за детей Катерины Ивановны; но кто знает, для чего и что это означает? У этого человека вечно какие-то намерения и проекты.

Мелькала постоянно во все эти дни у Раскольникова еще одна мысль и страшно его беспокоила, хотя он даже старался прогонять ее от себя, так она была тяжела для него! Он думал иногда: Свидригайлов всё вертелся около него, да и теперь вертится; Свидригайлов узнал его тайну; Свидригайлов имел замыслы против Дуни. А если и теперь имеет? Почти наверное можно сказать, что да. А если теперь, узнав его тайну и таким образом получив над ним власть, он захочет употребить ее как оружие против Дуни?

Мысль эта иногда, даже во сне, мучила его, но в первый еще раз она явилась ему так сознательно ярко, как теперь, когда он шел к Свидригайлову. Одна уже мысль эта приводила его в мрачную ярость. Во-первых, тогда уже всё изменится, даже в его собственном положении: следует тотчас же открыть тайну Дунечке. Следует, может быть, предать самого себя, чтоб отвлечь Дунечку от какого-нибудь неосторожного шага. Письмо? Нынче утром Дуня получила какое-то письмо! От кого в

Петербурге могла бы она получать письма? (Лужин разве?) Правда, там стережет Разумихин; но Разумихин ничего не знает. Может быть, следует открыться и Разумихину? Раскольников с омерзением подумал об этом.

"Во всяком случае Свидригайлова надо увидать как можно скорее, -- решил он про себя окончательно. -- Слава богу, тут не так нужны подробности, сколько сущность дела; но если, если только способен он, если Свидригайлов что-нибудь интригует против Дуни, -- то..."

Раскольников до того устал за всё это время, за весь этот месяц, что уже не мог разрешать теперь подобных вопросов иначе, как только одним решением: "Тогда я убью его", -- подумал он в холодном отчаянии. Тяжелое чувство сдавило его сердце; он остановился посредине улицы и стал осматриваться: по какой дороге он идет и куда он зашел? Он находился на -- ском проспекте, шагах в тридцати или в сорока от Сенной, которую прошел. Весь второй этаж дома налево был занят трактиром. Все окна были отворены настежь; трактир, судя по двигавшимся фигурам в окнах, был набит битком. В зале разливались песенники, звенели кларнет, скрипка и гремел турецкий барабан. Слышны были женские взвизги. Он было хотел пойти назад, недоумевая, зачем он повернул на --ский проспект, как вдруг, в одном из крайних отворенных окон трактира, увидел сидевшего у самого окна, за чайным столом, с трубкою в зубах, Свидригайлова. Это страшно, до ужаса поразило его. Свидригайлов наблюдал и рассматривал его молча и, что тоже тотчас же поразило Раскольникова, кажется, хотел было вставать, чтобы потихоньку успеть уйти, пока его не заметили. Раскольников тотчас сделал вид, что как будто и сам не заметил его и смотрит, задумавшись, в сторону, а сам продолжал его наблюдать краем глаза. Сердце его тревожно билось. Так и есть: Свидригайлов очевидно не хочет, чтоб его видели. Он отвел от губ трубку и уже хотел спрятаться; но, поднявшись и отодвинув стул, вероятно, вдруг заметил, что Раскольников его видит и наблюдает. Между ними произошло нечто похожее на сцену их первого свидания у Раскольникова, во время сна. Плутовская улыбка показалась на лице Свидригайлова и всё более расширялась. И тот и другой знали, что оба видят и наблюдают друг друга. Наконец Свидригайлов громко расхохотался.

-- Ну, ну! входите уж, коли хотите; я здесь! -- крикнул он из окна.

Раскольников поднялся в трактир.

Он нашел его в очень маленькой задней комнате, в одно окно, примыкавшей к большой зале, где на двадцати маленьких столиках, при криках отчаянного хора песенников, пили чай купцы, чиновники и множество всякого люда. Откуда-то долетал стук шаров на биллиарде. На столике пред Свидригайловым стояла початая бутылка шампанского и стакан, до половины полный вина. В комнатке находились еще мальчик-шарманщик, с маленьким ручным органчиком, и здоровая, краснощекая девушка в подтыканной полосатой юбке и в тирольской шляпке с лентами, певица, лет восемнадцати, которая, несмотря на хоровую песню в другой комнате, пела под аккомпанемент органщика, довольно сиплым контральтом, какую-то лакейскую песню...

-- Ну и довольно! -- прервал ее Свидригайлов при входе Раскольникова.

Девушка тотчас же оборвала и остановилась в почтительном ожидании. Пела она свою рифмованную лакейщину тоже с каким-то серьезным и почтительным оттенком в лице.

-- Эй, Филипп, стакан! -- крикнул Свидригайлов.

-- Я не стану пить вина, -- сказал Раскольников.

-- Как хотите, я не для вас. Пей, Катя! Сегодня ничего больше не понадобится, ступай! -- Он налил ей целый стакан вина и выложил желтенький билетик. Катя выпила стакан разом, как пьют вино женщины, то есть не отрываясь, в двадцать глотков, взяла билетик, поцеловала у Свидригайлова руку, которую тот весьма серьезно допустил поцеловать, и вышла из комнаты, а за нею потащился и мальчишка с органом. Оба они были приведены с улицы. Свидригайлов и недели не жил в Петербурге, а уж всё около него было на какой-то патриархальной ноге. Трактирный лакей, Филипп, тоже был уже "знакомый" и подобострастничал. Дверь в залу запиралась; Свидригайлов в этой комнате был как у себя и проводил в ней, может быть, целые дни. Трактир был грязный, дрянной и даже не средней руки.

-- Я к вам шел и вас отыскивал, -- начал Раскольников, -- но почему теперь я вдруг поворотил на -- ский проспект с Сенной! Я никогда сюда не поворачиваю и не захожу. Я поворачиваю с Сенной направо. Да и дорога к вам не сюда. Только поворотил, вот и вы! Это странно!

-- Зачем же вы прямо не скажете: это чудо!

-- Потому что это, может быть, только случай.

-- Ведь какая складка у всего этого народа! -- захохотал Свидригайлов, -- не сознается, хоть бы даже внутри и верил чуду! Ведь уж сами говорите, что "может быть" только случай. И какие здесь всё трусишки насчет своего собственного мнения, вы представить себе не можете, Родион Романыч! Я не про вас. Вы имеете собственное мнение и не струсили иметь его. Тем-то вы и завлекли мое любопытство.

-- Больше ничем?

-- Да и этого ведь довольно.

Свидригайлов был, очевидно, в возбужденном состоянии, но всего только на капельку; вина выпил он всего только полстакана.

-- Мне кажется, вы пришли ко мне раньше, чем узнали о том, что я способен иметь то, что вы называете собственным мнением, -- заметил

Раскольников.

-- Ну, тогда было дело другое. У всякого свои шаги. А насчет чуда скажу вам, что вы, кажется, эти последние два-три дня проспали. Я вам сам назначил этот трактир и никакого тут чуда не было, что вы прямо пришли; сам растолковал всю дорогу, рассказал место, где он стоит, и часы, в которые можно меня здесь застать. Помните?

-- Забыл, -- отвечал с удивлением Раскольников.

-- Верю. Два раза я вам говорил. Адрес отчеканился у вас в памяти механически. Вы и повернули сюда механически, а между тем строго по адресу, сами того не зная. Я, и говоря-то вам тогда, не надеялся, что вы меня поняли. Очень уж вы себя выдаете, Родион Романыч. Да вот еще: я убежден, что в Петербурге много народу, ходя, говорят сами с собой. Это город полусумасшедших. Если б у нас были науки, то медики, юристы и философы могли бы сделать над Петербургом драгоценнейшие исследования, каждый по своей специальности. Редко где найдется столько мрачных, резких и странных влияний на душу человека, как в Петербурге. Чего стоят одни климатические влияния! Между тем это административный центр всей России, и характер его должен отражаться на всем. Но не в том теперь дело, а в том, что я уже несколько раз смотрел на вас сбоку. Вы выходите из дому -- еще держите голову прямо. С двадцати шагов вы уже ее опускаете, руки складываете назад. Вы смотрите и, очевидно, ни пред собою, ни по бокам уже ничего не видите. Наконец, начинаете шевелить губами и разговаривать сами с собой, причем иногда вы высвобождаете руку и декламируете, наконец, останавливаетесь среди дороги надолго. Это очень нехорошо-с. Может быть, вас кое-кто и замечает, кроме меня, а уж это невыгодно. Мне, в сущности, всё равно, и я вас не вылечу, но вы, конечно, меня понимаете.

-- А вы знаете, что за мною следят? -- спросил Раскольников, пытливо на него взглядывая.

-- Нет, ничего не знаю, -- как бы с удивлением ответил Свидригайлов.

-- Ну так и оставим меня в покое, -- нахмурившись, пробормотал Раскольников.

-- Хорошо, оставим вас в покое.

-- Скажите лучше, если вы сюда приходите пить и сами мне назначали два раза, чтоб я к вам сюда же пришел, то почему вы теперь, когда я смотрел в окно с улицы, прятались и хотели уйти? Я это очень хорошо заметил.

-- Хе-хе! А почему вы, когда я тогда стоял у вас на пороге, лежали на своей софе с закрытыми глазами и притворялись, что спите, тогда как вы вовсе не спали? Я это очень хорошо заметил.

-- Я мог иметь... причины... вы сами это знаете.

-- И я мог иметь свои причины, хотя вы их и не узнаете.

Раскольников опустил правый локоть на стол, подпер пальцами правой руки снизу свой подбородок и пристально уставился на Свидригайлова. Он рассматривал с минуту его лицо, которое всегда его поражало и прежде. Это было какое-то странное лицо, похожее как бы на маску: белое, румяное, с румяными, алыми губами, с светло-белокурою бородой и с довольно еще густыми белокурыми волосами. Глаза были как-то слишком голубые, а взгляд их как-то слишком тяжел и неподвижен. Что-то было ужасно неприятное в этом красивом и чрезвычайно моложавом, судя по летам, лице. Одежда Свидригайлова была щегольская, летняя, легкая, в особенности щеголял он бельем. На пальце был огромный перстень с дорогим камнем.

-- Да неужели же мне и с вами еще тоже надо возиться, -- сказал вдруг Раскольников, выходя с судорожным нетерпением прямо на открытую, -- хотя вы, может быть, и самый опасный человек, если захотите вредить, да я-то не хочу ломать себя больше. Я вам покажу сейчас, что не так дорожу собою, как вы, вероятно, думаете. Знайте же, я пришел к вам прямо сказать, что если вы держите свое прежнее намерение насчет моей сестры и если для этого думаете чем-нибудь воспользоваться из того, что открыто в последнее время, то я вас убью, прежде чем вы меня в острог посадите. Мое слово верно: вы знаете, что я сумею сдержать его. Второе, если хотите мне что-нибудь объявить, -- потому что мне всё это время казалось, что вы как будто хотите мне что-то сказать, -- то объявляйте скорее, потому что время дорого и, может быть, очень скоро будет уже поздно.

-- Да куда вы это так торопитесь? -- спросил Свидригайлов, любопытно его разглядывая.

-- У всякого свои шаги, -- мрачно и нетерпеливо проговорил Раскольников.

-- Вы сами же вызывали сейчас на откровенность, а на первый же вопрос и отказываетесь отвечать, -- заметил Свидригайлов с улыбкой. -- Вам всё кажется, что у меня какие-то цели, а потому и глядите на меня подозрительно. Что ж, это совершенно понятно в вашем положении. Но как я ни желаю сойтись с вами, я все-таки не возьму на себя труда разуверять вас в противном. Ей-богу, игра не стоит свеч, да и говорить-то с вами я ни о чем таком особенном не намеревался.

-- Зачем же я тогда вам так понадобился? Ведь вы же около меня ухаживали?

-- Да просто как любопытный субъект для наблюдения. Мне понравились вы фантастичностью вашего положения -- вот чем! Кроме того, вы брат особы, которая меня очень интересовала, и, наконец, от самой этой особы в свое время я ужасно много и часто слыхал о вас, из чего и заключил, что вы имеете над нею большое влияние; разве этого мало? Хе-хе-хе! Впрочем, сознаюсь, ваш вопрос для меня весьма сложен, и мне трудно на него вам ответить. Ну вот, например, ведь вы пошли ко мне теперь мало того что по делу, а за чем-нибудь новеньким? Ведь так? Ведь так? -- настаивал Свидригайлов с плутовскою улыбкой, -- ну, представьте же себе после этого, что я сам-то, еще ехав сюда, в вагоне, на вас же рассчитывал, что вы мне тоже скажете что-нибудь новенького и что от вас же удастся мне чем-нибудь позаимствоваться! Вот какие мы богачи!

-- Чем это позаимствоваться?

-- Да что вам сказать? Разве я знаю чем? Видите, в каком трактиришке всё время просиживаю, и это мне всласть, то есть не то чтобы всласть, а так, надо же где-нибудь сесть. Ну, вот хоть эта бедная Катя -- видели?.. Ну был бы я, например, хоть обжора, клубный гастроном, а то ведь вот что я могу есть! (Он ткнул пальцем в угол, где на маленьком столике, на жестяном блюдце, стояли остатки ужасного бифштекса с картофелем). Кстати, обедали вы? Я перекусил и больше не хочу. Вина, например, совсем не пью. Кроме шампанского, никакого, да и шампанского-то в целый вечер один стакан, да и то голова болит. Это я теперь, чтобы подмонтироваться, велел подать, потому что я куда-то собираюсь, и вы видите меня в особом расположении духа. Я потому давеча и спрятался, как школьник, что думал, что вы мне помешаете; но, кажется (он вынул часы), могу пробыть с вами час; теперь половина пятого. Верите ли, хотя бы что-нибудь было; ну, помещиком быть, ну, отцом, ну, уланом, фотографом, журналистом... н-ничего, никакой специальности! Иногда даже скучно. Право, думал, что вы мне скажете что-нибудь новенького.

-- Да кто вы такой и зачем вы сюда приехали?

-- Я кто такой? Вы знаете: дворянин, служил два года в кавалерии, потом так здесь в Петербурге шлялся, потом женился на Марфе Петровне и жил в деревне. Вот моя биография!

-- Вы, кажется, игрок?

-- Нет, какой я игрок. Шулер -- не игрок.

-- А вы были шулером?

-- Да, был шулером.

-- Что же, вас бивали?

-- Случалось. А что?

-- Ну, стало быть, вызвать на дуэль могли... да и вообще, оживляет.

-- Не противоречу вам и притом не мастер я философствовать. Признаюсь вам, я сюда больше насчет женщин поскорее приехал.

-- Только что похоронили Марфу Петровну?

-- Ну да, -- улыбнулся с побеждающею откровенностию Свидригайлов. -- Так что ж? Вы, кажется, находите что-то дурное, что я о женщинах так говорю?

-- То есть нахожу я или нет дурное в разврате?

-- В разврате! Ну вот вы куда! А впрочем, по порядку прежде отвечу вам насчет женщины вообще; знаете, я расположен болтать. Скажите, для чего я буду себя сдерживать? Зачем же бросать женщин, коли я хоть до них охотник? По крайней мере, занятие.

-- Так вы здесь только на разврат один и надеетесь?

-- Ну так что ж, ну и на разврат! Дался им разврат. Да люблю, по крайней мере, прямой вопрос. В этом разврате, по крайней мере, есть нечто постоянное, основанное даже на природе и не подверженное фантазии, нечто всегдашним разожженным угольком в крови пребывающее, вечно поджигающее, которое и долго еще, и с летами, может быть, не так скоро зальешь. Согласитесь сами, разве не занятие в своем роде?

-- Чему же тут радоваться? Это болезнь, и опасная.

-- А, вот вы куда! Я согласен, что это болезнь, как и всё переходящее через меру, -- а тут непременно придется перейти через меру, -- но ведь это, во-первых, у одного так, у другого иначе, а во-вторых, разумеется, во всем держи меру, расчет, хоть и подлый, но что же делать? Не будь этого, ведь этак застрелиться, пожалуй, пришлось бы. Я согласен, что порядочный человек обязан скучать, но ведь, однако ж...

-- А вы могли бы застрелиться?

-- Ну вот! -- с отвращением отпарировал Свидригайлов, -- сделайте одолжение, не говорите об этом, -- прибавил он поспешно и даже без всякого фанфаронства, которое выказывалось во всех прежних его словах. Даже лицо его как будто изменилось. -- Сознаюсь в непростительной слабости, но что делать: боюсь смерти и не люблю, когда говорят о ней. Знаете ли, что я мистик отчасти?

-- А! призраки Марфы Петровны! Что ж, приходить продолжают?

-- Ну их, не поминайте; в Петербурге еще не было; да и черт с ними! -- вскричал он с каким-то раздражительным видом. -- Нет, будемте лучше об этом... да впрочем... Гм! Эх, мало времени, не могу я с вами долго остаться, а жаль! Было бы что сообщить.

-- А что у вас, женщина?

-- Да, женщина, так, нечаянный один случай... нет, я не про то.

-- Ну, а мерзость всей этой обстановки на вас уже не действует? Уже потеряли силу остановиться?

-- А вы и на силу претендуете? Хе-хе-хе! Удивили же вы меня сейчас, Родион Романыч, хоть я заранее знал, что это так будет. Вы же толкуете мне о разврате и об эстетике! Вы -- Шиллер, вы -- идеалист! Всё это, конечно, так и должно быть и надо бы удивляться, если б оно было иначе, но, однако ж, как-то все-таки странно в действительности... Ах, жаль, что времени мало, потому вы сами прелюбопытный субъект! А кстати, вы любите Шиллера? Я ужасно люблю.

-- Но какой вы, однако же, фанфарон! -- с некоторым отвращением произнес Раскольников.

-- Ну, ей-богу же, нет! -- хохоча отвечал Свидригайлов, -- а впрочем, не спорю, пусть и фанфарон; но ведь почему же и не пофанфаронить, когда оно безобидно. Я семь лет прожил в деревне у Марфы Петровны, а потому, набросившись теперь на умного человека, как вы, -- на умного и в высшей степени любопытного, просто рад поболтать, да, кроме того, выпил эти полстакана вина и уже капельку в голову ударило. А главное, существует одно обстоятельство, которое меня очень монтировало, но о котором я... умолчу. Куда же вы? -- с испугом спросил вдруг Свидригайлов.

Раскольников стал было вставать. Ему сделалось и тяжело, и душно, и как-то неловко, что он пришел сюда. В Свидригайлове он убедился как в самом пустейшем и ничтожнейшем злодее в мире.

-- Э-эх! Посидите, останьтесь, -- упрашивал Свидригайлов, -- да велите себе принести хоть чаю. Ну посидите, ну я не буду болтать вздору, о себе то есть. Я вам что-нибудь расскажу. Ну, хотите, я вам расскажу, как меня женщина, говоря вашим слогом, "спасала"? Это будет даже ответом на ваш первый вопрос, потому что особа эта -- ваша сестра. Можно рассказывать? Да и время убьем.

-- Рассказывайте, но я надеюсь, вы...

-- О, не беспокойтесь! Притом же Авдотья Романовна даже и в таком скверном и пустом человеке, как я, может вселить только одно глубочайшее уважение.

IV

-- Вы знаете, может быть (да я, впрочем, и сам вам рассказывал), -- начал Свидригайлов, -- что я сидел здесь в долговой тюрьме, по огромному счету, и не имея ни малейших средств в виду для уплаты. Нечего подробничать о том, как выкупила меня тогда Марфа Петровна; знаете ли, до какой степени одурманения может иногда полюбить женщина? Это была женщина честная, весьма неглупая (хотя и совершенно необразованная). Представьте же себе, что эта-то самая, ревнивая и честная женщина решилась снизойти, после многих ужасных исступлений и попреков, на некоторого рода со мною контракт, который и исполняла во всё время нашего брака. Дело в том, что она была значительно старше меня, кроме того, постоянно носила во рту какую-то гвоздичку. Я имел настолько свинства в душе и своего рода честности, чтоб объявить ей прямо, что совершенно верен ей быть не могу. Это признание привело ее в исступление, но, кажется, моя грубая откровенность ей в некотором роде понравилась: "Значит, дескать, сам не хочет обманывать, коли заранее так объявляет", -- ну, а для ревнивой женщины это первое. После долгих слез состоялся между нами такого рода изустный контракт: первое, я никогда не оставлю Марфу Петровну и всегда пребуду ее мужем; второе, без ее позволения не отлучусь никуда; третье, постоянной любовницы не заведу никогда; четвертое, за это Марфа Петровна позволяет мне приглянуть иногда на сенных девушек, но не иначе как с ее секретного ведома; пятое, боже сохрани меня полюбить женщину из нашего сословия; шестое, если на случай, чего боже сохрани, меня посетит какая-нибудь страсть, большая и серьезная, то я должен открыться Марфе Петровне. Насчет последнего пункта Марфа Петровна была, впрочем, во всё время довольно спокойна; это была умная женщина, а следовательно, не могла же на меня смотреть иначе как на развратника и потаскуна, который серьезно полюбить не в состоянии. Но умная женщина и ревнивая женщина -- два предмета разные, и вот в этом-то и беда. Впрочем, чтобы беспристрастно судить о некоторых людях, нужно заранее отказаться от иных предвзятых взглядов и от обыденной привычки к обыкновенно окружающим нас людям и предметам. На ваше суждение, более чем на чье-нибудь, я имею право надеяться. Может быть, вы уже очень много слышали о Марфе Петровне смешного и нелепого. Действительно, у ней были иные весьма смешные привычки; но скажу вам прямо, что я искренно сожалею о бесчисленных горестях, которых я был причиной. Ну и довольно, кажется, для весьма приличного oraison funèbre [надгробного слова (франц.).] нежнейшей жене нежнейшего мужа. В случаях наших ссор я, большею частию, молчал и не раздражался, и это джентельменничанье всегда почти достигало цели; оно на нее влияло, и ей даже нравилось; бывали случаи, что она мною даже гордилась. Но сестрицы вашей все-таки не вынесла. И каким образом это случилось, что она рискнула взять такую раскрасавицу в свой дом, в гувернантки! Я объясняю тем, что Марфа Петровна была женщина пламенная и восприимчивая и что, просто-запросто, она сама влюбилась, -- буквально влюбилась, -- в вашу сестрицу. Ну да и Авдотья-то Романовна! Я очень хорошо понял, с первого взгляда, что тут дело плохо, и -- что вы думаете? -- решился было и глаз не подымать на нее. Но Авдотья Романовна сама сделала первый шаг -- верите или нет? Верите ли вы тоже, что Марфа Петровна до того доходила, что даже на меня сердилась сначала за мое всегдашнее молчание о вашей сестре, за то, что я так равнодушен на ее беспрерывные и влюбленные отзывы об Авдотье Романовне? Сам не понимаю, чего ей хотелось! Ну, уж конечно, Марфа Петровна рассказала Авдотье Романовне обо мне всю подноготную. У нее была несчастная черта, решительно всем рассказывать все наши семейные тайны и всем беспрерывно на меня жаловаться; как же было пропустить такого нового и прекрасного друга? Полагаю, что у них и разговору иного не было, как обо мне, и, уж без сомнения, Авдотье Романовне стали известны все эти мрачные, таинственные сказки, которые мне приписывают... Бьюсь об заклад, что вы уж что-нибудь в этом роде тоже слышали?

-- Слышал. Лужин обвинял вас, что вы даже были причиной смерти ребенка. Правда это?

-- Сделайте одолжение, оставьте все эти пошлости в покое, -- с отвращением и брюзгливо отговорился Свидригайлов, -- если вы так непременно захотите узнать обо всей этой бессмыслице, то я когда-нибудь расскажу вам особо, а теперь...

-- Говорили тоже о каком-то вашем лакее в деревне и что будто бы вы были тоже чему-то причиной.

-- Сделайте одолжение, довольно! -- перебил опять с явным нетерпением Свидригайлов.

-- Это не тот ли лакей, который вам после смерти трубку приходил набивать... еще сами мне рассказывали? -- раздражался всё более и более Раскольников.

Свидригайлов внимательно поглядел на Раскольникова, и тому показалось, что во взгляде этом блеснула мгновенно, как молния, злобная усмешка, но Свидригайлов удержался и весьма вежливо отвечал:

-- Это тот самый. Я вижу, что вас тоже всё это чрезвычайно интересует, и почту за долг, при первом удобном случае, по всем пунктам удовлетворить ваше любопытство. Черт возьми! Я вижу, что действительно могу показаться кому-нибудь лицом романическим. Судите же, до какой степени я обязан после того благодарить покойницу Марфу Петровну за то, что она наговорила вашей сестрице обо мне столько таинственного и любопытного. Не смею судить о впечатлении; но, во всяком случае, это было для меня выгодно. При всем естественном отвращении ко мне Авдотьи Романовны и несмотря на мой всегдашний мрачный и отталкивающий вид, -- ей стало наконец жаль меня, жаль пропащего человека. А когда сердцу девушки станет жаль, то, уж разумеется, это для нее всего опаснее. Тут уж непременно захочется и "спасти", и образумить, и воскресить, и призвать к более благородным целям, и возродить к новой жизни и деятельности, -- ну, известно, что можно намечтать в этом роде. Я тотчас же смекнул, что птичка сама летит в сетку, и, в свою очередь, приготовился. Вы, кажется, хмуритесь, Родион Романыч? Ничего-с, дело, как вы знаете, обошлось пустяками. (Черт возьми, сколько я пью вина!) Знаете, мне всегда было жаль, с самого начала, что судьба не дала родиться вашей сестре во втором или третьем столетии нашей эры, где-нибудь дочерью владетельного князька или там какого-нибудь правителя, или проконсула в Малой Азии. Она, без сомнения, была бы одна из тех, которые претерпели мученичество, и уж, конечно бы, улыбалась, когда бы ей жгли грудь раскаленными щипцами. Она бы пошла на это нарочно сама, а в четвертом и в пятом веках ушла бы в Египетскую пустыню и жила бы там тридцать лет, питаясь кореньями, восторгами и видениями. Сама она только того и жаждет, и требует, чтобы за кого-нибудь какую-нибудь муку поскорее принять, а не дай ей этой муки, так она, пожалуй, и в окно выскочит. Я слышал что-то о каком-то господине Разумихине. Он малый, говорят, рассудительный (что и фамилия его показывает, семинарист должно быть), ну так пусть и бережет вашу сестру. Одним словом, я, кажется, ее понял, что и считаю себе за честь. Но тогда, то есть в начале знакомства, сами знаете, бываешь всегда как-то легкомысленнее и глупее, смотришь ошибочно, видишь не то. Черт возьми, зачем же она так хороша? Я не виноват! Одним словом, у меня началось с самого неудержимого сладострастного порыва. Авдотья Романовна целомудренна ужасно, неслыханно и невиданно. (Заметьте себе, я вам сообщаю это о вашей сестре как факт. Она целомудренна, может быть, до болезни, несмотря на весь свой широкий ум, и это ей повредит). Тут у нас случилась одна девушка, Параша, черноокая Параша, которую только что привезли из другой деревни, сенная девушка, и которую я еще никогда не видывал, -- хорошенькая очень, но глупа до невероятности: в слезы, подняла вой на весь двор, и вышел скандал. Раз, после обеда, Авдотья Романовна нарочно отыскала меня одного в аллее в саду и с сверкающими глазами потребовала от меня, чтоб я оставил бедную Парашу в покое. Это был чуть ли не первый разговор наш вдвоем. Я, разумеется, почел за честь удовлетворить ее желанию, постарался прикинуться пораженным, смущенным, ну, одним словом, сыграл роль недурно. Начались сношения, таинственные разговоры, нравоучения, поучения, упрашивания, умаливания, даже слезы, -- верите ли, даже слезы! Вот до какой силы доходит у иных девушек страсть к пропаганде! Я, конечно, всё свалил на свою судьбу, прикинулся алчущим и жаждущим света и, наконец, пустил и ход величайшее и незыблемое средство к покорению женского сердца, средство, которое никогда и никого не обманет и которое действует решительно на всех до единой, без всякого исключения. Это средство известное -- лесть. Нет ничего в мире труднее прямодушия, и нет ничего легче лести. Если в прямодушии только одна сотая доля нотки фальшивая, то происходит тотчас диссонанс, а за ним -- скандал. Если же в лести даже всё до последней нотки фальшивое, и тогда она приятна и слушается не без удовольствия; хотя бы и с грубым удовольствием, но все-таки с удовольствием. И как бы ни груба была лесть, в ней непременно, по крайней мере, половина кажется правдою. И это для всех развитий и слоев общества. Даже весталку можно соблазнить лестью. А уж про обыкновенных людей и говорить нечего. Без смеху не могу себе припомнить, как один раз соблазнял я одну, преданную своему мужу, своим детям и своим добродетелям, барыню. Как это было весело и как мало было работы! А барыня действительно была добродетельна, по крайней мере по-своему. Вся моя тактика состояла в том, что я просто был каждую минуту раздавлен и падал ниц пред ее целомудрием. Я льстил безбожно, и только что, бывало, добьюсь пожатия руки, даже взгляда, то укоряю себя, что это я вырвал его у нее силой, что она сопротивлялась, что она так сопротивлялась, что я наверное бы никогда ничего не получил, если б я сам не был так порочен; что она, в невинности своей, не предусмотрела коварства и поддалась неумышленно, сама того не зная, не ведая, и прочее, и прочее. Одним словом, я достиг всего, а моя барыня оставалась в высшей степени уверена, что она невинна и целомудренна и исполняет все долги и обязанности, а погибла совершенно нечаянно. И как же она рассердилась на меня, когда я объявил ей в конце концов, что, по моему искреннему убеждению, она точно так же искала наслаждений, как и я. Бедная Марфа Петровна тоже ужасно поддавалась на лесть, и если бы только я захотел, то, конечно, отписал бы всё ее имение на себя еще при жизни. (Однако я ужасно много пью вина и болтаю). Надеюсь, что вы не рассердитесь, если я упомяну теперь, что тот же самый эффект начал сбываться и с Авдотьей Романовной. Да я сам был глуп и нетерпелив и всё дело испортил. Авдотье Романовне еще несколько раз и прежде (а один раз как-то особенно) ужасно не понравилось выражение глаз моих, верите вы этому? Одним словом, в них всё сильнее и неосторожнее вспыхивал некоторый огонь, который пугал ее и стал ей наконец ненавистен. Нечего рассказывать подробности, но мы разошлись. Тут я опять сглупил. Пустился грубейшим образом издеваться насчет всех этих пропаганд и обращений; Параша опять выступила на сцену, да и не она одна, -- одним словом, начался содом. Ох, если бы вы видели, Родион Романыч, хоть раз в жизни глазки вашей сестрицы так, как они иногда умеют сверкать! Это ничего, что я теперь пьян и вот уже целый стакан вина выпил, я правду говорю; уверяю вас, что этот взгляд мне снился; шелест платья ее я уже наконец не мог выносить. Право, я думал, что со мною сделается падучая; никогда не воображал, что могу дойти до такого исступления. Одним словом, необходимо было помирится; но это было уже невозможно. И представьте себе, что я тогда сделал? До какой степени отупения бешенство может довести человека! Никогда не предпринимайте ничего в бешенстве, Родион Романыч. Рассчитывая, что Авдотья Романовна, в сущности, ведь нищая (ах, извините, я не то хотел... но ведь не всё ли равно, если выражается то же понятие?), одним словом, живет трудами рук своих, что у ней на содержании и мать, и вы (ах, черт, опять морщитесь...), я и решился предложить ей все мои деньги (тысяч до тридцати я мог и тогда осуществить) с тем, чтоб она бежала со мной хоть сюда, в Петербург. Разумеется, я бы тут поклялся в вечной любви, блаженстве и прочее, и прочее. Верите ли, я до того тогда врезался, что скажи она мне: зарежь или отрави Марфу Петровну и женись на мне, -- это тотчас же было бы сделано! Но кончилось всё катастрофой, вам уже известною, и сами можете судить, до какого бешенства мог я дойти, узнав, что Марфа Петровна достала тогда этого подлейшего приказного, Лужина, и чуть не смастерила свадьбу, -- что, в сущности, было бы то же самое, что и я предлагал. Так ли? Так ли? Ведь так? Я замечаю, что вы что-то очень внимательно стали слушать... интересный молодой человек...

Свидригайлов в нетерпении ударил кулаком по столу. Он раскраснелся. Раскольников видел ясно, что стакан или полтора шампанского, которые он выпил, отхлебывая неприметно, глотками, подействовали на него болезненно, -- и решился воспользоваться случаем. Свидригайлов был ему очень подозрителен.

-- Ну уж после этого я вполне убежден, что вы и сюда приехали, имея в виду мою сестру, -- сказал он Свидригайлову прямо и не скрываясь, чтоб еще более раздразнить его.

-- Эх, полноте, -- как бы спохватился вдруг Свидригайлов, -- я ведь вам говорил... и, кроме того, ваша сестра терпеть меня не может.

-- Да в этом-то и я убежден, что не может, да не в том теперь дело.

-- А вы убеждены, что не может? (Свидригайлов прищурился и насмешливо улыбнулся). Вы правы, она меня не любит; но никогда не ручайтесь в делах, бывших между мужем и женой или любовником и любовницей. Тут есть всегда один уголок, который всегда всему свету остается неизвестен и который известен только им двум. Вы ручаетесь, что Авдотья Романовна на меня с отвращением смотрела?

-- По некоторым словам и словечкам вашим во время вашего рассказа я замечаю, что у вас и теперь свои виды и самые неотлагательные намерения на Дуню, разумеется подлые.

-- Как! У меня вырывались такие слова и словечки? -- пренаивно испугался вдруг Свидригайлов, не обратив ни малейшего внимания на эпитет, приданный его намерениям.

-- Да они и теперь вырываются. Ну чего вы, например, так боитесь? Чего вы вдруг теперь испугались?

-- Я боюсь и пугаюсь? Пугаюсь вас? Скорее вам бояться меня, cher ami. [милый друг (франц.).] И какая, однако ж, дичь... А впрочем, я охмелел, я это вижу; чуть было опять не проговорился. К черту вино! Эй, воды!

Он схватил бутылку и без церемонии вышвырнул ее за окошко. Филипп принес воды.

-- Это всё вздор, -- сказал Свидригайлов, намачивая полотенце и прикладывая его к голове, -- а я вас одним словом могу осадить и все ваши подозрения в прах уничтожить. Знаете ль вы, например, что я женюсь?

-- Вы уже это мне и прежде говорили.

-- Говорил? Забыл. Но тогда я не мог говорить утвердительно, потому даже невесты еще не видал; я только намеревался. Ну а теперь у меня уж есть невеста, и дело сделано, и если бы только не дела, неотлагательные, то я бы непременно вас взял и сейчас к ним повез, -- потому я вашего совета хочу спросить. Эй, черт! Всего десять минут остается. Видите, смотрите на часы; а впрочем, я вам расскажу, потому это интересная вещица, моя женитьба-то, в своем то есть роде, -- куда вы? Опять уходить?

-- Нет, я уж теперь не уйду.

-- Совсем не уйдете? Посмотрим! Я вас туда свезу, это правда, покажу невесту, но только не теперь, а теперь вам скоро будет пора. Вы направо, я налево. Вы эту Ресслих знаете? Вот эту самую Ресслих, у которой я теперь живу, -- а? Слышите? Нет, вы что думаете, вот та самая, про которую говорят, что девчонка-то, в воде-то, зимой-то, -- ну, слышите ли? Слышите ли? Ну, так она мне всё это состряпала; тебе, говорит, так-то скучно, развлекись время. А я ведь человек мрачный, скучный. Вы думаете, веселый? Нет, мрачный: вреда не делаю, а сижу в углу; иной раз три дня не разговорят. А Ресслих эта шельма, я вам скажу, она ведь что в уме держит: я наскучу, жену-то брошу и уеду, а жена ей достанется, она ее и пустит в оборот; в нашем слою то есть, да повыше. Есть, говорит, один такой расслабленный отец, отставной чиновник, в кресле сидит и третий год ногами не двигается. Есть, говорит, и мать, дама рассудительная, мамаша-то. Сын где-то в губернии служит, не помогает.

Дочь вышла замуж и не навещает, а на руках два маленькие племянника (своих-то мало), да взяли, не кончив курса, из гимназии девочку, дочь свою последнюю, через месяц только что шестнадцать лет минет, значит, через месяц ее и выдать можно. Это за меня-то. Мы поехали; как это у них смешно; представляюсь: помещик, вдовец, известной фамилии, с такими-то связями, с капиталом, -- ну что ж, что мне пятьдесят, а той и шестнадцати нет? Кто ж на это смотрит? Ну а ведь заманчиво, а? Ведь заманчиво, ха-ха! Посмотрели бы вы, как я разговорился с папашей да с мамашей! Заплатить надо, чтобы только посмотреть на меня в это время. Выходит она, приседает, ну можете себе представить, еще в коротеньком платьице, неразвернувшийся бутончик, краснеет, вспыхивает, как заря (сказали ей, конечно). Не знаю, как вы насчет женских личик, но, по-моему, эти шестнадцать лет, эти детские еще глазки, эта робость и слезинки стыдливости, -- по-моему, это лучше красоты, а она еще к тому ж и собой картинка. Светленькие волоски, в маленькие локончики барашком взбитые, губки пухленькие, аленькие, ножки -- прелесть!.. Ну, познакомились, я объявил, что спешу по домашним обстоятельствам, и на другой же день, третьего дня то есть, нас и благословили. С тех пор как приеду, так сейчас ее к себе на колени, да так и не спускаю... Ну, вспыхивает, как заря, а я целую поминутно; мамаша-то, разумеется, внушает, что это, дескать, твой муж и что это так требуется, одним словом, малина! И это состояние теперешнее, жениховое, право, может быть, лучше и мужнего. Тут что называется La nature et la vérité! [природа и правда (франц.).] Ха-ха! Я с нею раза два переговаривал -- куда не глупа девчонка; иной раз так украдкой на меня взглянет -- ажно прожжет. А знаете, у ней личико вроде Рафаэлевой Мадонны. Ведь у Сикстинской Мадонны лицо фантастическое, лицо скорбной юродивой, вам это не бросилось в глаза? Ну, так в этом роде. Только что нас благословили, я на другой день на полторы тысячи и привез: бриллиантовый убор один, жемчужный другой да серебряную дамскую туалетную шкатулку -- вот какой величины, со всякими разностями, так даже у ней, у мадонны-то, личико зарделось. Посадил я ее вчера на колени, да, должно быть, уж очень бесцеремонно, -- вся вспыхнула и слезинки брызнули, да выдать-то не хочет, сама вся горит. Ушли все на минуту, мы с нею как есть одни остались, вдруг бросается мне на шею (сама в первый раз), обнимает меня обеими ручонками, целует и клянется, что она будет мне послушною, верною и доброю женой, что она сделает меня счастливым, что она употребит всю жизнь, всякую минуту своей жизни, всем, всем пожертвует, а за всё это желает иметь от меня только одно мое уважение и более мне, говорит, "ничего, ничего не надо, никаких подарков!" Согласитесь сами, что выслушать подобное признание наедине от такого шестнадцатилетнего ангельчика, в тюлевом платьице, со взбитыми локончиками, с краскою девичьего стыда и со слезинками энтузиазма в глазах, -- согласитесь сами, оно довольно заманчиво. Ведь заманчиво? Ведь стоит чего-нибудь, а? Ну, ведь стоит? Ну... ну слушайте... ну, поедемте к моей невесте... только не сейчас!

-- Одним словом, в вас эта чудовищная разница лет и развитий и возбуждает сладострастие! И неужели вы в самом деле так женитесь?

-- А что ж? Непременно. Всяк об себе сам промышляет и всех веселей тот и живет, кто всех лучше себя сумеет надуть. Ха-ха! Да что вы в добродетель-то так всем дышлом въехали? Пощадите, батюшка, я человек грешный. Хе-хе-хе!

-- Вы, однако ж, пристроили детей Катерины Ивановны. Впрочем... впрочем, вы имели на это свои причины... я теперь всё понимаю.

-- Детей я вообще люблю, я очень люблю детей, -- захохотал Свидригайлов. -- На этот счет я вам могу даже рассказать прелюбопытный один эпизод, который и до сих пор продолжается. В первый же день по приезде пошел я по разным этим клоакам, ну, после семи-то лет так и набросился. Вы, вероятно, замечаете, что я со своею компанией не спешу сходиться, с прежними-то друзьями и приятелями. Ну да и как можно дольше без них протяну. Знаете: у Марфы Петровны в деревне меня до смерти измучили воспоминания о всех этих таинственных местах и местечках, в которых, кто знает, тот много может найти. Черт возьми! Народ пьянствует, молодежь образованная от бездействия перегорает в несбыточных снах и грезах, уродуется в теориях; откуда-то жиды наехали, прячут деньги, а всё остальное развратничает. Так и пахнул на меня этот город с первых часов знакомым запахом. Попал я на один танцевальный так называемый вечер -- клоак страшный (а я люблю клоаки именно с грязнотцой), ну, разумеется, канкан, каких нету и каких в мое время и не было. Да-с, в этом прогресс. Вдруг, смотрю, девочка, лет тринадцати, премило одетая, танцует с одним виртуозом; другой пред ней визави. У стенки же на стуле сидит ее мать. Ну можете себе представить, каков канкан! Девочка конфузится, краснеет, наконец принимает себе в обиду и начинает плакать. Виртуоз подхватывает ее и начинает ее вертеть и пред нею представлять, все кругом хохочут и -- люблю в такие мгновения нашу публику, хотя бы даже и канканную, -- хохочут и кричат: "И дело, так и надо! А не возить детей!" Ну, мне-то наплевать, да и дела нет: логично аль не логично сами себя они утешают! Я тотчас мое место наметил, подсел к матери и начинаю о том, что я тоже приезжий, что какие всё тут невежи, что они не умеют отличать истинных достоинств и питать достодолжного уважения; дал знать, что у меня денег много; пригласил довезти в своей карете; довез домой, познакомился (в какой-то каморке от жильцов стоят, только что приехали). Мне объявили, что мое знакомство и она, и дочь ее могут принимать не иначе как за честь; узнаю, что у них ни кола, ни двора, а приехали хлопотать о чем-то в каком-то присутствии; предлагаю услуги, деньги; узнаю, что они ошибкой поехали на вечер, думая, что действительно танцевать там учат; предлагаю способствовать с своей стороны воспитанию молодой девицы, французскому языку и танцам. Принимают с восторгом, считают за честь, и до сих пор знаком... Хотите, поедем, -- только не сейчас.

-- Оставьте, оставьте ваши подлые, низкие анекдоты, развратный, низкий, сладострастный человек!

-- Шиллер-то, Шиллер-то наш, Шиллер-то! Où va-t-elle la vertu se nicher? * А знаете, я нарочно буду вам этакие вещи рассказывать, чтобы слышать ваши вскрикивания. Наслаждение!

* - Где только не гнездится добродетель? (франц.)

-- Еще бы, разве я сам себе в эту минуту не смешон? -- со злобою пробормотал Раскольников.

Свидригайлов хохотал во все горло; наконец кликнул Филиппа,

расплатился и стал вставать.

-- Ну да и пьян же я, assez causé! [довольно болтать (франц.)] -- сказал он, -- наслаждение!

-- Еще бы вам-то не ощущать наслаждения, -- вскрикнул Раскольников, тоже вставая, -- разве для исшаркавшегося развратника рассказывать о таких похождениях, -- имея в виду какое-нибудь чудовищное намерение в этом же роде, -- не наслаждение да еще при таких обстоятельствах и такому человеку, как я... Разжигает.

-- Ну, если так, -- даже с некоторым удивлением ответил Свидригайлов, рассматривая Раскольникова, -- если так, то вы и сами порядочный циник. Материал, по крайней мере, заключаете в себе огромный. Сознавать много можете, много... ну да вы и делать-то много можете. Ну, однако ж, довольно. Искренно жалею, что с вами мало переговорил, да вы от меня не уйдете... Вот подождите только...

Свидригайлов пошел вон из трактира. Раскольников за ним. Свидригайлов был, однако, не очень много хмелен; в голову только на мгновение ударило, хмель же отходил с каждою минутой. Он был чем-то очень озабочен, чем-то чрезвычайно важным, и хмурился. Какое-то ожидание, видимо, волновало его и беспокоило. С Раскольниковым в последние минуты он как-то вдруг изменился и с каждою минутой становился грубее и насмешливее. Раскольников всё это приметил и был тоже в тревоге. Свидригайлов стал ему очень подозрителен; он решился пойти за ним.

Сошли на тротуар.

-- Вам направо, а мне налево или, пожалуй, наоборот, только -- adieu, mon plaisir, 1 до радостного свидания!

И он пошел направо к Сенной.

1 прощай, моя радость (франц.).

V

Раскольников пошел вслед за ним.

-- Это что! -- вскричал Свидригайлов, оборачиваясь, -- я ведь, кажется, сказал...

-- Это значит то, что я от вас теперь не отстану.

-- Что-о-о?

Оба остановились, и оба с минуту глядели друг на друга, как бы меряясь.

-- Из всех ваших полупьяных рассказов, -- резко отрезал Раскольников, -- я заключил положительно, что вы не только не оставили ваших подлейших замыслов на мою сестру, но даже более чем когда-нибудь ими заняты. Мне известно, что сегодня утром сестра моя получила какое-то письмо. Вам всё время не сиделось на месте... Вы, положим, могли откопать по дороге какую-нибудь жену; но это ничего не значит. Я желаю удостовериться лично...

Раскольников вряд ли и сам мог определить, чего ему именно теперь хотелось и в чем именно желал он удостовериться лично.

-- Вот как! А хотите, я сейчас полицию кликну?

-- Кличь!

Они опять постояли с минуту друг пред другом. Наконец лицо Свидригайлова изменилось. Удостоверившись, что Раскольников не испугался угрозы, он принял вдруг самый веселый и дружеский вид.

-- Ведь этакой! Я нарочно о вашем деле с вами не заговаривал, хоть меня, разумеется, мучит любопытство. Дело фантастическое. Отложил было до другого раза, да, право, вы способны и мертвого раздразнить... Ну пойдемте, только заранее скажу: теперь только на минутку домой, чтобы денег захватить; потом запираю квартиру, беру извозчика и на целый вечер на Острова. Ну куда же вам за мной?

-- Я покамест на квартиру, да и то не к вам, а к Софье Семеновне, извиниться, что на похоронах не был.

-- Это как вам угодно, но Софьи Семеновны дома нет. Она всех детей отвела к одной даме, к одной знатной даме-старушке, к моей прежней давнишней знакомой и распорядительнице в каких-то сиротских заведениях. Я очаровал эту даму, внеся ей деньги за всех трех птенцов Катерины Ивановны, кроме того, и на заведения пожертвовал еще денег; наконец, рассказал ей историю Софьи Семеновны, даже со всеми онерами, ничего не скрывая. Эффект произвело неописанный. Вот почему Софье Семеновне и назначено было явиться сегодня же, прямо в -- ую отель, где временно, с дачи, присутствует моя барыня.

-- Нужды нет, я все-таки зайду.

-- Как хотите, только я-то вам не товарищ; а мне что! Вот мы сейчас и дома. Скажите, я убежден, вы оттого на меня смотрите подозрительно, что я сам был настолько деликатен и до сих пор не беспокоил вас расспросами... вы понимаете? Вам показалось это делом необыкновенным; бьюсь об заклад, что так! Ну вот и будьте после того деликатным.

-- И подслушивайте у дверей!

-- А, вы про это! -- засмеялся Свидригайлов, -- да, я бы удивился, если бы, после всего, вы пропустили это без замечания. Ха-ха! Я хоть нечто и понял из того, что вы тогда... там... накуролесили и Софье Семеновне сами рассказывали, но, однако, что ж это такое? Я, может, совсем отсталый человек и ничего уж понимать не могу. Объясните, ради бога, голубчик! Просветите новейшими началами.

-- Ничего вы не могли слышать, врете вы всё!

-- Да я не про то, не про то (хоть я, впрочем, кое-что и слышал), нет, я про то, что вы вот всё охаете да охаете! Шиллер-то в вас смущается поминутно. А теперь вот и у дверей не подслушивай. Если так, ступайте да и объявите по начальству, что вот, дескать, так и так, случился со мной такой казус: в теории ошибочка небольшая вышла. Если же убеждены, что у дверей нельзя подслушивать, а старушонок можно лущить чем попало, в свое удовольствие, так уезжайте куда-нибудь поскорее в Америку! Бегите, молодой человек! Может, есть еще время. Я искренно говорю. Денег, что ли, нет? Я дам на дорогу.

-- Я совсем об этом не думаю, -- перервал было Раскольников с отвращением.

-- Понимаю (вы, впрочем, не утруждайте себя: если хотите, то много и не говорите); понимаю, какие у вас вопросы в ходу: нравственные, что ли? вопросы гражданина и человека? А вы их побоку; зачем они вам теперь-то? Хе-хе! Затем, что всё еще и гражданин и человек? А коли так, так и соваться не надо было; нечего не за свое дело браться. Ну застрелитесь; что, аль не хочется?

-- Вы, кажется, нарочно хотите меня раздразнить, чтоб я только от вас теперь отстал...

-- Вот чудак-то, да мы уж пришли, милости просим на лестницу. Видите, вот тут вход к Софье Семеновне, смотрите, нет никого! Не верите? Спросите у Капернаумова; она им ключ отдает. Вот она и сама madame de Капернаумов, а? Что? (она глуха немного) ушла? Куда? Ну вот, слышали теперь? Нет ее и не будет до глубокого, может быть, вечера. Ну, теперь пойдемте ко мне. Ведь вы хотели и ко мне? Ну вот, мы и у меня. Madame Ресслих нет дома. Эта женщина вечно в хлопотах, но хорошая женщина, уверяю вас... может быть, она бы вам пригодилась, если бы вы были несколько рассудительнее. Ну вот, извольте видеть: я беру из бюро этот пятипроцентный билет (вот у меня их еще сколько!), а этот сегодня побоку у менялы пойдет. Ну, видели? Более мне терять времени нечего. Бюро запирается, квартира запирается, и мы опять на лестнице. Ну, хотите, наймемте извозчика! Я ведь на Острова. Не угодно ли прокатиться?

Вот я беру эту коляску на Елагин, что? Отказываетесь? Не выдержали? Прокатимтесь, ничего. Кажется, дождь надвигается, ничего, спустим верх...

Свидригайлов сидел уже в коляске. Раскольников рассудил, что подозрения его, по крайней мере в эту минуту, несправедливы. Не отвечая ни слова, он повернулся и пошел обратно по направлению к Сенной. Если б он обернулся хоть раз дорогой, то успел бы увидеть, как Свидригайлов, отъехав не более ста шагов, расплатился с коляской и сам очутился на тротуаре. Но он ничего уже не мог видеть и зашел уже за угол. Глубокое отвращение влекло его прочь от Свидригайлова. "И я мог хоть мгновение ожидать чего-нибудь от этого грубого злодея, от этого сладострастного развратника и подлеца!" -- вскричал он невольно. Правда, что суждение свое Раскольников произнес слишком поспешно и легкомысленно. Было нечто во всей обстановке Свидригайлова, что, по крайней мере, придавало ему хоть некоторую оригинальность, если не таинственность. Что же касалось во всем этом сестры, то Раскольников оставался все-таки убежден наверно, что Свидригайлов не оставит ее в покое. Но слишком уж тяжело и невыносимо становилось обо всем этом думать и передумывать!

По обыкновению своему, он, оставшись один, с двадцати шагов впал в глубокую задумчивость. Взойдя на мост, он остановился у перил и стал смотреть на воду. А между тем над ним стояла Авдотья Романовна.

Он повстречался с нею при входе на мост, но прошел мимо, не рассмотрев ее. Дунечка еще никогда не встречала его таким на улице и была поражена до испуга. Она остановилась и не знала: окликнуть его или нет? Вдруг она заметила поспешно подходящего со стороны Сенной Свидригайлова.

Но тот, казалось, приближался таинственно и осторожно. Он не взошел на мост, а остановился в стороне, на тротуаре, стараясь всеми силами, чтоб Раскольников не увидал его. Дуню он уже давно заметил и стал делать ей знаки. Ей показалось, что знаками своими он упрашивал ее не окликать брата и оставить его в покое, а звал ее к себе.

Так Дуня и сделала. Она потихоньку обошла брата и приблизилась к Свидригайлову.

-- Пойдемте поскорее, -- прошептал ей Свидригайлов. -- Я не желаю, чтобы Родион Романыч знал о нашем свидании. Предупреждаю вас, что я с ним сидел тут недалеко, в трактире, где он отыскал меня сам, и насилу от него отвязался. Он знает почему-то о моем к вам письме и что-то подозревает. Уж, конечно, не вы ему открыли? А если не вы, так кто же?

-- Вот мы уже поворотили за угол, -- перебила Дуня, -- теперь нас брат не увидит. Объявляю вам, что я не пойду с вами дальше. Скажите мне всё здесь; всё это можно сказать и на улице.

-- Во-первых, этого никак нельзя сказать на улице; во-вторых, вы должны выслушать и Софью Семеновну; в-третьих, я покажу вам кое-какие документы... Ну да, наконец, если вы не согласитесь войти ко мне, то я отказываюсь от всяких разъяснений и тотчас же ухожу. При этом попрошу вас не забывать, что весьма любопытная тайна вашего возлюбленного братца находится совершенно в моих руках.

Дуня остановилась в нерешительности и пронзающим взглядом смотрела на Свидригайлова.

-- Чего вы боитесь! -- заметил тот спокойно, -- город не деревня. И в деревне вреда сделали больше вы мне, чем я вам, а тут...

-- Софья Семеновна предупреждена?

-- Нет, я не говорил ей ни слова и даже не совсем уверен, дома ли она теперь? Впрочем, вероятно, дома. Она сегодня похоронила свою родственницу: не такой день, чтобы по гостям ходить. До времени я никому не хочу говорить об этом и даже раскаиваюсь отчасти, что вам сообщил. Тут малейшая неосторожность равняется уже доносу. Я живу вот тут, вот в этом доме, вот мы и подходим. Вот это дворник нашего дома; дворник очень хорошо меня знает; вот он кланяется; он видит, что я иду с дамой, и уж, конечно, успел заметить ваше лицо, а это вам пригодится, если вы очень боитесь и меня подозреваете. Извините, что я так грубо говорю. Сам я живу от жильцов. Софья Семеновна живет со мною стена об стену, тоже от жильцов. Весь этаж в жильцах. Чего же вам бояться, как ребенку? Или я уж так очень страшен?

Лицо Свидригайлова искривилось в снисходительную улыбку; но ему было уже не до улыбки. Сердце его стукало, и дыхание спиралось в груди. Он нарочно говорил громче, чтобы скрыть свое возраставшее волнение; но Дуня не успела заметить этого особенного волнения; уж слишком раздражило ее замечание о том, что она боится его, как ребенок, и что он так для нее страшен.

-- Хоть я и знаю, что вы человек... без чести, но я вас нисколько не боюсь. Идите вперед, -- сказала она, по-видимому спокойно, но лицо ее было очень бледно.

Свидригайлов остановился у квартиры Сони.

-- Позвольте справиться, дома ли. Нету. Неудача! Но я знаю, что она может прийти очень скоро. Если она вышла, то не иначе как к одной даме, по поводу своих сирот. У них мать умерла. Я тут также ввязался и распоряжался. Если Софья Семеновна не воротится через десять минут, то я пришлю ее к вам самое, если хотите, сегодня же; ну вот и мой нумер. Вот мои две комнаты. За дверью помещается моя хозяйка, госпожа Ресслих. Теперь взгляните сюда, я вам покажу мои главные документы: из моей спальни эта вот дверь ведет в совершенно пустые две комнаты, которые отдаются внаем. Вот они... на это вам нужно взглянуть несколько внимательнее...

Свидригайлов занимал две меблированные, довольно просторные комнаты. Дунечка недоверчиво осматривалась, но ничего особенного не заметила ни в убранстве, ни в расположении комнат, хотя бы и можно было кой-что заметить, например, что квартира Свидригайлова приходилась как-то между двумя почти необитаемыми квартирами. Вход к нему был не прямо из коридора, а через две хозяйкины комнаты, почти пустые. Из спальни же Свидригайлов, отомкнув дверь, запертую на ключ, показал Дунечке тоже пустую, отдающуюся внаем квартиру. Дунечка остановилась было на пороге, не понимая, для чего ее приглашают смотреть, но Свидригайлов поспешил с разъяснением:

-- Вот, посмотрите сюда, в эту вторую большую комнату. Заметьте эту дверь, она заперта на ключ. Возле дверей стоит стул, всего один стул в обеих комнатах. Это я принес из своей квартиры, чтоб удобнее слушать. Вот там сейчас за дверью стоит стол Софьи Семеновны; там она сидела и разговаривала с Родионом Романычем. А я здесь подслушивал, сидя на стуле, два вечера сряду, оба раза часа по два, -- и, уж конечно, мог узнать что-нибудь, как вы думаете?

-- Вы подслушивали?

-- Да, я подслушивал; теперь пойдемте ко мне; здесь и сесть негде.

Он привел Авдотью Романовну обратно в свою первую комнату, служившую ему залой, и пригласил ее сесть на стул. Сам сел на другом конце стола, по крайней мере от нее на сажень, но, вероятно, в глазах его уже блистал тот же самый пламень, который так испугал когда-то Дунечку. Она вздрогнула и еще раз недоверчиво осмотрелась. Жест ее был невольный; ей, видимо, не хотелось выказывать недоверчивости. Но уединенное положение квартиры Свидригайлова наконец ее поразило. Ей хотелось спросить, дома ли по крайней мере его хозяйка, но она не спросила... из гордости. К тому же и другое, несоразмерно большее страдание, чем страх за себя, было в ее сердце. Она нестерпимо мучилась.

-- Вот ваше письмо, -- начала она, положив его на стол. -- Разве возможно то, что вы пишете? Вы намекаете на преступление, совершенное будто бы братом. Вы слишком ясно намекаете, вы не смеете теперь отговариваться. Знайте же, что я еще до вас слышала об этой глупой сказке и не верю ей ни в одном слове. Это гнусное и смешное подозрение. Я знаю историю и как и отчего она выдумалась. У вас не может быть никаких доказательств. Вы обещали доказать: говорите же! Но заранее знайте, что я вам не верю! Не верю!..

Дунечка проговорила это скороговоркой, торопясь, и на мгновение краска бросилась ей в лицо.

-- Если бы вы не верили, то могло ли сбыться, чтобы вы рискнули прийти одна ко мне? Зачем же вы пришли? Из одного любопытства?

-- Не мучьте меня, говорите, говорите!

-- Нечего и говорить, что вы храбрая девушка. Ей-богу, я думал, что вы попросите господина Разумихина сопровождать вас сюда. Но его ни с вами, ни кругом вас не было, я-таки смотрел: это отважно, хотели, значит, пощадить Родиона Романыча. Впрочем, в вас всё божественно... Что же касается до вашего брата, то что я вам скажу? Вы сейчас его видели сами. Каков?

-- Не на этом же одном вы основываете?

-- Нет, не на этом, а на его собственных словах. Вот сюда два вечера сряду он приходил к Софье Семеновне. Я вам показывал, где они сидели. Он сообщил ей полную свою исповедь. Он убийца. Он убил старуху чиновницу, процентщицу, у которой и сам закладывал вещи; убил тоже сестру ее, торговку, по имени Лизавету, нечаянно вошедшую во время убийства сестры. Убил он их обеих топором, который принес с собою. Он их убил, чтоб ограбить, и ограбил; взял деньги и кой-какие вещи... Он сам это всё передавал слово в слово Софье Семеновне, которая одна и знает секрет, но в убийстве не участвовала ни словом, ни делом, а, напротив, ужаснулась так же, как и вы теперь. Будьте покойны, она его не выдаст.

-- Этого быть не может! -- бормотала Дунечка бледными, помертвевшими губами; она задыхалась, -- быть не может, нет никакой, ни малейшей причины, никакого повода... Это ложь! Ложь!

-- Он ограбил, вот и вся причина. Он взял деньги и вещи. Правда, он, по собственному своему сознанию, не воспользовался ни деньгами, ни вещами, а снес их куда-то под камень, где они и теперь лежат. Но это потому, что он не посмел воспользоваться.

-- Да разве вероятно, чтоб он мог украсть, ограбить? Чтоб он мог об этом только помыслить? -- вскричала Дуня и вскочила со стула. -- Ведь вы его знаете, видели? Разве он может быть вором?

Она точно умаливала Свидригайлова; она весь свой страх забыла.

-- Тут, Авдотья Романовна, тысячи и миллионы комбинаций и сортировок. Вор ворует, зато уж он про себя и знает, что он подлец; а вот я слышал про одного благородного человека, что почту разбил; так кто его знает, может, он и в самом деле думал, что порядочное дело сделал! Разумеется, я бы и сам не поверил, так же как и вы, если бы мне передали со стороны. Но своим собственным ушам я поверил. Он Софье Семеновне и причины все объяснял; но та и ушам своим сначала не поверила, да глазам наконец поверила, своим собственным глазам. Он ведь сам ей лично передавал.

-- Какие же... причины!

-- Дело длинное, Авдотья Романовна. Тут, как бы вам это выразить, своего рода теория, то же самое дело, по которому я нахожу, например, что единичное злодейство позволительно, если главная цель хороша.

Единственное зло и сто добрых дел! Оно тоже, конечно, обидно для молодого человека с достоинствами и с самолюбием непомерным знать, что были бы, например, всего только тысячи три, и вся карьера, всё будущее в его жизненной цели формируется иначе, а между тем нет этих трех тысяч. Прибавьте к этому раздражение от голода, от тесной квартиры, от рубища, от яркого сознания красоты своего социального положения, а вместе с тем положения сестры и матери. Пуще же всего тщеславие, гордость и тщеславие, а впрочем, бог его знает, может, и при хороших наклонностях... Я ведь его не виню, не думайте, пожалуйста; да и не мое дело. Тут была тоже одна собственная теорийка, -- так себе теория, -- по которой люди разделяются, видите ли, на материал и на особенных людей, то есть на таких людей, для которых, по их высокому положению, закон не писан, а напротив, которые сами сочиняют законы остальным людям, материялу-то, сору-то. Ничего, так себе теорийка; une théorie comme une autre. 1 Наполеон его ужасно увлек, то есть, собственно, увлекло его то, что очень многие гениальные люди на единичное зло не смотрели, а шагали через, не задумываясь. Он, кажется, вообразил себе, что и он гениальный человек, -- то есть был в том некоторое время уверен. Он очень страдал и теперь страдает от мысли, что теорию-то сочинить он умел, а перешагнуть-то, не задумываясь, и не в состоянии, стало быть человек не гениальный. Ну, а уж это для молодого человека с самолюбием и унизительно, в наш век-то особенно...

1 теория, как всякая другая (франц.).

-- А угрызение совести? Вы отрицаете в нем, стало быть, всякое нравственное чувство? Да разве он таков?

-- Ах, Авдотья Романовна, теперь всё помутилось, то есть, впрочем, оно и никогда в порядке-то особенном не было. Русские люди вообще широкие люди, Авдотья Романовна, широкие, как их земля, и чрезвычайно склонны к фантастическому, к беспорядочному; но беда быть широким без особенной гениальности. А помните, как много мы в этом же роде и на эту же тему переговорили с вами вдвоем, сидя по вечерам на террасе в саду, каждый раз после ужина. Еще вы меня именно этой широкостью укоряли. Кто знает, может, в то же самое время и говорили, когда он здесь лежал да свое обдумывал. У нас в образованном обществе особенно священных преданий ведь нет, Авдотья Романовна: разве кто как-нибудь себе по книгам составит... али из летописей что-нибудь выведет. Но ведь это больше ученые и, знаете, в своем роде всё колпаки, так что даже и неприлично светскому человеку. Впрочем, мои мнения вообще вы знаете; я никого решительно не обвиняю. Сам я белоручка, этого и придерживаюсь. Да мы об этом уже не раз говорили. Я даже имел счастье интересовать вас моими суждениями... Вы очень бледны, Авдотья Романовна!

-- Я эту теорию его знаю. Я читала его статью в журнале о людях, которым всё разрешается... Мне приносил Разумихин...

-- Господин Разумихин? Статью вашего брата? В журнале? Есть такая статья? Не знал я. Вот, должно быть, любопытно-то! Но куда же вы, Авдотья Романовна?

-- Я хочу видеть Софью Семеновну, -- проговорила слабым голосом Дунечка. -- Куда к ней пройти? Она, может, и пришла; я непременно, сейчас хочу ее видеть. Пусть она...

Авдотья Романовна не могла договорить; дыхание ее буквально пресеклось.

-- Софья Семеновна не воротится до ночи. Я так полагаю. Она должна была прийти очень скоро, если же нет, то уж очень поздно...

-- А, так ты лжешь! Я вижу... ты лгал... ты всё лгал!.. Я тебе не верю! Не верю! Не верю! -- кричала Дунечка в настоящем исступлении, совершенно теряя голову.

Почти в обмороке упала она на стул, который поспешил ей подставить Свидригайлов.

-- Авдотья Романовна, что с вами, очнитесь! Вот вода. Отпейте один глоток...

Он брызнул на нее воды. Дунечка вздрогнула и очнулась.

-- Сильно подействовало! -- бормотал про себя Свидригайлов, нахмурясь. -- Авдотья Романовна, успокойтесь! Знайте, что у него есть друзья. Мы его спасем, выручим. Хотите, я увезу его за границу? У меня есть деньги; я в три дня достану билет. А насчет того, что он убил, то он еще наделает много добрых дел, так что всё это загладится; успокойтесь. Великим человеком еще может быть. Ну что с вами? Как вы себя чувствуете?

-- Злой человек! Он еще насмехается. Пустите меня..

-- Куда вы? Да куда вы?

-- К нему. Где он? Вы знаете? Отчего эта дверь заперта? Мы сюда вошли в эту дверь, а теперь она заперта на ключ. Когда вы успели запереть ее на ключ?

-- Нельзя же было кричать на все комнаты о том, что мы здесь говорили.

Я вовсе не насмехаюсь; мне только говорить этим языком надоело. Ну куда вы такая пойдете? Или вы хотите предать его? Вы его доведете до бешенства, и он предаст себя сам. Знайте, что уж за ним следят, уже попали на след. Вы только его выдадите. Подождите: я видел его и говорил с ним сейчас; его еще можно спасти. Подождите, сядьте, обдумаем вместе. Я для того и звал вас, чтобы поговорить об этом наедине и хорошенько обдумать. Да сядьте же!

-- Каким образом вы можете его спасти? Разве его можно спасти?

Дуня села. Свидригайлов сел подле нее.

-- Всё это от вас зависит, от вас, от вас одной, -- начал он с сверкающими глазами, почти шепотом, сбиваясь и даже не выговаривая иных слов от волнения.

Дуня в испуге отшатнулась от него дальше. Он тоже весь дрожал.

-- Вы... одно ваше слово, и он спасен! Я... я его спасу. У меня есть деньги и друзья. Я тотчас отправлю его, а сам возьму паспорт, два паспорта. Один его, другой мой. У меня друзья; у меня есть деловые люди... Хотите? Я возьму еще вам паспорт... вашей матери... зачем вам Разумихин? Я вас также люблю... Я вас бесконечно люблю. Дайте мне край вашего платья поцеловать, дайте! дайте! Я не могу слышать, как оно шумит. Скажите мне: сделай то, и я сделаю! Я всё сделаю. Я невозможное сделаю. Чему вы веруете, тому и я буду веровать. Я всё, всё сделаю! Не смотрите, не смотрите на меня так! Знаете ли, что вы меня убиваете...

Он начинал даже бредить. С ним что-то вдруг сделалось, точно ему в голову вдруг ударило. Дуня вскочила и бросилась к дверям.

-- Отворите! отворите! -- кричала она чрез дверь, призывая кого-нибудь и потрясая дверь руками. -- Отворите же! Неужели нет никого?

Свидригайлов встал и опомнился. Злобная и насмешливая улыбка медленно выдавливалась на дрожавших еще губах его.

-- Там никого нет дома, -- проговорил он тихо и с расстановками, -- хозяйка ушла, и напрасный труд так кричать: только себя волнуете понапрасну.

-- Где ключ? Отвори сейчас дверь, сейчас, низкий человек!

-- Я ключ потерял и не могу его отыскать.

-- А! Так это насилие! -- вскричала Дуня, побледнела как смерть и бросилась в угол, где поскорей заслонилась столиком, случившимся под рукой. Она не кричала; но она впилась взглядом в своего мучителя и зорко следила за каждым его движением. Свидригайлов тоже не двигался с места и стоял против нее на другом конце комнаты. Он даже овладел собою, по крайней мере снаружи. Но лицо его было бледно по-прежнему.

Насмешливая улыбка не покидала его.

-- Вы сказали сейчас "насилие", Авдотья Романовна. Если насилие, то сами можете рассудить, что я принял меры. Софьи Семеновны дома нет; до Капернаумовых очень далеко, пять запертых комнат. Наконец, я по крайней мере вдвое сильнее вас, и, кроме того, мне бояться нечего, потому что вам и потом нельзя жаловаться: ведь не захотите же вы предать в самом деле вашего брата? Да и не поверит вам никто: ну с какой стати девушка пошла одна к одинокому человеку на квартиру? Так что, если даже и братом пожертвуете, то и тут ничего не докажете: насилие очень трудно доказать, Авдотья Романовна.

-- Подлец! -- прошептала Дуня в негодовании.

-- Как хотите, но заметьте, я говорил еще только в виде предположения. По моему же личному убеждению, вы совершенно правы: насилие -- мерзость. Я говорил только к тому, что на совести вашей ровно ничего не останется, если бы даже... если бы даже вы и захотели спасти вашего брата добровольно, так, как я вам предлагаю. Вы просто, значит, подчинились обстоятельствам, ну силе, наконец, если уж без этого слова нельзя. Подумайте об этом; судьба вашего брата и вашей матери в ваших руках. Я же буду ваш раб... всю жизнь... я вот здесь буду ждать...

Свидригайлов сел на диван, шагах в восьми от Дуни. Для нее уже не было ни малейшего сомнения в его непоколебимой решимости. К тому же она его знала...

Вдруг она вынула из кармана револьвер, взвела курок и опустила руку с револьвером на столик. Свидригайлов вскочил с места.

-- Ага! Так вот как! -- вскричал он в удивлении, но злобно усмехаясь, -- ну, это совершенно изменяет ход дела! Вы мне чрезвычайно облегчаете дело сами, Авдотья Романовна! Да где это вы револьвер достали? Уж не господин ли Разумихин? Ба! Да револьвер-то мой! Старый знакомый! А я-то его тогда как искал!.. Наши деревенские уроки стрельбы, которые я имел честь вам давать, не пропали-таки даром.

-- Не твой револьвер, а Марфы Петровны, которую ты убил, злодей! У тебя ничего не было своего в ее доме. Я взяла его, как стала подозревать, на что ты способен. Смей шагнуть хоть один шаг, и клянусь, я убью тебя!

Дуня была в исступлении. Револьвер она держала наготове.

-- Ну, а брат? Из любопытства спрашиваю, -- спросил Свидригайлов, всё еще стоя на месте.

-- Доноси, если хочешь! Ни с места! Не сходи! Я выстрелю! Ты жену отравил, я знаю, ты сам убийца!..

-- А вы твердо уверены, что я Марфу Петровну отравил?

-- Ты! Ты мне сам намекал; ты мне говорил об яде... я знаю, ты за ним ездил... у тебя было готово... Это непременно ты... подлец!

-- Если бы даже это была и правда, так из-за тебя же... все-таки ты же была бы причиной.

-- Лжешь! Я тебя ненавидела всегда, всегда...

-- Эге, Авдотья Романовна! Видно, забыли, как в жару пропаганды уже склонялись и млели... Я по глазкам видел; помните, вечером-то, при луне-то, соловей-то еще свистал?

-- Лжешь! (бешенство засверкало в глазах Дуни) лжешь, клеветник!

-- Лгу? Ну, пожалуй, и лгу. Солгал. Женщинам про эти вещицы поминать не следует. (Он усмехнулся). Знаю, что выстрелишь, зверок хорошенький. Ну и стреляй!

Дуня подняла револьвер и, мертво-бледная, с побелевшею, дрожавшею нижнею губкой, с сверкающими, как огонь, большими черными глазами, смотрела на него, решившись, измеряя и выжидая первого движения с его стороны. Никогда еще он не видал ее столь прекрасною. Огонь, сверкнувший из глаз ее в ту минуту, когда она поднимала револьвер, точно обжег его, и сердце его с болью сжалось. Он ступил шаг, и выстрел раздался. Пуля скользнула по его волосам и ударилась сзади в стену. Он остановился и тихо засмеялся:

-- Укусила оса! Прямо в голову метит... Что это? Кровь! -- Он вынул платок, чтоб обтереть кровь, тоненькою струйкой стекавшую по его правому виску; вероятно, пуля чуть-чуть задела по коже черепа. Дуня опустила револьвер и смотрела на Свидригайлова не то что в страхе, а в каком-то диком недоумении. Она как бы сама уже не понимала, что такое она сделала и что это делается!

-- Ну что ж, промах! Стреляйте еще, я жду, -- тихо проговорил Свидригайлов, всё еще усмехаясь, но как-то мрачно, -- этак я вас схватить успею, прежде чем вы взведете курок!

Дунечка вздрогнула, быстро взвела курок и опять подняла револьвер.

-- Оставьте меня! -- проговорила она в отчаянии, -- клянусь, я опять выстрелю... Я... убью!..

-- Ну что ж... в трех шагах и нельзя не убить. Ну а не убьете... тогда... -- Глаза его засверкали, и он ступил еще два шага.

Дунечка выстрелила, осечка!

-- Зарядили неаккуратно. Ничего! У вас там еще есть капсюль. Поправьте, я подожду.

Он стоял пред нею в двух шагах, ждал и смотрел на нее с дикою решимостью, воспаленно-страстным, тяжелым взглядом. Дуня поняла, что он скорее умрет, чем отпустит ее. "И... и уж, конечно, она убьет его теперь, в двух шагах!.."

Вдруг она отбросила револьвер.

-- Бросила! -- с удивлением проговорил Свидригайлов и глубоко перевел дух. Что-то как бы разом отошло у него от сердца, и, может быть, не одна тягость смертного страха; да вряд ли он и ощущал его в эту минуту. Это было избавление от другого, более скорбного и мрачного чувства, которого бы он и сам не мог во всей силе определить.

Он подошел к Дуне и тихо обнял ее рукой за талию. Она не сопротивлялась, но, вся трепеща как лист, смотрела на него умоляющими глазами. Он было хотел что-то сказать, но только губы его кривились, а выговорить он не мог.

-- Отпусти меня! -- умоляя сказала Дуня. Свидригайлов вздрогнул: это ты было уже как-то не так проговорено, как давешнее.

-- Так не любишь? -- тихо спросил он.

Дуня отрицательно повела головой.

-- И... не можешь?.. Никогда? -- с отчаянием прошептал он.

-- Никогда! -- прошептала Дуня.

Прошло мгновение ужасной, немой борьбы в душе Свидригайлова. Невыразимым взглядом глядел он на нее. Вдруг он отнял руку, отвернулся, быстро отошел к окну и стал пред ним.

Прошло еще мгновение.

-- Вот ключ! (Он вынул его из левого кармана пальто и положил сзади себя на стол, не глядя и не оборачиваясь к Дуне). Берите; уходите скорей!..

Он упорно смотрел в окно.

Дуня подошла к столу взять ключ.

-- Скорей! Скорей! -- повторил Свидригайлов, всё еще не двигаясь и не оборачиваясь. Но в этом "скорей", видно, прозвучала какая-то страшная нотка.

Дуня поняла ее, схватила ключ, бросилась к дверям, быстро отомкнула их и вырвалась из комнаты. Чрез минуту, как безумная, не помня себя, выбежала она на канаву и побежала по направлению к -- му мосту.

Свидригайлов простоял еще у окна минуты три; наконец медленно обернулся, осмотрелся кругом и тихо провел ладонью по лбу. Странная улыбка искривила его лицо, жалкая, печальная, слабая улыбка, улыбка отчаяния. Кровь, уже засыхавшая, запачкала ему ладонь; он посмотрел на кровь со злобою; затем намочил полотенце и вымыл себе висок. Револьвер, отброшенный Дуней и отлетевший к дверям, вдруг попался ему на глаза. Он поднял и осмотрел его. Это был маленький, карманный трехударный револьвер, старого устройства; в нем осталось еще два заряда и один капсюль. Один раз можно было выстрелить. Он подумал, сунул револьвер в карман, взял шляпу и вышел.

VI

Весь этот вечер до десяти часов он провел по разным трактирам и клоакам, переходя из одного в другой. Отыскалась где-то и Катя, которая опять пела другую лакейскую песню о том, как кто-то, "подлец и тиран",

Начал Катю целовать.

Свидригайлов поил и Катю, и шарманщика, и песенников, и лакеев, и двух каких-то писаришек. С этими писаришками он связался, собственно, потому, что оба они были с кривыми носами: у одного нос шел криво вправо, а у другого влево. Это поразило Свидригайлова. Они увлекли его, наконец, в какой-то увеселительный сад, где он заплатил за них и за вход. В этом саду была одна тоненькая, трехлетняя елка и три кустика. Кроме того, выстроен был "вакзал", в сущности распивочная, но там можно было получать и чай, да сверх того стояли несколько зеленых столиков и стульев. Хор скверных песенников и какой-то пьяный мюнхенский немец вроде паяца, с красным носом, но отчего-то чрезвычайно унылый, увеселяли публику. Писаришки поссорились с какими-то другими писаришками и затеяли было драку. Свидригайлов выбран был ими судьей. Он судил их уже с четверть часа, но они так кричали, что не было ни малейшей возможности что-нибудь разобрать. Вернее всего было то, что один из них что-то украл и даже успел тут же продать какому-то подвернувшемуся жиду; но, продав, не захотел поделиться с своим товарищем. Оказалось, наконец, что проданный предмет была чайная ложка, принадлежавшая вокзалу. В вокзале хватились ее, и дело стало принимать размеры хлопотливые. Свидригайлов заплатил за ложку, встал и вышел из сада. Было часов около десяти. Сам он не выпил во всё это время ни одной капли вина и всего только спросил себе в вокзале чаю, да и то больше для порядка. Между тем вечер был душный и мрачный. К десяти часам надвинулись со всех сторон страшные тучи; ударил гром, и дождь хлынул, как водопад. Вода падала не каплями, а целыми струями хлестала на землю. Молния сверкала поминутно, и можно было сосчитать до пяти раз в продолжение каждого зарева. Весь промокший до нитки, дошел он домой, заперся, отворил свое бюро, вынул все свои деньги и разорвал две-три бумаги. Затем, сунув деньги в карман, он хотел было переменить на себе платье, но, посмотрев в окно и прислушавшись к грозе и дождю, махнул рукой, взял шляпу и вышел, не заперев квартиры. Он прошел прямо к Соне. Та была дома.

Она была не одна; кругом нее было четверо маленьких детей Капернаумова. Софья Семеновна поила их чаем. Она молча и почтительно встретила Свидригайлова, с удивлением оглядела его измокшее платье, но не сказала ни слова. Дети же все тотчас убежали в неописанном ужасе.

Свидригайлов сел к столу, а Соню попросил сесть подле. Та робко приготовилась слушать.

-- Я, Софья Семеновна, может, в Америку уеду, -- сказал Свидригайлов, -- и так как мы видимся с вами, вероятно, в последний раз, то я пришел кой-какие распоряжения сделать. Ну, вы эту даму сегодня видели? Я знаю, что она вам говорила, нечего пересказывать. (Соня сделала было движение и покраснела). У этого народа известная складка. Что же касается до сестриц и до братца вашего, то они действительно пристроены, и деньги, причитающиеся им, выданы мною на каждого, под расписки, куда следует, в верные руки. Вы, впрочем, эти расписки возьмите себе, так, на всякий случай. Вот, возьмите! Ну-с, теперь это кончено. Вот три пятипроцентные билета, всего на три тысячи. Это вы возьмите себе, собственно себе, и пусть это так между нами и будет, чтобы никто и не знал, что бы там вы ни услышали. Они же вам понадобятся, потому, Софья Семеновна, так жить, по-прежнему, -- скверно, да и нужды вам более нет никакой.

-- Я-с вами так облагодетельствована, и сироты-с, и покойница, -- заторопилась Соня, -- что если до сих пор я вас мало так благодарила, то... не сочтите...

-- Э, полноте, полноте.

-- А эти деньги, Аркадий Иванович, я вам очень благодарна, но я ведь теперь в них не нуждаюсь. Я себя одну завсегда прокормлю, не сочтите неблагодарностью: если вы такие благодетельные, то эти деньги-с...

-- Вам, вам, Софья Семеновна, и, пожалуйста, без особенных разговоров, потому даже мне и некогда. А вам понадобятся. У Родиона Романовича две дороги: или пуля в лоб, или по Владимирке. (Соня дико посмотрела на него и задрожала). Не беспокойтесь, я всё знаю, от него же самого, и я не болтун; никому не скажу. Это вы его хорошо учили тогда, чтоб он сам на себя пошел и сказал. Это ему будет гораздо выгоднее. Ну, как выйдет Владимирка -- он по ней, а вы ведь за ним? Ведь так? Ведь так? Ну, а коли так, то, значит, деньги вот и понадобятся. Для него же понадобятся, понимаете? Давая вам, я всё равно, что ему даю. К тому же вы вот обещались и Амалии Ивановне долг заплатить; я ведь слышал. Что это вы, Софья Семеновна, так необдуманно всё такие контракты и обязательства на себя берете? Ведь Катерина Ивановна осталась должна этой немке, а не вы, так и наплевать бы вам на немку. Так на свете не проживешь. Ну-с, если вас когда кто будет спрашивать, -- ну завтра или послезавтра, -- обо мне или насчет меня (а вас-то будут спрашивать), то вы о том, что я теперь к вам заходил, не упоминайте и деньги отнюдь не показывайте и не сказывайте, что я вам дал, никому. Ну, теперь до свиданья. (Он встал со стула). Родиону Романычу поклон. Кстати: держите-ка деньги-то до времени хоть у господина Разумихина. Знаете господина Разумихина? Уж конечно, знаете. Это малый так себе. Снесите-ка к нему завтра или... когда придет время. А до тех пор подальше спрячьте.

Соня также вскочила со стула и испуганно смотрела на него. Ей очень хотелось что-то сказать, что-то спросить, но она в первые минуты не смела, да и не знала, как ей начать.

-- Как же вы... как же вы-с, теперь же в такой дождь и пойдете?

-- Ну, в Америку собираться да дождя бояться, хе-хе! Прощайте, голубчик, Софья Семеновна! Живите и много живите, вы другим пригодитесь. Кстати... скажите-ка господину Разумихину, что я велел кланяться. Так-таки и передайте: Аркадий, дескать, Иванович Свидригайлов кланяется. Да непременно же.

Он вышел, оставив Соню в изумлении, в испуге и в каком-то неясном и тяжелом подозрении.

Оказалось потом, что в этот же вечер, часу в двенадцатом, он сделал и еще один весьма эксцентрический и неожиданный визит. Дождь всё еще не переставал. Весь мокрый, вошел он в двадцать минут двенадцатого в тесную квартирку родителей своей невесты, на Васильевском острове, в Третьей линии, на Малом проспекте. Насилу достучался и вначале произвел было большое смятение; но Аркадий Иванович, когда хотел, был человек с весьма обворожительными манерами, так что первоначальная (хотя, впрочем, весьма остроумная) догадка благоразумных родителей невесты, что Аркадий Иванович, вероятно, до того уже где-нибудь нахлестался пьян, что уж и себя не помнит, -- тотчас же пала сама собою. Расслабленного родителя выкатила в кресле к Аркадию Ивановичу сердобольная и благоразумная мать невесты и, по своему обыкновению, тотчас же приступила к кой-каким отдаленным вопросам. (Эта женщина никогда не делала вопросов прямых, а всегда пускала в ход сперва улыбки и потирания рук, а потом, если надо было что-нибудь узнать непременно и верно, например: когда угодно будет Аркадию Ивановичу назначить свадьбу, то начинала любопытнейшими и почти жадными вопросами о Париже и о тамошней придворной жизни и разве потом уже доходила по порядку и до Третьей линии Васильевского острова). В другое время всё это, конечно, внушало много уважения, но на этот раз Аркадий Иванович оказался как-то особенно нетерпеливым и наотрез пожелал видеть невесту, хотя ему уже и доложили в самом начале, что невеста легла уже спать. Разумеется, невеста явилась. Аркадий Иванович прямо сообщил ей, что на время должен по одному весьма важному обстоятельству уехать из Петербурга, а потому и принес ей пятнадцать тысяч рублей серебром, в разных билетах, прося принять их от него в виде подарка, так как он и давно собирался подарить ей эту безделку пред свадьбой. Особенно логической связи подарка с немедленным отъездом и непременною необходимостью прийти для того в дождь и в полночь, конечно, этими объяснениями ничуть не выказывалось, но дело, однако же, обошлось весьма складно. Даже необходимые оханья и аханья, расспросы и удивления сделались как-то вдруг необыкновенно умеренны и сдержанны; зато благодарность была высказана самая пламенная и подкреплена даже слезами благоразумнейшей матери. Аркадий Иванович встал, засмеялся, поцеловал невесту, потрепал ее по щечке, подтвердил, что скоро приедет, и, заметив в ее глазках хотя и детское любопытство, но вместе с тем и какой-то очень серьезный, немой вопрос, подумал, поцеловал ее в другой раз и тут же искренно подосадовал в душе, что подарок пойдет немедленно на сохранение под замок благоразумнейшей из матерей. Он вышел, оставив всех в необыкновенно возбужденном состоянии. Но сердобольная мамаша тотчас же, полушепотом и скороговоркой, разрешила некоторые важнейшие недоумения, а именно, что Аркадий Иванович человек большой, человек с делами и со связями, богач, -- бог знает что там у него в голове, вздумал и поехал, вздумал и деньги отдал, а стало быть, и дивиться нечего. Конечно, странно, что он весь мокрый, но англичане, например, и того эксцентричнее, да и все эти высшего тона не смотрят на то, что о них скажут, и не церемонятся. Может быть, он даже и нарочно так ходит, чтобы показать, что он никого не боится. А главное, об этом ни слова никому не говорить, потому что бог знает еще что из этого выйдет, а деньги поскорее под замок, и, уж конечно, самое лучшее во всем этом, что Федосья просидела в кухне, а главное, отнюдь, отнюдь, отнюдь не надо сообщать ничего этой пройдохе Ресслих, и прочее, и прочее. Просидели и прошептались часов до двух. Невеста, впрочем, ушла спать гораздо раньше, удивленная и немного грустная.

А Свидригайлов между тем ровнехонько в полночь переходил через --ков мост по направлению на Петербургскую сторону. Дождь перестал, но шумел ветер. Он начинал дрожать и одну минуту с каким-то особенным любопытством и даже с вопросом посмотрел на черную воду Малой Невы. Но скоро ему показалось очень холодно стоять над водой; он повернулся и пошел на --ой проспект. Он шагал по бесконечному --ому проспекту уже очень долго, почти с полчаса, не раз обрываясь в темноте на деревянной мостовой, но не переставал чего-то с любопытством разыскивать по правой стороне проспекта. Тут где-то, уже в конце проспекта, он заметил, как-то проезжая недавно мимо, одну гостиницу деревянную, но обширную, и имя ее, сколько ему помнилось, было что-то вроде Адрианополя. Он не ошибся в своих расчетах: эта гостиница в такой глуши была такою видною точкой, что возможности не было не отыскать ее, даже среди темноты. Это было длинное деревянное почерневшее здание, в котором, несмотря на поздний час, еще светились огни и замечалось некоторое оживление. Он вошел и у встретившегося ему в коридоре оборванца спросил нумер. Оборванец, окинув взглядом Свидригайлова, встряхнулся и тотчас же повел его в отдаленный нумер, душный и тесный, где-то в самом конце коридора, в углу, под лестницей. Но другого не было; все были заняты. Оборванец смотрел вопросительно.

-- Чай есть? -- спросил Свидригайлов.

-- Это можно-с.

-- Еще что есть?

-- Телятина-с, водка-с, закуска-с.

-- Принеси телятины и чаю.

-- А больше ничего не потребуется? -- спросил даже в некотором недоумении оборванец.

-- Ничего, ничего!

Оборванец удалился, совершенно разочарованный.

"Хорошее, должно быть, место, -- подумал Свидригайлов, -- как это я не знал. Я тоже, вероятно, имею вид возвращающегося откуда-нибудь из кафешантана, но уже имевшего дорогой историю. А любопытно, однако ж, кто здесь останавливается и ночует?"

Он зажег свечу и осмотрел нумер подробнее. Это была клетушка, до того маленькая, что даже почти не под рост Свидригайлову, в одно окно; постель очень грязная, простой крашенный стол и стул занимали почти всё пространство. Стены имели вид как бы сколоченных из досок с обшарканными обоями, до того уже пыльными и изодранными, что цвет их (желтый) угадать еще можно было, но рисунка уже нельзя было распознать никакого. Одна часть стены и потолка была срезана накось, как обыкновенно в мансардах, но тут над этим косяком шла лестница. Свидригайлов поставил свечу, сел на кровать и задумался. Но странный и беспрерывный шепот, иногда подымавшийся чуть не до крику, в соседней клетушке, обратил наконец его внимание. Этот шепот не переставал с того времени, как он вошел. Он прислушался: кто-то ругал и чуть ли не со слезами укорял другого, но слышался один только голос. Свидригайлов встал, заслонил рукою свечку, и на стене тотчас же блеснула щелочка; он подошел и стал смотреть. В нумере, несколько большем, чем его собственный, было двое посетителей. Один из них без сюртука, с чрезвычайно курчавою головой и с красным, воспаленным лицом, стоял в ораторской позе, раздвинув ноги, чтоб удержать равновесие, и, ударяя себя рукой в грудь, патетически укорял другого в том, что тот нищий

и что даже чина на себе не имеет, что он вытащил его из грязи и что
когда хочет, тогда и может выгнать его, и что всё это видит один только
перст всевышнего. Укоряемый друг сидел на стуле и имел вид человека,
чрезвычайно желающего чихнуть, но которому это никак не удается. Он
изредка, бараньим и мутным взглядом, глядел на оратора, но, очевидно,
не имел никакого понятия, о чем идет речь, и вряд ли что-нибудь даже и
слышал. На столе догорала свеча, стоял почти пустой графин водки, рюмки,
хлеб, стаканы, огурцы и посуда с давно уже выпитым чаем. Осмотрев
внимательно эту картину, Свидригайлов безучастно отошел от щелочки и
сел на кровать.

Оборванец, воротившийся с чаем и с телятиной, не мог удержаться,
чтобы не спросить еще раз: "не надо ли еще чего-нибудь?", и, выслушав
опять ответ отрицательный, удалился окончательно. Свидригайлов
набросился на чай, чтобы согреться, и выпил стакан, но съесть не мог
ни куска, за совершенною потерей аппетита. В нем, видимо, начиналась
лихорадка. Он снял с себя пальто, жакетку, закутался в одеяло и лег на
постель. Ему было досадно: "всё бы лучше на этот раз быть здоровым",
-- подумал он и усмехнулся. В комнате было душно, свечка горела тускло,
на дворе шумел ветер, где-то в углу скребла мышь, да и во всей комнате
будто пахло мышами и чем-то кожаным. Он лежал и словно грезил: мысль
сменялась мыслью, казалось, ему очень бы хотелось хоть к чему-нибудь
особенно прицепиться воображением. "Это под окном, должно быть, какой-
нибудь сад, -- подумал он, -- шумят деревья; как я не люблю шум деревьев
ночью, в бурю и в темноту, скверное ощущение!" И он вспомнил, как,
проходя давеча мимо Петровского парка, с отвращением даже подумал о
нем. Тут вспомнил кстати и о -- ковом мосте, и о Малой Неве, и ему опять как
бы стало холодно, как давеча, когда он стоял над водой. "Никогда в жизнь
мою не любил я воды, даже в пейзажах, -- подумал он вновь и вдруг опять
усмехнулся на одну странную мысль: -- ведь вот, кажется, теперь бы должно
быть всё равно насчет всей этой эстетики и комфорта, а тут-то именно и
разборчив стал, точно зверь, который непременно место себе выбирает...
в подобном же случае. Именно поворотить бы давеча на Петровский!
Небось темно показалось, холодно, хе-хе! Чуть ли не ощущений приятных
понадобилось!.. Кстати, зачем я свечку не затушу? (Он задул ее). У соседей
улеглись, -- подумал он, не видя света в давешней щелочке. -- Ведь вот,
Марфа Петровна, вот бы теперь вам и пожаловать, и темно, и место
пригодное, и минута оригинальная. А ведь вот именно теперь-то и не
придете..."

Ему вдруг почему-то вспомнилось, как давеча, за час до исполнения
замысла над Дунечкой, он рекомендовал Раскольникову поручить ее
охранению Разумихина. "В самом деле, я, пожалуй, пуще для своего
собственного задора тогда это говорил, как и угадал Раскольников. А
шельма, однако ж, этот Раскольников! Много на себе перетащил. Большою

шельмой может быть со временем, когда вздор повыскочит, а теперь слишком уж жить ему хочется! Насчет этого пункта этот народ -- подлецы. Ну да черт с ним, как хочет, мне что".

Ему всё не спалось. Мало-помалу давешний образ Дунечки стал возникать пред ним, и вдруг дрожь прошла по его телу. "Нет, это уж надо теперь бросить, -- подумал он, очнувшись, -- надо о чем-нибудь другом думать. Странно и смешно: ни к кому я никогда не имел большой ненависти, даже мстить никогда особенно не желал, а ведь это дурной признак, дурной признак! Спорить тоже не любил и не горячился -- тоже дурной признак! А сколько я ей давеча наобещал -- фу, черт! А ведь, пожалуй, и перемолола бы меня как-нибудь..." Он опять замолчал и стиснул зубы: опять образ Дунечки появился пред ним точь-в-точь, как была она, когда, выстрелив в первый раз, ужасно испугалась, опустила револьвер и, помертвев, смотрела на него, так что он два раза успел бы схватить ее, а она и руки бы не подняла в защиту, если б он сам не напомнил. Он вспомнил, как ему в то мгновение точно жалко стало ее, как бы сердце сдавило ему... "Э! К черту! Опять эти мысли, всё это надо бросить, бросить!.."

Он уже забывался; лихорадочная дрожь утихала; вдруг как бы что-то пробежало под одеялом по руке его и по ноге. Он вздрогнул: "Фу, черт, да это чуть ли не мышь! -- подумал он, -- это я телятину оставил на столе..." Ему ужасно не хотелось раскрываться, вставать, мерзнуть, но вдруг опять что-то неприятно шоркнуло ему по ноге; он сорвал с себя одеяло и зажег свечу. Дрожа от лихорадочного холода, нагнулся он осмотреть постель -- ничего не было; он встряхнул одеяло, и вдруг на простыню выскочила мышь. Он бросился ловить ее; но мышь не сбегала с постели, а мелькала зигзагами во все стороны, скользила из-под его пальцев, перебегала по руке и вдруг юркнула под подушку; он сбросил подушку, но в одно мгновение почувствовал, как что-то вскочило ему за пазуху, шоркает по телу, и уже за спиной, под рубашкой. Он нервно задрожал и проснулся. В комнате было темно, он лежал на кровати, закутавшись, как давеча, в одеяло, под окном выл ветер. "Экая скверность!" -- подумал он с досадой.

Он встал и уселся на краю постели, спиной к окну. "Лучше уж совсем не спать", -- решился он. От окна было, впрочем, холодно и сыро; не вставая с места, он натащил на себя одеяло и закутался в него. Свечи он не зажигал. Он ни о чем не думал, да и не хотел думать; но грезы вставали одна за другою, мелькали отрывки мыслей, без начала и конца и без связи. Как будто он впадал в полудремоту. Холод ли, мрак ли, сырость ли, ветер ли, завывавший под окном и качавший деревья, вызвали в нем какую-то упорную фантастическую наклонность и желание, -- но ему всё стали представляться цветы. Ему вообразился прелестный пейзаж; светлый, почти жаркий день, праздничный день, Троицын день. Богатый, роскошный деревенский коттедж, в английском вкусе, весь обросший душистыми клумбами цветов, обсаженный грядами, идущими кругом всего дома; крыльцо, увитое вьющимися растениями, заставленное грядами роз; светлая, прохладная лестница, устланная роскошным ковром, обставленная редкими цветами в китайских банках. Он особенно заметил в банках с водой, на окнах, букеты белых и нежных нарцизов, склоняющихся на своих ярко-зеленых, тучных и длинных стеблях с сильным ароматным запахом. Ему даже отойти от них не хотелось, но он поднялся по лестнице и вошел в большую, высокую залу, и опять и тут везде, у окон, около растворенных дверей на террасу, на самой террасе, везде были цветы. Полы были усыпаны свежею накошенною душистою травой, окна были отворены, свежий, легкий, прохладный воздух проникал в комнату, птички чирикали под окнами, а посреди залы, на покрытых белыми атласными пеленами столах, стоял гроб. Этот гроб был обит белым гроденаплем и обшит белым густым рюшем. Гирлянды цветов обвивали его со всех сторон. Вся в цветах лежала в нем девочка, в белом тюлевом платье, со сложенными и прижатыми на груди, точно выточенными из мрамора, руками. Но распущенные волосы ее, волосы светлой блондинки, были мокры; венок из роз обвивал ее голову. Строгий и уже окостенелый профиль ее лица был тоже как бы выточен из мрамора, но улыбка на бледных губах ее была полна какой-то недетской, беспредельной скорби и великой жалобы. Свидригайлов знал эту девочку; ни образа, ни зажженных свечей не было у этого гроба и не слышно было молитв. Эта девочка была самоубийца -- утопленница. Ей было только четырнадцать лет, но это было уже разбитое сердце, и оно погубило себя, оскорбленное обидой, ужаснувшею и удивившею это молодое, детское сознание, залившею незаслуженным стыдом ее ангельски чистую душу и вырвавшею последний крик отчаяния, не услышанный, а нагло поруганный в темную ночь, во мраке, в холоде, в сырую оттепель, когда выл ветер...

Свидригайлов очнулся, встал с постели и шагнул к окну. Он ощупью нашел задвижку и отворил окно. Ветер хлынул неистово в его тесную каморку и как бы морозным инеем облепил ему лицо и прикрытую одною рубашкой грудь. Под окном, должно быть, действительно было что-то вроде сада и, кажется, тоже увеселительного; вероятно, днем здесь тоже певали песенники и выносился на столики чай. Теперь же с деревьев и кустов летели в окно брызги, было темно, как в погребе, так что едва-едва можно было различить только какие-то темные пятна, обозначавшие предметы. Свидригайлов, нагнувшись и опираясь локтями на подоконник, смотрел уже минут пять, не отрываясь, в эту мглу. Среди мрака и ночи раздался пушечный выстрел, за ним другой.

"А, сигнал! Вода прибывает, -- подумал он, -- к утру хлынет, там, где пониже место, на улицы, зальет подвалы и погреба, всплывут подвальные крысы, и среди дождя и ветра люди начнут, ругаясь, мокрые, перетаскивать свой сор в верхние этажи... А который-то теперь час?" И только что подумал он это, где-то близко, тикая и как бы торопясь изо всей мочи, стенные часы пробили три. "Эге, да через час уже будет светать! Чего дожидаться? Выйду сейчас, пойду прямо на Петровский: там где-нибудь выберу большой куст, весь облитый дождем, так что чуть-чуть плечом задеть и миллионы брызг обдадут всю голову..." Он отошел от окна, запер его, зажег свечу, натянул на себя жилетку, пальто, надел шляпу и вышел со свечой в коридор, чтоб отыскать где-нибудь спавшего в каморке между всяким хламом и свечными огарками оборванца, расплатиться с ним за нумер и выйти из гостиницы. "Самая лучшая минута, нельзя лучше и выбрать!"

Он долго ходил по всему длинному и узкому коридору, не находя никого, и хотел уже громко кликнуть, как вдруг в темном углу, между старым шкафом и дверью, разглядел какой-то странный предмет, что-то будто бы живое. Он нагнулся со свечой и увидел ребенка -- девочку лет пяти, не более, в измокшем, как поломойная тряпка, платьишке, дрожавшую и плакавшую. Она как будто и не испугалась Свидригайлова, но смотрела на него с тупым удивлением своими большими черными глазенками и изредка всхлипывала, как дети, которые долго плакали, но уже перестали и даже утешились, а между тем, нет-нет, и вдруг опять всхлипнут. Личико девочки было бледное и изнуренное; она окостенела от холода, но "как же она попала сюда? Значит, она здесь спряталась и не спала всю ночь". Он стал ее расспрашивать. Девочка вдруг оживилась и быстро-быстро залепетала ему что-то на своем детском языке. Тут было что-то про "мамасю" и что "мамася плибьет", про какую-то чашку, которую "лязбиля" (разбила). Девочка говорила не умолкая; кое-как можно было угадать из всех этих рассказов, что это нелюбимый ребенок, которого мать, какая-нибудь вечно пьяная кухарка, вероятно из здешней же гостиницы, заколотила и запугала; что девочка разбила мамашину чашку и что до того испугалась, что сбежала еще с вечера; долго, вероятно, скрывалась где-нибудь на дворе, под дождем, наконец пробралась сюда, спряталась за шкафом и просидела здесь в углу всю ночь, плача, дрожа от сырости, от темноты и от страха, что ее теперь больно за всё это прибьют. Он взял ее на руки, пошел к себе в нумер, посадил на кровать и стал раздевать. Дырявые башмачонки ее, на босу ногу, были так мокры, как будто всю ночь пролежали в луже. Раздев, он положил ее на постель, накрыл и закутал совсем с головой в одеяло. Она тотчас заснула. Кончив всё, он опять угрюмо задумался.

"Вот еще вздумал связаться! -- решил он вдруг с тяжелым и злобным ощущением. -- Какой вздор!" В досаде взял он свечу, чтоб идти и отыскать во что бы то ни стало оборванца и поскорее уйти отсюда. "Эх, девчонка!" -- подумал он с проклятием, уже растворяя дверь, но вернулся еще раз посмотреть на девочку, спит ли она и как она спит? Он осторожно приподнял одеяло. Девочка спала крепким и блаженным сном. Она согрелась под одеялом, и краска уже разлилась по ее бледным щечкам. Но странно: эта краска обозначалась как бы ярче и сильнее, чем мог быть обыкновенный детский румянец. "Это лихорадочный румянец", -- подумал

Свидригайлов, это -- точно румянец от вина, точно как будто ей дали выпить целый стакан. Алые губки точно горят, пышут; но что это? Ему вдруг показалось, что длинные черные ресницы ее как будто вздрагивают и мигают, как бы приподнимаются, и из-под них выглядывает лукавый, острый, какой-то недетски-подмигивающий глазок, точно девочка не спит и притворяется. Да, так и есть: ее губки раздвигаются в улыбку; кончики губок вздрагивают, как бы еще сдерживаясь. Но вот уже она совсем перестала сдерживаться; это уже смех, явный смех; что-то нахальное, вызывающее светится в этом совсем не детском лице; это разврат, это лицо камелии, нахальное лицо продажной камелии из француженок. Вот, уже совсем не таясь, открываются оба глаза: они обводят его огненным и бесстыдным взглядом, они зовут его, смеются... Что-то бесконечно безобразное и оскорбительное было в этом смехе, в этих глазах, во всей этой мерзости в лице ребенка. "Как! пятилетняя! -- прошептал в настоящем ужасе Свидригайлов, -- это... что ж это такое?" Но вот она уже совсем поворачивается к нему всем пылающим личиком, простирает руки... "А, проклятая!" -- вскричал в ужасе Свидригайлов, занося над ней руку... Но в ту же минуту проснулся.

Он на той же постели, так же закутанный в одеяло; свеча не зажжена, а уж в окнах белеет полный день.

"Кошемар во всю ночь!" Он злобно приподнялся, чувствуя, что весь разбит; кости его болели. На дворе совершенно густой туман и ничего разглядеть нельзя. Час пятый в исходе; проспал! Он встал и надел свою жакетку и пальто, еще сырые. Нащупав в кармане револьвер, он вынул его и поправил капсюль; потом сел, вынул из кармана записную книжку и на заглавном, самом заметном листке, написал крупно несколько строк. Перечитав их, он задумался, облокотясь на стол. Револьвер и записная книжка лежали тут же, у локтя. Проснувшиеся мухи лепились на нетронутую порцию телятины, стоявшую тут же на столе. Он долго смотрел на них и наконец свободною правою рукой начал ловить одну муху. Долго истощался он в усилиях, но никак не мог поймать. Наконец, поймав себя на этом интересном занятии, очнулся, вздрогнул, встал и решительно пошел из комнаты. Через минуту он был на улице.

Молочный, густой туман лежал над городом. Свидригайлов пошел по скользкой, грязной деревянной мостовой, по направлению к Малой Неве. Ему мерещились высоко поднявшаяся за ночь вода Малой Невы, Петровский остров, мокрые дорожки, мокрая трава, мокрые деревья и кусты и, наконец, тот самый куст... С досадой стал он рассматривать дома, чтобы думать о чем-нибудь другом. Ни прохожего, ни извозчика не встречалось по проспекту. Уныло и грязно смотрели ярко-желтые деревянные домики с закрытыми ставнями. Холод и сырость прохватывали всё его тело, и его стало знобить. Изредка он натыкался на лавочные и овощные вывески и каждую тщательно прочитывал. Вот уже кончилась деревянная мостовая. Он уже поровнялся с большим каменным домом. Грязная, издрогшая собачонка, с поджатым хвостом, перебежала ему дорогу. Какой-то мертво-пьяный, в шинели, лицом вниз, лежал поперек тротуара. Он поглядел на него и пошел далее. Высокая каланча мелькнула ему влево. "Ба! -- подумал он, -- да вот и место, зачем на Петровский? По крайней мере при официальном свидетеле..." Он чуть не усмехнулся этой новой мысли и поворотил в -- скую улицу. Тут-то стоял большой дом с каланчой. У запертых больших ворот дома стоял, прислонясь к ним плечом, небольшой человечек, закутанный в серое солдатское пальто и в медной ахиллесовской каске. Дремлющим взглядом, холодно покосился он на подошедшего Свидригайлова. На лице его виднелась та вековечная брюзгливая скорбь, которая так кисло отпечаталась на всех без исключения лицах еврейского племени. Оба они, Свидригайлов и Ахиллес, несколько времени, молча, рассматривали один другого. Ахиллесу наконец показалось непорядком, что человек не пьян, а стоит перед ним в трех шагах, глядит в упор и ничего не говорит.

-- А-зе, сто-зе вам и здеся на-а-до? -- проговорил он, всё еще не шевелясь и не изменяя своего положения.

-- Да ничего, брат, здравствуй! -- ответил Свидригайлов.

-- Здеся не места.

-- Я, брат, еду в чужие краи.

-- В чужие краи?

-- В Америку.

-- В Америку?

Свидригайлов вынул револьвер и взвел курок. Ахиллес приподнял брови.

-- А-зе, сто-зе, эти сутки (шутки) здеся не места!

-- Да почему же бы и не место?

-- А потому-зе, сто не места.

-- Ну, брат, это всё равно. Место хорошее; коли тебя станут спрашивать, так и отвечай, что поехал, дескать, в Америку.

Он приставил револьвер к своему правому виску.

-- А-зе здеся нельзя, здеся не места! -- встрепенулся Ахиллес, расширяя всё больше и больше зрачки.

Свидригайлов спустил курок.

В тот же день, но уже вечером, часу в седьмом, Раскольников подходил к квартире матери и сестры своей -- к той самой квартире в доме Бакалеева, где устроил их Разумихин. Вход на лестницу был с улицы. Раскольников подходил, всё еще сдерживая шаг и как бы колеблясь: войти или нет? Но он бы не воротился ни за что; решение его было принято. "К тому же всё равно, они еще ничего не знают, -- думал он, -- а меня уже привыкли считать за чудака..." Костюм его был ужасен: всё грязное, пробывшее всю ночь под дождем, изорванное, истрепанное. Лицо его было почти обезображено от усталости, непогоды, физического утомления и чуть не суточной борьбы с самим собою. Всю эту ночь провел он один, бог знает где. Но, по крайней мере, он решился.

Он постучал в дверь; ему отперла мать. Дунечки дома не было. Даже и служанки на ту пору не случилось. Пульхерия Александровна сначала онемела от радостного изумления; потом схватила его за руку и потащила в комнату.

-- Ну вот и ты! -- начала она, запинаясь от радости. -- Не сердись на меня, Родя, что я тебя так глупо встречаю, со слезами: это я смеюсь, а не плачу. Ты думаешь, я плачу? Нет, это я радуюсь, а уж у меня глупая привычка такая: слезы текут. Это у меня со смерти твоего отца, от всего плачу. Садись, голубчик, устал, должно быть, вижу. Ах, как ты испачкался.

-- Я под дождем вчера был, мамаша... -- начал было Раскольников.

-- Да нет же, нет! -- вскинулась Пульхерия Александровна, перебивая его, -- ты думал, я тебя так сейчас и допрашивать начну, по бабьей прежней привычке, не тревожься. Я ведь понимаю, всё понимаю, теперь я уж выучилась по-здешнему и, право, сама вижу, что здесь умнее. Я раз навсегда рассудила: где мне понимать твои соображения и требовать у тебя отчетов? У тебя, может быть, и бог знает какие дела и планы в голове, или мысли там какие-нибудь зарождаются; так мне тебя и толкать под руку: об чем, дескать, думаешь? Я вот... Ах господи! Да что же это я толкусь туда и сюда, как угорелая... Я вот, Родя, твою статью в журнале читаю уже в третий раз, мне Дмитрий Прокофьич принес. Так я и ахнула, как увидела: вот дура-то, думаю про себя, вот он чем занимается, вот и разгадка вещей! У него, может, новые мысли в голове, на ту пору; он их обдумывает, я его мучаю и смущаю. Читаю, друг мой, и, конечно, много не понимаю; да оно, впрочем, так и должно быть: где мне?

-- Покажите-ка, мамаша.

Раскольников взял газетку и мельком взглянул на свою статью. Как ни противоречило это его положению и состоянию, но он ощутил то странное и язвительно-сладкое чувство, какое испытывает автор, в первый раз видящий себя напечатанным, к тому же и двадцать три года сказались. Это продолжалось одно мгновение. Прочитав несколько строк, он нахмурился, и страшная тоска сжала его сердце. Вся его душевная борьба последних месяцев напомнилась ему разом. С отвращением и досадой отбросил он статью на стол.

-- Но только, Родя, как я ни глупа, но все-таки я могу судить, что ты весьма скоро будешь одним из первых людей, если не самым первым в нашем ученом мире. И смели они про тебя думать, что ты помешался. Ха-ха-ха! Ты не знаешь -- ведь они это думали! Ах, низкие червяки, да где им понимать, что такое ум! И ведь Дунечка тоже чуть не верила -- каково! Покойник отец твой два раза отсылал в журналы -- сначала стихи (у меня и тетрадка хранится, я тебе когда-нибудь покажу), а потом уж и целую повесть (я сама выпросила, чтоб он дал мне переписать), и уж как мы молились оба, чтобы приняли, -- не приняли! Я, Родя, дней шесть-семь назад убивалась, смотря на твое платье, как ты живешь, что ешь и в чем ходишь. А теперь вижу, что опять-таки глупа была, потому захочешь, всё теперь себе сразу достанешь, умом и талантом. Это ты покамест, значит, не хочешь теперь и гораздо важнейшими делами занимаешься...

-- Дуни дома нет, мамаша?

-- Нету, Родя. Очень часто ее дома не вижу, оставляет меня одну. Дмитрий Прокофьич, спасибо ему, заходит со мной посидеть и всё об тебе говорит. Любит он тебя и уважает, мой друг. Про сестру же не говорю, чтоб она уж так очень была ко мне непочтительна. Я ведь не жалуюсь. У ней свой характер, у меня свой; у ней свои тайны какие-то завелись; ну у меня тайн от вас нет никаких. Конечно, я твердо уверена, что Дуня слишком умна и, кроме того, и меня и тебя любит... но уж не знаю, к чему всё это приведет. Вот ты меня осчастливил теперь, Родя, что зашел, а она-то вот и прогуляла; придет, я и скажу: а без тебя брат был, а ты где изволила время проводить? Ты меня, Родя, очень-то и не балуй: можно тебе -- зайди, нельзя -- нечего делать, и так подожду. Ведь я все-таки буду знать, что ты меня любишь, с меня и того довольно. Буду вот твои сочинения читать, буду про тебя слышать ото всех, а нет-нет -- и сам зайдешь проведать, чего ж лучше? Ведь вот зашел же теперь, чтоб утешить мать, я ведь вижу...

Тут Пульхерия Александровна вдруг заплакала.

-- Опять я! Не гляди на меня, дуру! Ах господи, да что ж я сижу, -- вскричала она, срываясь с места, -- ведь кофей есть, а я тебя и не потчую! Вот ведь эгоизм-то старушечий что значит. Сейчас, сейчас!

-- Маменька, оставьте это, я сейчас пойду. Я не для того пришел. Пожалуйста, выслушайте меня.

Пульхерия Александровна робко подошла к нему.

-- Маменька, что бы ни случилось, что бы вы обо мне ни услышали, что бы вам обо мне ни сказали, будете ли вы любить меня так, как теперь? -- спросил он вдруг от полноты сердца, как бы не думая о своих словах и не взвешивая их.

-- Родя, Родя, что с тобою? Да как же ты об этом спрашивать можешь! Да кто про тебя мне что-нибудь скажет? Да я и не поверю никому, кто бы ко мне ни пришел, просто прогоню.

-- Я пришел вас уверить, что я вас всегда любил, и теперь рад, что мы одни, рад даже, что Дунечки нет, -- продолжал он с тем же порывом, -- я пришел вам сказать прямо, что хоть вы и несчастны будете, но все-таки знайте, что сын ваш любит вас теперь больше себя и что всё, что вы думали про меня, что я жесток и не люблю вас, всё это была неправда. Вас я никогда не перестану любить... Ну и довольно; мне казалось, что так надо сделать и этим начать...

Пульхерия Александровна молча обнимала его, прижимала к своей груди и тихо плакала.

-- Что с тобой, Родя, не знаю, -- сказала она наконец, -- думала я всё это время, что мы просто надоедаем тебе, а теперь вижу по всему, что тебе великое горе готовится, оттого ты и тоскуешь. Давно я уже предвижу это, Родя. Прости меня, что об этом заговорила; всё об этом думаю и по ночам не сплю. Эту ночь и сестра твоя всю напролет в бреду пролежала и всё о тебе вспоминала. Расслушала я что-то, а ничего не поняла. Всё утро как перед казнью ходила, чего-то ждала, предчувствовала и вот дождалась! Родя, Родя, куда же ты? Едешь, что ли, куда-нибудь?

-- Еду.

-- Так я и думала! Да ведь и я с тобой поехать могу, если тебе надо будет. И Дуня; она тебя любит, она очень любит тебя, и Софья Семеновна, пожалуй, пусть с нами едет, если надо; видишь, я охотно ее вместо дочери даже возьму. Нам Дмитрий Прокофьич поможет вместе собраться... но... куда же ты... едешь?

-- Прощайте, маменька.

-- Как! Сегодня же! -- вскрикнула она, как бы теряя его навеки.

-- Мне нельзя, мне пора, мне очень нужно...

-- И мне нельзя с тобой?

-- Нет, а вы станьте на колени и помолитесь за меня богу. Ваша молитва, может, и дойдет.

-- Дай же я перекрещу тебя, благословлю тебя! Вот так, вот так. О боже, что это мы делаем!

Да, он был рад, он был очень рад, что никого не было, что они были наедине с матерью. Как бы за всё это ужасное время разом размягчилось его сердце. Он упал перед нею, он ноги ей целовал, и оба, обнявшись, плакали. И она не удивлялась и не расспрашивала на этот раз. Она уже давно понимала, что с сыном что-то ужасное происходит, а теперь приспела какая-то страшная для него минута.

-- Родя, милый мой, первенец ты мой, -- говорила она, рыдая, -- вот ты теперь такой же, как был маленький, так же приходил ко мне, так же и обнимал и целовал меня; еще когда мы с отцом жили и бедовали, ты утешал нас одним уже тем, что был с нами, а как я похоронила отца, -- то сколько раз мы, обнявшись с тобой вот так, как теперь, на могилке его плакали. А что я давно плачу, то это сердце материнское беду предузнало. Я как только в первый раз увидела тебя тогда, вечером, помнишь, как мы только что приехали сюда, то всё по твоему взгляду одному угадала, так сердце у меня тогда и дрогнуло, а сегодня как отворила тебе, взглянула, ну, думаю, видно пришел час роковой. Родя, Родя, ты ведь не сейчас едешь?

-- Нет.

-- Ты еще придешь?

-- Да... приду.

-- Родя, не сердись, я и расспрашивать не смею. Знаю, что не смею, но так, два только словечка скажи мне, далеко куда ты едешь?

-- Очень далеко.

-- Что же там, служба какая, карьера, что ли, тебе?

-- Что бог пошлет... помолитесь только за меня...

Раскольников пошел к дверям, но она ухватилась за него и отчаянным взглядом смотрела ему в глаза. Лицо ее исказилось от ужаса.

-- Довольно, маменька, -- сказал Раскольников, глубоко раскаиваясь, что вздумал прийти.

-- Не навек? Ведь еще не навек? Ведь ты придешь, завтра придешь?

-- Приду, приду, прощайте.

Он вырвался наконец.

Вечер был свежий, теплый и ясный; погода разгулялась еще с утра. Раскольников шел в свою квартиру; он спешил. Ему хотелось кончить всё до заката солнца. До тех же пор не хотелось бы с кем-нибудь повстречаться. Поднимаясь в свою квартиру, он заметил, что Настасья, оторвавшись от самовара, пристально следит за ним и провожает его глазами. "Уж нет ли кого у меня?" -- подумал он. Ему с отвращением померещился Порфирий. Но, дойдя до своей комнаты и отворив ее, он увидел Дунечку. Она сидела одна-одинешенька, в глубоком раздумье и, кажется, давно уже ждала его. Он остановился на пороге. Она привстала с дивана в испуге и выпрямилась пред ним. Ее взгляд, неподвижно устремленный на него, изображал ужас и неутолимую скорбь. И по одному этому взгляду он уже понял сразу, что ей всё известно.

-- Что же, мне входить к тебе или уйти? -- спросил он недоверчиво.

-- Я целый день сидела у Софьи Семеновны; мы ждали тебя обе. Мы думали, что ты непременно туда зайдешь.

Раскольников вошел в комнату и в изнеможении сел на стул.

-- Я как-то слаб, Дуня; уж очень устал; а мне бы хотелось хоть в эту-то минуту владеть собою вполне.

Он недоверчиво вскинул на нее глазами.

-- Где же ты был всю ночь?

-- Не помню хорошо; видишь, сестра, я окончательно хотел решиться и много раз ходил близ Невы; это я помню. Я хотел там и покончить, но... я не решился... -- прошептал он, опять недоверчиво взглядывая на Дуню.

-- Слава богу! А как мы боялись именно этого, я и Софья Семеновна! Стало быть, ты в жизнь еще веруешь: слава богу, слава богу!

Раскольников горько усмехнулся.

-- Я не веровал, а сейчас вместе с матерью, обнявшись, плакали; я не верую, а ее просил за себя молиться. Это бог знает как делается, Дунечка, и я ничего в этом не понимаю.

-- Ты у матери был? Ты же ей и сказал? -- в ужасе воскликнула Дуня. -- Неужели ты решился сказать?

-- Нет, не сказал... словами; но она многое поняла. Она слышала ночью, как ты бредила. Я уверен, что она уже половину понимает. Я, может быть, дурно сделал, что заходил. Уж и не знаю, для чего я даже и заходил-то. Я низкий человек, Дуня.

-- Низкий человек, а на страданье готов идти! Ведь ты идешь же?

-- Иду. Сейчас. Да, чтоб избежать этого стыда, я и хотел утопиться, Дуня, но подумал, уже стоя над водой, что если я считал себя до сей поры сильным, то пусть же я и стыда теперь не убоюсь, -- сказал он, забегая наперед. -- Это гордость, Дуня?

-- Гордость, Родя.

Как будто огонь блеснул в его потухших глазах; ему точно приятно стало, что он еще горд.

-- А ты не думаешь, сестра, что я просто струсил воды? -- спросил он с безобразною усмешкой, заглядывая в ее лицо.

-- О, Родя, полно! -- горько воскликнула Дуня.

Минуты две продолжалось молчание. Он сидел потупившись и смотрел в землю; Дунечка стояла на другом конце стола и с мучением смотрела на него. Вдруг он встал:

-- Поздно, пора. Я сейчас иду предавать себя. Но я не знаю, для чего я иду предавать себя.

Крупные слезы текли по щекам ее.

-- Ты плачешь, сестра, а можешь ты протянуть мне руку?

-- И ты сомневался в этом?

Она крепко обняла его.

-- Разве ты, идучи на страдание, не смываешь уже вполовину свое преступление? -- вскричала она, сжимая его в объятиях и целуя его.

-- Преступление? Какое преступление? -- вскричал он вдруг, в каком-то внезапном бешенстве, -- то, что я убил гадкую, зловредную вошь, старушонку процентщицу, никому не нужную, которую убить сорок грехов простят, которая из бедных сок высасывала, и это-то преступление? Не думаю я о нем и смывать его не думаю. И что мне все тычут со всех сторон: "преступление, преступление!" Только теперь вижу ясно всю нелепость моего малодушия, теперь, как уж решился идти на этот ненужный стыд! Просто от низости и бездарности моей решаюсь, да разве еще из выгоды, как предлагал этот... Порфирий!..

-- Брат, брат, что ты это говоришь! Но ведь ты кровь пролил!-- в отчаянии вскричала Дуня.

-- Которую все проливают, -- подхватил он чуть не в исступлении, -- которая льется и всегда лилась на свете, как водопад, которую льют, как шампанское, и за которую венчают в Капитолии и называют потом благодетелем человечества. Да ты взгляни только пристальнее и разгляди! Я сам хотел добра людям и сделал бы сотни, тысячи добрых дел вместо одной этой глупости, даже не глупости, а просто неловкости, так как вся эта мысль была вовсе не так глупа, как теперь она кажется, при неудаче... (При неудаче всё кажется глупо!) Этою глупостью я хотел только поставить себя в независимое положение, первый шаг сделать, достичь средств, и там всё бы загладилось неизмеримою, сравнительно, пользой... Но я, я и первого шага не выдержал, потому что я -- подлец! Вот в чем всё и дело! И всё-таки вашим взглядом не стану смотреть: если бы мне удалось, то меня бы увенчали, а теперь в капкан!

-- Но ведь это не то, совсем не то! Брат, что ты это говоришь!

-- А! не та форма, не так эстетически хорошая форма! Ну я решительно не понимаю: почему лупить в людей бомбами, правильною осадой, более почтенная форма? Боязнь эстетики есть первый признак бессилия!.. Никогда, никогда яснее не сознавал я этого, как теперь, и более чем когда-нибудь не понимаю моего преступления! Никогда, никогда не был я сильнее и убежденнее, чем теперь!..

Краска даже ударила в его бледное, изнуренное лицо. Но, проговаривая последнее восклицание, он нечаянно встретился взглядом с глазами Дуни, и столько, столько муки за себя встретил он в этом взгляде, что невольно опомнился. Он почувствовал, что все-таки сделал несчастными этих двух бедных женщин. Все-таки он же причиной...

-- Дуня, милая! Если я виновен, прости меня (хоть меня и нельзя простить, если я виновен). Прощай! Не будем спорить! Пора, очень пора. Не ходи за мной, умоляю тебя, мне еще надо зайти... А поди теперь и тотчас же сядь подле матери. Умоляю тебя об этом! Это последняя, самая большая моя просьба к тебе. Не отходи от нее всё время; я оставил ее в тревоге, которую она вряд ли перенесет: она или умрет, или сойдет с ума. Будь же с нею! Разумихин будет при вас; я ему говорил... Не плачь обо мне: я постараюсь быть и мужественным, и честным, всю жизнь, хоть я и убийца. Может быть, ты услышишь когда-нибудь мое имя. Я не осрамлю вас, увидишь; я еще докажу... теперь покамест до свиданья, -- поспешил он заключить, опять заметив какое-то странное выражение в глазах Дуни при последних словах и обещаниях его. -- Что же ты так плачешь? Не плачь, не плачь; ведь не совсем же расстаемся!.. Ах, да! Постой, забыл!..

Он подошел к столу, взял одну толстую, запыленную книгу, развернул ее и вынул заложенный между листами маленький портретик, акварелью, на слоновой кости. Это был портрет хозяйкиной дочери, его бывшей невесты, умершей в горячке, той самой странной девушки, которая хотела идти в монастырь. С минуту он всматривался в это выразительное и болезненное личико, поцеловал портрет и передал Дунечке.

-- Вот с нею я много переговорил и об этом, с нею одной, -- произнес он вдумчиво, -- ее сердцу я много сообщил из того, что потом так безобразно сбылось. Не беспокойся, -- обратился он к Дуне, -- она не согласна была, как и ты, и я рад, что ее уж нет. Главное, главное в том, что всё теперь пойдет по-новому, переломится надвое, -- вскричал он вдруг, опять возвращаясь к тоске своей, -- всё, всё, а приготовлен ли я к тому? Хочу ли я этого сам? Это, говорят, для моего испытания нужно! К чему, к чему все эти бессмысленные испытания? К чему они, лучше ли я буду сознавать тогда, раздавленный муками, идиотством, в старческом бессилии после двадцатилетней каторги, чем теперь сознаю, и к чему мне тогда и жить? Зачем я теперь-то соглашаюсь так жить? О, я знал, что я подлец, когда я сегодня, на рассвете, стоял над Невой!

Оба наконец вышли. Трудно было Дуне, но она любила его! Она

пошла, но, отойдя шагов пятьдесят, обернулась еще раз взглянуть на него. Его еще было видно. Но, дойдя до угла, обернулся и он; в последний раз они встретились взглядами; но, заметив, что она на него смотрит, он нетерпеливо и даже с досадой махнул рукой, чтоб она шла, а сам круто повернул за угол.

"Я зол, я это вижу, -- думал он про себя, устыдясь чрез минуту своего досадливого жеста рукой Дуне. -- Но зачем же они сами меня так любят, если я не стою того! О, если б я был один и никто не любил меня, и сам бы я никого никогда не любил! Не было бы всего этого! А любопытно, неужели в эти будущие пятнадцать -- двадцать лет так уже смирится душа моя, что я с благоговением буду хныкать пред людьми, называя себя ко всякому слову разбойником? Да, именно, именно! Для этого-то они и ссылают меня теперь, этого-то им и надобно... Вот они снуют все по улице взад и вперед, и ведь всякий-то из них подлец и разбойник уже по натуре своей; хуже того -- идиот! А попробуй обойти меня ссылкой, и все они взбесятся от благородного негодования! О, как я их всех ненавижу!"

Он глубоко задумался о том: "каким же это процессом может так произойти, что он наконец пред всеми ими уже без рассуждений смирится, убеждением смирится! А что ж, почему ж и нет? Конечно, так и должно быть. Разве двадцать лет беспрерывного гнета не добьют окончательно? Вода камень точит. И зачем, зачем же жить после этого, зачем я иду теперь, когда сам знаю, что всё это будет именно так, как по книге, а не иначе!"

Он уже в сотый раз, может быть, задавал себе этот вопрос со вчерашнего вечера, но все-таки шел.

VIII

Когда он вошел к Соне, уже начинались сумерки. Весь день Соня прождала его в ужасном волнении. Они ждали вместе с Дуней. Та пришла к ней еще с утра, вспомнив вчерашние слова Свидригайлова, что Соня "об этом знает". Не станем передавать подробностей разговора и слез обеих женщин, и насколько сошлись они между собой. Дуня из этого свидания, по крайней мере, вынесла одно утешение, что брат будет не один: к ней, Соне, к первой пришел он со своею исповедью; в ней искал он человека, когда ему понадобился человек; она же и пойдет за ним, куда пошлет судьба. Она и не спрашивала, но знала, что это будет так. Она смотрела на Соню даже с каким-то благоговением и сначала почти смущала ее этим благоговейным чувством, с которым к ней относилась. Соня готова была даже чуть не заплакать: она, напротив, считала себя недостойною даже взглянуть на Дуню. Прекрасный образ Дуни, когда та откланялась ей с таким вниманием и уважением во время их первого свидания у Раскольникова, с тех пор навеки остался в душе ее, как одно из самых прекрасных и недосягаемых видений в ее жизни.

Дунечка наконец не вытерпела и оставила Соню, чтобы ждать брата в его квартире; ей всё казалось, что он туда прежде придет. Оставшись одна, Соня тотчас же стала мучиться от страха при мысли, что, может быть, действительно он покончит самоубийством. Того же боялась и Дуня. Но обе они весь день наперерыв разубеждали друг друга всеми доводами в том, что этого быть не может, и были спокойнее, пока были вместе. Теперь же, только что разошлись, и та и другая стали об одном этом только и думать. Соня припоминала, как вчера Свидригайлов сказал ей, что у Раскольникова две дороги -- Владимирка или... Она знала к тому же его тщеславие, заносчивость, самолюбие и неверие. "Неужели же одно только малодушие и боязнь смерти могут заставить его жить?" -- подумала она, наконец, в отчаянии. Солнце между тем уже закатывалось. Она грустно стояла пред окном и пристально смотрела в него, -- но в окно это была видна только одна капитальная небеленая стена соседнего дома. Наконец, когда уж она дошла до совершенного убеждения в смерти несчастного, -- он вошел в ее комнату.

Радостный крик вырвался из ее груди. Но, взглянув пристально в его лицо, она вдруг побледнела.

-- Ну да! -- сказал, усмехаясь, Раскольников, -- я за твоими крестами, Соня. Сама же ты меня на перекресток посылала; что ж теперь, как дошло до дела, и струсила?

Соня в изумлении смотрела на него. Странен показался ей этот тон; холодная дрожь прошла было по ее телу, но чрез минуту она догадалась, что и тон, и слова эти -- всё было напускное. Он и говорил-то с нею, глядя как-то в угол и точно избегая заглянуть ей прямо в лицо.

-- Я, видишь, Соня, рассудил, что этак, пожалуй, будет и выгоднее. Тут есть обстоятельство... Ну, да долго рассказывать, да и нечего. Меня только, знаешь, что злит? Мне досадно, что все эти глупые, зверские хари обступят меня сейчас, будут пялить на меня свои буркалы, задавать мне свои глупые вопросы, на которые надобно отвечать, -- будут указывать пальцами... Тьфу! Знаешь, я не к Порфирию иду; надоел он мне. Я лучше к моему приятелю Пороху пойду, то-то удивлю, то-то эффекта в своем роде достигну. А надо бы быть хладнокровнее; слишком уж я желчен стал в последнее время. Веришь ли: я сейчас погрозил сестре чуть ли не кулаком за то только, что она обернулась в последний раз взглянуть на меня. Свинство -- этакое состояние! Эх, до чего я дошел! Ну, что же, где кресты?

Он был как бы сам не свой. Он даже и на месте не мог устоять одной минуты, ни на одном предмете не мог сосредоточить внимания; мысли его перескакивали одна через другую, он заговаривался; руки его слегка дрожали.

Соня молча вынула из ящика два креста, кипарисный и медный, перекрестилась сама, перекрестила его и надела ему на грудь кипарисный крестик.

-- Это, значит, символ того, что крест беру на себя, хе-хе! И точно, я до сих пор мало страдал! Кипарисный, то есть простонародный; медный -- это Лизаветин, себе берешь, -- покажи-ка? Так на ней он был... в ту минуту? Я знаю тоже подобных два креста, серебряный и образок. Я их сбросил тогда старушонке на грудь. Вот бы те кстати теперь, право, те бы мне и надеть... А впрочем, вру я всё, о деле забуду; рассеян я как-то!.. Видишь, Соня, -- я, собственно, затем пришел, чтобы тебя предуведомить, чтобы ты знала... Ну вот и всё... Я только затем ведь и пришел. (Гм, я, впрочем, думал, что больше скажу). Да ведь ты и сама хотела, чтоб я пошел, ну вот и буду сидеть в тюрьме, и сбудется твое желание; ну чего ж ты плачешь? И ты тоже? Перестань, полно; ох, как мне это всё тяжело!

Чувство, однако же, родилось в нем; сердце его сжалось, на нее глядя. "Эта-то, эта-то чего? -- думал он про себя, -- я-то что ей? Чего она плачет, чего собирает меня, как мать или Дуня? Нянька будет моя!"

-- Перекрестись, помолись хоть раз, -- дрожащим, робким голосом попросила Соня.

-- О, изволь, это сколько тебе угодно! И от чистого сердца, Соня, от чистого сердца...

Ему хотелось, впрочем, сказать что-то другое.

Он перекрестился несколько раз. Соня схватила свой платок и накинула его на голову. Это был зеленый драдедамовый платок, вероятно тот самый, про который упоминал тогда Мармеладов, "фамильный". У Раскольникова мелькнула об этом мысль, но он не спросил. Действительно, он уже сам стал чувствовать, что ужасно рассеян и как-то безобразно встревожен. Он испугался этого. Его вдруг поразило и то, что Соня хочет уйти вместе с ним.

-- Что ты! Ты куда? Оставайся, оставайся! Я один, -- вскричал он в малодушной досаде и, почти озлобившись, пошел к дверям. -- И к чему тут целая свита! -- бормотал он, выходя.

Соня осталась среди комнаты. Он даже и не простился с ней, он уже забыл о ней; одно язвительное и бунтующее сомнение вскипело в душе его.

"Да так ли, так ли всё это? -- опять-таки подумал он, сходя с лестницы, -- неужели нельзя еще остановиться и опять всё переправить... и не ходить?"

Но он все-таки шел. Он вдруг почувствовал окончательно, что нечего себе задавать вопросы. Выйдя на улицу, он вспомнил, что не простился с

Соней, что она осталась среди комнаты, в своем зеленом платке, не смея шевельнуться от его окрика, и приостановился на миг. В то же мгновение вдруг одна мысль ярко озарила его, -- точно ждала, чтобы поразить его окончательно.

"Ну для чего, ну зачем я приходил к ней теперь? Я ей сказал: за делом; за каким же делом? Никакого совсем и не было дела! Объявить, что иду; так что же? Экая надобность! Люблю, что ли, я ее? Ведь нет, нет? Ведь вот отогнал ее теперь, как собаку. Крестов, что ли, мне в самом деле от нее понадобилось? О, как низко упал я!

Нет, -- мне слез ее надобно было, мне испуг ее видеть надобно было, смотреть, как сердце ее болит и терзается! Надо было хоть обо что-нибудь зацепиться, помедлить, на человека посмотреть! И я смел так на себя надеяться, так мечтать о себе, нищий я, ничтожный я, подлец, подлец!"

Он шел по набережной канавы, и недалеко уж оставалось ему. Но, дойдя до моста, он приостановился и вдруг повернул на мост, в сторону, и прошел на Сенную.

Он жадно осматривался направо и налево, всматривался с напряжением в каждый предмет и ни на чем не мог сосредоточить внимания; всё выскользало. "Вот чрез неделю, чрез месяц меня провезут куда-нибудь в этих арестантских каретах по этому мосту, как-то я тогда взгляну на эту канаву, -- запомнить бы это? -- мелькнуло у него в голове. -- Вот эта вывеска, как-то я тогда прочту эти самые буквы? Вот тут написано: "Таварищество", ну вот и запомнить это а, букву а, и посмотреть на нее чрез месяц, на это самое а: как-то я тогда посмотрю? Что-то я тогда буду ощущать и думать?.. Боже, как это всё должно быть низко, все эти мои теперешние... заботы! Конечно, всё это, должно быть, любопытно... в своем роде... (ха-ха-ха! об чем я думаю!) я ребенком делаюсь, я сам пред собою фанфароню; ну чего я стыжу себя? Фу, как толкаются! Вот этот толстый -- немец, должно быть, -- что толкнул меня: ну, знает ли он, кого толкнул? Баба с ребенком просит милостыню, любопытно, что она считает меня счастливее себя. А что, вот бы и подать для курьезу. Ба, пятак уцелел в кармане, откуда? На, на... возьми, матушка!"

-- Сохрани тебя бог! -- послышался плачевный голос нищей.

Он вошел на Сенную. Ему неприятно, очень неприятно было сталкиваться с народом, но он шел именно туда, где виднелось больше народу. Он бы дал всё на свете, чтоб остаться одному; но он сам чувствовал, что ни одной минуты не пробудет один. В толпе безобразничал один пьяный: ему всё хотелось плясать, но он всё валился на сторону. Его обступили. Раскольников протиснулся сквозь толпу, несколько минут смотрел на пьяного и вдруг коротко и отрывисто захохотал. Через минуту он уже забыл о нем, даже не видал его, хоть и смотрел на него. Он отошел наконец, даже не помня, где он находится; но когда дошел до срединыплощади, с ним вдруг произошло одно движение, одно ощущение овладелоим сразу, захватило его всего -- с телом и мыслию.

Он вдруг вспомнил слова Сони: "Поди на перекресток, поклонисьнароду, поцелуй землю, потому что ты и пред ней согрешил, и скаживсему миру вслух: "Я убийца!"". Он весь задрожал, припомнив это. И дотого уже задавила его безвыходная тоска и тревога всего этого времени,но особенно последних часов, что он так и ринулся в возможность этогоцельного, нового, полного ощущения. Каким-то припадком оно к немувдруг подступило: загорелось в душе одною искрой и вдруг, как огонь,охватило всего. Всё разом в нем размягчилось, и хлынули слезы. Как стоял,так и упал он на землю...

Он стал на колени среди площади, поклонился до земли и поцеловалэту грязную землю, с наслаждением и счастием. Он встал и поклонился вдругой раз.

-- Ишь нахлестался! -- заметил подле него один парень.

Раздался смех.

-- Это он в Иерусалим идет, братцы, с детьми, с родиной прощается,всему миру поклоняется, столичный город Санкт-Петербург и его грунтлобызает, -- прибавил какой-то пьяненький из мещан.

-- Парнишка еще молодой! -- ввернул третий.

-- Из благородных! -- заметил кто-то солидным голосом.

-- Ноне их не разберешь, кто благородный, кто нет.

Все эти отклики и разговоры сдержали Раскольникова, и слова "яубил", может быть, готовившиеся слететь у него с языка, замерли в нем. Онспокойно, однако ж, вынес все эти крики и, не озираясь, пошел прямо чрезпереулок по направлению к конторе. Одно видение мелькнуло пред нимдорогой, но он не удивился ему; он уже предчувствовал, что так и должнобыло быть. В то время, когда он, на Сенной, поклонился до земли в другойраз, оборотившись влево, шагах в пятидесяти от себя, он увидел Соню. Онапряталась от него за одним из деревянных бараков, стоявших на площади,стало быть, она сопровождала всё его скорбное шествие! Раскольниковпочувствовал и понял в эту минуту, раз навсегда, что Соня теперь с нимнавеки и пойдет за ним хоть на край света, куда бы ему ни вышла судьба.Всё сердце его перевернулось... но -- вот уж он и дошел до рокового места...

Он довольно бодро вошел во двор. Надо было подняться в третий этаж."Покамест еще подымусь", -- подумал он. Вообще ему казалось, что дороковой минуты еще далеко, еще много времени остается, о многом ещеможно передумать.

Опять тот же сор, те же скорлупы на винтообразной лестнице, опять двери квартир отворены настежь, опять те же кухни, из которых несет чад и вонь. Раскольников с тех пор здесь не был. Ноги его немели и подгибались, но шли. Он остановился на мгновение, чтобы перевести дух, чтоб оправиться, чтобы войти человеком. "А для чего? зачем? -- подумал он вдруг, осмыслив свое движение. -- Если уж надо выпить эту чашу, то не всё ли уж равно? Чем гаже, тем лучше. -- В воображении его мелькнула в это мгновение фигура Ильи Петровича Пороха. -- Неужели в самом деле к нему? А нельзя ли к другому? Нельзя ли к Никодиму Фомичу? Поворотить сейчас и пойти к самому надзирателю на квартиру? По крайней мере, обойдется домашним образом... Нет, нет! К Пороху, к Пороху! Пить, так пить всё разом..."

Похолодев и чуть-чуть себя помня, отворил он дверь в контору. На этот раз в ней было очень мало народу, стоял какой-то дворник и еще какой-то простолюдин. Сторож и не выглядывал из своей перегородки. Раскольников прошел в следующую комнату. "Может, еще можно будет и не говорить", -- мелькало в нем. Тут одна какая-то личность из писцов, в приватном сюртуке, прилаживалась что-то писать у бюро. В углу усаживался еще один писарь. Заметова не было. Никодима Фомича, конечно, тоже не было.

-- Никого нет? -- спросил было Раскольников, обращаясь к личности у бюро.

-- А вам кого?

-- А-а-а! Слыхом не слыхать, видом не видать, а русский дух... как это там в сказке... забыл! М-мае п-пач-тенье! -- вскричал вдруг знакомый голос.

Раскольников задрожал. Пред ним стоял Порох; он вдруг вышел из третьей комнаты. "Это сама судьба, -- подумал Раскольников, -- почему он тут?"

-- К нам? По какому? -- восклицал Илья Петрович. (Он был, по-видимому, в превосходнейшем и даже капельку в возбужденном состоянии духа). -- Если по делу, то еще рано пожаловали. Я сам по случаю... А впрочем, чем могу. Я признаюсь вам... как? как? Извините...

-- Раскольников.

-- Ну что: Раскольников! И неужели вы могли предположить, что я забыл! Вы уж, пожалуйста, меня не считайте за такого... Родион Ро... Ро... Родионыч, так, кажется?

-- Родион Романыч.

-- Да, да-да! Родион Романыч, Родион Романыч! Этого-то я и добивался. Даже многократно справлялся. Я, признаюсь вам, с тех пор искренно горевал, что мы так тогда с вами... мне потом объяснили, я узнал, что молодой литератор и даже ученый... и, так сказать, первые шаги... О господи! Да кто же из литераторов и ученых первоначально не делал оригинальных шагов! Я и жена моя -- мы оба уважаем литературу, а жена -- так до страсти!.. Литературу и художественность! Был бы благороден, а прочее все можно приобрести талантами, знанием, рассудком, гением! Шляпа -- ну что, например, значит шляпа? Шляпа есть блин, я ее у Циммермана куплю; но что под шляпой сохраняется и шляпой прикрывается, того уж я не куплю-с!.. Я, признаюсь, хотел даже к вам идти объясниться, да думал, может, вы... Однако ж и не спрошу: вам и в самом деле что-нибудь надо? К вам, говорят, родные приехали?

-- Да, мать и сестра.

-- Имел даже честь и счастие встретить вашу сестру, -- образованная и прелестная особа. Признаюсь, я пожалел, что мы тогда с вами до того разгорячились. Казус! А что я вас тогда, по поводу вашего обморока, некоторым взглядом окинул, -- то потом оно самым блистательным образом объяснилось! Изуверство и фанатизм! Понимаю ваше негодование. Может быть, по поводу прибывшего семейства квартиру переменяете?

-- Н-нет, я только так... Я зашел спросить... я думал, что найду здесь Заметова.

-- Ах, да! Ведь вы подружились; слышал-с. Ну, Заметова у нас нет, -- не застали. Да-с, лишились мы Александра Григорьевича! Со вчерашнего дня в наличности не имеется; перешел... и, переходя, со всеми даже перебранился... так даже невежливо... Ветреный мальчишка, больше ничего; даже надежды мог подавать; да вот, подите с ними, с блистательным-то юношеством нашим! Экзамен, что ли, какой-то хочет держать, да ведь у нас только бы поговорить да пофанфаронить, тем и экзамен кончится. Ведь это не то, что, например, вы али там господин Разумихин, ваш друг! Ваша карьера -- ученая часть, и вас уже не собьют неудачи! Вам все эти красоты жизни, можно сказать, -- nihil est, 1 аскет, монах, отшельник!.. Для вас книга, перо за ухом, ученые исследования -- вот где парит ваш дух! Я сам отчасти... записки Ливингстона изволили читать?

1 ничто (лат.).

-- Нет.

-- А я читал. Нынче, впрочем, очень много нигилистов распространилось; ну да ведь оно и понятно; времена-то какие, я вас спрошу? А впрочем, я с вами... ведь вы, уж конечно, не нигилист! Отвечайте откровенно, откровенно!

-- Н-нет...

-- Нет, знаете, вы со мной откровенно, вы не стесняйтесь, как бы наедине сам себе! Иное дело служба, иное дело... вы думали, я хотел сказать: дружба, нет-с, не угадали! Не дружба, а чувство гражданина и человека, чувство гуманности и любви ко всевышнему. Я могу быть и официальным лицом, и при должности, но гражданина и человека я всегда ощутить в себе обязан и дать отчет... Вы вот изволили заговорить про Заметова. Заметов, он соскандалит что-нибудь на французский манер в неприличном заведении, за стаканом шампанского или донского, -- вот что такое ваш Заметов! А я, может быть, так сказать, сгорел от преданности и высоких чувств и сверх того имею значение, чин, занимаю место! Женат и имею детей. Исполняю долг гражданина и человека, а он кто, позвольте спросить? Отношусь к вам, как к человеку, облагороженному образованием. Вот еще этих повивальных бабок чрезмерно много распространяется.

Раскольников поднял вопросительно брови. Слова Ильи Петровича, очевидно недавно вышедшего из-за стола, стучали и сыпались перед ним большею частью как пустые звуки. Но часть их он все-таки кое-как понимал; он глядел вопросительно и не знал, чем это всё кончится.

-- Я говорю про этих стриженых девок, -- продолжал словоохотливый Илья Петрович, -- я прозвал их сам от себя повивальными бабками и нахожу, что прозвание совершенно удовлетворительно. Хе-хе! Лезут в академию, учатся анатомии; ну, скажите, я вот заболею, ну позову ли я девицу лечить себя? Хе-хе!

Илья Петрович хохотал, вполне довольный своими остротами.

-- Оно, положим, жажда к просвещению неумеренная; но ведь просветился, и довольно. Зачем же злоупотреблять? Зачем же оскорблять благородные личности, как делает негодяй Заметов? Зачем он меня оскорбил, я вас спрошу? Вот еще сколько этих самоубийств распространилось, -- так это вы представить не можете. Всё это проживает последние деньги и убивает самого себя. Девчонки, мальчишки, старцы... Вот еще сегодня утром сообщено о каком-то недавно приехавшем господине. Нил Павлыч, а Нил Павлыч! как его, джентльмена-то, о котором сообщили давеча, застрелился-то на Петербургской?

-- Свидригайлов, -- сипло и безучастно ответил кто-то из другой комнаты.

Раскольников вздрогнул.

-- Свидригайлов! Свидригайлов застрелился! -- вскричал он.

-- Как! Вы знаете Свидригайлова?

-- Да... знаю... Он недавно приехал...

-- Ну да, недавно приехал, жены лишился, человек поведения забубенного, и вдруг застрелился, и так скандально, что представить нельзя... оставил в своей записной книжке несколько слов, что он умирает в здравом рассудке и просит никого не винить в его смерти. Этот деньги, говорят, имел. Вы как же изволите знать?

-- Я... знаком... моя сестра жила у них в доме гувернанткой...

-- Ба, ба, ба... Да вы нам, стало быть, можете о нем сообщить. А вы и не подозревали?

-- Я вчера его видел... он... пил вино... я ничего не знал.

Раскольников чувствовал, что на него как бы что-то упало и его придавило.

-- Вы опять как будто побледнели. У нас здесь такой спертый дух...

-- Да, мне пора-с, -- пробормотал Раскольников, -- извините, обеспокоил...

-- О, помилуйте, сколько угодно! Удовольствие доставили, и я рад заявить...

Илья Петрович даже руку протянул.

-- Я хотел только... я к Заметову...

-- Понимаю, понимаю, и доставили удовольствие.

-- Я... очень рад... до свидания-с... -- улыбался Раскольников.

Он вышел; он качался. Голова его кружилась. Он не чувствовал, стоит ли он на ногах. Он стал сходить с лестницы, упираясь правою рукой об стену. Ему показалось, что какой-то дворник, с книжкой в руке, толкнул его, взбираясь навстречу ему в контору; что какая-то собачонка заливалась-лаяла где-то в нижнем этаже и что какая-то женщина бросила в нее скалкой и закричала. Он сошел вниз и вышел во двор. Тут на дворе, недалеко от выхода, стояла бледная, вся помертвевшая, Соня и дико, дико на него посмотрела. Он остановился перед нею. Что-то больное и измученное выразилось в лице ее, что-то отчаянное. Она всплеснула руками. Безобразная, потерянная улыбка выдавилась на его устах. Он постоял, усмехнулся и поворотил наверх, опять в контору.

Илья Петрович уселся и рылся в каких-то бумагах. Перед ним стоял тот самый мужик, который только что толкнул Раскольникова, взбираясь по лестнице.

-- А-а-а? Вы опять! Оставили что-нибудь?.. Но что с вами?

Раскольников с побледневшими губами, с неподвижным взглядом тихо приблизился к нему, подошел к самому столу, уперся в него рукой, хотел что-то сказать, но не мог; слышались лишь какие-то бессвязные звуки.

-- С вами дурно, стул! Вот, сядьте на стул, садитесь! Воды!

Раскольников опустился на стул, но не спускал глаз с лица весьма неприятно удивленного Ильи Петровича. Оба с минуту смотрели друг на друга и ждали. Принесли воды.

-- Это я... -- начал было Раскольников.

-- Выпейте воды.

Раскольников отвел рукой воду и тихо, с расстановками, но внятно проговорил:

Это я убил тогда старуху-чиновницу и сестру ее Лизавету топором, и ограбил.

Илья Петрович раскрыл рот. Со всех сторон сбежались.

Раскольников повторил свое показание.

. . . .

ЭПИЛОГ

I

Сибирь. На берегу широкой, пустынной реки стоит город, один из административных центров России; в городе крепость, в крепости острог. В остроге уже девять месяцев заключен ссыльно-каторжный второго разряда, Родион Раскольников. Со дня преступления его прошло почти полтора года.

Судопроизводство по делу его прошло без больших затруднений. Преступник твердо, точно и ясно поддерживал свое показание, не запутывая обстоятельств, не смягчая их в свою пользу, не искажая фактов, не забывая малейшей подробности. Он рассказал до последней черты весь процесс убийства: разъяснил тайну заклада (деревянной дощечки с металлическою полоской), который оказался у убитой старухи в руках; рассказал подробно о том, как взял у убитой ключи, описал эти ключи, описал укладку и чем она была наполнена; даже исчислил некоторые из отдельных предметов, лежавших в ней; разъяснил загадку об убийстве Лизаветы; рассказал о том, как приходил и стучался Кох, а за ним студент, передав всё, что они между собой говорили; как он, преступник, сбежал потом с лестницы и слышал визг Миколки и Митьки; как он спрятался в пустой квартире, пришел домой, и в заключение указал камень на дворе, на Вознесенском проспекте, под воротами, под которым найдены были вещи и кошелек. Одним словом, дело вышло ясное. Следователи и судьи очень удивлялись, между прочим, тому, что он спрятал кошелек и вещи под камень, не воспользовавшись ими, а пуще всего тому, что он не только не помнил в подробности всех вещей, собственно им похищенных, но даже в числе их ошибся. То, собственно, обстоятельство, что он ни разу не открыл кошелька и не знал даже, сколько именно в нем лежит денег, показалось невероятным (в кошельке оказалось триста семнадцать рублей серебром и три двугривенных; от долгого лежанья под камнем некоторые верхние, самые крупные, бумажки чрезвычайно попортились). Долго добивались разузнать: почему именно подсудимый в одном этом обстоятельстве лжет, тогда как во всем другом сознается добровольно и правдиво? Наконец, некоторые (особенно из психологов) допустили даже возможность того, что и действительно он не заглядывал в кошелек, а потому и не знал, что в нем было, и, не зная, так и снес под камень, но тут же из этого и заключали, что самое преступление не могло иначе и случиться как при некотором временном умопомешательстве, так сказать, при болезненной мономании убийства и грабежа, без дальнейших целей и расчетов на выгоду. Тут, кстати, подоспела новейшая модная теория временного умопомешательства, которую так часто стараются применять в наше время к иным преступникам. К тому же давнишнее ипохондрическое состояние

Раскольникова было заявлено до точности многими свидетелями, доктором Зосимовым, прежними его товарищами, хозяйкой, прислугой. Всё это сильно способствовало заключению, что Раскольников не совсем похож на обыкновенного убийцу, разбойника и грабителя, но что тут что-то другое. К величайшей досаде защищавших это мнение, сам преступник почти не пробовал защищать себя; на окончательные вопросы: что именно могло склонить его к смертоубийству и что побудило его совершить грабеж, он отвечал весьма ясно, с самою грубою точностью, что причиной всему было его скверное положение, его нищета и беспомощность, желание упрочить первые шаги своей жизненной карьеры с помощью, по крайней мере, трех тысяч рублей, которые он рассчитывал найти у убитой. Решился же он на убийство вследствие своего легкомысленного и малодушного характера, раздраженного, сверх того, лишениями и неудачами. На вопросы же, что именно побудило его явиться с повинною, прямо отвечал, что чистосердечное раскаяние. Всё это было почти уже грубо...

Приговор, однако ж, оказался милостивее, чем можно было ожидать, судя по совершенному преступлению, и, может быть, именно потому, что преступник не только не хотел оправдываться, но даже как бы изъявлял желание сам еще более обвинить себя. Все странные и особенные обстоятельства дела были приняты во внимание. Болезненное и бедственное состояние преступника до совершения преступления не подвергалось ни малейшему сомнению. То, что он не воспользовался ограбленным, зачтено частию за действие пробудившегося раскаяния, частию за несовершенно здравое состояние умственных способностей во время совершения преступления. Обстоятельство нечаянного убийства Лизаветы даже послужило примером, подкрепляющим последнее предположение: человек совершает два убийства и в то же время забывает, что дверь стоит отпертая! Наконец, явка с повинною, в то самое время, когда дело необыкновенно запуталось вследствие ложного показания на себя упавшего духом изувера (Николая) и, кроме того, когда на настоящего преступника не только ясных улик, но даже и подозрений почти не имелось (Порфирий Петрович вполне сдержал слово), всё это окончательно способствовало смягчению участи обвиненного.

Объявились, кроме того, совершенно неожиданно и другие обстоятельства, сильно благоприятствовавшие подсудимому. Бывший студент Разумихин откопал откуда-то сведения и представил доказательства, что преступник Раскольников, в бытность свою в университете, из последних средств своих помогал одному своему бедному и чахоточному университетскому товарищу и почти содержал его в продолжение полугода. Когда же тот умер, ходил за оставшимся в живых старым и расслабленным отцом умершего товарища (который содержал и кормил своего отца своими трудами чуть не с тринадцатилетнего возраста), поместил наконец этого старика в больницу, и когда тот тоже умер, похоронил его. Все эти сведения имели некоторое благоприятное влияние на решение судьбы Раскольникова. Сама бывшая хозяйка его, мать умершей невесты Раскольникова, вдова Зарницына, засвидетельствовала тоже, что, когда они еще жили в другом доме, у Пяти углов, Раскольников во время пожара, ночью, вытащил из одной квартиры, уже загоревшейся, двух маленьких детей, и был при этом обожжен. Этот факт был тщательно расследован и довольно хорошо засвидетельствован многими свидетелями. Одним словом, кончилось тем, что преступник присужден был к каторжной работе второго разряда, на срок всего только восьми лет, во уважение явки с повинною и некоторых облегчающих вину обстоятельств.

Еще в начале процесса мать Раскольникова сделалась больна. Дуня и Разумихин нашли возможным увезти ее из Петербурга на всё время суда. Разумихин выбрал город на железной дороге и в близком расстоянии от Петербурга, чтоб иметь возможность регулярно следить за всеми обстоятельствами процесса и в то же время как можно чаще видеться с Авдотьей Романовной. Болезнь Пульхерии Александровны была какая-то странная, нервная и сопровождалась чем-то вроде помешательства, если не совершенно, то, по крайней мере, отчасти. Дуня, воротившись с последнего свидания с братом, застала мать уже совсем больною, в жару и в бреду. В этот же вечер сговорилась она с Разумихиным, что именно отвечать матери на ее расспросы о брате, и даже выдумала вместе с ним, для матери, целую историю об отъезде Раскольникова куда-то далеко, на границу России, по одному частному поручению, которое доставит ему наконец и деньги, и известность. Но их поразило, что ни об чем об этом сама Пульхерия Александровна ни тогда, ни потом не расспрашивала. Напротив, у ней у самой оказалась целая история о внезапном отъезде сына; она со слезами рассказывала, как он приходил к ней прощаться; давала при этом знать намеками, что только ей одной известны многие весьма важные и таинственные обстоятельства и что у Роди много весьма сильных врагов, так что ему надо даже скрываться. Что же касается до будущей карьеры его, то она тоже казалась ей несомненною и блестящею, когда пройдут некоторые враждебные обстоятельства; уверяла Разумихина, что сын ее будет со временем даже человеком государственным, что доказывает его статья и его блестящий литературный талант. Статью эту она читала беспрерывно, читала иногда даже вслух, чуть не спала вместе с нею, а все-таки, где именно находится теперь Родя, почти не расспрашивала, несмотря даже на то, что с нею видимо избегали об этом разговаривать, -- что уже одно могло возбудить ее мнительность. Стали, наконец, бояться этого странного молчания Пульхерии Александровны насчет некоторых пунктов. Она, например, даже не жаловалась на то, что от него нет писем, тогда как прежде, живя в своем городке, только и жила одною надеждой и одним ожиданием получить поскорее письмо от возлюбленного Роди. Последнее обстоятельство было уж слишком необъяснимо и сильно беспокоило

Дуню; ей приходила мысль, что мать, пожалуй, предчувствует что-нибудь ужасное в судьбе сына и боится расспрашивать, чтобы не узнать чего-нибудь еще ужаснее. Во всяком случае, Дуня ясно видела, что Пульхерия Александровна не в здравом состоянии рассудка.

Раза два, впрочем, случилось, что она сама так навела разговор, что невозможно было, отвечая ей, не упомянуть о том, где именно находится теперь Родя; когда же ответы поневоле должны были выйти неудовлетворительными и подозрительными, она стала вдруг чрезвычайно печальна, угрюма и молчалива, что продолжалось весьма долгое время. Дуня увидела наконец, что трудно лгать и выдумывать, и пришла к окончательному заключению, что лучше уж совершенно молчать об известных пунктах; но всё более и более становилось ясно до очевидности, что бедная мать подозревает что-то ужасное. Дуня припомнила, между прочим, слова брата, что мать вслушивалась в ее бред, в ночь накануне того последнего рокового дня, после сцены ее с Свидригайловым: не расслышала ли она чего-нибудь тогда? Часто, иногда после нескольких дней и даже недель угрюмого, мрачного молчания и безмолвных слез, больная как-то истерически оживлялась и начинала вдруг говорить вслух, почти не умолкая, о своем сыне, о своих надеждах, о будущем... Фантазии ее были иногда очень странны. Ее тешили, ей поддакивали (она сама, может быть, видела ясно, что ей поддакивают и только тешат ее), но она все-таки говорила...

Пять месяцев спустя после явки преступника с повинной последовал его приговор. Разумихин виделся с ним в тюрьме, когда только это было возможно. Соня тоже. Наконец последовала и разлука; Дуня поклялась брату, что эта разлука не навеки; Разумихин тоже. В молодой и горячей голове Разумихина твердо укрепился проект положить в будущие три-четыре года, по возможности, хоть начало будущего состояния, скопить хоть несколько денег и переехать в Сибирь, где почва богата во всех отношениях, а работников, людей и капиталов мало; там поселиться в том самом городе, где будет Родя, и... всем вместе начать новую жизнь. Прощаясь, все плакали. Раскольников самые последние дни был очень задумчив, много расспрашивал о матери, постоянно о ней беспокоился. Даже уж очень о ней мучился, что тревожило Дуню. Узнав в подробности о болезненном настроении матери, он стал очень мрачен. С Соней он был почему-то особенно неговорлив во всё время. Соня, с помощью денег, оставленных ей Свидригайловым, давно уже собралась и изготовилась последовать за партией арестантов, в которой будет отправлен и он. Об этом никогда ни слова не было упомянуто между ею и Раскольниковым; но оба знали, что это так будет. В самое последнее прощанье он странно улыбался на пламенные удостоверения сестры и Разумихина о счастливой их будущности, когда он выйдет из каторги, и предрек, что болезненное состояние матери кончится вскоре бедой. Он и Соня наконец отправились.

Два месяца спустя Дунечка вышла замуж за Разумихина. Свадьба была грустная и тихая. Из приглашенных был, впрочем, Порфирий Петрович и Зосимов. Во всё последнее время Разумихин имел вид твердо решившегося человека. Дуня верила слепо, что он выполнит все свои намерения, да и не могла не верить: в этом человеке виднелась железная воля. Между прочим, он стал опять слушать университетские лекции, чтобы кончить курс. У них обоих составлялись поминутно планы будущего; оба твердо рассчитывали чрез пять лет наверное переселиться в Сибирь. До той же поры надеялись там на Соню...

Пульхерия Александровна с радостью благословила дочь на брак с Разумихиным; но после этого брака стала как будто еще грустнее и озабоченнее. Чтобы доставить ей приятную минуту, Разумихин сообщил ей, между прочим, факт о студенте и дряхлом его отце и о том, что Родя был обожжен и даже хворал, спасши от смерти, прошлого года, двух малюток. Оба известия довели и без того расстроенную рассудком Пульхерию Александровну почти до восторженного состояния. Она беспрерывно говорила об этом, вступала в разговор и на улице (хотя Дуня постоянно сопровождала ее). В публичных каретах, в лавках, поймав хоть какого-нибудь слушателя, наводила разговор на своего сына, на его статью, как он помогал студенту, был обожжен на пожаре и прочее. Дунечка даже не знала, как удержать ее. Уж кроме опасности такого восторженного, болезненного настроения, одно уже то грозило бедой, что кто-нибудь мог припомнить фамилию Раскольникова по бывшему судебному делу и заговорить об этом. Пульхерия Александровна узнала даже адрес матери двух спасенных от пожара малюток и хотела непременно отправиться к ней. Наконец беспокойство ее возросло до крайних пределов. Она иногда вдруг начинала плакать, часто заболевала и в жару бредила. Однажды, поутру, она объявила прямо, что по ее расчетам скоро должен прибыть Родя, что она помнит, как он, прощаясь с нею, сам упоминал, что именно чрез девять месяцев надо ожидать его. Стала всё прибирать в квартире и готовиться к встрече, стала отделывать назначавшуюся ему комнату (свою собственную), отчищать мебель, мыть и надевать новые занавески и прочее. Дуня встревожилась, но молчала и даже помогала ей устраивать комнату к приему брата. После тревожного дня, проведенного в беспрерывных фантазиях, в радостных грезах и слезах, в ночь она заболела и наутро была уже в жару и в бреду. Открылась горячка. Чрез две недели она умерла. В бреду вырывались у ней слова, по которым можно было заключить, что она гораздо более подозревала в ужасной судьбе сына, чем даже предполагали.

Раскольников долго не знал о смерти матери, хотя корреспонденция с Петербургом установилась еще с самого начала водворения его в Сибири. Устроилась она чрез Соню, которая аккуратно каждый месяц писала в Петербург на имя Разумихина и аккуратно каждый месяц получала из Петербурга ответ. Письма Сони казались сперва Дуне и Разумихину как-то сухими и неудовлетворительными; но под конец оба они нашли, что и писать лучше невозможно, потому что и из этих писем в результате получалось все-таки самое полное и точное представление о судьбе их несчастного брата. Письма Сони были наполняемы самою обыденною действительностью, самым простым и ясным описанием всей обстановки каторжной жизни Раскольникова. Тут не было ни изложения собственных надежд ее, ни загадок о будущем, ни описаний собственных чувств. Вместо попыток разъяснения его душевного настроения и вообще всей внутренней его жизни стояли одни факты, то есть собственные слова его, подробные известия о состоянии его здоровья, чего он пожелал тогда-то при свидании, о чем попросил ее, что поручил ей, и прочее. Все эти известия сообщались с чрезвычайною подробностью. Образ несчастного брата под конец выступил сам собою, нарисовался точно и ясно; тут не могло быть и ошибок, потому что всё были верные факты.

Но мало отрадного могли вывести Дуня и муж ее по этим известиям, особенно вначале. Соня беспрерывно сообщала, что он постоянно угрюм, несловоохотлив и даже почти нисколько не интересуется известиями, которые она ему сообщает каждый раз из получаемых ею писем; что он спрашивает иногда о матери; и когда она, видя, что он уже предугадывает истину, сообщила ему наконец об ее смерти, то, к удивлению ее, даже и известие о смерти матери на него как бы не очень сильно подействовало, по крайней мере так показалось ей с наружного вида. Она сообщала, между прочим, что, несмотря на то, что он, по-видимому, так углублен в самого себя и ото всех как бы заперся, -- к новой жизни своей он отнесся очень прямо и просто; что он ясно понимает свое положение, не ожидает вблизи ничего лучшего, не имеет никаких легкомысленных надежд (что так свойственно в его положении) и ничему почти не удивляется среди новой окружающей его обстановки, так мало похожей на что-нибудь прежнее. Сообщила она, что здоровье его удовлетворительно. Он ходит на работы, от которых не уклоняется и на которые не напрашивается. К пище почти равнодушен, но что эта пища, кроме воскресных и праздничных дней, так дурна, что наконец он с охотой принял от нее, Сони, несколько денег, чтобы завести у себя ежедневный чай; насчет всего же остального просил ее не беспокоиться, уверяя, что все эти заботы о нем только досаждают ему. Далее Соня сообщала, что помещение его в остроге общее со всеми; внутренности их казарм она не видала, но заключает, что там тесно, безобразно и нездорово; что он спит на нарах, подстилая под себя войлок, и другого ничего не хочет себе устроить. Но что живет он так грубо и бедно вовсе не по какому-нибудь предвзятому плану или намерению, а так просто от невнимания и наружного равнодушия к своей судьбе. Соня прямо писала, что он, особенно вначале, не только не интересовался ее посещениями, но даже почти досадовал на нее, был несловоохотлив и даже груб с нею, но что под конец эти свидания обратились у него в привычку и даже чуть не в потребность, так что он очень даже тосковал, когда она несколько дней была больна и не могла посещать его. Видится же она с ним по праздникам у острожных ворот или в кордегардии, куда его вызывают к ней на несколько минут; по будням же на работах, куда она заходит к нему, или в мастерских, или на кирпичных заводах, или в сараях на берегу Иртыша. Про себя Соня уведомляла, что ей удалось приобресть в городе даже некоторые знакомства и покровительства; что она занимается шитьем, и так как в городе почти нет модистки, то стала во многих домах даже необходимою; не упоминала только, что чрез нее и Раскольников получил покровительство начальства, что ему облегчаемы были работы, и прочее. Наконец пришло известие (Дуня даже приметила некоторое особенное волнение и тревогу в ее последних письмах), что он всех чуждается, что в остроге каторжные его не полюбили; что он молчит по целым дням и становится очень бледен. Вдруг, в последнем письме, Соня написала, что он заболел весьма серьезно и лежит в госпитале, в арестантской палате...

II

Он был болен уже давно; но не ужасы каторжной жизни, не работы, не пища, не бритая голова, не лоскутное платье сломили его: о! что ему было до всех этих мук и истязаний! Напротив, он даже рад был работе: измучившись на работе физически, он по крайней мере добывал себе несколько часов спокойного сна. И что значила для него пища -- эти пустые щи с тараканами? Студентом, во время прежней жизни, он часто и того не имел. Платье его было тепло и приспособлено к его образу жизни. Кандалов он даже на себе не чувствовал. Стыдиться ли ему было своей бритой головы и половинчатой куртки? Но пред кем? Пред Соней? Соня боялась его, и пред нею ли было ему стыдиться?

А что же? Он стыдился даже и пред Соней, которую мучил за это своим презрительным и грубым обращением. Но не бритой головы и кандалов он стыдился: его гордость сильно была уязвлена; он и заболел от уязвленной гордости. О, как бы счастлив он был, если бы мог сам обвинить себя! Он бы снес тогда всё, даже стыд и позор. Но он строго судил себя, и ожесточенная совесть его не нашла никакой особенно ужасной вины в его прошедшем, кроме разве простого промаху, который со всяким мог случиться. Он стыдился именно того, что он, Раскольников, погиб так слепо, безнадежно, глухо и глупо, по какому-то приговору слепой судьбы, и должен смириться и покориться пред "бессмыслицей" какого-то приговора, если хочет сколько-нибудь успокоить себя.

Тревога беспредметная и бесцельная в настоящем, а в будущем

одна беспрерывная жертва, которою ничего не приобреталось, -- вот что предстояло ему на свете. И что в том, что чрез восемь лет ему будет только тридцать два года и можно снова начать еще жить! Зачем ему жить? Что иметь в виду? К чему стремиться? Жить, чтобы существовать? Но он тысячу раз и прежде готов был отдать свое существование за идею, за надежду, даже за фантазию. Одного существования всегда было мало ему; он всегда хотел большего. Может быть, по одной только силе своих желаний он и счел себя тогда человеком, которому более разрешено, чем другому.

И хотя бы судьба послала ему раскаяние -- жгучее раскаяние, разбивающее сердце, отгоняющее сон, такое раскаяние, от ужасных мук которого мерещится петля и омут! О, он бы обрадовался ему! Муки и слезы -- ведь это тоже жизнь. Но он не раскаивался в своем преступлении.

По крайней мере, он мог бы злиться на свою глупость, как и злился он прежде на безобразные и глупейшие действия свои, которые довели его до острога. Но теперь, уже в остроге, на свободе, он вновь обсудил и обдумал все прежние свои поступки и совсем не нашел их так глупыми и безобразными, как казались они ему в то роковое время, прежде.

"Чем, чем, -- думал он, -- моя мысль была глупее других мыслей и теорий, роящихся и сталкивающихся одна с другой на свете, с тех пор как этот свет стоит? Стоит только посмотреть на дело совершенно независимым, широким и избавленным от обыденных влияний взглядом, и тогда, конечно, моя мысль окажется вовсе не так... странною. О отрицатели и мудрецы в пятачок серебра, зачем вы останавливаетесь на полдороге!

Ну чем мой поступок кажется им так безобразен? -- говорил он себе. -- Тем, что он -- злодеяние? Что значит слово "злодеяние"? Совесть моя спокойна. Конечно, сделано уголовное преступление; конечно, нарушена буква закона и пролита кровь, ну и возьмите за букву закона мою голову... и довольно! Конечно, в таком случае даже многие благодетели человечества, не наследовавшие власти, а сами ее захватившие, должны бы были быть казнены при самых первых своих шагах. Но те люди вынесли свои шаги, и потому они правы, а я не вынес и, стало быть, я не имел права разрешить себе этот шаг".

Вот в чем одном признавал он свое преступление: только в том, что не вынес его и сделал явку с повинною.

Он страдал тоже от мысли: зачем он тогда себя не убил? Зачем он стоял тогда над рекой и предпочел явку с повинною? Неужели такая сила в этом желании жить и так трудно одолеть его? Одолел же Свидригайлов, боявшийся смерти?

Он с мучением задавал себе этот вопрос и не мог понять, что уж и тогда, когда стоял над рекой, может быть, предчувствовал в себе и в убеждениях своих глубокую ложь. Он не понимал, что это предчувствие могло быть предвестником будущего перелома в жизни его, будущего воскресения его, будущего нового взгляда на жизнь.

Он скорее допускал тут одну только тупую тягость инстинкта, которую не ему было порвать и через которую он опять-таки был не в силах перешагнуть (за слабостию и ничтожностию). Он смотрел на каторжных товарищей своих и удивлялся: как тоже все они любили жизнь, как они дорожили ею! Именно ему показалось, что в остроге ее еще более любят и ценят, и более дорожат ею, чем на свободе. Каких страшных мук и истязаний не перенесли иные из них, например бродяги! Неужели уж столько может для них значить один какой-нибудь луч солнца, дремучий лес, где-нибудь в неведомой глуши холодный ключ, отмеченный еще с третьего года и о свидании с которым бродяга мечтает, как о свидании с любовницей, видит его во сне, зеленую травку кругом его, поющую птичку в кусте? Всматриваясь дальше, он видел примеры, еще более необъяснимые.

В остроге, в окружающей его среде, он, конечно, многого не замечал, да и не хотел совсем замечать. Он жил, как-то опустив глаза: ему омерзительно и невыносимо было смотреть. Но под конец многое стало удивлять его, и он, как-то поневоле, стал замечать то, чего прежде и не подозревал. Вообще же и наиболее стала удивлять его та страшная, та непроходимая пропасть, которая лежала между ним и всем этим людом. Казалось, он и они были разных наций. Он и они смотрели друг на друга недоверчиво и неприязненно. Он знал и понимал общие причины такого разъединения; но никогда не допускал он прежде, чтоб эти причины были на самом деле так глубоки и сильны. В остроге были тоже ссыльные поляки, политические преступники. Те просто считали весь этот люд за невежд и хлопов и презирали их свысока; но Раскольников не мог так смотреть: он ясно видел, что эти невежды во многом гораздо умнее этих самых поляков. Были тут и русские, тоже слишком презиравшие этот народ, -- один бывший офицер и два семинариста; Раскольников ясно замечал и их ошибку.

Его же самого не любили и избегали все. Его даже стали под конец ненавидеть -- почему? Он не знал того. Презирали его, смеялись над ним, смеялись над его преступлением те, которые были гораздо его преступнее.

-- Ты барин! -- говорили ему. -- Тебе ли было с топором ходить; не барское вовсе дело.

На второй неделе великого поста пришла ему очередь говеть вместе с своей казармой. Он ходил в церковь молиться вместе с другими. Из-за чего, он и сам не знал того, -- произошла однажды ссора; все разом напали на него с остервенением.

-- Ты безбожник! Ты в бога не веруешь! -- кричали ему. -- Убить тебя надо.

Он никогда не говорил с ними о боге и о вере, но они хотели убить его как безбожника; он молчал и не возражал им. Один каторжный бросился было на него в решительном исступлении; Раскольников ожидал его спокойно и молча: бровь его не шевельнулась, ни одна черта его лица не дрогнула. Конвойный успел вовремя стать между ним и убийцей -- не то пролилась бы кровь.

Неразрешим был для него еще один вопрос: почему все они так полюбили Соню? Она у них не заискивала; встречали они ее редко, иногда только на работах, когда она приходила на одну минутку, чтобы повидать его. А между тем все уже знали ее, знали и то, что она за ним последовала, знали, как она живет, где живет. Денег она им не давала, особенных услуг не оказывала. Раз только, на рождестве, принесла она на весь острог подаяние: пирогов и калачей. Но мало-помалу между ними и Соней завязались некоторые более близкие отношения: она писала им письма к их родным и отправляла их на почту. Их родственники и родственницы, приезжавшие в город, оставляли, по указанию их, в руках Сони вещи для них и даже деньги. Жены их и любовницы знали ее и ходили к ней. И когда она являлась на работах, приходя к Раскольникову, или встречалась с партией арестантов, идущих на работы, -- все снимали шапки, все кланялись: "Матушка, Софья Семеновна, мать ты наша, нежная, болезная!" -- говорили эти грубые, клейменые каторжные этому маленькому и худенькому созданию. Она улыбалась и откланивалась, и все они любили, когда она им улыбалась. Они любили даже ее походку, оборачивались посмотреть ей вслед, как она идет, и хвалили ее; хвалили ее даже за то, что она такая маленькая, даже уж не знали, за что похвалить. К ней даже ходили лечиться.

Он пролежал в больнице весь конец поста и Святую. Уже выздоравливая, он припомнил свои сны, когда еще лежал в жару и бреду. Ему грезилось в болезни, будто весь мир осужден в жертву какой-то страшной, неслыханной и невиданной моровой язве, идущей из глубины Азии на Европу. Все должны были погибнуть, кроме некоторых, весьма немногих, избранных. Появились какие-то новые трихины, существа микроскопические, вселявшиеся в тела людей. Но эти существа были духи, одаренные умом и волей. Люди, принявшие их в себя, становились тотчас же бесноватыми и сумасшедшими. Но никогда, никогда люди не считали себя так умными и непоколебимыми в истине, как считали зараженные. Никогда не считали непоколебимее своих приговоров, своих научных выводов, своих нравственных убеждений и верований. Целые селения, целые города и народы заражались и сумасшествовали. Все были в тревоге и не понимали друг друга, всякий думал, что в нем в одном и заключается истина, и мучился, глядя на других, бил себя в грудь, плакал и ломал себе руки. Не знали, кого и как судить, не могли согласиться, что считать злом, что добром. Не знали, кого обвинять, кого оправдывать. Люди убивали друг друга в какой-то бессмысленной злобе. Собирались друг на друга целыми армиями, но армии, уже в походе, вдруг начинали сами терзать себя, ряды расстраивались, воины бросались друг на друга, кололись и резались, кусали и ели друг друга. В городах целый день били в набат: созывали всех, но кто и для чего зовет, никто не знал того, а все были в тревоге. Оставили самые обыкновенные ремесла, потому что всякий предлагал свои мысли, свои поправки, и не могли согласиться; остановилось земледелие. Кое-где люди сбегались в кучи, соглашались вместе на что-нибудь, клялись не расставаться, -- но тотчас же начинали что-нибудь совершенно другое, чем сейчас же сами предполагали, начинали обвинять друг друга, дрались и резались. Начались пожары, начался голод. Все и всё погибало. Язва росла и подвигалась дальше и дальше. Спастись во всем мире могли только несколько человек, это были чистые и избранные, предназначенные начать новый род людей и новую жизнь, обновить и очистить землю, но никто и нигде не видал этих людей, никто не слыхал их слова и голоса.

Раскольникова мучило то, что этот бессмысленный бред так грустно и так мучительно отзывается в его воспоминаниях, что так долго не проходит впечатление этих горячешных грез. Шла уже вторая неделя после Святой; стояли теплые, ясные, весенние дни; в арестантской палате отворили окна (решетчатые, под которыми ходил часовой). Соня, во всё время болезни его, могла только два раза его навестить в палате; каждый раз надо было испрашивать разрешения, а это было трудно. Но она часто приходила на госпитальный двор, под окна, особенно под вечер, а иногда так только, чтобы постоять на дворе минутку и хоть издали посмотреть на окна палаты. Однажды, под вечер, уже совсем почти выздоровевший Раскольников заснул; проснувшись, он нечаянно подошел к окну и вдруг увидел вдали, у госпитальных ворот, Соню. Она стояла и как бы чего-то ждала. Что-то как бы пронзило в ту минуту его сердце; он вздрогнул и поскорее отошел от окна. В следующий день Соня не приходила, на третий день тоже; он заметил, что ждет ее с беспокойством. Наконец его выписали. Придя в острог, он узнал от арестантов, что Софья Семеновна заболела, лежит дома и никуда не выходит.

Он был очень беспокоен, посылал о ней справляться. Скоро узнал он, что болезнь ее не опасна. Узнав в свою очередь, что он об ней так тоскует и заботится, Соня прислала ему записку, написанную карандашом, и уведомляла его, что ей гораздо легче, что у ней пустая, легкая простуда и что она скоро, очень скоро, придет повидаться с ним на работу. Когда он читал эту записку, сердце его сильно и больно билось.

День опять был ясный и теплый. Ранним утром, часов в шесть, он отправился на работу, на берег реки, где в сарае устроена была обжигательная печь для алебастра и где толкли его. Отправилось туда всего три работника. Один из арестантов взял конвойного и пошел с ним в крепость за каким-то инструментом; другой стал изготовлять дрова и накладывать в печь. Раскольников вышел из сарая на самый берег, сел на складенные у сарая бревна и стал глядеть на широкую и пустынную реку. С высокого берега открывалась широкая окрестность. С дальнего другого берега чуть слышно доносилась песня. Там, в облитой солнцем необозримой степи, чуть приметными точками чернелись кочевые юрты. Там была свобода и жили другие люди, совсем не похожие на здешних, там как бы самое время остановилось, точно не прошли еще века Авраама и стад его. Раскольников сидел, смотрел неподвижно, не отрываясь; мысль его переходила в грезы, в созерцание; он ни о чем не думал, но какая-то тоска волновала его и мучила.

Вдруг подле него очутилась Соня. Она подошла едва слышно и села с ним рядом. Было еще очень рано, утренний холодок еще не смягчился. На ней был ее бедный, старый бурнус и зеленый платок. Лицо ее еще носило признаки болезни, похудело, побледнело, осунулось. Она приветливо и радостно улыбнулась ему, но, по обыкновению, робко протянула ему свою руку.

Она всегда протягивала ему свою руку робко, иногда даже не подавала совсем, как бы боялась, что он оттолкнет ее. Он всегда как бы с отвращением брал ее руку, всегда точно с досадой встречал ее, иногда упорно молчал во всё время ее посещения. Случалось, что она трепетала его и уходила в глубокой скорби. Но теперь их руки не разнимались; он мельком и быстро взглянул на нее, ничего не выговорил и опустил свои глаза в землю. Они были одни, их никто не видел. Конвойный на ту пору отворотился.

Как это случилось, он и сам не знал, но вдруг что-то как бы подхватило его и как бы бросило к ее ногам. Он плакал и обнимал ее колени. В первое мгновение она ужасно испугалась, и всё лицо ее помертвело. Она вскочила с места и, задрожав, смотрела на него. Но тотчас же, в тот же миг она всё поняла. В глазах ее засветилось бесконечное счастье; она поняла, и для нее уже не было сомнения, что он любит, бесконечно любит ее и что настала же наконец эта минута...

Они хотели было говорить, но не могли. Слезы стояли в их глазах. Они оба были бледны и худы; но в этих больных и бледных лицах уже сияла заря обновленного будущего, полного воскресения в новую жизнь. Их воскресила любовь, сердце одного заключало бесконечные источники жизни для сердца другого.

Они положили ждать и терпеть. Им оставалось еще семь лет; а до тех пор столько нестерпимой муки и столько бесконечного счастия! Но он воскрес, и он знал это, чувствовал вполне всем обновившимся существом своим, а она -- она ведь и жила только одною его жизнью!

Вечером того же дня, когда уже заперли казармы, Раскольников лежал на нарах и думал о ней. В этот день ему даже показалось, что как будто все каторжные, бывшие враги его, уже глядели на него иначе. Он даже сам заговаривал с ними, и ему отвечали ласково. Он припомнил теперь это, но ведь так и должно было быть: разве не должно теперь все измениться?

Он думал об ней. Он вспомнил, как он постоянно ее мучил и терзал ее сердце; вспомнил ее бледное, худенькое личико, но его почти и не мучили теперь эти воспоминания: он знал, какою бесконечною любовью искупит он теперь все ее страдания.

Да и что такое эти все, все муки прошлого! Всё, даже преступление его, даже приговор и ссылка, казались ему теперь, в первом порыве, каким-то внешним, странным, как бы даже и не с ним случившимся фактом. Он, впрочем, не мог в этот вечер долго и постоянно о чем-нибудь думать, сосредоточиться на чем-нибудь мыслью; да он ничего бы и не разрешил теперь сознательно; он только чувствовал. Вместо диалектики наступила жизнь, и в сознании должно было выработаться что-то совершенно другое.

Под подушкой его лежало Евангелие. Он взял его машинально. Эта книга принадлежала ей, была та самая, из которой она читала ему о воскресении Лазаря. В начале каторги он думал, что она замучит его религией, будет заговаривать о Евангелии и навязывать ему книги. Но, к величайшему его удивлению, она ни разу не заговаривала об этом, ни разу даже не предложила ему Евангелия. Он сам попросил его у ней незадолго до своей болезни, и она молча принесла ему книгу. До сих пор он ее и не раскрывал.

Он не раскрыл ее и теперь, но одна мысль промелькнула в нем: "Разве могут ее убеждения не быть теперь и моими убеждениями? Ее чувства, ее стремления, по крайней мере..."

Она тоже весь этот день была в волнении, а в ночь даже опять захворала. Но она была до того счастлива, что почти испугалась своего счастья. Семь лет, только семь лет! В начале своего счастия, в иные мгновения, они оба готовы были смотреть на эти семь лет, как на семь дней. Он даже и не знал того, что новая жизнь не даром же ему достается, что ее надо еще дорого купить, заплатить за нее великим, будущим подвигом...

Но тут уж начинается новая история, история постепенного обновления человека, история постепенного перерождения его, постепенного перехода из одного мира в другой, знакомства с новою, доселе совершенно неведомою действительностью. Это могло бы составить тему нового рассказа, -- но теперешний рассказ наш окончен.

Примечания

(Г. М. Фридлендер)

В пятом томе Собрания сочинений Ф. М. Достоевского печатается роман "Преступление и наказание", впервые опубликованный в журнале "Русский вестник" (1866. N 1, 2, 4, 6--8, 11, 12) с подписью: Ф. Достоевский. В следующем году вышло отдельное издание романа, в котором было изменено деление на части и главы (в журнальном варианте роман был разделен на три части, а не на шесть), несколько сокращены отдельные эпизоды и внесен ряд стилистических исправлений.

Замысел романа вынашивался Достоевским в течение многих лет. О том, что одна из центральных идей его сложилась уже к 1863 г., свидетельствует запись от 17 сентября 1863 г. в дневнике А. П. Сусловой, находившейся в это время вместе с Достоевским в Италии: "Когда мы обедали (в Турине, в гостинице, за table d'hote'ом. -- Ред.), он (Достоевский), смотря на девочку, которая брала уроки, сказал: "Ну вот, представь себе, такая девочка с стариком, и вдруг какой ни будь Наполеон говорит: "Истребить весь город". Всегда так было на свете".1 Но к творческой работе над романом, обдумыванию его персонажей, отдельных сцен и ситуаций Достоевский обратился лишь в 1865--1866 гг.2 Важную подготовительную роль для зарождения характеров Раскольникова и Сони сыграли "Записки из подполья" (1864; см. т. 4 наст. издания). Трагедия мыслящего героя-индивидуалиста, его горделивое упоение своей "идеей" и поражение перед лицом "живой жизни", в качестве воплощения которой в "Записках" выступает прямая предшественница Сони Мармеладовой, девушка из публичного дома, -- эти основные общие контуры "Записок" непосредственно подготавливают "Преступление и наказание".

1 Суслова А. П. Годы близости с Достоевским. М., 1928. С. 60.

2 Многократно высказывалось предположение, что замысел "Преступления и наказания" восходит к началу 1850-х годов и что, упоминая в письме к брату от 9 октября 1859 г. о задуманном им в это время романе "Исповедь", писатель имел в виду историю Раскольникова. Однако, как свидетельствуют записные тетради Достоевского, образ Раскольникова возник под его пером лишь в 1865 г.

Как свидетельствуют письма Достоевского, в романе объединились два первоначально различных творческих плана. Один из них возник летом, а другой осенью 1865 г.

Собираясь за границу, Достоевский в начале июня 1865 г. предложил издателям газеты "Санкт-Петербургские ведомости" -- В. Ф. Коршу и журнала "Отечественные записки" -- А. А. Краевскому роман, который обещал представить в октябре. "Роман мой, -- писал Достоевский Краевскому, -- называется "Пьяненькие" и будет в связи с теперешним вопросом о пьянстве. Разбирается не только вопрос, но представляются и все его разветвления, преимущественно картины семейств, воспитание детей в этой обстановке и проч. и проч. Листов будет не менее двадцати, но может быть и более".1

Предложение Достоевского не было принято ни Коршем, ни Краевским, и роман "Пьяненькие" остался неосуществленным. Но авторские размышления над ним подготовили в "Преступлении и наказании" образ "пьяненького" чиновника Мармеладова, трагические картины жизни его семьи и описание участи его детей.

Через три месяца, в середине сентября 1865 г., Достоевский из заграницы (с курорта Висбаден) пишет редактору журнала "Русский вестник" М. Н. Каткову другое письмо, предлагая ему повесть на сюжет, совпадающий с основной фабульной линией "Преступления и наказания". Сообщая, что работает над этой повестью уже два месяца, собирается ее закончить не позже чем через месяц и что в ней будет "от пяти до шести печатных листов", Достоевский так излагает основную ее мысль:

"Это -- психологический отчет одного преступления. Действие современное, в нынешнем году. Молодой человек, исключенный из студентов университета, мещанин по происхождению и живущий в крайней бедности, по легкомыслию, по шатости в понятиях, поддавшись некоторым странным "недоконченным" идеям, которые носятся в воздухе, решился разом выйти из скверного своего положения. Он решился убить одну старуху, титулярную советницу, дающую деньги на проценты. Старуха глупа, глуха, больна, жадна, берет жидовские проценты, зла и заедает чужой век, мучая у себя в работницах свою младшую сестру. "Она никуда не годна", "для чего она живет?", "Полезна ли она хоть кому-нибудь?" и т. д. Эти вопросы сбивают с толку молодого человека. Он решает убить ее, обобрать, с тем чтоб сделать счастливою свою мать, живущую в уезде, избавить сестру, живущую в компаньонках у одних помещиков, от сластолюбивых притязаний главы этого помещичьего семейства -- притязаний, грозящих ей гибелью, докончить курс, ехать за границу и потом всю жизнь быть честным, твердым, неуклонным в исполнении "гуманного долга к человечеству", чем уже, конечно, "загладится преступление"" <...>.

Однако после совершенного героем убийства процентщицы, по

словам Достоевского, "развертывается весь психологический процесс преступления. Неразрешимые вопросы восстают перед убийцею, неподозреваемые и неожиданные чувства мучают его сердце. Божия правда, земной закон берет свое, и он кончает тем, что принужден сам на себя донести. Принужден, чтоб хотя погибнуть в каторге, но примкнуть опять к людям; чувство разомкнутости и разъединенности с человечеством, которое он ощутил тотчас же по совершении преступления, замучило его. Закон правды и человеческая природа взяли свое <...> Преступник сам решает принять муки, чтоб искупить свое дело".

"В повести моей есть, кроме того, намек на ту мысль, что налагаемое юридическ<ое> наказание за преступление гораздо меньше устрашает преступника, чем думают законодатели, отчасти потому, что он и сам его нравственно требует, -- пишет далее Достоевский. -- Это видел я даже на самых неразвитых людях, на самой грубой случайности. Выразить мне это хотелось именно на развитом, на нового поколения человеке, чтоб была ярче и осязательнее видна мысль. Несколько случаев, бывших

----

1 Достоевский Ф. М. Полн. собр. соч.: В 30 т. Л., 1985. Т. 28, кн. 2. С. 127, 128, 525 (далее в статье и примечаниях ссылки на это издание даны в тексте с указанием римской цифрой тома и арабской -- страницы)

в самое последнее время, убедили, что сюжет мой вовсе не эксцентричен. Именно, что убийца развитой и даже хороших наклонностей молодой человек. Мне рассказывали прошлого года в Москве (верно) об одном студенте, выключенном из университета <...> -- что он решился разбить почту и убить почтальона. Есть еще много следов в наших глазах о необыкновенной шатости понятий, подвигающих на ужасные дела <...> Одним словом, я убежден, что сюжет мой отчасти оправдывает современность" (XXVIII, кн. 2, 136--137).

Работа над повестью для "Русского вестника" горячо увлекла Достоевского. "Повесть, которую я пишу теперь, будет, может быть, лучше всего, что я написал, если дадут мне время ее окончить", -- писал он 16 (28) сентября 1865 г. из Висбадена своему другу А. Е. Врангелю (XXVIII, кн. 2, 140). Но чем далее Достоевский работал над нею и обдумывал ее план, тем более разрастался, становился сложнее ее замысел. Он не только впитал в переосмысленном виде материал ранее задуманных "Пьяненьких", но и превратился из замысла краткой, одногеройной повести в замысел большого многогеройного романа. После возвращения в Петербург, в конце ноября 1865 г., когда для произведения с августа по октябрь было уже "много написано и готово", Достоевский, по собственным словам, "все сжег" и "начал сызнова", по "новому плану" (XXVIII, кн 2, 150). С этого времени общие очертания фабулы романа окончательно определились. Через месяц Достоевский мог выслать начало его в "Русский вестник", продолжая лихорадочно работать над продолжением романа до конца 1866 г. параллельно с печатанием (как это было обычно для него).

Творческая работа писателя над романом отражена в трех дошедших до нас записных тетрадях. Достоевский сперва, в начальные дни августа 1865 г., решил писать роман от лица главного героя (который в это время носил имя Василия), в форме его "исповеди", возникшей через несколько дней после преступления. На этой ступени действие начиналось, по-видимому, с момента убийства ростовщицы, а внимание автора было уделено в первую очередь психологии главного героя, его стремлению мысленно разобраться в происшедшем и в самом себе. Вот образец самой ранней редакции (начало ее не сохранилось):

Глава 2

16 июня. Третьего дня ночью я начал описывать и четыре часа просидел. Это будет документ...

Этих листов у меня никогда не отыщут. Подоконная доска у меня приподымается, и этого никто не знает. Она уже давно приподымалась, и я давно уже знал. В случае нужды ее можно приподнять и опять так положить, что если другой пошевелит, то и не подымет. Да и в голову не придет. Туда под подоконник я все и спрятал. Я там два кирпича вынул...

Сейчас входила Настасья и мне щей принесла. Днем не успела. Тихонько от хозяйки. Я поужинал и сам снес ей тарелку. Настасья ничего не говорит со мной. Она тоже чем-то как будто недовольна.

Я остановился тогда на том, что, положив топор в дворницкую и дотащившись домой, повалился на постель и лежал в забытьи. Должно быть, я так пролежал очень долго.

Случаюсь, что я как будто и просыпался и в эти минуты замечал, что уже давно ночь, а встать мне не приходило в голову. Наконец, почти очнувшись совсем, я заметил, что стало уже светло. Я лежал на моем диване навзничь, еще остолбенелый от сна и от забытья. До меня смутно доносились страшные, отчаянные вопли с улицы, которые я каждую <ночь> слышу под моим окном в третьем часу. "А вот уже из распивочных и пьяные выходят, -- подумал я, -- третий час", -- подумал и вдруг вскочил, точно меня сорвал кто с дивана. "Как? третий час!". Я сел на диване -- и тут всё, всё припомнил! Вдруг, в один миг, все припомнил (VII, 6--7).

Затем Достоевский перенес время действия в прошлое, заставив героя рассказывать о событиях "под судом":

"Я под судом и всё расскажу. Я всё запишу. Я для себя пишу, но пусть прочтут и другие, и все судьи мои, если хотят. Это исповедь. Ничего не утаю.

Как это все началось -- нечего говорить. Начну прямо с того, как всё это исполнилось. Дней за пять до этого дня я ходил как сумасшедший. Никогда не скажу, что я был тогда и в самом деле сумасшедший, и не хочу себя этой ложью оправдывать. Не хочу, не хочу! Я был в полном уме. Я говорю только, что ходил как сумасшедший, и это правда было. Я всё по городу тогда ходил, так, слонялся, и до того доходило, что даже в забытье в какое-то впадал. Это, впрочем, могло быть отчасти и от голоду, потому что, уже целый месяц, право, не знаю, что ел. Хозяйка, видя, что я из университета вышел, не стала мне отпускать обеда. Так разве Настасья что от себя принесет. Впрочем, что ж я! совсем не в том главная причина была! голод был тут третьестепенная вещь и я очень хорошо помню, что даже и внимание не обращал во всё то самое последнее время: хочу ли я есть или нет? Даже не чувствовал. Всё, всё поглощалось моим проектом, чтоб привести его в исполнение. Я уже и не обдумывал его тогда, в последнее время, когда слонялся, потому что уже прежде всё было обдумано и всё порешил. А меня только тянуло, даже как-то механически тянуло поскорее всё исполнить и порешить, чтоб уже как-нибудь да развязаться с этим. А отказаться я не мог... не мог... Я болен делался, и если б это продлилось еще долее, то с ума бы сошел, или всё на себя доказал, или... уж и не знаю, что было бы.

По правде, во всю эту последнюю неделю хорошо и отчетливо помню только то, как встретился с Мармеладовым. Впрочем, это, может быть, потому, что я давно уже ни с кем тогда не встречался и всё оставался один, так что встреча с каким бы то ни было человеком как бы заклеймилась во мне. Об Мармеладове же потому особенно запишу, что во всем моем деле эта встреча играет большую дальнейшую роль. Это ровно за четыре дня до девятого числа было. Остальная же вся неделя у меня, как в тумане, мелькает. Иное припоминаю теперь с необыкновенною ясностию, а другое как будто во сне только видел. Про весь тот день, как Мармеладова встретил, совершенно ничего не помню. Совершенно. В девять часов вечера -- так я думаю -- очутился я в С-м переулке подле распивочной. В распивочные доселе я никогда не входил, и теперь вошел не по тому одному, что меня действительно мучила ужасная жажда и хотелось пива выпить, а потому, что вдруг, неизвестно почему, захотелось хоть с какими-нибудь людьми столкнуться. Иначе я бы упал на улице, голова хотела треснуть, и хоть для меня тогда было неосторожно входить, но я уж не рассуждал и вошел.

Даже не помню и того отчетливо, как я подошел к застойке, снял свое серебряное крошечное колечко, из какого-то монастыря, от матери еще досталось, и как-то уговорился, что мне дадут за него бутылку пива. Затем я сел, и, как выпил первый стакан, мысли мои тотчас, в одну минуту какую-нибудь, прояснели, и затем весь этот вечер, с этого первого стакана, я помню так, как будто он в памяти у меня отчеканился.

В распивочной было мало народу. Когда я вошел, вышла целая толпа, человек пять, с одной девкой и с гармонией. Остались потом один пьяный, который спал или дремал на лавке, товарищ его, толстый, в сибирке, который сидел хмельной, но немного, тоже за пивом, и Мармеладов, которого я до тех пор никогда не встречал. Сидел он за полштофом и изредка отпивал из него, наливая в стаканчик и посматривая кругом, в каком-то как мне показалось, даже волнении. Потому во всё это время вошло человека два, три, не помню хорошо каких. Всё голь. А я сам был совершенно в лохмотьях.

Хозяин распивочной был в другой комнате, но часто входил в нашу, спускаясь к нам вниз по ступенькам. Он был в сапогах с красными отворотами, в сибирке и в страшно засаленном атласном черном жилете. За застойкой стоял, кроме того, мальчик и был еще другой мальчик, который подавал, если что спрашивали. Стояли крошеные огурцы, ржаные сухари и какая-то соленая рыба. Атмосфера была душная, да и погода тогда стояла знойная, жаркая, июльская, так что в распивочной было даже нестерпимо сидеть, и всё до того было пропитано винным запахом, что, мне кажется, с одного этого воздуха можно в десять минут было пьяным напиться.

Я невольно обратил внимание на Мармеладова, может быть именно потому, что и сам он обращал на меня внимание, и кажется, с самого начала ему хотелось ужасно заговорить, -- и именно со мной, на тех же, которые были кроме нас в распивочной, он, видимо, с пренебрежением смотрел и даже чуть не свысока, считая себя принадлежащим к более высшему обществу. Это был человек лет сорока пяти, среднего роста, с проседью и с большой лысиной, с отекшим от постоянного пьянства желтым, даже зеленоватым лицом и с припухшими веками, из-за которых светились крошечные, как щелочки, но одушевленные глаза. Взгляд его даже мое обратил внимание; а я ничем тогда, кроме одного, не мог особенно интересоваться. Но во взгляде этом светилась какая-то восторженность. Пожалуй, и смысл, и ум, и в то же время тотчас же как бы безумие, -- не умею иначе выразиться. Одет он был в какой-то оборванный фрак с совершенно осыпавшимися пуговицами, в нанковый жилет, из-под которого виднелась манишка, вся скомканная, запачканная и залитая (VII, 96--99). И наконец, после возвращения в Петербург в ноябре -- декабре 1865 г. форма повествования от лица Раскольникова была оставлена и заменена дававшей более широкие возможности для изображения картины окружающего мира и психологического анализа души героя формой повествования от автора. Достоевский так писал о мотивах, побудивших его предпочесть такую форму: "Перерыть все вопросы в этом романе. Рассказ от себя, а не от него. Если же исповедь, то уж слишком до последней крайности, надо все уяснять. Чтоб каждое мгновение рассказа всё было ясно <...> Исповедью в иных пунктах будет не целомудренно и трудно себе представить, для чего написано. Но от автора. Нужно слишком много наивности и откровенности. Предположить нужно автора существом всеведущим и не погрешающим, выставляющим всем на вид одного из членов нового поколения" (VII, 146, 148--149).

В результате передачи рассказа "всеведущему" автору значительно расширилось число действующих лиц и эпизодов: наряду с персонажами, известными нам уже по первоначальным записям, -- главным героем, чиновником Мармеладовым, его дочерью Соней, старухой-процентщицей, в романе появляются фигуры следователя Порфирия, детально разрабатываются образы Дуни, Лужина, Лебезятникова, а также и Свидригайлова -- психологических "двойников" Раскольникова.[1]

[1] Подробнее о творческой истории романа см.: VII, 312--329 (комментарии Л. Д. Опульской), а также: Достоевский: Материалы и исследования. Л., 1987. Т. 7, С. 48--64 (статьи Т. И. Орнатской и Б. Н. Тихомирова).

Среди заметок к черновым редакциям [2] романа особенный интерес представляет запись от 2 января 1866 г., где Достоевский формулирует его "идею": "ПРАВОСЛАВНОЕ ВОЗЗРЕНИЕ, В ЧЕМ ЕСТЬ ПРАВОСЛАВИЕ: Нет счастья в комфорте, покупается счастье страданием. Таков закон нашей планеты, но это непосредственное сознание, чувствуемое житейским процессом, -- есть такая великая радость, за которую можно заплатить годами страдания <...> Человек не родится для счастья. Человек заслуживает свое счастье, и всегда страданием.

[2] Полную публикацию дошедших до нас рукописных материалов к роману см.: VII, 5--212.

Тут нет никакой несправедливости, ибо жизненное знание и сознание (т. е. непосредственно чувствуемое телом и духом, т. е. жизненным всем процессом) приобретается опытом pro и contra, которое нужно перетащить на себе" (VII, 155).

Далее автор замечает о Раскольникове:

"В его образе выражается в романе мысль непомерной гордости, высокомерия и презрения к этому обществу. Его идея: взять во власть это общество. Деспотизм -- его черта. Она ведет ему напротив.

NB В художественном исполнении не забыть, что ему 23 года.

Он хочет властвовать -- и не знает никаких средств. Поскорей взять во власть и разбогатеть. Идея убийства и пришла ему готовая.

Чем бы я ни был, что бы я потом ни сделал, -- был ли бы я благодетелем человечества или сосал бы из него, как паук, живые соки -- мне нет дела. Я знаю, что я хочу владычествовать, и довольно" (VII, 155).

В письме к М. Н. Каткову Достоевский замечал, что герой его -- "мещанин по происхождению". В одном из черновых набросков матери принадлежит реплика: "Раскольниковы -- хорошая фамилья, хоть твой отец и учитель был, а Раскольниковы -- двести лет известны" (VII, 186). В окончательном тексте о происхождении Раскольникова не сказано.

Обращает на себя среди заметок к роману характеристика Разумихина:

"Разумихин очень сильная натура и, как часто случается с сильными натурами, весь подчиняется Авд<отье> Ром<ановне>. (NB. Еще и та черта, которая часто встречается у людей, хоть и благороднейших и великодушных, но грубых буянов, много грязного видевших бамбошеров -- что, например, он сам себя как-то принижает перед женщиной, особенно если эта женщина изящна, горда и красавица.)

Разумихин сначала стал рабом Дуни (расторопный молодой человек, как называла его мать); принизился перед нею. Одна мысль, что она может быть его женою, казалась ему сначала чудовищною, а между тем он был влюблен беспредельно с 1-го вечера, как ее увидал. Когда она допустила возможность того, что она может быть его женой, он чуть с ума не сошел (сцена). Он хоть и любит ее ужасно, хоть по натуре самоволен и смел до нелепости, но перед ней, несмотря даже на то, что он жених, он всегда дрожал, боялся ее, а она, как избалованная, сосредоточенная и мечтательная, хоть и любила его, но иногда как будто презирала. Он не смел с ней говорить. И потому с 1-го разу он возненавидел Соню, так как и Дуня возненавидела и оскорбила ее (зашел далеко) и поссорился через это с ним. Но потом (со 2-й половины романа), поняв, что такое Соня, он вдруг перешел на ее сторону, а Дуне сделал страшную сцену, рассорился и закутил. Но когда узнал, что Дуня была у Сони и проч. (и когда не перенес сам своего отчаяния), Дуня нашла его и спасла. Она теперь его больше уважать стала за характер. Одним словом, Разумихин -- характер" (VII, 156).

Наконец, особенно важна характеристика персонажа, предвосхищающего будущего Свидригайлова:

"Страстные и бурные порывы, клокотание и вверх и вниз; тяжело носить самого себя (натура сильная, неудержимые, до ощущения сладострастия, порывы лжи (Иван Грозный)), много подлостей и темных дел, ребенок (NB умерщвлен), хотел застрелиться. Три дня решался. Измучил бедного, который от него зависел и которого он содержал. Вместо застрелиться -- жениться. Ревность. (Оттягал 100000.) Клевета на жену. Выгнал или убил приживальщика. Бес мрачный, от которого не может отвязаться. Вдруг решимость изобличить себя, всю интригу; покаяние, смирение, уходит, делается великим подвижником, смирение, жажда претерпеть страдание. Себя предает. Ссылка. Подвижничество.

"Гнусно подражать народу не хочу". Все-таки нет смирения, борьба с гордостию" (VII, 156--157).

Далее характеристика эта варьируется, причем очевидно, что сложный образ, носящийся перед творческим воображением романиста, содержит черты не только Свидригайлова, но и ряда позднейших его персонажей -- Великого грешника, героя задуманных романов "Атеизм" (1868--1869) и "Житие великого грешника" (1869--1870), Ставрогина ("Бесы") и Версилова ("Подросток"):

"Страстные и бурные порывы. Никакой холодности и разочарованности, ничего пущенного в ход Байроном. Непомерная и ненасытимая жажда наслаждений. Жажда жизни неутолимая. Многообразие наслаждений и утолений. Совершенное сознание и анализ каждого наслаждения, без боязни, что оно оттого ослабеет, потому что основано на потребности самой натуры, телосложения. Наслаждения артистические до утонченности и рядом с ними грубые, но именно потому, что чрезмерная грубость соприкасается с утонченностию (отрубленная голова). Наслаждения психологические. Наслаждения уголовные нарушением всех законов. Наслаждения мистические (страхом ночью). Наслаждения покаянием, монастырем (страшным постом и молитвой). Наслаждения нищенские (прошением милостыни). Наслаждения Мадонной Рафаэля. Наслаждения кражей, наслаждения разбоем, наслаждения самоубийством. (Получив наследство 35 лет, до тех пор был учителем или чиновником, боялся начальства). (Вдовец). Наслаждения образованием (учится для этого). Наслаждения добрыми делами" (VII, 158).

Примечательна и авторская оценка Лужина:

"При тщеславии и влюбленности в себя, до кокетства, мелочность и страсть к сплетне. Он вошел душою и сердцем во вражду к Соне, назло Раскольникову, единственно потому, что тот сказал, что он мизинца ее не стоит, и с жаром говорил о ее подвиге. Лужин смеялся тогда над этим подвигом и потом возненавидел Соню до личной ненависти и даже вошел в интересы Лебезятникова и связался с ним, чтоб унизить Соню.

Раскольникова же он постоянно считает врагом своим злейшим. Даже делами неглижирует своими, увлекаемый этой враждою.

Он связывается с Рейслер и грозит Соне.

Но Лужин, человек выбившийся из семинаристов, из низкого звания и из рутины, -- все-таки человек не ординарный. Назло себе все-таки он не может не признать достоинств в Соне и вдруг влюбляется и пристает к ней до последнего (трагедия).

Он связался с следователем, чтоб вредить Раскольникову. Сплетни Рейслер.

Он потому было влюбился в Дуню, что та красива и горда, а его тщеславию лестно было, что вот, дескать, какая у меня жена, и 2) лестно было самому, до сладострастия, что вот, дескать, я господствую и деспотирую над такой прекрасной, гордой, добродетельной и сильного характера.

Он скуп. В его скупости нечто из пушкинского Скупого барона. Он поклонился деньгам, ибо всё погибает, а деньги не погибнут; я, дескать, из низкого звания и хочу непременно быть на высоте лестницы и господствовать. Если способности, связи и проч. мне манкируют, то деньги зато не манкируют, и потому поклонюсь деньгам" (VII, 158--159).

Еще до начала публикации романа в "Русском вестнике" Достоевский поставил редакции условие "не делать в нем никаких поправок" (XXVIII, кн. 2, 147). Однако в процессе печатания "Преступления и наказания" постепенно обнаружилась "противуположность воззрений" по ряду вопросов между автором романа и консервативно настроенным издателем журнала М. Н. Катковым, а также его помощником -- Н. А. Любимовым. Результатом ее явился конфликт между Достоевским и обоими редакторами журнала, усмотревшими в романе "следы нигилизма" -- недостаточно строгое разграничение добра и зла. Под давлением редакции "Русского вестника" Достоевский был вынужден переработать главу IV нынешней четвертой части (содержащую эпизод посещения Раскольниковым Сони и чтения ею Евангелия) и пойти на ряд нежелательных для него сокращений в этой и других главах. Первоначальный текст этих глав до нас не дошел, и они известны только в печатной редакции.

В 1870 г. "Преступление и наказание" было перепечатано без изменений в составе Полного собрания сочинений Достоевского, изданного Стелловским. Роман составил здесь четвертый, заключительный том.

В 1877 г. вышло последнее при жизни автора отдельное издание романа в двух томах. Вероятно, Достоевский просматривал корректуру: в тексте есть несколько десятков авторских исправлений. Набор производился с издания 1867 г., причем было допущено немалое количество опечаток, пропущенных Достоевским и его женой (которая, как обычно в эти годы, читала корректуру).

В журнальном тексте и всех последующих прижизненных изданиях романа осталось неустраненным противоречие: одна из маленьких дочерей

Мармеладовой называется в разных местах то Лидочкой, то Леней. Оба этих ее имени сохранены и в настоящем издании, так как возможно, по мысли автора, это -- две разные уменьшительные формы одного и того же имени.

В "Бедных людях", "Господине Прохарчине", "Униженных и оскорбленных" и других произведениях 40-х и начала 60-х годов Достоевский нарисовал многочисленные трагические картины жизни обездоленных слоев населения Петербурга, дал ряд образцов насыщенного философской символикой городского пейзажа. Их можно рассматривать как своеобразные эскизы к "Преступлению и наказанию". В рассказе "Господин Прохарчин" (1846) в связи с обрисовкой психологической раздвоенности бедного человека Достоевский впервые -- хотя и мимоходом -- коснулся и той "наполеоновской" темы ("Наполеон вы, что ли, какой? что вы? кто вы? Наполеон вы, а? Наполеон или нет?!" -- см. наст. изд. Т. 1. С. 329), которая заняла столь значительное место в его романе. Образы петербургских "мечтателей" в повестях Достоевского 1847--1849 гг. (ср. изображение двора и лестниц в "петербургской поэме" "Двойник", одиноких блужданий по городу Ордынова в повести "Хозяйка") также во многом предвосхищают отдельные грани трактовки Раскольникова и его истории. Углубленный интерес к психологии преступника, отражение собственных переживаний на каторге в "Записках из Мертвого дома", мрачные картины социальных контрастов капиталистического Лондона и вызванные ими философские размышления о грядущих судьбах цивилизации в "Зимних заметках о летних впечатлениях" -- все это подводило автора к "Преступлению и наказанию".

"Преступление и наказание" было, таким образом, итогом всего предшествующего творчества Достоевского. Картины социальных страданий городской бедноты, тема растущего пауперизма, изображение тех сложных и "фантастических", "химических" превращений, которые душа человека претерпевает в обстановке большого города, -- все эти мотивы приобрели новый, углубленный философский смысл в этом великом романе.

В предисловии к переводу романа В. Гюго "Собор Парижской богоматери", напечатанному во "Времени" в 1862 г., Достоевский определил как основную "высоконравственную мысль" всего великого и передового европейского искусства XIX в. идею "восстановления погибшего человека, задавленного несправедливо гнетом обстоятельств, застоя веков и общественных предрассудков", "оправдание униженных и всеми отринутых парий общества" (XX, 28). Этой идеей проникнуто "Преступление и наказание", роман, главных героев которого -- "убийцу и блудницу" -- автор прямо называет в подготовительных материалах "париями общества" (VII, 185), пользуясь формулой из цитированного предисловия.

Как верно определил жанр романа Л. П. Гроссман, "Преступление и наказание" прежде всего -- "роман большого города XIX в. Широко развернутый фон капиталистической столицы предопределяет здесь характер конфликтов и драм. Распивочные, трактиры, дома терпимости, трущобные гостиницы, полицейские конторы, мансарды студентов и квартиры ростовщиц, улицы и закоулки, дворы и задворки, Сенная и "канава" -- все это как бы порождает собой преступный замысел Раскольникова и намечает этапы его сложной внутренней борьбы <...>

В "Преступлении и наказании" внутренняя драма своеобразным приемом вынесена на людные улицы и площади Петербурга. Действие все время перебрасывается из узких и низких комнат в шум столичных кварталов. На улице приносит себя в жертву Соня, здесь падает замертво Мармеладов, на мостовой истекает кровью Катерина Ивановна, на проспекте перед каланчой застреливается Свидригайлов, на Сенной площади кается всенародно Раскольников. Многоэтажные дома, узкие переулки, пыльные скверы и горбатые мосты -- вся сложная конструкция большого города середины столетия вырастает тяжеловесной и неумолимой громадой над мечтателем о безграничных правах и возможностях одинокого интеллекта <...> С щедростью и всеобъемлющим размахом "Человеческой комедии" Достоевский в границах одного романа развернул исключительное богатство социальных характеров и показал сверху донизу целое общество в его чиновниках, помещиках, студентах, ростовщиках, стряпчих, следователях, врачах, мещанах, ремесленниках, священниках, кабатчиках, сводницах, полицейских и каторжниках. Это -- целый мир сословных и профессиональных типов, закономерно включенный в историю одного идеологического убийства". 1

1 Гроссман Л. П. Город и люди "Преступления и наказания" // Достоевский Ф. М. Преступление и наказание. М., 1939. С. 43, 49, 50.

Изображенный в романе район Петербурга (примыкающий к торговому центру города 1860-х годов -- Сенной площади), где живут Раскольников и другие главные герои, был хорошо знаком Достоевскому по личным наблюдениям. В этой части Петербурга писатель жил дважды, в 1840-х и 1860-х годах. Как установлено Н. П. Анциферовым, Л. П. Гроссманом и последующими исследователями, район этот, прилегающие к нему улицы и переулки описаны Достоевским на страницах романа с исключительной, "физиологической" точностью. В тексте "Преступления и наказания" большинство называемых автором улиц обозначено сокращенно: "С--й (Столярный) переулок", "В--й (Вознесенский) проспект", "К--й (Конногвардейский) бульвар" и т.д., -- но, взяв план тогдашнего Петербурга, сокращения эти легко расшифровать, и сравнение убеждает,

что расположение и облик соответствующих домов и улиц, описанных
в романе, вплоть до мельчайших деталей соответствуют их реальному
местоположению и внешнему облику. До настоящего времени в Ленинграде
сохранились так называемые "дом Раскольникова" на углу Гражданской
(б. Мещанской) улицы и улицы Пржевальского (б. Столярного переулка),
"дом Сони Мармеладовой" (угловой по каналу Грибоедова и Казначейской
улице), "дом Алены Ивановны" и многие другие места, здания, их дворы и
лестницы, изображенные Достоевским как бы непосредственно с натуры, о
чем он сам рассказывал позднее своей жене А. Г. Достоевской.

С той же предельной точностью, с какой воссоздана в романе
топография Петербурга, в нем воспроизведена вся реальная атмосфера
жизни города того времени. Так, из газет начала 1860-х годов мы узнаем,
что в связи с ростом нищеты трудового населения в это время в Петербурге
особенно усилилось ростовщичество, ставшее широким бытовым явлением.
Только в одном номере (141) "Ведомостей С.-Петербургской полиции" за
1865 г. помещено одиннадцать объявлений об отдаче денег на проценты
под различные залоги. "Все эти объявления <...> -- писала другая газета
того времени, -- показывают, с одной стороны, крайнюю потребность в
деньгах в бедном классе, а с другой -- накопление <...> сбережений людьми,
не умеющими обратить эти деньги на какое-нибудь производительное
предприятие <...> При чтении всех этих предложений денег представляется,
с одной стороны, скаредность и алчность, а с другой -- раздирающая душу
нищета и болезнь".2

2 Голос. 1865. 7 (19) февр. N 38.

Рост в конце 1850-х -- начале 1860-х годов нищеты городских низов,
неуверенность их в завтрашнем дне вели к систематическому увеличению
преступности, на что также постоянно жаловались петербургские газеты.
О том, что в основу рассказа о преступлении Раскольникова легли
художественно претворенные им на страницах романа факты, извлеченные
из уголовной хроники, Достоевский сам писал в цитированном выше
письме к Каткову.

По свидетельству тогдашней статистики, число дел о различных
преступлениях в петербургской полиции уже в период с 1853 по 1857
г. удвоилось. В среднем в Петербурге в это время совершалось краж и
мошенничеств на 140 тыс. рублей в год. Число арестантов достигло 40 000
человек ежегодно, что составляло одну восьмую часть населения тогдашней
столицы.1

1 Карнович Е. Санкт-Петербург в статистическом отношении. СПб.,

1860. С. 51--59, 67--69, 114--122.

В августе 1865 г. в Москве происходил военно-полевой суд над приказчиком, купеческим сыном Герасимом Чистовым, 27 лет, раскольником по вероисповеданию. Преступник обвинялся в предумышленном убийстве в Москве в январе 1865 г. двух старух -- кухарки и прачки -- с целью ограбления их хозяйки. Преступление было совершено между 7 и 9 часами вечера. Убитые были найдены сыном хозяйки квартиры, мещанки Дубровиной, в разных комнатах в лужах крови. В квартире были разбросаны вещи, вынутые из окованного железом сундука, откуда были похищены деньги, серебряные и золотые вещи. Как сообщала петербургская газета, старухи были убиты порознь, в разных комнатах и без сопротивления с их стороны одним и тем же орудием -- посредством нанесения многих ран, по-видимому, топором. "Чистова изобличает в убийстве двух старух орудие, которым это преступление совершено, пропавший топор <...> чрезвычайно острый, насаженный на короткую ручку".2

2 Голос. 1865. 7--13 (19--25) сент. N 247--253.

Неизбежным спутником социально-экономических сдвигов наряду с ростом преступности и алкоголизма в России 1860-х гг. был рост проституции. В 1862 г. в журнале "Время" появились статьи о книге Э. А. Штейнгеля "Наша общественная нравственность" (1862) -- М. Родевича и П. Сокальского,3 специально посвященные вопросу о причинах "падения" женщины и условиях, способствующих развитию проституции как социального явления. С данным в романе описанием Сенной, примыкающих к ней улиц, заселенных чиновниками и беднотой, жаркого и пыльного петербургского лета 1865 г. непосредственно перекликается содержание многих фельетонов в тогдашних газетах -- "Петербургском листке", "Голосе" и других.

3 Время. 1862. N 8. С. 60--80; N 10. С. 164--180.

Место жительства Раскольникова в романе -- район Столярного переулка (здесь, на углу Малой Мещанской ул., в доме И. М. Алонкина жил в 1864--1867 гг. и сам писатель) -- славилось обилием питейных заведений. "В Столярном переулке, -- писала газета, -- находится 16 домов (по 8 с каждой стороны улицы). В этих 16 домах помещается 18 питейных заведений, так что желающие насладиться подкрепляющей и увеселяющей влагой, придя в Столярный переулок, не имеют даже никакой необходимости смотреть на вывески: входи себе в любой дом, даже на любое крыльцо, -- везде найдешь вино”.4 Рядом, на Вознесенском проспекте, помещалось 6 трактиров (один из них посещает в романе Свидригайлов), 19 кабаков, 11 пивных, 10 винных погребов и 5 гостиниц.

4 Петербургский листок. 1865. 18 марта. N 40.

Соответствуют фактам, зафиксированным в газетных сообщениях, и другие, более второстепенные детали романа. Так, ввиду отсутствия в тогдашнем Петербурге водопровода, газеты жаловались неоднократно на “желтую воду” из каналов и рек, которую развозили водовозы (ср. ч. II, гл. 1), на “оборванных извозчиков”, “вонь из распивочных”, квартирных хозяек-немок и т. д. Мысль Раскольникова о необходимости в городе устроить фонтаны, которые бы “освежали воздух на всех площадях” (ч. I, гл. 6), перекликается с аналогичным проектом, изложенным в “Петербургском листке”, а иронические слова поручика-пороха о “сочинителе”, который, не уплатив в трактире за обед, был задержан и обещал отомстить своим обидчикам “сатирой” (ч. II, гл. 1), варьируют аналогичные сплетни, которые повторяли реакционно настроенные обыватели.1

1 Детальное сопоставление картины Петербурга в романе и отражения событий жизни города в текущей газетной хронике 1865--1866 гг. проведено В. В. Даниловым в его статье “К вопросу о композиционных приемах в “Преступлении и наказании” Достоевского” (Изв. АН СССР. Отд-ние обществ. наук. 1933. N 3. С. 249--263); Ср.: Саруханян Е. Достоевский в Петербурге. Л., 1972; Белов С. В. Роман Ф. М. Достоевского “Преступление и наказание”: Комментарий. Л., 1979.

Ряд характеров и деталей романа восходят к сходным деталям биографии автора “Преступления и наказания”. После смерти своего старшего брата и прекращения в начале 1865 г. журнала “Эпоха” писатель оказался без литературной работы и без средств. “В течение целого года, -- пишет биограф писателя, -- Достоевский не перестает лихорадочно искать денег и барахтаться под обломками материальной катастрофы, подписывая векселя, удовлетворяя кредиторов, отбиваясь от нотариальных протестов, спасаясь от описи своего имущества и ежеминутно ощущая угрозу долговой тюрьмы. Действуя во всех направлениях, он закладывает свои сочинения, ищет денежного компаньона для журнала, обращается в Литературный фонд за крупным пособием, заключает кабальный договор с издателем

Стелловским <...> Достоевский вынужден беспрерывно общаться с петербургскими процентщиками, квартальными надзирателями, ходатаями и дельцами всевозможных видов и рангов".2 Многие из этих лиц были выхвачены им из жизни и в творчески преображенном виде перенесены на страницы романа. Не случайно в дошедших до нас черновых рукописях и планах ряд будущих персонажей романа носит имена кредиторов Достоевского или других лиц, известных нам из его собственной биографии.

2 Гроссман Л. П. Город и люди "Преступления и наказания". С. 5.

Заглавие романа возвращает нас не только к названию знаменитого трактата итальянского юриста-просветителя Ч. Беккариа "Dei delitti e deHle pene" (1764), но и к журналу "Время", где в 1863 г. среди других материалов, посвященных уголовной хронике, появилась статья В. Попова "Преступления и наказания (эскизы из истории уголовного права)".3 Здесь же Достоевский периодически печатал материалы ряда получивших общеевропейскую известность французских судебных процессов 1830-- 1850-х годов, представлявших интерес для психолога, в том числе процесса Пьера Франсуа Ласенера. В примечании к публикации отчета об этом процессе Достоевский писал, что процессы, подобные делу Ласенера, "занимательнее всевозможных романов, потому что освещают такие темные стороны человеческой души, которых искусство не любит касаться, а если и касается, то мимоходом, в виде эпизода..." (XIX. 89--90). Слова эти свидетельствуют, что не внешний, авантюрный, но более глубокий, нравственно-психологический аспект темы преступления, те возможности, которые психологический анализ "души" преступника открывал для изучения "темных сторон" современного ему общества, в первую очередь привлекал внимание Достоевского (в отличие от авторов современных ему обычных авантюрно-уголовных "романов-фельетонов") к этой теме.

3 Время. 1863. N 3. С. 17--53.

Свои преступления Ласенер пытался оправдать мнимыми "идейными" соображениями. В стихах и мемуарах, написанных в заключении, желая привлечь к себе интерес и сочувствие либеральных и демократических кругов, Ласенер заявлял, что он -- не обычный преступник, а борец с общественной несправедливостью, "жертва общества", решившаяся смело, очертя голову, "идти противу всех", чтобы отомстить за всеобщую несправедливость. Эта тенденция показаний Ласенера и его мемуаров и привлекла к нему внимание писателя. "В предлагаемом процессе, -- писал

Достоевский в цитированном примечании к публикации во "Времени" процесса Ласенера, -- дело идет о личности человека феноменальной, загадочной, страшной и интересной. Низкие источники и малодушие перед нуждой сделали его преступником, а он осмеливается выставлять себя жертвой своего века..." (XIX, 90). Ласенер утверждал, что "идея" индивидуального мщения обществу родилась у него под влиянием революционных и утопических социалистических идеалов эпохи. И именно это вызвало интерес к личности Ласенера у создателя образа Раскольникова, героя, объединившего в себе напряженный интеллектуализм, страдальческие, мучительные размышления над социальными противоречиями эпохи с индивидуалистическими порывами.

Напряженный интерес писателя к проблеме преступления возник на каторге, где жизнь столкнула его не только с политическими, но и с уголовными преступниками. Впоследствии Достоевский вновь и вновь как художник и мыслитель обращается к проблематике преступления, которая связывалась в его сознании с широким кругом социальных, а также нравственных вопросов русской жизни: неизбежным следствием ломки крепостнического уклада и развития капитализма в России было увеличение числа преступлений и усложнение их психологических мотивов.

В семье самого Достоевского в 1864--1865 гг., когда он задумывал роман, порою вставали вопросы, близкие к проблемам, занимавшим Раскольникова. После смерти М. М. Достоевского его дети -- богато одаренные юноши и девушки -- остались без куска хлеба. А между тем тетка М. М. и Ф. М. Достоевских (сестра их матери) -- выжившая из ума старуха А. Ф. Куманина, обладательница огромного капитала, отказывает в помощи племянникам, завещая свои деньги на украшение церквей и поминовение души.

После прекращения журнала "Эпоха" сам писатель оказался без литературной работы и без средств, преследуемый кредиторами. В это время ему пришлось непосредственно самому столкнуться с петербургскими ростовщиками, ходатаями по делам (в том числе присяжным стряпчим Павлом Петровичем Лыжиным, явившимся, по-видимому, прототипом Лужина), полицией и т. д. Некоторые детали из жизни Мармеладова Достоевский мог извлечь из устных рассказов и писем к нему сотрудника "Времени" П. Горского, полунищего литератора-неудачника, страдавшего запоем и зачастую ночевавшего на сенных барках. Образ гражданской жены Горского, немки Марты Браун, подсказал автору, вероятно, и фигуру Катерины Ивановны (рядом черт биографии и характера -- болезненной гордостью, обидчивостью, ранней смертью от чахотки -- она напоминает также первую жену Достоевского, Марью Дмитриевну). Чтобы спасти "Эпоху" и помочь семье брата, Достоевский в августе 1864 г. вынужден был одолжить по векселю 10 000 рублей у богатой тетки-ханжи А. Ф. Куманиной, -- унизительная поездка к ней за деньгами в Москву, вызванные этим размышления, посещение ее дома в какой-то мере психологически подготовили Достоевского к описанию размышлений Раскольникова в начале романа и сцены посещения им квартиры Алены Ивановны. Наконец, в образе Свидригайлова, хотя и в трансформированном виде, запечатлен психологический облик одного из обитателей омского острога, убийцы-дворянина Аристова (описанного в "Записках из Мертвого дома" под именем А--ва). Упоминаемый Лужиным "лектор всемирной истории", осужденный за подделку билетов пятипроцентного займа (с. 144), -- родственник писателя с материнской стороны, московский профессор А. Т. Неофитов. Мать Неофитова была двоюродной племянницей дяди писателя А. А. Куманина (мужа старшей сестры матери Достоевского), и писатель не мог не переживать болезненно все подробности его дела. Как и сам Достоевский, А. Т. Неофитов был наследником А. Ф. Куманиной, у которой он занял 15 000 рублей под залог трех поддельных билетов лотерейного займа. События эти, затрагивавшие писателя лично и характерные для быта окружавшей его среды, способствовали постановке тех острых, тревожных вопросов, которые составляют идеологическую сердцевину романа.

Итак, картины Петербурга, нарисованные в романе, насыщены неповторимыми, конкретными чертами "текущей" действительности. Но и в размышлениях Раскольникова и других героев "Преступления и наказания" мы все время встречаемся с отзвуками идей, обсуждавшихся в тогдашней печати, вызывавших в эпоху создания романа острую идеологическую борьбу.

"Социализм <...> указывает на аномалию настоящего общественного порядка, а следовательно, и всех общественных учреждений. Он утверждает и доказывает, что настоящая цивилизация бессильна, ведет к противоречиям, что она порождает угнетение, нищету и преступление; он обвиняет политическую экономию как ложную гипотезу, как софистику, изобретенную в пользу эксплуатации большинства меньшинством: он начертывает страшную картину человеческих бедствий..." -- писал в 1862 г. журнал "Время".[1] Слова эти весьма точно соответствуют художественному диагнозу писателя. Но, сходясь во многом с русскими и западноевропейскими социалистами своей эпохи в оценке "бедствий" современного ему общества, Достоевский расходился с ними в понимании причин этих "бедствий", а потому -- и в понимании путей исцеления общества от них.

1 Время. 1862. N 9. С. 133.

В "Записках из подполья" Достоевский выразил мысль, что тип человеческой личности, порожденный пореформенной действительностью, сложнее, чем это представлялось "лекарям-социалистам" 1840-х годов. Социалистические теории 40--60-х годов слишком отвлеченны и прямолинейны, не учитывают всей противоречивости реальной человеческой природы, ее внутренней диалектики -- полагал герой "Записок" и их автор. Сходная мысль во многом определила выбор центрального героя "Преступления и наказания".

Достоевский по-своему вмешался в "Преступлении и наказании" в общественную и художественную полемику начала 1860-х годов о "новых людях", создав на страницах романа, с одной стороны, трагическую фигуру мыслящего "нигилиста" Раскольникова, а с другой -- сатирические образы носителей "уличной философии" -- Лужина и Лебезятникова.

Раскольников во многом социально и психологически сродни тем героям, которых рисовала демократическая литература 1860-х годов. Это -- умный и талантливый полунищий студент, напряженно размышляющий над вопросами современной ему социальной жизни и всем своим существом восстающий против ее несправедливости. Но демократическая литература той эпохи, пафос которой определялся в первую очередь борьбой с крепостным правом и его пережитками, ставила в центр своего внимания тех представителей молодого поколения, которые были всецело воодушевлены борьбой со старыми порядками. Достоевский же делает объектом своего наблюдения иной, более сложный и противоречивый тип личности, зарождавшийся в ту эпоху. В его герое горячая отзывчивость и сострадание окружающим беднякам, глубокое чувство совести сложным образом совмещаются с презрением к ним и стремлением стать выше других людей, мечта об искоренении социального зла -- с злобными и мстительными индивидуалистическими порывами. Именно к этому новому для жизни и литературы, психологически противоречивому типу личности Достоевский стремился в романе приковать внимание своих современников, считая его сгустком важных и характерных тенденций общественной жизни и психологии, беспокоивших писателя.

Картина пореформенной ломки русского общества, наблюдения над жизнью интеллигенции и мещанско-разночинских слоев городского населения раскрыли перед Достоевским опасность, скрытую в положении этих слоев, которые могли оказаться (и нередко действительно оказывались) в его время жертвой соблазнов капиталистического развития, легко впитывали в свою душу яд буржуазного индивидуализма и анархизма. Кризис традиционной морали, сознание относительности старых общественных и нравственных норм рождали у части тогдашней молодежи наряду с чувством протеста анархические настроения, толкали ее на путь преступления.

Свои наблюдения над русской общественной жизнью Достоевский поверял и углублял, размышляя над историческими судьбами западноевропейской культуры, критически анализируя идеи Карлейля, Штирнера и других представителей индивидуалистической философии и морали той эпохи. "Преступление и наказание" было написано в последние годы режима Второй империи во Франции, когда в Пруссии Бисмарк проводил свою политику "железа и крови". Как и Толстому (писавшему в те годы "Войну и мир"), исторический опыт общественной борьбы в эпоху Наполеона III позволил Достоевскому связать критический анализ буржуазного индивидуализма с развенчанием фигуры Наполеона как исторического прообраза современных ему индивидуалистов и проповедников идеи "сильной личности". Характерно, что "Преступление и наказание" и главы "1805 года" (т. е. будущего романа "Война и мир") печатались в 1866 г. на страницах "Русского вестника" одновременно.

Проблемы бунта и преступления в романе слились в единый комплекс вопросов. Это сообщило образу главного героя "Преступления и наказания" ту внутреннюю глубину, сложность и противоречивость, которая вызвала споры и борьбу вокруг романа, завязавшиеся в критике 1860-х годов и не утихающие до наших дней.

Делая в лице Раскольникова предметом художественного анализа новый, сложный тип личности и сознания человека, в душе которого совершается диалектика добра и зла, а глубокая отзывчивость к страданиям окружающих совмещается с индивидуалистическим ощущением себя "властелином судьбы", противостоящим "твари дрожащей", Достоевский склоняется к мысли, что единственным спасением для личности такого типа является нравственное перерождение в чувстве общности с другими людьми, в труде и страдании. Индивидуалистическая "идея" Раскольникова и совершенное под ее влиянием преступление ведут героя романа к "разомкнутости и разъединенности с человечеством", несмотря на все его возмущение миром угнетения и эксплуатации, -- делают его невольным соучастником Лужина, Свидригайлова, ростовщицы Алены Ивановны и всех тех ненавистных ему "подлецов", которые презирают и унижают простых людей. И наоборот, совесть, мучающую Раскольникова после преступления, Достоевский изображает как то присущее ему потенциально народное начало, которое не дает ему спокойно пожать плоды преступления, так как напоминает ему о единстве с другими страдающими и угнетенными, делает восприимчивым к разуму людей из народа и к их нравственным требованиям, близким, в понимании писателя, евангельскому идеалу любви и милосердия. Осуждая индивидуализм и своеволие Раскольникова, Соня призывает его отказаться от морали "сверхчеловека", чтобы стойкостью и страданием, искупить свою вину перед страдающим и угнетенным человечеством -- в этом смысл символической сцены чтения ею Раскольникову легенды о воскресении Лазаря и следующих за нею финальных глав романа.

Достоевский дал в романе такой глубокий критический анализ сознания личности "свободного", буржуазно-индивидуалистического типа, который был новым словом для русской и мировой литературы его эпохи. Незадолго до появления "Преступления и наказания", в марте 1865 г., вышла "Жизнь Юлия Цезаря" Наполеона III -- сочинение апологетического характера, в предисловии к которому французский император, опираясь на вульгаризированные им воззрения Т. Карлейля и других мыслителей-романтиков, защищал политические идеи бонапартизма, выдвигая тезис о праве "сильной личности" нарушать любые обязательные для других, более обыкновенных людей нравственные нормы. Это сочинение Луи-Наполеона, тогда же ставшее известным русскому читателю, и вспыхнувшая в связи с ним в русской печати полемика могут рассматриваться, по справедливому указанию ряда исследователей, как один из идейных источников "теорий" Раскольникова.

В романе получили разнообразное отражение также многие другие крупные и мелкие факты русской и зарубежной политической жизни 1860-х годов, которые остро и болезненно воспринимались Достоевским как выражение существующего общественно-политического неравенства (см. примеч. к с. 19, 44 и др. наст. изд.). Одна из популярных идей современной ему позитивистской науки, с которой устами Раскольникова полемизирует Достоевский в IV главе первой части романа, -- это фаталистическое представление о неизменности основных законов существующего общества. В 1850--1860-х годах она получила отражение в популярных в России 1860-х годов сочинениях английского историка Т. Бокля, немецкого экономиста А. Вагнера и других ученых и публицистов позитивистского толка, опиравшихся на получившие в то время широкую известность идеи бельгийского математика и социолога А. Кетле. Основываясь на статистических выводах, Кетле полагал, что процент убийств и других преступлений, а также процент женщин, занимающихся проституцией, представляет в обществе постоянную величину и может быть вычислен заранее. Исходя из этого, представители указанного направления утверждали, что проституция и преступления неизбежны во всяком обществе: определенный процент лиц всегда был и неизменно будет осужден в нем на то, чтобы служить средством удовлетворения соответствующей общественно-психологической потребности. К подобному научно неправомерному выводу из статистических наблюдений Кетле склонялись не только Бокль и Вагнер, но и критик демократического журнала "Русское слово" В. А. Зайцев, с которым Достоевский резко полемизировал в 1860-х годах в своих статьях и своем художественном творчестве.

Другой круг идей западноевропейской социологии 1860-х годов, полемика с которыми получила отражение в романе, -- это возникшие в это время идеи социального дарвинизма. В 1862 г. в журнале братьев Достоевских "Время" была помещена статья Н. Н. Страхова "Дурные признаки", в которой автор критиковал предисловие французской переводчицы "Происхождения видов" Ч. Дарвина К.-О. Руайе к ее переводу этого великого труда.1 Высоко оценивая значение идей Дарвина для естествознания, Страхов в этой статье предостерегал против механического перенесения учения об естественном отборе в науку об обществе, порицая Руайе за ее попытку с помощью ложно истолкованного ею учения Дарвина доказать "естественное" происхождение и вечный характер неравенства между расами, общественными классами, а также -- отдельными индивидами. Защищая "естественное" происхождение и неустранимость в будущем обществе личного и социального неравенства, Руайе утверждала, что стремление содействовать равенству между людьми разных классов и рас является вредной утопией, и, предвосхищая Ницше, резко ополчалась против идей сострадания и милосердия. Предисловие Наполеона III к "Истории Юлия Цезаря" и предисловие Руайе к ее переводу были восприняты Достоевским как близкие по духу проявления одной и той же глубоко враждебной и неприемлемой для него тенденции, которой он стремился дать в романе страстный отпор.

1 Время. 1862. N 11. С. 158--172.

Значительную роль в философской концепции романа играет борьба с утилитаризмом, которая была начата писателем в "Записках из подполья". Критикуя мораль "разумного эгоизма" Чернышевского и Добролюбова как вид моральной "арифметики", Достоевский -- это показывает эпизод с Лужиным -- относит тот же упрек и к другому, более широкому течению современной ему западной этики, представленной именами Бентама, Милля, Спенсера и их последователей. Недостаток этики "разумного эгоизма" Достоевский видит в том, что в силу своего рационалистического характера она отрицает роль непосредственного нравственного побуждения и в философском отношении основана на том же принципе разумно понятого личного интереса, что и этика Милля. Шаткость ее принципа на практике писатель усматривает в том, что он легко может быть, во-первых, использован для оправдания выгоды не только общества, но и отдельного лица, а во-вторых, служить для последнего всего лишь иллюзорным прикрытием его личных побуждений. Поэтому идеям утилитарной этики Достоевский стремится противопоставить иное обоснование нравственности, имеющей характер независимого от воли отдельного лица общеобязательного императива. Общеобязательный нравственный закон, по Достоевскому, заложен в натуре человека и более или менее сильно ощущается им, как бы он ни был испорчен. Верные хранители нравственного идеала -- люди из народа, подобные Соне, Лизавете, Миколке, внутреннее убеждение которых созвучно инстинктивному голосу, живущему также и в груди человека из образованных кругов, каким является Раскольников, но обычно заглушаемому в нем "кабинетными" теориями, порожденными отвлеченным рассудочным анализом, отрывом от народной "почвы". Выраженный в романе взгляд на этический закон как на своеобразный "категорический императив" сближает моральную проблематику романа с нравственным учением Канта. Но в отличие от Канта Достоевский, во-первых, как уже было только что отмечено, источник нравственного закона находит в нравственном чувстве народа, а во-вторых, пытается сблизить его с идеями своеобразно истолкованной им евангельской этики.

Обнаружившийся в годы Крымской войны кризис правительственной системы Николая I побудил царское правительство пойти в 1860-х годах вслед за проведением крестьянской на подготовку судебной реформы. После Крымской войны в русской печати -- демократической и либеральной -- были широко подвергнуты критике дореформенный суд и вся совокупность связанных с ним учреждений, юридических порядков и норм. В обсуждении этих вопросов заметное участие в начале 1860-х годов принял Достоевский как автор "Записок из Мертвого дома", редактор "Времени" и "Эпохи". Волна общественного возбуждения заставила правительство Александра II опубликовать в ноябре 1864 г. новые судебные уставы, заменявшие старый суд, целиком зависимый от правительственной администрации, новыми судебными учреждениями с адвокатами и присяжными.

Вопросы, обсуждавшиеся в годы создания романа в русском обществе в печати и юридической науке в связи с проведением судебной реформы, также получили широкое отображение в романе. Это -- проблема преступления в ее связи с общим строем социальной жизни, вопрос о соотношении влияния различных -- социальных, нравственных и медико-патологических -- факторов на волю преступника, об его нравственной и юридической ответственности за свои действия, о необходимости замены старых невежественных деятелей дореформенной полиции и суда новым типом деятелей, владеющих достижениями современной юридической и психологической науки (такой тип деятеля критически обрисован в романе в лице Порфирия). В решении указанных вопросов Достоевский шел своим особым путем, развивая общий взгляд на причины, порождающие преступление, и пути исправления преступника, который был намечен им в "Записках из Мертвого дома": соглашаясь с огромной ролью социально-исторической среды и обстановки в формировании характера и психологии преступника, Достоевский в то же время отводил такую же важную роль нравственным факторам. Писатель предостерегал современную ему юриспруденцию против оправдания преступника воздействием окружающей среды и против отрицания его личной нравственной ответственности за свои действия. Эта позиция Достоевского заставила его в романе многократно полемизировать по различным юридическим вопросам с современными ему правовыми и судебно-медицинскими учениями.

Появление "Преступления и наказания" было подготовлено широким развитием в России начала 1860-х годов очерка, рассказа и повести из жизни большого города, дававших "протокольные", физиологически точные зарисовки быта Петербурга, Москвы и провинции и проникнутых глубоким сочувствием к городским низам. В журналах Достоевского "Время" и "Эпоха" был помещен ряд очерков и рассказов такого рода -- Н. Г. Помяловского, В. В. Крестовского, П. Н. Горского, А. И. Левитова, М. А. Воронова и др. Аналогичные по типу и содержанию произведения печатались и в других тогдашних изданиях, в частности в революционно-демократическом "Современнике".

Однако вместо разрозненных очерковых зарисовок, характерных для его предшественников, Достоевский дал в "Преступлении и наказании" широкую и цельную панораму Петербурга, и, что еще важнее, социально-бытовой план романа он слил с психологическим и философским, соединив в нем изображение самых "простых", повседневных фактов жизни города с их сложной символической трактовкой, углублением в широкий круг тех социальных, философских и нравственных вопросов, вокруг которых сосредоточена главная идейно-художественная проблематика романа.

Обстановка в "Преступлении и наказании" насыщена контрастами света и тени. Самые трагические и впечатляющие эпизоды разыгрываются здесь в трактирах, на грязных улицах, в гуще обыденности и прозы -- и это подчеркивает глухоту страшного мира, окружающего героев, к человеческой боли и страданию. Как в трагедиях Шекспира, в действии принимают участие не только люди, но и стихии -- природа и город, вода и земля. Они выступают как силы то дружественные, то враждебные людям. Раскольников перед убийством почти физически задыхается в каменном мешке жаркого, душного и пыльного города; он живет в каморке, похожей на гроб. Самоубийство Свидригайлова происходит сырой и дождливой ночью, когда не только переполняется чаша его страданий, но и вся природа, кажется, хочет выйти из берегов. Многие эпизоды тонут в своеобразном "рембрандтовском" освещении. Существенную роль играют в романе также философские и числовые символы (сны Раскольникова, возвращение -- дважды -- к евангельскому рассказу о воскресении Лазаря, символизирующее способность героя к нравственному возрождению, три посещения Раскольниковым Порфирия и Сони и т. д.).

Так возник новый, характерный для Достоевского, насыщенный

философской мыслью тип идеологического "романа-трагедии", классическим образцом которого можно считать "Преступление и наказание". Явившись своеобразным зеркалом общественной жизни эпохи, он впитал в себя многочисленные традиции предшествующей мировой литературы.

Стремясь исследовать сложный клубок философско-нравственных проблем своей эпохи, Достоевский в то же время считал, что проблемы эти неразрывно связаны с "вековечными" проблемами, всегда занимавшими величайшие умы человечества. Отсюда его внимание к тем произведениям мировой литературы, которые в прошлом и в современную ему эпоху поднимали вопросы, близкие к философско-нравственной проблематике романа.

Раскольников -- петербургский студент, русский юноша 1860-х годов. Но его духовный мир сложным образом соотнесен в романе не только с духовным миром современного ему поколения, но и с историческими образами прошлого, частично названными (Наполеон, Магомет, шиллеровские герои), а частично не названными в романе (пушкинские Германн, Борис Годунов, Самозванец; бальзаковский Растиньяк, Ласенер и т. д.). Это позволило автору предельно расширить и углубить образ главного героя, придать ему желаемую философскую масштабность.

В русской литературе XIX в. трагическая тема "Преступления и наказания" была подготовлена творчеством Пушкина -- романиста, поэта и драматурга. Основная сюжетная коллизия "Пиковой дамы" -- поединок полунищего бедняка Германна, наделенного "профилем Наполеона" и "душой Мефистофеля", с доживающей свою жизнь, никому не нужной старухой графиней через три десятилетия вновь ожила у Достоевского в трагическом поединке Раскольникова с другой старухой -- ростовщицей. Сам Достоевский указал на эту связь, охарактеризовав пушкинского Германна как "колоссальное лицо, необычайный, совершенно петербургский тип, -- тип из петербургского периода" русской истории ("Подросток", ч. 1, гл. VIII). Не менее тесно связан "бунт" Раскольникова с бунтом Евгения из "Медного всадника". Но и Сильвио -- герой повести "Выстрел", Борис Годунов, страдающий от последствий своего преступления, Сальери с его мрачными, уединенными сомнениями и нравственными терзаниями в определенной степени ввели Достоевского в круг тех психологических и нравственных проблем, которые стоят в центре "Преступления и наказания". Пушкин не только обрисовал душевные терзания честолюбивого, полного сил молодого человека, страдающего от своего неравного положения в обществе, не только впервые в русской литературе дал психологическую драму убийцы, являющегося жертвой своего отравленного ядом индивидуализма, нравственно больного сознания. В стихотворениях, посвященных Наполеону (в особенности в оде "Наполеон", 1821), поэт очертил общие контуры той "наполеоновской" психологии, которая неотразимо притягивает мысль Раскольникова. Позднее, в "Евгении Онегине" (гл. 2, XIV), "наполеоновские" мечты рассматриваются Пушкиным уже как настроение не одного, но многих, безымянных наполеонов, как черты целого нарождающегося общественного типа:

Мы все глядим в Наполеоны:

Двуногих тварей миллионы

Для нас орудие одно...

Поставленная Пушкиным проблема судьбы современного человека "наполеоновского", индивидуалистического склада с его "озлобленным умом" и "безмерными" мечтаньями, не останавливающегося перед мыслью о преступлении, в новом аспекте получила развитие у Лермонтова в "Маскараде" и "Герое нашего времени". В судьбе лермонтовских Вадима, Печорина, Демона, в гоголевском Чарткове (в повести "Портрет") определенную роль играли и индивидуалистические мотивы, и тема преступления, и мотив психологического экспериментирования над собой (особенно отчетливо выраженный у Печорина).

Индивидуалистическое умонастроение, приводящее к противопоставлению отдельных избранных людей толпе, колебания между "обычной" моралью толпы и преступлением были характерны и для многих героев западноевропейской литературы. Таковы Мельмот-скиталец Метьюрина, Медард Э. Т. А. Гофмана ("Эликсиры сатаны"). Сочетание страстного протеста против несправедливостей общества с повышенным чувством личности и горделивым недоверием к "обыкновенным" людям было свойственно героям Байрона -- Корсару, Ларе, Манфреду. Встречается подобное умонастроение и в творчестве других западноевропейских романтиков. Сам Достоевский в черновых материалах к роману сопоставляет Раскольникова с Жаном Сбогаром -- романтическим разбойником и бунтарем-индивидуалистом, героем одноименного романа Ш. Нодье (1818). Близкие Раскольникову психологические мотивы можно найти и во французском реалистическом романе 30--40-х годов XIX в. у молодых героев Бальзака и Стендаля -- Растиньяка ("Отец Горио", 1835) и Жюльена Сореля ("Красное и черное", 1830). В черновике речи Достоевского о Пушкине (1880) есть строки: "У Бальзака в одном романе один молодой человек в тоске перед нравственной задачей, которую не в силах еще разрешить, обращается с вопросом к любимому своему товарищу, студенту, и спрашивает его: "Послушай, представь себе, ты нищий, у тебя ни гроша, и вдруг где-то там, в Китае, есть дряхлый, больной мандарин, и тебе стоит только здесь, в Париже, не сходя с места, сказать про себя: умри, мандарин, и за смерть мандарина тебе волшебник пошлет сейчас миллион, и никому это неизвестно и, главное, в Китае ...". Вот вопрос, и вот ответ: "Est-il bien vieux ton Mandarin? Eh bien, non, je ne veux pas".1 Вот решение французского студента" (XXVI, 288). Эти строки, в которых речь идет о разговоре Растиньяка и его друга Бьяншона в романе Бальзака "Отец Горио",2 указывают, что Достоевский хорошо помнил соответствующий эпизод названного романа Бальзака, тематически близкий "Преступлению и наказанию". В Англии Э. Бульвер в романе "Юджин Арам" (1831), основанном на действительном происшествии, случившемся в середине XVIII в., рассказал о судьбе молодого ученого, которого нужда и мечты о великом научном открытии привели к преступлению, сходному с преступлением Раскольникова. Э. Гаскел в своем более позднем социальном романе "Мэри Бартон" (1848), русский перевод которого был напечатан в 1861 г. в журнале "Время", ярко обрисовала историю падшей женщины и картину нравственных мук рабочего-убийцы Бартона после совершенного им убийства фабриканта Карсонса. "Последний день приговоренного к смерти" (1829) В. Гюго и его же прочитанные Достоевским летом 1862 г. в Италии "Отверженные" (1862), затрагивавшие близкие автору вопросы и остававшиеся в годы создания "Преступления и наказания" литературной злобой дня, также сыграли определенную, более или менее заметную роль для процесса формирования и развития социальной и философско-этической проблематики "Преступления и наказания".

1 Он очень стар, твой мандарин? Так вот: я не хочу (франц.)

2 Бальзак. О. Собр. соч. М., 1960. Т 2. С. 393.

Но следует указать и на черты, которые принципиально отличают нравственный облик героя "Преступления и наказания" от большинства его литературных предшественников. Пушкинский Германн, бальзаковский Растиньяк, Жюльен Сорель Стендаля полны более или менее глубокого возмущения против общества, в котором они живут. Но при этом их интересы направлены прежде всего на собственное положение в обществе, улучшить которое они хотят посредством карьеры или обогащения. Раскольников же глубоко и искренне бескорыстен. Как всем последующим героям Достоевского, ему надо прежде всего "мысль разрешить", найти выход из существующего несправедливого положения вещей, который круто переменил бы не только его собственную жизнь, но и бытие всех окружающих людей, выход, который привел бы к установлению того нового мирового порядка, к которому он стремится. Для этого-то Раскольников хочет утвердить свою "идею", обосновать возможность полного переворота в этике и свое "право" произвести этот переворот во имя не только своего личного, но и общего блага. Не случайно он сравнивает сам себя не только с Наполеоном, но и с Магометом, т. е. считает себя создателем своего рода новой мировой религии.1

1 Следует отметить, что в XIX в. у русских сектантов существовала особая секта "наполеоновых" -- ср.: Мельников-Печерский П. И. Собр. соч. М., 1963. Т. 6. С. 238 (Письма о расколе, IV).

Темы "случайного семейства", разложения общественных связей и трудного развития человеческой личности в пореформенную эпоху, гибельности индивидуалистической философии и морали (нередко вплотную подводящих даже глубоко мыслящего, богато одаренного молодого человека к отрицанию норм общечеловеческой нравственности или прямо толкающих его к преступлению) -- все эти центральные проблемы "Преступления и наказания" получили дальнейшее сложное преломление в "Идиоте", "Бесах", "Подростке", "Братьях Карамазовых". При создании их Достоевский смог опереться на те принципы построения большого социально-философского романа с широким охватом действительности и многочисленными участниками (причем через разные, несходные между собой их "голоса" художником искусно проведена одна и та же главная тема), которыми впервые он воспользовался в "Преступлении и наказании". А одна из основных философско-этических идей романа -- о невозможности для человека основать свое счастье на несчастье другого человеческого существа -- стала лейтмотивом не только позднейшего художественного творчества Достоевского, но и его публицистики -- вплоть до критического разбора "Анны Карениной" в "Дневнике писателя" (1877) и анализа "Евгения Онегина" в речи о Пушкине (1880).

Уже первая часть "Преступления и наказания", появившаяся в январском и февральском номерах "Русского вестника" за 1866 г., имела большой успех у читающей публики. 18 февраля Достоевский, продолжавший в это время работать "как каторжник" над последующими частями, писал А. Е. Врангелю, что о начальных главах "Преступления и наказания" он "уже слышал много восторженных отзывов" (XXVIII, кн. 2, 151), а 29 апреля И. Л. Янышеву, что роман "поднял" его "репутацию как писателя" (там же, 156).

Первым печатным откликом на начальные главы "Преступления и наказания" явился обзор "Журналистика" в газете А. А. Краевского "Голос".1 Анонимный автор писал здесь: "...роман обещает быть одним из капитальных произведений автора "Мертвого дома". Страшное преступление, положенное в основу этой повести, рассказано с такой потрясающею истиною, с такими тонкими подробностями, что вы невольно переживаете перипетии этой драмы со всеми ее психическими пружинами, переходите по изгибам сердца с первого зарождения в нем преступной мысли до ее окончательного развития <...> Самая субъективность автора, от которой иногда страдали характеры его героев, здесь нисколько не вредит, потому что сосредоточивается на одном лице и проникается художественною ясностью типа". Находя, что анализ в романе "полнее, живее дает чувствовать силу драмы", рецензент с особым сочувствием выделял сон Раскольникова как "один из лучших в романе" эпизодов, в котором "нельзя убавить ни одной черты".

1 Голос. 1866. 17 февр. (1 марта). N 48.

В отличие от "Голоса" орган революционных демократов 1860-х годов "Современник" отнесся к первым главам романа полемически, истолковав их как нападение на передовое студенчество и вообще на революционную молодежь 60-х годов. Приведя из романа авторское замечание о том, что в словах студента в разговоре с офицером об убийстве ничтожной "старушонки" как о возможном средстве спасти "сотни, тысячи, может быть, существований" Раскольников узнал "самые частые, не раз уже слышанные им, в других только формах и на другие темы, молодые разговоры и мысли", созвучные его собственным убеждениям (ч. I, гл. 6), Г. З. Елисеев писал здесь, что, выдвигая подобные обвинения против демократического студенчества, Достоевский становится в ряды бывших представителей "натурализма" 40-х годов, "озлобленных движением последнего времени". Защищая молодое поколение от подобных "позорных измышлений", критик писал: "Бывали ли когда-нибудь случаи, чтобы студент убивал кого-нибудь для грабежа? Если бы такой случай и был когда-нибудь, что может он доказывать относительно настроения вообще студенческих корпораций? <...> Что сказал бы Белинский об этой новой фантастичности г-на Достоевского, фантастичности, вследствие которой целая корпорация молодых юношей обвиняется в повальном покушении на убийство с грабежом?".2

2 Современник. 1866. N 2. С. 263--280.

Полемику с Достоевским Елисеев продолжил в третьем номере "Современника". Иронически сравнивая здесь "Преступление и наказание" с повестью Н Д. Ахшарумова "Натурщица",1 которую критик оценил как "чепуху и галиматью", он писал, что "повесть эта по смелости замысла нисколько не уступает новому роману Достоевского, а по художественности даже далеко превосходит его". Елисеев доказывал, что Раскольников -- не тип, а одиночное, исключительное или скорее даже вовсе не существующее явление. "Что же сказать о художественном такте поэта, который процесс чистого, голого убийства с грабежом берет темою для своего произведения и самый акт убийства передает в подробнейшей картине со всеми малейшими обстоятельствами? В художественном отношении -- повторяем -- даже в художественном отношении это чистая нелепость, для которой не может быть найдено никакого оправдания ни в летописях древнего, ни в летописях нового искусства".

1 Отеч. зап. 1866. N 1--2.

"Рецензент "Голоса", расхваливающий этот роман, -- писал далее Елисеев, -- становится чисто на психологическую точку зрения. Он говорит, что интерес романа сосредоточен на изображении той борьбы, которая происходит в душе преступника перед совершением убийства Это совершенно неправда. Уничтожьте только тот оригинальный мотив убийства, в силу которого Раскольников видит в убийстве не гнусное преступление, а поправление и направление природы, некоторым образом подвиг, мало того: сделайте такой взгляд на убийство только личным, индивидуальным убеждением одного Раскольникова, а не общим убеждением целой студенческой корпорации, всякий интерес в романе г-на Достоевского немедленно пропадет. Это ясно показывает, что основу романа г-на Достоевского составляет предположенное им или принятое за данный факт существующее в студенческой корпорации покушение на убийство с грабежом, существующее в качестве принципа. От этого только и частный факт убийства, в сущности обыкновенного, принимает интерес в глазах читателя и делается сюжетом, годным для романа...".2

2 Современник. 1866. N 3. Отд. II. С. 32--40, 43 (вышел 27 марта 1866 г.)

Выдвинутое Елисеевым по адресу Достоевского обвинение в том, что своим новым романом он присоединился к травле революционного студенчества, которая велась в середине 60-х годов реакцией и правительственными верхами, повторил анонимный рецензент газеты "Неделя" (в целом далекой от революционного лагеря) : "...отдавая полную справедливость таланту г-на Достоевского, -- писал он, -- мы не можем пройти молчанием тех грустных симптомов, которые в последнем его романе обнаруживаются с особенною силою <...> Г-н Достоевский в настоящую минуту недоволен молодым поколением. Это бы еще ничего. В поколении этом, действительно, есть недостатки, заслуживающие порицания, и выводить их наружу вполне похвально, конечно, если дело ведут честно, не бросая камня из-за угла. Так поступил Тургенев, изобразивший (впрочем, весьма неудачно) недостатки молодого поколения в своем романе "Отцы и дети", но г-н Тургенев вел дело начистоту, не прибегая к грязненьким инсинуациям <...> Не так поступает г-н Ф. Достоевский в своем новом романе. Он не говорит прямо, что либеральные идеи и естественные науки ведут молодых людей к убийству, а молодых девиц к проституции, а так, косвенным образом, дает это почувствовать...".3

3 Неделя. 1866. 10 апр. N 5. Литературные заметки. С 72--73.

Аналогичную позицию в оценке первой части романа заняла близкая "Современнику" "Искра". В фельетоне И. Р. (И. Россинского) "Двойник Приключения Федора Стрижова" отмечалось, что роман "Злодейство и возмездие" писали как бы два человека: Федор Стрижов и его двойник.

Первый создал образ сочувствующего страданиям бедняков студента Раскольникова, второй -- тенденциозно извратил его, превратив в "пугало", в "косматого нигилиста". В следующем номере "Искра" иронически утверждала, будто бы свое убеждение, что "любимым предметом беседы в студенческих кружках служит оправдание убийства для грабежа", Достоевский почерпнул "при посредстве вертящегося стола" (т. е. на спиритическом сеансе) из бесед с "надворным советником, проглоченным в Пассаже крокодилом".1

1 Искра. 1866. N 12. С. 159--162; N 13. С. 174; N 14. С. 184.

Тем не менее среди первых отзывов о романе были и такие, в которых отмечались его глубина и правдивость и высоко оценивалось искусство Достоевского -- психолога и романиста.

"Главной видимой целью, -- писал уже знакомый нам рецензент "Недели", -- автор поставил себе психологический анализ преступления, причин, к нему ведущих, и его последствий. Эту задачу г-н Достоевский выполнил блистательно, с потрясающей душу правдой. Читатель шаг за шагом следит, как преступная мысль, случайно запавшая в голову молодого человека, убитого безвыходною нищетою, растет, развивается, преследует этого несчастного, как кошмар, и, наконец, дает ему в руки топор -- орудие убийства. Сюжет далеко не новый, но кажется совершенно новым благодаря той поразительной правде и отчетливости, с которыми автор, имевший случай близко наблюдать преступников, анализирует припадки полусумасшествия, под влиянием которого его Раскольников, почти бессознательно, совершает убийство и потом инстинктивно, движимый чисто животным чувством самосохранения, старается скрыть следы преступления".2

2 Неделя. 1866. 10 апр. N 5. Литературные заметки. С. 72--73.

О глубине психологического анализа как об отличительной черте дарования Достоевского, ярко проявившейся в его новом романе, писал и другой рецензент: "Талант Ф. М. Достоевского развился рельефно, и главная сторона и свойства его таковы, что он резко отличается от дарований других наших писателей. Предоставив им внешний мир человеческой жизни: обстановку, в которой действуют их герои, случайные внешние обстоятельства и т. п., Достоевский углубляется во внутренний мир человека, внимательно следит за развитием его характера и своим глубоко основательным, но беспощадным анализом выставляет перед читателем всю его внутреннюю, духовную сторону -- его мозг и сердце, ум и чувства. Этот анализ и отличает его от всех других писателей и ставит на почетное и видное место в русской литературе".

О двойственном характере восприятия романа широкой массой читателей -- как "тенденциозного" произведения, направленного против настроений демократической молодежи, с одной стороны, и -- с другой -- как вещи, отмеченной огромной мощью психологического проникновения в душу героев, -- иронически вспоминал через год один из современников:

3 Воскресный досуг. 1866. 10 апр. N 164. С. 214.

"Начало этого романа наделало много шуму, в особенности в провинции, где все подобного рода вещи принимаются, от скуки, как-то ближе к сердцу. Главнейшим образом заинтересовала всех не литературная сторона романа, а, так сказать, тенденциозная: вот, мол, студент ведь старуху-то зарезал, следовательно, тут тово, что-нибудь да не даром! А тут, как раз кстати, появилась и известная рецензия в "Современнике", которая, надобно правду сказать, много дала "Русскому вестнику" новых читателей. О новом романе говорили даже шепотом, как о чем-то таком, о чем вслух говорить не следует <...> С этого именно времени научное слово "анализ" получило право гражданства в провинциальном обществе, которое прежде его совсем не употребляло, -- и новое слово, как видно, пришлось по вкусу. Только, бывало, и слышишь толки: "Ах, какой глубокий анализ! Удивительный анализ!.." "О, да! -- подхватывала другая барыня, у которой и самой уже возбудилось желание пустить в дело это новое словечко, -- анализ действительно глубокий, но только, знаете ли что? -- прибавляла она таинственно, -- говорят, анализ-то потому и вышел очень тонкий, что сочинитель сам был...” -- при этом дама наклонялась к уху своей удивленной слушательницы... “Неужели?..” -- “Ну да, зарезал, говорят, или что-то вроде этого...””.1

“Роман этот <...> -- писал другой печатный орган, -- возбуждает в обществе толки самые разнообразные. Приводим здесь главные из них, которые чаще других привелось нам слышать: “Что можно сказать особенного на эту избитую тему?” -- говорят, пробежавши первые страницы романа люди, начитавшиеся вдоволь судебно-уголовных процессов и романов на подобные темы. “Как жалко этого молодого человека (преступника) --он такой образованный, добрый и любящий, и вдруг решился сделать такой ужасный поступок”, -- отзываются люди, обыкновенно с жаром читающие всякого рода романы и не размышляющие о том, для чего они пишутся. “Фу... какое скверное и мучительное впечатление остается после этой книги!..” -- говорят, бросая ее, люди, доказывающие этими самыми словами, что ни одно слово романа не оставлено ими без внимания и что мысли, возбужденные им, тяжело западают в голову, несмотря на все желание от них отделаться”.2

Из суждений писателей-современников о начальных главах романа нам известен отзыв И. С. Тургенева, отметившего после чтения первых двух книжек “Русского вестника” 25 марта (6 апреля) 1866 г. в письме к А. А. Фету из Баден-Бадена, что первая часть “Преступления и наказания” Достоевского “замечательна” (вторая половина первой части, т. е. теперешняя вторая часть, показалась ему слабее первой, отдающей “самоковыряньем”),3 А. Ф. Кони сообщает в своих воспоминаниях о восторженном отношении А. Н. Майкова к первой части.4 Одобрительно отозвался о романе в Женеве в 1867 г., по свидетельству А. Г. Достоевской, по прочтении его первой половины и Н. П. Огарев.

Что касается непосредственно читающей публики, вспоминал позднее Н. Н. Страхов, впечатление, произведенное на нее романом, “было необычайное”. “Только его (“Преступление и наказание”. -- Ред.), -- писал он, -- и читали в этом 1866 г., только об нем и говорили охотники до чтения, говорили, обыкновенно жалуясь на подавляющую силу романа, на тяжелое впечатление, от которого люди с здоровыми нервами почти заболевали, а люди с слабыми нервами принуждены были оставлять чтение”.6 По свидетельству Достоевского, в письме к племяннице С. А. Ивановой, от 8 (20) марта 1869 г. Катков в 1867 г. говорил ему,

----

1 Гласный суд. 1867. 16 (28) марта. N 159.

2 Капустин С. По поводу романа г-на Достоевского “Преступление и наказание” // Женский вести. 1867. N 5. Критика и библиография. С. 1--2.

3 Тургенев И. С. Полн. собр. соч. и писем: В 28 т. Письма. Л., 1963. Т. 6. С. 66.

4 Кони А. Ф. Собр. соч. и писем. М., 1969. Т. 6. С. 431.

5 Литературное наследство. М., 1973. Т. 86. С. 239, 240.

6 Достоевский Ф. М. Полн. собр. соч. СПб., 1883. Т. 1. С. 289.

что благодаря "Преступлению и наказанию" у "Русского вестника" "прибыло 500 подписчиков лишних" (XXIX, кн. 1, 24).

Усилению интереса публики к роману способствовало появление в печати сообщений о совершенном в Москве студентом Даниловым преступлении, внешняя фактическая сторона которого во многом была сходна с картиной, обрисованной в романе.

12 января 1866 г. во время печатания в "Русском вестнике" первых глав "Преступления и наказания", в Москве студентом А. М. Даниловым были убиты и ограблены отставной капитан -- ростовщик Попов и его служанка М. Нордман. В течение всего 1866 г. в газетах и журналах печатались сообщения об этом убийстве и о процессе Данилова, приговор которому (9 лет каторжных работ) был вынесен 14 февраля 1867 г.1 По словам одной из тогдашних газет, первые главы "Преступления и наказания" "были написаны и сданы в редакцию "Русского вестника" прежде, чем Данилов совершил свое преступление и прежде, вероятно, чем он даже задумал его; окончание же романа, его роковая развязка (признание Раскольникова и его осуждение) появились в печати почти одновременно с процессом Данилова и его осуждением".2 Неудивительно, что в первых статьях о "Преступлении и наказании", появившихся в 1867 г., после завершения печатания романа в "Русском вестнике", постоянно проводились психологические сопоставления Раскольникова с Даниловым, хотя, как показали материалы процесса, преступление Данилова было совершено под влиянием иных, более элементарных мотивов, чем "идейное" преступление Раскольникова. Об этом писал в начале 1867 г. рецензент газеты "Русский инвалид" А. С. Суворин: "Странное дело: незадолго до появления "Преступления и наказания" в Москве совершено убийство, почти такое же, какое описывает г-н Достоевский, и также молодым образованным человеком. Мы говорим об убийстве Попова и служанки его Нордман, -- убийстве, подробности которого читатели недавно имели случай читать. Раскольников убивает старуху, потом Лизавету, которая нечаянно входит в незапертую дверь. Данилов убил Попова, потом Нордман, которая вернулась из аптеки, войдя также в незапертую дверь. Если вы сравните роман с этим действительным происшествием, болезненность Раскольникова бросится в глаза еще ярче. Убийца Попова и Нордман вел себя вовсе не так, как вел себя Раскольников, и тотчас после преступления, и во время следствия. Честная, добрая

природа Раскольникова постоянно проявлялась сквозь болезненную рефлексию и давила ее почти против его воли, внутренний голос заставил Раскольникова принести повинную, хотя он всячески старался уверить себя, что он совершил вовсе не преступление, а чуть ли не доброе дело: убийца Попова и Нордман сплетает невероятные происшествия, отличается хладнокровием и лжет в самые торжественные минуты. Тут не было никакой давящей рефлексии, никакой idИe fixe, а просто такое же черное дело, как и все дела подобного рода".3

Психологическое отличие Данилова от Раскольникова отмечал также рецензент газеты "Гласный суд": "Данилов <...> -- красивый франт, не имеющий с университетскими товарищами ровно ничего общего и постоянно вращающийся между женщинами, ювелирами и ростовщиками. Раскольников убивает старуху единственно только потому, что дворника не было дома, а топор лежал под лавкой: он глупейшим

----

1 Отеч. зап. 1867. N 3. С. 297--324.

2 Голос. 1867. 8 (20) марта. N 67.

3 Рус. инвалид. 1867. 4 (16) марта. N 63.

манером зарывает захваченные вещи где-то вблизи здания министерства государственных имуществ у Синего моста и потом опять бежит, сомневаясь, наяву он сделал преступление или все это видел в белогорячечном бреду, -- Данилов же действует вовсе не так. Этот красивый салонный франт действует очень основательно <...> Данилов -- человек практический, созревший с двадцати, а может быть, и с пятнадцати лет; на господ этого сорта университет может иметь такое же влияние, как на гуся вода, т. е. самое поверхностное <...> Одним словом, Данилов столько же похож на Раскольникова, сколько живая, хотя и печальная, действительность может походить на произведение болезненно настроенного воображения".1

Сам Достоевский, возвращаясь к оценке "Преступления и наказания", в письме к А. Н. Майкову от 11 (23) декабря 1868 г. писал (имея в виду дело Данилова и противопоставляя свое понимание реализма пониманию его задач своими современниками) : "Ихним реализмом -- сотой доли реальных, действительно случившихся фактов не объяснишь. А мы нашим идеализмом пророчили даже факты" (XXVIII, кн. 2, 329). О своей авторской гордости, вызванной тем, что своим романом он художественно предвосхитил реальные явления, подобные преступлению Данилова, Достоевский тогда же говорил Страхову.

Центральное место в критических статьях о романе, появившихся после завершения его печатания, в 1867 г. занял анализ мотивов, толкнувших

Раскольникова на преступление.

Критики "Русского инвалида" (Суворин) и "Гласного суда", защищая Достоевского от упреков в намерении "опозорить молодое поколение", в то же время характеризовали героя романа как "нервную, повихнувшуюся натуру", "больного человека", у которого "все признаки белой горячки".[2] Тем самым они снимали вопрос о социально-психологической типичности идей Раскольникова как представителя "определенного направления, усвоенного обществом", толкуя его преступление как продукт больной психики, т. е. чисто индивидуальный, клинический случай.

Противоположная этому точка зрения на роман, подчеркивающая широкую социально-психологическую типичность преступления Раскольникова, получила наиболее глубокое и последовательное развитие в статье Д. И. Писарева "Борьба за жизнь", которую можно рассматривать как итоговую оценку романа, исходившую от одного из наиболее влиятельных представителей революционно-демократического лагеря 1860-х годов.

Первая часть статьи Писарева появилась в журнале "Дело" (1867 N 5) под названием "Будничные стороны жизни". Продолжение ее, которое должно было появиться в следующей книжке журнала, было запрещено цензурой и появилось в печати лишь год спустя под заглавием "Борьба за существование" (Дело. 1868. N 8), уже после смерти автора. В том же году обе части статьи были перепечатаны в составе

----

1 Гласный суд. 1867. 16 (28) марта. N 159. -- Ход следствия по делу Данилова и его процесс описаны в кн.: В. Л. Уголовные тайны, разоблаченные судом и следствием. СПб., 1874. С. 205--291.

2 Рус. инвалид. 1867 4 (16) марта. N 63; Гласный суд. 1867 16 (28) марта. N 159.

собрания сочинений критика в объединенном виде и под восстановленным авторским заглавием "Борьба за жизнь".[1]

В своей статье Писарев подчеркивал, что ему "нет никакого дела ни до личных убеждений автора <...> ни до общего направления его деятельности". Положив в основу своей статьи принципы добролюбовской "реальной критики", Писарев стремился понять роман не как выражение субъективных идей Достоевского, но как отражение реальных процессов жизни русского общества своего времени, трагического положения в нем массы, "огромного большинства людей". В противовес критикам "Русского инвалида" и "Гласного суда" Писарев подчеркивал, что "Раскольникова невозможно считать помешанным" и что преступление его, как и вообще большинство преступлений в современном обществе, обусловлено социальными, а не "медицинскими" факторами.

Как на основную причину преступления Раскольникова и других аналогичных преступлений критик указал на общественное неравенство, лежащее в основе современного ему социального и политического строя. Неизбежным следствием его, утверждал Писарев, является для сотен и тысяч бедняков тягостная и изнурительная повседневная борьба за существование, одной из жертв которой стал Раскольников.

"Нет ничего удивительного в том, -- писал критик, -- что Раскольников, утомленный мелкою и неудачною борьбою за существование, впал в изнурительную апатию; нет также ничего удивительного в том, что во время этой апатии в его уме родилась и созрела мысль совершить преступление. Можно даже сказать, что большая часть преступлений против собственности устроивается в общих чертах по тому самому плану, по какому устроилось преступление Раскольникова. Самою обыкновенною причиною воровства, грабежа и разбоя является бедность; это известно всякому, кто сколько-нибудь знаком с уголовною статистикою <...> огромное большинство людей, отправляющихся на воровство или на грабеж, переживают те самые фазы, через которые проходит Раскольников".

Анализируя -- шаг за шагом -- предысторию преступления Раскольникова, Писарев стремился показать, что "противообщественные" чувства и мысли, зародившиеся у героя романа и толкнувшие его на убийство ростовщицы, явились неизбежным следствием бесчеловечности и противоестественности того общественного строя, при котором даже право на сострадание и помощь другому человеку становится социальной привилегией: "Пока Раскольников обеспечен имением, капиталом или трудом, до тех пор ему предоставляется полное право и на него даже налагается священная обязанность любить мать и сестру, защищать их от лишений и оскорблений и даже в случае надобности принимать на самого себя те удары судьбы, которые предназначаются им, слабым и безответным женщинам. Но как только материальные средства истощаются, так тотчас же вместе с этими средствами у Раскольникова отбирается право носить в груди человеческие чувства, так точно, как у обанкротившегося купца отбирается право числиться в той или в другой гильдии. Любовь к матери и к сестре и желание покоить и защищать их становятся

----

1 О цензурной истории статьи и отличиях ее журнального текста от книжного см. комментарии Ю. С. Сорокина в кн.: Писарев Д. И. Собр. соч.: В 4 т. М., 1956. Т. 4. С. 451--453.

2 Писарев Д. И. Собр. соч.: В 4 т. Т. 4. С. 319--320. -- Вторая половина приведенного отрывка, формулирующая основную мысль критика, была выброшена цензурой при первой публикации.

противозаконными и противообщественными чувствами и стремлениями с той минуты, как Раскольников превратился в голодного и оборванного бедняка. Кто не может по-человечески кормиться и одеваться, тот не должен также думать и чувствовать по-человечески. В противном случае человеческие чувства и мысли разрешатся такими поступками, которые произведут неизбежную коллизию между личностью и обществом".1

Если в раскрытии социальных истоков преступления Раскольникова отразились наиболее глубокие и сильные стороны мысли Писарева, то в его анализе теории Раскольникова о "необыкновенных" людях и о праве сильной личности на преступление сказался ряд противоречий, свойственных его прочтению романа.

Одной из задач Писарева было отвести от передовой молодежи 60-х годов обвинение в том, что в ее идеях и настроениях потенциально содержится зерно теоретических построений Раскольникова. Эту задачу Писарев выполнил со свойственным ему теоретическим блеском и силой убеждения. "Теория Раскольникова, -- писал он, -- не имеет ничего общего с теми идеями, из которых складывается миросозерцание современно развитых людей". Критик утверждал, что "с точки зрения тех мыслителей, которых произведения господствуют над умами читающего юношества, деление людей на гениев, освобожденных от действия общественных законов, и на тупую чернь, обязанную раболепствовать, благоговеть и добродушно покоряться всяким рискованным экспериментам, оказывается совершенною нелепостью, которая безвозвратно опровергается всею совокупностью исторических фактов".2

"Теория" Раскольникова построена на несправедливом отождествлении двух различных типов исторических деятелей, указывал Писарев. Одни из них -- это деятели типа Наполеона и другие "законодатели и установители человечества" из среды общественных верхов, которые "действительно были преступниками" и "кровопроливцами", "раздавили на своем пути много человеческих существований и отняли у многих работников продукты их честного труда". Другие -- это "великие деятели науки", подобные Ньютону и Кеплеру, которые вследствие самоотверженной любви к человечеству "становились иногда мучениками, но никакая любовь к идее никогда не могла превратить их в мучителей по той простой причине, что мучения никого не убеждают и, следовательно, никогда не приносят ни малейшей пользы той идее, во имя которой они производятся".3

Однако превосходно показав теоретическую несостоятельность "идеи" Раскольникова, Писарев не смог подойти к ней как к хотя и противоречивому, но типическому факту социальной жизни, отражению настроений не только одного героя романа, но и целого разряда людей в условиях тогдашнего общества. "Теория" Раскольникова представлялась Писареву плодом логических хитросплетений героя, а не выражением определенной, обусловленной самой жизнью, общественной позиции, опасные стороны которой писатель показал, стремясь привлечь к ней внимание общества. "Всю свою теорию Раскольников построил исключительно для того, чтобы оправдать в собственных глазах мысль о быстрой и легкой наживе".4 Эта недостаточно глубокая оценка "теории" Раскольникова, вступавшая в противоречие с исходным положением статьи -- о преступлении Раскольникова как общественном

----

1 Там же. С. 340.

2 Там же. С. 351.

3 Там же. С. 345--349.

4 Там же. С. 358.

явлении, свидетельствовала о том, что те новые тенденции общественной жизни, на которые Достоевский стремился указать своим романом, не были уловлены и важность их не была понята Писаревым, так как они в той или иной мере выходили за пределы его социально-исторического и философско-эстетического кругозора.

В противоположность Писареву Н. Н. Страхов сосредоточил свое внимание не столько на социальном, сколько на нравственно-психологическом содержании романа. Оставив в стороне занимавший Писарева вопрос о социальных истоках преступления Раскольникова, об отражении в его жизни и умонастроении жизни и настроения широких масс "униженных и оскорбленных", Страхов выдвинул на первый план другой вопрос -- об отражении в романе идей демократической молодежи 1860-х годов и о сложном отношении к ним романиста.

Страхов отвел упреки демократической критики по адресу Достоевского, что своим романом он сослужил службу реакции, обвинив "целую студенческую корпорацию" в исповедании "в качестве принципов" убийства и грабежа. Он отказался также категорически видеть в Раскольникове "сумасшедшего", "больного человека". Но отвергнув оба эти прямолинейных и упрощенных истолкования романа, критик смог предложить взамен них такую интерпретацию, которая, выдвигая на первый план одни тенденции авторской мысли, оставляла в стороне другие, более глубокие и важные.

Вслед за Тургеневым, создавшим образ Базарова, Достоевский в "Преступлении и наказании", по мнению Страхова, вывел в лице Раскольникова новый образ "нигилиста". Причем преимущество

Достоевского перед его предшественниками, решавшими сходную задачу, состоит в том, что вместо сравнительно легкого "осмеиванья безобразий натур пустых и малокровных" писатель изобразил "нигилиста несчастного, нигилиста глубоко человечески страдающего", "изобразил <...> нигилизм не как жалкое и дикое явление, а в трагическом виде, как искажение души, сопровождаемое жестоким страданием".[1]

1 Отеч. зап. 1867. N 3. С. 329--331.

"Раскольников, -- писал Страхов, разъясняя свою мысль (и опираясь при этом, возможно, на свои беседы с писателем о романе), -- есть истинно русский человек именно в том, что дошел до конца, до края той дороги, на которую его завел заблудший ум. Эта черта русских людей, черта чрезвычайной серьезности, как бы религиозности, с которою они предаются своим идеям, есть причина многих наших бед. Мы любим отдаваться цельно, без уступок, без остановок на полдороге; мы не хитрим и не лукавим сами с собою, а потому и не терпим мировых сделок между своею мыслью и действительностью. Можно надеяться, что это драгоценное, великое свойство русской души когда-нибудь проявится в истинно прекрасных делах и характерах. Теперь же, при нравственной смуте, господствующей в одних частях нашего общества, при пустоте, господствующей в других, наше свойство доходить во всем до краю -- так или иначе -- портит жизнь и даже губит людей".[2]

2 Там же. N 4. С. 527.

Приведенные положения статьи Страхова (о максимализме мысли и бескомпромиссности натуры как характерных чертах Раскольникова) позволили ему высказать ряд тонких суждений о романе, стержнем которого Страхов считал духовную драму "убийцы-теоретика", против отвлеченной теории которого, противоречащей жизни, восстает его собственная живая натура и свойственные ей "инстинкты человеческой души". "Это не смех над молодым поколением, не укоры и обвинения, это -- плач над ним", -- писал Страхов, во многом верно характеризуя отношение писателя к его герою. "По своему всегдашнему обычаю, он представил нам человека в самом убийце, как умел отыскать людей и во всех блудницах, пьяницах и других жалких лицах, которыми обставил своего героя".[1]

1 Там же. N 3. С. 330--331.

Однако изоляция Страховым Раскольникова и его "идеи" от обрисованного в романе мира "униженных и оскорбленных", сведение им духовной драмы Раскольникова к драме юноши-"нигилиста" сужали идейное содержание романа, делая его анализ однолинейным и лишая трагедию Раскольникова в его интерпретации более глубокого и широкого социально-исторического содержания. Неразрывная связь трагедии Раскольникова со страданиями окружающих, отражение в самых блужданиях и противоречиях его мысли стремления широкой массы людей к решению насущных вопросов, объективно поставленных перед ними жизнью, -- эти важнейшие стороны идейной концепции Достоевского не получили отражения в предложенной Страховым трактовке романа. Несмотря на стремление критика отделить "Преступление и наказание" от произведений "антинигилистической литературы" 1860-х годов, трактовка эта всё же заставляла его рассматривать роман в узкой перспективе борьбы с "нигилизмом" и отношения к нему автора, а это не позволяло раскрыть философской глубины и масштабности мысли писателя.

По позднейшему свидетельству Страхова, Достоевский остался доволен его статьей о "Преступлении и наказании", сказав о ней критику: "Вы один меня поняли".[2] Однако оценку эту можно считать скорее признанием верного истолкования Страховым в приведенных выше отрывках отдельных существенных слоев авторского замысла, чем выражением солидарности Достоевского с критиком в общем, более широком понимании романа.

2 Достоевский Ф. М. Полн. собр. соч. СПб., 1883. Т. 1. С. 290.

После статей Писарева и Страхова третьей, наиболее значительной из критических статей, опубликованных в 1867 г. после окончания печатания романа в "Русском вестнике", была статья романиста Н. Д. Ахшарумова, сосредоточившегося по преимуществу на психологической стороне романа и на оценке отдельных его персонажей, из которых самыми удачными он признал наряду с Раскольниковым семью Мармеладовых, Порфирия и Свидригайлова. Ахшарумов верно почувствовал необычность поэтики романа, но не смог ее верно осмыслить: в образе Раскольникова он усмотрел противоречие между внешним обликом героя -- "мальчика, недоучившегося в школе" -- и вложенным в него сложным духовным миром автора, вследствие чего Раскольников наделен несвойственными ему будто бы чертами Гамлета и Фауста, облагораживающими и возвышающими его. Наиболее глубокая мысль, высказанная Ахшарумовым в его статье, -- мысль о нераздельности в романе "преступления" и "наказания". Последнее в соответствии с замыслом писателя критик оценил не как внешнее, юридическое, но прежде всего как внутреннее нравственное наказание, настигшее преступника сразу после совершения преступления и потенциально заложенное уже в его замысле: "За преступлением следует наказание. "Следует", впрочем, мало сказать; это слово далеко не передает той неразрывной связи, какую автор провел между двумя сторонами своей задачи. Наказание начинается раньше, чем дело совершено. Оно родилось вместе с ним, срослось с ним в зародыше, неразлучно идет с ним рядом, с первой идеи о нем, с первого представления. Муки, переносимые Раскольниковым под конец, когда дело уже сделано, до того превосходят слабую силу его, что мы удивляемся, как он их вынес. В сравнении с этими муками всякая казнь бледнеет. Это сто раз хуже казни -- это пытка и злейшая изо всех, -- пытка нравственная".1

1 Всемирный труд. 1867. N 3. С. 149.

Ахшарумов тонко уловил особое умение автора "Преступления и наказания" втянуть читателя в круг мыслей и чувств героя, заставить его активно внутренне сопереживать драму последнего: "Нас заставляют смотреть на то, что мы не желали бы видеть, и принимать душою участие в том, что нам ненавистно <...> Мы не можем себя отделить от него (Раскольникова. -- Ред.), несмотря на то, что он гадок нам <...> мы стали его соучастниками; у нас голова кружится так же, как у него; мы оступаемся и скользим вместе с ним и вместе с ним чувствуем на себе неотразимое притяжение бездны".2

2 Там же. С. 126--127.

На защиту романа от критиков, обвинявших автора в том, что он "хотел в Раскольникове изобразить представителя молодого поколения", тогда же встал Н. С. Лесков в анонимном отзыве об "Идиоте", где он главным "внутренним достоинством" романа признал глубокий "психологический анализ".3

3 Вечерняя газ. 1869. 1 янв. N 1. Фельетон.

В том же 1869 г. В. Р. Зотов (?), автор краткого очерка литературной деятельности Достоевского, писал о романе: "Более глубокого анализа трудно представить себе. Сюжет романа как нельзя более соответствует возможности выказать эту сторону его (Достоевского) таланта. Замкнутая в себе душа героя романа проходит через множество перипетий, и ход мыслей, ощущений ведет ее последовательно к страшному концу. Чтобы понять, до какой поразительной верности доходит этот анализ, стоит только вспомнить, например, сон Раскольникова перед преступлением! Все вышеозначенные достоинства заставляют причислить Ф. М. Достоевского к числу первоклассных наших литературных деятелей".4

4 Всемирная иллюстрация. 1869. 20 дек. N 52. С. 411.

Кроме печатных отзывов современников о "Преступлении и наказании" сохранилось немало восторженных суждений о нем читателей в письмах к Достоевскому 70-х -- начала 80-х годов. В письме к С. Е. Лурье от 17 апреля 1877 г. Достоевский заметил, что многие современники сопоставляли "Преступление и наказание" с "Отверженными" Гюго, причем "Ф. И. Тютчев, наш великий поэт, и многие тогда находили, что "Преступление и наказание" несравненно выше "Misérables"" (XXIX, кн. 2, 151). "Высота поэзии и творчества", -- писал 22 ноября 1877 г. автору об описании ночи, проведенной Свидригайловым накануне его самоубийства, поэт Я. П. Полонский.5 Большой интерес представляет ряд отзывов о романе Л. Н. Толстого. Критика не раз поднимала вопрос о чертах, сближающих проблематику и сюжеты "Преступления и наказания" и "Воскресения" Льва Толстого. Позднее социальная и этическая проблематика "Преступления и наказания" нашла противоположное по своей идеологической и художественной окраске преломление в творчестве М. Горького (роман "Трое", 1900) и Л. Андреева. Осложненное идеями и поэтикой символизма переосмысление трагико-фантастического мира дворянско-буржуазного Петербурга, переосмысление, впитавшее в себя разнородные темы "Медного всадника", "Пиковой дамы", "Преступления и наказания", "Бесов", отразилось в романе А. Белого "Петербург" (1913--1914; перераб. изд. --1922), в ряде лирических произведений А. Блока и других поэтов-символистов 1900--1910-х годов. В литературе XX в. к "Преступлению и наказанию" многократно обращались, чутко отзываясь на гуманистические и демократические идеи романа и в то же время иногда полемизируя с его автором по поводу решения аналогичных этических проблем в условиях новой действительности М. Горький, В. Маяковский, Л. Леонов, К. Гамсун, Л. Франк, Ф. Верфель, Т. Драйзер, А. Жид, А. Камю, У. Фолкнер и другие крупные писатели.

5 Из архива Достоевского: Письма русских писателей. М.; Пг., 1923. С. 78.

В настоящее время научная и критическая литература о романе насчитывает сотни книг и статей.

Уже в год появления отдельного издания "Преступления и наказания" отрывок из романа был опубликован во французском переводе.1 В 1882 г. "преступление и наказание" было переведено на немецкий язык, в 1883 г. -- на шведский, в 1884 г. появляются полный французский, норвежский и датский переводы романа, в 1885 г. -- голландский, в 1886 г. -- английский, в 1866--1887 годах -- польский, в 1888 г. -- сербский, в 1889 г. -- венгерский, итальянский и финский.

18 марта 1866 г. на вечере Литературного фонда в Петербурге Достоевский с успехом прочел вторую главу первой части романа -- беседу в распивочной между Мармеладовым и Раскольниковым. Позднее роман многократно инсценировался и ставился на сцене -- в России (с 1899 г.; первая русская инсценировка А. С. Ушакова (1867) была запрещена цензурой) и за рубежом (первая зарубежная постановка в парижском театре "Одеон", 1888 г.). Выдающимися исполнителями роли Раскольникова были П. Н. Орленев и Н. Н. Ходотов. На сюжет "Преступления и наказания" есть также ряд кинофильмов, в том числе фильм Л. Кулиджанова (1970) с участием Г. Тараторкина и И. Смоктуновского, а также оперы швейцарского композитора Г. Зутермейстера (1948) и венгерского музыканта Э. Петровича "Раскольников" (1969).

Текст "Преступления и наказания" подготовлен Л. Д. Опульской. Послесловие написано Г. М. Фридлендером. Реальный комментарий Г. В. Коган. Подбор иллюстраций и техническая подготовка тома к печати -- С. А. Полозковой. Редактор тома Г. М. Фридлендер.

Воспроизводится по изданию: Ф.М. Достоевский. Собрание сочинений в 15 томах. Л.: Наука. Ленинградское отделение, 1989. Т. 5.

Оригинал здесь: Русская виртуальная библиотека.